Juan Marsé

TERESA L'APRÈS-MIDI

ROMAN

Traduit de l'espagnol
par Jean-Marie Saint-Lu

Préface d'Arturo Pérez-Reverte
Traduite de l'espagnol
par François Maspero

Éditions du Seuil

TEXTE INTÉGRAL

TITRE ORIGINAL
Ultimas tardes con Teresa

ISBN 978-2-7578-1406-2
(ISBN 2-267-00-788-6, 1re publication
ISBN 2-02-033291-4, 1re publication poche)

Souvent, pour s'amuser, les hommes d'équipage
Prennent des albatros, vastes oiseaux des mers,
Qui suivent, indolents compagnons de voyage,
Le navire glissant sur les gouffres amers.

À peine les ont-ils déposés sur les planches,
Que ces rois de l'azur, maladroits et honteux,
Laissent piteusement leurs grandes ailes blanches
Comme des avirons traîner à côté d'eux.

Ce voyageur ailé, comme il est gauche et veule !
Lui, naguère si beau, qu'il est comique est laid !
L'un agace son bec avec un brûle-gueule,
L'autre mime, en boitant, l'infirme qui volait !

CHARLES BAUDELAIRE

Pourquoi il faut lire Juan Marsé

Un jour que nous bavardions, Juan Marsé et moi, je lui ai dit que *Teresa l'après-midi* était un roman d'aventures. Il est resté un moment à me regarder fixement, avec son visage de dur, de boxeur marqué par la vie, et m'a finalement répondu : « Pourquoi pas ? » Puis il a encore réfléchi avant de hocher lentement la tête pour acquiescer. « Oui, peut-être, en un certain sens, on peut le voir comme un roman d'aventures. » Ensuite, nous avons parlé d'autre chose, et je n'ai jamais su si sa réponse était de pure courtoisie ou s'il était réellement d'accord avec mon point de vue. Aujourd'hui, je viens de relire le livre – c'est la quatrième fois en trente ans que je suis la trace, page à page, de Manuel Reyes, *alias* Bande-à-part – et je confirme mon propos d'alors : *Teresa l'après-midi* est bien un roman d'aventures. Ce qui n'a rien d'extraordinaire si nous considérons que, depuis Homère, l'histoire de la littérature tourne presque toujours autour de l'aventure de l'être humain agissant dans un milieu hostile, mû par un devoir, une passion, une idée, un amour, un rendez-vous inéluctable avec le hasard ou le Destin. L'originalité, dans le cas de Manolo Bande-à-part, est que ce conflit ne se déroule pas dans les décors classiques que sont la mer, la guerre, les prairies, la forêt mystérieuse, le désert, mais dans un paysage immédiat, proche, aussi gris et dénué d'espoir que la réalité de l'homme pris dans la toile d'araignée qu'il tisse lui-même : l'équivoque, l'ambiguïté, l'ambition, l'argent comme prétendu facteur de dignité, le sexe, à la fois salut et piège. J'exclus délibérément le mot amour, car j'ai l'impression que, sauf pour de très brefs moments et presque malgré eux – le couple enlacé au milieu d'une mélancolique nuée de confettis, quand se termine la fête de la fin de l'été –, aucun des deux personnages du roman n'est vraiment amoureux de l'autre. Ou de ce qu'est réellement l'autre. Si ma vision est correcte, cela voudrait dire que Manolo Reyes et Teresa Serrat, confrontés à l'impossible mais livrant chacun sa propre guerre, se meuvent en aveugles dans ce paysage de confins, brouillé et dangereux, qu'est la vie, n'utilisant certains mots – solidarité, politique, révolution, amour – que comme des armes défensives et offensives. Comme des consolations ou comme des prétextes.

Je suppose qu'en réalité l'être humain vit – écrit, lit – toujours la même aventure. Le même roman. Et que l'écrivain, avec son talent, récupère, repeuple et colonise ce territoire à la fois familier et énigmatique, en l'actualisant magistralement pour son temps et ses contemporains. Ou, plutôt, en fixant pour toujours ceux-ci dans ce territoire. C'est alors qu'apparaît le chef-d'œuvre : le texte qui devient une référence indispensable quand on doit remémorer, interpréter, situer les avatars du cœur humain dans le cadre d'un univers et de son époque. En ce sens, *Teresa l'après-midi* est un chef-d'œuvre. Et c'est pour cela qu'il survit à son temps et, d'une certaine manière, à l'auteur lui-même. Tout romancier meurt en terminant un livre ; tandis que le texte, lui, reste là, arraché au tronc à un moment concret de sa vie : celle-ci continue, le cœur et le regard ne sont plus les mêmes, et c'est un autre homme – transformé, en outre, par le fait d'avoir écrit ce roman – qui écrira les pages à venir. Quant à l'œuvre achevée, elle demeure derrière lui, à la dérive, livrée d'abord au jugement des lecteurs – uniques arbitres de terrain en la matière – et ensuite au crible implacable des ans. C'est ainsi que, soumis à la purge sans pitié du temps, il y a des romans qui vivent et d'autres qui meurent, sans qu'il y ait de relation directe avec leur succès, leur qualité ou leur perfection.

Quarante ans après avoir été écrit, *Teresa l'après-midi* garde toujours sa fraîcheur première. Même les imbéciles qui, à l'époque, ont tout juste accordé la vie sauve à l'auteur, et encore à contrecœur, ces aigris et ces parasites dont le rôle consiste à expliquer comment ils écriraient – s'ils le voulaient – les livres qu'écrivent les autres, sont obligés de convenir que Manolo Reyes, *alias* Bande-à-part, est un des personnages littéraires les mieux campés de la littérature espagnole de la seconde moitié du XXe siècle. Bien que se situant dans un moment social et politique bien déterminé – à mi-parcours de la longue période du franquisme – l'histoire de la fille de bonne famille catalane et du jeune *charnego*, l'immigré de l'intérieur, ne reste pas dépendante de son contexte historique ; et c'est ce qui a rendu possible qu'elle puisse vieillir, si tant est que le mot convienne, avec la solidité et l'autorité des grandes œuvres. Peu importe qu'elle se déroule dans la Barcelone du milieu du siècle passé, quand, verre de whisky à la main, les rejetons de la haute bourgeoisie catalane jouaient à prédire la chute imminente du franquisme en attendant que les ouvriers fassent le travail – cette gauche stérile des cafés et des bars n'a jamais pardonné à Juan Marsé son implacable dissection –, alors que le prolétariat se débattait entre la lutte révolutionnaire et la tentation de profiter des avantages et des agréments du système. Intérêt folklorique et historique mis à part, le lecteur actuel, quel que soit l'état de sa mémoire, ne s'en soucie guère ; car ce qui est raconté dans ces pages, dépouillées par le passage des ans de leurs clefs immédiates, ce sont des choses qui se passent quotidiennement dans n'importe quel contexte géographique ou temporel. Pour qui lit aujourd'hui *Le Rouge et le Noir*, la France bourgeoise du XIXe siècle compte moins que le conflit, toujours ancien et toujours nouveau, qui se noue dans le cœur ambitieux d'un jeune homme : l'aventure de celui qui, poursuivant un rêve, veut pénétrer dans un monde plein de tentations et de dangers que Teresa Serrat, la Femme, symbolise, résume et peut lui ouvrir. Ainsi, évoquer, avec Manolo dit Bande-à-part, Julien Sorel ou Rastignac n'est pas une simple association critique. Ils sont faits de la même chair et du même sang des héros : ils ont, à leur manière et chacun dans son monde, le même idéal.

Tout est déjà écrit depuis les classiques grecs et latins, et tout reste encore à écrire. La grande littérature, celle de toujours, n'est rien d'autre que la même éternelle et passionnante histoire lucide de l'homme, dans différents cadres temporels, dans des œuvres successives, dans des classiques qui l'offrent à de nouvelles générations de lecteurs chaque fois que le talent d'un écrivain dépoussière tel ou tel aspect du cœur humain, lui redonne vie et le remet en circulation. Histoire, récit, roman où chaque lecteur se reconnaîtra ; car, en fin de compte, il s'agit de sa propre histoire. Voilà pourquoi, comme dans les vieux récits d'aventures où tout paraît tellement évident mais ne l'est nullement, dès les premières pages de *Teresa l'après-midi*, quand Manolo Reyes – qui a revêtu son plus beau costume avec le même soin que les guerriers et les héros de jadis mettaient à s'équiper pour le combat, la *terra incognita* ou la chasse à la baleine – pousse la grille du jardin de la maison de San Gervasio et suit le sentier de gravier pour aller à la rencontre du rêve incarné par une femme qu'il ne fait encore que deviner, le lecteur sent l'odeur du danger ; l'inquiétante certitude de pénétrer avec lui en territoire ennemi. Et bien des pages plus loin, l'histoire et l'aventure achevées, il le reconnaît – il se reconnaît – dans le triste bar où passe l'ombre du héros, après la bataille.

Arturo Pérez-Reverte

Ils marchent lentement sur un lit de confettis et de serpentins, par une nuit étoilée de septembre, le long de la rue déserte ornée d'un toit de guirlandes, de papiers de couleur et de lampions déchirés : dernière nuit de la fête patronale (les confettis des adieux, la valse des bougies) dans un quartier populaire et suburbain, quatre heures du matin, tout est fini. L'estrade où, un peu plus tôt, l'orchestre interprétait des mélodies à la demande est vide, le piano recouvert de sa housse jaune, les lumières éteintes et les chaises pliantes empilées sur le trottoir. Dans la rue, c'est la désolation qui succède aux fêtes célébrées dans un garage ou sur une terrasse : une autre agitation, d'autres occupations quotidiennes et ponctuelles, le misérable lien qui unit la main au fer, au bois et à la brique réapparaît, aux aguets derrière les portes et aux fenêtres, tapi, attendant l'aube. L'abuseur mélancolique, le ténébreux fils du quartier qui, l'été, rôde en quête de l'aventure séduisante, l'amoureux éperdu qui accompagne la belle inconnue ne le sait pas encore, l'été est encore un vert archipel. Les spirales brillantes des serpentins pendent aux balcons et aux réverbères dont la lumière jaune, plus indifférente encore que les étoiles, tombe en poussière exténuée sur l'épais tapis de confettis qui a transformé la rue en paysage de neige. Une brise légère agite le toit de petits carrés de papier et lui arrache une fraîche rumeur d'oseraie.

Le couple solitaire est étranger à ce paysage, comme sont étrangères l'une à l'autre les façons de s'habiller du garçon et de la fille : le garçon (blue-jean, baskets, maillot noir avec une arrogante rose des vents imprimée sur la poitrine) entoure de son bras la taille de la jolie fille (robe rose évasée, escarpins, épaules nues et cheveux longs, lisses et blonds) qui appuie sa tête contre son épaule tandis qu'ils s'éloignent à petits pas, en foulant avec indolence la blanche écume qui recouvre l'asphalte, en direction d'une pâle lueur qu'on aperçoit au coin de la rue : une voiture de sport. Il y a dans la marche de ce couple la solennité rituelle des cérémonies nuptiales, cette lenteur idéale dont il nous est donné de jouir en rêve. Ils se regardent dans les yeux. Ils arrivent devant la voiture, une Floride blanche. Soudain, un vent humide débouche au croisement et va à leur rencontre, soulevant un nuage de confettis ; c'est le premier vent de l'automne, la gifle pluvieuse qui annonce la fin de l'été. Surpris, le jeune couple se sépare en riant et se couvre les yeux avec les mains. Le remous de confettis bruit sous leurs pieds avec une violence renouvelée, déploie ses ailes de neige et les enveloppe entièrement, les fait disparaître pour quelques secondes : alors, ils se cherchent en tâtonnant dans le vide comme lorsqu'on joue à colin-maillard, ils rient, s'appellent, s'enlacent, se séparent et finalement attendent que cette confusion finisse, dans une attitude hiératique, en se tournant le dos, perdus un instant, égarés au milieu du nuage de flocons blancs qui tourne autour d'eux comme un tourbillon.

1

Et en quelle partie du monde, en quelle nation
N'obtient l'estime générale, ne commande, ne domine,
Un jeune homme à l'âme énergique et courageuse,
À la raison lucide et à la force adamantine ?

ESPRONCEDA

Il y a des surnoms qui illustrent non seulement une façon de vivre, mais aussi la nature sociale du monde dans lequel on vit.

Le soir du 23 juin 1956, fête de la Saint-Jean, le dénommé Bande-à-part surgit des ombres de son quartier habillé d'un costume d'été cannelle flambant neuf ; il descendit par la route du Carmel jusqu'à la place Sanllehy, sauta sur la première moto qu'il vit à l'arrêt et qui offrait certaines garanties d'impunité (non pour la voler, cette fois, mais simplement pour s'en servir et l'abandonner quand il n'en aurait plus besoin) et se lança à toute vitesse le long des rues en direction de Montjuich. Son intention, ce soir-là, était d'aller au Pueblo Español, dont la fête était fréquentée par des étrangères, mais il changea brusquement d'idée à mi-chemin et se dirigea vers le quartier San

Gervasio. Moteur au ralenti, en respirant la nuit de juin parfumée et lourde de vagues promesses, il parcourut les rues désertes, bordées de grilles et de jardins, jusqu'au moment où il décida d'abandonner la moto et de fumer une cigarette, appuyé au garde-boue d'une fantastique voiture de sport garée devant une villa. Sur le métal rutilant, son visage – un visage mélancolique et sévère, au regard grave, à la peau olivâtre – se refléta, fondu dans un firmament de lumières fugitives, tandis que la musique douce d'un fox-trot caressait son imagination : en face de lui, dans un jardin décoré de lampions et de guirlandes en papier, il y avait une soirée.

L'air de fête de cette nuit qui commençait, sa ferveur et son agitation joyeuse étaient peu propices à l'inquiétude, et moins encore dans ce quartier ; mais un groupe de couples élégants qui vinrent à passer devant le garçon ne purent réprimer ce léger malaise parfois provoqué par un élément de désordre difficile à discerner : ce qui attirait l'attention chez ce garçon, c'était la beauté grave de ses traits méridionaux et une certaine immobilité, peu rassurante, qui montrait un étrange rapport – ou plutôt un déséquilibre suspect – avec la merveilleuse voiture. Mais ils ne purent pratiquement rien percevoir de plus. Doués d'un flair très fin, sensibles au plus subtil désaccord matériel, ils ne surent voir dans ce beau front l'impassibilité morbide qui précède les décisions extrêmes, ni, dans ces yeux comme de furieuses étoiles, ce vague voile révélateur de réflexions tourmentées qui pourraient même aller jusqu'à la justification morale du crime. La couleur olivâtre de ses mains, qui tremblèrent imperceptiblement quand il alluma sa deuxième cigarette, était comme un stigmate. Et dans ses cheveux noirs peignés en arrière, il y avait quelque chose, en plus de leur séduction naturelle, qui attirait les regards féminins et provoquait un léger frisson, il y avait un effort secret et inutile, un espoir mille fois déçu mais encore intact : c'était une de ces coiffures laborieuses où l'on peut deviner les éléments, reconnaissables entre tous, de la lutte quotidienne contre la misère et contre l'oubli, la coquetterie féroce des grands solitaires et des ambitieux supérieurs.

Lorsque, enfin, il se décida à pousser la grille du jardin, sa main, comme celle de certains alcooliques quand elle saisit leur second verre, cessa de trembler, son corps se redressa, ses yeux sourirent. Il avança le long du sentier couvert de gravier et, tout à coup, il lui sembla distinguer une ombre qui bougeait derrière la haie, sur sa droite : dans une obscurité presque complète, entre les branches, deux yeux brillants le regardaient fixement. Il s'arrêta, jeta sa cigarette. C'étaient deux points jaunâtres, immobiles, effrontément cloués sur son visage. L'intrus savait que, dans ce genre de rencontre, le mieux est de sourire et de faire face. Mais, comme il se rapprochait d'eux, les points lumineux disparurent et il put voir une silhouette féminine qui s'éloignait rapidement vers la villa ; l'ombre tenait dans ses mains quelque chose qui ressemblait à un plateau. « Mauvais début, mon garçon », se dit-il tout en avançant le long du sentier bordé de haies vers la piste de danse, qui en réalité était une piste pour patins à roulettes. Les mains dans les poches, avec un air de totale indifférence, il alla d'abord jusqu'au buffet* [1] improvisé sous un grand saule et se servit une fine à l'eau de Seltz, après s'être frayé un chemin à travers une masse compacte de dos. Personne ne parut lui prêter la moindre attention. En se retournant vers une fille qui se dirigeait vers la piste, il heurta du bras le dos d'un garçon et renversa un peu de son cognac.

– Pardon, dit-il.

– Ce n'est rien, vieux, répondit l'autre en souriant, et il s'éloigna.

1. Les mots suivis d'un astérisque sont en français dans le texte.

L'impression d'assurance que reflétait le visage du jeune homme lui rendit la sienne. Dans la pénombre du saule, le verre à la main, il se sentit momentanément à l'abri et, se déplaçant avec précaution, sans se faire trop remarquer, il partit en quête d'une fille qui pût lui convenir – ni trop voyante ni trop réservée. Il se rendit compte que c'était une soirée de très jeunes gens. Soixante-dix personnes environ. De nombreuses filles étaient en pantalon et les garçons avaient de légères chemises de couleur. Durant un instant, il se sentit un peu ridicule et déconcerté de voir qu'il était l'un des rares à être en costume cravate. « Ils sont plus riches que je ne le pensais » se dit-il. Brusquement, il fut envahi par ce complexe d'élégance à contretemps qui caractérise les gens endimanchés. Quelques couples étaient assis au bord de la piscine, sur l'eau transparente de laquelle – une eau d'un vert très pâle – flottait un petit bateau. Il vit aussi quelques groupes qui semblaient s'ennuyer, assis autour des tables, sous les arbres, et qui tenaient des conversations languissantes, échangeaient des regards endormis. À l'une des fenêtres du rez-de-chaussée, qui était éclairée, une petite fille était assise, en pyjama, tandis qu'à l'intérieur, autour d'une table basse, un groupe d'adultes était en train de boire.

On entendait un disque interminable, une classique série de rumbas. Comme deux stylets, les yeux de Bande-à-part s'arrêtèrent sur une fille assise au bord de la piscine. Elle était brune, et portait une jupe rose toute simple et un corsage blanc. Tête baissée, apparemment indifférente à la danse, elle était occupée à tracer du doigt des lignes imaginaires sur les grandes dalles rougeâtres : elle était comme nimbée d'un curieux air de timidité et d'abandon, comme si elle venait elle aussi d'arriver et ne connaissait personne. L'intrus hésitait : « Si avant de compter jusqu'à dix je ne me suis pas planté devant cette fille, je me la coupe et je la file aux chiens. » Son grand verre à la main, plus sûr de lui maintenant – pourquoi ce grand verre violet lui donnait-il cette assurance ? –, il se dirigea vers la fille en traversant la piste de danse, entre les couples. Une lumière violente, pleine de bourdonnements d'abeille, se répandit soudain sur sa tête et ses épaules. Son profil dédaigneux, délibérément projeté sur un rêve, faisait naître sur son passage une fine poussière inquiétante et bleutée de regards furtifs (comme le sien, en des régions plus torrides, au passage d'une rapide voiture décapotable dans laquelle était assise une belle blonde aux cheveux flottants) et durant quelques secondes se tissait une trame idéale de secrets égarements. Mais il y avait aussi des zones ténébreuses : il n'ignorait pas que son physique trahissait ses origines andalouses – c'était un *charnego*[1], un *Murcien* (Murcien comme dénomination corporative, non pas géographique : autre bizarrerie des Catalans), un fils de la lointaine et mystérieuse Murcie… Tandis qu'il avançait vers la piscine, il vit une fille s'asseoir à côté de celle qu'il avait choisie et parler affectueusement avec elle, un bras passé sur ses épaules. Il les observa attentivement toutes les deux, en calculant les chances de succès que chacune d'elles pouvait offrir : il fallait se décider avant de les aborder. Celle qui venait de s'asseoir, une blonde en pantalon, laissait à peine voir son visage ; on aurait dit qu'elle était en train de confesser son amie, qui l'écoutait en silence, les yeux baissés. Quand elle les releva, elle regarda le jeune homme, proche d'elles maintenant, et un sourire se dessina sur ses lèvres. Lui, sans hésiter une seconde, choisit la blonde : non qu'elle fût plus séduisante – en fait, il avait à peine vu son visage –, mais parce que le sourire insolite de l'autre

1. Nom donné par les Catalans aux émigrants (surtout andalous) et descendants d'émigrants qui ne parlent pas catalan. Le terme est péjoratif, à tout le moins méprisant. Quant au mot de *Murcien*, il ne désigne pas particulièrement les personnes originaires de la ville de Murcie, mais plus généralement tous les Andalous. (*N.d.T.*)

l'inquiétait. Mais, au moment où il était devant elles et où il s'inclinait – peut-être un peu exagérément, à la péquenot, se dit-il à lui-même –, la blonde, qui ne s'était pas aperçue de sa présence, se leva brusquement et alla s'asseoir un peu plus loin, près d'un garçon qui agitait l'eau avec sa main. Pendant une fraction de seconde, entre les cheveux dorés et lisses qui couvraient en partie le visage de la jeune fille, le Murcien put voir des yeux bleus qui le frappèrent au cœur. Il pensa la suivre, mais invita son amie. « Après tout, c'est du pareil au même », se dit-il.

Elle s'était levée et se tenait immobile devant lui, indécise, adressant de timides regards à la blonde ; mais celle-ci, lui tournait le dos, à deux mètres de là, et ne s'apercevait de rien. Renonçant à attirer son attention, la brune tendit la main à l'inconnu avec une vivacité soudaine, en arborant à nouveau son sourire mystérieux et, au lieu de se laisser conduire vers la piste de danse, elle entraîna le garçon vers la partie la plus sombre et la plus écartée du jardin, sous les arbres, où des couples dansaient enlacés. Bande-à-part rêvait. Il remarqua que la main de la fille, dont le contact lui était extrêmement familier, doux et moite, lui transmettait une froideur indicible, comme s'il l'avait tenue dans l'eau. En la prenant dans ses bras, il composa son meilleur sourire et la regarda dans les yeux. Il était plus grand qu'elle, et la fille était obligée de rejeter complètement la tête en arrière si elle voulait voir son visage. Bande-à-part commença à parler. Son point fort, c'était sa voix, une voix rauque, méridionale et persuasive. Ses beaux yeux faisaient le reste.

– Dis-moi : tu as besoin de la permission de ta sœur pour danser ?

– Ce n'est pas ma sœur.

– On dirait que tu as peur d'elle. Qui est-ce ?

– Teresa.

Elle dansait sans entrain, sans avoir conscience de son corps, aurait-on dit. Elle allait avoir dix-neuf ans et s'appelait Maruja. Non, elle n'était pas andalouse, même si elle en avait l'air, mais catalane, comme ses parents. « Manque de chance, je suis tombé sur une *noia*[1] », pensa-t-il.

– Eh bien, on ne le dirait pas, tu n'as pas l'accent catalan.

Certes, la fille prononçait bien, d'une voix murmurante et monotone. Elle était très timide. Son corps, mince mais étonnamment vigoureux, tremblait maintenant entre ses bras. Le disque jouait un boléro.

– Tu vas à l'université ? demanda Bande-à-part. Je m'étonne de ne pas t'y avoir vue.

La jeune fille ne répondit pas, et accentua son sourire énigmatique. « Doucement, espèce d'animal, doucement », se dit-il. En baissant la tête, elle demanda :

– Et toi, comment tu t'appelles ?

– Ricardo. Mais mes amis m'appellent Richard… ceux qui sont idiots, bien entendu.

– En te voyant, j'ai cru que tu devais être un ami de Teresa.

– Pourquoi ?

– Je ne sais pas… Comme Teresa nous ramène toujours des garçons étranges, qu'elle trouve Dieu sait où…

– Alors, comme ça, tu me trouves étrange.

– Je veux dire… inconnu. Il se mit à rire.

– Tu es adorable.

Il la serra davantage, lui effleura le front et les joues de ses lèvres, cherchant à l'embrasser.

– Tu habites ici, Maruja ?

– Tout près. Vía Augusta.

– Tu es drôlement bronzée.

1. En catalan : jeune fille. (*N.d.T.*)

– Pas autant que toi…

– Réellement, je suis né comme ça. Toi, tu es bronzée parce que tu vas à la plage. Je n'y suis allé que trois fois cette année, réellement, répéta-t-il, entiché de cet adverbe, je n'ai pas pu, je prépare mes examens… Tu vas où, à S'Agoró ?

– Non. À Blanes.

– Ah.

Bande-à-part avait espéré que ce fût à S'Agoró. Mais enfin, Blanes n'était pas si mal.

– À l'hôtel, réellement… ?

– Non.

– La villa de tes parents.

– Oui.

– Tu danses très bien. Avec toutes ces questions que je t'ai posées, j'oubliais la plus importante. Tu as un petit ami ?

Alors, tout à coup, la jeune fille baissa la tête sur la poitrine du garçon et se serra très fort contre lui, en tremblant. Il remarqua avec étonnement le frôlement insistant de ses cuisses et de son ventre. La fille lui communiquait à nouveau cette sensation d'abandon et de détresse où elle semblait se trouver quand il l'avait vue assise à côté de son amie. Il n'y fit pas attention – elle est en chaleur, c'est tout. Il tenta quelques baisers légers autour de sa lèvre supérieure, et finalement l'embrassa sur la bouche. Il ne put deviner si c'était caprice de fille riche et gâtée ou instinct de conservation naturel – ou peut-être ses paroles ne disaient-elles que la vérité –, mais ce qui est certain c'est qu'il fut déconcerté de l'entendre dire :

– J'ai soif…

– Tu veux du champagne ? Je suppose qu'on a droit à une bouteille par couple.

La jeune fille se mit à rire timidement.

– Non, ici on peut boire ce qu'on veut.

– Je le disais pour toi. Vous, les filles, un rien vous rend malades. Bon, tu veux que je te rapporte une coupe ?

– Je préfère un cuba libre.

– Bonne idée, moi aussi. Attends-moi ici.

En l'air, les fusées sifflaient. Les pétards lointains et de plus en plus espacés, la musique et le vaste bourdonnement de la ville éveillée donnaient à la nuit une profondeur magique que n'ont pas les autres nuits d'été. Le jardin exhalait des parfums onctueux, humides et légèrement putrides tandis qu'il se dirigeait vers le buffet* : il s'ouvrait un passage entre des épaules dorées, des bouffées doucereuses de jeunes corps en sueur et des nuques bronzées, des aisselles découvertes et des poitrines agitées. Tout cela le pressait pendant qu'il préparait les boissons. Jamais il n'avait senti si près de lui les effluves de ces bras fermes et parfumés, les lueurs confiantes de ces yeux bleu d'azur. Il était sûr de lui, agréablement entouré, et il n'était même pas inquiet de voir quelques garçons à l'air responsable (à coup sûr, les organisateurs de la fête) qui tournaient autour de lui et l'observaient. Il versa une bonne quantité de gin dans le verre de Maruja et retourna près d'elle pour porter un toast…

– À l'avenir, dit-il gaiement.

Et la jeune fille but lentement, en le regardant dans les yeux. Puis il la conduisit à une balancelle installée au milieu de la pelouse. Une fois assis, ils s'embrassèrent un long moment, doucement. Mais l'obscurité ne les protégeait plus autant qu'auparavant. Il consulta sa montre : il allait être quatre heures. Derrière eux, la silhouette surchargée de la villa commençait à se profiler sur la clarté rougeâtre du ciel, où les étoiles fondaient paisiblement comme des glaçons dans un verre de Campari oublié dans l'herbe. Quelques invités prenaient congé. Il fallait qu'il se dépêche. Depuis l'espace éclairé, trois jeunes gens le regardaient avec une expression qui ne laissait aucun doute : ils étaient en train de se demander qui diable était ce type et ce qu'il faisait dans leur fête.

« C'est ici que commence le bal », se dit-il en se penchant pour ramasser son verre. Puis il murmura à l'oreille de la fille :

– Tu veux un autre cuba libre ? Ne bouge pas d'ici, je reviens tout de suite.

Elle sourit d'un air endormi :

– Fais vite.

Tout en préparant consciencieusement les boissons, sans se presser – il attendait l'arrivée des trois fils à papa –, il réfléchit à ce qu'il lui restait à faire ; bien peu de chose, en réalité : se débarrasser d'eux, décider d'un rendez-vous avec Maruja pour le lendemain et s'en aller. C'est alors qu'il entendit leurs pas.

– Dites donc, fit une voix nasale, dans un léger tremblement ironique. Pourriez-vous nous dire qui vous êtes ?

L'intrus se retourna lentement, un verre plein à ras bord dans chaque main. Il avait un large sourire et leur jetait au visage, comme une insolence, la cynique évidence de son calme. Et comme s'il était disposé à laisser glisser sur lui, sans le moindre effet, une plaisanterie connue, infantile et ridicule, il hocha la tête d'un air bienveillant et dit :

– Je m'appelle Ricardo de Salvarrosa. Quelque chose ne va pas ?

Le plus jeune des trois garçons, qui avait un pull blanc sur les épaules, manches nouées autour du cou, eut un petit rire. Bande-à-part devint soudain sérieux.

– Mon nom te fait rire, vieux ?

Il ferma les yeux avec une expression d'énervement, fugace et inattendue. Quand il les rouvrit, il ne put éviter de regarder les verres qu'il avait dans les mains, de l'air de quelqu'un qui voit la raison qui l'oblige à renoncer à étrangler son vis-à-vis. C'est peut-être pour cela que, même sans savoir très bien ce qu'il voulait laisser entendre, personne ne douta de ses paroles quand il ajouta :

– Toi, tu as plus de chance.

– Nous ne voulons pas de scandale ici, tu comprends ? dit l'autre.

– Et qui donc veut faire du scandale, camarade ? répondit-il sans perdre son calme.

– Bon, alors, qui est-ce qui t'a invité à cette soirée, avec qui es-tu venu ?

Brusquement, le jeune homme du Sud se composa une expression digne et leva la tête avec arrogance. Il venait de découvrir, derrière les garçons, une dame qui le regardait, debout, bras croisés et avec un air froidement solliciteur qui dissimulait mal son inquiétude. Ce devait être la maîtresse de maison. Disposé à en finir le plus vite possible, il s'avança d'un air décidé, et passa au milieu du petit groupe. Son visage fut éclairé à nouveau par un étincelant sourire de Murcien, il s'inclina brièvement devant la dame et, avec un calme et une tranquillité qui soulignaient le charme juvénile de ses traits, il dit :

– Mes hommages, madame. Je suis Ricardo de Salvarrosa, vous connaissez certainement mes parents (la dame sembla interdite, évidemment malgré elle, mais cela lui valut de profiter un peu plus de cette surprenante galanterie bande-à-partesque). Je regrette de ne pas avoir eu le plaisir de vous être présenté…

Il parla de la soirée et dit à quel point le jardin était fait pour ce genre de fête, en se répandant en considérations aimables et drôles au sujet de la grande famille que tous formaient ce soir-là, en dépit des visages nouveaux, et sur la tranquillité des quartiers résidentiels, l'utilité des piscines en été, leurs avantages par rapport à la plage, etc. Il y avait dans sa voix une secrète arrogance qui trahissait parfois son évident effort pour prendre un ton respectueux. Son accent était aussi une des choses qui attiraient l'attention ; c'était un accent qui pouvait par moments passer pour sud-américain, mais qui, tout bien considéré, n'était rien d'autre qu'une simple déformation de l'andalou passé au tamis d'un catalan de banlieue – comme une chute douce des voyelles, une abondance de *s* et une tendresse très spéciale dans les tournures –, déformation mise au service d'un lexique rempli de prétentions frivoles à la mode, abus des adverbes qui lui semblaient du meilleur effet bien qu'il ne sût pas exactement comment les placer, qu'il confondait et utilisait de façon imprévue et capricieuse mais toujours avec respect, avec une véritable vocation pour le dialogue, et même, aurait-on dit, avec cette foi inébranlable et émouvante qu'ont certains analphabètes dans les vertus rédemptrices de la culture.

Le visage de la femme ne refléta rien. Bien entendu, elle s'efforça de soutenir le regard de l'intrus, de cet impertinent beau gosse dont le discours ridicule révélait les origines, et elle le soutint longuement, dans l'intention de le foudroyer ; mais elle n'avait pas pris la précaution d'évaluer les forces en présence ni l'intensité de la méfiance réciproque : le résultat fut désastreux (la seule satisfaction qu'elle en retira – en supposant qu'elle sût l'apprécier – fut d'éprouver, dans un coin de son être qu'elle croyait endormi, un léger frisson qu'elle n'avait pas ressenti depuis des années). Avec une certaine précipitation, elle préféra détourner les yeux vers l'un des jeunes gens :

– Que se passe-t-il, mon grand ?

– Rien, maman, je m'en occupe.

Bande-à-part eut une idée.

– Madame, dit-il d'une voix pleine de dignité, comme on est en train de m'insulter, et pour vous éviter un si désagréable spectacle, je voudrais vous parler en tête-à-tête dans votre bureau.

Cette fois, elle était médusée. Elle allait répondre que naturellement ils n'avaient rien à se dire dans son bureau et que, d'ailleurs, elle n'en avait pas, mais déjà il ruminait une autre idée :

– C'est bon, dit-il d'un ton grave. On m'avait demandé de garder le secret, je ne sais pas pourquoi, mais le moment est venu de parler (il fit une pause et ajouta :) Je suis venu avec Teresa.

Qu'est-ce qui le poussait à s'abriter derrière le nom de cette belle blonde, l'amie de Maruja ? Il ne le savait pas lui-même exactement ; peut-être espérait-il qu'elle était déjà partie, ce qui ferait obstacle à la connaissance de la vérité, ou du moins la repousserait au lendemain. Par ailleurs, il venait de se rappeler ce que lui avait dit Maruja à propos de son amie : « Teresa nous ramène toujours des inconnus. » De toute façon, il était évident qu'en invoquant le nom de Teresa il avait mis dans le mille : il y eut un silence. La dame sourit, puis soupira et leva les yeux au ciel, comme si elle voulait le prendre à témoin. Aussitôt, un des garçons se mit à rire, ce à quoi Bande-à-part ne s'attendait pas. « Qu'ils aillent tous se faire foutre », se dit-il.

– Tu veux dire, demanda l'un des garçons, que c'est elle qui t'a invité ?

– Exactement.

– Je l'aurais juré, s'écria l'autre en regardant ses amis. Sa dernière trouvaille politique.

– Et où est-elle passée, cette idiote ? demanda le fils de la maison. Où est Teresa ?

– Avec Luis. Ils sont allés raccompagner Néné. Elle ne va pas tarder.

– Teresa est de plus en plus folle, ajouta celui qui avait ri. Complètement folle.

– Stupide et snob, oui, ajouta le fils de la maison.

– Carlos…, l'admonesta sa mère.

– Elle passe les bornes. Qu'elle invite qui elle veut, mais qu'elle prévienne, bon sang. Elle va m'entendre.

– Enfin, les enfants, conclut la dame, qui sentait toujours sur elle le regard du Murcien, lequel n'avait pas compris un seul mot de ce dont il était question.

Cette affaire momentanément éclaircie (elle connaissait la fille des Serrat, une effrontée, faiseuse d'embrouilles, et elle la savait parfaitement capable d'arriver avec un Gitan), la dame prit congé avec un sourire ennuyé et s'en alla vers la maison. La fête s'achevait. Quant aux jeunes, indécis, ils s'éloignèrent lentement vers la piste de danse. On entendit le fils de la maison qui disait à ses amis, sur un ton de représailles :

– Quand cette idiote arrivera, prévenez-moi.

Maruja attendait au même endroit, immobile, pensive, un peu déconcertée : elle avait l'air d'une de ces malheureuses créatures qui, à un moment donné de leur vie, ont décidé d'être des filles sérieuses, mais qui en fait, pour des raisons qu'elles n'arrivent pas à comprendre tout à fait, ne se sentent soudain plus du tout gratifiées de l'être. Il y avait sur son visage, et peut-être dans son sourire, l'obstination tristement émouvante et parfaitement inutile de ceux qui conseillent aux riches et aux pauvres de s'aimer. En s'abandonnant, toute tremblante, aux bras du Murcien, la fille laissait émaner d'elle une espèce de lassitude morale longtemps supportée, et qui maintenant l'excitait et la trahissait : de ce prétendu sérieux, il ne restait plus qu'une timidité naturelle et un bienheureux air de détresse que le Murcien n'aurait pu déterminer, mais qui lui semblait décidément familier et qui l'inquiétait, comme s'il y pressentait un danger connu.

Ils dansèrent et s'embrassèrent dans la partie la plus humide et la plus sombre du jardin, inquiétant les oiseaux, sous un ciel rougeâtre qui semblait palpiter entre les branches des acacias. Bande-à-part cessa de faire semblant, soudain les mots d'amour jaillissaient, brûlants, de ses lèvres transpercées, dévorées par la fièvre de la sincérité : même dans les circonstances où, à cause de son tempérament intrigant, il se plaçait au plus haut niveau de l'imprudence, et aussi loin que pouvaient le mener son aptitude au mensonge et sa perspicacité, il y avait quelque chose en lui qui lui conférait une curieuse conception de soi, de son rang et de sa stature spirituelle, quelque chose qui l'obligeait, à des moments déterminés, à jouer franc jeu. Et sans même qu'il le veuille, sa bouche devait finir par s'unir à celle de la jeune fille, dans la conscience réelle de réaliser en partie un rite amoureux requérant de la foi et une certaine volonté d'abandon, une certaine candeur encore nourrie des rêves de la jeunesse, et dont la survie se situe au-delà du passe-temps et exige plus de don de soi, plus de fantaisie et plus de courage que ce que montraient, bien évidemment, les autres jeunes gens de cette soirée.

La musique s'était tue. Il prit rendez-vous avec la jeune fille pour le lendemain, à six heures du soir, dans un bar de la rue Mandri. Puis il s'offrit courtoisement à la raccompagner, mais elle lui dit qu'elle devait attendre son amie Teresa, qui avait promis de la ramener en voiture. Il n'insista pas, préférant laisser les choses là où elles en étaient.

Et sous les acacias tendrement teintés de rose, avec la brise du matin qui réveillait de nouvelles fragrances dans le jardin, le garçon du Sud enlaça et embrassa la fille pour la dernière fois, furieusement, comme s'il partait pour la guerre. « À demain, mon amour… – À toujours, Ricardo… »

En passant devant la maîtresse de maison, Ricardo de Salvarrosa prit congé d'un discret et charmant signe de tête.

Si tu veux tout posséder un jour,
Renonce à rien posséder :
Si tu veux être tout un jour
Renonce à être quelque chose.

SAINT JEAN DE LA CROIX

Le Mont Carmel est une colline nue et aride située au nord-ouest de la ville. Leurs invisibles fils manipulés par des doigts d'enfant experts, on y voit souvent, au-dessus du sommet, dans le bleu du ciel, des cerfs-volants aux brillantes couleurs que le vent fait frissonner, semblables à des écus qui annonceraient un songe guerrier. Dans les grises années qui suivirent la guerre, quand l'estomac vide et le pou vert exigeaient chaque jour un rêve pour rendre la réalité plus supportable, le Mont Carmel était le fabuleux terrain d'aventures, le terrain de prédilection des gamins déguenillés des quartiers de Casa Baró, du Guinardó et de La Salud. Ils grimpaient tout en haut, là où siffle le vent, pour lancer des cerfs-volants de grossière fabrication familiale, faits avec de la colle de farine, des roseaux, des chiffons et du papier journal : longtemps tremblèrent et frétillèrent furieusement dans le ciel de la ville photographies et nouvelles de l'avance allemande sur les fronts de l'Europe ; c'était le temps où régnaient la mort et la désolation, le temps pour les Espagnols du rationnement hebdomadaire, de la misère et de la faim. Aujourd'hui, pendant l'été 1956, les cerfs-volants ne portent plus ni nouvelles ni photos, ils ne sont plus faits avec des journaux, mais avec du fin papier de soie acheté chez le marchand, et leurs couleurs sont criardes, tapageuses. Mais, en dépit de l'amélioration de leur apparence, beaucoup d'entre eux restent de fabrication familiale, leur armature est grossière et lourde, et ils s'élèvent avec difficulté : ils sont toujours l'étendard guerrier du quartier.

La colline se dresse près du parc Güell, dont elle regarde, par-dessus l'épaule et d'un air sceptique, les vertes frondaisons et les fantasmagories architecturales de conte de fées ; elle forme une chaîne avec le Turó de la Rubira, aux flancs habités, et avec la Montagne Pelée. Cela fait plus d'un demi-siècle qu'elle a cessé d'être un îlot solitaire hors de la ville. Avant-guerre, ce quartier et le Guinardó étaient composés de villas et de petites maisons sans étage : c'étaient encore des lieux de retraite pour certains commerçants à l'aise de la classe moyenne de Barcelone, faux paons qui ont laissé la trace de leur passage, çà et là, dans un vieux pavillon ou un jardin en ruine. Mais ils sont partis. Qui sait si, en voyant arriver les réfugiés des années quarante, haletant comme des naufragés, la peau brûlée non seulement par l'impitoyable soleil d'une guerre perdue, mais aussi par toute une vie d'échecs, ils ne finirent pas par avoir conscience du naufrage national, de l'île à jamais submergée, du paradis perdu que serait le Mont Carmel au cours des années suivantes. Car, très rapidement, la marée de la ville atteignit aussi le bas de son versant sud, entoura lentement ses pentes et poursuivit son avancée en s'étendant par le nord et par l'ouest, vers le Val d'Hébron et les Pénitents. Sur ses versants dont les gradins la font ressembler à un amphithéâtre, pousse une herbe d'un vert amer, parsemée de-ci de-là des joyeuses taches jaunes des genêts. Un serpent d'asphalte, livide sous la lumière crue du petit matin, noir et chaud et parfumé à la tombée du jour, effleure l'entrée latérale du parc Güell, venant de la place Sanllehy, et monte par le versant est au-dessus d'une dépression du terrain couverte de vieux caroubiers et de misérables jardins avec leurs cabanes, jusqu'au moment où il atteint les premières maisons du quartier : là, sa large tête suffocante siffle et éclate et surgissent alors des rues non goudronnées, tordues, poussiéreuses ; certaines tentent de monter plus haut encore, tandis que les autres descendent, filent dans toutes les directions, se précipitent vers la plaine par le versant nord, en direction d'Horta et de Montbau. Outre les vieux pavillons et quelques autres, plus récents, construits dans les années quarante, quand les terrains étaient bon marché, on peut y voir des petites bicoques de brique rouge bâties par les émigrants, des balcons de fer dont la peinture est partie, de minuscules galeries intérieures au décor floral factice, où des femmes arrosent des plantes qui poussent dans des caisses de bois sans fond tandis que des filles étendent la lessive, une pince à linge et une chanson entre les dents. Au bas de l'escalier qui mène à l'ermitage des Carmélites, il y a une fontaine publique, au centre d'une mare où pataugent des enfants aux pieds nus : rose pourpre de mercurochrome sur des tibias nerveux et bronzés, sur des genoux renfrognés, sur des visages olivâtres au nez camus, aux pommettes saillantes et aux paupières pleines de tendresse asiatique. Plus haut, la poussière, le vent, l'aridité.

Le quartier est habité par des gens au contact facile, piquante macédoine de diverses régions du pays, en particulier du Sud. On peut voir, parfois, assis sur une marche de l'escalier de l'ermitage, ou promenant dans les terrains vagues sa nostalgie rurale, les mains dans le dos, un vieil homme vêtu d'une veste de serge grise, d'une chemise de coton rayé à col rond boutonné sous la pomme d'Adam, et couvert d'un chapeau noir à large bord. Il y a deux étapes dans la vie de cet homme : celle où, avant d'aller au champ, il avait besoin de réfléchir, et celle de maintenant, où il va dans la campagne pour ne pas réfléchir. Et ce sont les mêmes pensées, la même impatience que jadis qui envahissent aujourd'hui les visages et les regards des jeunes du Carmel lorsqu'ils contemplent la ville d'en haut, et par conséquent les mêmes rêves, qui ne sont pas nés ici, mais qui ont voyagé avec eux, ou dans les entrailles de leurs parents émigrés. Impatience et rêves qui chaque matin, très tôt, glissent une nouvelle fois le long de la pente, roulent par-dessus les terrasses de la ville qui s'étire, vers les lumières et les immeubles qui émergent de la brume. D'indolents yeux noirs pas encore vaincus, paupières mi-closes, soupçonneux, considèrent avec méfiance l'immense lit de ces brumes bleutées et les lumières qui, vues d'en haut, promettent chaque jour un accueil vaguement nuptial, une sensation vraiment physique d'union avec l'espoir. Dans les lumineux matins d'été, quand les bandes de gosses se décrochent comme des grappes sur les pentes et que leurs pieds soulèvent des nuages de poussière, le Mont Carmel est comme un écran de lumière. Mais cette atmosphère de conciliation plénière, d'indulgence générale *hic et nunc*, qui, le dimanche, imbibe la ville comme une odeur de roses passées, n'atteint pour ainsi dire pas le Carmel. Ce n'est pas seulement une question d'altitude : on dirait qu'ici règne encore comme un sourire de Baal, le dieu païen qu'adorait Jézabel et qui fut expulsé du vrai Mont Carmel en Palestine, un sourire puissant comme un muscle, un sourire fait d'astuce et d'ironie vaguement impudiques, face au blanc sourire un peu grossier du dimanche qui envahit la colline avec la prétention de mettre ses habitants Dieu sait dans quelle misérable harmonie avec la résignation et la Nature. Car le temps n'est pas encore venu : certains chiens et certains hommes ont été vus, errant sur le Carmel comme des naufragés sur une île, et il arrive que les rues frissonnent sous un vent vagabond, un vent fou, sous des rafales de colère et d'indignation qui emportent des voix abjectes de speakers de la radio, d'abominables chansons, des pleurs d'enfants, des vieux journaux, des chaumes brûlés, une odeur d'herbe humide, de crotte de chat, de ciment, de foin et de résine ; des mouches expérimentées volent partout, une boîte en carton avec des lettres imprimées dans une langue vite familière (*Dry milk – Donated by the people of the United States of America*) glisse sur le sol et s'arrête contre les pieds d'un garçon immobile, au visage brun et aux cheveux aile-de-corbeau, qui contemple la ville du bord de la route, comme s'il regardait une mare boueuse.

C'est Bande-à-part. Il a envoyé un gamin lui acheter un paquet de « Chester » au bar Delicias. En attendant, il arrange son nœud de cravate et les manchettes blanches de sa chemise. Il porte le même costume que la veille, chaussures d'été tressées, une cravate et une pochette de la même couleur bleu pâle. Dans son dos lui parviennent des rires étouffés : derrière lui, au coin de la rue Pasteur, un groupe de garçons de son âge l'observent en parlant à voix basse. Quand il se retourne pour les regarder, toutes les têtes tournent elles aussi comme sous l'effet d'un coup de vent.

Il sort de chez lui, d'une maison qui fait partie d'un essaim de baraquements situés sous le dernier tournant, sur une plate-forme en suspens au-dessus de la ville : depuis la route, lorsqu'on s'approche, l'impression de marcher à l'abîme dure ce que le regard tarde à découvrir les petites maisons de brique. Leurs toits en plaques de fibrociment goudronné sont parsemés de pierres. Peintes de couleurs tendres, leur hauteur dépasse à peine la tête d'un homme et elles sont disposées en rangs orientés vers la mer ; elles forment des petites rues de terre bien propre, balayée et arrosée avec soin. Certaines ont une petite cour où pousse une treille. En bas, tout au fond, la ville s'étend vers les immensités céruléennes de la Méditerranée, sous des brumes et des sourdes rumeurs de fatigue industrielle, pointent les bouteilles grises de la Sagrada Familia, les tours de l'hôpital San Pablo et, plus loin, les noires aiguilles de la cathédrale, la vieille ville : ombres coagulées. Le port et l'horizon de la mer ferment ce panorama confus, avec les tours métalliques du transbordeur, la silhouette agressive de Montjuich. La maison du garçon est la deuxième de la rangée de droite, au bord des derniers contreforts de la colline. Il vit avec son frère aîné, sa belle-sœur et quatre gamins endiablés. La maison a appartenu au beau-père, un vieux mécanicien du Perchel qui était arrivé ici avec sa fille, avec les premières grandes vagues migratoires de 1941, après avoir perdu sa femme et sauvé ses outils et quelques économies. Il avait construit la maison de ses mains et acheté un petit appentis situé en haut de la route, entre une boulangerie et ce qui est aujourd'hui le bar Pibe, et l'avait transformé en atelier de réparation de bicyclettes. Selon toute apparence, les affaires ne pouvaient aller plus mal. Le vieux était mort après avoir marié sa fille, un petit tonneau déliquescent au regard chaud et soumis, et avoir appris le métier à son gendre, originaire de Ronda, qui avait connu la fille alors qu'il travaillait aux autotamponneuses pendant la fête du quartier de Gracia. Le gendre avait hérité du modeste négoce et d'une énorme surprise : en fait, les revenus ne provenaient pas de l'atelier, mais d'un individu à l'air distingué et à la parole facile, ecclésiastique, qu'on appelait dans le quartier le Cardinal et qui se révéla être l'acheteur de toutes les motos qu'un jeune type du Guinardó prématurément vieilli et taciturne amenait à l'atelier, toujours de nuit ; des motos dont la provenance et le destin ultérieur, après qu'elles avaient été mises en pièces détachées dans l'atelier et livrées au Cardinal, lui furent dévoilés par le vieux mécanicien du Perchel la veille du jour où il lui donna sa fille, avec l'embarras souriant de celui qui fait un cadeau de noce de toute évidence au-dessus de ses moyens. Envers et contre tout, avec des périodes d'inactivité qui menaçaient de fermeture le minuscule atelier, et des périodes d'euphorie (quatre : de là la naissance des quatre enfants), le négoce clandestin de motos volées se poursuivit, mais sans jamais rapporter assez pour que le mécanicien et sa famille puissent changer de logement et de quartier. Les temps étaient durs. D'autres petits voyous plus ou moins délicats, à taille de jonc (c'était le Cardinal qui les sélectionnait), se succédèrent pour les livraisons quand le type du Guinardó émigra en France. Ils venaient de quartiers éloignés et de grandes zones suburbaines, de Verdum, de la Trinidad, de Torre Baró. Jamais plus de deux à la fois, le Cardinal ne le permettait pas. À l'automne 1952, quand Bande-à-part se présenta inopinément sur le Mont Carmel et demanda l'hospitalité à son frère, l'affaire prit une impulsion décisive pour des raisons de pure séduction personnelle, à laquelle le Cardinal était particulièrement sensible. Mais tout cela ne fut vraiment évident que bien plus tard.

– Tiens, Manolo, dit près de lui une voix enfantine.

Il donna une peseta de pourboire au gamin et rangea son paquet de Chesterfield dans sa poche. Tout en descendant la colline, il entendait siffler et exploser en l'air, dans le ciel limpide et bleu de l'après-midi, les fusées qui restaient d'une fête de la veille.

À six heures, il était à l'Écossais, rue Mandri. Il n'y avait presque personne. Il attendit la jeune fille pendant trois heures. Déçu et déprimé, il rentra chez lui.

Vers la mi-septembre, avec un de ses copains, lui aussi du Carmel, il alla se baigner sur une plage près de Blanes ; deux filles les accompagnaient. C'était un dimanche. Ils étaient partis de très bonne heure, avec les motos et les paniers du pique-nique. Pour la première fois de sa vie, Bande-à-part s'accordait une aventure érotique avec une fille du quartier, concession inattendue où ses amis croyaient deviner un début de décadence.

Ils avaient quitté la route nationale quatre kilomètres après Blanes, et s'étaient engagés dans un chemin de terre qui menait à la plage en traversant une propriété privée. Les moteurs tournaient au ralenti, et les motos glissaient doucement dans la poussière. Bande-à-part n'avait tenu aucun compte de l'écriteau qui disait : « Chemin privé. Passage interdit. »

– Qu'ils aillent se faire foutre avec leurs écriteaux ! Comment est-ce qu'ils veulent qu'on arrive à la plage ? En hélicoptère ?

– Oh oui, oh oui !

Derrière lui, le suivant à une certaine distance, son ami riait tout bas. Il s'appelait Bernardo Sans. C'était un garçon de petite taille, fort, avec des yeux minuscules et paresseux littéralement collés à un énorme nez, et avec une mâchoire saillante et de travers qui donnait à son visage un air de bonté un peu triste. Sans admirait son ami et se serait fait tuer pour lui. C'était le septième enfant d'un Gitan catalan qui était devenu très populaire à Gracia en tondant les chevaux. La fille qu'il transportait derrière lui était sa fiancée, Rosa, trapue sur des jambes courtes, face de lune et poitrine surdéveloppée.

Le chemin les conduisit jusque derrière une grande villa ancienne, énorme et silencieuse, et ils durent obliquer sur la gauche. Ils démolirent avec leurs motos la barrière qui entourait une pinède et choisirent un endroit ombragé pas trop loin du sable. Au début, leurs regards furent constamment attirés par la grande villa de brique rouge, aux murs couverts de lierre, qui s'élevait majestueusement à environ deux cents mètres de là, face à la mer. C'était une vieille construction du début du siècle, à laquelle ses deux tours couronnées de cônes d'ardoises donnaient un air de château du Moyen Âge, en dépit de quelques transformations ; une terrasse élevée contre un de ses flancs communiquait avec les rochers qui s'enfonçaient dans la mer et dans lesquels on avait taillé quelques marches qui menaient à un embarcadère, où l'on pouvait voir un hors-bord à l'amarre.

Ils constatèrent qu'ils n'étaient pas les premiers à envahir la propriété : la barrière était brisée et il y avait entre les pins des restes de repas et des papiers gras. Mais on ne voyait personne, et l'excitation même causée par l'idée de se retrouver sous la puissante main d'un propriétaire féodal les incita, par pur délassement nerveux, à briser quelques mètres de barrière supplémentaires.

– *Collons*, dis donc, il ne faudrait même pas en laisser une trace ! disait Sans.

Bande-à-part gardait le silence. Les filles, qui s'étaient déjà changées, finirent par les faire renoncer à leur œuvre de destruction en se jetant sur eux en riant et en réclamant avec leurs corps une attention totale et méritée. Après avoir mangé, ils se baignèrent, jouèrent au ballon et coururent le long de la plage déserte. De temps en temps, la brise leur apportait une musique lointaine, qui s'échappait sans doute de la villa. Bande-à-part s'ennuya très vite : il errait au bord de l'eau ou bien entrait dans le bois, sans rien dire à personne, il n'en ressortait qu'au bout d'une demi-heure. Son attitude contraria ses amis, mais ne les étonna pas : depuis quelque temps déjà, il était facilement irritable et volontiers pensif. À intervalles réguliers, il s'allongeait sur le sable, à l'écart des autres, les mains sous la nuque.

Lola, sa petite amie, ne réussit qu'à le mettre de plus mauvaise humeur encore par ses questions aimables et son envie démesurée de plaire et d'être utile, non pas en se servant de son anatomie (la seule chose que les filles du Carmel peuvent et doivent offrir si elles veulent vraiment être d'une aide quelconque, selon le Murcien), mais de sa pauvre intelligence. Comme si cela n'était pas suffisant, il avait déjà deviné qu'elle ne couchait pas. C'était une amie de la fiancée de Bernardo Sans et elle vivait, elle aussi, sur le Mont Carmel, mais c'était à peine si Bande-à-part l'avait remarquée. Elle ne lui plaisait pas. Il avait consenti à l'emmener sur les instances de Sans, qui la lui avait recommandée en l'assurant qu'elle était à point. Mais quand l'après-midi, après le repas, chacun choisit un coin discret sous les pins pour s'y allonger avec sa compagne, il vit ses soupçons se confirmer : ce qu'il avait entre les mains, c'était cette matière résistante, têtue, ancestrale, cet héritage de convictions qui s'abîment dans le gouffre profond d'une invincible méfiance, cette étrange matière dont sont formés, et depuis combien de temps, les trois quarts de la femme qui, dans un pays méridional, aspire à un bien-être de classe moyenne : la peur du corps.

De plus, elle ne cessait pas de parler :

– Ce n'est pas que je ne veuille pas, disait-elle de sa voix aiguë, allongée sur le côté près de lui et surveillant distraitement les mains qui la caressaient, non, ce n'est pas ça, c'est que je suis comme ça, et ne crois pas que tu ne me plaises pas, tu m'as toujours plu... Je te voyais passer devant chez moi tous les soirs, surtout cet hiver, quand tu allais au bar, et je me disais toujours que tu étais différent des autres, pas seulement plus beau, je ne sais pas, différent, même si toi aussi tu joues aux cartes avec les vieux le dimanche, au Delicias, au lieu d'aller au bal, malgré tout ce qu'on dit de toi dans le quartier, et de tes amis, Sans et les autres, que vous vendez des motos volées et que vous dévalisez les voitures et que ton frère vous aide dans son atelier à vélos, tu verras ce qui va vous arriver un jour, tu verras, c'est ce que tout le monde dit, parce que l'argent, hein, d'où est-ce que vous le sortez ? Ce n'est pas que ça me regarde, mais c'est comme ça, ce n'est pas facile de gagner de l'argent et toi tu n'as jamais travaillé, que je sache, juste un peu quand tu es arrivé de ton pays, à l'atelier de ton frère, et je te dis, ce n'est pas que ça me regarde... S'il te plaît, pas ça, pas là, non, ce n'est pas bien… Il y a des fois où tu as eu beaucoup d'argent, ne dis pas le contraire, on ne gagne pas tant d'argent en faisant un travail honnête…

Elle se tut un instant, devant le soupir d'ennui qu'il poussait, et remonta, une fois de plus, les bretelles de son maillot de bain ; il attendit dix secondes et les lui rabaissa, sans beaucoup d'espoir : Lola était une de ces femmes à chair hypocondriaque, molle et triste, morte, qui ont l'air d'avoir été beaucoup maniées même si elles ne l'ont jamais été et dont l'expression de dégoût, profondément gravée sur leur visage gonflé et béat, provient non pas de la pratique excessive de l'amour, mais précisément de ne jamais avoir fait l'amour : leur expression est un mélange de lassitude, de douceur et d'afféterie, comme si leur nez captait en permanence une odeur pestilentielle mais d'une certaine façon bénéfique pour leur âme, ou leur égoïsme, ou comme on voudra appeler ce qui les maintient fermes dans leur solitude animale leur vie durant.

– Je ne veux pas me mêler de tes affaires, Manolo, sérieusement, je ne suis pas une faiseuse d'histoires, demande à qui tu voudras, mais on parle aussi de toi et de cette fille si antipathique, cette Hortensia, la nièce du Cardinal, tu es toujours fourré chez elle, qu'est-ce que ça te rapporte ? Remarque, moi, je crois que ce n'est pas pour elle que tu y vas, mais pour son oncle et les affaires que vous trafiquez, tu parles d'un drôle de type celui-là aussi, on voit bien qu'il s'est passé quelque chose entre lui et Luis Polo, le Galicien qui faisait partie de ta bande, il paraît que la police l'a chopé en train de voler dans la voiture d'un étranger pendant que toi tu t'en tirais par miracle, c'est ce qu'on raconte dans le quartier ; un samedi j'ai été au ciné avec Rosa, Bernardo et elle était fâchée ce jour-là et elle n'arrêtait pas de pleurer alors elle m'a tout raconté… aïe quelle brute, tu me fais mal… !

Elle se couvrit la poitrine avec les bras, elle sentait encore la marque de ses dents, mais il ne retira pas le désir de son regard ni la tendresse de sa main sur ses cheveux, si bien qu'elle continua à parler.

– Tu vois ? Vous êtes tous pareils, et après, hein, même de ça vous vous fatiguez…, qu'est-ce que tu fais ? (Sa voix perdait de sa fermeté, elle devenait liquide.) Ça non, je savais que ça se passerait comme ça… Qu'est-ce que tu vas penser d'une fille qui se laisse… ? Mais dis, ces motos-là aussi sont volées ? Toi, au moins, je ne t'ai jamais vu saoul ni en train de faire le voyou dans le quartier, c'est vrai, il faut dire ce qui est… Ça non, je te dis. Comment est-ce que tu peux penser que je… et mon honneur, qu'est-ce que tu en fais, hein ?

Il la lâcha. Il y avait tant d'inertie et une si grande peur dans ce corps, son entrejambe était si glacial… Il s'écarta, les dents serrées de rage, en glissant sur les aiguilles de pin. Au-dessus de sa tête dans les branches, un moineau chantait. « Tu parles d'un endroit pour garder son honneur », pensa-t-il. Le soleil lui donnait maintenant en plein dans les yeux et, les paupières mi-closes, il tenta de résister à la lumière aveuglante au point que des larmes lui vinrent. « Chienne de vie. Le fric, le fric, et je n'ai que dix foutues pesetas en poche, tout ce qui me reste du dernier transistor, le pire c'est que Bernardo ne veut pas se secouer, cette fois il est bien pris, il est frais. Rosa en a plus que lui, qu'est-ce qu'elle l'a changé, elle le fait parler comme elle veut et après elle va tout raconter à cette conne qui fait sa sainte-nitouche, et maintenant tout le quartier est au courant, ils vont m'entendre, bordel de bordel de merde… ! »

Il se redressa d'un bond. Il prit une orange dans le panier des filles.

– Où tu vas ? demanda Lola. (Soudain, la peur se lisait dans ses yeux.) Qu'est-ce que tu vas faire ? Tu es fâché ?

Bande-à-part s'éloigna sous les pins, vers l'endroit où Sans et sa fiancée étaient allongés. Il les entendit rire. Sans était sur le ventre, et elle, près de lui, lui faisait des chatouilles dans le dos avec une branche de romarin.

– Bernardo ! cria Bande-à-part.

(Épaule contre un pin, il se mit à peler son orange.) Viens là, j'ai à te parler.

– Maintenant ?

Oui, maintenant.

Sans se releva à demi, de mauvaise grâce. Sa fiancée eut une moue ennuyée, mais elle n'osa pas regarder Bande-à-part : une crainte obscure, et non la honte de se montrer nue, l'obligea à se couvrir de ses vêtements ; ce n'était pas la première fois que le Murcien la surprenait ainsi, et bien entendu il n'était pas ce qu'on appelle un étranger mais le meilleur ami de Bernardo, même si parfois ses yeux étaient ceux d'un inconnu : même sans les voir (elle n'osait pas lever le regard vers le jeune homme), elle les sentait parcourir son corps, sans admiration, sans désir non plus, comme une insulte, comme un reproche adressé à ce que cette nudité représentait pour Bernardo. Rosa l'avait toujours inquiété, surtout avec ce quelque chose d'ingrat qu'elle avait sur la bouche, comme un signe d'envie ; une bouche amère et sans couleur, épaisse, dure comme un muscle. Elle avait des yeux comme troublés par la fumée, et des épaules laiteuses et couvertes de taches de rousseur. En maillot de bain, elle avait un joli corps, avec une taille qu'on n'aurait pas crue si fine, mais trop mou et trop blanc, de la blancheur visqueuse des pommes de terre qu'on vient d'éplucher : il avait partout comme une lascivité éphémère, provisoire, menacée par un affaissement plus ou moins proche dû à l'embonpoint, à la vertu ou à son misérable régime de vie dans le quartier qui l'avait déformée. Alors, sur un ton de reproche, elle murmura :

– Tu pourrais prévenir, au moins, non ?

Il continua à peler son orange et ne dit rien. Il savait depuis toujours que ces deux énormes seins ronds et aveugles, tachés de deux fleurs violettes et presque métalliques qui vous regardaient aussi fixement que des lunettes de soleil, possédaient un secret et un terrible pouvoir de destruction : une vague physionomie agressive, mortifère, destructrice, qui vous laissait aussi désarmé que si vous vous trouviez face à une machine de guerre infernale qui avancerait en semant le chaos et la mort. Pendant ce temps, Sans s'était redressé un peu plus et le regardait, appuyé sur un coude, la tête tordue de côté et une moue douloureuse sur les lèvres : il semblait lui-même mortellement blessé.

– On peut savoir ce que tu veux ? dit-il, et il sourit de sa grande bouche de singe. Où est Lola ? C'est dans la poche ?

– Arrête de dire des bêtises et viens avec moi.

Rosa murmura quelque chose entre les dents et roula vers Sans, en écrasant son sein gauche sur l'épaule de celui-ci. Elle riait, d'un gloussement nerveux. Bande-à-part devina vaguement que le jour où il y penserait le moins, la machine meurtrière ferait feu et lui prendrait son ami.

– Tu m'entends, Bernardo ? s'écria-t-il. Allez, remue-toi !

Il s'écarta de l'arbre, jeta un dernier regard à Rosa et se dirigea vers la plage. Sans avait fini par se lever et le suivait en rechignant. Rosa se coucha sur le dos : provisoirement, ses formidables outils de travail, sa fatale réclame amoureuse s'étala comme deux flans qui débordaient de chaque côté.

À peine furent-ils sur le sable que le Murcien se retourna brusquement et jeta au visage de son ami les peaux de son orange.

– Tu n'es qu'une merde, Bernardo. Un jour je te casserai la gueule. Je t'avais dit de ne pas sortir sérieusement avec cette garce, tu t'en souviens ? Elle t'a tiré les vers du nez et maintenant tout le quartier parle de nous.

– Hein ? (Sans semblait ne pas comprendre. Il était face au soleil et se faisait une visière de la main, le sable lui brûlait la plante des pieds et il sautillait sur place.) Dis donc, toi, qu'est-ce que tu as ? On a toujours beaucoup parlé dans le quartier, et tu t'en es toujours foutu, et moi aussi. Pourquoi est-ce que ça te fait râler maintenant ?

– Tu finiras par nous faire mettre tous en tôle. Qu'est-ce que tu as raconté à Rosa ?

– Moi ? Rien… En fait tu as peur.

– Peur ? Je vais t'en foutre, mon gars. Hier soir non plus, tu n'as pas voulu travailler, et c'était la seule voiture du coin, tout ce que je te demandais c'était de faire le guet pendant que je m'occupais de tout, mais rien à faire, et pareil la semaine dernière, et pareil celle d'avant. Qu'est-ce qui t'arrive, merde ? Elle t'a eu, hein ? Eh bien, marie-toi, qu'on n'en parle plus, et pourris dans un atelier comme mon frère, c'est tout ce que vous méritez !

– Ne te mets pas dans cet état, mon vieux.

– Et ce matin, quand on a piqué les motos, au lieu de les amener à l'atelier, tu viens pleurnicher et supplier qu'on aille à la plage avec les filles, hein, soi-disant que Rosa et toi, que Lola est super… et que dalle ! Tu piges ?

Le soleil tombait sur eux ; ils étaient tous deux immobiles, debout sur le sable, et la sueur perlait à leur front. Sans baissa les yeux :

– C'est pas ça, Manolo, c'est que… Je te l'ai déjà dit hier soir, elle, ce n'est pas la même chose… Je l'aime.

– Tu l'aimes. Elle te branle. Et tu l'aimes.

– Attention à ce que tu dis. En plus, ce n'est pas ça, il y a aussi la vie que nous menons, hein…

– Une vie plus chouette que beaucoup, rigolo.

– Un jour ou l'autre, on se fera choper, comme Polo. Le Cardinal est toujours saoul, c'est dangereux…

– Tu n'es qu'un imbécile…

Bernardo se pencha et prit une poigne de sable.

– Tu sais ? Rosa croit qu'elle va avoir un gosse.

Bande-à-part le regarda en silence. Rosa avait émis le rayon mortel.

– Bah, un mensonge, c'est sûr, dit-il après avoir réfléchi un instant. Méfie-toi, Bernardo, ne fais confiance à personne. Quand est-ce que tu l'as su ?

– Il faut bien se marier, non ?

– Tu es un pauvre type. Tu me fais pitié. Réponds, quand est-ce qu'elle te l'a dit ?

– Il y a quelques jours. Elle s'est mise à pleurer. Mais ce n'est pas encore sûr.

– Mon œil. Tu fais l'imbécile…

– Mais elle dit que…

– Du baratin, et énorme, putain ! Bon, après tout ça t'apprendra. Vous êtes tous pareils, la première môme qui vous frotte la chatte sur le nez vous met dans sa poche. Tu n'auras jamais un sou, écoute ce que je te dis. Moi, ça ne m'arrivera pas, je te le jure sur la tête de ma mère.

– Ça t'arrivera à toi comme aux autres, tu verras. (Il sourit d'un air flatteur, conciliant.) Qu'est-ce que tu dis de la Seringue, d'Hortensia, hein ? Un bijou, sérieuse et tout…

– La ferme. Qu'est-ce que tu y connais, tu n'es qu'un idiot, je ne sais pas comment j'ai pu être ami avec toi.

Le Murcien fit quelques pas autour de Sans. Il avait encore son orange épluchée dans la main. Il la regarda un instant, puis l'ouvrit et commença à la manger en silence. Sans l'observait : soudain, il y avait quelque chose de triste dans le mouvement rythmé de ses mâchoires, dans ce beau front penché, sur ces paupières accablées et sur ces longs cils que le soleil teintait de bleu. Sans lui dit :

– Je sais bien que tu dis ça comme ça, Manolo. Tu es un type bien. Tu es le meilleur ami que j'aie jamais eu.

Bande-à-part lui tourna le dos.

– Je te le dis sur tout ce que j'ai de plus sacré, Bernardo : un jour j'en aurai marre et vous ne me verrez plus. Je vous ai fait gagner pas mal de fric, à tous les gars de la bande.

– Mais ça, c'est terminé, Manolo, et tu ne veux pas le comprendre. Le Cardinal est un type fini, c'est un ivrogne et il a peur, il est trop vieux maintenant. Tout le monde le laisse tomber, et tu devrais faire la même chose.

– Ce n'est pas vrai. Et ferme-la. Fichons le camp d'ici.

Il s'était mis à marcher lentement vers les pins, en frottant contre sa poitrine ses mains poisseuses de jus d'orange.

– Allez, mon pote, on va voir les filles, dit-il.

Sans trottait derrière lui comme un poulain de haute école, en remuant la tête, et il levait les genoux jusqu'à la poitrine, comme s'il marchait sur des braises.

Il devait être cinq heures de l'après-midi quand ils entendirent une voiture qui freinait brusquement et une voix de femme qui proférait des insultes. Les filles eurent à peine le temps de se couvrir. Bande-à-part fut le premier à se relever. Près des deux motos appuyées contre la barrière effondrée, une femme d'une quarantaine d'années, les mains sur les hanches, disait tout ce qu'elle avait sur le cœur. Elle avait un pantalon blanc et des lunettes de soleil, et fixait des yeux la barrière brisée. Manolo, torse nu et couvert de sueur, avança sous les pins en direction de la femme, tout en reboutonnant son pantalon. Derrière lui, à quelques mètres de distance, venait Sans. Les filles restèrent où elles étaient, debout, en se couvrant les seins avec leurs vêtements. La femme avait l'air de s'être lancée dans une tentative démentielle (écarter les motos du pied), quand Bande-à-part remarqua la voiture arrêtée sur le chemin de la villa, et par la porte de laquelle était en train de descendre une jeune fille brune, vêtue d'une jupe bleue plissée et d'un sévère corsage violet à manches longues.

Elle avait à la main un missel et une mantille. La femme était furieuse :

– C'est le comble ! Tous les dimanches c'est la même chose ! Vous n'avez pas vu la barrière ? Sortez immédiatement de la pinède… ! Cochons ! ajouta-t-elle en voyant les filles à demi nues. Je finirai par appeler la garde civile… !

– Écoutez, madame, dit lentement le Murcien, qui se planta devant elle tout en finissant de boutonner son jean. Il fit porter tout son poids sur une seule jambe, dans son attitude indolente favorite. Il allait enfin pouvoir décharger toute la mauvaise humeur qu'il avait accumulée depuis des jours et des jours. Il avait les cheveux longs et décoiffés, et il les rejeta en arrière de la main, en secouant glorieusement la tête.

– Qu'est-ce qu'il y a ? La barrière était déjà cassée quand nous sommes arrivés, alors ne criez pas comme ça.

– Vous êtes des voyous ! Qu'est-ce que ça coûte de respecter les choses ? Ils s'installent où ils veulent, ils mangent comme des porcs, ils salissent tout et par-dessus le marché ils font leurs cochonneries avec ces filles… ! Comment oses-tu te présenter dans cette tenue, dévergondé ?

– Soyez un peu polie, ma petite dame, parce que sinon ça va être votre fête.

Il fit un pas en avant. Les choses allaient si mal pour lui depuis quelque temps qu'il avait envie de corriger quelqu'un. Mais brusquement il s'arrêta, comme paralysé par la foudre. Son visage pâlit et son regard se fixa à quelques mètres derrière la femme : la jeune fille, qui était restée immobile près de la portière ouverte de la voiture, le regardait droit dans les yeux.

Instantanément, l'attitude du Murcien changea du tout au tout. Il exhiba son splendide sourire blanc, s'inclina devant la femme en fureur et écarta les bras dans un respectueux geste d'excuse.

– Madame…, c'est vrai, vous avez raison. Nous les jeunes, vous savez, on aime bien s'amuser… Réellement, je ne trouve pas les mots pour vous prier de nous excuser (il se tourna vers Sans, qui le regardait complètement abasourdi). Allez, ne reste pas là comme un idiot, fais des excuses à la dame !

Sans réussit à balbutier quelque chose. La dame, après quelques secondes de silence, revint à la charge, histoire que tout soit bien à sa place :

– Regardez dans quel état vous m'avez mis tout ça ! Je suis fatiguée de toujours devoir ramasser les papiers et les ordures. Ma pinède n'est pas faite pour qu'on vienne y manger, allez ailleurs…

Et, un peu troublée par le tour qu'avait pris la discussion, avec la vague idée que le garçon se moquait d'elle, elle fit demi-tour vers la voiture, y monta et ajouta :

– J'espère que d'ici une demi-heure vous serez partis… Allez, on s'en va, dit-elle à sa fille. Ça alors, c'est le comble !

Elle mit le moteur en marche. Le garçon s'avança vers la voiture, avide de croiser à nouveau le regard de la jeune fille. Mais en vain. Elle semblait l'avoir oublié. Il la vit s'asseoir à côté de celle qui devait être sa mère, les yeux baissés, rougissante. Il pensa aux bêtises qu'il avait faites. Quel spectacle pour une jeune fille ! Arriver en se boutonnant la braguette et, par-dessus le marché, parler à sa mère comme il l'avait fait. « Je suis un pauvre type », se dit-il, tandis qu'il observait, impuissant, la voiture qui s'éloignait vers la villa.

Le reste de cet après-midi-là, Bande-à-part passa tout son temps à errer comme un chien malade sur la plage et dans la pinède, autour de la villa. Lola ne put rien pour le récupérer. Tout à fait inutiles furent ses persistants appels de femelle repoussée et désormais soumise, qui commence à comprendre – enfin – que le sexe masculin est fait d'une matière beaucoup plus candide, rêveuse et romantique qu'elle ne le croyait : elle devina, en effet, quelque chose d'obscur et de difficile, en voyant l'infinie tristesse qui soudain avait voilé les yeux de son compagnon, elle pressentit quelque chose de la raison pour laquelle l'activité érotique peut quelquefois n'être pas simplement ce frottement pervers et animal de deux épidermes, mais une tentative torturée de donner une forme palpable à certains rêves, à certaines promesses de la vie. Mais c'était trop tard, et elle n'obtint rien d'autre qu'un regard absent et deux mains distraites, froides, égarées, qui parcoururent un bref instant son corps et finirent par s'immobiliser. La pensée de Bande-à-part, ses désirs étaient bien loin de là.

À la tombée du jour, le garçon continuait à déambuler aux alentours de la villa, dans l'espoir de revoir la jeune fille. Une seule fois, et sans avoir le temps de réagir, il y réussit : ce fut un instant très bref, durant lequel elle se pencha à une fenêtre basse, ouverte dans le mur de derrière couvert de lierre, et où elle sortit les bras pour fermer les volets avec une précipitation qu'il perçut parfaitement – et, faute d'autre chose, il déploya le rutilant éventail de son imagination ; une fois de plus, celle-ci dépassa ses actes : il courait comme un fou vers la fenêtre qui s'était rouverte et laissait voir la jeune fille sans défense en train de se débattre dans les bras d'un jeune richard blond, ivre, en smoking... Mais il eut beau rester les yeux fixés sur la fenêtre, elle ne se rouvrit pas. Sans ne savait pas s'il devait le laisser et rentrer avec les filles, car chaque fois qu'il avait attiré son attention sur l'heure tardive, l'autre l'avait littéralement envoyé se faire f...

Enfin, juste quand il allait faire nuit, il distingua la jeune fille qui sortait de la ville et se dirigeait vers l'embarcadère ; elle marchait vite et se retourna à deux ou trois reprises pour regarder la terrasse. Le Murcien donna un coup de coude à son ami, le prit par le bras et s'éloigna un peu avec lui.

– Mets les voiles avec les filles.

– Hein… ? Et toi ?

– Je reste.

– Qu'est-ce que tu as ? Tu es fou, il fait presque nuit… Et puis dis donc, tu es un peu salaud, avec les deux nanas, je vais choper une amende !

– Eh bien, tu la paieras (il lui donna un coup affectueux sur la tête). Allez, fiche le camp, quel rapiat tu fais. Emmène-les, sois sympa, Bernardo.

Il lui tapota l'épaule et s'éloigna le long de la plage, en suivant la lisière de la pinède. La brise s'était levée et une lune rose commençait à se refléter dans la mer. Il passa devant la villa, à une cinquantaine de mètres, au moment où s'éclairaient deux grandes fenêtres, l'une après l'autre. Il lui sembla entendre une musique de violon, étouffée par la rumeur des vagues.

La jeune fille était montée dans le hors-bord amarré à l'embarcadère. Pieds nus, accroupie, avec des palmes à l'épaule, elle cherchait quelque chose parmi des serviettes de bain multicolores. Elle portait une jupe jaune très légère et un maillot sans manches, blanc, si collant qu'on aurait dit qu'il était trop petit pour elle. L'embarcation, dont les vagues léchaient les flancs à longs coups de langue caressants, se balançait doucement. Après avoir fait un petit détour par les rochers, Bande-à-part sauta sur l'embarcadère où il s'arrêta un instant pour contempler la jeune fille. Celle-ci n'avait pas encore remarqué sa présence. Blottie comme elle l'était, la tête sur la poitrine, immobile, plongée dans une gravité semblable à celle d'un gosse en train de jouer tout seul, comme elle semblait fragile et sans défense face à l'immensité de la mer ! Alors un mirage fugace traversa l'esprit du Murcien, reste des songes héroïques de l'enfance : il y avait un terrible typhon, la jeune fille était étendue au fond de la barque, sans connaissance, à la merci des vagues en furie et du vent, tandis qu'il luttait à poitrine découverte, enfin elle était dans ses bras, évanouie, gémissante, les vêtements déchirés, trempés (réveillez-vous, mademoiselle, réveillez-vous !), avec du sang sur ses cuisses bronzées et cette marque sur un sein blond, une morsure de vipère, il faut aspirer le venin, très vite, il faut la guérir et faire du feu et lui ôter ses vêtements mouillés pour qu'elle ne prenne pas froid, s'envelopper avec elle dans une couverture, ou plutôt la prendre dans ses bras et courir à la villa : d'avoir su respecter sa nudité provoquait une intimité fulgurante qui lui donnerait accès aux lumineuses régions jusque-là interdites (« *Papa, et presento al meu salvadó...* » « *Jove, no sé com agrair-li, segui, per favor, prengui una copeta*[1]... ») et lui, qui s'était blessé à la jambe en grimpant sur les rochers avec la belle dans les bras (ou bien s'était-il fait une entorse en jouant au tennis ?), il boitait, il boitait, il boitait avec élégance, mélancoliquement, en avançant au milieu de l'admiration et de l'attention générales vers le confortable fauteuil de la terrasse, vers une paix et une dignité futures bien gagnées...

Xarnego, no fotis[2] *!* semblait lui dire le clapotis monotone et moqueur – et qui, bien entendu, ôtait tout espoir de le voir s'élever à la dignité d'ouragan requise par l'occasion – de l'eau sur les flancs du hors-bord. Le Murcien s'éclaircit la voix, les vapeurs de son esprit se dissipèrent et il avança d'un pas décidé vers le bord de l'embarcadère.

– Tu devrais aussi emporter le moteur, Maruja, dit-il en souriant. Il y a dans le coin des rôdeurs dont il vaut mieux se méfier.

1. En catalan dans le texte. « Papa, je te présente mon sauveur. Jeune Homme je ne sais pas comment vous remercier, mais je vous en prie, vous prendrez bien en verre. » (*N.d.T.*)

2. En catalan dans le texte. « *Charnego*, ne fais pas le con. » (*N.d.T.*)

La jeune fille releva tranquillement la tête. Son visage refléta tout d'abord une vague surprise, puis elle lui rendit son sourire.

– Vraiment ? dit-elle en portant à nouveau toute son attention à ce qu'elle faisait.

– Le monde est petit, hein ? dit-il. Je me demandais, tout en venant m'excuser pour tout à l'heure (une plaisanterie, un peu lourde, je le reconnais, mais enfin une plaisanterie), je me demandais si tu te souviendrais de moi.

Maruja ne répondit pas, mais elle souriait et lui lançait des regards furtifs, tout en continuant de s'occuper de ses serviettes. Il eut l'impression que cette occupation était factice, et que la jeune fille voulait gagner du temps. À cause de sa position, son tricot était remonté sur son dos et on pouvait voir un morceau de peau très noire, et des vertèbres très marquées.

– Bon, pratiquement, ajouta-t-il, ceux qui étaient avec moi ne sont pas des amis. Je les ai connus par hasard, à Blanes… Quand tu es arrivée avec ta mère, j'étais en train de leur dire au revoir, pratiquement.

La fille se releva, et avec quelques serviettes sous le bras et les palmes suspendues à l'épaule, elle sauta du hors-bord sur l'embarcadère. Comme elle le faisait, les palmes tombèrent. Bande-à-part s'empressa de les ramasser et les lui replaça sur l'épaule, en en profitant pour y laisser un instant la main.

– Pourquoi n'es-tu pas venue au rendez-vous ? demanda-t-il en changeant le ton de sa voix, et en s'approchant d'elle davantage…, ou peut-être que tu ne te souviens pas de ce que je veux dire ?

– Bien sûr que si. Mais je n'ai pas vu venir.

Elle s'écarta et commença à se diriger vers les premières marches taillées dans le rocher, mais en deux rapides enjambées, il se planta devant elle et lui coupa le passage en souriant :

– Attends, voyons. Tu ne penses pas que je vais te laisser partir comme ça, maintenant que j'ai eu la chance de te retrouver. Tu sais que j'ai passé des mois et des mois à te chercher comme un fou ? Tu sais que j'ai pensé à toi nuit et jour, ma jolie ? Dis, tu le sais ?

– Non.

Maruja sourit en baissant la tête. Ils étaient tout près l'un de l'autre. Sans le vouloir, elle effleura du genou la jambe du garçon. Juste à ce moment-là, quelqu'un dans la villa alluma les lumières de la terrasse et un faisceau lumineux se répandit sur les rochers, au-dessus d'eux. En même temps, on entendit un rire de femme étouffé, et brusquement la musique augmenta de volume. Pour Bande-à-part, au moins – car pour elle ces petits incidents devaient manquer d'importance et de valeur symbolique –, ce fut une espèce de signal convenu, lié à Dieu sait quel vieux rêve. Et sans plus attendre, l'épaule toujours contre le rocher, dans une attitude tranquille, il tendit le bras et attira la jeune fille à lui au moment où les palmes commençaient à nouveau à glisser de son épaule. Avant que sa bouche ait eu le temps de parcourir le court trajet qui la séparait de celle de la jeune fille, cette dernière se colla désespérément contre lui. Comme lors de la fête, Bande-à-part remarqua qu'elle commençait par s'accrocher à lui avec une intensité et une force étranges, pas exactement liées à une volupté en lutte contre elle-même, mais plutôt à un obscur besoin de protection, pour ensuite se relâcher et laisser la place au désir, avec ces imperceptibles mouvements régressifs et progressifs du sang, qu'il savait si admirablement contrôler dans un corps féminin. C'était là un langage qu'il comprenait mieux et qui le tranquillisait.

Il se souviendrait très longtemps de l'odeur de pollen qui émanait des pins, de la rumeur des vagues, du doux clapotis de l'eau contre les flancs de l'embarcation ; il se souviendrait toujours des imposantes tourelles de la villa qui se dressaient, tout illuminées, contre le ciel étoilé, et de ses grandes baies vitrées qui projetaient dans la nuit des rafales de musique, de lumière et d'intimité, de fragrances conjugales, de rumeurs de pas et de rires, tandis que très haut brillait la lune, aussi légère et solennelle qu'une hostie. Débordant de ce mince corps de serpent, la chaleur et la soif d'absolu pénétrèrent le ventre de la jeune fille s'ouvrant comme une plante assoiffée qui reçoit la pluie, avec une telle intensité, et dans une posture si osée, qu'il ne put s'empêcher de douter, l'espace d'un instant, de sa condition. Tout à coup, la jeune fille baissa son tricot et s'écarta un peu, en laissant sa tête appuyée contre la poitrine du Murcien.

– On m'attend pour dîner, dit-elle dans un filet de voix. On m'attend…

Il n'y réfléchit pas à deux fois :

– Maruja, cette nuit je viendrai te voir, lui murmura-t-il à l'oreille. Quand tout le monde dormira, j'entrerai par ta fenêtre…

– Tais-toi. Tu es fou.

– Je te jure que je le ferai. Dis-moi quelle est ta fenêtre.

– Laisse-moi, laisse-moi…

Elle voulut s'écarter totalement, mais il ne la laissa pas partir.

– Non, pas tant que tu ne m'auras pas dit où tu dors.

– Mais qu'est-ce que tu crois ? Pour qui me prends-tu… ? dit-elle, le souffle court.

Il la fit taire d'un nouveau baiser, très doux cette fois, à peine un effleurement, ce baiser tendre, abandonné, ce baiser de réparation par lequel on affirme sa décision de se corriger de tous ses péchés sauf de celui qu'on a l'intention de commettre à l'instant. Cependant, il ne pouvait espérer qu'elle lui indiquât où était sa chambre.

– C'est la fenêtre où tu t'es penchée cet après-midi ?

La jeune fille jeta sur lui un regard rapide et craintif. Avant de s'échapper dans les rochers, elle lui serra très fort un bras et le regarda avec des yeux humides :

– Je t'en prie… Je crierai si tu viens, je te jure que je crierai.

Et elle se mit à monter en courant les escaliers, en haut desquels elle disparut.

Quatre heures durant, la fenêtre resta fermée. Quelques mètres plus haut, les lumières de la terrasse continuaient à fêter la nuit, et lui, assis sur le tronc coupé d'un pin, le menton dans les mains et les yeux fixés sur cette fenêtre, il lui semblait vivre les heures les plus atroces de son existence. Il avait froid dans le dos, et quelque chose en lui, au plus profond de ses entrailles, commençait à sécréter la vieille tristesse qui courait dans ses veines lorsqu'il était enfant. « Elle ne veut pas, se disait-il, elle ne veut pas. » Il entendait sur la terrasse la musique des disques, des voix juvéniles, et il vit arriver un homme en voiture, un monsieur aux cheveux gris et à l'air distingué, qui fut accueilli par de joyeux cris de bienvenue. Puis, l'affreux silence de l'heure du dîner, le départ des amies, à nouveau un moment de conversation, discrète, paisible, et enfin un silence total et définitif. Il ne regardait même plus la fenêtre, son front s'était abattu sur son avant-bras, les dernières lumières de la villa s'éteignaient, une à une, tout était terminé. « Elle ne veut pas, merde, elle ne veut pas. »

Jamais personne n'avait eu ce regard de chien, cette expression si triste, cette connaissance instantanée, animale, de l'immensité de la nuit, de l'inutile véhémence des vagues. C'était une impression d'abandon qui l'obligeait à rester là, immobile, sans forces, sans désirs, recroquevillé sur ce tronc, les yeux ouverts sur l'obscurité, dans la position fœtale qui avait été la sienne dans le ventre de sa mère ; les bras autour des genoux, pendant deux heures il sentit agir sur lui, comme un narcotique, l'apathie du firmament qui s'étendait au-dessus de sa tête : son visage gardait une immobilité si parfaite (bouche entrouverte), une expression si pétrifiée qu'il semblait se fondre tout entier dans le vide cosmique qui s'ouvre au-delà de toute frustration. Aaaah… ! fit au-dessus de sa tête la cime d'un pin que faisait frissonner la brise.

Il tarda un peu à s'en rendre compte. Ce fut d'abord le rai de lumière qui filtra entre les battants de la fenêtre, pour disparaître aussitôt, puis le coup sec du bois contre le mur : déjà, Bande-à-part était debout, tremblant, et se lançait, plus en esprit qu'avec ses jambes, dans une course rapide vers la villa, alors qu'en réalité il était toujours immobile, à se lisser précipitamment les cheveux de la main et à vérifier l'état de ses vêtements. Puis, à mesure qu'il s'approchait du mur couvert de lierre, il distingua la fenêtre et les ombres de l'intérieur, plus denses encore que celles de la nuit. Il dut piétiner un massif de fleurs qui longeait le mur. Il s'arrêta. La fenêtre se trouvait à hauteur de sa poitrine. Il n'entendit pas le moindre bruit. Avant de sauter à l'intérieur, il se pencha pour voir : rien, excepté la tache blanche du drap sur la silhouette informe d'un corps. Il entra sans faire de bruit, et se glissa directement vers le lit.

Allongée sur le ventre, le drap serré contre son corps par ses bras collés le long de ses flancs, la moitié d'une épaule dorée par le soleil à découvert, Maruja semblait dormir tranquillement. Son gracieux profil se détachait nettement sur l'oreiller. L'intrus hésita quelques secondes au pied du lit, en écoutant les battements de son cœur, puis il s'approcha d'elle et se pencha sur sa tête. Il fut pénétré de la chaude odeur du lit et de la peau féminine, du parfum de ses cheveux, et sa peur s'estompa. Durant quelques instants il murmura le nom de la jeune fille, lèvres collées à son oreille, puis il la prit très doucement par les épaules, mais soudain il fut obligé de la prendre dans ses bras. Maruja, le drap serré contre sa poitrine, se redressa brusquement.

– Comment as-tu osé… ! Je t'ai dit que je crierais !

– Et moi je t'ai dit que je viendrais. Il faut que nous parlions, Maruja, je veux simplement te dire quelque chose, Maruja, et je ne partirai pas d'ici avant de te l'avoir dit…

Elle sauta du lit, de l'autre côté, et resta debout, enveloppée dans son drap. Il se leva lui aussi et avança vers elle, qui murmurait : « Mon Dieu, je n'arrive pas à y croire ! » blottie dans un coin de la chambre, près de la table de nuit. Son visage et ses épaules brunes se confondaient avec les ombres de la pièce.

– Je crie si tu ne t'en vas pas immédiatement, dit-elle d'un ton proche des larmes. Tu m'entends ? Je vais crier… !

Le Murcien s'immobilisa. Il avait perçu quelque chose qui lui fit soudain rejeter les doutes qu'il pouvait avoir encore sur ses chances de succès ; ce n'était pas le ton des menaces de la jeune fille – un ton qui était maintenant proche des larmes, certes, mais qui dès le premier instant avait manqué de conviction –, mais un geste de sa main qu'il avait clairement distingué malgré l'obscurité, le geste qu'elle avait fait de porter ses doigts à sa nuque pour se lisser les cheveux, en inclinant légèrement la tête avec cet air de tranquille indifférence qui apparaît même, par pur réflexe de la velléité féminine, aux moments les moins appropriés. Et, fidèle au commandement que lui dictait parfois son instinct, Bande-à-part avança vers la jeune fille en lui tendant la main, sûr de lui.

– Mon amour, tu ne peux pas me tromper, dit-il. Vas-y, crie.

Il y eut un silence, et à ce moment-là il eut la certitude absolue que la jeune fille serait à lui. Presque au même instant, elle se mit à pleurnicher faiblement, en se laissant tomber sur le lit, assise, la tête penchée sur sa poitrine. Le garçon du Sud s'assit à côté d'elle et l'entoura de son bras, lui embrassa doucement les yeux, avec une émotion sincère, brûlante, jusqu'à ce qu'il eût séché ses larmes ; s'accrochant à lui, enfin, la jeune fille se coucha sur le dos et écarta le drap.

Ses genoux bronzés émergèrent de la pénombre, tremblants, couverts d'une fine pellicule de sueur et de frisson : elle a vu sa belle tête qui se penchait avec fièvre, descendant à travers les ténèbres, pour poser son front sur une peau qui maintenant n'était plus embrasée par le stupide soleil des plages patrimoniales, mais par le désir. Pour lui, en revanche, parcourir des lèvres ce jeune corps bronzé, l'apprendre par cœur, les yeux fermés, cela signifiait sentir dans la bouche le goût du sel, violer l'impénétrable secret d'un soleil inconnu, d'une collection de rutilants et lumineux chromos qu'il n'avait jamais collés sur l'album de sa vie.

Et toutes les plages de ce monde, de capricieux petits chapeaux de fille, des vêtements extraordinairement fins, bleus, verts, rouges, des spartiates sur des pieds bruns aux ongles peints, des parasols multicolores, des seins frissonnant sous de légers maillots rayés et des chemisiers de soie, des sourires fulgurants, des dos nus, des cuisses dorées et flegmatiques, mouillées et fermes, des mains, des nuques, des tailles adorables, des hanches pourries de fric, toutes les merveilleuses plages du littoral endormies dans leur réverbération sous le soleil, une musique douce, d'où vient cette musique ? des cous sveltes, des fronts nobles et nets, des cheveux blonds et des gestes admirablement harmonieux, des lèvres peintes, s'achevant en délicieux cumulus, en nuages semblables à des fraises, et de longues, de lentes, de solennelles jambes hâlées avec des reflets de soleil qui sont des lézards dorés, cette musique, tu entends ? d'où vient cette musique ? regarde le sillage argenté des canots, la blanche voile du cotre, le yacht mystérieux, regarde les seins merveilleux de l'étrangère, cette chanson, cette photo, l'odeur des pins, les étreintes, les baisers tranquilles et longs au doux parfum de carmin, les promenades, le soir, sur le gravier du parc, les nuits de velours, la dissolution sous le soleil…

Puis, sur le corps de la jeune fille, les coudes fermement fichés près de ses épaules, il imposa son rythme : il sentait sur son dos glisser les petites mains, modelant son effort, et l'autre caresse informe mais infiniment plus tangible, avec toute sa présence réelle, de ce qui s'élevait, si orgueilleusement, avec la villa tout entière, au-dessus de leurs deux corps, au-dessus de l'obscurité et du plafond lui-même : tout le poids des autres chambres, des meubles, les escaliers recouverts de tapis, les salons, les lampes, les voix. Il entra dans la jeune fille comme on entre en société : extasié, solennel, fulgurant et splendidement investi d'une cérémoniale fantaisie gestuelle, merveille perdue de son adolescence misérable.

Il constata, en outre, un fait important sous nos latitudes : la fille n'était pas inexperte, circonstance qui provoqua dans son esprit enfiévré, transporté, une confusion momentanée. Ce fut, un bref instant, comme s'il s'était égaré. Cela n'alla pas jusqu'à devenir un sentiment, mais une impression, un brusque retrait du sang et un vide dans l'esprit, mais qui ne fut que cela et s'estompa aussitôt.

Et ce n'est qu'au moment où le jour commença à poindre à la fenêtre, où la clarté grise qui précède l'aube commença à profiler les objets de la chambre, où l'alouette commença à chanter qu'il put se rendre compte de son incroyable, de sa terrible erreur. Ce n'est qu'à ce moment-là, alors qu'il était allongé près de la jeune fille qui dormait, alors qu'il rêvait tout éveillé, un vague sourire de bonheur flottant sur ses lèvres, ce n'est qu'à ce moment-là que la clarté de l'aurore lui révéla peu à peu dans toute leur grotesque nudité les uniformes de satin noir pendus aux patères, les tabliers et les coiffes, ce n'est qu'à ce moment-là qu'il comprit l'épouvantable réalité.

Il était dans la chambre d'une domestique.

Elle n'était pas jolie, elle était pire.

VICTOR HUGO

C'est à peine s'il eut conscience des longues heures enfiévrées qui s'étaient accumulées là, entre les quatre murs tristes de cette chambre, qui, un jour peut-être, avaient abrité un rêve aussi désemparé et affolé que le sien : sa première impulsion fut de la gifler.

Il se redressa brusquement et resta assis dans le lit, anéanti, stupéfait, les yeux ronds comme des soucoupes. À part la signification insolente et brutale que l'aurore lui conférait, la chambre n'avait rien de particulier : elle était petite, très haute de plafond, inhospitalière et meublée d'une vieille armoire à deux glaces, d'une table de nuit, de deux chaises et d'un portemanteau. Sur la table de nuit, il y avait un réveil, un paquet de cigarettes blondes, un roman rose à deux sous et une photo encadrée où l'on voyait, près d'une Floride arrêtée devant l'entrée principale de la ville, Maruja dans son uniforme de satin noir à col amidonné et une jeune fille blonde, en pantalon, qui se protégeait les yeux du soleil en mettant sa main en visière : son visage était dans l'ombre et il n'était pas facile à reconnaître. Celui de Maruja, en revanche, était parfaitement éclairé, mais ébauchait un mouvement vers l'arrière, vers la portière ouverte de la voiture, comme si, au dernier moment, elle avait pensé que la photo serait meilleure si elle la fermait.

D'un coup violent de sa main, la photo se retrouva par terre. Comme à la lueur d'un éclair, comme ces moribonds qui, dit-on, voient passer vertigineusement devant leurs yeux certaines images chères du film de leur vie, quelques secondes avant de mourir, Bande-à-part, au moment précis où il allait se laisser retomber sur le dos, avant que sa main se mette instinctivement à réveiller la bonne avec des gifles, eut le temps de voir sa mémoire traversée pendant une fraction de seconde, par l'une des images les plus obsédantes de son enfance, celle peut-être qui s'était gravée dans son avenir avec le plus de détails, et à jamais : presque imperceptible dans le temps, sous un ciel étoilé et palpitant, il embrassait à nouveau une petite fille en pyjama de soie.

Maruja se pelotonna sur le lit, les yeux fermés. Elle ne poussa pas le moindre gémissement. Durant un moment, elle se couvrit le visage de ses bras, et puis même pas cela : immobile, insensible aux coups, soumise ; le complet relâchement de ses muscles sous sa peau brune semblait annoncer l'imminence d'un nouveau frisson de plaisir qu'il n'avait pas prévu, si bien que la main du Murcien, tout étonnée, s'arrêta à quelques centimètres du corps nu et chaud, qui maintenant se tournait vers lui : c'était comme si d'être réveillée avec des gifles n'était pas pour elle une surprise, comme si, depuis longtemps déjà, elle s'était faite à cette idée. Alors Bande-à-part sauta du lit et alla à la fenêtre, sur le rebord de laquelle il appuya les coudes et resta à regarder dehors, dans le lointain, au-delà des ombres qui flottaient encore au-dessus de la pinède. Un vague et triste sourire dansait sur ses lèvres. « Une bonniche, hein, murmurait-il pour lui-même. Une sale et vulgaire bonniche ! Ça alors, c'est pas mal. »

Quant à elle, elle n'osait pas bouger. Ses joues et ses avant-bras lui cuisaient. Recroquevillée à une extrémité du lit, elle tendit lentement la main vers le plancher pour récupérer le drap et se couvrir, mais elle s'immobilisa en entendant l'exclamation du garçon : « Putain, ça oui, c'est pas mal ! » Sa main retrouva promptement sa place, sur son cœur. Ses genoux touchaient sa poitrine. Ses yeux apeurés surveillaient maintenant les mouvements du Murcien.

– À qui appartient la villa ? demanda-t-il en se retournant. Tu n'entends pas ce que je te dis ?

Maruja ne répondit pas. Elle jetait au garçon des regards rapides et tout embués de larmes, des regards craintifs, ensommeillés, pleins d'une sympathie particulière dont la nature proposait quelque chose, suggérait quelque chose de profond et de sordide qu'il connaissait bien et qu'il identifia tout de suite : l'acceptation de la pauvreté ; c'était ce doux regard fraternel qui implore l'union dans le malheur, la consolation mutuelle entre des êtres qui sont tombés dans la même infortune, dans la même misère et dans le même oubli ; c'était cette rafale de solidarité atroce qui s'abat sur les foules unies par l'adversité, comme dans les camps de concentration, ou sur des destinées identiques, comme dans les maisons de passe : un vaste sentiment de renoncement et de résignation qui, depuis l'enfance, terrifiait Bande-à-part et contre lequel il lui faudrait lutter sa vie entière.

– Réponds, pauvre bonniche ! À qui appartient la villa ?

Toujours appuyé à la fenêtre, il regardait la jeune fille. Elle, elle pressentait le pouvoir de ce corps : la légère flexion de ce dos vigoureux, due à une posture négligente et paresseuse qui partait de la hanche, faisait doucement glisser la lumière pâle du petit matin, de son épaule jusque sur sa taille souple et brune, où elle s'estompait.

Elle baissa les yeux.

– Pourquoi veux-tu le savoir… ?

– Ça, ce n'est pas tes affaires, vu ? Réponds, qui est-ce qui habite ici ?

– Des gens. Les propriétaires de la villa.

– Tes patrons ?

– Oui…

– Comment est-ce qu'ils s'appellent ?

– Serrat.

Bande-à-part hocha tristement la tête. Un sourire moqueur tentait de se frayer un passage derrière son expression méprisante.

– Tu parles d'un boulot ! dit-il. Et qu'est-ce qu'ils font ici, à part se baigner et se les gratter toute la journée ?

– Rien… Ils sont en vacances.

– Ils sont très riches ?

– Oui… Je crois que oui.

– Oui, je crois que oui ! Tu ne sais même pas dans quel monde tu vis, tu parles d'une crétine ! Ils sont nombreux ?

– Comment ? (Maruja parlait dans un murmure.) Non. Monsieur ne vient que pour le week-end.

– Pourtant, hier soir, il y avait beaucoup de monde.

– Des amis de Mademoiselle…

– Je n'entends pas ce que tu dis !

– Des amis de Mademoiselle.

Maruja ferma les yeux à nouveau. Il la regarda un moment avec curiosité : la même étrange combinaison de rêves qui l'avait conduit jusqu'à cette chambre lui faisait considérer maintenant la situation de la fille avec une ironie qui n'était pas exempte d'un certain chagrin. Il s'approcha du lit.

– Tu te crois très maligne, hein, poupée ?

Elle nia avec d'imperceptibles mouvements de tête. Elle était de nouveau sur le point de pleurer. Elle se mordait la lèvre inférieure et ses yeux brillaient dans la pénombre comme deux braises.

– Ricardo…, murmura-t-elle.

– Je ne m'appelle pas Ricardo ! Maintenant, on va éclaircir pas mal de choses, et toi la première.

Il s'agenouilla sur le lit. Maruja se redressa et s'assit sur le bord, de l'autre côté, en lui tournant le dos. Elle se lissa les cheveux de la main.

– Il faut que je m'habille maintenant, dit-elle dans un reste de voix. Il faut que je prépare le petit déjeuner.

– Doucement. Il est tôt.

– Elle se lève toujours très tôt…

– Ne me tourne pas le dos quand je te parle ! hurla-t-il. (Il devina le frisson qui parcourut l'épine dorsale de la fille et la fit se redresser. La main toujours dans les cheveux, Maruja rectifia sa position, s'assit un peu de côté, et lui présenta son profil, les yeux baissés.) C'est mieux comme ça. Qui c'est, elle ?

– Mademoiselle Teresa.

– Qui ? (Il resta pensif, il lui sembla se rappeler.) La blonde de l'autre soir, celle dont tu disais que c'était ton amie… ?

– Oui…

Lentement, le Murcien s'étendit sur le lit, avec une certaine volupté. « Teresa », murmura-t-il les yeux au plafond, et à son regard on aurait dit qu'il venait de s'apercevoir qu'il s'était trompé non pas de fille, mais simplement de chambre.

Comme Maruja allait se lever, il se plaça en travers du lit, lui saisit le bras avec force et l'obligea à se rasseoir.

– Et maintenant tu vas tout me dire, bonniche, allez, accouche. Pourquoi as-tu fait ça ?

– Qu'est-ce que j'ai fait… ? Je n'ai rien fait !

– Tu sais parfaitement ce que je veux dire. Tu m'as menti comme une traînée.

– Ce n'est pas vrai. C'est ta faute à toi, je t'avais dit de ne pas venir. Je ne sais pas ce que tu as pu penser de moi, mais moi je ne t'ai jamais trompé. Je croyais que…

– Que…

– J'ai cru que je te plaisais un peu… que tu m'aimais un peu. À la fête de la Saint-Jean tu m'as dit toutes ces choses, tellement jolies, et cette nuit aussi…

– Mais bon sang, tu es cinglée ! Qu'est-ce que tu crois, tu me prends pour un môme ? Qu'est-ce que tu foutais à cette soirée, hein ?

– S'il te plaît, lâche-moi, tu me fais mal.

– Qu'est-ce que tu foutais là, toi, une bonniche, avec toutes ces filles à papa ? Réponds !

– Il faut vraiment que je me dépêche maintenant (elle voulut se lever). Je t'en prie !

Il l'obligea à se retourner tout à fait et, après l'avoir forcée à écarter les bras, il se disposait à la frapper du revers de la main. Mais la jeune fille, en pleurant, s'accrocha à lui. Le Murcien marmonna un blasphème ; il commençait à avoir envie de se gifler lui-même, il commençait à soupçonner que l'imbécile, dans cette chambre, c'était lui. Il y eut un long silence, seulement interrompu par les sanglots de Maruja, qui cachait son visage dans la poitrine du garçon. Bande-à-part eut envie d'être à cent kilomètres de là, mais quelque chose l'empêchait d'écarter la fille. Soudain, perçant les tympans de son furieux bourdonnement métallique, le réveil de la table de nuit se mit à sonner. Il lui sembla que tout tremblait brusquement, il avait l'impression que ce maudit machin sonnait dans sa propre tête.

– Putain de sort !

– Si tu m'aimais vraiment, Ricardo…, commença-t-elle, mais Bande-à-part la repoussa brutalement et se laissa à nouveau tomber sur le lit.

– Va au diable, tu entends ? Et je ne m'appelle pas Ricardo, je m'appelle Manolo !

Le réveil sonnait toujours et tremblotait sur la table de nuit, comme une irritante bestiole blessée à mort. Puis, peu à peu, il perdit de sa force. Maruja, soudain maîtresse d'elle-même, l'arrêta en posant la main dessus et se leva aussitôt, en séchant de son avant-bras les larmes qui coulaient sur ses joues.

– Il faut que je m'habille. Tecla doit être déjà levée…

– Tecla ? Merde, qui c'est, ça, une autre bonniche ? Tu parles d'un nom !

– C'est la cuisinière.

– Fous le camp, dépêche-toi, je ne veux plus te voir.

Toujours nue, elle alla d'un pas souple et timide à la fenêtre et la ferma à demi. Bande-à-part fut surpris et admiratif en voyant son corps en mouvement : elle avait la tranquille douceur des femmes mariées, une élasticité en repos, un léger tremblement des parties molles, totalement indépendant du mouvement agressif des hanches, légèrement projetées en avant, et du jeu paresseux mais agile des jarrets : durant quelques secondes, il se tissa comme une trame vitale d'équilibre entre son genou à peine plié, le contour arqué de la jambe qui avançait et le tremblement des parties les plus sensibles du corps. Le charme émanait d'une certaine retenue, d'une certaine économie de gestes qui n'avait bien entendu rien à voir avec la timidité ou la pudeur, mais plutôt avec les bonnes manières des riches et le régime alimentaire adéquat dont devaient jouir les gens qu'elle servait et que, d'une façon difficile à définir, certaines domestiques qui ont pour cela des dispositions naturelles, réussissent parfois à assimiler à leur profit. « Elle est fine, la garce, c'est pour ça qu'elle m'a eu », se dit-il. Le charme était complété par des épaules frêles et un peu pointues qui acquéraient indirectement de la beauté à cause de la robustesse des hanches ; et des petits seins comme des citrons, séparés, qui pointaient non pas droits mais en formant un angle ouvert, et qui maintenant enregistraient dans leur léger tremblement gélatineux le rythme gracieux et régulier des pas de la jeune fille.

Après avoir fermé à demi la fenêtre, Maruja ramassa la photo qu'il avait jetée par terre et la frotta soigneusement avec la paume de sa main.

– C'est à toi, cette photo ? demanda-t-il.
– Oui.
– Et pourquoi tu la gardes ! C'est complètement idiot ! Qui c'est, cette fille qui est avec toi ?
– Mademoiselle. C'est le jour où on lui a acheté sa voiture… Elle m'a donné la photo.
– Formidable ? Tu es une sentimentale de merde.
Maruja posa le cadre sur la table de nuit, mais il la prit aussitôt.
– Voyons…, dit-il en s'obligeant à prendre un ton indifférent.
Il évoqua vainement la blonde de la fête : l'ombre de la main qui faisait visière couvrait complètement le visage et il ne put identifier que la couleur et la forme des cheveux, une longue chevelure défaite. Maruja alla à l'armoire et commença à s'habiller.
– Manolo, dit-elle, pourquoi parles-tu toujours aussi mal ?
– Je parle comme j'en ai envie, d'accord ?
Il reposa la photo à sa place et s'étendit, les yeux au plafond. Il soupira profondément. Brusquement, il se rendit compte à quel point on était bien sur ce lit…
– Dis, tu es toujours fâché ? murmura-t-elle au bout d'un moment, sans le regarder.
Le garçon ne répondit pas, alors, se retournant, elle demanda :
– Qu'est-ce que tu vas faire ? Il est très tard.
– Tu ne pourrais pas te taire, non ?
Maruja lui sourit timidement. Il ferma les yeux, les mains sous la nuque. Après un instant, il entendit un bruit de pieds nus qui s'approchaient puis sentit un poids doux et chaud sur sa poitrine. Le doux parfum qui émanait de la peau de la jeune fille lui enveloppa la tête. Comme dans un rêve, il entendit sa voix : « Manolo, mon chéri, tu ne peux pas rester ici… » Il ouvrit les yeux et vit les siens, noirs et brillants, qui souriaient, à quelques centimètres de

son visage. Il put voir aussi la légère marque rouge qu'un de ses coups avait laissée sur sa pommette. « Animal, se dit-il, espèce d'animal. »

– Suffit, bonniche, je ne suis pas d'humeur, marmonna-t-il, mais ses mains glissèrent jusqu'aux fesses de la jeune fille.

– Ne m'appelle pas comme ça, s'il te plaît, dit-elle tout en l'embrassant et en lui mordillant le menton. Tu sais que tu es très beau ? Tu es le plus beau garçon que j'aie connu. Tu fais presque peur tellement tu es beau…

– Arrête tes bêtises. Et dis-moi, qui c'était, le premier ?

– Comment ?

– Allez, ne fais pas ta mijaurée. Qui c'était, le premier ?

Maruja enfouit son visage dans la poitrine du Murcien.

– Tu ne te moqueras pas de moi ? demanda-t-elle. Promets que tu ne te moqueras pas de moi si je te le dis. Un petit ami que j'avais… Il venait des Canaries et il faisait son service à Barcelone. Je ne l'ai jamais revu.

– Tu l'aimais ?

– Au début, oui.

Bande-à-part se mit à rire.

– Un troufion, il fallait que ce soit un troufion. Qu'est-ce que tu peux être bête. Tu ne sais pas que les troufions sont des bons à rien qui ne cherchent qu'à sauter les idiotes dans ton genre ?

– Ne dis pas de gros mots.

– D'où est-ce que tu es ?

– Moi ? De Grenade. Mais je vis en Catalogne depuis toute petite.

– Et tes parents ?

– Mon père est à Reus, il s'occupe d'une ferme de M. Serrat, c'est là que j'ai été élevée et que j'ai connu Mademoiselle, parce qu'elle y venait pour les vacances, avec ses parents. Nous sommes très amies, depuis notre enfance. Ça fait longtemps qu'ils ne passent plus l'été à Reus, parce qu'ils ont davantage d'argent... Quand ma mère est morte, j'avais quinze ans et Madame m'a emmenée à Barcelone pour que je l'aide à la maison.

Elle parla aussi de sa grand-mère et d'un frère qui allait faire son service, ils étaient à Reus tous les deux. Il continuait à la caresser. Comme il allait la renverser sur le lit, elle se libéra et se redressa d'un bond...

– Non, il est tard... Il vaudrait mieux que tu t'en ailles.

– Évidemment, bonniche ! Qu'est-ce que tu crois ? Je vais te perdre de vue vite fait, voilà ce que je vais faire.

Il sauta du lit et s'habilla rapidement. Puis il alla à la fenêtre et, quand Maruja le vit, une jambe déjà de l'autre côté, elle courut à lui.

– Attends ! Tu t'en vas comme ça ? Quand est-ce que je te reverrai ?

Elle tenait dans sa main droite un petit coffret de bois ouvragé et venait de mettre des boucles d'oreilles, parure avec laquelle elle avait sans doute cru surprendre le jeune homme. Mais il avait déjà sauté par la fenêtre et se tenait au milieu du massif de fleurs, regardant en direction de la mer avec une certaine anxiété dans le regard, tout en rentrant les pans de sa chemise dans son pantalon. Puis, de la main, il rejeta ses cheveux en arrière. De la fenêtre, à demi vêtue, Maruja le regardait avec des yeux tristes. Derrière lui, la pinède exhalait encore un pesant silence nocturne, brisé seulement par le murmure des vagues sur le sable. L'air était calme et rien n'annonçait le lever du soleil. Le visage de Bande-à-part devint alors tendu, tourné vers la domestique, mais sans la regarder encore : par son expression, il semblait enregistrer un profond séisme ou de lointaines voix perdues que la houle ramenait et laissait en suspens, vibrantes, dans l'air frais du petit matin. Puis, brusquement, il fixa Maruja du regard et un sourire éclaira son visage :

– C'est des bijoux ? D'où est-ce que tu les as tirés ? C'est ta patronne qui te les a offerts… ?

– Pas ces boucles, non. Je les ai achetées la semaine dernière. Pas vrai qu'elles sont jolies ? Dis, quand est-ce que je te reverrai ?

Bande-à-part avait les yeux fixés sur le coffret.

– Très bientôt. Salut, bonniche ! cria-t-il en tournant le dos et en s'éloignant vers la pinède.

La moto était là où il l'avait laissée. Il gagna la route et se lança à une vitesse vertigineuse sur la route de Barcelone. Pendant tout le trajet, une idée l'obséda : il revoyait Maruja à la fenêtre, debout, et tenant dans sa main le coffret qui gardait ses pauvres bijoux.

Il atteignit la ville comme le soleil teintait de rose le sommet du Carmel, au moment où Lola, chez elle, rue Muhlberg, sautait du lit pour aller au travail, mal à l'aise et déprimée, sérieusement fâchée contre elle-même, pour la énième fois… Elle croisa Bande-à-part en descendant vers la place Sanllehy, dans un des virages de la route du Carmel : détendu, l'air absorbé, lointain, ses cheveux noirs volant dans le vent comme les ailes d'un gros oiseau, son profil, que la réflexion impérieuse et la vitesse endiablée qu'il avait maintenue pendant toute sa course rendaient plus tranchant, s'ouvrait comme une figure de proue au milieu de la lumière crue du matin. Tout ce que la fille put voir, prise qu'elle était dans le bruit assourdissant de l'Ossa, ce fut un soudain profil d'oiseau de proie survolant le guidon, retenu durant une fraction de seconde dans un clignement de paupières étonné.

Tandis qu'il fonçait vers le sommet du Carmel, Bande-à-part eut l'idée, pour la première fois, du vol des bijoux dans la villa. Il ne vit pas Lola avant de l'avoir dépassée : le rétroviseur recueillit un instant son dos, tordit sa silhouette dans son univers concave et froid avant de la rapetisser et de la renvoyer à tout jamais au néant.

En réalité, si le gangster risquait sa vie, c'était pour que la blonde platinée puisse continuer à mâcher son chewing-gum.

Extrait d'une *Histoire du cinéma*

Du sommet du Mont Carmel, à l'aube, il est parfois possible de voir surgir une ville inconnue sous la brume, distante, comme rêvée : des lambeaux de brouillard et de lentes ombres nocturnes flottent encore au-dessus d'elle comme la poussière répugnante qui nous voile les yeux lorsque nous émergeons de nos rêves : et ce n'est que plus tard, et de façon solennelle, comme si dans le ciel s'ouvrait un grand rideau, que commence à naître quelque part une lumière crue qui soudain retombe en biais, rebondit sur la Méditerranée et se projette directement sur le flanc de la colline, pour se briser sur les vitres des fenêtres et scintiller sur les plaques de fer-blanc du bidonville. La brise de la mer ne peut arriver jusque-là et meurt bien plus tôt, étouffée et dispersée dans la vapeur sale qui se lève au-dessus des quartiers bigarrés du secteur maritime et de la vieille ville, parmi les fumées des cheminées d'usines ; mais si elle le pouvait, si la distance à parcourir était plus courte, pensait-il maintenant avec nostalgie, assis sur l'herbe du parc Güell près de la moto qu'il venait de voler, elle monterait plus près des dernières terrasses de La Salud, au-dessus des courts de tennis et du Cottolengo, elle remonterait la route du Carmel sans respecter, bien entendu, son tracé sinueux (tout comme les gens du quartier quand ils coupent par les sentiers), pénétrerait dans le parc Güell et escaladerait la Montagne Pelée pour finir par se poser, sans arôme désormais, sans sève, sans cette force qui avait dû naître là-bas, sur la Méditerranée et qui lui avait permis de chevaucher durant des jours et des nuits l'écume des vagues, sur le silence et la sénile mansuétude, suspecte d'indigence, du Val d'Hébron.

Il se sentait très seul et très triste.

Il était vaincu peu à peu par le sommeil et la fatigue, et il avait vu la lumière des réverbères, sur le versant est du Carmel, pâlir peu à peu et se replier sur elle-même devant l'imminence de l'aube. L'humidité que l'herbe avait au fil des heures déposée sur sa chemise rose et sur son blue-jean disparut, et il pensa qu'en fin de compte il n'y avait rien de mieux qu'une journée à la plage, on est bien sous les pins, peut-être qu'après tout Lola n'est pas aussi gnangnan que je l'imagine, bon sang, les femmes de mon quartier… « Elle doit encore dormir, hier soir elle devait être heureuse de me préparer mon pique-nique, c'est comme si je la voyais d'ici, en train de compter les heures… Mais cette fille-là, pas moyen de faire autre chose que de la peloter, sûr. » Il pensa que, même si Bernardo s'était laissé passer la corde au cou, là au moins il continuait à porter la culotte, il avait appris quelque chose avec lui en plus de forcer les portières des voitures et de piquer des motos, un brave type, ce Bernardo, malgré tout, un véritable ami, un vrai copain chimpanzé, tu parles d'un nez qu'il a. « À tout prendre, c'est une chance que le Cardinal n'ait pas voulu traiter l'affaire tout de suite, ni même garder la moto chez lui : Bernardo ne mérite pas ce boulot. »

Il le voyait encore, l'avant-veille au soir, assis à côté de lui sur un banc des Ramblas, tout timide, les bras autour des genoux et attentif au moindre signe qui pût signifier un ordre. Était-ce le dernier travail qu'ils feraient ensemble ? Dévaliser les voitures l'ennuyait, et puis le Cardinal n'était plus le bon acheteur qu'il avait été jusque-là, alléguait Bernardo quand il ne voulait pas travailler, mais il savait que la véritable raison de ses refus de collaborer, chaque fois plus fermes, était très différente : la véritable raison, c'était Rosa, cette histoire stupide avec Rosa que Bernardo s'obstinait à appeler de l'amour mais que lui-même, à cause du sens particulier qu'il avait des catégories en matière de passion, ne pouvait pas prendre pour de l'amour. Il avait l'intuition que Bernardo était un de ces bons gars chez qui tout indique qu'ils sont irrémédiablement prédestinés à ne vivre que des succédanés d'amour avec des succédanés de femme, et encore dans des atmosphères de bruyante joie familiale, suburbaine, qui au bout du compte ne seraient que des succédanés de famille et de joie. En se rappelant maintenant leur conversation de la veille, Bande-à-part essaya de localiser le pauvre espoir qui battait timidement sous les mots de Sans, cette nauséabonde illusion nuptiale de petit employé qui lui enlevait peu à peu et de si misérable façon un bon copain, le seul qui lui restait : il devait être plus de minuit déjà, ils étaient tous les deux devant le Dancing Colón, sur les Ramblas, et le Murcien observait, avec une vive impatience dans le regard, les sinistres petits jeunes plus ou moins habillés de cuir à l'éclat métallique qui garaient leur moto sur le trottoir et sur la promenade centrale elle-même, des deux côtés du banc qu'ils occupaient, Sans et lui. L'étrange rapport de lueurs métalliques, le difficile équilibre que ces jeunes types des Ramblas avaient réussi à établir entre leurs vêtements et leurs rapides machines était une chose qui d'ordinaire faisait naître une moue de peine infinie et de mépris sur les lèvres de Bande-à-part, comme s'il avait réellement conscience du caractère inutile et éphémère de certains efforts humains. Ces types-là ne seront jamais rien, pensait-il. Il y en avait qui étaient avec leurs morues, glorieusement libres ce soir-là, et lorsqu'ils descendaient de moto et se regardaient, il s'établissait très rapidement entre les couples un courant de satisfaction intime. Peu à peu, les motos s'alignaient en grand nombre, rangées avec une spectaculaire rigueur esthétique qui devait être une expansion naturelle du sentiment vaguement érotique que leurs formes rutilantes et dynamiques provoquaient chez leurs imberbes propriétaires.

– Misère et compagnie, avait dit le Murcien. Qu'est-ce que tu dirais de la voiture qu'on a vue place del Pino ?

– Non, s'empressa de répondre Bernardo. Je te dis que ce n'est pas possible. Et d'ailleurs, avec quoi veux-tu travailler ? On n'a pas de lampe, ni de tournevis, on n'a rien du tout…

– J'ai mon couteau…

– Pour moi, c'est non. On avait dit que je te donnerais simplement un coup de main pour les motos, et à condition d'emmener les filles à la plage demain.

– Pour ça, je n'ai pas besoin de toi, je me débrouille tout seul.

– Mais je veux en piquer une aussi, j'en ai besoin. (Il se tut un instant puis ajouta :) Manolo, pense un peu à Lola, quelle chouette nana c'est, et oublie la voiture.

– Jamais tu n'auras un sou, murmura Bande-à-part.

À partir de ce moment-là, la dépression qui le dominait s'aggrava. Il se tordait les mains, et ses yeux d'un noir intense, comme noyés d'encre, se fixèrent sur des marins américains qui entraient dans le dancing en traînant par la main deux filles du Cosmos. Puis ils brillèrent d'une lueur somnolente, il baissa la tête et fit claquer sa langue : la pénurie générale d'aspirations et de désirs qu'il voyait autour de lui l'ennuyait profondément, tant de résignation l'étouffait comme un suaire. La voix de Sans avait maintenant un ton légèrement plaintif :

– Je ne suis pas comme toi, moi, je pense aussi à autre chose. Qu'est-ce que tu veux, je pense à Rosa, ces jours-ci, je n'arrête pas de penser à elle.

– Tu es un imbécile, tu crois que tu es amoureux. Ah ! ah !

– Il faut changer de vie, j'en ai ma claque.

– Tu n'arriveras jamais à rien, mon vieux.

Plus tard, les promeneurs commencèrent à se raréfier sur les Ramblas, quelques-uns s'immobilisaient au milieu de la promenade centrale, réfléchissaient, hésitaient, ils avaient perdu cette hâte qui les lançait d'un lieu à l'autre, projetés en avant par Dieu sait quels désirs de communication, et ils dépensaient leur dernière énergie à se disputer les taxis. Quant à eux, ils attendirent encore un peu. Ils avaient observé très attentivement, mais sans manifester le moindre intérêt ni la moindre anxiété, comme par une fixation accidentelle de leurs pupilles provoquée par le vide mental ou par l'immobilité, les mouvements rapides d'un individu à l'allure de provincial en goguette du samedi, qui garait avec hésitation et maladresse sa moto près d'un arbre et courait ensuite vers un groupe d'amis qui descendaient d'un taxi un peu plus haut que le Dancing Colón. Ils étaient endimanchés et se donnèrent de grandes tapes dans le dos avant de s'éloigner sur le trottoir en direction du Cosmos. À tous les coups, pensa Bande-à-part en les voyant fumer leurs cigares et traîner une certaine lourdeur d'après manger, digestive, à tous les coups ils viennent de dîner dans un restaurant de la Barceloneta et maintenant ils vont aux putes. « Mon gars, ce coup-là va te coûter cher », se dit-il en observant celui qui venait de garer sa moto.

Bande-à-part avait une paire de gants noirs accrochés à la ceinture : il les enfila lentement.

– Allez, dit-il. Vas-y d'abord.

– Je vais attendre un peu, répondit Sans.

– Il n'y a pas à attendre, c'est le moment.

– Il vaut mieux prendre toutes les précautions, insista Sans, et il se retourna pour le regarder. Si je n'avais pas été là, tu te serais fait piquer je ne sais combien de fois.

– Ferme-la, Bernardo, aujourd'hui tu m'énerves.

– Ça va…

– Tu parleras quand je te le dirai, et n'oublie pas qui c'est qui commande ici.

– Ça va, mais je t'aurai averti.

– Allez, bon sang, qu'est-ce que tu attends ?

Il dut presque le pousser. Ce n'est pas qu'il ait peur, se dit-il en le voyant s'éloigner, Bernardo n'a jamais eu peur de rien. Mais qu'est-ce qu'elle l'a changé, cette garce ! Il s'est drôlement fait avoir !

Il resta assis sur le banc, puis une lumière vive brilla dans ses pupilles, qui tournaient dans ses orbites sans laisser échapper le moindre mouvement des types qui rôdaient dans le coin. Il vit Sans avancer vers la moto les mains dans les poches, lentement, en se balançant comme un singe sur ses jambes torses, drôle et inoffensif, attendrissant, et soudain en effet il ressentit pour lui une grande tendresse : ce fut un moment de distraction et de faiblesse – il essayait toujours, avec raison, de les éviter – qui aurait pu leur coûter très cher à tous les deux. Quand il revint à lui et qu'il s'en rendit compte, Sans avait déjà enfourché la moto et était sur le point de faire une grosse bêtise. Il avait l'air tranquille. Il n'entendit pas le premier coup de sifflet de Bande-à-part, ne le vit pas bondir de son banc, comme mû par un ressort. Imbécile ! Où est-ce que tu as la tête ? Un autre coup de sifflet, mais trop tard : Bernardo s'était trompé de machine – c'étaient toutes les deux des Ossa et elles étaient l'une à côté de l'autre, amoureusement entretenues et frottées, rutilantes –, et le propriétaire de celle-là, un petit jeune homme maigre et propret, venait de la garer et au dernier moment, comme il s'en allait, il avait tourné la tête pour jeter un coup d'œil à sa moto par-dessus son épaule, avec le même regard énamouré et béat que s'il avait dit au revoir à sa petite amie (et sans doute, si l'on tient compte des temps qui courent, était-il mû par d'obscurs impératifs sexuels qui trouvaient peut-être mieux à se satisfaire avec sa moto qu'avec son amie) juste au moment où Bernardo, inconscient de son erreur, s'installait sur la selle. Le visage marqué par la surprise, l'inconnu s'en prit à Sans, dont le sang se figea. De l'endroit où il se trouvait, Bande-à-part ne pouvait entendre ce qu'ils disaient : Bernardo, descendant de la moto, ouvrait les bras en signe d'excuse et riait ; il finit par convaincre le minet des Ramblas qu'il s'agissait d'une simple confusion de machine, surtout lorsqu'il enfourcha l'autre. Le jeune garçon s'éloigna en direction du Venezuela et Bande-à-part, avec un soupir de soulagement, reprit sa place sur le banc.

Alors Sans, pour satisfaire sa vanité professionnelle humiliée, ou simplement parce qu'il avait repris goût au danger, descendit de la moto aussitôt le type disparu, remonta sur la « sienne », en fit sauter le cadenas puis appuya tranquillement sur la pédale – malgré la distance, Bande-à-part distingua son sourire simiesque –, et démarra dans une brusque embardée. Il sauta de la promenade dans le caniveau, frôlant le sol avec les pieds, en manœuvrant habilement, dans le bruit infernal du moteur, ramassé sur lui-même comme un chat, et il remonta les Ramblas pour disparaître un peu après la place du Théâtre.

Toujours sensible aux présages et aux symboles, victime une fois de plus de ces associations d'idées qui, pour des esprits aussi peu solides que le sien, étaient une malédiction, Bande-à-part vit dans cette spectaculaire fuite de Sans le chant du cygne d'une étape de sa vie que peut-être, en effet, il fallait tenir pour liquidée : le rendez-vous manqué avec la merveilleuse fille de la Saint-Jean avait déjà comblé le monde de ses rêves et son souvenir semblait l'empêcher d'en faire de nouveaux, en leur barrant la route. Il comprit que Bernardo finirait par le laisser seul lui aussi, comme tous ceux de la bande, aucun ne tenait plus de six mois et ils n'osaient rien entreprendre de grand, ils se décourageaient, mettaient stupidement leurs amies enceintes, se mariaient, cherchaient du travail, préféraient pourrir dans un atelier ou une usine. Bernardo parlait de se résigner. Mais se résigner à quoi ? À des journées de manœuvre, à conduire à l'autel une garce en blanc, à se faire sucer le sang toute la vie ? Le Murcien ne demandait pas grand-chose pour commencer : donnez-moi deux yeux d'azur pour m'y regarder et je soulèverai le monde, aurait-il pu dire, mais il était à nouveau envahi par le découragement, il pensait à la Mercedes de la place du Pin et à tout ce qu'il avait vu dedans, à tout ce qu'il avait perdu. Et la perspective du lendemain n'était pas plus flatteuse : la plage, cette connerie de plage et cette fichue Lola, avec ses larges hanches bien à point, paraît-il. Il leva la tête : quatre Américains ivres discutaient avec une beauté maigre et naine sur le trottoir du Sanlúcar, derrière la file des voitures en stationnement. Tout à coup – il le regardait sans le voir –, il fut sensible à l'immobilité suspecte de l'inconnu qui s'était arrêté sur sa gauche, à deux mètres de lui environ, et qui lui aussi observait les motos. Il remarqua quelque chose d'indéniablement familier dans cette pupille brillante, comme celle d'un chat somnolent, dans ce doux relâchement des mâchoires qui annonce l'imminence de l'action. Bande-à-part se leva brusquement, passa devant lui en le regardant dans les yeux et alla directement à la moto. Il l'enfourcha très lentement, sans cesser de regarder l'inconnu, libéra la direction bloquée (il avait pour cela une technique simple et efficace, qui consistait à faire tourner brusquement le guidon : on entendait le *clic !* et le cadenas sautait proprement), actionna la pédale du démarreur et mit la moto en marche sans autres précautions, sans penser à rien excepté à l'inconnu. Celui-ci, à son tour, le regardait avec un léger sourire accroché à la commissure des lèvres, observait ses mouvements avec attention, en les jaugeant d'un œil d'expert, pas exactement d'un rival qui vient de se faire devancer – la concurrence commençait à être dure –, mais simplement d'un collègue qui regarde le travail d'un autre avec un esprit critique serein et amusé. Il fit davantage : il y eut un moment où il scruta d'un rapide mouvement des pupilles ce qui se passait alentour, comme s'il voulait couvrir la fuite de Bande-à-part, lequel, se trouvant ce soir-là particulièrement déprimé, eut même un instant le désir de l'embrasser. La moto amorça un mouvement circulaire serré, les pieds du conducteur touchant encore le sol, répartissant le poids, et ce ne fut qu'en levant la tête à nouveau qu'il vit le signal du danger dans cette pupille de félin sur laquelle l'inconnu fit retomber sa paupière avant de faire demi-tour et de s'éloigner : le vieux garde manchot les avait vus et s'approchait, sans se presser, mais avec une expression de curiosité et une question au bord des lèvres. Le Murcien avait compris et il démarra énergiquement en le laissant derrière lui juste comme il lui semblait entendre ses premiers mots. « Je suis bon », pensa-t-il. Pour cette raison, au dernier moment, il décida de traverser la promenade centrale et de descendre par l'autre côté, devant les baraques des marchands de livres d'occasion, et, au lieu de remonter les Ramblas comme l'avait fait Bernardo, il choisit de se lancer à toute allure vers la Puerta de la Paz puis, par le Paseo de Colón, vers le parc de la Citadelle.

Contrairement à ce qu'il craignait, il n'entendit pas le moindre coup de sifflet, et personne ne le suivit. Il monta par le Paseo de San Juan, l'avenue du Général-Mola, du Général-Sanjurjo, par la rue Cerdeña et la place Sanllehy, puis il prit la route du Carmel. Dans le virage du Cottolengo, il réduisit les gaz, glissa doucement vers la gauche, quitta la route et freina devant l'entrée latérale du parc Güell. Sans descendre de sa machine, il projeta la lumière du phare sur le profond du parc : les ombres de la nuit se déchirèrent, il vit quelques troncs de pins, l'herbe, et, à la limite de la lumière, une boule noire brillante qui rebondissait et disparaissait dans les fourrés : un chat. De Sans, pas trace. Ils s'étaient donné rendez-vous ici. « Il a dû aller manger quelque chose », pensa-t-il. Il resta un moment sans savoir quoi faire. Puis il appuya à nouveau sur la pédale et s'engagea dans la côte à vitesse modérée. Dans les virages, sur la droite, la lumière du phare se projetait sur le vide et dans l'obscurité des dépressions du terrain ; l'éclairage de Montjuich, qui en été est visible d'ici comme une explosion d'éclairs symétriques fendant la nuit, était éteint maintenant. Sur la gauche, herbe et roc, les premiers contreforts du Mont Carmel. En arrivant tout en haut, dans le dernier virage, il accéléra jusqu'à la rue Gran Vista, où il freina et mit pied à terre. Les boutiques et les maison qui donnaient sur le parc Güell étaient fermées et, à la lumière coagulée des six poteaux électriques, elles somnolaient, hermétiques, inhospitalières, le long de la façade unique : les zones d'ombre donnaient à la rue une profondeur qu'en réalité elle n'avait pas. On ne voyait âme qui vive et le silence était absolu, mais pour le garçon du Sud flottaient dans l'air de désagréables présences, une vibration humaine, de soupçonneuses espérances. À cette heure de la nuit, le Mont Carmel est comme un énorme furoncle endormi, enveloppé dans son propre fluide invisible et fébrile, dans ses élancements de douleur quotidiens, dans sa vaste aura sensuelle.

Il descendit par le versant peuplé de petites maisons chaulées, suspendues presque dans le vide : de leur disposition particulière et obligée sur la pente accidentée naissait un réseau enchevêtré de ruelles coupées de marches, de détours et de petites rampes. Il descendit en sautant, à peine éclairé par de crasseuses ampoules, tourna plusieurs fois à droite et à gauche, toujours par des rues en miniature, et presque avec l'allégresse enfantine et tardive de ses premières courses dans le quartier : tout cela, bien que ce ne fût plus le labyrinthe ensoleillé où, à une époque, tout paraissait possible, gardait encore quelque chose de ce que le garçon avait rapporté de sa ville natale des années plus tôt, une certaine confiance en soi qui dérivait de la fragilité environnante, du caractère provisoire dont il avait toujours vu marquées les choses de son quartier et de l'air de pauvreté même qui les enveloppait. Parvenu très bas sur la pente, il fit le tour du mur d'un jardin mal entretenu et s'arrêta devant une petite porte en bois qui l'avait un jour captivé : elle se distinguait des autres portes parce qu'elle était ancienne, ouvragée de dessins compliqués que la pluie avait presque effacés, et surtout par son invraisemblable heurtoir, une main toute petite, délicate, tournée – une main de femme, pensait-il à chaque fois – qui serrait une boule. Dans le quartier, il n'y en avait pas d'autre comme ça. Elle appartenait à une maison à deux étages, petite et délabrée. Devant, s'étendaient les terrains vagues et la stridulation des grillons. Bande-à-part frappa trois fois avec le heurtoir puis recula pour voir si la fenêtre de l'étage s'éclairait. Il faisait encore nuit noire et les étoiles semblaient briller avec plus d'intensité. Il entendit des voix à l'intérieur de la maison et le bruit d'un meuble.

– Qui est là ? demanda une voix rauque.

– C'est moi, Cardinal, ouvre.

Un instant après, la porte s'ouvrit et une tête d'homme complètement blanche et dépeignée apparut. Ses cheveux longs et soyeux, malgré leur désordre, laissaient deviner les formes nobles et belles du crâne, et son visage, encore froissé de sommeil, montrait cependant la correction de ses traits doux et affables, un nez légèrement aquilin, des joues bleutées et admirablement rasées. La peau bronzée du front contrastait agréablement avec la blancheur des cheveux. Pourquoi diable, l'appelle-t-on, le Cardinal ? se demandait-il toujours.

– Qu'y a-t-il ? dit l'homme. Qu'est-ce que tu veux à une heure pareille ?

– Je suis pressé. Elle est là, je peux te la donner tout de suite. C'est une Ossa, toute neuve. Alors, qu'est-ce que tu en dis ?

Le Cardinal le regarda en plissant ses yeux noirs aux longs cils. Derrière sa tête, au-delà de la porte entrebâillée, on voyait le rayon d'une lampe, et ses fulgurants cheveux blancs, quand il remuait la tête, semblaient surmontés d'une flamme folle.

– Approche.

Le garçon ne bougea pas : il haletait encore d'avoir couru et restait un peu à l'écart, enveloppé dans l'ombre. Il respectait beaucoup le Cardinal, il le tenait pour l'homme le plus intelligent du quartier, le seul qui savait lire dans les yeux d'autrui.

– Tu ne m'as pas entendu ? Approche. (Le garçon obéit. Il fut enveloppé d'un parfum de talc et de cognac.) Où est Bernardo ?

– Je ne sais pas…

– Tu as parlé à ton frère ?

– L'atelier est fermé, je viens d'arriver.

– Tu sais que je ne veux rien avoir à faire avec vous. C'est avec ton frère que je traite. Alors va te coucher.

Il allait refermer. Bande-à-part appuya une main sur la porte, et sans le vouloir effleura le heurtoir des doigts.

– Attends, Cardinal. Tu es un homme de goût, tout le monde le dit. Pourquoi ne veux-tu pas m'aider ?

– Qu'est-ce que ça a à voir… ? (Un sourire amical éclaira soudain ce teint rosé qui trahissait une jeunesse suspecte.) Tu es très intelligent, mon garçon, j'ai toujours dit que tu irais loin. Mais il faut que tu m'écoutes.

On ne pouvait savoir avec précision à quoi faisait allusion le Cardinal : peut-être ne serait-il pas audacieux d'aventurer d'obscures dispositions affectives – que dans le quartier, d'ailleurs, beaucoup commentaient avec chaleur et en termes pas du tout abstraits –, mais pour Bande-à-part, qui admirait justement chez le Cardinal un sens supérieur de la décence et de la discrétion, ce n'était qu'une nouvelle couche de mystère et de pourpre qui venait s'ajouter à celles, nombreuses, dont se parait un si grand personnage.

– Je t'écoute toujours, Cardinal. Ce qui m'énerve, c'est de devoir traiter avec mon frère. Là, tout de suite, je ne peux pas ramener la moto à la maison, je ne sais pas où la mettre et je suis sans un sou. S'il te plaît, ne me laisse pas tomber. Prends-la et donne-moi ce que tu voudras…

– Mais voyons, qu'est-ce qui t'empêche de la garder chez toi ?

L'homme avança un peu plus, et le garçon sentit son haleine sur son visage. « Pourquoi diable l'appelle-t-on le Cardinal ? »

– Mon frère est un imbécile, marmonna le Murcien. Il ne veut pas entendre parler de motos jusqu'à nouvel ordre… Tu trouves ça sérieux, Cardinal ?

– Il a raison. C'est moi qui le lui ai conseillé, il faut laisser passer quelques jours. (Il fit une pause ; en regardant le garçon dans les yeux, puis baissa les siens et recula pour fermer la porte.) Mets-la à l'atelier et démonte-la. (Il avait à nouveau son habituelle expression de courtoisie, souriante, mais distante.) Je verrai ce qu'on peut faire, mais souviens-toi : quand tu voudras faire les choses pour ton propre compte, apprends d'abord à aller tout seul jusqu'au bout. Je ne sais pas ce que tu as, mais, ces derniers temps, tu n'es bon à rien. (Bande-à-part baissa la tête.) Fais attention, Manolo, les motos ne sont pas faites pour aller se promener avec les filles, l'été est dangereux (il lui donna une tape affectueuse sur la joue). Allez, courage… Hortensia n'arrête pas de demander après toi, elle est malade. Tu ne viendras pas la voir ? Nous prendrons un café et nous bavarderons. Et maintenant, va-t'en, allez, sois gentil…

Il referma tout doucement.

– Bonne nuit, murmura le garçon.

Ou plutôt, bonjour : une clarté laiteuse commençait à se répandre dans le ciel du Carmel. En remontant vers la rue Gran Vista, le Murcien se demanda s'il valait mieux rentrer à la maison ou attendre Sans à l'endroit convenu. Il se décida pour la deuxième solution. Il enfourcha la moto et se lança dans la descente, plongé dans de vagues et importuns remords : le Cardinal avait le don étrange de lui titiller la conscience. D'un autre côté, la promesse qu'il avait faite à Sans d'emmener les filles à la plage, l'idée qu'il était en train de se fourrer dans une impasse, devenait de plus en plus aiguë à mesure que le jour se levait.

Il n'y avait plus aucune lumière maintenant sur les pentes du Mont Carmel. « Un grand bonhomme, ce Cardinal », pensa-t-il. Il regarda la moto couchée dans l'herbe près de lui. « Bernardo a dû aller chercher les filles. » Une petite poussière ensoleillée, rasante, filtrait entre la végétation du parc, et on était enfin dimanche. Il s'assoupissait.

Bernardo Sans descendait avec son Ossa à tombeau ouvert, en se couchant presque dans les courbes. Il réduisit sa vitesse en entrant dans le parc, laissa le moteur au ralenti et continua un peu en s'aidant des pieds entre les arbres. Il avait une pomme à la bouche, toute mordillée. Il s'allongea près de son ami.

– J'avais faim, dit-il. Les filles seront là dans un moment. Je leur ai flanqué une de ces frousses ! (Il se mit à rire, en montrant une pierre.) Tiens, comme celle-ci, j'ai lancé un caillou gros comme ça dans la fenêtre de Rosa… Tu es resté tout le temps ici ?

– Elles apportent le manger ?

– Ouais. Elles ont tout préparé hier soir. Bon, comment ça s'est passé ?

Bande-à-part ne dit rien. Couché sur le dos dans l'herbe, il avait les bras croisés sur les yeux. Au bout d'un moment il cria :

– Pas moyen d'y couper, merde ! Mais en rentrant de la plage, je les enferme à clé dans l'atelier, les motos, et pas question de les sortir, sauf pour aller tout droit chez le Cardinal, vu ?

– Comme tu voudras. Mais il n'arrivera rien parce qu'on va à la plage, n'aie pas peur… (Il se tut un instant.) Hé, tu dors ?

On n'entendait que les roulades des oiseaux. Le Murcien se tourna et se retourna comme s'il était dans son lit, en poussant par à-coups de profonds soupirs, puis finit par se retrouver face au ciel, les bras toujours croisés sur le front. Alors, d'une voix ensommeillée, indifférente, il avoua à Sans qu'il avait essayé de se défaire de la moto en dépit de l'accord qu'ils avaient passé entre eux, mais que le Cardinal s'était défilé. Il ne lui demandait pas explicitement pardon, il se contentait de l'informer du fait, d'une voix manifestement impersonnelle, vaincue par l'enrouement et la fatigue selon toute apparence, comme s'il parlait en rêve et par la bouche d'un autre de quelque chose qui ne l'intéressait absolument pas. Il fut bref, économe de mots, mais ne put empêcher ses silences de se charger de signification : Sans sut capter la confiance de son ami et il lui en fut reconnaissant. Il lui flanqua un affectueux coup de poing sur l'épaule. « Salaud », dit-il. Bande-à-part demeura silencieux. Avant de s'endormir pour de bon, on l'entendit dire dans un catalan que son accent et sa mélancolie rendaient insolite : « *Tots som uns fills de puta*[1]. »

1. « On est tous des fils de pute. » (*N.d.T.*)

Avec les ans, inconsciemment, il en est arrivé à faire une espèce de sélection mécanique des souvenirs, selon le même critère obscur que celui qui nous fait chaque année opérer une sélection de noms d'amis notés dans notre vieil agenda avant de les recopier dans le neuf : il n'en a gardé que quelques-uns, les plus fidèles, les plus chéris.

Manolo Reyes – puisque tel est son véritable nom – était le deuxième fils d'une belle femme qui, des années durant, avait frotté les sols du palais du marquis de Salvatierra, à Ronda, et qui avait conçu et mis au monde l'enfant alors qu'elle était veuve. Sa petite enfance, Manolo l'avait partagée entre une pauvre maison du quartier de Las Peñas et les luxueuses dépendances du palais du marquis, où il restait, des heures durant, accroché aux jupes de sa mère, debout, immobile, laissant vagabonder son imagination sur le carrelage brillant qu'elle nettoyait.

Une étrange histoire circulait, selon laquelle sa mère avait eu une aventure, peu après la mort de son mari, avec un jeune et mélancolique Anglais qui avait été l'hôte du marquis de Salvatierra pendant quelques mois. L'enfant était né à la date prévue, d'après les calculs des mauvaises langues. Mais Manolo s'insurgeait contre la prétendue authenticité de cette histoire, et il avait mis une telle obstination à la démentir qu'il en était même arrivé à étonner sa propre mère : il se battait sauvagement avec ses compagnons de jeux quand ils se moquaient de lui en l'appelant, avec l'accent, « l'Anglé », et se jetait comme un fou sur les grandes personnes en les insultant grossièrement si elles faisaient devant lui un commentaire moqueur. À vrai dire, cette colère précoce n'était pas tant due à l'intérêt qu'il attachait à la défense de l'honneur de sa mère qu'à un besoin insolite, instinctif, profond, de se voir rendre justice de la façon dont l'exigeait sa propre conscience de soi : c'est-à-dire que l'enfant s'insurgeait contre cette histoire parce qu'elle mettait en danger, ou pour le moins en doute, l'existence d'une autre version qui enflammait son imagination bien davantage et qui supposait pour lui la possibilité d'une origine sociale plus noble : être le fils du marquis de Salvatierra en personne. Et de fait, à mesure qu'il grandit, tous les faits relatifs à sa naissance – être le fils de quelqu'un qui ne pouvait se faire connaître à cause de sa condition sociale à Ronda, avoir été engendré à une époque où sa mère vivait pratiquement dans le palais du marquis et, surtout, la circonstance, pour lui plus significative encore, d'être né dans un lit du palais même (en réalité, ce fait était dû à un accouchement prématuré, presque sur les carreaux que la belle veuve frottait, ce pourquoi il avait fallu l'assister dans le palais) – se cristallisèrent de façon telle dans son esprit que depuis son enfance il avait créé sa propre conception, son originale conception de lui-même.

C'était, d'une certaine façon, comme ces mensonges qui, à cause de la nature confuse du monde dans lequel nous vivons, peuvent parfaitement passer pour des vérités, parce qu'ils se substituent, obéissant aux impératifs de l'imagination, à des mensonges encore plus grands. Ou bien Manolo Reyes était fils du marquis, ou bien il était, comme Dieu, fils de lui-même ; mais il ne pouvait être autre chose, pas même anglais.

Le jour où, pour aider un peu sa mère en gagnant quelques sous, il devint porteur à la gare de Ronda et guide touristique occasionnel, en soignant autant qu'il le put son apparence et ses manières, ses camarades commencèrent à l'appeler « le Marquis ». Ce surnom, discutable ou non, recueillit l'approbation générale. Personne ne sut jamais qu'il en avait été lui-même le créateur, ni les astuces qu'il avait déployées pour le divulguer. Manolo était très loin de le considérer comme son premier succès professionnel – car la nature de cette profession était quelque chose qui n'était pas encore très clair sur l'horizon de ses projets – mais pour la première fois il avait pu savourer son pouvoir. Il ne tarda pas, cependant, à découvrir que tout cela n'était que des balbutiements sans aucune utilité immédiate, et qu'il lui fallait attendre.

En fait, ce furent là les seuls jouets de son enfance, des jouets qu'il ne devait jamais casser ni mettre au rebut. Il grandit en beauté et en intelligence, avec une disposition rare pour le mensonge et la tendresse. Sa mère l'obligea à suivre des cours du soir et il apprit à lire et à écrire. Il avait un demi-frère, plus âgé que lui, qui travaillait dans les champs de coton et qui, des années plus tard, devait émigrer à Barcelone. De sa mère, il se rappellerait surtout ses mains humides, toujours humides, rouges et tendres (après qu'il eut atteint l'âge de raison, son idée de la servitude et de la dépendance eut pour représentation ces mains moites et visqueuses qui l'habillaient et le déshabillaient : c'étaient comme deux odorants filets de viande, pas exactement dépourvus de vie, d'attentions, mais de chaleur et de joie). Il l'aima beaucoup jusqu'au moment où elle se mit avec un homme, et il souffrit de penser qu'il ne pouvait la tirer de la misère. De son contact quotidien avec la faim il lui resta une lueur animale dans les yeux et une façon particulière de pencher la tête que seuls les imbéciles prenaient pour de la soumission. Très vite, il connut la vérité la plus arrogante et la plus utile de la misère : qu'il n'est pas possible de s'en délivrer sans risquer sa vie. Ainsi, dès son enfance, il eut besoin de mensonge autant que de pain, autant que de l'air qu'il respirait. Il avait la vilaine habitude de cracher souvent ; cependant, si on l'observait attentivement, on remarquait dans sa façon de le faire (les yeux fixant soudain un point de l'horizon, un complet désintérêt pour son jet de salive et pour l'endroit où il atterrissait, une intime et secrète impatience dans le regard) cette résolution ferme et irrévocable, fille de la rage, qui souvent fige le visage des paysans sur le point d'émigrer et de certains jeunes provinciaux qui ont pris la décision de s'enfuir un jour vers les grandes villes.

Le jour où, en sifflant et les mains dans les poches, il s'approcha de la roulotte* des Moreau pour offrir ses services de guide et, en même temps, pour les avertir que s'ils s'installaient en dehors de la ville ils devaient faire attention aux ferrailleurs et aux vagabonds, Manolo Reyes était toujours le fils du marquis de Salvatierra ; mais une semaine plus tard il ne l'était plus ou, plus exactement, cela ne l'intéressait plus : une semaine plus tard, si dégradant que ce changement pût paraître en comparaison avec un marquisat, Manolo Reyes était étudiant à Paris, hôte et futur gendre des Moreau. Un « charmant petit Andalou »*, dirait Madame. Il avait alors onze ans, son demi-frère allait se marier à Barcelone, sa mère avait reçu une lettre et une photo où l'on voyait le Mont Carmel. Le fils aîné avait réussi : « … je me marie avec une fille de Malaga qui a un père qui a un commerce de bicyclettes là où j'ai fait une croix sur la photo que je t'envoie, maman… », disait la lettre que Manolo lut à voix haute pour elle, mais sans y prêter autrement attention. Sa pensée était avec les touristes qui étaient venus dans leur roulotte*.

Les Moreau avaient été instantanément subjugués par le charme de Ronda et du jeune garçon. Le Tajo et le Puente Nuevo, l'air sympathique et les yeux noirs de Manolo, les arènes avec leur allure ecclésiastique et la maison du Roi maure les retinrent toute une semaine dans la ville. Manolo passait ses journées avec eux, les accompagnait partout et les amusait en leur racontant des histoires relatives à ses expériences de guide, dont la plus grande partie étaient des mensonges. Tous les matins, il allait les chercher à la roulotte*, il s'occupait de mettre leurs lettres à la poste, de faire leurs courses, de porter leur linge à la laverie, etc. Un jour qu'ils l'avaient invité à déjeuner dans leur roulotte*, il leur raconta l'histoire de sa naissance en faisant bien attention à laisser dans un émouvant suspense la possibilité de sa véritable origine. Ce fut alors (il s'en souviendrait toujours : il regardait la fille des Moreau, assise dans l'herbe et prenant le soleil, sa jupe retroussée jusqu'aux genoux, et l'après-midi était désagréable, avec du vent et de grands lambeaux de nuages blancs courant à vive allure se cacher derrière les montagnes), ce fut alors que Mme Moreau, tout en lui offrant une tasse de Nescafé, lui demanda si cela lui plairait d'aller avec eux à Paris, pour faire des études et être quelqu'un dans la vie. Le garçon baissa les yeux et ne répondit rien. Un autre jour, voyant des enfants en haillons qui jouaient dans la rue, Mme Moreau eut soudain l'air triste et posa à nouveau la même question à Manolo : c'était une question qui, en réalité, venait à l'esprit de Madame non pour obtenir une réponse – quelle qu'elle fût, elle ne l'intéressait guère – mais pour donner forme, d'une façon particulière et difficile à déterminer, à son égoïsme, par expansion nerveuse. Mais, cette fois, le petit Andalou* répondit d'une voix étrange : « J'y réfléchirai » – et, bien entendu, Madame ne l'entendit même pas.

La nuit, sans se faire voir, l'enfant s'asseyait sur une pierre à une certaine distance de la roulotte* et passait de longues heures le menton dans ses mains, à regarder fixement à travers ses longs et très beaux cils la lumière qui s'allumait parfois à la petite fenêtre. Il ne se fatiguait pas non plus de regarder la voiture : l'épaisse couche de boue séchée qui couvrait ses flancs avait, à la lumière de la lune, la gaieté sénile et résignée des rides vénérables et des cicatrices glorieuses, de lointains souvenirs de chemins, de routes inconnues, de plages lumineuses et de villes immenses, de merveilleux endroits où le garçon n'était jamais allé.

La veille du départ des Moreau, on but beaucoup de vin et Madame, soudain excitée par on ne sait quelle rafale de frottements émotifs avec la vie, se mit à tripoter Manolo et à lui couvrir le visage de baisers. De plus, elle décida, en accord avec son mari – qui parvenait à peine à se faire entendre, mais guère moins que d'habitude : c'était un homme taciturne, de haute taille, à la voix caverneuse et économe de paroles –, d'emmener le garçon à Paris avec eux. Au milieu des baisers et des toasts renouvelés, Mme Moreau fit sceller à sa fille et au garçon leur éternelle amitié dans un baiser : il flottait dans l'atmosphère une vague idée d'amusement, dont la nature n'était pas très claire mais qui doit être familière aux touristes à l'heure du retour et des adieux, ces petits orgasmes du cœur qui ne font que cacher négligence et fausse affection, et contre quoi le garçon, qui manquait d'expérience, était encore sans défense.

Selon une technique enfantine très simple et efficace qui naît généralement avec les premières permissions maternelles de filer jouer dans la rue, arrachées avec effort, et qui consiste à changer de sujet de conversation une fois cette permission obtenue, Manolo, choisissant de laisser en suspens (avant que les Moreau ne s'en repentissent) la question de son Voyage à Paris, se mit à parler de son frère aîné, marié à Barcelone, et propriétaire d'un commerce florissant. Puis, brusquement, il se leva, remercia, dit à demain et s'en alla.

Il y avait une demi-heure qu'il était assis sur la pierre, derrière des buissons, quand il vit sortir de la roulotte* la fille des Moreau. Ses parents dormaient. La lumière de la petite fenêtre était éteinte depuis un moment déjà et le silence de la nuit était absolu. La petite Française portait un pyjama de soie qui brillait à la lumière de la lune comme s'il était en métal. Devant elle s'ouvrait une clairière dans le bois et la fille entreprit de la traverser d'un pas lent, comme si elle marchait en rêve, en direction des buissons derrière lesquels il se cachait. Enveloppée dans cette lumière astrale, qui tendait à diluer ses contours à cause des éclairs qu'elle arrachait à la soie qui lui couvrait le corps, et qui semblait transformer son image concrète en pure chimère ou en évocation d'elle-même, la petite avançait, indifférente, légère et totalement étrangère au rêve tendre et précaire que ses pieds nus, comme s'il s'agissait d'une fine poussière lumineuse, soulevaient du sol à chaque pas devant les yeux stupéfaits du garçon. Manolo la vit s'approcher de lui comme si elle allait réellement à sa rencontre, en le cherchant sans le connaître, en écrivant son nom à chaque pas, comme si ce rendez-vous avait été décidé depuis le commencement des temps, comme si la clairière illuminée que la petite fille traversait maintenant n'était que la dernière étape d'un long chemin qui, sans qu'elle l'ait su, l'avait constamment menée jusqu'à cet endroit, en l'enlevant au monde, à ses parents, à son beau et prospère pays et à son propre destin. Elle ne semblait pas savoir qu'elle était seule, ni même que la solitude pouvait exister ; aux yeux du garçon, elle était pleine de vie et porteuse de lumière. Mais tout à coup, arrivée à quelques mètres de l'endroit où il se trouvait, de façon inattendue, la petite fille s'écarta vers la droite et pénétra dans le bois en direction d'un endroit tout envahi de thym (que le raffinement de Mme Moreau, prévoyant l'urgence de certains besoins, avait choisi comme le plus adéquat) et le garçon, enfin, comprit.

Il se leva, la déception peinte sur le visage. Cependant, il réagit très rapidement : avant de lui laisser le temps de faire ce pour quoi elle était sans doute sortie, il s'approcha de la petite fille et lui souhaita gentiment le bonsoir ; il lui dit qu'il était revenu pour voir si tout allait bien et il lui demanda à l'improviste – uniquement pour provoquer la réponse qui lui convenait – pourquoi elle était sortie de la roulotte* à cette heure si dangereuse. Un peu troublée, mais en riant, elle lui répondit que c'était, naturellement, pour prendre le frais. Manolo proposa alors de lui tenir compagnie quelques minutes et il lui prit la main, pour marcher un peu avec elle. Il essaya de lui faire comprendre qu'il avait décidé de partir avec eux pour Paris dès le lendemain, et il lui demanda ce qu'elle pensait de la promesse de ses parents. S'en souviendraient-ils demain, l'emmeneraient-ils avec eux ? Il parla abondamment, en s'arrêtant soudain, pour réfléchir, les bras croisés. Elle le regardait d'un air amusé, méditant le sens de ses paroles, et acquiesçait de la tête. Son visage était l'un des plus jolis que Manolo ait vus, doré, chaud, avec des yeux bleus et limpides. Soudain, le garçon se planta face à elle et lui prit les deux mains. Il appuya son front contre celui de la petite fille, qui baissa les yeux et rougit. Alors, avec une certaine maladresse, Manolo l'enlaça et l'embrassa sur la joue. Le contact avec le fin tissu du pyjama fut pour lui une sensation imprévue et l'une des plus merveilleuses qu'il éprouverait de sa vie, une sensation parfaitement liée à la tendresse du premier baiser, ou qui peut-être même l'établissait, la précisait, comme si le sentiment de l'affection entrait en lui par le bout de ses doigts comme un courant communiqué par la soie. La petite fille resta un moment sans bouger, les joues en feu, la tête inclinée, la poitrine agitée, puis elle se libéra et se mit à courir vers la roulotte*. Manolo resta sur place, debout, immobile, bras ballants et mains ouvertes, et sentant encore sur la pulpe de ses doigts le contact du fin tissu.

Il passa une nuit blanche, à planifier en détail son départ de Ronda.

Le lendemain, quand il arriva chez les Français, il n'y avait plus la moindre trace de la roulotte*. Il les chercha vainement dans toute la ville. Ils étaient partis comme ils étaient venus : la même confuse inquiétude, la même véhémence mesquine et le même enthousiasme infect qui les avaient amenés venaient de les emporter à tout jamais. Les Moreau faisaient partie de ce genre de touristes qui se servent du rêve des indigènes comme d'un pont pour atteindre au mythe, qu'ils détruisent derrière eux quand ils n'en ont plus besoin.

À la tombée de la nuit, Manolo rentra chez lui complètement épuisé et se jeta sur son lit. Ce n'étaient que des fantômes : mais ce voyage manqué vers un lointain pays, cette lune artificielle brillant sur le pyjama de la petite fille, ce faux rendez-vous avec le futur, l'émotion, le rêve fou d'émigrer, le contact de la soie et la douleur poignante, tout cela resta en lui et maintenant, tout comme alors, il émergea des profondeurs de son rêve, requis par des voix connues et aimables qui s'obstinaient sans cesse à le convaincre des dangers qu'il y avait à s'écarter du chemin commun – cette fois cependant ce n'était pas la voix plaintive ou le visage encore beau de sa mère qui s'approchait, s'inclinant sur le sien à la pointe de l'angle de lumière qui entrait par la fenêtre du baraquement en lui disant : « Réveille-toi, mon fils, regarde, voici ton nouveau papa » (il eut à peine le temps de voir, en raccourci, les cheveux pleins de brillantine et bien peignés, le profil hautain du Gitan) parce que déjà il faisait le projet de s'enfuir et d'aller à Barcelone dans un train de marchandises et de se réfugier chez son frère, c'était le visage d'une fille qui souriait dans l'éclat du soleil, au milieu du parc Güell, mais qui, malgré son sourire, annonçait d'emblée le peu qu'elle pouvait offrir : un laborieux tripotage dominical, et, même cela, c'était à voir : Lola, et derrière elle Rosa et Sans avec les sacs de plage et le déjeuner. Bernardo brossait son pantalon pour en ôter l'herbe qui s'y était collée. Près de lui, les motos volées. « Salut, paresseux, dit Lola, une main sur le décolleté de sa robe d'été, penchée sur lui, comme si elle allait boire les traits de son visage. Viens, on va à la plage, qu'est-ce que c'est que ces façons de dormir… ? » Mais peut-être parce que les yeux du garçon reflétaient encore la profonde déception causée par les souvenirs évoqués, ou parce qu'il était à cet âge où le sommeil, au lieu de lui planter ses serres sur le visage et de le défaire, l'embellissait davantage au contraire, de même que les soûlographies le lui adoucissaient par une lassitude enfantine, Lola capta dans son regard quelque chose qui dut l'effrayer et elle ne lui tendit pas la main quand il la lui demanda pour qu'elle l'aidât à se relever. « Tant pis », pensa-t-il. Et une fois debout, il cria quelque chose dans un catalan que personne ne comprit, puis la première chose qu'il regarda, ce fut les hanches de Lola, avec des yeux remplis de scepticisme. « Allons, murmura-t-il, fichons le camp à la plage une foutue bonne fois pour toutes. »

Un été de tigres,
guettant un mètre de peau froide,
guettant un rameau d'inaccessible peau.

PABLO NERUDA

Ils s'aimaient au-dessus de la rumeur des vagues.

– Le jour se lève, Manolo. Il faut que tu partes.

– Pas tout de suite.

– J'ai peur, insistait-elle. Nous sommes très imprudents, mon amour, c'est de la folie… Il y a des gens dans la maison.

– Écoute, ma jolie, disait-il gaiement, en l'attirant à lui les yeux fixés sur le plafond, au-delà du plafond, toi et moi on est dans la même galère…

Comme certains croupiers*, Bande-à-part avait une secrète nostalgie manuelle, digitale : rien de ce qu'il touchait n'était à lui, sauf, peut-être, la jeune fille. Lors des nuits successives, tandis qu'il l'aimait lentement, de façon réfléchie, avec une application et un soin de rémouleur, il avait appris à distinguer sur sa peau des frôlements et des amabilités étrangères, le souffle serein d'autres pièces, d'autres atmosphères, de quelque chose qui existait au-delà des quatre murs de sa chambre de bonne. Parfois elle avait à la bouche une fleur d'eucalyptus ou une feuille de menthe (habitude acquise à la campagne, probablement), surtout si ce soir-là elle avait servi le dîner au jardin, et ses baisers avaient alors une douce saveur végétale qui faisait que le Murcien se sentait obscurément intégré dans l'ordre quotidien d'oisiveté, de bains, de lecture et de sieste auquel l'ombre exquise de quelqu'un, une femme, présidait aimablement depuis quelque endroit de la villa. Il en arriva réellement à croire que ce jeu ne comportait pour lui d'autre risque que celui d'être découvert par les maîtres de maison, car Maruja, pour le moment, accédait avec plaisir à tout ce qu'il voulait et ne montrait aucune intention de lui demander quoi que ce fût en échange, si ce n'est une petite compensation sentimentale d'ordre immédiat et sans avenir, apparemment, bien sûr : prolonger l'échange de sentiments affaiblit et les femmes le savent, on n'insistera jamais assez sur les règles du jeu qui ont encore force de loi à la rude et bienséante table hispanique, et dont la sévère correspondance morale implique toujours des responsabilités et des paiements qu'il convient de ne pas oublier : car il arrive fréquemment, par exemple, que l'exercice de la nudité compris comme simple expression de rébellion personnelle, l'intimité furtive d'une paire de draps partagés à l'excès avec une femme uniquement pour exprimer une nostalgie, une jolie idée de nous-mêmes, une absence, se paient tôt ou tard par l'estime qu'on a de soi, par la solitude ou la perte d'une certaine volonté de puissance, progressivement diluée dans un sentiment de pitié et de reconnaissance auquel l'auréole d'un prétendu prestige viril n'avait pas permis de se manifester plus tôt :

– Je t'aime, je t'aime, j'ai besoin de toi…

C'est ainsi que, des fréquentes incursions nocturnes qu'il fit par la suite dans le lit de la petite bonne complaisante de cette gigantesque villa du bord de mer, commença à naître chez le jeune garçon du Sud, et malgré lui, une tendresse familière et irrépressible pour la jeune fille et son bonheur fragile, en plus d'une dangereuse tendance à respecter sa condition, ou plutôt, à y compatir ; dangereuse par tout ce qu'il y avait en elle de fraternel, de consanguin, d'héritage d'un destin déterminé que, justement, Bande-à-part n'était disposé à assimiler pour rien au monde. Il serait peut-être excessif d'affirmer que le garçon était en train de tomber amoureux : à l'époque, c'était de symboles qu'il tombait amoureux, pas de femmes. Mais, indubitablement, quelque chose de semblable (un certain penchant à s'intégrer à une trame de références érotiques et affectives que lui proposait, bien malgré lui, sa bonté provinciale réprimée) fut sur le point de se produire et, par conséquent, d'annihiler de plus hautes et plus décisives entreprises de l'esprit. Cette solidarité animale dans le malheur commun et dans la pauvreté qui émanait du corps de la jeune fille, de ses étreintes désespérées, de ses baisers ou simplement de sa paisible façon d'être près de lui, et qu'il avait déjà remarquée avec inquiétude le soir de la fête de la Saint-Jean, la solitude et l'abandon, l'urgente supplication d'amour qui demande beaucoup plus que de l'amour ou du plaisir, ces yeux d'oiseau perdu qui, la nuit, le regardaient du creux de l'oreiller, depuis un monde primitif qui ne connaît que la gratitude, depuis une domesticité de la chair (ses yeux doux, ses pauvres yeux rougis et maladifs, presque sans cils, comment n'avait-il pas su reconnaître en eux, dès le premier instant, la véritable condition de la jeune fille ? comment n'avait-il pas deviné que c'étaient les mêmes yeux fiévreux qui l'avaient épié derrière les haies, la nuit de la Saint-Jean ?), et qui, toujours noyés dans un curieux mélange de soumission et de bon sens, l'invitaient, muets et amoureux, à renoncer à toute autre ambition qu'à celle d'être heureux ensemble ici et maintenant, réussirent plusieurs fois à se rendre maîtres de sa volonté au cours des folles nuits de l'été et même de l'hiver qui suivit, alors que lui, plus libre, plus conscient de cette subtile transmission de pouvoirs qui s'effectuait peu à peu à travers les sexes, commençait à moins se montrer, disparaissait pendant des semaines entières.

La puissante voix de l'espèce, ce vaste bourdonnement de bon sens et de sagesse que la femelle réduite au silence émet parfois, suggère quelque chose de l'inquiétude fondamentalement maternelle que toute femme éprouve quant à l'avenir de l'homme ; contre tout pronostic, cette voix ancestrale parla soudain par la bouche de la petite bonne et le jeune délinquant eut peur : la brusque révélation de ses méfaits, de ses vols de motos, non seulement n'eut rien d'un coup rude pour la jeune fille, mais réaffirma en elle ce pouvoir de rachat qu'elle avait déjà commencé à acquérir durant leurs étreintes.

L'hiver arriva, et en ville, loin de la villa et de ses endormeuses résonances, la crainte de perdre Manolo à tout jamais obligea la jeune fille à aller très souvent le chercher dans son quartier. Il n'avait jamais voulu lui dire où il habitait, mais elle sut très vite où le trouver : au bar Delicias, près du poêle, en train de jouer à la manille avec trois vieux retraités – avec lesquels sa jeunesse faisait un inquiétant contraste –, renfermé, oubliant ou méprisant qui sait quels plaisirs en échange de la sagesse des cartes et des vieux, rendant avec eux ce culte solennel au silence et à l'économie des gestes et des regards pour lequel le jeune garçon du Sud était particulièrement doué, surtout en hiver, et dont il faudrait chercher les raisons non seulement dans le contact quotidien avec le froid, avec le chômage et l'indigence qui pullulent dans les faubourgs et qui lui étaient familiers depuis l'enfance, mais aussi dans le fait que sa rare disposition pour l'aventure, en partie frustrée par l'hiver, pouvait être ici remplacée par d'expressives formes hiératiques ; les cartes en main, ou dans le fauteuil d'un étouffant cinéma de quartier, hivernant comme une fleur transplantée, il évoquait des péripéties vécues lors de jours plus ensoleillés et plus propices : tout en tenant ses cartes, tandis qu'il méditait le coup à jouer, surgissaient parfois devant ses yeux les uniformes de coton rayé, les tabliers et les coiffes accrochés au portemanteau, dans la lumière rose d'une aurore sur la côte.

Quand elle était libre l'après-midi, le jeudi et le dimanche, Maruja prenait un autobus qui la déposait place Sanllehy, puis elle montait à pied par la route du Carmel, en longeant le parc Güell ; avant d'atteindre le dernier virage, elle coupait par un sentier, et prenait à travers des chaumes brûlés et un remblai de décombres où les enfants glissaient comme sur un toboggan et, le souffle court, les joues en feu et des yeux que le vent faisait pleurer, elle arrivait tout en haut. Les habitants du Carmel s'habituèrent vite à voir dans les rues cette silhouette timide sous un parapluie bleu, enveloppée dans un court manteau à carreaux démodé, un ruban de velours grenat dans les cheveux. Ses feintes promenades, ses patientes allées et venues, quand elle ne trouvait pas Manolo, finirent par être familières. Avant d'entrer au Delicias, elle retouchait toujours ses cheveux et sa jupe trop courte, et une fois à l'intérieur elle restait debout près de la porte, à une distance prudente de la table de jeu, immobile, un peu honteuse, serrant les genoux avec ferveur et délicieusement obscène, pleine d'une ravissante vulgarité dans son attente – effrontément désireuse d'appartenir à quelqu'un, elle se tenait là, exactement comme le jour de la Saint-Jean, quand elle l'attendait au fond du jardin en le regardant se débarrasser des fils à papa –, jusqu'à ce que Manolo remarque sa présence. Dehors, parfois, il pleuvait, et à travers les vitres embuées du café on voyait les vagues silhouettes penchées en avant des habitants du quartier qui luttaient contre le vent. Lui, il se réfugiait à l'intérieur, silencieux, taciturne, sale, négligé, replié sur lui-même et vaincu par l'hiver comme un serpent qui attend, caché dans les fourrés, les lumineux jours de soleil, mais avec encore sur la peau une sorte de pâleur dorée, encore enveloppé, comme ces carrosseries rouillées qui dorment dans les cimetières de voitures et qui naguère furent de rutilantes et majestueuses machines, dans l'air de sa splendeur passée et dans les mille fantômes de ses escapades. Il faisait toujours une dernière partie, ne fût-ce que pour faire attendre Maruja un moment suffisamment long pour le justifier face aux vieux – dont il faisait semblant d'ignorer les petits rires moqueurs –, mais il ne l'accueillait jamais avec indifférence et ne la faisait pas attendre trop longtemps. Il ne montrait pas non plus de signes d'enthousiasme ; simplement, il acceptait sa présence, il se levait, la prenait par la main, et ils sortaient du café. Il admettait ces rencontres avec une curieuse déférence, un peu résignée, comme ces personnes qui, à juste titre ou non, croient à chaque instant forger leur propre destin et savent pour cette raison accepter certains faits marginaux dérivés de celui-là avec un sens des responsabilités supérieur, comme si ces rencontres étaient la preuve de quelque pacte mystérieux avec les lois occultes de la vie.

Et aussi parce que désormais il était seul : Bernardo Sans s'était marié au début de l'hiver avec Rosa, qui allait bientôt avoir un enfant (définitif, fulgurant éclair de la mort), et sa bande de voleurs à la tire déjà bien démembrée avait fini par se désintégrer complètement. De sa relation avec le Cardinal, et, surtout, de sa vie familiale, Maruja ne savait que ce qu'il lui en avait raconté, c'est-à-dire très peu, et à propos de sa maison, Manolo lui avait dit un jour : « Quand il pleut, il n'y a plus d'électricité », et rien d'autre. Les questions qu'elle lui posait à ce sujet l'irritaient à un point extraordinaire, et à plusieurs reprises il avait menacé de la planter là si elle insistait. Il paraissait acharné à passer pour un orphelin.

– Manolo, tu n'as jamais pensé à… ? commençait-elle.

– Non, je ne pense pas changer de vie ! Allez, viens, on va faire un tour.

La découverte du Carmel signifia pour la petite domestique une encourageante affirmation de principes : la même matière dégradée et résignée dont était fait son amour semblait avoir façonné ce quartier presque oublié, en l'isolant, en le confinant hors de la ville, en réduisant tous ses rêves à un seul : survivre. Ils se promenaient dans les sentiers du versant occidental, entre les pins et les sapins du parc Guinardó, ils remontaient la colline et, parvenus au sommet, s'arrêtaient pour regarder les enfants manier leurs cerfs-volants ; ils contemplaient le Val d'Hebron, Horta, le Tibidabo, le Turó de la Peira et Torre Baró que la distance et les brumes de l'hiver rendaient gris. Ils marchaient en silence, ou bien ils discutaient (c'est là qu'elle avait commencé à parler de mariage) et ils finissaient presque toujours enlacés derrière un fourré. Parfois, le froid ou la pluie les poussaient vers de petits et épais cinémas de quartier ou des bals du dimanche archibondés, odorants et chauds comme une armoire, et durant tout l'hiver Maruja s'efforça de neutraliser et d'accrocher à son propre corps ce fluide de nostalgie incurable et doré, ce ronronnement de chat de luxe amoureux qui émanait des entrailles de Bande-à-part.

Pour le reste, en laissant de côté ce qui pour le jeune délinquant fut un véritable malheur professionnel (la perte de Bernardo Sans, son dernier copain), il n'arriva rien cet hiver-là qui fût digne de mention, sauf, peut-être, quelques fugaces visions citadines de Teresa Serrat. « Regarde, Mademoiselle ! » disait Maruja en la montrant du doigt : vue et pas vue d'un tramway (la demoiselle à la porte de l'université, avec un blouson et une écharpe à carreaux, des livres sous le bras, fumant et bavardant avec un groupe d'étudiants), ou du trottoir de la Vía Augusta, un jour qu'il avait raccompagné la petite bonne jusqu'à chez elle (Teresa et sa voiture glissant lentement le long de ce trottoir, devant un bar, et klaxonnant pour appeler quelqu'un), ou depuis le balcon d'un cinéma d'exclusivité (en compagnie d'un jeune Noir athlétique, avançant sur la pente douce et moquettée de l'orchestre). Une autre fois, Maruja la lui avait montrée, photographiée dans les pages du magazine *Hola*, assise au milieu d'une joyeuse collection de jeunes gens en smoking et de jeunes filles vêtues de blanc : le début* d'une amie de Mademoiselle, l'informa la domestique, en ajoutant quelque chose qui pour le Murcien fut absolument incompréhensible : Teresa était furieuse d'être sur cette photo, elle voulait que personne ne la voie ni ne lui parle de cette fête, au point qu'elle avait déchiré le magazine. « Mais j'en ai acheté un autre », avait conclu Maruja.

La première rencontre avec Teresa Serrat eut lieu à la grille du jardin de sa maison, à San Gervasio. C'était un jeudi, vers dix heures du soir, et l'étrange comportement de l'étudiante devait tant troubler le Murcien qu'il subirait une fois de plus le supplice de ne pas comprendre, la sensation d'égarement mental qui le tourmentait souvent lorsqu'il entendait les riches s'exprimer. Durant les cinq minutes que dura la scène, Teresa Serrat resta un peu à l'écart, enveloppée dans les ombres prestigieuses de son jardin et apparemment à l'abri de tout regard d'admiration que pût inspirer sa superbe présence (tout du long immobile et le corps légèrement penché en arrière, comme si elle s'efforçait de respecter à tout prix une imaginaire ligne de lumière), ce qui fit qu'il ne put pratiquement rien lire sur ce beau visage bronzé. Ce fut peut-être pour cette raison, davantage que pour le ton insolent de fille de bonne famille que prit Teresa pour attirer l'attention de sa bonne, que Manolo se montra particulièrement incorrect avec elle. De plus, il venait de passer un après-midi orageux avec Maruja, il avait une fois de plus refusé de donner un tour officiel à leur histoire et la jeune fille avait pleuré ; lorsque cela arrivait, sa mauvaise conscience l'obligeait à la raccompagner chez elle. Il lui avait dit au revoir et il s'éloignait – Maruja le regardait encore, les yeux rougis, la main sur la grille, sans se décider à entrer – quand lui parvint la voix de Teresa qui appelait la domestique du jardin :

– Maruja !... Maruja, mais qu'est-ce que tu fais là ? Il est très tard ! Tu vas voir maman...

Ils entendirent ses pas précipités sur le gravier et aussitôt elle arriva en courant. Elle s'arrêta brusquement, à quelques mètres de la grille, sous un arbre : bras croisés et une gabardine éclatante de blancheur jetée négligemment sur les épaules, sur une robe à jupe cloche qui lançait des éclairs cuivrés, l'air irrité, frissonnant légèrement, gracieusement de froid ; sa silhouette svelte, en s'immobilisant, fut nimbée par la lumière qui l'éclairait par-derrière, venant de la lanterne qui pendait du porche et des fenêtres du rez-de-chaussée. De toute sa personne émanaient de chauds effluves provenant probablement d'un salon illuminé et rempli de monde, il y avait dans ses jambes une tremblante, une frémissante disposition musicale, l'excitation juvénile qui annonce une fête ou une heureuse surprise, et elle le fit penser à une de ces filles un peu fofolles qu'il voyait parfois dans les films américains, sortant, les joues en feu et hors d'haleine, d'une soirée dansante pour prendre le frais dans le jardin et, dans une pause émouvante, faire part à leur papa de leur bonheur et de leur joie de vivre. Elle était apparue, courant et enveloppée dans ce petit désordre personnel qui révèle l'existence d'un confort solide et authentique – la ceinture de sa gabardine sur le point de tomber et frôlant le sol de sa boucle, un mouchoir de soie rouge pendant de sa poche, ses blonds cheveux tombant sur son visage, remettant le pied, d'un mouvement nerveux, dans une chaussure qu'elle avait failli perdre en courant –, cette charmante négligence du détail qui est le signe évident d'une absence de préoccupations vis-à-vis de l'argent, d'une confiance en sa propre beauté et d'une vie intérieure intense, passionnée et pleine de promesses : chez les êtres choyés par la nature et la fortune, un charme de plus.

Mais ce qui lui avait fait si brusquement arrêter sa course et, surtout adoucir le ton irrité de ses paroles, ce n'était pas simplement cette chaussure qu'elle avait failli perdre, mais de découvrir la présence inattendue du petit ami de la bonne. Visiblement surprise, Teresa baissa la voix pour attirer l'attention de Maruja sur l'heure tardive et, sur un ton de reproche familier, lui rappeler qu'ils avaient du monde à dîner et que maman était inquiète. Balbutiant une excuse, Maruja se disposait à entrer quand Bande-à-part, les mains dans les poches et le regard hautain, se retourna et lui ordonna d'attendre. Le garçon s'approcha lentement de la grille, s'arrêta, donna d'une espèce de coup de main un tour supplémentaire à la grosse écharpe qu'il avait autour du cou et leva les yeux pour regarder Teresa. Il demanda : « Et alors, qu'est-ce que vous avez à être si pressés dans cette maison, il y a le feu ou quoi ? » et aussitôt après il commit une première erreur : il dit que s'ils étaient vraiment si pressés, ils n'avaient qu'à faire servir le dîner par la cuisinière. Son air convaincu, légèrement teinté d'orgueil viril, qui rendait sa sottise encore plus évidente, et le sérieux avec lequel il la proféra, tout cela provoqua le rire de Teresa, un rire clair, affectueux, spontané, absolument pas moqueur, solidaire plutôt, mais terriblement chargé – il s'en rendit compte lui-même – de raison.

Le Murcien détourna les yeux de Teresa d'un air confus et murmura :

– J'aimerais savoir ce qui fait rire cette idiote.

Et le plus étonnant fut que la blonde non seulement ne répondit pas sur le ton digne et offensé auquel il s'attendait – et qu'il désirait –, mais qu'en balbutiant même un pardon qu'on entendit à peine, elle pencha la tête (ses cheveux, glissant comme du miel, se séparèrent doucement en deux sur sa nuque) et se mit à regarder la pointe de ses chaussures comme une collégienne prise en faute. Bande-à-part trouva cela un peu drôle, mais pas trop : il n'était pas assez stupide pour croire qu'il avait réussi à impressionner cette demoiselle rien qu'en se montrant dur avec elle, et il échangea un regard interrogateur avec Maruja. À cause de cela, il ne put voir que sur les commissures des lèvres de Teresa Serrat se dessinait maintenant un sourire imperceptible, à peine une moue, une joyeuse ébauche à l'origine mystérieuse.

Maruja, pour toute réponse, planta sur Manolo ses pauvres yeux malades et rougis, des yeux pleins de reproches, et dit :

– J'arrive tout de suite, Mademoiselle.

– Un moment, répliqua Bande-à-part, en la prenant par le bras. C'est ton jour de congé, non ?

– Allez, je suis morte de froid..., commença Teresa d'une voix différente, vulnérable soudain, une voix qui essayait d'obtenir quelque chose d'eux.

Et elle resta là, à parler du temps, immobile, les jambes très serrées et légèrement tremblantes, les poings fermés sous ses aisselles. Manolo s'arrangea pour tirer convenablement parti de certains regards, qu'il laissait traîner par terre, apparemment sans intérêt pour quoi que ce fût, et pour constater que la jeune fille avait toujours sa délicieuse peau brune et ces merveilleux yeux bleus qui l'avaient un jour blessé au cœur. Malgré le peu de lumière, il put aussi distinguer la forme vague de sa bouche, une nébuleuse rose, le léger renflement de la lèvre supérieure – les deux sommets centraux délicieusement relevés, comme si son nez élégant les tirait à lui – qui répandait sur son visage un air d'enfant gâté, une candeur ennuyée, un mélange de mauvaise humeur aristocratique et d'obstination enfantine.

En souriant, Teresa conclut :

– Nous avons des invités mortellement barbants et maman est un peu mal fichue. La plaie. Il faut aller à la pharmacie, Maruja…

De même que dans son regard d'azur, qu'une inertie particulière de ses paupières lisses et pures arrêtées à la moitié de leur chute rendait un peu somnolent, en le dotant d'une étrange vie de statue (ses pupilles, pendant qu'elle parlait, étaient fixées sur la grossière écharpe de laine que Manolo portait négligemment au cou), il y avait maintenant dans ses paroles, alors qu'elle s'excusait sur un ton de légère plaisanterie de devoir emmener Maruja avec elle, comme une tentative pour exprimer quelque chose de plus, pour établir une complicité, une espèce de connexion avec un pouvoir occulte qui pouvait l'excuser et dont elle était sûre que le garçon le connaissait aussi, une stratégie de liaison dont ils auraient été les seuls à connaître le secret et qui écartait la pauvre Maruja, ou plutôt, passait pieusement au-dessus d'elle : c'était quelque chose dont il tarderait encore à comprendre le sens et qui, pour le moment, à cause d'un de ces mystères de l'émotion féminine, prenait corps à travers son écharpe de laine grossière (écharpe qui, contrairement à ce que croyait l'étudiante, n'avait pas été amoureusement tricotée par les mains humbles et laborieuses de la mère du garçon, mais qui était, soit dit en passant, un cadeau délicat et rusé du Cardinal).

En soi, cette rencontre aurait été dépourvue d'importance si elle n'avait contenu en germe ce qui devait se passer des mois plus tard. Mais Bande-à-part pensait à autre chose ; tout en écoutant cette voix mourante, traînante, un peu nasale, dont le singulier accent catalan révélait à chaque instant non pas une incapacité à mieux prononcer, mais une impudente caractéristique de sa personnalité, Manolo, complètement impénétrable aux réalités qui ne se voient pas, eut simplement l'intuition que savoir se fâcher convenablement contre les domestiques est réellement une science difficile et importante. Il lui sembla aussi que la belle blonde faisait ostentation d'un curieux mépris pour elle-même et pour l'exercice obligé de sa condition de fille de famille.

– … bref, cette fête est une vraie corvée, mais on n'y peut rien, concluait Teresa, les yeux toujours fixés sur l'écharpe du garçon.

– Bon, dit-il d'un ton sec, le ton que son instinct, un peu à la dérive maintenant mais toujours en éveil, lui conseillait comme le plus adéquat. Elle n'en a pas pour une minute, il faut simplement que je lui dise quelque chose d'important, de personnel.

Bien entendu, il n'avait rien de personnel à dire à Maruja, et il ne lui dit rien ; il se contenta de passer le bras autour de son cou et de l'emmener à l'écart tout en continuant à observer du coin de l'œil Teresa, qui finalement, tête basse, tournait lentement les talons et semblait disposée à s'en aller. Son attention fut à nouveau attirée par l'attitude soumise de la jeune fille, mais bien qu'elle dût faire quelque chose de plus étrange encore quelques secondes plus tard, il pensa qu'en fin de compte, que diable ! il l'avait peut-être effectivement impressionnée.

Mais Teresa Serrat s'était retournée et prononçait déjà, en le regardant, les mystérieuses paroles qui durant plusieurs jours devaient lui ôter le sommeil :

– Ne me prenez pas pour une snob mal élevée, dit-elle pour commencer, et sur un ton insolite, la voix brisée d'une façon singulière, elle ajouta : Nous sommes tous avec vous.

Après quoi, elle fit demi-tour et disparut en courant dans le jardin, son foulard de soie rouge flottant derrière elle tandis que traînait par terre la ceinture de sa gabardine blanche, dont la boucle tintait sur le gravier. Le bruit de ses pas s'était déjà éteint que Bande-à-part était encore paralysé par une confusion qu'en dépit de tout il supposait chargée d'heureux présages. Il voulut interroger Maruja des yeux mais la jeune fille s'était libérée de son bras et, se dressant sur la pointe des pieds, elle lui donna un rapide baiser sur la joue et entra d'un pas vif dans le jardin.

Au cours des jours qui suivirent cette rencontre, Manolo, à plusieurs reprises, demanda à Maruja quelle pouvait être la signification des paroles de sa maîtresse. Mais il ne put rien tirer au clair.

– Je ne sais pas. Mademoiselle est très bizarre…, lui dit-elle un soir en sortant du cinéma Roxy, d'un ton indifférent, absorbée qu'elle était par la circulation sur la place de Lesseps. Elle est devenue bizarre, avant elle n'était pas comme ça.

– Qu'est-ce que tu lui as dit de nous ?

– Moi ? Rien. Que nous sortons ensemble, toi et moi. Et comme elle est très gentille, elle a peut-être voulu dire… ça, justement, qu'elle est contente de ce qui nous arrive.

– Ne dis pas de bêtises ! Tu es trop naïve, on te fera toujours tout avaler… Moi, ce que je veux, c'est qu'on me respecte. Tu ne sais pas que ces filles à papa ne respectent rien ni personne ?

– Teresa est très bonne pour moi.

Manolo regarda sa compagne d'un air attristé et l'attira à lui. Comme toujours, il y avait dans ses paroles une saveur alarmante, une tendresse blessée ou menacée par la solitude, conséquence de ce mélange de jeunesse frustrée et de certaine qualité flétrie qui errait parfois dans son regard, dans son sourire ou dans sa voix. C'était la crainte permanente que ne prévalût pas ou ne fût pas prise au sérieux la seule chose qu'elle possédât : sa reconnaissance, une reconnaissance pour Dieu sait quoi, et une disposition naturelle à ne pas accorder de crédit à la méchanceté de ce monde très propre à des êtres qui, formés par le traitement particulier qu'ils ont reçu durant des années de domesticité, sont dépourvus du véritable sens du mal, tout comme certains curés affables.

Il ne fut plus question de l'incident qui s'était produit devant la grille de la villa des Serrat, et ce n'est que bien plus tard, quand il serait malheureusement trop tard pour démontrer à Maruja que sa reconnaissance ne trouvait aucun écho chez personne (le germe obscur de sa mort, comme celui de son discret passage dans la vie, ne serait en définitive autre chose qu'une expression exagérée de cette gratitude) que Manolo comprendrait le véritable degré de négligence que renfermaient les paroles de Teresa.

Au mois d'octobre de cette année 1956, il se produisit à l'université de Barcelone quelques désordres et manifestations parmi les étudiants. De la participation remarquée à ces événements de Teresa Serrat et d'un ami intime, un certain Luis Trías de Giralt, étudiant en économie, Manolo fut informé d'une manière vague et indirecte, à travers une conversation avec la bonne des Serrat.

– Nous serons peut-être obligés de ne pas nous voir pendant quelques jours, lui annonça Maruja un dimanche, alors qu'ils étaient assis sur un banc du rond-point de parc Güell et qu'il s'assoupissait. (C'était une matinée tiède et ensoleillée, il y avait des vieux qui se chauffaient sur les bancs et des gosses qui jouaient au ballon.) Tu sais que l'autre jour, quand il y a eu ces manifestations, Mademoiselle est rentrée très tard, avec sa robe déchirée ? Il paraît que la police l'a interrogée, à cause de ces histoires des étudiants, il faut dire qu'elle a été parmi les premières à mettre le chahut. Si tu avais vu sa mère, dans quel état elle était, la pauvre ! Teresa a dit qu'on allait peut-être la renvoyer de l'université, et elle a dit ça avec un air de s'en ficher ! Son père est furieux et il veut l'envoyer passer quelques jours à Blanes avec Madame et avec moi, il dit que c'est le plus prudent… Évidemment, Mademoiselle est dans cette affaire jusqu'au cou.

Le Murcien – qui avait passé une nuit agitée à dévaliser une voiture sur la Plaza Real – avait la tête sur les genoux de Maruja et bâillait. Au début, toute cette histoire embrouillée ne l'intéressa guère et seule l'image de Teresa s'éclaira de temps en temps avec de vives couleurs entre ses paupières mi-closes, comme si elle se décomposait sous l'effet de la lumière un jour de pluie, mais elle était totalement dépourvue de signification. Pour lui, les étudiants étaient des animaux domestiques de luxe qui démontraient avec leurs manifestations qu'ils étaient de parfaits imbéciles et des ingrats ; bien qu'il pressentît qu'elle pouvait avoir des motivations politiques, il n'avait jamais accordé plus de valeur – et bien entendu beaucoup moins d'importance – à l'agitation qu'ils menaient dans la rue qu'aux bêtises qu'ils faisaient avec les petites couturières à la Sainte-Lucie. Cependant Maruja, une fois de plus, risqua une observation sur le changement bizarre que connaissait Teresa depuis qu'elle allait à l'université et qu'elle sortait avec cet étudiant qui était son ami ; pour l'occasion, la petite bonne s'aida d'une image de sa maîtresse ingénue et pittoresque, probablement exagérée – du moins lui sembla-t-il à lui, qui l'écoutait plongé dans une espèce de demi-sommeil –, en disant, avec dans la voix une véhémence qu'elle-même n'aurait pu expliquer, que « Teresa, si tu savais, Mademoiselle adore fréquenter les bistrots avec ses amis et apprendre à connaître la vie, parler avec des ouvriers et même avec ces femmes, tu vois ce que je veux dire, parce qu'elle est comme ça, très révolutionnaire, hou là là, si tu l'entendais quelquefois à la maison, je t'assure que Mademoiselle n'a pas la langue dans sa poche ! ».

Elle lui raconta, en outre, que Teresa sortait souvent avec des garçons assez extravagants et existentialistes – ce furent les mots qu'elle employa, presque avec onction –, des gens bizarres, des étudiants barbus, et qu'ils passaient leur temps à se téléphoner, à se donner des rendez-vous et à échanger des livres ; qu'il arrivait que Teresa s'enferme dans sa chambre avec des amies et qu'elles y passent tout l'après-midi, et quand elle, Maruja, leur montait du café ou des boissons, elle trouvait toujours la chambre pleine de fumée de cigarettes et les jeunes filles assises par terre au milieu des coussins, entourées de disques et discutant avec chaleur de politique, du pays et d'autres choses curieuses.

On sentait poindre à nouveau dans ses paroles ce trémolo d'admiration et de respect qui déprimait Manolo, et c'est pourquoi il préféra ne faire aucun commentaire qui pût aviver ces confidences confuses et probablement exagérées de la petite bonne. D'autre part, le sommeil, ce matin-là, était presque plus fort que l'intérêt que le simple nom de Teresa éveillait ordinairement chez lui. Mais, peut-être par opposition instinctive à la densité dépourvue de passion qui insensiblement nous fait tomber dans le sommeil, une image prit forme peu à peu dans son esprit : l'image appartenait à cette étrange fille, dans les cheveux d'or de laquelle se décomposait la lumière, tandis qu'elle bavardait avec des inconnus minables dans un bistrot, un verre de rouge à la main, et outre que cela manifestait sans aucun doute un simple caprice de fille de bonne famille (celui qui consiste à coudoyer, de temps à autre, des gens « du peuple »), cela conduisit cette fois Manolo à pressentir quelque chose d'ouvertement dévergondé, de lubrique et, par conséquent, d'accessible pour lui, quelque chose de vulnérable en un certain point, il ignorait encore lequel. Il la voyait, debout, son verre à la main, empressée, réceptive, concrète, et cette image resta gravée dans son souvenir avec la saveur aigre-douce de la première expérience sexuelle incomplètement consommée, avec une force identique à celle des souvenirs qui persistent dans la mémoire non par ce qu'ils furent mais par ce qu'ils auraient pu être, et qui au cours des ans exigent d'être souvent remémorés et analysés pour qu'on puisse voir où et à quel moment on a commis l'erreur, comme dans le cas de cette nuit où il avait pris dans ses bras la petite fille au pyjama de soie qui luisait à la lumière de la lune, nuit qui aurait pu changer le cours de sa vie.

Mais justement, à la même époque, si fiévreuse à l'université de Barcelone, si grosse de décisions sublimes et héroïques – qui ne devaient cependant pas réussir à changer le cours honteux de l'Histoire, pas même en sacrifiant pour le peuple le meilleur de notre jeunesse, selon l'aveu que Teresa elle-même ferait un jour à son compagnon de lutte –, devait se produire une autre circonstance fortuite pour que l'image toute nouvelle d'une Teresa différente, encore étrange et lointaine mais déjà vulnérable, d'une certaine façon, reprenne un relief inattendu et se manifeste dans toute sa signification. Cela arriva durant les derniers jours de mai, à l'occasion d'une incursion de Manolo dans le quartier du Pueblo Seco, où il faisait une course urgente pour le Cardinal (livrer une lourde valise qui contenait des couverts inoxydables d'une valeur de quinze mille pesetas) avec Maruja, qui avait son après-midi libre et avait absolument tenu à l'accompagner.

Le soir tombait. Ils avançaient dans une rue bourbeuse, malodorante, déserte, en rasant le long mur d'une usine, quand, soudain, Maruja poussa un cri de surprise en reconnaissant la Floride de Teresa arrêtée devant un petit porche. Maruja fit de nouvelles considérations sur les curieuses relations de sa maîtresse. Manolo ne dit rien. Comme ils se rapprochaient de la voiture, ils pouvaient entendre, de plus en plus fort, un bruit de machines qui battait comme un énorme pouls derrière l'interminable mur, une sourde rumeur d'usine. Manolo ralentit le pas et ordonna à Maruja de se taire. Au passage, sans s'arrêter, il tourna la tête et regarda sous le porche : Teresa Serrat était là, dans l'ombre, appuyée contre le mur dans une attitude d'abandon languissante et enlacée à un garçon. L'inconnu, qui se trouvait de dos et dont les cheveux descendaient très bas sur sa nuque, avec un pull rouge ras du cou, l'embrassait avec ce manque d'allégresse dans les gestes qui révèle l'inexpérience amoureuse et la maladresse : il avait l'air de se débattre, non pas contre elle, mais contre lui-même ou contre son ombre. Teresa se laissait embrasser. Ce fut tout : une vision fugitive que Manolo avait perçue des douzaines de fois dans son propre quartier, la nuit, et dont les détails ne l'avaient jamais intéressé. Mais là, dans cette espèce d'entrée de bureaux, le bruit de l'usine était assourdissant et il était inconcevable qu'une fille comme Teresa se laissât embrasser dans de telles conditions. Sa rapide et jolie voiture, stationnée devant le porche, au bord d'une mare de colorants et de résidus de produits chimiques, était également une vision presque insolite. L'image avait d'ailleurs été brève, troublante et vague comme une apparition : seuls se détachaient dans la pénombre les genoux bronzés de Teresa enserrant les jambes de l'inconnu – avec une ferveur que ce dernier ne méritait pas, à en juger par la maladresse de son étreinte –, ses mains qui montaient et descendaient le long de son dos, et son visage, les yeux fermés, qui émergeait de l'ombre par-dessus l'épaule du garçon. Quand ils eurent dépassé le porche, Manolo demanda à sa compagne si elle savait qui était l'inconnu. Maruja, qui s'était brusquement accrochée à son bras et exprimait sa surprise par un sourire nerveux, presque complice, répondit que c'était à peine si elle avait eu le temps de bien le voir, mais qu'il lui avait semblé être, comme ça, de dos, l'un des types bizarres avec lesquels il lui arrivait de sortir. Que faisait-elle là ? Eh bien, ça sautait aux yeux… Pourquoi précisément dans cette rue sale et oubliée, dans le Pueblo Seco, ce quartier si différent du sien, sous un porche d'usine et avec un inconnu à l'allure de maquereau ? C'était une question à laquelle il était difficile de répondre. Un hasard. « Elle a eu beaucoup de types, ta patronne ? – Des amis officiels, tu veux dire ? Non, des amis sérieux, ce qu'on appelle sérieux, non, jamais. »

Ils continuèrent à marcher en silence pendant un bon moment. Manolo divaguait, le bruit infernal de l'usine résonnant toujours dans sa tête, et il retenait sur ses pupilles l'expression douce et soumise de Teresa, quand tout à coup il se produisit dans son esprit, pour la première fois peut-être depuis qu'il habitait cette ville, quelque chose qu'il identifia à la lumière. Ce ne fut rien d'autre qu'un rapide enchaînement de circonstances fortuites qui, il ne pouvait lui-même manquer de s'en rendre compte, ne tenaient qu'à un fil, un soupçon décevant qui cependant allait donner forme, à partir de ce jour-là, à l'idée qu'il se faisait de Teresa Serrat et de son monde personnel. Une pareille fidélité à une présomption amère, à une idée qu'il lui en coûtait d'admettre, l'effort qu'il lui fallut fournir pour évaluer moralement une fille comme Teresa, montraient, par ailleurs, à quel point le Murcien était loin de se trouver dans une position de combat idéale. En clair : le garçon refusait d'admettre qu'une jeune fille comme Teresa fût une vulgaire dévergondée. Et non qu'il ignorât le dévergondage de ce monde-là – il en avait eu depuis son enfance des preuves plus que suffisantes –, mais parce que son sens des catégories sociales avait été trop longtemps lié à un sens des valeurs. Quoi qu'il en soit, nous devons lui accorder le bénéfice momentané de cette conviction, discutable mais digne d'être applaudie pour l'effort qu'elle implique, et être justes avec Bande-à-part en soutenant jusqu'à la fin que, avec ou sans l'aide fortuite de cet incident survenu un soir de printemps, il aurait de toute façon, à force de tourner et de retourner cette idée, eu accès à la véritable lumière. Car, précisément parce que son intérêt croissant pour la belle et fantomatique étudiante – l'irruption de Teresa Serrat dans sa vie s'effectuait par rafales, de manière capricieuse – n'avait pour le moment rien de la frivole et mécanique disposition d'esprit qui caractérise le chasseur de dot, le Murcien dut effectivement faire un effort pour admettre pour bonne l'idée que voici : que Teresa Serrat était ce qu'on appelle tout simplement une fille en chaleur, une capricieuse et une irresponsable qui aimait tomber dans les bras de petits maquereaux de quartier (inutile de dire qu'il ne se considérait pas comme tel) par pur appétit sexuel.

Et en même temps qu'il ressentait une vague déception, dans sa tête bouillonnait tout un tourbillon d'étranges possibilités. D'abord, son instinct lui dicta de garder pour lui-même ce qu'il venait de voir dans la perspective obscure d'en obtenir un jour, si l'occasion se présentait, un possible bénéfice personnel :

– Écoute, dit-il soudain à Maruja. Ne t'avise pas de dire à ta patronne que nous l'avons vue. Pas même en plaisantant, à supposer que tu sois assez en confiance avec elle pour le faire. Elle pourrait se fâcher…

Par là, bien que les traits caractéristiques qu'il avait perçus chez Teresa Serrat ne lui eussent pas encore révélé dans sa totalité la réalité avec laquelle il serait rapidement en contact, Bande-à-part commençait, contre tout pronostic, à donner des signes de cette intelligence qui devait le mener loin.

2

¿Com ha d'assimilar-se aquesta pura poesía de la forma quan no es resol en l'orgasme ?[1]

LLORENÇ VILLALONGA

Cet hiver lourd de vagues présages s'acheva et, lorsque l'été revint, les Serrat s'installèrent à nouveau dans leur villa de Blanes avec tous leurs domestiques. Manolo recommença ses folles visites nocturnes à la chambre de la bonne. Il y allait toujours sur une moto qu'il volait juste au moment de partir et qu'ensuite, en rentrant à Barcelone, il abandonnait dans la première rue venue. Lorsqu'il arrivait à la villa, il irradiait une impression de danger qu'il semblait ignorer : ses yeux noirs et obliques et ses cheveux de jais s'électrisaient, la nostalgie envahissait ses regards et ses gestes ; et du danger et de la splendeur juvénile de ces nuits d'amour resterait, à la fin, le rêve arrogant et ambitieux qui les avait engendrées. Car ce n'était pas simplement le désir de posséder une fois de plus la jolie petite bonne qui le poussait comme le vent vers la côte, ce n'était pas seulement l'intrépide violeur de lits qui sautait par la fenêtre de l'imposante villa en

1. En catalan dans le texte : « Mais qu'est-ce qu'il fait, cet imbécile, mais qu'est-ce qu'il fait, cet imbécile ! » (*N.d.T.*)

cherchant comme un voleur la protection de l'ombre : certaines nuits, il avait peur de dormir chez lui, voilà tout.

Peut-être parce que, comme tous les ans, lorsque l'été arrivait, il percevait d'une manière particulièrement aiguë la vaste névrose de bonheur collective et le précieux prestige de l'argent qui se répand le long des vieilles côtes de la Méditerranée comme un miel doré, qui flotte dans l'éclat du soleil comme un germe de vraie vie et qui, certaines nuits particulièrement chaudes, s'introduit dans le sang comme un alcool. Ce qu'il cherchait vraiment dans les bras de Maruja, c'était tout ce qu'elle rapportait avec elle en descendant des terrasses illuminées ou des grands salons désormais plongés dans le silence nocturne, une fois son travail terminé, quand les invités étaient partis ou dormaient ; il recueillait quelque chose, en effet, allongé comme il l'était sur le lit, nu, quelque chose d'indicible qui émanait du corps de la jeune fille, comme on recueille quelque chose de l'immensité de l'espace en caressant les ailes d'un oiseau : en même temps que la saveur salée qu'il trouvait sur sa peau, il recueillait avec ferveur les restes d'une journée de plage, d'invisibles présences, de ces doux désirs que fait naître l'oisiveté, des fragments de mots vides de contenu, un abandon corporel et une tendresse tranquille qui n'exprimaient plus – bienheureux les riches ! – aucune peine pour tout ce qui demeure inaccessible dans cette vie, pour tout ce qui ne doit jamais se réaliser.

Parfois, étendu sur le lit, plongé dans l'obscurité, il devait attendre la petite bonne durant des heures. Au-dessus de sa tête abandonnée sur l'oreiller, flottait toujours une rumeur de voix et de rires qui, pour lui, était comme une fête ; il entendait des aboiements de chiens qu'il fallait imaginer beaux, grands, majestueux. D'autres fois, il entendait des criailleries d'enfants. Jamais il ne parviendrait à les voir. Maruja lui parlait de ces gosses endiablés dont elle devait s'occuper : c'étaient les enfants de la sœur de Madame, ils venaient tous les étés passer quinze jours à la villa. « Ils me donnent beaucoup de mal, disait Maruja, et le soir, impossible de les faire aller au lit, mais ils sont si beaux, si blonds ! Tu ne les entends pas courir quand ils m'échappent ? Leur chambre est juste au-dessus. » En effet, Manolo entendait souvent leurs petits pieds nus qui couraient en tous sens, leurs cris, leur infatigable gaieté, et quand le silence se faisait (signe que Maruja ne tarderait pas à descendre, s'il n'y avait pas d'invités ce jour-là), il se mettait à penser à ces enfants endormis dans leurs grands lits, enveloppés indicibles d'attentions, présentes et futures. Parfois, il s'endormait en même temps qu'eux, comme si les joyeuses occupations des vacances l'avaient, lui aussi, complètement épuisé. Il se réveillait en sursaut des heures plus tard, de mauvaise humeur, mécontent de lui-même, et se demandait ce que diable il faisait dans la chambre d'une bonniche. Cela lui arrivait particulièrement quand il avait feuilleté les chromos de sa chère collection particulière (toujours sans album), dans lesquels la riche étudiante jouait un rôle de plus en plus important : le feu, un feu terrible et dévastateur, la villa brûle entièrement, il saute du lit et plonge dans la fumée, il grimpe les escaliers, qui s'effondrent derrière lui, il court et arrache aux flammes la blonde aux yeux d'azur (évanouie au pied de son lit, dans un éclatant pyjama de soie qu'il faudra lui ôter aussitôt car le feu y a pris), puis il la soulève dans ses bras et l'emporte jusqu'à l'endroit où se trouvent ses parents ; ou bien, une autre nuit, lorsque, en arrivant, il cache sa moto sous les pins, il la voit qui se promène seule sur la plage, suivie d'un grand chien-loup, rêveuse, triste, l'air de s'ennuyer, ses blonds cheveux remuant dans la brise, et alors la terre se met à trembler, les pins s'abattent, d'énormes crevasses se creusent dans le sable, c'est un tremblement de terre, vite, mademoiselle, à l'eau, dans le canot (la précision du dialogue ne l'intéressait pas, mais en revanche il soignait l'image dans ses moindres détails) : trois mois perdus en pleine mer, seuls, sans vivres, presque morts, et elle dans ses bras… Naturellement, il finissait toujours par l'embrasser ; mais ce n'étaient pas des rêves érotiques, ou du moins leur finalité principale n'était-elle pas la possession de la jeune fille ; c'étaient des rêves fondamentalement enfantins, où l'héroïsme et une mélancolie secrète l'emportaient sur tout le reste, au début du moins ; l'élément érotique s'introduisait toujours à la fin de l'histoire, quand il avait sauvé la belle, quand il avait donné des preuves plus que suffisantes de son honnêteté, de son courage et de son intelligence, quand il l'avait prise dans ses bras et qu'il s'apprêtait à la remettre à ses parents devant l'assistance admirative et stupéfaite, car alors il éprouvait le besoin impérieux d'arrêter le temps et l'action, et il prolongeait ce moment aussi longtemps qu'il le pouvait, c'était comme marcher sur une terre qui tournait à l'envers sous ses pas : car il savait, il devinait qu'il ne survivrait pas à ce dénouement, il devinait qu'il était irrémédiablement condamné à rentrer dans l'ombre, et ce n'est qu'alors, comme par consolation, ou peut-être par vengeance de devoir se séparer d'elle, qu'il l'embrassait tendrement sur les lèvres. Quelle douce impunité, nuptiale, presque, la même que celle de tant et tant d'aventures revécues chaque nuit, quand il était enfant, recroquevillé sur le dur grabat de son taudis de Ronda ! Il y avait toujours une fille aux yeux bleus (longtemps ce fut toujours la même : la fille des Moreau), à deux doigts de tomber du haut du Puente Nuevo ; après l'inévitable remise de la fille à ses parents bouleversés, il revenait rapidement au point de départ : la fille recommençait à crier au secours, accrochée à un buisson au-dessus du Tajo, elle se balançait dangereusement dans le vide, et lui se frayait un chemin au milieu de la foule, il défiait l'abîme, il prenait la petite Française dans ses bras, il la ramenait à ses parents…, et avant de la leur donner, il préférait tout recommencer, mais il finissait par s'endormir. Le lendemain soir, à l'instant même où il posait la joue sur l'oreiller, il mettait en ordre personnages et paysage (profonds ravins, flammes dévorantes, vagues furieuses, tremblements de terre, guerres) et tout recommençait.

De ce singulier jeu d'enfant il conservait aujourd'hui encore un secret intime : le rendez-vous promis. Allongé sur le lit de Maruja, il se disait souvent, pour justifier sa perte d'action momentanée : « Je suis là parce que la bonniche est bien foutue, un point c'est tout », ou bien : « Au fond, ce que j'attends c'est l'occasion de piquer les bijoux une putain de bonne fois… » Mais l'acte même de posséder la jeune fille, le caractère résolument sublimé, imaginatif, de ses baisers et de ses étreintes, son émouvant rapport de simple adolescent, pour ainsi dire, avec le désir, tout cela trahissait de froides réflexions d'homme dur.

– Je t'aime, je t'aime, mignonne, je t'aime…

Le hasard finalement vint le tirer de son inertie, et de façon surprenante : une nuit du début juillet, après avoir laissé sa moto sous les pins (une Guzzi rouge vif, éclatante, qu'il aurait aimé conserver) et escaladé le mur jusqu'à la fenêtre de la chambre de Maruja, son attention fut attirée par le silence total où était plongée la villa. Il était déjà minuit passé. Maruja n'était pas encore descendue. Il s'étendit sur le lit et, selon son habitude, il prit la photo qui était sur la table de nuit (le visage de Teresa toujours caché dans l'ombre de sa main, celui de Maruja reflétant toujours cette inquiétude pour des choses vaines) et il la regarda longuement. Il lui sembla que quelque chose avait changé avec le temps, remarqua que le portrait de Teresa Serrat exhalait ces effluves sans charme et domestiques, poreux, des corps déjà connus et possédés. Il tomba dans une étrange dépression. Soudain, il entendit le bruit d'une voiture qui approchait de la villa, un coup de frein et un claquement de portières, puis des voix, il lui sembla distinguer celles de Maruja et de Teresa avec celle d'un homme, et finalement des pas qui se dirigeaient vers l'entrée principale.

Peu après, la porte de la chambre s'ouvrit et Maruja parut. Elle n'avait pas son uniforme ni ce masque de fatigue qui, normalement, à cette heure-là, était collé à la peau de son visage comme un fin vernis craquelé. Elle portait un pantalon bleu et un léger pull de sport, trop grand pour elle, et était chaussée de sandales très bizarres. Manolo la regarda d'un air étonné. Elle courut jusqu'au lit et se jeta dans ses bras. Ce soir-là, elle ne prit pas les précautions qu'elle prenait toujours : fermer la fenêtre à demi, éteindre la lumière et donner un tour de clef à la porte.

– J'avais peur que tu ne viennes pas aujourd'hui, dit-elle après l'avoir embrassé.

Elle s'étendit sur le lit à côté de lui. Elle avait les yeux humides et brillants, ses joues étaient brûlantes et il se dégageait de toute sa personne une chaleur fébrile. Ses yeux malades et peu expressifs, où errait constamment l'ombre d'un malheur imminent, et qui à cette heure, étaient en général complètement éteints, semblaient brûler derrière ses paupières mi-closes.

– Qu'est-ce qui t'arrive ? demanda-t-il. Tu es malade… ? Pourquoi es-tu habillée comme ça ?

– Je me suis bien amusée cet après-midi, ils m'ont emmenée dans le hors-bord…

– Qui ça ?

– Teresa. Et monsieur Luis, cet ami à elle qui doit être son fiancé… C'était formidable. Teresa m'a offert ce pantalon et ces sandales. Elles te plaisent ?

Manolo lui mit la main sur le front.

– Tu es brûlante, ma petite. Tu sais ce que je crois ? Je crois que tu es malade.

– Je me sens seulement très fatiguée, et j'ai très sommeil… Mais laisse-moi te raconter…

La lourdeur de ses paupières atténuait l'éclat de son regard. Étendue près de lui, la bouche sèche, fanée et fiévreuse, la poitrine agitée, elle lui raconta que Teresa et son ami l'avait invitée à faire quelques tours de canot et qu'ils étaient allés ensuite à Blanes tous les trois, en voiture, dans un endroit amusant où l'on dansait. Elle s'exprimait avec une certaine difficulté, en se débattant dans une confusion mentale qui irait en augmentant tout au long de la nuit et que Manolo, au début, avait pris pour le simple effet du sommeil et du soleil. D'autre part – ou peut-être précisément à cause de cela –, la jeune fille était cette nuit-là plus belle que jamais.

– Moi, je n'ai pas dansé, disait-elle. Eux, ils s'en sont donné, tu aurais vu Mademoiselle aujourd'hui !... Mais ne crois pas que je me sois ennuyée. Au contraire. Il y avait des étrangers. Teresa m'a parlé en français, à moi, qu'est-ce qu'on a ri... !

– Et où est-ce qu'ils sont maintenant, ils n'étaient pas avec toi ?

– Ils se promènent sur la plage, ou sous les pins... Je ne sais pas, je te l'ai dit, Mademoiselle est tout excitée aujourd'hui.

Manolo l'écoutait, mi-étonné mi-amusé.

– Viens, dit-il.

Elle se mit à rire, redevint brusquement sérieuse puis elle porta la main à sa tête d'un air pensif. Elle frissonna. Elle s'accrocha à lui, entoura sa taille avec ses jambes et murmura :

– Embrasse-moi.

Il se mit à l'embrasser et sentit la fièvre de la jeune fille, qui claquait des dents. Soudain elle le repoussa pour se déshabiller. Elle enleva son pantalon. Manolo se leva et alla regarder par la fenêtre. Maruja dit :

– Tu sais que cette nuit nous sommes tout seuls ?

Il ne fut pas long à jauger l'importance de cette nouvelle. Il se retourna brusquement. Maruja, qui avait passé son pull par-dessus sa tête mais avait toujours ses bras dans les manches, était immobile, complètement étirée sur le lit, comme si elle dormait. D'une voix défaillante, elle ajouta que ses patrons avaient été invités à une soirée à Barcelone et qu'ils ne rentreraient que le lendemain, que mademoiselle Teresa et l'étudiant se promenaient dans les environs et, qu'à en juger par l'intensité des regards qu'ils avaient échangés toute la soirée, ils avaient une longue promenade romantique devant eux ; la vieille cuisinière dormait et les gardiens aussi, ce qui faisait qu'ils étaient pratiquement seuls.

– Viens avec moi, dit Manolo en se dirigeant vers la porte. Accompagne-moi en haut. Je veux tout voir.

– Attends, dit-elle. (Elle se redressa, en s'appuyant sur un coude, et le regarda avec des yeux pleins d'angoisse.) Viens d'abord, approche…

– Qu'est-ce que tu as ?

– Ah, Manolo !

Il s'approcha du lit. Il dit :

– Tu as peur ?

– Ce n'est pas ça… Mais tu… Pourquoi est-ce que tu penses tout le temps à la même chose ?

– À la même chose ? Parle plus clairement, ma petite.

– Tu me comprends très bien. Je sais à quoi tu penses.

– Je ne pense à rien. Allez, mets quelque chose et accompagne-moi… Qu'est-ce que tu attends ?

– J'aimerais tellement parler avec toi, Manolo !

– Arrête avec tes bêtises.

– S'il te plaît…

– Ils dorment, ils ne nous verront pas. Je veux simplement faire un tour, fureter un peu. N'aie pas peur, on sera là tout de suite.

Maruja éteignit la lampe de la table de nuit et s'étendit à nouveau ; non pas exactement pour l'attirer à lui. En réalité, ce n'était qu'un prétexte.

– Ça ne peut plus durer comme ça, Manolo. Ça ne peut plus durer comme ça.

– Merde, qu'est-ce qui te prend, maintenant ? Qu'est-ce qui ne peut plus durer comme ça ?

– Tout, nous deux, ça… Comprends-le, ça n'est pas possible.

Le Murcien s'assit près d'elle.

– Tu ne m'aimes plus, Majura ?

– Tu sais bien que si, plus que tout au monde.

– Alors ?…

– Ah, Manolo, il faut qu'on se marie.

Il essaya de la calmer.

– Ce n'est pas une raison pour pleurer.

– Qui est-ce qui pleure, ici ? Il faut qu'on se marie, un point c'est tout, ça ne peut plus durer comme ça…

– Hé, tu es enceinte ?

– Non. Mais je te dis que ça ne peut plus durer.

– C'est bien, dit-il. On en reparlera. Je te le promets. Oui, on fera des projets. Maintenant, mets quelque chose et sortons d'ici… Voilà ce que j'aime, une petite fille bien sage. Et sèche tes larmes, petite pleureuse (il l'embrassa sur la joue). Allez, dépêche-toi. Puisque je te dis que c'est seulement pour voir comment vivent tes salauds de patrons, ma belle.

– Ne dis pas de gros mots.

En bougonnant des incohérences, Maruja mit le premier vêtement qui lui tomba sous la main, la chemise rose de Manolo, et elle le suivit. Ils se retrouvèrent dans un couloir, dans le noir, et la jeune fille, après lui avoir demandé de faire silence, le prit par la main et l'entraîna. Pieds nus tous les deux, ils avancèrent le long du couloir, tournèrent à droite et furent dans l'entrée. La lumière de la lune baignait la pièce d'une pâleur verdâtre et tout paraissait plongé dans un aquarium. La rumeur de la mer pénétrait par les grandes fenêtres à barreaux du rez-de-chaussée. Maruja ne voulait pas allumer les lumières, mais il la convainquit qu'elle n'avait rien à craindre.

Pour le garçon du Sud, ce fut plus qu'autre chose un parcours sentimental. Il ne voulut même pas voir l'aile gauche de la villa, occupée par les chambres des domestiques, la cuisine, le garage, un hangar de réparation pour les embarcations et une annexe-habitation pour les gardiens (un couple sans enfants, de Blanes). L'aile droite comprenait le salon et la bibliothèque, au sol de parquet, avec une grande baie vitrée qui donnait sur les pins et la mer. Le rez-de-chaussée était complété par la salle à manger, sur l'arrière, qui communiquait avec le parc par une terrasse à grandes dalles inégales, entre lesquelles poussait une herbe jaune et complètement sèche. De l'entrée, un large escalier recouvert d'un tapis menait aux chambres du premier et du deuxième étage, où se trouvaient aussi deux terrasses, dont l'une donnait sur la falaise et l'embarcadère. L'intérieur de l'immense villa ne correspondait pas du tout à l'idée que s'en était faite le Murcien en la voyant du dehors, mais il fut impressionné : sa structure svelte et ailée de château de conte de fées prenait à l'intérieur un désinvolte style monacal, avec des plafonds voûtés nivéens, des arcs et des murs blanchis à la chaux, tout cela très géométrique et aseptisé, et sans la gravité ni la magie qu'annonçait l'extérieur. Seule une partie du mobilier, le plus imposant et le plus robuste – de vieilles consoles et des lits d'Olot, des portes à panneaux, de vieilles cartes encadrées accrochées au mur, des chaises majorquines, et particulièrement une paire de fauteuils de la bibliothèque, dont les bras et les pieds s'achevaient en griffes de lion –, semblait garder cette mystérieuse connexion avec l'idée du luxe.

Mais il ne fut pas long à se rendre compte de son erreur : le parquet sentait la cire et crissait délicieusement sous les pieds (le parquet avait toujours été pour lui un indiscutable signe de richesse) et l'atmosphère avait une discrète vie propre, il y flottait une invisible présence obséquieuse, comme celle d'un serviteur attentif qui est toujours prêt à intervenir près de vous mais qu'on ne voit jamais, et Maruja elle-même, qui s'était installée, fatiguée, sur le divan du salon et feuilletait des magazines d'un air indifférent, paraissait parfaitement s'intégrer à cet ordre avec sa chemise rose qui lui arrivait aux hanches et laissait voir ses cuisses bronzées.

En entrant dans le vaste salon, Manolo avait changé de façon automatique et à peine perceptible le rythme de ses pas : il était habité par la vague impression d'être déjà venu dans cet endroit. Debout, immobile, au milieu du spectacle de ces grands espaces illuminés, de ces surfaces lisses et de ces meubles qui ne gênaient pas et ne semblaient pas disposés à vieillir, il capta la prolongation d'un temps accumulé qui flottait là comme sous une cloche de verre, et qui n'avait rien à voir avec celui de sa maison ou de son quartier, accoutumé à toucher chaque jour les choses et à les laisser soudain dégradées et vieillies, mais plutôt avec un passé vécu il ne savait ni quand ni où, comme si déjà, dans le ventre de sa mère, dans le palais des Salvatierra, à Ronda, il avait parcouru des centaines de fois ces salons et ces luxueuses dépendances.

Il tourna lentement autour de Maruja, les mains dans le dos ; il fit ainsi un tour, puis un autre, puis un troisième, et à certain moment il tendit la main, en passant derrière elle, et lui caressa les cheveux et la nuque : ici, il était possible de penser au lendemain, d'aimer le lendemain et son prochain comme soi-même, et bien qu'il perçût un ennui (quelque chose dans l'air immobile suggérait des heures mortes, une oisiveté embaumée), c'était un ennui digne, bienséant et fécond. Mais au bout d'un certain temps, la nostalgie qui avait envahi ses regards et ses traits se changea brusquement en mauvaise humeur. Il s'assit sur le divan, prit Maruja par les épaules et planta ses yeux noirs dans les siens :

– Où est la chambre de ta patronne ? demanda-t-il.

Maruja devina immédiatement ses intentions et elle voulut se lever.

– Non… Ça, pas question, Manolo…

– Allez, allez, ne commence pas, dit-il. Je veux simplement voir ce qu'il y a dedans.

Il n'y avait rien à voir dans cette chambre, protesta-t-elle d'une voix au bord des larmes, il n'y avait ni bijoux, ni argent, ni rien qui pût l'intéresser.

– Je t'en prie, je t'en prie, ne pense plus à cette folie, ce sont des choses qui finissent toujours mal, c'est moi qu'on accuserait, est-ce que tu ne t'en rends pas compte, on me rendrait responsable et tôt ou tard on me ferait avouer la vérité…

– Écoute…

– Je t'en prie, je ne veux pas t'écouter, je ne veux pas t'écouter.

Elle se mit à trembler, en pleurant, elle se débattait, au bord de l'hystérie. Ses nerfs qui depuis le début la dévoraient se déchaînèrent. Elle criait. Manolo la saisit fortement par les épaules. Bien qu'il n'ignorât pas la cause principale de sa perte de contrôle – la jeune fille devenait toujours furieuse quand elle l'entendait parler des bijoux –, il commença à penser sérieusement à la possible existence d'autres motifs. Mais tout alla trop vite : ce qui au début avait l'air d'une simple crise de larmes dégénéra en une sorte de crise de nerfs. Craignant que quelqu'un n'entendît ses cris, il l'obligea à se lever du divan et la ramena de force dans sa chambre. Il la coucha sur son lit puis retourna au salon éteindre les lumières.

Quand il revint près d'elle, il la trouva plongée dans une torpeur inquiète dont elle sortit peu à peu, les yeux toujours noyés de larmes. À nouveau, il lui demanda si elle n'était pas malade, et elle lui répondit que non, qu'elle avait simplement mal à la tête.

– Attends, dit Manolo, en allant à la table de nuit. Tu as de l'aspirine ?

– Dans mon sac, dans l'armoire…

Manolo alla chercher un verre d'eau à la cuisine. Quand il fut revenu et qu'il lui tendit le verre, Maruja le regarda un instant d'un air interdit, comme si elle voulait lui dire quelque chose, mais elle y réfléchit probablement à deux fois et se tut. Il essaya de la calmer avec des câlineries et des caresses, il s'efforça de la convaincre qu'elle n'avait pas à avoir peur et que tout se passerait bien. « Il ne peut rien arriver, sotte, ces gens-là ne savent même pas ce qu'ils ont, ils ne s'en apercevront même pas… » Pour toute réponse, elle recommença à pleurer, en silence, en serrant ses tempes dans ses mains. Manolo était de plus en plus irrité, le temps passait et il ne parvenait pas à tirer de la jeune fille autre chose que des incohérences. Il se coucha près d'elle et déploya la galanterie bande-à-partesque qui ne l'avait jamais trahi. Tout fut inutile. Une heure passa. « Tu ne m'aimes pas, disait la jeune fille au milieu des sanglots. Tu ne m'as jamais aimée, jamais ! » Il attendit qu'elle se calmât, puis, n'en pouvant plus, il la gifla doucement par deux fois, sans conviction. La jeune fille s'accrocha fortement à lui, elle tremblait comme une feuille, et son corps était trempé de sueur. Elle ne pleurait plus. « Ne me frappe pas, dit-elle. Viens… » Et avec des mains maladroites et tremblantes, sans vie, comme si elles étaient mues par un mécanisme manipulé à distance par une volonté qui n'était pas la sienne, elle ôta lentement sa chemise puis resta immobile, en le regardant et en respirant avec difficulté. Ils n'avaient pas allumé la lumière : celle de la lune entrait partiellement par la fenêtre et s'attardait, laiteuse, sur le drap en désordre tombé au pied du lit. Le corps de Maruja et ses yeux luisaient dans la pénombre. Soudain, Manolo la trouva extraordinairement belle. Sa peau brûlait comme de la braise. Il l'embrassa en murmurant d'autres petits mots doux à son oreille, en la caressant avec une tendresse qui allait, il s'en rendait compte lui-même, bien plus loin que ce qui était prévu, et qui menaçait, une fois de plus, de détruire ses plans. Soudain, il sursauta ; dans les baisers de la jeune fille, on aurait dit que nichait quelque chose qui se débattait et luttait pour s'exprimer, et cette indicible saveur d'alarme presque métallique qu'avaient ses lèvres, et l'ombre d'un malheur imminent qui n'avait jamais cessé de voiler ses yeux malades, tout cela apparut brusquement et lui arracha la jeune fille des bras avec la force d'un ouragan, sans même lui laisser le temps de comprendre ce qui se passait : il s'était glissé lentement entre ses jambes, quand, tout à coup, les bras de Maruja se dénouèrent et lâchèrent son cou pour retomber sur le lit comme de lourds morceaux de bois, en même temps qu'il sentait les forces de la jeune fille s'échapper par tous les pores de son corps. « Ma tête, Manolo, ma tête », murmura-t-elle, et elle parvint encore à fixer sur lui des pupilles horriblement dilatées, dévorées par une vision anticipée de ce qui allait arriver, tandis qu'un frisson la secouait tout entière – il lui avait soulevé un peu la tête sur l'oreiller, comme s'il pressentait le dénouement et comme s'il voulait peut-être, par un inutile réflexe de sa volonté, éviter qu'elle ne se cognât contre quelque chose – un frisson qui était une véritable convulsion musculaire, en même temps qu'elle poussait un cri pour perdre aussitôt connaissance.

La jeune fille resta dans ses bras, la tête en arrière, comme une poupée de sable et de chiffon, désarticulée. Manolo, pris de panique, essaya de la faire revenir à elle en la giflant : « Maruja… ! Maruja, réponds-moi ! Qu'est-ce que tu as, parle-moi, je suis là ! »

Il se leva en portant son corps dans ses bras ; sa première idée fut de l'exposer à la fraîcheur de la nuit, il avança à l'aveuglette, sans savoir quoi faire, et reposa Maruja sur le lit. Il sortit dans le couloir, décidé à appeler à l'aide, mais il eut peur de provoquer un scandale, et se dit qu'il ne s'agissait peut-être que d'un évanouissement passager. Quand il rentra dans la chambre, il lui sembla que Maruja était morte : la jeune fille gisait, en travers du lit, la tête violemment tordue de côté et les jambes pendantes, près de la table de nuit. Il lui tapota les joues. « Mari, Marujita… Réveille-toi ! » Il eut l'idée de lui donner de l'eau, ou plutôt une boisson forte, mais la panique s'était totalement emparée de lui, il se sentait coupable, coupable depuis le premier instant, depuis le premier jour où il était entré dans cette chambre, et, sans avoir pleinement conscience de ce qu'il faisait, il se surprit à s'habiller à la hâte. De la fenêtre, avant de sauter, il regarda Maruja pour la dernière fois. Quand il fut dehors, il courut vers les pins. Il eut du mal à trouver la moto, il ne se rappelait pas où il l'avait laissée. Il se retourna, regarda la villa baignée par la lune et se passa à plusieurs reprises la main sur le visage : l'idée que Maruja était morte s'était installée dans son esprit : « Mon vieux, te voilà frais », se dit-il. Il finit par retrouver la moto, il la poussa hors de la pinède, courant et trébuchant, l'enfourcha d'un saut et la mit en marche.

Il était sur l'arrière de la villa, sur le chemin qui allait à la route. Il dut appuyer trois fois sur la pédale, il maniait l'embrayage d'une main maladroite et tremblante et le moteur calait. La splendide Guzzi éternua et éructa durant un long moment, puis ne voulut rien savoir, épuisée. « Tu es un misérable, mon petit gars », se dit-il. À sa troisième tentative, dans un bruit infernal, la moto fila entre ses jambes et le traîna comme un pantin. Puis il s'affermit sur la selle et s'éloigna à toute vitesse, en oscillant dangereusement, épouvanté.

Voici venir le temps de lâcher les pigeons
au milieu des places à statue.
Notre heure va venir. D'un moment à l'autre, les cloches vont sonner.

JAIME GIL DE BIEDMA

À l'époque des vacances, chaque voyage à moto était une fuite désespérée : cheveux et pans de chemise flottant au vent, tapi comme un félin sur la machine rugissante, le regard perdu loin en avant et l'air de mépriser complètement les plaisirs qui tournaient vertigineusement alentour pour disparaître aussitôt derrière lui, le Murcien dévorait les kilomètres le long de la côte, enveloppé dans un halo de provocation et de revanche, dans l'attente de caresses ébauchées mais jamais satisfaites ; il dépassait tel un candidat au suicide des voitures et des cars remplis de touristes, traversait des villages et des places en fête et laissait derrière lui terrasses bruyantes, villas illuminées, hôtels et campings. Les cuisses serrées contre les flancs du réservoir, il gouvernait et orientait le frémissement du métal et de son sang, contrôlait par de doux mouvements de la taille et des genoux la puissance aveugle de la machine avec le vague sentiment de manœuvrer sa propre volonté et son impatience, comme si le fer et ses muscles et la poussière qui les couvrait n'étaient qu'un seule et unique matière condamnée à être lancée sans répit à travers la nuit : il ne savait pas où se trouvait la ligne d'arrivée. Souvent surgissaient devant lui, au milieu de la nuit, dans l'espace de lumière que projetait le phare sur la route, les uniformes de domestique accrochés au portemanteau de la chambre de Maruja. Mais malgré les évocations fantomatiques provoquées par la vitesse, il garda toujours conscience du mouvement et de la couleur qui l'entourait : c'était comme si on avait rapidement projeté deux films, de chaque côté de la moto, deux séries de photogrammes qu'il voyait du coin de l'œil : un fondu-enchaîné fugace et chaotique de visions aimables qu'enfantait la nuit de la côte fécondée par le tourisme, et qu'il adorait et haïssait tout à la fois.

De pervers estivants athées et de pieux amoureux locaux continuaient à prendre du bon temps, mais lui, dans sa course folle, il ne voyait que la nuit qui déversait impartialement sur tout ce monde sa calme tendresse grise, et distillait la vieille sève du silence : il voyait verdir au sommet des arbres la mauvaise humeur bleue de la lune, il la voyait battre de la paupière sur la mer pareille à une agonisante flaque d'argent, se traîner sur les plages, sur les villas et les hôtels, sur les jardins, les terrasses, les parasols et les transats orientés à l'ouest, et qui faisaient encore face, avec quelque chose de leur émotion diurne, à un soleil invisible.

Une musique douce, épidermique comme un frémissement de la peau ensoleillée au contact de la brise, une musique qui ne semble venir de nulle part, qui est un peu la chanson intime de tout un chacun, se répand le long du littoral toutes les nuits, en même temps qu'une espèce d'invasion de fourmis rouges qui sortent des hôtels et autres résidences les épaules pelées et le cœur tropical, et remplissent les salles des fêtes, les dancings et les terrasses. Malgré la vitesse, il distingue les indigènes, il les reconnaît à leur regard : obscurément offensés, mais dignes, ils traversent la chaussée les mains dans les poches, en le regardant par-dessus leur épaule d'un air arrogant tandis que la moto fonce sur eux (un œil soudain affolé, atterré, dément leur prétendue dignité perdue, leur lamentable obstination à se croire encore maîtres de la terre sur laquelle ils marchent), puis tournent en rond comme des pantins sur une plate-forme pour s'enfoncer aussitôt dans le néant, avalés par la nuit. Mais ce qui abonde le plus, ce sont les touristes : voilà les riches qui se voient, pense-t-il, ceux que parfois même on peut toucher, ceux dont on peut dire, au moins, qu'ils existent ; ceux qui permettent encore, non sans ennui, que les indigènes extasiés qui débarquent en bande durant le week-end en train et à moto, enveloppent de leurs misérables regards de chiens battus leurs nobles corps bronzés et le sort enviable dont ils jouissent. Ces compatriotes, toujours endimanchés comme pour un dimanche qui n'arrive jamais, le motocycliste fantôme pouvait parfois les voir réunis en petits groupes autour des terrasses et des pistes de danse, en train d'épier des Suédoises aux cheveux de feu et aux grandes bouches parfumées, de leurs yeux jaunes qui brillent dans l'ombre et dans lesquels, aux dernières heures de la nuit, commence à luire, comme une patine séculaire, l'agonie anonyme des lundis au bureau ou à l'atelier. Leurs regards sont, selon leur degré d'étonnement ou de respect, comme ceux des enfants exclus d'un jeu par leurs propres compagnons, et qui, réfugiés dans un coin, oubliés pour une quelconque raison qu'ils semblent ignorer, restent là, tout près, pour le cas ou on les appellerait. Leur désir est ancestral et pénible, mais infiniment plus moral en tout cas que l'idée d'accumuler de l'argent ; il se réduit à l'opportunité d'un amour direct et furtif, à une danse obtenue sans chichis préalables, à quelques culbutes derrière une barque.

La vitesse estompait les contours et c'était comme une succession d'images : de vieux et paisibles couples nordiques respirant la santé avec des enfants blonds et beaux comme des fleurs, des troupeaux de petites vieilles adorables et roses arrivées par autocar avec leurs délicieux chapeaux multicolores, et de fulgurantes, de paradisiaques, d'inaccessibles Suédoises et des Françaises anguleuses et chaudes sorties des pages de magazines (« cet été vous changerez d'amour* », disait l'horoscope de *Elle*), des Anglaises hybrides qui vont danser avec des châles et d'amples robes qui froufroutent, comme si elles se rendaient à une réception, et qui finiront par se laisser bécoter par des pêcheurs et des garçons de bar après leur service, etc. Tous ces gens se laissent voir, tous sont beaux et leur contact suscite parfois une amertume nostalgique, point grave cependant.

Mais il en est d'autres plus riches encore, ceux qui se laissent à peine voir, ceux qui sont vraiment inaccessibles. On pourrait dire d'eux qu'ils n'existent pas, si on ne les avait quelquefois aperçus dans des lieux publics. Lors de leurs rares visites au village, ils sourient d'un air indifférent en regardant les couples, on voit bien qu'ils ont l'habitude du bonheur, que leurs passions sont ailleurs. Leur charme et leur silence suggèrent d'agréables lointains, leurs corps semblent avoir recueilli une poudre d'or en chemin, comme ils venaient ici, s'asseoir un instant d'un air absent parmi nous, sur les terrasses, et l'aura froide et sereine du clan embellit éternellement leur front, les distingue, les suit partout où ils vont, les préserve de la curiosité générale, de l'oubli et du dédain : parmi eux, certains hommes d'âge mûr impressionnent tout particulièrement le motocycliste. Ce ne sont ni des touristes ni des indigènes : ils habitent des villas d'agrément, qui se voient à peine elles aussi, entourés de jardins et de pinèdes, dans le silence et les bruissantes frondaisons de l'oisiveté, ils nous regardent sans nous voir, leurs yeux sont pourris d'argent et leur front puissant est marqué de vieilles cicatrices récoltées en de sales affaires. Comme des gangsters retirés, ils se reposent impunément au bord de piscines dissimulées, à peine visibles derrière les haies, près de courts de tennis où jouent des filles qui pourraient être leurs filles, mais sait-on jamais, de même qu'on ignore si elles habitent avec eux, ou si elles ont été invitées, ou si elles sont vraiment aussi jeunes qu'elles le paraissent de loin ; parmi elles se trouvait Teresa Serrat, avec son ami Luis Trías de Giralt, invité à passer le week-end à la villa. S'il est vrai qu'elle s'était laissé voir ce soir-là à Blanes avec son ami et sa bonne, Teresa sortait peu de son domaine et si elle le faisait ce n'était presque jamais pour aller au village, mais en ville ; mais en partie à cause d'une circonstance favorable (l'absence de ses parents), aujourd'hui, la jeune étudiante avait été vue soudain à Blanes, poussée par son ami et par certains impératifs que maintenant, amèrement, elle essayait d'analyser.

Dehors, déchirant le silence de la nuit, les premières explosions du moteur de la moto vibrèrent dans l'air avec un désespoir qui annonçait une fuite effrénée. Leur écho s'éleva clairement au-dessus du murmure des vagues et pénétra par la fenêtre ouverte de la chambre de Teresa qui, étendue sur son lit, les yeux fixes dans la pénombre, réfléchissait. Doucement, la jeune fille tourna la tête sur son oreiller avec une expression d'ennui mélancolique. En entendant pour la deuxième fois la pétarade de la machine qui ne parvenait pas à démarrer, Teresa Serrat se leva et quitta son lit pour se diriger lentement vers la terrasse contiguë à sa chambre. La langueur nubile de ses mouvements n'était qu'apparente : après chaque dédaigneuse flexion des genoux, dans la raideur soudaine de ses jarrets et dans l'indolence féline de ses hanches légères, un peu en avant par rapport à ses épaules, on pouvait deviner une étrange agressivité, un air consciemment offensé ou indigné. Tout en marchant, pieds nus, elle boutonna son chemisier de ses mains inertes et repliées comme des tiges brisées. Son petit short jaune s'était collé aux plis de l'aine et elle en tira nerveusement les bords vers le bas avec le pouce et l'index, en écartant les autres doigts, comme si elle touchait une matière infectée et craignait d'être contaminée. Et en même temps qu'elle fermait les yeux, sur sa bouche pâle se dessina un sourire méprisant : ce n'était pas de son corps qu'elle avait conscience, mais de l'ennuyeuse présence qu'il gardait encore d'un autre corps. Quand elle atteignit la porte vitrée, une rafale de vent fit bouger ses cheveux lisses, dénuda son cou long et rond, et durant quelques instants, en plongeant dans la lumière de la lune qui, venue de la terrasse, entrait dans la chambre comme une écume blanche, sa silhouette s'immobilisa comme sous le brusque éclair d'un flash.

S'il est vrai que la race d'une femme se juge à son cou, Teresa Serrat était un formidable exemple de la meilleure des races : elle avait hérité de sa mère un cou svelte et superbe, une bouche singulièrement prédestinée et une gaieté suffisamment cordiale pour que tout cela inspirât chez elle une ravissante idée mystique du visage. Voyez, sinon, sa façon particulière d'incliner sa tête décoiffée et de tendre l'oreille aux rumeurs de la nuit : elle a une âme de poisson-papillon et son destin est de vivre dans une parfaite combinaison de lumière et d'eaux bleues transparentes, des eaux peu profondes des Tropiques. Mais Teresa a la nostalgie de certaine mer violente et ténébreuse, peuplée de superbes, de magnifiques, de belliqueux spécimens, de misérables faubourgs océaniques où certains camarades luttent sourdement, héroïquement. Elle soupire comme une chatte de luxe qui regrette ses toits et la lumière de la lune, elle s'ennuie. Ses insolents et adorables pieds nus, elle tout entière et tous les attributs de sa beauté : l'éclat céleste de ses yeux, ses hanches un peu puériles, le vieil or de ses cheveux, le miel et la soie de sa nuque et aussi son dos adolescent et alangui, tout cela révèle l'héritage d'une lignée maternelle nourrie de façon exquise même en temps de gêne, que l'étudiante progressiste le croie ou non, ce prestige de caste que dès son enfance annonçaient son fin col de chevrette et la singulière expression de sa bouche ; car c'était là, sur ses lèvres roses, sèches et légèrement gonflées – en particulier la lèvre supérieure, dont les deux sommets pointus, comme le Murcien avait déjà pu l'observer, se relevaient vers le nez dans une gracieuse moue de dédain –, c'était là que se trouvaient la racine et le secret de cette expression un peu enfantine, gâtée et en même temps décidément agressive qui, en se répandant comme une brume estivale sur la plénitude hostile de ses membres dorés, déterminait la nature un peu ambiguë de la jeune fille, mélange de candeur et d'insolence, de langueur rose et de révolte bronzée, adulte et brûlante.

Enveloppée dans la pâle lumière australe, Teresa s'accouda sur la balustrade. Sur la terrasse dormaient des parasols, des pots contenant des plantes aux feuilles énormes et luisantes, un guéridon et deux chaises longues. Un petit poste de radio à transistors oublié sur un fauteuil d'osier gémissait une tendre chanson d'actualité :

... La lune m'a avoué
qu'elle n'a jamais eu d'amants,
qu'elle a toujours été seule
à rêver face à la mer...

De l'endroit où elle se trouvait, la jeune fille pouvait voir l'embarcadère et, à sa droite, s'élevant au-dessus des haies, le grillage métallique du court de tennis. De l'autre côté de la villa, quelque part près du bois, le moteur de la moto s'obstinait à refuser de fonctionner ; son pénible halètement et sa toux s'entendaient au milieu de la nuit comme un signal de danger. En même temps, Teresa entendit des pas dans sa chambre. « Et qu'est-ce qu'il veux, maintenant, qu'est-ce qu'il cherche ? » Une nouvelle pétarade parvint à ses oreilles, vigoureuse cette fois, et elle comprit que la moto s'éloignait vers la route au moment précis, qu'elle aurait voulu éviter à tout prix, où Luis Trías de Giralt se montrait sur la terrasse. Le prestigieux étudiant avait encore le visage et les cheveux mouillés – il venait de la salle de bains – et il s'essuyait avec l'avant-bras. Il souriait d'un air triste, l'épaule contre la porte, les yeux fixés sur le dos de Teresa. Il portait un ample pull en éponge et un pantalon de fil clair.

– Ah, tu es là ? demanda-t-il stupidement. Qu'est-ce que l'eau est chaude... (Il tendit l'oreille au vrombissement de la moto qui s'éteignait au loin et ajouta :) Tu entends ? Notre ami le *charnego* a encore fait des siennes...

Teresa continuait à lui tourner le dos. « Il est plus homme que toi », pensa-t-elle. Instinctivement, elle serra les cuisses et pour la première fois elle eut conscience de l'offense faite à son corps, et elle s'indigna. Elle pensait aussi avec amertume qu'il y a bien des façons d'être un imbécile, et que Luis Trías, qui l'eût dit, était l'un de ces imbéciles qui essaient par tous les moyens de ne pas en être un. Elle se tourna vers lui, rejeta les coudes en arrière et resta appuyée, de dos, maintenant, contre la balustrade. Elle semblait ne pas voir son ami : elle le dépassa d'un regard vaporeux qui se perdait dans la nuit, par-dessus sa tête. Il se frottait le genou avec une expression endolorie.

– Il est charmant, dit Teresa. Il me rappelle beaucoup d'amis que j'ai oubliés.

Complètement étranger à l'ambiguïté de sa phrase, son regard dédaigneux et outragé demeurait perdu dans la nuit.

– Qui ça ? Le petit ami de la bonne ? demanda Luis. Et après une pause il ajouta : il faudra que nous parlions calmement de notre affaire...

– Il n'y a plus rien à en dire.

À nouveau, il se frotta le genou. D'une voix étonnamment autoritaire, il dit qu'il venait de se donner un coup terrible contre le bord de la baignoire et qu'il s'en irait dans un moment, dès qu'il n'aurait plus mal.

Alors Teresa le regarda pour la première fois. « Peut-être même qu'il s'est douché, cet idiot… » Oui, qui l'eût dit, derrière cette impressionnante façade de leader étudiant, d'ardent visionnaire du futur, il n'y avait qu'une virilité molle, inexperte et molle jusqu'au dégoût. Ces mains d'orateur enflammé avaient enveloppé avec un tremblement de mauvaise conscience bourgeoise, qui l'eût dit, ses seins de fraise. Et ces yeux clairs, apostoliques, qui toujours erraient dans les hauteurs, à contempler leurs visions du futur, s'étaient honteusement, misérablement traînés sur son corps. Sa voix, cependant, continuait à faire montre de cette incapacité d'étonnement qui caractérise les sages et les vieillards couronnés de prestige et d'expérience, et semblait fermement décidée à ne se prétendre informée de quoi que ce soit et à n'attacher aucune importance à ce qui s'était passé entre eux ce soir-là : Teresa soupçonna alors que cette voix, même lors des moments historiques où, sans trembler une seconde, elle avait donné les fameuses consignes, n'avait jamais rien exprimé d'autre qu'une ignorance totale et absolue de toute chose.

– Quand tes parents rentrent-ils ? demanda Luis.

– Demain, je te l'ai dit mille fois… Ou peut-être même cette nuit, je ne sais pas. Ce serait le mieux.

– Teresa, tu sais très bien que tout ça a une explication logique et je te la donnerai, récita-t-il avec sang-froid. Tu n'as rien d'une sainte-nitouche et…

– Évidemment. Mais s'il te plaît, ne ramène pas ta dialectique pour une affaire aussi lamentable. Ce serait ridicule. Et tais-toi, je t'en prie.

Le prestige dont jouissait Luis Trías à l'université à cette époque était fabuleux. Il avait été deux fois en prison, il était toujours accompagné par le mélancolique fantôme de la torture (on pouvait même, parfois, le voir s'entretenir intimement avec elle, plongé qu'il était dans des silences expressifs) et dans les salles de cours on disait de lui qu'il était l'un des *importants*, curieux éloge qui, s'il signifie quelque chose, signifie précisément cela. Un an plus tôt, devinant, ou pressentant, l'actuelle apothéose de ce prestige, Teresa Serrat s'était sentie entraînée à collaborer avec lui dans un nombre infini d'activités culturelles et extraculturelles : on supposait Luis Trías de Giralt « politiquement branché ». Étudiant en économie remarquable, descendant de pirates méditerranéens, fils d'un très habile commerçant qui avait gagné des millions dans l'importation de chiffons au début des années cinquante, il était grand, beau, mais ses traits étaient mous, peu francs, fondamentalement politiques, ses chairs étaient roses, ses cheveux frisés et peu fournis, son regard lumineux, mais infirme : on aurait dit un Capet abêti et affligé d'oreillons (certain petit maquereau imaginatif du Barrio Chino, à qui il était uni par une étrange et indicible amitié changeante, l'appelait Isabelita, ce qui, soit dit en passant, était un tantinet embarrassant pour lui et non moins inexplicable que sa faiblesse pour le garçon en question) et il avait cet air un peu perplexe de doux séminariste en vacances, avec un léger balancement de tête dû au vertige théologique, au poids transcendantal des idées ou à une simple faiblesse du cou, comme s'il se l'était cassé et qu'il pendait de façon amusante.

Teresa détourna les yeux. Elle souhaitait qu'il parte une bonne fois. « Il est tard », dit-elle. Il y avait longtemps que le bruit de la moto s'était estompé dans le lointain. Simples, heureux, vulgaires petits amis de bonniches vulgaires, le monde vous appartient ! Si maintenant il venait et me serrait très fort dans ses bras, pensa-t-elle, mais vraiment très fort, peut-être que tout ne serait pas perdu…

Ils étaient tous deux immobiles et gardaient une distance de trois mètres. Luis n'osait faire un pas, c'était évident. Il alluma une cigarette et hurla presque : « Tu en veux une ? Elles sont très bonnes (lamentable : tu sais qu'elles sont infectes), ce sont des russes véritables (encore pire : c'est un mauvais moment pour évoquer ta solidarité proverbiale). Jacinto m'en a rapporté quelques paquets du dernier Festival de la jeunesse de… (allez, ça suffit, tais-toi) », et il commença à la fumer nerveusement et comme en cachette, en donnant de grandes tapes de la main dans la fumée qui restait en suspens, dense et lourde sous l'unique lampe allumée de la terrasse, au-dessus de sa tête. Teresa, en l'observant, se conforta dans l'idée nouvelle qu'elle se trouvait devant un bluff. Le chef légendaire s'entêtait à vivre la prose de la vie à moitié, comme si ces activités étaient indignes de son haut magistère : danser, nager, faire l'amour et même, comme il le prouvait maintenant, fumer ; il aspirait la fumée de sa cigarette sans l'avaler et la laissait sortir à demi de sa bouche, d'où elle se répandait sur ses lèvres comme une écume répugnante, et Teresa se rendit compte qu'elle avait toujours douté de la morale des personnes qui n'avalent pas la fumée de cigarette.

– Il vaut mieux que tu t'en ailles, Luis, dit-elle en baissant les yeux.

Elle aurait voulu ajouter : « Après ce qui s'est passé, nous ne sommes plus unis que par ce qui est au-dessus de nos sentiments et de nos intérêts personnels », mais elle trouvait cela trop solennel, vu la vulgarité de la situation. Pourtant, c'était une jolie phrase, et elle aurait aimé pouvoir la dire. Elle l'enregistra dans son esprit. Rationaliste comme elle l'était, elle se rendait maintenant tout à fait compte que même leur proximité physique était devenue impossible ; à cause de certaine excitation imaginative et longuement caressée, qui les avait amenés à cette pénible situation, qui l'eût dit, ils avaient passé aujourd'hui un merveilleux après-midi, mais il fallait reconnaître que leurs relations, depuis quelque temps, avaient peu à peu pris de l'épaisseur, avec un sens insupportable et étrange, une charge électrique qui menaçait à tout moment de les foudroyer : les sentiments et les désirs étaient mutuellement et constamment révisés, épluchés, analysés et appréciés selon une conception de la vie qui, par malheur, et bien qu'ils fissent tout pour le nier obstinément, avec des accents prophétiques, n'était pas encore en vigueur et par conséquent n'avait aucun rapport avec la réalité de leur classe (« tu dois le reconnaître, Luis, mon cher bourgeois de gauche, mon ami »). Ainsi, avec le temps, ils avaient découvert qu'il s'était produit entre eux exactement le contraire de ce que leurs idées d'avant-garde semblaient préconiser : une situation atrocement conjugale, installée si rapidement qu'elle ne leur avait même pas laissé le temps de vaincre certaines inhibitions sexuelles, résidus respectables de leur éducation, et tout geste, toute parole, tout regard ou tout acte insignifiant (celui de fumer une de ces fameuses cigarettes russes, par exemple) qui portait encore le germe symbolique de tout ce qui les avait toujours unis se gonflait d'une irritante signification inutile et grossissait sous leurs yeux pour se transformer en monstre doué de vie propre, avec des mouvements et un sens indépendants, et qui détruisait les liens sentimentaux qu'en se fondant sur une solidarité sacrée ils avaient voulu élever à la catégorie de liens passionnels.

Maintenant, Teresa lui tournait à nouveau le dos et était parfaitement attentive au silence de la nuit ; elle cherchait encore à capter l'écho de la moto du Murcien, tandis que la chanson du transistor, depuis un lointain frissonnant, depuis des cieux plus plaisants, avouait elle aussi :

... Elle m'a dit que la nuit
gardait parmi ses ombres
l'écho d'autres baisers...

Pour sa part Luis Trías interpréta l'attitude de Teresa comme un clair signe d'adieu, et il décida que le moment de s'en aller était venu – il ne devait apprendre que bien des années plus tard qu'il aurait pu essayer à nouveau, et avec des chances de réussite, s'il avait osé la prendre dans ses bras. Pour une raison ou pour une autre, au milieu de sa tristesse secrète et de son impuissance à arranger les choses, il vit soudain paraître dans le ciel nocturne le visage moqueur – un visage de souris – de son ami le petit maquereau du Barrio Chino, qui lui souriait sur un fond tapissé de couleur grenat.

– Bien Teresa, je m'en vais, dit-il. Si tes parents rentraient cette nuit… En fait, je crois que nous avons trop bu, ce sont des choses qui arrivent, qu'est-ce que tu veux, d'ailleurs ce n'est pas extraordinaire… C'est un phénomène bien connu (et s'il citait Freud ?). La prochaine fois… (il n'y aura pas de prochaine fois, tu le sais très bien). On te voit demain à Lloret… ou à Barcelone peut-être ?

Luis passait l'été avec sa famille à Lloret, et parfois Teresa prenait sa voiture et lui rendait visite ; elle voyait au passage des amis, étudiants eux aussi, qui formaient là comme une colonie. D'autres fois encore, ils se donnaient tous rendez-vous à Barcelone. Mais maintenant…

– Au revoir.

Quelques minutes plus tard, enfin seule, Teresa entendait la Seat 600 de Luis se mettre en marche devant l'entrée principale. Elle ferma les yeux. Alors, brusquement, elle se couvrit le visage des mains pour étouffer une vague d'elle ne savait quoi (tes larmes, Teresita, tes larmes-rire de femme-enfant*, lui avait dit Luis un jour, dans une lettre de prison), qui montait dans sa poitrine et la brûlait : elle venait de se rendre compte, horrifiée, qu'en réalité elle avait espéré qu'il resterait et qu'il essaierait encore une fois.

– Va-t'en, va-t'en, espèce de porc stupide ! cria-t-elle mentalement, et rentrant dans sa chambre, elle courut se jeter sur son lit.

Elle ne pouvait dormir. Se mettre maintenant à analyser ce qui s'était passé, admettre sa part de culpabilité dans cette affaire, n'était pas tâche facile. Comme toujours, elle se décida pour l'explication la plus objective possible, qui en même temps laisserait intactes certaines convictions idéologiques situées bien au-dessus d'elle-même et de Luis, de leurs petites cochonneries mutuelles. En pensant à ce qu'ils avaient fait pendant la journée, il lui sembla que le germe néfaste qui avait fini par tout gâcher s'était révélé à la fin de l'après-midi, au moment où, sur l'embarcadère, elle larguait l'amarre du hors-bord. Luis était précisément en train de lui parler de Maruja, il lui disait combien elle était devenue belle et réservée (c'étaient ses propres mots) depuis qu'elle avait un ami ; c'est alors que, brusquement, sans échanger un seul mot à ce sujet, ils avaient tous les deux en même temps, avec joie, eu l'idée d'inviter la petite bonne.

– Je voulais justement t'en parler, s'était écrié Luis en sautant dans l'embarcation. C'est une excellente idée.

– Elle s'ennuie tant, la pauvre, avait dit Teresa. Elle va être contente. Je vais la chercher.

– Je t'attends.

Ils étaient tous les deux ravis de cette idée. Depuis le matin, quand ils avaient appris que les parents de Teresa seraient absents de la villa ce soir-là et qu'ils étaient restés seuls, leurs silences s'étaient chargés d'une étrange lourdeur. En fait, s'ils avaient invité Maruja, c'était sous l'effet d'un nécessaire épanchement nerveux ; ils avaient besoin de s'exprimer à travers une tierce personne, et personne ne convenait mieux que Maruja, qui leur permettait de se transmettre mutuellement leur désir grâce à une espèce de fluide qui, pour eux, se dégageait de la jeune fille : celui de ses nuits d'amour avec le Murcien, leurs relations intimes, qu'ils connaissaient depuis que Teresa les avait découvertes l'été précédent, et qu'ils enviaient et admiraient secrètement.

Teresa était revenue presque aussitôt à l'embarcadère en disant que Maruja serait là dans un instant ; elle finissait de préparer la chambre de Luis, précisément, pour le cas où il aurait voulu passer la nuit à la villa. Elle avait ajouté qu'elle avait offert à Maruja un pantalon et des sandales un peu démodées mais neuves, et que la jeune fille était vraiment très jolie avec, jolie à ravir. C'est à ce moment-là – et maintenant, en y pensant, Teresa comprit que cela n'avait pas été un hasard – qu'ils avaient échangé leur premier baiser. Ils étaient dans l'embarcation et attendaient Maruja. Le ciel était parfaitement dégagé, et bien qu'il fût assez avancé, l'après-midi était chaud, et sa lumière restait en suspens dans l'air. Un soleil rouge et sans force venait frapper en plein les marches creusées dans le rocher qui descendaient jusqu'à l'embarcadère, et par lesquelles devait arriver Maruja. Ils avaient vu parfaitement tous les deux la chute de la jeune fille, une chute vraiment stupide – une de ses sandales était sortie de son pied et elle avait trébuché – et qui, si elle s'était produite à un endroit moins dangereux, sur l'embarcadère, par exemple, les aurait fait rire. Elle descendait en courant, presque avec désespoir – elle craignait probablement de les avoir trop fait attendre – et elle les saluait la main levée, dans un geste un peu bébête (« youhou, youhou ! » disait-elle), quand, tout à coup, ses jambes et ses pieds nus (ses très légères sandales avaient été les premières à voler) s'étaient agités un moment en l'air, frénétiquement, comme si elle pédalait, et ils avaient entendu clairement le choc de sa tête contre la dernière marche. Depuis le hors-bord, ils avaient laissé échapper un cri de surprise. Sautant à terre, ils avaient couru vers la jeune fille. Maruja était restée étendue (quelques secondes, une immobilité alarmante) juste le temps que Luis arrivât jusqu'à elle, puis elle s'était relevée précipitamment. Elle riait, un peu honteuse, en se frottant la tête (« que je suis bête, Mademoiselle ! »), la pauvre, pensait maintenant Teresa, et elle laissait errer son regard le long de l'escalier, à la recherche de ses sandales, elles lui plaisaient tant.

– C'est elles qui t'ont fait tomber, Maruja, avait dit Teresa. Tu n'as pas l'habitude. Si j'avais su, je ne te les aurais pas données.

– Elles sont si jolies… Je m'y habituerai.

– C'est vrai, tu ne t'es pas fait mai ? avait demandé Luis, empressé.

– Non, non.

– Tu aurais pu te tuer, ma petite, avait dit Teresa.

– Ce n'est rien… Un coup, c'est tout. Je courais, je n'ai pas vu passer le temps en faisant les lits et…

« Maintenant que j'y pense, le mieux aurait peut-être été de la renvoyer à la maison ; d'abord parce que je suis sûre qu'elle a dû se faire assez mal – elle s'est efforcée de ne pas le faire voir, la pauvre fille, mais elle a pris un sacré gnon –, ensuite parce que, après, peut-être que tout se serait passé de façon différente pour Luis et pour moi. Évidemment, à ce moment-là, nous ne le savions pas, à ce moment-là nous pensions avoir besoin de l'appui de Maruja et, d'ailleurs, nous n'étions pas disposés à renoncer au plaisir de lui faire passer un bon moment… Ou peut-être que ce n'était pas exactement ça ? Je ne sais pas… »

Elle, de son côté (ça c'est vrai, je m'en souviens bien, très bien), insistait pour dire qu'elle ne s'était pas fait mal et qu'on pouvait partir. Alors, ils avaient embarqué tous les trois et ils avaient navigué en suivant la côte pendant presque une heure, ils s'étaient baignés dans une petite crique déserte et avaient mangé des fruits frais que Maruja avait eu la bonne idée (obligeante créature) d'emporter pour eux. Allongés sur le sable, tout en mangeant, Teresa et Luis n'avaient pratiquement pas lâché la petite bonne, l'interrogeant au sujet de Manolo, s'intéressant à leur histoire, lui donnant des conseils vaguement contraceptifs (qui ne lui servaient à rien) avec une espèce de sollicitude paternelle, de complicité érotique : par leurs questions, ils cherchaient, ils exigeaient presque la confirmation d'une idée charmante qu'ils s'étaient faite des amours entre une domestique et un ouvrier. Et Maruja mentait, se voyait obligée de mentir pour leur faire plaisir, en gardant pour elle les terribles mouvements de mauvaise humeur et le non moins terrible sale caractère de son cher Manolo, tandis qu'ils se frottaient et se pelotaient devant ses yeux avec une étrange insistance, une insistance aveugle, comme si leur excitation imaginative les y obligeait un peu malgré eux, sans qu'ils réussissent à être vraiment bien, avec, eût-on dit, une intention pas exactement érotique, mais aussi, pour ainsi dire, pour se reconnaître, pour s'assurer qu'ils étaient toujours là.

En rentrant à la villa ils avaient décidé d'aller dîner tous les trois à Blanes, dans la voiture de Luis, puis d'aller danser quelque part. Maruja était très étonnée ; non par la générosité de Mademoiselle, qui lui en avait déjà donné bien des preuves en de multiples occasions, mais parce qu'elle savait qu'elle n'aimait pas Blanes et, surtout, parce que les regards impatients qu'ils avaient échangés tous les deux durant l'expédition maritime lui avaient fait penser qu'ils se débarrasseraient d'elle sitôt débarqués.

Blanes était très animé. Teresa et Luis, se tenant par la main ou par la taille, avaient donné le long des rues et des terrasses pleines de touristes une parfaite leçon sur la façon de se conduire lorsqu'on appartient au groupe national des élus : ils ne se tripotaient pas. Après avoir pris un repas rapide au bar d'un café – Maruja trébuchait continuellement dans ses sandales, qui lui sortaient des pieds, et elle en était honteuse –, ils étaient allés prendre un cuba libre dans un bar-discothèque en plein air (Luis y avait bu ses deux premiers gins purs) et ils avaient dansé. Maruja était restée tout le temps assise, elle avait été à plusieurs reprises invitée à danser mais elle n'avait pas accepté (« Ce que je ne sais pas, maintenant que j'y pense, c'est si elle ne voulait pas danser par fidélité idiote à son petit ami ou par peur de perdre ses sandales, parce que, bien sûr, l'excuse qu'elle donnait : "j'ai un peu mal à la tête, merci, je ne danse pas", était naturellement un mensonge... »). Elle n'avait fait qu'une seule allusion à son ami, en regrettant qu'il ne soit pas avec elle. Luis et Teresa lui avaient promis qu'un jour ils sortiraient tous les quatre. En attendant, la conscience que cette nuit leur était destinée depuis le commencement des temps s'emparait peu à peu de leurs regards, de leurs étreintes et, surtout, de leur façon de boire. Ils avaient dansé étroitement enlacés un long moment devant Maruja, en se regardant dans les yeux. Quand ils s'étaient rendu compte que la jeune fille non seulement s'ennuyait terriblement, mais que ses yeux se fermaient (de sommeil – « Ce Murcien, aussi, tu parles d'une brute ! avait plaisanté Luis. C'est peut-être un ouvrier avec toute la conscience sociale que tu voudras, Teresa, et encore, c'est à voir, mais il pourrait se retenir un peu et laisser la pauvre fille se reposer une nuit de temps en temps... »), ils avaient décidé de faire un tour dans d'autres endroits dont ils supposaient que Maruja les trouverait plus amusants et plus familiers – eux aussi, du reste –, dans de petites tavernes et des bars sophistiqués où l'on pourrait boire du vin et discuter avec des inconnus. Mais bien qu'elle eût l'air heureuse, Maruja n'avait pas pu sortir de sa torpeur ; elle était absente, le regard dans le vide, sans plus faire attention à eux ni à leurs câlineries : elle n'était plus la courroie de transmission de leur bonheur. Ils avaient alors décidé de rentrer à la villa.

Pendant le trajet du retour, ils avaient chanté (que cela lui semblait ridicule, maintenant qu'elle y repensait) des chansons populaires de la résistance française, des partisans (« Ah, compagnon*... ! ») qu'ils avaient apprises sur un disque d'Yves Montand que possédait Teresa. Ils étaient descendus de voiture devant l'entrée principale et avaient pris congé de Maruja, qui les avait remerciés tout endormie mais très contente, et ils étaient allés faire un tour sur la plage. Alors, une fois seuls, il était arrivé quelque chose d'étrange : l'ardeur communicative de Luis avait disparu et, à sa place, s'était installée une espèce de lucidité intime et grave, impossible à écarter, qui menaçait de s'emparer d'eux pour le restant de la nuit. (« Pourquoi donc, précisément à ce moment-là, ai-je eu l'idée de parler de Paco Lloveras et de Ramón Guinovart, les derniers à s'être exilés à Paris ? ») Ils avaient discuté d'un livre de poèmes de Nazim Hikmet qui passait de main en main à l'université, et que Teresa avait promis de prêter à Luis. Près du rivage, à la lumière de la lune, elle voyait le profil grave et évocateur du prestigieux étudiant emprisonné et elle avait pensé à Hikmet :

Tu es sorti de la prison
et tout de suite
*tu as rendu ta femme enceinte**,

que c'était beau au milieu de la douce émotion provoquée par un frôlement de doigts sur les hanches, et elle attendait, elle espérait une réaction de sa part (« Tu la prends par le bras/Et le soir tu te promènes dans le quartier* ») qui n'arrivait jamais. Luis restait plongé dans un silence très familier à ses amis intimes : ainsi avait dû être la torture. Elle lui avait dit alors : « N'y pense plus », d'une voix étonnamment détachée, et il en était résulté une situation embarrassante. Probablement pour équilibrer cette situation, Luis avait tout à coup commencé à faire des choses bizarres, à donner des marques d'une allégresse infantile et ridicule qui irritait Teresa : il profitait des occasions propices comme l'aurait fait un préadolescent : « Regarde, regarde, il y a de la lumière dans la villa, disait-il tout en se collant à son dos et en se frottant contre elle », et il montrait les fenêtres éclairées de la maison. « Regarde ! Tu vois ? Tu vois ? Qui est-ce que ça peut être ? Des voleurs, hein ? – Qui veux-tu que ce soit, Maruja avait sans doute quelque chose à terminer… Et arrête de jouer, allez, tu deviens bête. » Et à un autre moment, tandis qu'ils se promenaient sous les pins : « Regarde, regarde, tu as une bestiole sur le genou… ! », et alors il la tripotait subrepticement. Pénible, en vérité. Ce n'était pas ce qu'elle espérait. Que s'était-il passé ? Ils se trouvaient dans un puits rempli d'exilés impressionnants présidés par Nazim Hikmet. L'alibi intellectuel n'avait pas duré longtemps : à un moment donné, Teresa s'était pendue à son cou et l'avait obligé à l'embrasser comme il faut. Un instant, les vénérables fantômes de Paco Lloveras et de ses amis s'étaient estompés, et Paris avec eux. Alors, comme il était à deux doigts de perdre la tête, Teresa avait dit que le mieux était de rentrer à la villa et de boire quelques verres tout en bavardant. C'était une erreur. Probablement, de cette brusque décision, se disait-elle maintenant, venait sa part de faute dans ce qui s'était passé, sa contribution à l'échec et à la honte de la nuit. Il est bien certain que si Luis avait protesté et avait continué à l'embrasser là où ils étaient (en fait, pas alors, mais avant, ce qu'il aurait dû faire, c'était l'obliger à s'asseoir avec lui sur le sable au lieu de continuer à marcher sans cesse), elle n'aurait offert qu'une tendre résistance, et pour des raisons de commodité (quelque chose comme : « Pas ici, c'est trop humide »), ce qui eût déjà impliqué une acceptation préalable à la séance au lit, et avec elle se serait dissipé ce maudit nuage d'insécurité qui les enveloppait. Mais Luis n'avait rien dit, et durant le retour, précédant Teresa de quelques mètres, il s'était enfermé dans un silence pénible qui devait rendre les choses encore plus difficiles.

– Regarde, tes voleurs ont éteint les lumières, avait-elle dit en riant, pour essayer de sauver au moins l'humour.

Luis avait accéléré l'allure, en marchant dans les broussailles.

Teresa était montée sur la terrasse avec une bouteille de gin, de la glace et des verres, et ils s'étaient allongés sur des chaises longues, près de la musique du transistor. Ils étaient si déprimés qu'ils avaient commis – tous les deux cette fois – une autre erreur : ils s'étaient mis à parler de politique et d'action universitaire. Au début, ils ne s'en étaient même pas rendu compte, tout était encore comme un reflet de cet épanchement nerveux qui les avait poussés à inviter Maruja et à lui offrir des sandales, à décider d'aller dîner à Blanes, à danser et à se promener sur la plage, entre autres joyeuses inutilités. Et voilà que (mystères mentaux de cette génération d'étudiants héros) la discussion sur des sujets aussi sérieux les avait envahis peu à peu d'une manière étrange et inévitable, malgré eux, et soudain ils avaient découvert qu'ils étaient tombés dans un nouveau piège.

– Oui, Teresa, ma belle, je suis d'accord, disait-il, presque irrité, la situation actuelle du socialisme par rapport au capitalisme a changé dans le monde entier, mais c'est un changement qua-li-ta-tif, pas quantitatif, tu comprends ? Et d'ailleurs, qu'est-ce que tu as à vouloir absolument parler de ça maintenant ?

– Qui, moi ? Ça alors ! Je veux simplement que tu saches que je comprends parfaitement, monsieur je-sais-tout, et c'est pour ça qu'en octobre j'ai été parmi les premières à descendre dans la rue… Passe-moi la bouteille, s'il te plaît… Je comprends les choses, oui, et c'est pour ça que je suis allée à l'usine de ton père plus souvent que vous tous réunis, même si ça n'a pas servi à grand-chose, et c'est pour ça aussi que je voulais qu'il y ait plus de réunions, plus de contacts, plus d'union, enfin. Et c'est pour ça que je suis ici avec toi en train de parler de tout ça… Évidemment, je sais bien qu'ailleurs se définit de plus en plus une sorte de politique de paix, et sans que ça représente le moins du monde un repli dans la lutte pour l'objectif final (« où est-ce que j'ai lu ça ? ») mais il faut aussi tenir compte des circonstances… Dis donc, arrête de boire, tu es en train de liquider la bouteille à toi tout seul et après tu ne sauras même pas où tu mets les mains… (Elle voulait dire qu'il serait incapable de conduire, bien sûr, mais l'étudiant héros avait souri, très faiblement cette fois cependant, à ce qu'il avait pris pour une allusion piquante.) Qu'est-ce que j'étais en train de dire ? Ah oui… Bon, laissons ça.

Mais maintenant c'était lui qui insistait :

– Je ne parle jamais politique pour le plaisir, Teresa. Je te dirai seulement ceci : les répercussions de la crise générale du capitalisme sont quelque chose que nous ne savons pas toujours percevoir, nous, les fils de bonne famille, à cause d'une foutue question de point de vue, mais dans cinq ans on y verra très clair. On en est au début.

– La crise, dit-elle d'un air étonné. Comme tu y vas, mon petit ! Quelle crise ? Le manque d'initiative et l'immobilisme de l'opposition bourgeoise, en supposant qu'elle existe, parce que moi je ne connais que trois pelés et quatre tondus, dont tu fais partie…

– Merci, tu es charmante.

– … ne signifient pas qu'il y ait crise. Regarde papa, par exemple : tu sais très bien qu'il ne serait dans l'opposition que dans la mesure où il verrait ses revenus diminuer. Et au lieu de diminuer, ils augmentent, et il n'y a pas de raison que ça change !

– Mais qu'est-ce que tu dis, tu es dans une totale confusion ! C'est désespérant, Teresa, tu mélanges tout ! Voyons un peu, quelle idée te fais-tu des partis de l'opposition ? Et tu veux peut-être nier que la gravité de la situation économique soit un fait réel ?

– Pour qui ? Pas pour papa. Tu vois, tu confonds niveau de vie général et pouvoir d'achat d'une classe privilégiée et…

Tout cela avait plus que jamais un petit air de phrases lues quelque part, vertébrées avec du métal et des blocs de ciment sans âme, et avec la rigidité glacée des rapports de cercles d'études. Lettre morte. Ils avaient la vague intuition que rien de ce qu'ils disaient n'avait de rapport avec la réalité (« pourquoi, pourquoi ce soir-là précisément ? ») et c'était ce qui les irritait, bien plus que de n'être pas d'accord ; cela, et le fait de se sentir de plus en plus éloignés l'un de l'autre. Et le pire, c'était que, en outre, et d'une façon à vrai dire téméraire, ils s'étaient assis l'un en face de l'autre et non l'un à côté de l'autre, et maintenant, enfoncés dans leurs chaises longues comme des poitrinaires, enveloppés dans les ombres de la nuit, ils ne pouvaient même pas se donner des tapes sur l'épaule en faisant semblant d'être en colère, c'était à peine s'ils se voyaient et ils n'avaient pas la force de bouger. Teresa avait secoué ses cheveux d'un brusque mouvement de tête. Elle avait soupiré. Chaque minute de silence portait une charge explosive : ils ne parvenaient pas à éviter que les pauses n'aient plus de sens que les paroles. Elle avait pensé qu'elle était peut-être la seule des deux à avoir conscience de la situation incommode dans laquelle ils se trouvaient. « Peut-être que je ne lui plais pas assez, que j'ai dit une bêtise de petite bourgeoise, une de ces bêtises qu'il ne peut pas supporter ? » Dans son pull blanc, Luis semblait émerger de la nuit et y replonger chaque fois qu'il se renfonçait dans sa chaise longue. Maintenant, il était complètement allongé. Pourtant, il pouvait voir les genoux croisés de Teresa qui se détachaient sur le fond jaune de son short ; on aurait dit deux pommes noires brillantes, plus noires encore que la nuit.

– Écoute, dit-il, tu sais très bien que, quand je parle de ces choses, je ne suis pas un sentimental. Pas même un intellectuel. Je le disais l'autre jour à Modolell et à Jordá :

j'ai l'avantage de n'avoir aucune espèce d'aspiration artistique.

– Mon vieux, je ne comprends rien à ce que tu me dis.

– Je dis que je ne veux pas cesser d'être réaliste. Tu parles d'organiser des cercles d'études, d'avoir des contacts plus fréquents et par en bas (il ne voulait pas dire ça, mais c'était dit ; « espérons qu'elle ne l'interprétera pas mal »). Eh bien, moi, je ne suis pas de cet avis. J'ai dit et redit cent fois que l'université a besoin de gens prêts à descendre tous les jours dans la rue, pas à se réunir pour lire des textes sacrés, ce qui finit toujours par des discussions byzantines sur le foutu sexe (ce n'était pas non plus ce qu'il avait voulu dire) en écoutant des disques de partisans. Non, ma chère Teresa, non, ma délicieuse… Les étudiants commencent à ouvrir les yeux, enfin, nous ne descendons plus dans la rue pour le plaisir de mettre le foutoir, nous y allons pour quelque chose, au nom de quelque chose. C'est peu pour toi ?

– Je ne parlais pas de ça. De toute façon, tu vois le résultat ; tout est revenu comme avant. Je crois…

– Rien n'est comme avant. Nous nous sommes organisés, pour la première fois nous savons ce que nous voulons.

– Pas tant que ça. Moi, je crois qu'il faut étudier, étudier et encore étudier. Surtout les filles.

– Eh bien, tu te trompes.

En disant cela, Luis avait plissé les yeux : Teresa venait de glisser sa main dans l'échancrure de son chemisier. Elle avait perçu ce regard et elle s'était dit soudain que, peut-être, si elle se levait et lui demandait de l'aider à le reboutonner, si elle se décidait… (un, deux, et…).

– Il me semble que j'ai vu la moto de ton beau *charnego* sous les pins, dit-il de façon inattendue.

Teresa était restée un moment sans rien dire. Elle avait cessé de se palper, avait eu froid, avait remonté le col de son chemisier et finalement soupiré.

– Ce n'est pas « mon » *charnego*, avait-elle dit. Et pour ce qui est d'être beau, il faut reconnaître qu'il l'est, et même d'une façon… inquiétante.

– Ah ! ah ! s'était exclamé l'étudiant héros. Te voilà prise, te voilà prise ! Tu es amoureuse de lui, comme Maruja, mais avec un handicap évident pour toi, car tu es une demoiselle respectable.

– Oui, mon vieux, oui, mon destin est de souffrir, avait marmonné Teresa sur un ton ironique.

– Tu devrais savoir, avait-il commencé sur un ton doctoral, qu'il est absurde de parler du destin sans le relier à la nature sociale du monde dans lequel on vit.

– Cesse de dire des bêtises, Luis, s'il te plaît (elle s'était elle aussi renversée dans sa chaise longue, et c'était comme si la nuit l'avait soudain avalée). Je n'ai vu ce garçon qu'une seule fois, cet hiver, un soir où il avait raccompagné Maruja à la maison, et je t'ai déjà parlé de la superbe impression qu'il m'a faite. Conneries à part, ce que Maruja m'a raconté de lui ne manque pas d'intérêt, tu as pu t'en apercevoir toi-même.

– Maruja n'a pas dit un seul mot sensé au sujet de son petit ami.

– Ne te moque pas d'elle, s'il te plaît. Que veux-tu, la pauvre fille, elle n'a qu'une très vague idée de tout ça. Elle s'est un peu embrouillée en nous parlant de lui, en effet, mais j'ai tout de suite compris que Manolo est prêt, et à sa façon peut-être mieux que nous. Au moins, les contacts qu'il a sont à la base, ce sont de vrais contacts…

– Je ne crois pas.

– Pourquoi ?

– Je ne sais pas, mais je ne crois pas. Voyons voir, rien que parce qu'il travaille à la Compagnie maritime et terrestre ?

– Je ne sais pas où il travaille, Maruja n'a pas su me le dire, tu sais qu'elle ne retient pas les noms. Mais j'aurais aimé que tu le voies ce jour-là. Son mauvais caractère est de ceux qu'on n'oublie pas, et son regard non plus, il fait partie de ces types qui ont la tête sur les épaules. Il avait cette… cette gravité, cet orgueil de classe, tu comprends ? quelque chose que ni toi ni moi ne pourrons jamais avoir.

– Bah, avait fait Luis. Ce doit être un membre du Felipe, ou alors un anarchiste, et même ça ce serait à voir. Je connais ces types-là. Ils font beaucoup de théâtre. Ils sont pleins de bonne volonté, mais ce sont des inconscients et ils manquent de méthode. La preuve ? Parle un jour avec lui, tu verras sa confusion mentale. Ce qu'il y a, c'est qu'il te plaît parce qu'il est bien foutu, et je trouve ça très bien, bon sang, mais dis-le.

– Luis, tu deviens insupportable, vraiment.

Le héros s'était réveillé, il s'était redressé, était remonté sur son piédestal :

– Ne fais pas attention à ce que je dis, avait-il murmuré d'une voix tout empreinte de dignité, complètement politisée. Tu sais que cette maudite absence d'union me préoccupe beaucoup. Je les admire tous, sérieusement, je comprends qu'ils font ce qu'ils peuvent. Je voulais juste plaisanter un peu.

Teresa avait repris sa position assise, les jambes croisées, une sandale pendant à son pied, ses yeux brumeux fixés sur son ami. Il y avait eu un silence gênant. On entendait le temps s'écouler goutte à goutte, les secondes, comme de l'eau d'un robinet mal fermé. Changement de sujet : ils avaient émis sans entrain quelques opinions sur leurs dernières lectures ; Teresa était enthousiasmée par un roman de Juan Goytisolo, *Deuil au paradis* (« je te le prêterai, fais-m'y penser tout à l'heure… Il est sur ma table de nuit »), et Luis avait parlé de *Je demande la paix et la parole*, de Blas de Otero. Elle s'était servi un autre verre de gin. Maintenant, Luis divaguait au sujet des problèmes sexuels de la jeunesse espagnole (une nouvelle erreur, et très grave cette fois) et avait avancé à nouveau son corps, en accompagnant ses paroles de gestes amples, tête dans la poitrine, comme s'il supportait le poids des étoiles. Ils avaient recommencé à discuter. Leurs yeux semblaient s'appeler mutuellement mais leurs bouches s'obstinaient à parler et parler encore de choses qu'ils connaissaient par cœur. Teresa en était arrivée à avoir l'impression, peut-être sous l'effet de l'alcool, que d'autres personnes s'étaient incarnées en eux et s'étaient emparées de leur volonté. Elle avait compris qu'ils ne pourraient jamais sortir de cette espèce d'impasse si l'un d'eux ne faisait pas quelque chose, et tout de suite : par exemple, il aurait suffit qu'il lui prît la main alors qu'elle lui passait la bouteille de gin, ou qu'il lui passât par la tête de lui remettre la sandale qu'elle avait laissée tomber de son pied, n'importe quoi impliquant une proximité physique. Mais comme il ne semblait pas disposé à faire le premier pas, elle s'était décidée à le faire elle-même– s'attendrissant maintenant sur ses propres pensées, elle regrettait d'avoir été peut-être un peu dure avec le jeune homme, qui était timide, comme tous les héros, et qui avait besoin d'aide dans ce genre de batailles. Elle s'était levée, en souriant, et avait enlevé la bouteille des mains de Luis.

– Je n'ai pas l'intention de te laisser te saouler, tu entends ? avait-elle dit, et elle en avait profité pour le décoiffer en lui passant la main dans les cheveux, une, deux, trois fois, en appuyant son ventre contre l'épaule gauche de son ami.

En même temps, remarquant avec une certaine angoisse la dissonance qu'il y avait entre ses paroles et le geste de sa main (comme une musique qui ne s'accorderait pas avec les évolutions d'un ballet), elle avait dit, pour atténuer l'audace de ce qu'elle était en train de faire :

– Il faut reconnaître, Luis, que, dans ce pays, il y a tout à faire. Et tu ne peux pas faire que ça change du jour au lendemain. Même en sacrifiant le meilleur de notre jeunesse, nous ne ferons pas que le cours de la…

Quand il lui avait semblé qu'il se disposait à se lever, elle avait fait demi-tour et s'était dirigée vers sa chambre pour y rapporter la bouteille de gin. Ses jambes s'étaient mises à trembler quand elle avait entendu les pas de Luis dans son dos. Et comme elle se retournait en simulant la surprise, elle s'était retrouvée tout à coup dans ses bras. Même si tout cela pouvait lui paraître grotesque maintenant, surtout à cause de la nature particulière d'homme-dieu que Luis Trías de Giralt irradiait, le chemin que la jeune fille avait parcouru pour en arriver là était long et difficile – et erroné, comme elle venait de le constater avec amertume. Teresa Serrat était, et il faut le dire sérieusement, une de ces étudiantes déterminées et véhémentes qui, un beau jour de ces années-là, avaient décidé que la fille qui, à vingt ans, n'a pas connu d'homme ne saurait jamais rien de rien. Et il faut reconnaître à cette conviction le mérite qu'elle comporte quant à la fidélité envers une idée à laquelle on s'est consacré, quant à la générosité juvénile et à la disposition affective (qui, naturellement, serait maltraitée, car il faut tenir compte du pays et du fait que nous sommes bien peu conséquents avec nos idées). Mais si quelqu'un, y compris quelqu'un dont la solidité mentale aurait vivement impressionné Teresa (par exemple Luis lui-même, qui, jusqu'à aujourd'hui, l'avait fascinée), lui avait montré que sa solidarité avec certaine idéologie, toute l'activité qu'elle déployait à l'université et au-dehors pour organiser et conduire des manifestations, et surtout sa participation remarquée aux fameux événements d'octobre, n'étaient en fait que l'expression détournée d'un profond désir, d'un désir enfoui de se retrouver dans les bras du héros lors d'une nuit comme celle-là et de se transformer en femme de son temps, elle ne l'aurait évidemment pas cru. Ni même compris. Et pourtant, c'était bien le cas : inconsciente et laborieuse préparation pour se faire extirper une fois pour toutes un complexe, opération à laquelle elle disait toujours que, au fond, une femme devrait s'y prêter avec la même tranquille indifférence qu'à une ablation de l'appendice : parce qu'il s'agit d'un organe inutile et gênant, source de complications. Et, bien qu'il ne fallût pas non plus oublier certaine disposition naturelle (Maruja l'avait définie d'une façon vulgaire mais fort expressive : « Mademoiselle est tout excitée aujourd'hui »), ces impératifs mentaux l'emportaient sur les impératifs physiques, soit dit en l'honneur de l'innocence et de la chasteté harcelée de nos jeunes étudiantes.

C'est pourquoi – par pure camaraderie, devait-elle dire un peu plus tard, dans une synthèse délicieuse et presque parfaite –, Teresita Serrat se laissait maintenant conduire au sacrifice, sans forces et un peu perplexe de découvrir que le héros tremblait lui aussi. Peut-être pour ôter de sa solennité à l'instant, résidu d'une éducation bourgeoise mutuelle qu'ils ne maudiraient jamais assez, Luis bâilla dans une médiocre imitation de sûreté de soi tout en la menant au lit par la taille. Elle avait encore ajouté quelque chose au sujet d'un étudiant emprisonné (qui aurait dit que le pauvre garçon servirait à la noble cause du grand soir jusque dans cette chambre) d'une voix misérablement fausse… Rien : ils avaient aussitôt remarqué le manque d'un certain rituel, la nécessité d'un feu sacré – en comprenant alors la raison de certaines cérémonies inutiles en apparence… De toute façon, cela n'aurait servi à rien non plus. Car dès leurs premières étreintes, alors qu'ils étaient encore habillés et debout, elle avait deviné qu'elle allait infructueusement partager son lit ; maintenant, elle n'aurait plus voulu quelqu'un de réel, ni Luis ni aucun autre, mais simplement un être dépersonnalisé, sans visage, un simple poids doux et étrange qu'elle avait rêvé, et mieux encore celui de quelqu'un qui militerait pour la cause commune, bien entendu, mais presque inconnu, rien qu'un corps vigoureux, un halètement dans l'ombre, quelques mots d'amour, une caresse dans ses cheveux, rien de plus, elle ne demandait rien de plus ; et quant à l'acte en soi, elle aurait voulu n'en avoir qu'une conscience vague, comme rêvée, sans le vivre pleinement dans la réalité, sans douleur : une vraie opération de l'appendicite. Paradoxalement, son rêve ressemblait un peu à celui de la princesse vieille fille de la blague qui en temps de guerre attend, pleine d'illusions secrètes, que le palais soit envahi par les soldats sans visage de l'armée d'invasion. Mais la réalité était que son lit n'avait rien de l'accueil narcotique et fonctionnel du bloc opératoire ni de l'excusable vulnérabilité de certains palais, et elle se trouvait maintenant allongée sur le côté – toujours vêtue – et tout à fait lucide auprès de quelqu'un de fuyant mais de très réel, quelqu'un qui n'allait apparemment même pas avoir le temps de se déshabiller, Luis Trías de Giralt, le chef rêvé, le chirurgien élu, couvert de sueur maintenant, tremblant, effrayé, Maruja, effrayé, incroyablement maladroit et crispé, Manolo, crispé – Seigneur, qui l'aurait dit ! – et finalement déliquescent.

Peu avant la clôture, après quelques réactions sporadiques, l'excédent de titres à la vente a provoqué le découragement et le manque d'entrain des deux parties, et la dépression a régné jusqu'à la fermeture.

Information boursière nationale

Maintenant, ne pouvant trouver le sommeil, elle luttait vainement pour oublier : elle savait simplement que c'était comme si quelqu'un avait vomi ou était mort dans ses bras. Elle avait à peine eu le temps de dégrafer son corsage. Elle n'avait pas eu le temps non plus de sentir son poids : allongé sur le côté, accroché à ses épaules comme un petit oiseau et son visage humide caché dans son cou, comme s'il craignait le châtiment du ciel, il avait frissonné soudain, ses mains s'étaient crispées horriblement sur les bras de Teresa (« *¡ Què fa hara aquest ximple, però què fa aquest ximple*[1] *!* ») et il s'était fait tout petit, avait lâché un cri de lapin, avant de tout lâcher comme un minable.

Et ç'avait été tout. Elle, intacte, stupéfaite, humiliée, morte de honte, elle lui avait tourné le dos (« jamais plus, jamais plus ») et après un moment, pendant lequel on n'avait pas entendu une mouche voler, elle s'était rendu

1. En catalan dans le texte : « Je suis déjà en nage. » (*N.d.T.*)

compte qu'il n'était plus près d'elle – et alors seulement elle avait eu conscience de la voix qui venait d'annoncer, misérablement : « Je vais à la salle de bains » – et elle avait entendu couler l'eau des robinets. « Quand il reviendra, il va me parler de Freud », avait-elle pensé. Puis, bien plus tard – elle ne savait pas non plus combien de temps avait passé –, elle avait entendu la moto du petit ami de Maruja et alors une étrange nostalgie de son enfance, une soudaine et douce somnolence qui lui venait de ses dix ans et qu'elle avait repérée, tendrement flairée dans la chaleur et l'odeur de son oreiller, une infinie tristesse avait parcouru son corps tout entier, recroquevillé, pelotonné, une sensation de solitude et d'abandon avait fait rouler sa tête sur sa poitrine, comme un animal blessé. Elle savait que la fenêtre était ouverte, que les étoiles brillaient, si belles dans le ciel, que le va-et-vient des vagues la bercerait inutilement toute la nuit et qu'en bas, quelque part dans le bois, sous les pins, un garçon aux cheveux noirs et aux yeux extraordinairement sardoniques, encore enflammés par la frénésie d'autres baisers, venait de s'en aller sur sa moto. Quel mensonge, quel insupportable mensonge que ses nuits sur la côte, que ces vacances de princesse phtisique, que cet ennuyeux château féodal qu'était la villa !

Sachant qu'elle ne parviendrait pas à s'endormir, elle s'était relevée, avait mis un peignoir et était sortie de sa chambre. Elle avait traversé la galerie du premier étage, allumé les lumières et commencé à descendre l'escalier. Elle aurait voulu parler avec quelqu'un, par exemple avec Maruja. Elle pensait maintenant quelque chose de curieux : ici même, au rez-de-chaussée, dans cette petite et sordide chambre de bonne, deux êtres, deux enfants sains d'un peuple sain, venaient une nouvelle fois d'être heureux, s'étaient aimés directement et sans se tourmenter avec des préliminaires ou des discussions byzantines, sans arrière-pensées* ni bêtises d'aucune sorte. Comment faisaient-ils ? Étaient-ils amoureux ? Peut-être. Ils faisaient l'amour et ils conspiraient, un point c'est tout Combinaison parfaite. Et elle savait que ce n'était pas la première fois, elle le savait depuis l'été précédent. Depuis une nuit où elle était descendue chercher quelque chose à la cuisine et où elle avait vu le rai de lumière sous la porte de la chambre de Maruja. Elle avait entendu des voix. Elle n'avait pu résister à la tentation de regarder par le trou de la serrure. L'image qu'elle avait pu voir était d'une beauté qu'elle n'oublierait de sa vie : Maruja était étendue sur le lit, les yeux fermés, avec un doux sourire, et le garçon, torse nu, brun, dépeigné, assis au bord du lit, se penchait lentement pour l'embrasser.

Elle ne se rappelait plus maintenant que cette nuit-là aussi elle avait eu du mal à s'endormir, ni certains détails de la curieuse conversation qu'elle avait eue avec Maruja le lendemain ; le dernier jour de plage, peut-être : le retour à Barcelone et la reprise des cours étaient imminents, le temps n'était plus très agréable, les petits matins étaient nuageux, il y avait du vent, et seuls elle-même et les enfants, ses cousins, toujours sous la surveillance de Maruja, continuaient à se baigner. Vers le milieu de la matinée, suivant la bonne et les enfants, elle se dirigeait vers le bois de pins dans le peignoir qu'elle portait maintenant, avec un livre de Simone de Beauvoir que lui avait prêté Luis Trías et qu'elle avait trouvé passionnant dès la première ligne (« C'est bien connu : les bourgeois d'aujourd'hui ont peur »). Elle marchait son livre ouvert, les phrases accusatrices sautaient devant ses yeux, sous l'impact du soleil, et elle sentait un agréable chatouillement à la conscience. Elle entendait des voix familières sous les pins : elle savait que son oncle Javier, qui était arrivé de Madrid deux jours plus tôt pour chercher sa femme et ses enfants, était avec son père et le gardien dans la pinède ; à la demande répétée de sa femme, M. Serrat avait enfin accepté, mais de mauvais gré, de jeter un coup d'œil sur la barrière brisée par « ces gens du dimanche qui viennent faire leurs gueuletons dans ta propre maison et s'accoupler comme des chiens ». Maruja marchait quelques mètres devant Teresa avec les enfants de la tante Isabel, lesquels, en arrivant aux premiers arbres, s'étaient mis soudain à courir sans que la petite bonne, qui ne se savait pas observée, fît rien pour les retenir, si ce n'est crier leur nom sans la moindre ardeur et marmonner quelque chose entre ses dents, un refrain d'ennui et de déplaisir, qu'elle semblait davantage s'adresser à elle-même. Parfois, quand elle emmenait les enfants se baigner, sans la famille, Maruja marchait pieds nus et portait un vêtement de plage ample et sans manches, très court, que Teresa trouvait horrible. Cet après-midi-là, Teresa, qui marchait à une distance de dix mètres derrière elle, avait fermé son livre, souri d'un air compréhensif et observé attentivement la domestique. Il lui avait semblé voir, dans le pas lent et fatigué de la jeune fille, les traces qui, d'après elle, persistent sans équivoque sur les corps après une nuit d'amour : elle avait la tête un peu penchée en arrière, abandonnée sur la molle résistance de son cou, et ses bras ronds et bruns pendaient inertes, avec quelque chose encore de l'exaltation lovée de la veille. Le regard de Teresa s'était arrêté longtemps, sans qu'elle sût pourquoi, sur ses jarrets qui se pliaient avec indolence et qui dégageaient une dédaigneuse volupté de femme mariée. La brise d'automne plaquait son ample vêtement contre son corps, par-devant, dans un glorieux frôlement de sa jupe sur ses cuisses, puis la faisait flotter derrière elle comme des flammes : un instant, Teresa pressentit l'avenir embrasé, le futur incertain et étrange de cette jeune fille qui marchait quelques mètres devant elle. « Qu'est-ce qu'elle peut bien penser ? s'était-elle demandé. Avant, elle me racontait tout… Elle n'a plus confiance en moi. » Elle avait décidé que la première chose à faire, c'était de lui demander si le garçon qu'elle recevait dans sa chambre était son fiancé. « Non, quelle bêtise ! Qu'importe qu'il le soit ou non ? » Elle ne savait pas par où commencer. Elle marchait derrière elle comme lorsqu'elles étaient enfants.

Elle revoyait son visage souriant et brun, un peu penché sur les eaux tranquilles du bassin ; elle avait les yeux rêveusement mi-clos, comme si elle lisait sur la surface ensoleillée de l'eau son destin de femme, et elle couvrait de ses mains ses petits seins nus : cette Maruja enfant se baignant dans un bassin d'irrigation au cours d'un été des années quarante était l'image qui avait en quelque sorte clos l'enfance étonnée de Teresa et ouvert le passage aux inquiétantes merveilles de l'adolescence. Elle ne devait jamais l'oublier, pas plus que les mots que la petite fille avait prononcés à ce moment-là (« Moi aussi, un jour, je vivrai à Barcelone, comme toi, Teresa »), parce que, depuis ce jour où elles s'étaient baignées ensemble, elle était devenue sensible, comme si on avait tout à coup fait tourner un commutateur près de son oreille, à certain bourdonnement électrique émis par la vie : la conscience d'elle-même. Il y avait six ans de cela, quand Teresa allait avec sa mère passer l'été à la ferme qu'ils possédaient près de Reus (à l'époque, ils n'avaient pas encore la villa et ils n'habitaient pas à San Gervasio, mais près du Paseo de San Juan, dans le faubourg de Gracia), et il y avait entre les deux filles une grande amitié. Les parents de Maruja tenaient la ferme et habitaient près de la maison de maître, avec leurs enfants et une grand-mère qui passait son temps à soigner les fleurs et qui s'occupait de leur petite maison comme elle l'eût fait dans le Sud. C'étaient des Andalous qui avaient émigré d'un village de la province de Grenade et qui travaillaient déjà là lorsque le père de Teresa avait acheté la ferme dans l'intention d'en faire l'une des premières exploitations avicoles de Catalogne. Teresa était ravie de ses étés à la ferme et elle s'était, dès le premier instant, sentie gagnée par la sympathie des métayers (à l'inverse de ce qu'elle éprouvait pour l'administrateur, un « satané Catalan », à ce que disait la grand-mère de Maruja, un homme silencieux qui arrivait toujours sur une moto brillante comme une offense et dont Teresa voulait crever les pneus, comme si déjà, à l'époque, elle travaillait à obtenir cette chaire fantomatique de la subversion et du sabotage qu'elle occupait aujourd'hui à l'université, avec son ami Luis Trías). Les deux petites filles jouaient ensemble et se confiaient tous leurs secrets, tous leurs désirs. Le frère de Maruja, plus âgé de trois ans, travaillait aux champs avec son père et Teresa ne le voyait pratiquement jamais. En ce temps-là, Maruja était une petite fille très gaie et à demi sauvage qui se moquait des garçons quand elles allaient ensemble au village, faire les courses, en racontant à Teresa les choses drôles et extraordinaires qu'elle avait faites avec eux en cachette, à la sortie de l'école. La petite demoiselle en était stupéfaite et pleine d'admiration. Maruja avait un an de plus qu'elle, différence qui, à l'époque – cela avait duré quatre étés, entre la onzième et la quatorzième année de Teresa –, était bien plus sensible que maintenant pour ce qui est du pouvoir de s'étonner devant les choses. La vivacité naturelle et l'aspect même de Maruja, qui faisait deux ans de plus que son âge, impressionnaient Teresa, qui était alors une petite fille rose et fragile, aux grands yeux bleus délicats, et qui devant ces champs et devant l'immense savoir de son espiègle amie ne pouvaient exprimer autre chose que de la curiosité et de la timidité. Elle admirait la fille des fermiers parce que, avec ses yeux allègres et étincelants, au regard effronté, avec ses cheveux noirs et abondants que sa mère peignait tous les jours soigneusement, religieusement (la chevelure de sa fille était apparemment la seule chose qui méritait, au grand mécontentement de Mme Serrat, qui voyait certains soins de la ferme délaissés, l'attention zélée de cette Andalouse grande, grave, silencieuse – elle couvait déjà la maladie qui devait l'emporter trois ans plus tard – et étonnamment seigneuriale), avec sa peau brune et ses gestes délicieusement impudiques, elle était pour elle l'image même de la vie. Plus tard, quand la mère de Maruja mourut et que Mme Serrat proposa d'emmener la jeune fille à Barcelone pour qu'elle l'aidât aux travaux de la maison, Teresa en éprouva une grande joie. Mais à Barcelone, la nouvelle condition de Maruja, le traitement particulier qu'imposaient ses fonctions de servante, ne furent pas longs à briser le lien invisible qui les avait unies, et les études supérieures de Teresa, le passage du temps lui-même rendirent plus aiguës les différences que l'argent avait déjà établies jadis, secrètement, dans le dos des promesses que la vie leur avait murmurées à l'oreille alors qu'elles se baignaient dans le bassin et se montraient avec fierté leurs poitrines naissantes. Rien ne les unissait plus désormais. Maruja ne semblait même pas s'apercevoir du changement et seule Teresa, avec son esprit plus lucide et plus cultivé, parce qu'elle communiait tous les jours avec les nouvelles idées qui avaient pénétré les salles de cours de l'université, le regrettait profondément : elle l'aimait comme une sœur, elle la conseillait, lui donnait des robes, lui disait comment elle devait se coiffer, s'habiller et se comporter dans telle ou telle situation. Une fois même, il y avait de cela plusieurs mois, elle s'était entêtée à présenter la jeune fille à ses amis les plus intimes (« Voici Maruja, quand on était petites je jouais avec elle ») à l'occasion d'une fête qui avait été organisée chez elle : non seulement Maruja s'était occupée des boissons, comme toujours, aidée par Teresa, mais en outre elle avait participé à la fête à sa façon, au côté de sa jeune maîtresse, vers la fin, avec une robe un peu trop moulante et un sourire un peu sot. Par bonheur, elle avait été invitée à danser, assez pour que ses sentiments ne fussent pas blessés : un peu parce qu'elle était indiscutablement appétissante (elle se laissait serrer comme pas une et en plus elle ne parlait pas : c'était un ange) et un peu parce que, en réalité, il n'y avait pas encore de malice sociale dans ce bouquet de jeunes messieurs pas encore sevrés. Mais cela n'empêcha pas la jeune fille – qui ignorait qu'elle incarnait un autre mythe romantique de l'étudiante, une autre légende dorée d'un progressisme mal compris : la camaraderie à tout crin, sans barrières de classe – de s'ennuyer ferme. D'autre part, la confiance que lui accordait sa maîtresse étonnait nombre de ses amis, au début du moins. Même Luis Trías de Giralt, qui ne s'étonnait jamais de rien et dont les regards pensifs (il venait de sortir de prison) annonçaient déjà des événements grandioses et proches, s'était vu obligé ce jour-là de demander : « Qui est cette merveille ? », et quand on lui avait appris qu'il s'agissait de la bonne des Serrat, il avait sursauté (l'espace d'un instant, il avait craint que Teresa et le prolétariat n'aient fait la révolution sans lui, ou quelque chose de ce genre). Mais le généreux désir de Teresa d'intégrer Maruja à son milieu, du moins lors de fêtes intimes – elle ne pouvait pas faire plus, pour le moment –, devait disparaître à tout jamais quelques mois plus tard, à l'occasion d'un incident qui s'était produit lors de la fête de la Saint-Jean, où elle était allée avec Luis et Maruja et où Maruja (d'après ce qu'on lui avait dit ensuite, car elle était allée faire un tour avec son amie Néné et avec Luis, n'en pouvant plus de tant de frivolité), qui théoriquement n'était là que pour aider au service, avait été vue en train d'embrasser au fond du jardin un voyou qui s'était invité tout seul et qui n'avait pas été mis dehors à coups de pied (comme l'avait expliqué par la suite le fils de la maison, avec un courage tardif que l'impérial regard noir du Murcien avait d'abord anéanti) parce qu'on avait pensé que c'était un de ces amis de Teresa, que personne ne connaissait. L'incident une fois éclairci avec Maruja, qui avait dit ne pas connaître ce petit dur (qui ne lui avait pas semblé si mauvais garçon) et ne l'avoir jamais revu, Teresa avait ri au nez du fils de la maison et elle avait profité de l'occasion pour se moquer une fois de plus des frayeurs petites-bourgeoises et signaler d'évidentes lézardes dans l'appareil défensif de sa dégoûtante classe… Cette fois-là, Luis avait freiné ses élans rhétoriques et ramené les filles à la maison. Teresa avait dit à Maruja que non seulement elle était libre de faire ce qu'elle voulait, mais que, à son avis, elle avait très bien fait de se laisser embrasser par un inconnu au milieu de toutes ces saintes-nitouches. « Il faut leur apprendre à vivre, avait-elle dit. Tu as été formidable, Maruja, je vois que tu apprends vite… » Maruja, assise près d'elle dans la voiture, ne disait rien. Teresa se sentait en proie à une étrange exaltation : elle voyait les joues enflammées de son amie, sa bouche sans rouge à lèvres et comme gonflée, déflorée à faire envie, et brusquement, à cet instant même, contrariant tout son enthousiasme, une voix intérieure lui avait dit que jamais elle n'avait été si éloignée de Maruja qu'à ce moment-là : la seule parmi eux qui vivait une existence progressiste était cette créature timide et un peu sotte. C'était une vérité si claire et si simple que Teresa avait éprouvé une indicible tristesse en la découvrant : Maruja n'avait jamais été à la remorque de ses idées d'avant-garde, mais l'avait, au contraire, précédée, sans tambour ni trompette et pour son propre compte, sans avoir besoin de manier des théories d'aucune sorte, et il était évident qu'elle était maintenant assez loin devant elle – du moins pour ce qui était des expériences amoureuses ; qui sait si elle ne s'était pas déjà débarrassée de cette maudite virginité, avait-elle pensé ce jour-là. Et maintenant, comme le démontrait une fois pour toutes ce qu'elle avait découvert la veille au soir en regardant par le trou de la serrure, elle pouvait vérifier que ses soupçons étaient fondés. Elle éprouvait une affection sincère pour la jeune fille et se réjouissait qu'elle fût aimée, mais en même temps elle était étonnée, désorientée, et tout cela, finalement, était encore une secrète source d'excitation et d'envie. Elle se sentait auprès d'elle comme lorsqu'elles étaient enfants.

Teresa avait accéléré le pas, rejoint Maruja, et lui avait pris amicalement le bras.

– Alors, petite cachottière, avait-elle dit.

La bonne, qui avait légèrement sursauté, se mit à rire.

– Oui, ce sont des diables, avait ajouté Teresa en parlant des enfants. Mais tu n'en as plus pour longtemps, ils s'en vont demain.

Maruja avait ri à nouveau. Elle avait dit qu'au fond elle allait les regretter : elle s'était amusée avec eux, et elle s'était sentie moins seule.

– Tu as raison, ma vieille, avait dit Teresa, ces grandes vacances qui n'en finissent pas commencent à m'ennuyer moi aussi... Mais à Barcelone, je m'ennuie tout autant. Tu sais quoi ? Je voudrais être à la rentrée.

Bras dessus bras dessous, en regardant avec une attention exagérée (soudain, elles ne savaient plus quoi se dire) où elles mettaient les pieds, elles s'étaient enfoncées dans le petit bois, en suivant les enfants de près. Au fond, de l'autre côté de la villa, on entendait les voix des hommes.

– Tu ne te déshabilles pas ? avait dit Teresa quand elles étaient arrivées. (Elle ôtait son peignoir de bain.)

– Aujourd'hui, je ne me baigne pas.

Maruja distribuait les petites pelles et les seaux aux enfants, qui partirent aussitôt en courant vers le bord de l'eau. De temps à autre, le soleil se cachait derrière un nuage et il soufflait une brise un peu désagréable. Teresa s'était étendue sur sa serviette, son livre ouvert (« Nous avons commencé à nous poser la terrible question : serait-il possible que notre civilisation ne soit pas *la* civilisation ? » disait la compagne de Sartre en citant

Soustelle) qu'elle posa un moment sur son ventre pour regarder Maruja.

– Maruja, je voudrais te demander quelque chose…

Elle s'assura que ses cousins étaient là à une distance suffisante et, peut-être par un reflet inconscient des désirs fous qu'elle avait de communiquer avec Maruja, elle fit ce qu'elle avait très souvent fait lorsqu'elle était seule, sur la plage ou sur la terrasse, mais jamais en compagnie : elle baissa les bretelles de son maillot de bain pour exposer ses seins à la caresse du soleil. Les yeux de Maruja, qui suivait les courses des enfants sur la plage, se posèrent soudain sur les seins roses de sa jeune patronne sans montrer le moindre changement dans son expression : ses pensées étaient ailleurs. Puis, se rendant compte de ce qu'elle voyait, elle ébaucha un léger sourire et regarda Teresa, qui sourit elle aussi.

– Qu'est-ce que c'est bon, ma petite, dit Teresa, en reprenant son livre. Tu te souviens, Maruja, quand on se baignait dans le bassin de la ferme, l'été, autrefois…

Maruja prit une poignée de sable d'un air distrait.

– Oui… Tu voulais me demander quelque chose ?

(« Prolétaire ou intellectuel – disait Simone – il est radicalement éloigné de la réalité : sa conscience subit passivement les idées, les images, les états affectifs qui s'y inscrivent par hasard ; tantôt ils sont produits par des facteurs extérieurs, par un jeu purement mécanique, tantôt c'est le sujet lui-même qui les crée, en proie aux délires de l'imagination. ») Elle se décida : en quelques mots et l'air de ne pas y attacher d'importance, elle révéla à Maruja ce qu'elle avait découvert la nuit précédente. Elle ne voulait pas blesser les sentiments de la jeune fille ni laisser entrevoir une pudeur de novice devant une conduite qu'au fond elle approuvait. La seule chose qu'elle fit fut de montrer sa contrariété et sa surprise devant le fait, qu'elle qualifia de suicidaire, qu'ils aient utilisé la villa pour leurs rendez-vous.

– Ma petite, tu ne comprends pas qu'un jour ou l'autre vous allez être découverts ? Si, au lieu de moi, c'était maman ou tante Isabel qui était descendue cette nuit à la cuisine, tu imagines un peu le scandale ? On peut savoir qui est ce garçon ?

La première réaction de Maruja fut de se mettre à pleurnicher (elle n'avait pas compris qu'elle ne s'était pas fait réprimander pour avoir fait ce qu'elle avait fait, mais pour l'avoir fait dans sa chambre), en balbutiant une série d'excuses en son nom et en celui de son ami qui, sur le moment, troublèrent l'étudiante, mais qui, ensuite, comme elle les interprétait selon l'idée singulière qu'elle se faisait des jeunes ouvriers qui se défoncent dans la vie (elle avait décidé que le petit ami de la bonne ne pouvait être qu'un ouvrier), devaient l'étonner et la ravir.

– Nous nous marierons, Mademoiselle..., commença Maruja.

Teresa sourit. Se redressant, elle se glissa vers son amie et la prit affectueusement dans ses bras.

– Mais je ne parle pas de ça, Mari. Pourquoi pleures-tu ? Tu es amoureuse ?

Maruja fit oui de la tête :

– Tu... tu ne diras rien, n'est-ce pas ? Tu ne me trahiras pas, n'est-ce pas ?

Il lui arrivait de tutoyer Teresa, quand elles étaient seules, mais jamais devant quelqu'un, et encore moins devant la famille ; cependant, bien qu'elle fît l'impossible pour l'éviter, elle retombait fréquemment dans le « vous », habitude arbitraire dictée par un respect stupide qui irritait Teresa.

– Je ne dirai rien, promit celle-ci. Depuis combien de temps vous vous voyez ici, dans ta chambre ?

– Quelques semaines. Nous nous marierons... Je t'en prie, Teresa, ne dis rien à personne et je lui demanderai de ne plus revenir ici... Il est ce qu'il est, mais il est très gentil, il est comme vous, un peu comme ça, parfois, très révolutionnaire, il se fâche pour un rien… Mais le malheur c'est que… je crois qu'il a besoin de se cacher, quelquefois, et que c'est pour ça qu'il vient me voir. Rien que pour ça.

– Que veux-tu dire ?

– Ah. Mademoiselle, je ne sais pas si je dois… ! Je n'ose pas. Promets-moi de ne rien dire à personne.

(« La femme, qui perd du sang et qui met au monde, a des choses de la vie un "instinct" plus profond que le biologiste. Le laboureur a de la terre une intuition plus juste qu'un agronome diplômé », lui avait expliqué Simone.)

– Allons, ma vieille, ne sois pas sotte, est-ce que nous ne sommes plus amies ? Pourquoi est-ce que ton fiancé devrait se cacher, et de qui ?

Elle était presque sûre de le savoir, mais elle désirait une confirmation. Elle avait pris un air indifférent, son livre ouvert sous les yeux et le regard perdu entre les lignes : à coup sûr, elle lisait entre les lignes, attentive aux paroles de Marujita de Beauvoir, compagne enviable de Manolo Sartre ou Jean-Paul Bande-à-part, comme on voudra.

– Eh bien…

– C'est quelque chose de si honteux, disait Maruja. Si jamais il apprenait que je te l'ai dit, il serait furieux. Et en plus, on ne peut rien y faire, c'est un vrai malheur…

– Mais enfin, calme-toi, ma petite, on dirait que tu es en train de parler à maman. Allez, dis-moi tout, je pourrai certainement t'aider…

Maruja avala sa salive, regarda par deux fois sa demoiselle, et par deux fois fit non de la tête. Teresa, qui tenait son livre d'une main et qui de l'autre plaquait son maillot contre sa poitrine, soupira et se coucha à nouveau sur le dos, visiblement affectée par le manque de confiance de son amie.

Comme tu voudras, ma petite (« tout bourgeois a pratiquement intérêt à dissimuler la lutte des classes », lui glissa Simone à l'oreille).

– C'est ridicule, s'exclama-t-elle sans regarder Maruja. Tu sais ce que je te dis ? Que toi aussi tu as beaucoup de préjugés idiots, Mari.

À nouveau, elle baissa le haut de son maillot. Le soleil brillait avec force maintenant. Elle sentit une tiédeur, une injection de douceur entre les seins, et, brusquement, par une détente nerveuse de ses mains, elle se les couvrit en faisant un creux avec ses paumes. Elle le fit avec une hâte particulière, d'autodéfense, mais sans penser à rien : elle ne savait pas qu'en réalité une atmosphère sensuelle longuement désirée s'était emparée d'elle et de ses idées – elle avait la vague intuition qu'en venant rôder autour de la villa et de sa propre vie d'oisiveté, ce garçon, cet ouvrier anonyme, symbolisait en quelque sorte l'évolution de la société. Elle ferma les yeux, voulut retenir dans ses mains la douce chaleur de ses seins, et leurs pointes, semblables à des raisins précoces couleur lilas, parurent entre ses doigts. Et soudain elle en fut certaine ; elle ne sut pas si c'était la brusque irruption de l'ouvrier dans son esprit ou la caresse du soleil qui l'avait fait frissonner jusqu'à la pointe de ses cheveux, mais quelque chose l'obligea à se redresser ; peut-être était-ce ce que Maruja, avec une fausse décision dans la voix, lui avouait enfin au sujet de son Manolo ; mais la bonne s'interrompit tout de suite, elle n'osa pas prononcer le terrible mot (voleur) qui aurait tout expliqué, et le souvenir du vol projeté des bijoux de Madame, bien qu'il s'agît encore d'un projet en l'air, lui arracha un sanglot qui fit démarrer définitivement l'imagination héroïque de l'étudiante.

– J'en étais sûre, dit Teresa comme pour elle-même. Je ne sais pas pourquoi, mais j'en étais sûre. Comment l'as-tu connu ?

– À la f…, à une réunion, chez des amis (« je ne vais pas lui dire que c'est le même qu'à la fête de la Saint-Jean, elle serait capable de croire qu'il s'était introduit chez ces gens-là pour voler »). Oui, chez des gens.

– C'est un ouvrier, non ? J'en étais sûre. (Elle ne s'intéressait absolument pas à la réponse : il y avait maintenant un lointain découragement dans la voix de la belle étudiante, une légère touche de nostalgie, comme lorsque, enfant, elle interrogeait son amie sur certains détails de ses passionnantes aventures avec les garçons. Pour une raison quelconque, peut-être parce que, soudain, elle sentait la présence surhumaine du jeune ouvrier, elle remonta précipitamment les bretelles de son maillot.) Il t'emmène souvent à ces réunions ?

– Euh… non. Oh, Teresa, je lui dis bien et même je le supplie de ne pas le faire, que c'est très dangereux, que le mieux serait de nous marier et de vivre tranquillement, mais lui, il… !

– Où est-ce qu'il travaille ?

Maruja, surprise par la tournure que prenait l'interrogatoire, allait répondre qu'il ne travaillait malheureusement nulle part, mais Teresa ajouta :

– Autre chose : tu l'aides ?

Maruja rougit de pure et sainte indignation.

– Moi… ? Mon Dieu, non ! C'est un fou, un malheureux qui ne se souvient de moi que pour… ! Et j'en ai marre, marre, marre !

– Bon, calme-toi, dit Teresa d'un air pensif. Et ne parle pas comme ça. Il y a des choses que tu ne peux pas comprendre, Mari.

– Moi… ? Et qu'est-ce que je peux faire, pauvre de moi ? Je l'aime, je l'aime… Et vous, et vous, vous ne savez pas le pire, Mademoiselle, vous ne savez pas la folie qu'il s'est mise dans la tête !

Elle allait parler des bijoux. Mais la demoiselle ne semblait pas l'écouter ; ou plutôt, elle l'écoutait et la regardait d'une façon très particulière : l'expression de son visage était celle d'une mélomane ; par un mirage de l'enthousiasme imaginatif, elle regardait la petite bonne sans la voir et ne faisait pas exactement attention à ses explications, mais à certaine musique qu'elle captait entre ses paroles. Soudain elle sourit, entoura à nouveau de son bras le dos agité de Maruja (« tout s'arrangera, ne t'en fais pas ») puis se mit à regarder la mer de ses yeux rêveurs. Elle pensait tout raconter à Luis. Une surprise : le pays ne va pas aussi mal que certains le croient, la vie n'est pas aussi monotone qu'on le pense depuis cette amande aigre-douce de nos vacances, depuis notre mauvaise conscience de filles riches. Des choses se font, on travaille, on conspire… Elle soupira. Maruja ne savait que faire (elle devait se rappeler plus tard une curieuse coïncidence : un des livres qu'elle avait trouvés sur le lit de la demoiselle, en faisant sa chambre, s'appelait *Que faire ?* et finalement elle s'étendit sur le dos sur le sable et sécha ses larmes. À ce moment-là un des enfants, le plus grand, s'approcha par-derrière avec un petit seau de plastique plein d'eau qu'il vida sur Teresa.

– José Miguel, imbécile ! hurla la jeune fille. Fiche le camp ou tu reçois une gifle ! Regarde ce que tu as fait !

Mouillés le peignoir, la serviette, les cigarettes, le livre de Simone de Beauvoir, les cheveux blonds et les seins ensoleillés de Teresa. Elle était furieuse. Debout devant elle, immobile, son cousin riait, son seau à la main. Teresa agrafa définitivement les bretelles de son maillot de bain. Maruja fit un signe à l'enfant.

– Viens, José Miguel. (Quand il fut devant elle, elle le moucha, ajusta son slip sur son petit ventre et le renvoya d'une tape affectueuse sur les fesses.) Surveille ta petite sœur, qu'elle ne s'approche pas trop de l'eau. Ou plutôt, va la chercher et venez tous. On va jouer aux gages.

Tout en se séchant, Teresa regarda son amie avec des yeux tristes. Sans rien dire, elle retourna sa serviette et à nouveau s'y allongea. Maruja se laissa tomber en arrière sur le sable. Sa tête était à quelques centimètres de celle de Teresa, et de temps en temps, du coin de l'œil, elle regardait le profil si joli de la demoiselle, si doux, avec ses blonds cheveux mouillés maintenant, son regard bleu perdu dans le ciel. À quoi pouvait-elle penser ? Ne veut-elle plus rien savoir de Manolo ? Bien sûr. Elle, personne ne pourrait l'aider.

– Prends une cigarette, dit Teresa en lui tendant son paquet. (Leurs têtes se réunirent au-dessus de la flamme violette de l'alumette, qu'elles protégeaient ainsi du vent : durant quelques secondes on aurait dit qu'elles étaient toutes deux en train de lire le même livre ou de partager la même curiosité oisive.) Où habite-t-il ?

– Qui, Manolo ?

– Oui.

– Au Mont Carmel.

– Au Mont Carmel… ? Ah oui, c'est vrai, je m'en souviens.

Elle sourit tout à coup, comme si elle venait de penser à quelque chose de drôle, et elle se disposait à continuer à parler quand elle entendit dans son dos les voix de son père et de son oncle Javier ; aucun des deux, à en juger par leurs rires, ne parlait des dégâts causés à la barrière par les couples dominicaux et impudiques qui envahissent les propriétés privées. Maruja se leva avant qu'ils n'arrivent et alla rejoindre les enfants. Teresa comprit qu'elle partait pour qu'ils ne voient pas qu'elle avait pleuré.

Tout cela n'était que le résultat d'émotions confuses et négligentes. Maruja se repentit de la confession qu'elle venait de faire et depuis lors, quand Teresa lui posait des questions sur son ami, elle ne lui faisait que des réponses vagues. Elle remarqua que le traitement que lui réservait la jeune fille devenait plus souple, plus intelligent, pour ainsi dire, que ses fonctions dans la maison ne le méritaient : souvent, elle surprenait Teresa en train de l'observer dans ses tâches ordinaires (mettre la table, par exemple, ou répondre au téléphone) avec une étrange fixité dans le regard, comme si elle cherchait à deviner dans ses mouvements Dieu sait quelle nature intime, un regard qui, dès qu'il était surpris par Maruja, se transformait aussitôt en un affectueux sourire ou en un clin d'œil qui impliquait une certaine complicité. Quant à ce qui bouillait dans cette petite tête blonde à ces moments-là, c'était pour la domestique un mystère. Lorsque, des mois plus tard, à Barcelone, en hiver, le sort voulut que Teresa pût voir de près le beau Murcien et échanger quelques mots avec lui à travers la grille du jardin, l'idée arrogante qu'un jour, sur la plage, elle s'était faite du jeune ouvrier, quand elle interrogeait Maruja, s'installa dans son esprit avec la force d'un dogme. La première fois, elle avait senti cette heureuse possibilité glisser sur elle comme les rayons du soleil sur ses seins nus : comme une caresse rêvée ; mais, après avoir fait la connaissance du jeune homme, elle avait été convaincue. Luis Trías ne voulut pas la croire lorsqu'elle lui raconta sa merveilleuse découverte, avec bien sûr une grande richesse de détails (elle avait orné sa version d'éléments séduisants d'un prétendu ouvriérisme actif qui aurait bien étonné la pauvre Maruja), et pour plus de certitude, le prestigieux étudiant – qui pour ces questions d'identité se glorifiait d'une grave responsabilité tout à fait* comité central qui impressionnait grandement Teresa – voulut poser d'autres questions à la petite bonne, qui, à cette occasion, donna une preuve définitive sinon de son intelligence, du moins de cet instinct de conservation qui caractérise – ce fut ce que pensa Teresa – les membres disciplinés des sociétés secrètes : elle avait fait celle qui ne comprenait pas le sens politique des questions. À coup sûr, son ami lui avait interdit de parler à quiconque de ses activités pour des raisons de sécurité ! Luis voulait-il une meilleure preuve ?

C'est à cela et à d'autres choses du même genre, liées à la bonne fortune de Maruja – qui contrastait avec celle qui cette nuit était la sienne, on ne pouvait plus mauvaise – que pensait maintenant Teresa Serrat en descendant l'escalier de la villa, sans se décider encore à réveiller Maruja pour bavarder un moment. Parvenue au rez-de-chaussée, elle traversa l'entrée, alluma les lumières du salon, s'étendit sur le divan et prit un exemplaire de *Elle*. Puis elle jeta le magazine par terre, se leva, ses yeux se voilèrent au souvenir de quelque chose (jamais plus, jamais plus), elle se dirigea vers la cuisine (aucune lumière ne filtrait sous la porte de Maruja), prit un jus de fruits dans le réfrigérateur, elle était sur le point de pleurer, le silence de la maison lui crispait les nerfs, elle serra les cuisses, retourna dans le couloir (pas de lumière sous la porte), revint au salon et, un verre dans une main et le numéro de *Elle* dans l'autre, elle s'étendit à nouveau sur le divan, en levant ses genoux qu'elle bougeait, par détente nerveuse, de droite à gauche. On entendait à peine la rumeur des vagues. Au-delà des grilles de la fenêtre, sur l'horizon de la mer, pointait une lumière rose. Son peignoir s'ouvrit sous le monotone va-et-vient de ses genoux. Étendue sur le dos, Teresa fit un effort pour intégrer sa féminité blessée au monde rutilant et accueillant de *Elle*, parmi les soieries et les fourrures d'une véritable tendresse. Inconsciemment, le doux balancement de ses jambes enflammées s'harmonisa au rythme de la houle. Il ferait bientôt jour. Brusquement, comme elle avait enfin réussi à accorder un peu d'intérêt à ce qu'elle lisait (l'horoscope), quelque chose vint distraire son attention : c'était le frottement de sa propre peau. Elle s'immobilisa. Ses yeux célestes devinrent humides, gardèrent un voile de givre. Et là, recroquevillée comme elle était sur le divan, le menton enfoncé dans la poitrine et les cheveux sur le visage, comme une enfant tremblante et offensée, des larmes amèrement versées sur la mort d'un beau mythe commencèrent à glisser sur les pages satinées et splendides de *Elle*, dont l'horoscope, effectivement, disait : « Cet été vous changerez d'amour*. »

Une génération méchante et adultère demande un miracle ; il ne lui sera donné d'autre miracle que celui de Jonas.

MATTHIEU, XVI, IV

Oriol Serrat entra dans la clinique Balmes, salua familièrement le concierge, monta les escaliers avec une agilité peu ordinaire chez un homme de cinquante ans, et suivit le couloir aux murs de stuc, au premier étage, jusqu'à la porte de la chambre 21. Il s'arrêta un instant avant d'entrer, essuya la sueur de son front avec son mouchoir et, après avoir posé sa main sur son côté, comme s'il avait mal aux reins, il ouvrit la porte et entra : « *Ja estic emprenyat*[1]. » Il était onze heures du matin.

Sa femme et sa fille, baignant dans la clarté laiteuse qui filtrait par les blanches jalousies mi-closes, étaient assises dans le petit salon contigu à la chambre où était couchée Maruja, et parlaient à voix basse.

– Comment va-t-elle ? demanda-t-il.

– Aucun changement, dit Mme Serrat, qui tirait des mouchoirs et un peu de linge d'un sac. Elle n'arrête pas d'appeler un certain Manolo… Tu as déjeuné ?

1. En catalan dans le texte : « Ne pleurez pas, faites confiance au docteur. » (*N.d.T.*)

– Et qui c'est, celui-là ?

– Tu peux bien l'imaginer. Tu as déjeuné ?

– Mais oui.

– C'est son fiancé, maman, intervint Teresa, qui était littéralement effondrée dans son fauteuil de cuir. Son fiancé, je te l'ai déjà dit. Et il faudrait l'avertir.

– Ça me semble très bien, mais, que je sache, Maruja n'a pas et n'a jamais eu de fiancé.

– Tu n'en sais rien, maman.

– C'est bon, fais ce que tu voudras. Moi, ça ne me regarde pas. Celui qu'il faut avertir, et tout de suite, c'est son père.

En disant cela, elle regarda son mari, comme si elle attendait une juste approbation à sa proposition. Mais M. Serrat, sans faire cas de ce qu'elle lui disait, traversa la pièce et se dirigea vers la porte de la chambre de Maruja. Ses chaussures crissaient sur la mosaïque vert pâle. Il ouvrit la porte, juste assez pour regarder à l'intérieur : la tête de la jeune fille émergeait des draps, les yeux fermés, les lèvres entrouvertes et le menton relevé, comme si elle s'apprêtait à boire à une invisible fontaine. Son front marmoréen était couvert de sueur. Près de la fenêtre, assise sur une chaise et lisant un magazine, il y avait une infirmière qui leva un instant la tête pour regarder vers la porte. M. Serrat fit un léger sourire, en guise de salut, et referma. Bien, l'infirmière était là, tout allait parfaitement, comme il l'espérait. Il se composa une expression de reproche familière et se retourna pour regarder sa femme et sa fille, qui continuaient à parler à voix basse, et traversa à nouveau la pièce en direction du fauteuil. Engoncé dans son costume d'été bleu, le teint rouge, respirant très fort par le nez, il marchait les paumes des mains complètement tournées vers l'arrière, en les remuant non pas avec son aisance habituelle mais avec une retenue discrète, comme s'il craignait de remuer l'air contagieux de la clinique. Il y avait une certaine rigidité mécanique et fonctionnelle dans les mouvements de ses mains, une qualité de mécanique fraîchement graissée et mise au point. Oriol Serrat était grand, fort, il avait les tempes grises et une fine moustache poivre et sel. Son visage long et brun, ses interminables joues de braque et son beau menton, quelque chose d'intransigeant ou de dur (d'une dureté accidentelle, en partie provoquée par l'usage de la pipe, qui lui avait déformé les mâchoires et lui donnait l'expression de quelqu'un qui se dispose à cracher ou à jurer), tout cela conservait les restes d'une beauté virile qui avait été à la mode dans les années trente, une espèce de version catalane et édulcorée de Warner Baxter. Un air incertain de sous-lieutenant de réserve flottait parfois sur son visage et l'incluait, par des mérites strictement esthétiques, dans cette cohorte très digne d'hommes mûrs, nets et anonymes, tous semblables, dont on dirait qu'ils ont voulu éterniser leur adhésion juvénile à la victoire par cette moustache fine, coquette, toujours bien entretenue et curieusement taillée qu'est la moustache ibérique. Mais au-dessus de toute considération ironique que la séduction fort commune de son visage pût inspirer, ce qui distinguait Oriol Serrat, c'était sa petite bouche pointue, qui exhibait toujours l'air astucieux des ruminants et de certains commerçants catalans, une petite bouche en vérité curieuse, spéculative, avec une vie propre, disposée à s'effiler de façon aiguë et sceptique devant toute marque de ce qu'il considérait comme une manifestation d'intelligence inutile (par exemple, parler politique). Avant de s'asseoir, il regarda sa femme en posant sa main sur le haut de son ventre. Sa femme connaissait ce geste : il précédait presque toujours une explosion de mauvaise humeur.

– Marta, dit-il en se laissant tomber dans le fauteuil, je te rappelle que ta sœur arrive cet après-midi de Madrid et que tu devrais être à Blanes pour la recevoir… Nous ne pouvons rien faire ici, et il y en a pour un bon moment.

Je trouve absurde que tu passes des heures comme ça à te tourner les pouces alors que tu sais très bien…

– Oriol…

– … que nous avons fait tout ce qu'il y avait à faire. Une infirmière est auprès d'elle jour et nuit, que veux-tu de plus ? Rentre à la villa, moi j'irai demain ou après-demain, dès que j'aurai réglé deux ou trois choses. Si tu viens la voir de temps en temps…

– Oriol, s'il te plaît, parle moins fort, le pria-t-elle, et en le regardant elle fit une longue pause qui permit, en effet, de mettre en évidence certain bienfait du silence sur l'état de Maruja. On fera ce qui sera le mieux, mais calmement (elle se tourna vers sa fille). Et toi, Teresa, qu'est-ce que tu vas faire… ? Mais elle n'en peut plus, cette petite !

Vaincue par la fatigue, Teresa s'endormait.

– Je reste, murmura-t-elle.

– Encore une qui fait des bêtises, grogna son père. Tu devrais rentrer à la maison et te coucher.

– Je suis bien, papa.

– Il y a trois nuits qu'elle n'a pas dormi et elle est à bout de nerfs, dit sa mère en essayant, sans y parvenir, de lui toucher le front de la main.

– Mais maman, laisse-moi, je vais très bien !

Ses yeux bleus, tristes entre ses fines paupières brillantes, erraient d'un air farouche. Cela faisait trois jours que Maruja était entrée à la clinique, dans un état grave qui persistait, et elle-même avait passé autant de nuits, plus une autre, antérieure, dont ses parents ne savaient rien, presque entièrement blanches. Depuis le matin où, sommeillant sur le divan de la villa (il y avait des heures que le numéro de *Elle* avait glissé de ses mains), elle avait été réveillée par les cris de la cuisinière, elle n'avait pas voulu quitter son amie. C'était Tecla, la vieille cuisinière, qui avait découvert Maruja, inconsciente dans son lit, quand elle était allée la réveiller, étonnée de son retard. Avec son aide et celle du gardien, qui n'avait cessé de parler de digestion coupée et d'insolation, Teresa, pleine d'angoisse et de vagues remords, avait aussitôt mis Maruja dans sa voiture, après l'avoir enveloppée dans une couverture, et l'avait conduite au dispensaire de Blanes ; de là, dans une ambulance municipale, la petite bonne avait été transférée dans une clinique privée de Barcelone, où M. Serrat, averti par le coup de téléphone de sa fille, avait fait préparer le nécessaire et attendait avec sa femme et le docteur Saladich, directeur de la clinique et ami intime de la famille. Teresa avait suivi l'ambulance dans sa voiture. Le docteur Saladich s'était intéressé à ce que Maruja avait fait la veille et Teresa lui avait parlé de sa chute dans l'escalier de l'embarcadère. « Mais elle ne s'est pas fait mal. Du moins c'est ce que nous avons cru. Elle est restée tout l'après-midi avec moi, et le soir nous sommes allées à Blanes. Elle avait très sommeil et elle s'est couchée tôt… – À quelle heure croyez-vous qu'elle a perdu connaissance ? – Peut-être en dormant, ou ce matin en se levant, c'est difficile à établir », avait dit le chirurgien, en affirmant qu'il est fréquent de constater un délai entre l'accident et l'apparition de l'inconscience, et que, parfois, il se passe même trois jours entre les deux. Chirurgicalement, il n'y avait rien à faire. Repos absolu. « Elle n'est pas opérable, avait-il ajouté, c'est un cas diffus, sans hématome, il n'y a que de petits épanchements sanguins sur toute la surface du cerveau » (de petites blessures inopérables, avait expliqué le chirurgien en regardant Mme Serrat, qui était décomposée, et dont le moral venait de tomber au plus bas). C'était très grave, mais on ne pouvait rien faire d'autre qu'attendre. Maruja ne reprenait pas connaissance et ne prononçait que quelques mots de temps à autre, des mots sans signification, dans un murmure. Teresa avait passé la première et la deuxième nuit assise dans un fauteuil au chevet de son amie. De temps en temps, au milieu de sa torpeur,

Maruja gémissait faiblement et prononçait le nom de Manolo. Une seule fois, elle avait ouvert les yeux et regardé fixement Teresa, mais comme si elle ne la voyait pas. C'était au cours de la deuxième nuit. Depuis, elle était plongée dans une léthargie beaucoup plus profonde, beaucoup plus alarmante. Le docteur Saladich avait ordonné la présence ininterrompue d'une infirmière à ses côtés. « Tu as vu, avait dit Mme Serrat à son mari, avec un sourire de lapin, en reconnaissant l'infirmière de jour. C'est la fille que Saladich nous a présentée l'été dernier à Palma, à l'hôtel… » Son mari l'avait coupée en lui disant qu'elle faisait erreur. Teresa, de son côté, parcourait sans arrêt, de ses yeux humides, le corps prostré, immobile sous le drap blanc. Les deux premiers jours, sa mère était restée jusqu'à minuit, à essayer de la convaincre de se coucher. « Nous sortirons d'ici toutes les deux, avait répondu Teresa, ou moi seule, si par malheur… En attendant, pas question, je ne bouge pas d'ici. » La troisième nuit, vers quatre heures, Teresa avait pressenti la mort de Maruja, et elle s'était soudain sentie seule, alors elle s'était jetée en pleurant dans les bras de l'infirmière. « Maruja, Mari… », gémissait-elle. Elle la revoyait faire signe de la main en haut des rochers, et ses jambes s'agiter, ses sandales voler, et en pensant à Luis Trías, à sa conversation avec lui et à leurs baisers, ses pleurs avaient redoublé et avaient ému l'infirmière, une Majorquine lubrique au nez aquilin, à la bouche rouge et aux hanches larges, qui, par hasard, venait d'être opérée de l'appendicite (et avec une pleine réussite) par le docteur Saladich en personne. L'infirmière l'avait prise dans ses bras (« *No plori, comfiem en es doctor*[1]… ») et lui avait conseillé de rentrer chez elle, mais Teresa s'était obstinée à rester. Elle regardait le

1. En catalan dans le texte : « voyou ». (*N.d.T.*)

visage dolent de Maruja, son front trempé de sueur, ses lèvres qui, de loin en loin, remuaient pour prononcer toujours le même mot : Manolo. Aujourd'hui, à neuf heures du matin, Teresa était sortie prendre un café et en rentrant elle avait trouvé sa mère – qui ne semblait pas accorder beaucoup d'attention à ce que lui disait maintenant son mari :

– Et qu'on n'en parle plus, Marta. Prends la voiture, je n'en ai pas besoin.

Il savait que Marta obéirait après une brève résistance, mais il craignait aussi une discussion. Il regarda sa femme. Elle portait une robe de coton, avec de grandes pièces de basane imprimées en rouge et bleu, et un sac de plage du même tissu et de la même couleur. Elle était dressée dans son fauteuil, les jambes très serrées, le dos à la jalousie. Cette lumière indirecte et flottante l'embellissait. Elle était bien conservée, bien mieux que lui. Elle portait parfaitement ces quarante-cinq ans de muscles étonnamment soumis, miraculeusement fermes encore, sans menace apparente d'affaissement, et quand on la voyait courir en bikini sur la plage, suivie de ses chiens et de ses neveux, la peau brunie par l'eau et le soleil, M. Serrat, rempli d'admiration, avait une fois de plus l'occasion de mesurer le secret pouvoir de ce corps en même temps qu'il avait la soudaine impression que la vie n'est pas toujours harmonieuse : c'était un homme terriblement jaloux. Cependant, sans qu'il sût exactement pourquoi, chaque fois qu'il regardait les jambes de sa femme il se rassérénait. Elle avait des jambes fortes, un peu épaisses, avec des chevilles déformées et rouges, brûlées par le soleil, et qu'elle détestait. Elle avait aussi un délicat visage ovale, un peu anglais par son menton fin, ses taches de rousseur et ses yeux d'eau, sans parler de ses cheveux blond paille et juvéniles qui lui permettaient de se coiffer presque comme Teresa et qui lui conservaient cet air de jeune fille distinguée que M. Serrat avait tellement admiré dans sa jeunesse (une jeunesse difficile et bande-à-partesque, il faut bien le dire, et peu connue de ses amis d'aujourd'hui) et qui était encore la cause de craintes intimes. Mais il ne fallait pas l'oublier, sa femme avait la jambe vraiment catalane, forte, familière, confortable, tranquillisante, une jambe qui témoignait de la santé mentale et de l'inébranlable adhésion de sa propriétaire, au-delà de possibles petites rêveries, au confort du foyer et à l'obéissance à son mari, une jambe, enfin, pleine de soumission et même de complicité financière, symbole d'un robuste sens pratique et d'une solide vertu montserratine. Et cette jambe dit :

– Comme tu voudras, Oriol.

Parce qu'elle avait grandi dans un mélancolique jardin de lourdes encyclopédies et de livres illustrés (son père, d'une famille distinguée, mais ruiné, avait été professeur de français au lycée de Palma de Majorque avant la guerre), Marta Serrat tendait à approuver des choses parfois surprenantes – par exemple, l'esprit de résistance universitaire de sa fille au nom de la culture –, mais elle laissait en toutes choses décider son mari.

– Saladich nous tiendra au courant par téléphone, disait ce dernier, et puis tu pourras venir de temps en temps. Quant à Teresa, qu'elle fasse ce qu'elle voudra.

– Moi je reste, papa.

– Et où vas-tu manger ? demanda sa mère. Vicenta rentre avec moi, j'ai besoin d'elle, la pauvre Tecla ne s'en sortirait pas toute seule, et encore moins maintenant qu'Isabel arrive avec tes cousins…

Outre Maruja et la cuisinière, il y avait une autre domestique, une vieille Valencienne qui restait à Barcelone jusqu'au mois d'août pour s'occuper de M. Serrat, lequel, à cause de son travail, ne pouvait passer que les week-ends à la villa. Il protesta :

– J'ai besoin de Vicenta ici.

– Pour quelques jours, dit-elle, tu peux manger au restaurant.

M. Serrat en avait plus qu'assez. Il se leva.

– Ce n'est pas une question de quelques jours, Marta, tu as entendu Saladich : la petite peut rester comme ça une semaine ou six mois…

Soudain, ils entendirent un sanglot étouffé, près de la fenêtre. Teresa s'était levée d'un mouvement violent et leur tournait le dos. Ses épaules de miel, que sa robe rose laissait nues, tremblaient sous les rais de lumière que projetait la jalousie.

– Teresa, ma fille, s'écria sa mère en allant vers elle. Allons, allons, ne pleure pas…

– Comment pouvez-vous parler de tout ça alors qu'elle est à côté ! accusa la blonde politisée.

Sa mère la tira par les épaules et la fit asseoir près d'elle. Elle regarda son mari comme pour dire : tu vois ce que tu as gagné ? Mais elle dit :

– Vrai, le chagrin de cette petite nous donnera du souci, tu verras.

– Saladich est passé ? hurla son mari.

– Ça fait une demi-heure. Je te prie d'ordonner à ta fille de rentrer à la maison et de se coucher…

Ce qui préoccupait maintenant M. Serrat, ce n'était pas les larmes de sa fille ; ce qui le préoccupait, c'était que depuis trois jours il arrivait partout avec une demi-heure de retard.

– Et qu'est-ce qu'il a dit ?

Tout en tendant un mouchoir à Teresa, sa femme soupira :

– Que veux-tu qu'il dise, la même chose qu'hier. Qu'il faut attendre, qu'on ne peut rien faire. Mon Dieu, je ne comprends pas comment cette gosse a pu se donner un coup pareil… ! Elle devait déjà avoir quelque chose à la tête.

– Calme-toi, Marta.

– Je te dis qu'il faut avertir Lucas.

– Pour le moment, je ne crois pas que ce soit nécessaire. On fait tout ce qu'il est possible de faire. Nous n'avons rien à perdre à attendre un peu, et si on peut éviter de faire de la peine à cet homme…

Cet homme, Lucas, était le père de Maruja, qui était à la propriété de Reus. Soufflant bruyamment, à cause de la chaleur, M. Serrat se dirigea vers la porte.

– En tout cas, ajouta-t-il, je verrai si je fais un saut à Reus. Pour le moment je vais voir Saladich. Après, je reviens et je t'emmène à la maison.

Il sortit en fermant doucement la porte. Teresa s'était levée à nouveau et se tenait devant la jalousie, tournant le dos à sa mère et les bras croisés.

– Tu as toujours l'intention d'aller au Mont Carmel ? lui demanda sa mère.

Teresa ferma les yeux avec une expression d'ennui. Au début, Mme Serrat ne s'était pas opposée à ce qu'on avertît le fiancé de Maruja, elle s'était même réjouie de savoir que la jeune fille était fiancée et qu'il y eût quelqu'un de plus pour partager ce malheur ; mais ensuite, quand elle avait appris où il vivait, son attitude avait radicalement changé.

– Le Mont Carmel ! Je suis responsable de Maruja devant son père, avait-elle dit, et tu aurais dû m'avertir de ses relations avec ce type.

– C'est son fiancé, maman.

– Son fiancé ! Un de ces types sans scrupules qui profitent des petites bonnes, voilà ce que c'est, oui. Et en plus il habite au Carmel. Allez, allez, ma fille, n'y pense plus. On ne sait jamais ce qui peut se passer dans ce quartier…

Pour Mme Serrat, le Mont Carmel était quelque chose comme le Congo, un pays lointain et infra-humain, avec ses propres lois, des lois différentes. Un autre monde. À travers la lumière bleue de sa vie présente, elle était parfois encore agressée par de lointains éclairs rouges : un vieux canon antiaérien qui tirait du sommet du Carmel et faisait vibrer les vitres de tout le quartier (à l'époque, pendant la guerre, ils habitaient le faubourg de Gracia, et les gens appelaient cet horrible canon le « grand-père »). Et elle se rappelait également, dans les premières années d'après-guerre, les bandes de gosses bruyantes et sales qui de temps à autre se précipitaient des hauteurs du Carmel, du Guinardó et de Casa Baró et envahissaient comme une lave épaisse les hauts quartiers paisibles de la ville avec leurs petits traîneaux montés sur roulements à bille, leurs explosions de carbure et leurs guerres à coups de pierres : de véritables bandes. C'étaient des enfants de réfugiés de la guerre, des voyous armés de lance-pierres en caoutchouc et de frondes en cuir, qui brisaient les réverbères et s'accrochaient à l'arrière des tramways. En y pensant, elle dit à sa fille :

– Tu ne dois pas t'en souvenir, mais quand tu étais petite, un de ces sauvages du Carmel a failli te tuer…

Teresa eut un sourire étrange : l'espace d'une seconde, elle respira à nouveau l'humidité de ce coin sombre de l'escalier de leur maison, près du Paseo de San Juan, elle sentit le souffle perdu, l'intense odeur d'acétone qui émanait des vêtements du garçon et sa main galeuse qui la saisissait par les nattes, l'obligeait à tourner lentement le visage et à prononcer plusieurs fois le mot étrange (« Dis *zapastra*, allez, dis-le ! – *Zapastra* »).

– Mais si, maman, je m'en souviens.

– Au moins, demande à Luis de t'accompagner.

– Je te répète que je n'ai besoin de personne.

Elle se retourna, souriante, et alla s'asseoir à côté de sa mère. Elle lui entoura les épaules de son bras : tout cela, c'était autrefois, quand les choses allaient mal pour tout le monde, et qu'elle était encore une gamine peureuse ; aujourd'hui tout avait changé, il n'y avait plus de voyous au Mont Carmel, dit-elle en l'embrassant sur la joue ; par ce baiser, elle laissait entendre que, de toute façon, elle ferait ce que bon lui semblerait. Elle irait seule. Alors elle fixa sur sa mère un regard mi-souriant mi-têtu, qui annonçait qu'il y avait dans tout cela un peu plus qu'un simple caprice d'enfant gâtée. Quand elle avait eu des problèmes avec la police et avait été à deux doigts d'être expulsée de l'université, huit mois plus tôt, sa mère avait eu droit exactement au même regard. Et tout comme alors, elle dit avec une certaine inquiétude : « Tu es comme ton pauvre grand-père, ma fille », et tout comme alors, elle se trompait, cette fois encore.

Quand son mari passa la prendre, Mme Serrat se leva :

– J'espère, dit-elle à Teresa, que tu ne feras pas de bêtises et que tu rentreras aussitôt après à Blanes. Mets ce linge dans l'armoire – elle ouvrit la porte de la chambre de Maruja et jeta un regard au lit (« à bientôt », dit-elle à l'infirmière) puis referma. Et tiens-moi au courant de tout, téléphone-moi demain… Au revoir, ne fais pas de bêtises.

Teresa entra dans la chambre de Maruja et mit le linge dans l'armoire. L'infirmière lui sourit :

– Elle n'en a pas besoin.

– Des trucs de maman, répondit Teresa.

Elle s'approcha du chevet du lit. Maruja était toujours immobile, les yeux fermés avec une obstination marquée, sourcils froncés, obsédée par Dieu sait quelle idée fixe, quelle vision. « Il doit la voir, il faut qu'il la voie », pensa Teresa. Elle éprouvait un épouvantable vide chaque fois qu'elle regardait ce masque livide : sur ces paupières de cire, sur cette expression souffrante, accablée par quelque voix ou quelque vision intérieure, et sur ces lèvres serrées et cendreuses, Teresa cherchait en vain pendant des heures, au-delà de ceux de la virginité perdue, de l'amour et de la mort, d'autres signes qui auraient dû distinguer la petite bonne pour avoir au moins effleuré certaines vérités qui n'étaient pas en vigueur, pénétré certaines régions inconnues du futur, et la raison pour laquelle cette étrange créature grise et pâle était toujours devant elle, vivait plus vite, plus passionnément, plus intensément qu'elle-même…

– Dites-moi, demanda-t-elle soudain à l'infirmière en la regardant. Est-ce qu'un de ses amis peut venir la voir ?

L'infirmière majorquine parlait dans un murmure de colombe, très tranquillisant, très professionnel.

– Le docteur ne veut pas voir plus de deux personnes à la fois dans la chambre. (Et après un nouveau silence :) Bien sûr, s'il ne reste qu'un moment… Qui est-ce ?

– Son fiancé.

L'infirmière baissa les yeux. Ses bas blancs faisaient paraître ses jambes plus grosses.

De tendres jeunes filles alanguies qui sortent de leurs autos, m'appellent.

PEDRO SALINAS

Elle conduisait la Floride en direction du sommet du Carmel, lentement, en improvisant impromptu un agréable et vague incognito (son foulard rouge noué autour de ses cheveux blonds et ses yeux bleus protégés par ses lunettes de soleil), et, parvenue au virage qui longe l'entrée latérale du parc Güell, près du Cottolengo, sur l'esplanade solaire où les enfants jouent au football, elle put contempler, dans une parfaite impunité, l'étrange statue de groupe, les restes encore disciplinés et humiliés (ils étaient au garde-à-vous) de ce qui avait probablement été une clique de caserne, deux vieux tambours et un clairon cabossé qui tressaient une interminable et monotone diane au milieu du paysage abrupt, comme des aveugles ou comme des idiots qui auraient enfin une occupation, une raison de vivre ; c'étaient des petits jeunes gens maigres vêtus de larges pantalons retenus par des ceintures de plastique et de chemises militaires décolorées, têtes tondues à ras et dressées, obéissant à des ordres lointains avec un pathétique air martial. Ce ne fut rien d'autre qu'un instant, un signe, un clin d'œil du soleil sur le laiton poli et bosselé du clairon, une vibration inconnue dans la tristesse névrosée des tambours, mais cela lui suffit et la prédisposa à une promesse joyeuse et obscure : « à partir d'aujourd'hui... ». Elle continua sa route jusqu'en haut et ce ne fut que lorsqu'elle freina (par hasard tout près de l'atelier de réparation de bicyclettes) et qu'elle vit les gamins qui jouaient là, à demi nus, et quelques badauds qui s'approchaient qu'elle comprit que, pour commencer, elle aurait dû laisser sa voiture en bas et monter à pied, pour ne pas attirer l'attention. Le soleil de midi était à l'aplomb, il n'y avait pas le moindre souffle d'air et le clairon et les tambours paraissaient sonner de partout à la fois.

La jeune fille et la voiture formaient une combinaison idéale, presque irréelle, qui s'évanouissait entre les paupières comme un rêve de sieste : non seulement les enfants, qui déjà faisaient cercle, mais aussi plusieurs femmes du quartier, de leurs portes, la virent descendre de voiture dans sa belle robe rose à bretelles et ses chaussures blanches à talon. Un moment, elle fut désorientée, puis elle demanda à l'un des gosses : « Dis voir, mon chou, connais-tu un garçon qui s'appelle Manolo ? » La réponse lui parvint de la porte d'une boulangerie, c'étaient deux larges sourires, ou des moues fondant sous la chaleur, deux femmes grosses et encore jeunes qui protégeaient leurs yeux du soleil en mettant leur main en visière : « C'est là, tenez, à l'atelier... », dit l'une d'elles, en fixant un regard torve sur les épaules nues de la jeune fille. Mais déjà l'enfant montrait l'extrémité de la rue, du côté de l'ermitage : « Pas du tout, il est à la fontaine. » Teresa remercia et se mit en marche, précédée de l'expédition enfantine improvisée, au son des tambours et du clairon. En passant devant le bar Delicias, elle eut droit à des compliments indécents, d'une vulgarité qui ne parvenait cependant pas à étouffer une note plaintive, triste, et elle vit sur le pas de la porte deux jeunes en chemisette, qui se tenaient par les épaules, se soutenant mutuellement, tandis qu'ils la suivaient des yeux. Plus loin, autour de la fontaine, Teresa vit un autre groupe d'enfants qui laissaient à peine entrevoir l'éclat cuivré d'un morceau d'épaule nue, mouillée, penchée sous le jet d'eau. Toutes les têtes se retournèrent ensemble : elle avançait lentement, en défaisant le nœud de son foulard sous son cou (elle n'avait pas l'intention d'ôter ses lunettes) et tout à coup parut l'or de sa chevelure libérée. Les gosses marchaient à côté d'elle de leur pas menu et rapide, en agitant joyeusement les bras, leurs petites têtes presque collées au vol gracieux de sa robe rose comme des poissons-pilotes qui l'auraient guidée ou surveillée. Lorsque Teresa s'arrêta à deux mètres de la fontaine, un petit envoyé spécial se détacha d'un air volontaire de l'expédition pour dire le doigt tendu : « C'est lui, c'est Manolo. » Il avait toujours la nuque sous le jet d'eau et son torse nu oscillait (elle se remémora une nuit où elle l'avait vu se pencher sur Maruja couchée dans son lit et l'embrasser) et les enfants commencèrent à le secouer. Il avait l'air endormi ou drogué. Il n'entendit pas le salut de Teresa, mais il perçut la timide question qu'elle lui posait (« Tu te souviens de moi, n'est-ce pas ?) et tourna un instant le visage pour la regarder, et il pensa : « Maruja est morte » puis il continua à s'asperger le visage avec les mains avant de se redresser. « Oui, salut. » L'eau glissait sans laisser de trace sur sa peau, qui luisait au soleil comme une sombre soie poussiéreuse, et il secoua la tête en soufflant très fort, son cou puissant tendu, ses cheveux mouillés. Il tendit la main, en tâtonnant à l'aveuglette, et réclama le maillot que tenait un jeune garçon ; son abdomen, brun et musclé comme la carapace d'une tortue, enregistrait le rythme d'un effort, un battement presque animal : il avait peur.

– Vous, ici ?

– J'ai de mauvaises nouvelles…, dit-elle. De Maruja.
– De qui ?
– De Maruja, ta fiancée…
Manolo regardait le soleil, les yeux mi-clos ; il inclina la tête et se frotta le cou. Il avait son maillot à la main, et ne le mettait pas. Voulait-il attendre d'être plus sec ou simplement donner vie à l'un de ces chromos lumineux qu'il collectionnait depuis son enfance ? Il s'agissait probablement de cela, car ce n'était pas en vain que tous les enfants le regardaient, comme s'ils attendaient quelque chose : leur instinct captait l'aventure qui flottait autour de Bande-à-part, toujours, même s'ils le voyaient déambuler dans le quartier, seul et plein d'ennui. Maintenant, tout en bas, les tambours et le clairon sonnaient l'appel général.
– Je n'ai pas de fiancée, dit-il brusquement. Je ne connais personne qui s'appelle Maruja.
Teresa resta un instant étonnée. Puis elle sourit et dit : « Je comprends », tandis que le Murcien paraissait réfléchir, les yeux au sol et les mains sur les hanches. Il regarda la jeune fille. Ces lunettes noires. Parler avec des gens qui cachent leurs yeux derrière des lunettes noires l'avait toujours irrité. Trois jours horribles, désespérants, sans savoir s'il avait laissé Maruja vivante ou morte et devoir maintenant le deviner à travers de maudites lunettes noires.
– Hé, les gamins, du vent, fichez-moi le camp d'ici ! cria-t-il aux enfants, qui ne bougèrent presque pas.
– Je comprends, répéta Teresa. Mais tu n'as rien à craindre. (Et sur le ton bien intentionné dont elle lui avait dit un jour « nous sommes tous avec vous », elle ajouta :) Tu peux être tranquille, je sais tout.
Il lui tourna le dos et, brusquement, il caressa la tête bouclée du garçon qui était le plus près de lui : il avait toujours peur. Que voulait la blonde ? Que savait-elle ?
– Elle va très mal, dit celle-ci. Elle a glissé sur l'embarcadère. Elle est tombée sur la tête et ça fait plusieurs jours qu'elle a perdu connaissance. Elle t'appelle…

Le Murcien avait commencé à passer son maillot (il était noir, à manches très courtes, avec une rose des vents imprimée sur la poitrine), il le tenait au-dessus de sa tête tout en cherchant les manches ; ses flancs et l'envers de ses bras étaient d'une couleur brun pâle, presque lumineux.

– Où est-ce qu'elle est tombée ? demanda-t-il, un peu rassuré.

Mais Teresa avait soudain l'air abattu et lui parlait d'autre chose :

– … c'est ma faute, en réalité, ma faute à moi toute seule, parce que si je ne lui avais pas offert ces sandales, si je ne l'avais pas obligée à se dépêcher… Elle est si complaisante, tu la connais…

– Où est-elle ? À la villa ?

– Non, ici, dans une clinique. Quel malheur, tu sais. J'ai pensé qu'il fallait t'avertir, que tu voudrais la voir…

– Sûr.

– On y va ?

Il fit quelques pas en direction de la route, les enfants s'écartèrent, il passa près de Teresa et s'arrêta. Il ne comprenait toujours rien, rien… Il vit la voiture de sport garée à une cinquantaine de mètres et entourée de badauds (libéré de Rosa pour quelque temps – le temps d'un apéritif au bar Delicias –, il y avait aussi Bernardo et sa curiosité simiesque, totalement inoffensif désormais, qui admirait les rutilantes formes de la voiture) et un peu plus loin, à la porte de l'atelier, il vit son frère qui se disposait à fermer.

– Maintenant ? réfléchit-il. Nous avons le temps ?

– Si tu veux, proposa Teresa en se mettant à côté de lui, et après je pourrai te raccompagner.

– Ça ne te dérange pas ?

– Oh non, pas du tout. J'ai toute ma journée pour moi. (Et il y avait quelque chose de très personnel dans sa voix, que le jeune homme du Sud ne manqua pas d'observer, quand elle ajouta :) On peut dire que je suis seule à Barcelone. C'est la première fois que ça m'arrive en période de vacances. (Et pour équilibrer on ne sait quel sursaut émotif :) Bah, avant, ça m'aurait fait rudement plaisir, mais maintenant, je ne sais pas… Ça m'est égal. D'ailleurs, je pense à Maruja.

Du revêtement des sièges de la voiture émanait une douceâtre odeur de crème. Quand il s'écarta pour laisser passer Manolo, le pauvre Bernardo était tout simplement anéanti : il se déplaça un moment autour de la Floride, de loin, comme un vieux loup malade autour du troupeau dont il ne peut plus s'emparer. Bande-à-part ferma mal sa portière (comme il le craignait) avec une maladresse que Teresa, contrairement à ce qu'il crut, trouva charmante. « Laisse, ce n'est pas grave, dit la jeune fille en se penchant vers lui (son épaule parfumée lui effleura le menton) pour rouvrir. Comme ça, tu vois ? Fort », et elle ferma d'un coup. La voiture démarra et les gosses coururent derrière jusqu'au premier virage, où ils s'arrêtèrent pour la suivre des yeux tandis qu'elle serpentait lentement le long de la pente.

Avant d'arriver au parc Güell, Teresa lui avait raconté la chute de Maruja sur l'embarcadère, et comment on l'avait trouvée le lendemain dans son lit, sans connaissance, quinze heures après son accident. Elle se réserva pour plus tard de dire qu'elle savait que lui, Manolo, avait été avec Maruja cette nuit-là. Il l'écoutait en regardant devant lui avec une expression grave, bras croisés sur sa rose des vents. Tout cela était assez compliqué. Il ferma les yeux et revit Maruja entrer dans sa chambre, le regard fiévreux, somnolente, marchant sans la moindre force. Le mal était donc déjà en elle, et il n'y était pour rien. Ce qu'il ne comprenait pas, c'était comment Teresa et son ami pouvaient inviter une domestique à une promenade en canot, et pourquoi ils ne l'avaient pas obligée à rentrer à la maison après sa chute (une chose était claire : pour une raison quelconque, par négligence, peut-être, ils avaient joué un mauvais tour à Maruja). « Tu es sotte, tu te feras toujours avoir », se rappela-t-il lui avoir dit plus d'une fois. À nouveau, il éprouva de la peine pour elle et en même temps du soulagement, car cette nuit-là, quand il l'avait laissée seule sur son lit, il l'avait crue morte. Pendant ce temps, Teresa conduisait sa voiture et ses mains étaient délicieusement, mythiquement idéales, elle-même se parait autour du volant de tout le cérémonial qu'exigeaient le moment, la compagnie et le magnifique panorama de la ville qui s'étendait à ses pieds : à chaque virage, elle exprimait une intime satisfaction, due au crissement des pneus et aux changements de vitesse, et sans s'en rendre compte, elle accéléra peu à peu. Manolo était attentif à la route et au profil de Teresa. En la voyant ainsi, de profil, le garçon du Sud recommença à battre sa précieuse collection de cartes postales bleu ciel : un accident, Teresa grièvement blessée, la voiture qui brûle, il la sauve…

– Tu es bien silencieux, dit-elle. C'est ce qui arrive à Maruja qui te fait de la peine, n'est-ce pas ?

– Oui.

Ils longèrent l'esplanade où la clique déglinguée continuait à jouer en plein soleil.

– Regarde, c'est merveilleux, s'écria Teresa. J'adore ton quartier. Pourquoi est-ce qu'ils jouent ? Qui sont ces gens ?

Bande-à-part la regarda du coin de l'œil.

– Des handicapés. Les méninges. Des enfants de la syphilis, de la faim et de tout ça. Ils habitent là, au Cottolengo. Des malheureux.

– Ah.

– Comment avez-vous su… comment as-tu su où j'habite ?

– Par Maruja. Ça fait longtemps que je le sais. Je sais beaucoup de choses sur vous deux… Au fait, pourquoi as-tu dit tout à l'heure que vous n'êtes pas fiancés ?

– Parce que c'est la vérité… Les choses ne sont pas toujours comme on croit. Je ne suis engagé avec personne, je ne l'ai jamais été, je ne peux pas. Je ne sais pas ce qu'elle t'a raconté, mais nous sommes seulement… amis.

Teresa profita d'une ligne droite, sur une portion plate, pour regarder le garçon et passer en troisième.

– Je comprends, dit-elle en accélérant à fond.

La secousse projeta Manolo en arrière. « Une fille moderne, oui monsieur, avec une autre culture », pensa-t-il. Mais il se contenta de dire :

– Des amis, c'est tout. Courant dans la jeunesse d'aujourd'hui.

– Ne fais pas semblant, voyons, dit Teresa. Puisque je te dis que je sais tout.

Le Murcien décida de changer de sujet.

– Alors, elle va mal ?

– Je ne saurais te dire, elle a perdu connaissance. Mais je crois qu'elle souffre beaucoup…

C'était sûrement vrai, car, en entrant dans la chambre (l'infirmière était sortie sous prétexte qu'elle avait plusieurs coups de téléphone à donner) et en voyant Maruja prostrée, si pâle, il fut beaucoup plus impressionné qu'il ne l'aurait cru. Un mince tuyau de caoutchouc lui sortait du nez, fixé à son front par un morceau de sparadrap, et retombait sur son oreiller avec une pince à son extrémité. Elle n'avait pas seulement l'air morte, elle avait l'air d'avoir été maltraitée, outragée et abandonnée, comme si elle était là depuis des années. Quelle étrange maladie était-ce là ? Que lui avait-on fait ? Elle souffrait, en effet (il n'y avait qu'à regarder son front contracté), mais bien avant d'éprouver cette souffrance et cet abandon, bien avant d'être une fille triste et pas très intelligente, bien avant même d'avoir conscience qu'elle ne serait jamais rien ni personne, c'était comme si on lui avait fait subir quelque chose d'épouvantable, quelque chose de sourd, qui n'avait pas de nom. Étendue là, recluse dans son silence, inoffensive et fragile, suant sans cesse une sueur triste et froide, elle semblait n'avoir plus aucun lien avec personne, ni avec ce lendemain tremblant qu'elle avait rêvé pour eux deux, ni avec l'espoir, ni avec l'amour, pas même avec lui (l'avait-il jamais aimée ? se demanda-t-il), rien qui lui fût fidèle, d'une façon ou d'une autre. Jusqu'à quel point sa main, en la giflant, l'avait-elle aussi mise dans cet état de prostration ?

Il se surprit assis sur une chaise, caressant la main de Maruja, qu'il avait prise entre les siennes. Sa poitrine s'enfiévrait. Il remarqua une tache rose et parfumée qui se déplaçait avec précaution derrière lui : le pan de la robe de Teresa. Il resta silencieux pendant un long moment, et à une question que Teresa lui posa à voix basse : « Pourquoi n'essaies-tu pas de l'appeler ? », il ferma les yeux. Une seconde, il crut voir la petite tête dépeignée et moite, mais enfoncée dans un autre oreiller, et il entendit une rumeur de vagues, un halètement de corps enlacés. « Maruja, ma chérie, ma mignonne… qu'est-ce qu'on t'a fait ? » Il sentit alors sur son épaule la main de Teresa. Et devant la crainte que la tendresse ou la compassion ne finissent par lui jouer un mauvais tour, il concentra toute son impulsion vitale, réprimée durant trois jours à cause de la peur et des remords, dans un élan d'indignation. Teresa, qui était restée immobile derrière lui, le dos contre la porte, le vit se lever brusquement et se jeter sur elle avec violence.

– Qu'est-ce qui te prend ?

Elle vit sur son visage la résolution qui précède les bagarres de voyous : avant de lui tenailler le bras de sa main vigoureuse, il se frotta la paume sur la jambe délavée de son jean (un *trinxaraire*[1] n'eût pas fait mieux, pensa-t-elle en évoquant un nébuleux été de son enfance, quand le fils d'un réfugié de guerre qui l'avait coincée

1. En catalan dans le texte : « Que fait ce garçon ? Le docteur ne veut pas de scandale… » (*N.d.T.*)

sous l'escalier l'avait frappée du plat de la main, lui faisant mal, jusqu'à ce qu'elle ait pu s'échapper) et la rose des vents se dilata sur sa poitrine sous une profonde inspiration. Teresa remarqua aussitôt la tiède transpiration de la peau du garçon, une odeur d'amande amère qui se mêla à son propre parfum et brusquement imprégna toute chose, les enveloppa tous les deux. Teresa avait son visage à quelques centimètres, mais elle ne le voyait pas bien, elle l'entendait simplement crier tandis qu'il la secouait par le bras :

– Pourquoi est-ce qu'on ne m'a pas averti plus tôt ? Hein, pourquoi ? Pourquoi est-ce que tu ne l'as pas amenée tout de suite chez le docteur, qu'est-ce qui t'a pris de l'emmener dans ton foutu canot ? Réponds !

Teresa le regardait, stupéfaite.

– S'il te plaît… Tu me fais mal… (Elle toucha de la main, dans son dos, la poignée de la porte.) Ne crie pas, je t'en supplie, sortons…

Mais elle ne pouvait bouger, elle ne pouvait faire autre chose que tenter de contenir cet élan de déraison. Elle était effrayée et fascinée par le spectacle de son visage, cette tache de peau brune où brillaient des dents blanches, des yeux furieux, une mèche de cheveux noirs tombée sur le front, parmi les gros mots et les jurons lancés à la volée ; il était de plus en plus près d'elle ; elle vit avec surprise sa propre main sur la rose des vents, non pour repousser ou freiner l'avance de la poitrine, mais simplement posée sur elle, comme si elle y reposait à son aise.

– Calme-toi, je t'en prie, Maruja va très mal…

À partir de ce moment-là, elle n'écouta plus ce qu'il lui disait, un torrent de reproches :

– Qu'est-ce que tu fous toujours à te coller contre les jambes de tes amis, sous ce porche ! Allez, réponds !

Mais ce qui était le plus urgent, c'était de le faire sortir de la chambre. Elle réussit à entrouvrir la porte, en s'agrippant à lui pour l'obliger à bouger, et, en s'effaçant pour sortir, elle perdit ses appuis et ils restèrent tous deux un moment bloqués entre les battants de la porte, sans pouvoir avancer ni reculer, enveloppés dans la vague bleue des amandes.

– Lâche-moi, tu es fou ?

Le bois de la porte grinçait. Teresa se débattit comme dans un cauchemar, troublée par la frénésie de la voix et le feu des questions inconcevables qui l'accusaient, dictées non pas tant par un prétendu amour pour Maruja (elle s'en rendait compte, même au milieu de l'ardeur croissante où ils se débattaient tous les deux) que par l'indignation et la colère. Mais comment savait-il, quels contacts pouvait-il avoir pour être au courant de ses rencontres avec un ouvrier de l'usine du père de Luis Trías et, surtout, de ses moments de relâchement et d'irresponsabilité ? Le respect, la peur, l'impressionnante autorité morale qu'elle vit soudain en lui furent comme une nouvelle révélation, et son bras lui faisait mal et ses yeux commencèrent à se remplir de larmes douces, plus douces qu'elle ne l'eût jamais imaginé. Vaincue, sans forces, déjà elle avait appuyé la tête sur la poitrine du garçon quand brusquement la porte du salon s'ouvrit et l'infirmière apparut. Son visage n'exprimait aucune surprise (à voix basse, comme si elle se parlait à elle-même, elle disait : « *¿ Què fa aquest allot ? Es doctor no vol escàndol*[1]… ») tandis qu'elle avançait vers eux. Elle commença par les écarter de la porte et la referma, isolant la chambre de Maruja. Ils se séparèrent précipitamment. Tous trois se retrouvèrent dans la petite pièce. L'infirmière voulut s'occuper de Teresa. « Ce n'est rien », murmura celle-ci. Manolo se mit à marcher de long en large comme un animal en cage, en regardant partout comme s'il cherchait quelque chose à casser, il frappa les murs et

1. En catalan dans le texte : « Ma chérie, qui est ce garçon ? » (*N.d.T.*).

les meubles tout en jurant sur Dieu et le diable à voix basse, suivi par l'infirmière qui essayait de le retenir sans y parvenir. Tout se serait probablement terminé de la façon la plus grotesque et la plus humiliante pour lui (comment parachever ce feu d'artifice, sinon avec des excuses et en se ridiculisant ?) si, soudain, par un de ces coups du hasard par lesquels le destin récompense parfois les êtres doués d'imagination et d'audace, n'eussent brusquement paru l'amour et le sang, combinaison toute-puissante et omniprésente : dans son formidable emportement, en frappant du poing la jalousie tout en murmurant : « Maruja, ma petite Maruja… », comme dans une agonie, Manolo se fit une profonde entaille aux doigts. Le sang et le silence jaillirent, soulagés. L'infirmière se révéla quelque peu prosaïque, mais pratique :

– Allez chercher de l'alcool et de la gaze, il y en a dans la chambre, ordonna-t-elle à Teresa tout en saisissant le poignet du garçon.

La blonde fascinée obéit à la vitesse de l'éclair. Il s'était coupé dans un endroit difficile à cicatriser. Et, effondré dans un fauteuil, vaincu par les éléments, digne, pâle et absent, le garçon se laissa soigner et bander la main.

Il suffit à la Majorquine d'un long regard dans les yeux du fiancé pour comprendre ce qui s'était passé. Et comme elle avait ses idées et sa rhétorique au sujet des amants pauvres qui se rebellent contre la douleur et la mort, elle admonesta le jeune homme.

– Idiot. Tu vois ce que ça t'a rapporté ? Je comprends ce qui t'arrive, mais tu ne gagneras rien à te désespérer et à faire des scènes de mauvais goût (en plus de dédaigner le spectacle – elle manquait d'imagination plastique, elle n'était que sensitive et mélomane, comme ses amis les médecins, et d'ailleurs elle ne s'était jamais vue enveloppéc dans une authentique odeur d'amande arrière) –, elle allait également se tromper dans ce qu'elle ajouta, cette fois en regardant Teresa :) et encore moins en accusant quelqu'un qui n'y est pour rien. Un malheur, on ne sait jamais comment ça arrive, ta fiancée est tombée toute seule et personne, à ce moment-là, n'était capable de dire ce qui allait se passer… Idiot, oui, idiot. Si cela se reproduit, j'avertirai le docteur et je ne te laisserai plus venir voir ta fiancée. Tu ne sais pas qu'elle est très malade ? Tu t'es fait une jolie blessure, et en fin de compte, pourquoi ? (Quand elle eut terminé de lui bander la main, elle se dirigea vers la chambre de Maruja ; avant d'ouvrir la porte, elle se retourna :) Compris ? Voyons si tu sais te tenir…

– Je suis désolé, je ne voulais pas…

– Ce n'est rien, intervint Teresa. (Sa voix tremblait.) Les nerfs…

L'infirmière lui fit un clin d'œil, pour lui faire comprendre qu'elle la comprenait parfaitement. Qui ne sait ce que c'est que l'amour ? Et elle entra dans la chambre où reposait Maruja.

Teresa arrangea sa robe et ses cheveux. Manolo était toujours dans son fauteuil, déprimé, le front dans les mains.

– Excuse-moi, murmura-t-il, je ne voulais pas te crier après. C'est ma faute. Je t'ai fait mal ?

– Non…

– Si, je t'ai fait mal. Je suis désolé.

Teresa s'assit en face de lui et sortit son paquet de cigarettes.

– Ne t'inquiète pas pour moi. (Ses mains tremblaient.) Tu veux une cigarette ?

Bande-à-part lui offrit du feu et elle s'approcha de lui. Ils entendirent le bruit métallique d'un chariot qui passait dans le couloir. C'était l'heure du déjeuner.

– Ça va, merde, ça va, murmura-t-il en se levant.

Teresa regardait sa main bandée.

– Ça te fait mal ?

– Non. Allons-nous-en.

Il sortit d'un bon pas, suivi par Teresa. Sur ses épaules, tandis qu'il descendait l'escalier, flottait un air de chagrin. Dans la rue, quand elle s'avança (elle ne le quittait pas des yeux, comme si elle s'attendait à le voir s'effondrer d'un moment à l'autre sous le poids de la souffrance) pour lui ouvrir la portière de la voiture, il s'immobilisa sur le trottoir.

– Tu te trouves mal ? demanda Teresa.

– Monte la première.

– Je sais que ce n'est pas le moment, dit Teresa, et en plus nous nous connaissons à peine, mais je voudrais te parler de quelque chose, Manolo… Je te ramène au Carmel ? (Elle mit le moteur en marche puis le regarda.) Il s'agit de Maruja et de toi.

Manolo s'assit à côté d'elle. Cette fois, il claqua sa portière comme il faut et fermement. Il allait dire quelque chose mais elle le devança :

– Non, je ne veux pas parler de vos rendez-vous à la villa (il la regarda du coin de l'œil, surpris). Je suis au courant, il y a longtemps que j'ai tout découvert, mais n'aie pas peur, à la maison personne d'autre ne le sait. Non, je veux parler du reste…

– Du reste ?

– Tu sais bien.

Le Murcien ne savait pas, mais il savait parfaitement flairer le danger.

– Une autre fois, proposa-t-il. Si ça ne t'ennuie pas, nous parlerons de ça une autre fois.

La voiture démarra dans une brusque secousse.

– Maruja m'a beaucoup parlé de toi, dit Teresa en passant la seconde. Mais ne lui en veux pas…

– Elle me parlait aussi de toi, qu'est-ce que tu crois ! Nous savons quel genre d'étudiante tu es, révoltée et tout ça… Tu ne peux pas aller plus vite ? Je suis pressé.

– Je veux que tu saches ce que je faisais dans cette usine de Pueblo Seco. Tu te trompes si tu crois que j'y allais pour m'amuser…

– Ça ne m'intéresse pas. Tu me l'expliqueras une autre fois.

Les yeux baissés, il regardait les genoux bronzés de la jeune étudiante.

– Tu viendras voir Maruja demain ? demanda-t-elle.

– Je ne sais pas. (Et après un silence :) Tu y vas tous les jours ?

– Bien sûr.

Comme ils montaient la route du Carmel, Teresa regarda la main bandée du garçon et demanda à nouveau :

– Tu as mal ?

Cette fois, Bande-à-part ne put se contenir :

– Oui. Ça commence.

Tu devines les corps !
Comme un insecte blessé par les ordres tu devines le centre du sang et tu surveilles les muscles qui retardent l'aurore.

PABLO NERUDA

L'état de Maruja était stationnaire. Elle était très pâle mais elle respirait régulièrement. Toutes les trois heures, elle recevait une alimentation liquide, à base de bouillon et de viande réduite en purée. Elle dormait, elle dormait sans cesse, et, de temps à autre, son visage se contractait, comme si elle éprouvait une souffrance passagère. Les mouvements des Serrat autour du lit de la malade commencèrent à acquérir peu à peu la résignation de l'attente, ordonnée et mécanique. Ils souhaitaient ardemment la voir guérir, c'était tout ce qu'ils pouvaient faire pour elle. Teresa était la seule à aller tous les jours à la clinique, généralement au tout début de l'après-midi. Avec une élégance agressive, inquiétante, habillée en corsaire (chemisier et pantalon noirs, foulard rouge sur la tête), elle parcourait les couloirs, protégée par ses lunettes de soleil, un livre sous le bras et une résolution sereine sur le visage, une tristesse épidermique mûrissait sa juvénile beauté, la dignifiait, et lui faisait vivre pour la première fois la chaleur d'un été en ville avec une conscience de son corps nouvelle et étrange, constante et téméraire, comme certains êtres vivent leur jeunesse : comme si elle ne devait jamais finir. Cela lui était égal d'avoir dû interrompre ses vacances à la mer. Son père, qui faisait alterner ses occupations et ses week-ends à la villa, faisait parfois escale à la clinique, le matin, toujours en hâte, davantage pour parler avec le docteur Saladich que pour rendre visite à la petite bonne. Il ne voyait Teresa qu'aux heures des repas. La première semaine, Mme Serrat était venue deux fois voir Maruja, dont une en compagnie de sa sœur Isabel. Elle s'était inquiétée non seulement de l'état de la malade, mais de celui de sa fille (somnolente, les yeux cernés, capricieusement habillée : « Tête de mule, tu as fini par gagner, tu t'es acheté cet horrible pantalon ») et avait voulu la ramener avec elle à Blanes. « N'insiste pas, maman. Je n'ai pas l'intention de bouger d'ici avant la guérison de Maruja. »

Pour sa part, le fiancé impétueux et affligé de la petite bonne venait tous les jours à la clinique, autour de cinq heures du soir, silencieux et digne, porteur d'amertumes particulières et d'inculpations générales. En le voyant entrer, Teresa fermait le livre qu'elle était en train de lire pour ne perdre aucun détail d'un spectacle qui gagnait de jour en jour en force suggestive : le garçon s'approchait respectueusement du lit de Maruja et restait immobile à son chevet, debout, l'air abattu ; c'était le moment où sa main blessée (dont le bandage imposant et démesuré, glorification d'un sens héroïque de la vie, était changé quotidiennement) pendait inerte et vaincue comme dans un holocauste amoureux près de l'oreiller de Maruja, et si près de la face émaciée de la malade qu'elle devenait, pour ainsi dire, solidaire avec elle. La peau brune de son bras contrastait avec le blanc mousseux de la gaze, dont les tours et les contours lui arrivaient presque au coude. Pour le reste, le visage sombre et hermétique, l'attitude statique du Murcien pendant qu'il restait debout à regarder Maruja (cela durait quatre ou cinq minutes) ne reflétaient rien, excepté la noblesse propre à ses traits. Puis le jeune homme s'écartait lentement du lit et, les pouces enfoncés comme des crochets dans les poches arrière de son pantalon, il s'inquiétait de l'état de la malade ; il parlait peu, d'une voix extraordinairement basse, adressait toutes ses questions à l'infirmière et ne regardait presque pas Teresa. Finalement, il saluait et partait. Durant plusieurs jours, son comportement ne changea pas. Teresa Serrat continuait à se demander jusqu'à quel point le garçon la tenait encore pour responsable de ce qui s'était passé.

Un après-midi, Manolo arriva avant Teresa. Il entra sans regarder personne, en murmurant un vague « 'jour » (il y avait du monde dans le petit salon, il distingua vaguement la silhouette élégante d'une dame qui se tut en le voyant entrer) et se planta devant le lit de Maruja. Au bout d'un moment, il entendit des pas derrière lui puis la voix de l'infirmière qui parlait à quelqu'un des vomissements de Maruja, généralement le matin, lorsqu'on la changeait de position. Puis il l'entendit dire : « C'est son fiancé », à voix basse. Il remarqua alors auprès de lui une présence suave et parfumée, le tintement que produisaient des bracelets. Il se fit un long silence, mais il ne bougea pas, ne dit rien, continua à regarder le visage de Maruja (confusément, il pensa qu'elle ressemblait chaque jour davantage à un masque), en même temps qu'il sentait sur le côté gauche de son visage l'agréable pression d'un regard féminin intéressé par son profil ; c'était probablement celui de l'inconnue. La mère de Teresa, pensa-t-il. Quand il tourna la tête, la dame avait disparu et l'infirmière était assise près de la fenêtre. À ce moment-là, Teresa entra.

– Bonjour, dit-elle. Maman vient de me demander qui tu es.

– Je le lui ai dit, fit l'infirmière.

Manolo se retourna pour la regarder, méfiant, curieux, comme s'il voulait rendre évident son étonnement de voir qu'une infirmière pouvait parler. Puis il se dirigea vers la porte. Teresa l'accompagna dans le couloir et lui demanda s'il était toujours fâché avec elle.

– Moi ? Et pourquoi ? fit-il en appuyant sa main bandée sur la porte, près des blonds cheveux de la jeune fille, qui perçut à nouveau le parfum d'amande amère.

– Je ne sais pas… On dirait…, répondit Teresa. Je veux que tu saches que personne n'est responsable de ce qui est arrivé à Maruja, et moi moins que personne… Et à ce propos je voudrais parler avec toi, parce que toi aussi tu as des choses à expliquer. Je peux te ramener chez toi, si tu veux.

Le garçon avait l'air contrarié.

– Merci. Il se trouve que… je ne vais pas chez moi. Un autre jour. (Et après quelques secondes de réflexion, froidement :) Aujourd'hui j'ai quelque chose d'important à faire.

Une semaine après lui avoir fait la surprise d'un baptême du sang, le fiancé affligé lui en fit une autre en se présentant, de façon tout à fait inattendue, dans un magnifique costume gris perle, neuf, de coupe parfaite, avec le bras en écharpe. Respectueux, impeccablement vêtu comme il l'était, tout le temps qu'il resta concentré dans son attitude quasi religieuse (ses visites commençaient vraiment à avoir quelque chose de visites à un sanctuaire), Teresa ne put détourner ses yeux de lui. Qu'elle était suggestive, la nouvelle ligne de ses épaules, quel mystère que celui de son dos droit, autoritaire, d'une élégance insoupçonnée. Et ce bras en écharpe : sa blessure s'était-elle infectée ? Teresa reconnut immédiatement le foulard de soie chocolat qui soutenait la main bandée : c'était un foulard qu'elle avait offert à Maruja longtemps auparavant. En le voyant pour la première fois si bien habillé, Teresa s'inquiéta, sans savoir pourquoi ; il y avait un rapport nouveau et étrange entre l'admirable qualité hiératique de ce corps et l'impeccable costume qui le couvrait, comme si, entre ces deux éléments – qui jusqu'à aujourd'hui s'ignoraient l'un l'autre –, venait de se sceller un pacte qui, en un certain sens, était alarmant et impliquait du danger. L'aventure était imminente.

– Qu'est-il arrivé ? lui demanda-t-elle en montrant du doigt le bras en écharpe. Dina est sortie un moment…

– Qui est Dina ?

– L'infirmière. Elle ne va pas tarder à revenir. Pourquoi ne lui montres-tu pas ta main ?

– Ce n'est rien, dit-il. C'est parce que, comme ça, je me fatigue moins.

Il resta un instant assis à côté de Teresa, à feuilleter distraitement quelques magazines. Cependant, bien qu'il eût aujourd'hui espéré, désiré que Teresa Serrat lui offrît de le ramener chez lui en voiture, elle ne le raccompagna même pas jusqu'à la porte. Elle doit avoir un rendez-vous, pensa-t-il.

Cela eut lieu le lendemain. Ils sortirent ensemble de la clinique, et comme il était tôt et qu'il n'avait rien à faire (« je suis en vacances », avait-il dit), il proposa à la jeune fille de faire une halte en chemin pour prendre un rafraîchissement. Elle n'eut pas l'air très intéressée, mais elle ne dit pas non. Elle avait envie d'aller dans un bar du Mont Carmel, ce qui étonna Manolo.

– Là-haut, nous n'avons rien qui vaille la peine, dit-il. Mais je connais un endroit tout près, on va passer devant.

Il venait de se souvenir du Tibet, au pied du Carmel. Endroit sophistiqué (fausse cabane, troncs vernis, toit de paille, lampes dans des bouteilles) sur la terrasse d'une vieille villa des années trente transformée en hôtel-restaurant. Un haut-parleur émettait une musique douce. L'endroit était tranquille, solitaire, et enchanta Teresa. Ils s'assirent à une table près de la véranda qui donnait sur la route, au-delà de laquelle on voyait des potagers et des caroubiers, avec un bassin qui scintillait au soleil comme un miroir, et une ancienne ferme qui, des années plus tôt, avait été emprisonnée par la ville. À la tombée du soir, ils verraient le ciel incendié au-dessus du parc Güell, derrière la colline des « Trois Croix ». Teresa resta un long moment à admirer le paysage, accoudée à la véranda, près de Manolo.

– J'aime ton quartier.

– Tu vois ces courts de tennis, en bas, entre les arbres ? Manolo tendait le bras. C'est le club La Salud. Quand j'étais enfant, j'y ai travaillé, j'étais ramasseur de balles, comme Santana… Je parie que tu n'étais jamais venue ici.

– Mais si, dit-elle en regardant la colline du Carmel, d'une certaine façon, tout cela m'est familier. Je n'ai pas toujours habité à San Gervasio. Quand j'étais petite, nous habitions place Joanich, à Gracia. C'était juste après la guerre, et je me rappelle que je m'échappais pour jouer dans la rue, il y avait des garçons, des vrais voyous, mais moi ils ne me faisaient pas peur. (Elle se mit à rire.) Maman était atterrée de mon audace, et elle l'est encore aujourd'hui, elle trouve que je n'ai pas changé. C'est là qu'un jour, sous l'escalier de la maison, un garçon du Carmel m'a tiré les nattes. Il m'avait fait prisonnière et il m'a retenue un bon moment derrière la porte, jusqu'à ce que je prononce un mot de passe, le mot secret. (Elle regarda le jeune homme avec un sourire amusé.) Qui sait, si ça se trouve, ce garçon, c'était toi.

– Non, rit-il. À l'époque, je n'étais pas à Barcelone.

– D'où es-tu, Manolo ?

– De la province de Malaga… Dis-moi, tes parents sont catalans ?

– Mon père, oui. Maman est à moitié majorquine, mais elle a été élevée ici.

– On s'assied ? Allez, viens. Qu'est-ce que tu prends ?

– Je ne sais pas, un cuba libre. Parle-moi de Maruja, de vous deux… Tu travailles en usine, non ?

Ils s'assirent l'un en face de l'autre. Manolo eut une expression de surprise.

– En usine, moi ? Plutôt crever ! Qui est-ce qui t'a raconté cette bêtise ?

Il souriait, mais il n'avait pas l'air de trouver cela drôle. Teresa fut déconcertée.

– Maruja.

– Je ne comprendrai jamais cette fille. Je travaille dans l'entreprise de mon frère. Vente et achat de voitures. La mauvaise période est terminée.

Il mentait, évidemment, et Teresa Serrat croyait savoir pourquoi : « Excès de précautions ? pensa-t-elle. Ridicule. Je ne lui donne aucune raison de se méfier de moi, au contraire. » Mais elle avait déjà décidé de ne pas se mêler de ça et de respecter la vie secrète du fiancé de Maruja. Elle se proposait tout autre chose.

– Tu te rappelles, commença-t-elle en se rejetant en arrière sur sa chaise et en mettant ses lunettes de soleil, que le premier jour que nous sommes allés ensemble à la clinique, en sortant, dans la voiture, je t'ai dit que je voulais te parler de quelque chose d'important… ? Eh bien j'ai réfléchi. Je vois que tu n'aimes pas que je m'occupe de tes affaires.

– Sûr, s'aventura-t-il, car il flairait le danger.

– Mais il y a quelque chose que tu dois savoir, quelque chose qui a à voir avec ce que tu m'as dit quand tu voulais m'étrangler, dans la chambre. (Elle se mit à rire, et il l'imita.) Tu me reprochais mes relations avec un garçon qui travaille à l'usine du père de Luis Trías, à Pueblo Seco. Comment est-ce que tu l'as su ?

– Ah, mystère, dit-il en souriant.

– Bon, ça ne m'étonne pas non plus, avec les contacts que tu dois avoir… Mais c'est que tu ne connais pas toute la vérité, parce que, sinon, tu ne m'aurais pas parlé de cette façon. Et il faut tirer ça au clair, je n'aime pas les malentendus. Tout ce qu'on t'a dit de moi et de ce garçon, de nos rencontres, je m'en fiche royalement, au fond. Mais toute la ville est pleine de réacs déguisés en progressistes, Manolo, je te le dis. Je sors avec qui j'ai envie de sortir, et je n'ai de comptes à rendre à personne.

– Je ne t'ai rien demandé, Teresa. Fameux, ce cuba libre.

– Par ailleurs, ajouta la jeune étudiante en baissant la tête, j'ai décidé que tout ça, c'était fini. Je ne veux plus rien avoir à faire avec tous ces crétins de la faculté... ni avec personne. Il y a des choses plus importantes à faire. (Et en disant cela, elle le regarda d'un air très sérieux, d'un air solidaire, en portant son verre à ses lèvres.) Tu ne crois pas ?

– Ben, ça dépend.

– Dernièrement, j'ai eu une de ces expériences dont on se souvient toute sa vie. (Derrière ses lunettes de soleil, les yeux de Teresa étaient à peine visibles. Ses lèvres prirent soudain une expression offensée.) Si je te racontais, murmura-t-elle.

– Raconte, raconte, dit-il.

– Je préfère ne pas en parler.

Elle but très lentement, tandis que Manolo l'observait en silence. Puis elle tira de son sac un paquet de Chesterfield et ils fumèrent. Teresa ajouta que la seule pensée de tout ça lui donnait la nausée, et qu'il se passerait des années avant que quelqu'un la touche.

– Mais c'est une décision personnelle qui n'altère pas la valeur des choses, dit-elle d'un ton résolu. Pour revenir à ce garçon qui a l'air de t'intéresser tellement, celui des rendez-vous sous le porche des bureaux, c'est Luis Trías qui me l'a présenté. Il s'appelle Rafael, il est très sympathique...

Dès lors, Manolo concentra toute son attention et s'efforça de pénétrer d'une façon ou d'une autre l'étrange relation d'affection et de désaffection que tissaient les paroles de l'étudiante. Par ailleurs, son récit était compliqué : selon ses dires, elle avait décidé de lui raconter tout cela non parce qu'elle avait mauvaise conscience, mais pour qu'il n'en vînt pas à croire, comme tous les autres l'avaient cru, qu'elle ne s'était liée d'amitié avec Rafael que pour flirter avec lui. Elle ajouta que ce garçon était le responsable, ou quelque chose de ce genre, de la Section culturelle de l'entreprise, qu'il s'occupait de la bibliothèque et dirigeait le groupe théâtral. Il n'était pas très équipé pour ça, mais il était plein de bonne volonté et, sous certains aspects, il valait bien mieux que certains étudiants de familles bourgeoises de sa connaissance.

– Avec une de mes amies, continua Teresa, nous lui avons conseillé d'essayer de monter une petite chose de Brecht. Tu connais Brecht ?

– Continue, continue, dit-il.

Teresa assurait que cette idée avait beaucoup intéressé le garçon, bien qu'il ne fût pas facile de la mettre en pratique. Elle lui avait prêté des livres, des revues, ils se voyaient souvent et parlaient de tout. Un jour, elle avait pensé qu'ils pourraient organiser des cercles d'études, après les répétitions. Par exemple, s'il n'était pas possible de monter Brecht, on pouvait au moins le lire (« Je ne sais pas si tu sais ce qui arrive ici avec Brecht…, commença-t-elle. – Continue, continue », insistait Manolo).

– Malheureusement, ajouta la jeune fille, tout ça n'a débouché sur rien, en partie à cause de Luis Trías, qui s'en est désintéressé tout de suite… Mais c'est une autre histoire. Mon idée était bonne, un peu prématurée peut-être. On m'a critiquée, si tu savais, mais je continue à penser que jouer Brecht à l'université n'a pas la moindre importance, mais dans un centre ouvrier, alors là, tu imagines…

– Oui, mais qu'est-ce qui s'est passé avec ce Rafael ? demanda Manolo.

– Rien. Nous nous sommes vus pendant quinze jours, je t'ai dit qu'il était très sympathique, très agréable. Mais les mauvaises langues se sont déchaînées ; et c'est à ça que je voulais en venir : dans toute cette histoire, la seule chose importante, c'est ce qu'on a essayé de faire, même si ça n'a pas marché, et le reste, ce qu'il y a eu entre ce garçon et moi, ce n'est rien du tout, c'est ce que je n'arrive pas à comprendre, on aurait dit que nous mettions en danger l'avenir de la révolution ! s'exclama-t-elle, indignée. Tant de dogmatisme, quelle absurdité, tu ne trouves pas ?

Manolo réfléchissait. Il écrasa sa cigarette dans le cendrier.

– Moi, ce que je dis, c'est qu'il ne faut pas mélanger le boulot et le plaisir. Il y a un moment pour tout. Parce que, dis-moi un peu, ce Rafael, qu'est-ce que tu lui voulais, lui prêter des livres ou l'embrasser ?

Teresa resta un moment en suspens, puis elle rit.

– Quelle bêtise ! Ce que je fais ou pas est si intéressant ? Parce que, dis donc, mon vieux, toi aussi, il a fallu que tu sois au courant ! (Elle ferma les yeux un instant, mais ses lèvres continuaient à sourire.) Si ça se trouve, il y a même un rapport détaillé sur moi et mes amants. Ça serait drôle ! Et excuse-moi si j'insiste, mais je suis drôlement intriguée : comment l'as-tu su ?

Il eut un léger sourire : « Allez, mon gars, vas-y », se dit-il, et il tendit la main par-dessus la table, lentement, il lui ôta ses lunettes de soleil, planta ses yeux dans les siens et dit :

– Tout se sait dans cette vie. J'étais plus près de toi que tu ne crois. Tu es mieux comme ça.

– Je te parle sérieusement, Manolo.

– Moi aussi. Mais c'est du passé. N'en parlons plus.

– Eh bien l'autre jour, à la clinique, tu t'es conduit avec moi comme un véritable commissaire politique. J'ai encore la marque sur le bras, regarde. Et c'était pour ça, reconnais-le. N'est-ce pas ?

Faute de mieux, le Murcien choisit de sourire. Teresa le regarda fixement, en avançant son visage, et ajouta :

– Pourquoi est-ce que tu fais toujours celui qui ne veut rien dire ? N'aie pas peur, voyons, je ne te demanderai rien qui puisse te compromettre. Parlons d'autre chose, si tu veux. De ta famille, de tes amis…

Elle se renversa à nouveau sur sa chaise, leva les bras et s'étira en riant, voluptueusement. « Voilà la Teresa joyeuse et charmante, la vraie Teresa, celle qu'il est si facile d'aimer ! » pense-t-il, et il essaie de lui faire plaisir en lui parlant de son quartier : il devine obscurément, dans l'attention émerveillée que lui porte maintenant la jeune fille, non seulement une nostalgie du faubourg, mais aussi certain conflit culturel dont la nature lui est encore étrangère. Il voit dans ses yeux bleus, profonds, rêveurs et confiants, nicher la lumière pure et suspendue de l'après-midi. Quels étranges soupçons, quels espoirs étranges, quels sentiments et émotions flottent dans le fluide bleu, enveloppant et chaud de son regard ? Parfois, elle l'écoute comme une collégienne appliquée et studieuse, les coudes sur la table et le menton dans les mains, parfois encore avec la rose langueur de la dispersion émotive, de l'évocation fugitive qui déjà est passée, toujours avec son expression sereine, pure, en le regardant fixement ; son attitude méditative, légèrement sous le charme, contraste avec la simplicité du sujet et quelques incohérences (involontaires, bien sûr) du Murcien : ce que cherche Teresa, ce n'est pas exactement le sens des mots, mais ce qui flotte en dessous ou autour, un courant de fond ou une subtile trame d'idées et d'émotions qu'elle-même, sans le savoir, tisse avec ses questions ; elle cherche un accord qui ira croissant, s'épaississant dans l'air, entre les deux, dans le petit espace (de plus en plus petit) qui les sépare au-dessus de la table, et qui finira par envelopper leurs têtes comme un léger nuage invisible. Elle pose beaucoup de questions, mais elles sont purement sensitives, elles ne cherchent pas la vérité, mais plutôt un climat idéal pour la vérité ; elles n'obéissent pas à un désir de savoir, mais à un cordial désir de confirmation : car Teresa Serrat connaît déjà la vie d'un jeune homme comme celui-ci dans un faubourg, elle s'en est fait une idée, elle a porté sur elle un tendre verdict. Ainsi, certaines opinions qu'elle exprimait avec enthousiasme (« de toute façon, dans ton quartier, la vie d'un membre du P.C. doit être formidable, et même amusante, les nuits d'été avec les camarades, les discussions au café… ») méritaient, par leur confusion, une dénégation immédiate et catégorique du Murcien (« tu parles de nuits d'été et de nuits amusantes, ennui et misère, oui, voilà ce qu'il y a ! »), mais cette dénégation ne faisait que glisser sur son sourire heureux, ne la poussait à procéder au moindre changement d'opinion, à la moindre altération dans son échelle de valeurs ; son regard limpide et souriant continuait à affirmer : « Oui, ton quartier est merveilleux. »

Ce bandeau sur les yeux ne favorisait pas peu le garçon du Sud dans les moments où, en dépit de son effort remarquable pour satisfaire la nostalgie de faubourg qui irradiait des questions rêveuses de la jeune fille, quand il évoquait la face véritable et sordide de son quartier et de sa maison, surgissait soudain son mauvais caractère ancestral et où sa voix, fatiguée de feindre, menaçait de dissiper le nuage lourd de frôlements émotifs qui les enveloppait tous les deux. Tout cela cependant ne les empêcha pas de passer un très bon moment : leurs genoux se frôlaient de temps en temps sous la table, et ce simple frôlement rendait soudain le monde bien plus réel et cohérent que ce que les paroles voulaient exprimer. Avec délectation, peu à peu, ils se laissèrent gagner par le silence. Sans qu'ils s'en fussent rendu compte, plus de deux heures s'étaient écoulées. Maintenant, Teresa buvait un gin avec des glaçons. Le Murcien avait récupéré sa téméraire confiance en soi, rien ne laissait supposer un retour au sujet de la conspiration, terrain toujours glissant, quand, tout à coup, un incident fortuit, la noire malchance qui le poursuivait (cette fois sous la forme d'une tasse de café brûlant et en équilibre dans la main tremblante d'un serveur) vint reposer de façon inattendue la question de cette curieuse personnalité que Teresa Serrat semblait s'entêter à lui coller, révélant en cela, finalement, la nature politique de son conflit culturel. Il se trouva que le serveur (un vieil homme plein d'infirmités et de manies qui parlait tout seul, râleur, mais adorable, selon Teresa) trébucha en passant près de Manolo et renversa la tasse de café sur son costume neuf. Le liquide, brûlant, lui mordit le cou et le fit bondir de sa chaise.

– Animal ! Tu es miro ?

– Aïe, aïe, je tombe…, dit le vieil homme.

En effet, il continuait sur sa lancée après son faux pas, et si Manolo ne l'avait pas rattrapé par le col de sa veste, il aurait donné de la tête contre le coin de la table.

– Putain, grand-père, tu es vraiment drôle ! s'écria le Murcien. Regarde comment tu m'as mis mon costume, putain de ta mère !

Toute la parenté du vieil homme défila. Il était lancé et ne put plus retenir sa langue, oublia même Teresa, et ce n'est que lorsqu'il en eut terminé avec sa litanie d'injures (pendant que le pauvre homme se retirait en marmottant et en se frottant le genou, après avoir aspergé la veste du garçon avec un siphon) et qu'il regarda Teresa qu'il découvrit son expression de reproche.

– Quoi, dit-il en frottant le revers de sa veste avec son mouchoir. Je n'ai pas raison ? S'il a les mains qui tremblent, ils n'ont qu'à le mettre à la retraite. Voilà ce que je dis. Regarde comment il m'a mis, ce rigolo. Et crois bien, mentit-il effrontément, que je ne dis pas ça pour le costume, mais pour la chose en soi…

Elle avait les yeux baissés, son verre à la main, agitant son contenu, en le regardant comme si elle était profondément déçue par son aspect.

– Enfin, ajouta le Murcien, tout en soupçonnant qu'il était trop tard. C'est oublié.

– Cet homme travaille, dit l'étudiante progressiste.

– Bon, répondit le voleur de motos. On travaille tous.

– Précisément, Manolo. De quelqu'un d'autre ça ne m'aurait pas étonnée, mais de toi, si.

– Pourquoi ?

– Tu as fait un numéro de fils à papa.

Un peu morveux, Manolo continuait à frotter son revers de son mouchoir. Il ne regardait pas Teresa.

– Peut-être que je suis un fils à papa. Surtout quand on me maltraite, quand on me brûle… Peut-être bien que je commence à en avoir sacrément marre.

– Je suppose que tu ne parles pas sérieusement. (La voix de Teresa se fit doctorale.) Tu ne vas pas me dire que tu ne t'es jamais formulé certains principes, tu n'es pas aussi cynique, je suppose. C'est la faute du vieux, d'accord, mais il y a bien des façons de faire les choses et…

Il la regarda en approchant son visage par-dessus la table, les sourcils froncés (deux rides douces, imprécises, à peine dessinées, apparurent tout à coup au sommet de son front brun et lui donnèrent une vigueur mentale morbide, une puissance qu'il n'avait peut-être pas : avantages de la beauté). Teresa put également apprécier, grâce à la proximité du visage de Manolo, la perfection amère de sa bouche, l'étrange dureté des commissures de ses lèvres. Le jeune homme l'interrompit pour dire :

– Un moment, un moment. Voyons un peu. Moi je ne connais qu'une seule façon de faire les choses : c'est de les faire bien. Et ce monsieur m'a taché, et brûlé, et vous les femmes, excuse-moi, mais vous les femmes vous êtes parfois un peu godiches. Je sais bien qu'il est vieux, ce pauvre type. Mais alors on n'a pas le droit de se plaindre ?

– D'une certaine façon, non (et il jaillit finalement de ces lèvres de fraise, désireuse mousse rose où toujours, toujours s'étoufferait la conspiration, une phrase qui devait être révélatrice pour Bande-à-part :) Pas quand on a une conscience de classe, Manolo.

Le jeune habitant du Carmel ressentit un grand froid intérieur (« J'étais donc si mal habillé jusqu'à aujourd'hui ? » pense-t-il aussitôt, puis : « Alors comme ça c'est de ça qu'il s'agit ! Où donc cela va-t-il nous mener, mon petit Manolo ? Mais motus, et continue à faire comme si de rien n'était »). Teresa continuait à parler :

– … et c'est par là qu'il faudrait commencer, par la façon de se traiter, ce sont ces choses-là qui sont vraiment importantes, et pas qu'on se laisse embrasser sous un porche. Mais tout reste à faire dans ce pays, tout est sens dessus dessous, y compris dans l'opposition, comme dit María Eulalia…

– Qui ?

– Une amie de la faculté.

Manolo, que le thème favori de l'étudiante ennuyait, décida que le moment était venu de faire usage des étranges pouvoirs qu'on lui reconnaissait :

– Ne parlons plus de ça, tu veux bien ? C'est dangereux. (Ce fut la musique, chargée de vagues promesses, qui lui fit aventurer une main vers la sienne. Teresa faisait glisser son doigt le long des plis de la nappe, pensive, et elle ne dit rien.) Et tu vois, si nous devons être amis, Teresa, tu vas me faire une faveur : laissons ce sujet pour le moment. Plus tard, si je peux, je te raconterai certaines choses de moi qui t'étonneront… Pour le moment, ne me demande rien, ne me rappelle rien, d'accord ? Je ne peux pas être plus clair, ma petite.

Elle le regarda une seconde et baissa les yeux à nouveau.

– Je comprends, murmura-t-elle (elle était belle dans la soumission : (« l'obéissance leur va bien, à toutes, pensa-t-il, mais surtout aux filles de bonne famille ») en ajoutant :) Tu as raison. Ne fais pas attention à ce que je dis.

Manolo eut un sourire affectueux et lui pressa la main.

– Prends les choses calmement. Tu es très impulsive, Teresa.

– Je suis nerveuse, ces jours-ci, je ne sais pas ce qui m'arrive. Il s'est passé tant de choses à la fois, je n'arrête pas de penser, je passe mon temps à penser…

– Tu étudies trop.

– Je ne fais rien.

– Quel âge as-tu ?

– Je vais avoir dix-neuf ans. Et maintenant ne me demande pas si j'ai un petit ami parce que je ne le supporte pas. (En souriant, elle ajouta :) Je crois que je vais commander un autre gin, histoire de me donner du courage. Dis donc, qu'est-ce que tu es élégant, aujourd'hui ! Pourquoi ? Ça te va bien, mais les jeans et les chemisettes sport te vont mieux.

– Il faut bien changer un peu, non ? Mais si tu le dis… Une fois, à Marbella, à la plage, sans le faire exprès j'ai pris la main d'une Allemande, dans l'eau…

– Tu as été sur la Costa del Sol ? l'interrompit Teresa.

– Durant une saison. L'Allemande…

– Tu travaillais ? À quoi ?

– De temps à autre. Cette Allemande m'a volé une chemise rose.

– Elle t'a volé une chemise rose ?

– Oui, je te jure, dit-il en riant. Sur la plage. Une chemise décolorée. Elle m'a dit qu'elle lui plaisait. Et elle m'en a donné vingt douros. Elle ne valait rien.

– L'Allemande ou la chemise ?

– La chemise, bien sûr.

Ils rirent. Teresa se renversa sur sa chaise, regarda le garçon durant un moment puis elle dit, l'air effronté et d'un ton ironique :

– Je pressens que, le jour où on s'y attendra le moins, je ferai une bêtise. Je connais plus d'une fille de la fac qui l'aurait déjà faite… On ne t'a jamais dit que, nous, les étudiantes, nous sommes toutes un peu putes ? (Une étrange allégresse courait le long de ses veines, et elle pensa obscurément que ce qui lui arrivait était vraiment drôle, car elle avait à peine bu ; mais une chose sans doute était de boire avec Luis Trías et une autre avec un ouvrier comme celui-ci, comme elle commençait à s'en rendre compte.) On ne te l'a jamais dit ? Eh bien maintenant tu le sais… (Elle se mit à rire, changea de ton.) Bon, ne rougis pas, je plaisante.

« Comme tu me connais mal, pensa-t-il. Rougir, mon cul, oui ». Mais il se contenta de dire :

– Est-ce que tu voudrais m'impressionner, ma petite, tu joues les intellectuelles, hein ? (Étrange confusion : il avait mis dans le mille. Teresa eut un sourire forcé et il ajouta :) Je ne sais pas si vous êtes un peu… ce que tu dis, mais j'ai idée que vous êtes comme toutes les autres, quand ça vous intéresse ; ce que je peux dire, c'est que vous êtes très futées. Regarde cette idiote de Maruja, en revanche, elle n'a pas traîné pour tout te raconter. Idiote et sans le sou.

– S'il te plaît, ne parle pas comme ça de Maruja. Nous sommes très amies… Mais ne crois pas ça, elle n'osait pas me parler de vos affaires, il a presque fallu que je constate tout par moi-même. Je savais que vous couchiez ensemble, dans sa chambre… Est-ce que je vous ai jamais dit quoi que ce soit ? À ma place, une autre aurait ameuté ciel et terre, reconnais-le… Mais j'ai les idées claires et j'essaie d'être conséquente avec elles. (Elle soupira, regarda l'échancrure de sa robe. Elle laissa retomber ses cheveux sur son visage, puis les en écarta violemment en secouant la tête.) Tu ne vas pas dire que ce qui s'est passé l'année dernière en octobre n'était rien, hein ?

– Oui, ce n'était pas mal, concéda-t-il, en ayant bien du mal à se repérer. (À nouveau, il voulait dévier la conversation.) Qu'est-ce qu'il est bon, ce cuba libre ! Tu en veux un autre ?

– Dis-moi la vérité, Manolo : tu l'aimais ?

– Maruja ? Elle est encore vivante, non ?… Eh bien oui, nous nous sommes aimés, mais à notre façon. Nous avons toujours voulu rester libres, tu vois ?

– Elle est très amoureuse de toi. Tu le sais, n'est-ce pas ?

– Il ne faut pas exagérer. C'est vrai qu'elle est très gentille, la pauvre fille. Mais notre histoire, c'est une histoire de lit. Bon, toi, il n'y a pas besoin de t'expliquer certaines choses, tu es une femme.

– N'aie pas peur des mots, mon vieux.

– Écoute, moi je suis franc. J'aime être à la hauteur quand il le faut, mais maintenant ne t'imagine pas que je ne cherche que ça avec la femme… Non, au contraire. J'ai connu beaucoup de petites putes, Teresa, et je n'ai jamais aimé perdre mon temps avec elles. (Et il y avait dans sa voix un ton d'urgence quand, sans le savoir, il parodia Fray Luis :) Mais une fille intelligente, qui n'a pas peur de la vie, distinguée et cultivée, est un trésor, et si un type tombe amoureux d'elle, il est riche pour la vie. Ça, c'est une vérité grosse comme une maison.

Il se regardait dans les yeux de Teresa. La nuit tombait. Derrière elle, au-delà de la véranda, au fond, les lumières de la ville clignotaient. Teresa baissa les yeux, pensive, et récupéra ses lunettes noires.

– Tu devrais me prêter un livre, Teresa, dit-il.

– Bien sûr, quand tu voudras (cela n'avait pas l'air de beaucoup l'intéresser. Elle regarda sa montre.) Il est tard. On y va ? Comme tu es presque arrivé chez toi, je te laisse là. Ça t'ennuie ?

– Si on ne peut pas faire autrement…

En se disant au revoir, près de la voiture, un peu déconcertés (une languissante poignée de main, un silence expressif), ils avaient tous deux cet air abattu et mou, comme après une douche chaude ou une fête entre jeunes, qui naît de certaine sensation d'avoir mis à côté de la plaque, pour la coiffure et pour le sujet de conversation.

– La vie n'est pas drôle, non ? dit-elle en s'asseyant au volant. J'ai envie d'être à la plage, avec cette chaleur…

Quand la voiture démarra et que Teresa se retourna pour le regarder, Manolo agita avec ferveur sa main bandée.

Jamais il n'était parti.
Mais il avait la peau brûlée et forte et une vague ambition marine ;
avoir été à Cuba, par exemple,
et en être revenu très riche.

MIGUEL BARCELÓ

Le mystère du bandage héroïque s'appelait Hortensia, plus connue dans le quartier comme la Seringue, de même que l'odeur d'amande amère (des bonbons médicinaux provenant de la pharmacie où elle travaillait) qui s'échappait des poches de sa blouse blanche.

– Ça te va comme ça, Manolo ?

– Vas-y, fais encore quelques tours. Ça pourrait s'infecter…

Chaque après-midi, après déjeuner, Manolo allait chez elle faire changer son bandage. La Seringue était la nièce du Cardinal ; sérieuse, quinze ans, pâle, silencieuse, réservée, yeux pers et cheveux d'un blond sale, sans éclat. Elle parlait peu, et par saccades, observait les choses avec méfiance, comme si elle était myope, et était toujours seule. D'après le Cardinal, elle avait hérité de la nature gauche et un peu perdue de sa mère. Mais ces yeux de cendre et des cheveux qui aujourd'hui étaient d'une étrange sécheresse tranquille et inanimée, comme celle des chardons, avaient été lumineux et il était manifestement vrai, comme disait son oncle, que « quiconque a eu a retenu », parce que depuis quelque temps Manolo ne cessait de regarder ce visage sans savoir ce qui l'attirait en lui, jusqu'au jour où il découvrit soudain, tandis qu'elle lui bandait la main, à quel point elle ressemblait (et de quelle étrange, inquiétante manière) à Teresa Serrat. Et ce qu'il trouvait curieux, c'était qu'il n'eût pas fait cette observation en sens inverse, connaissant Hortensia depuis bien plus longtemps : il eût été plus logique que Teresa lui rappelât la nièce du Cardinal. Pourquoi n'en avait-il pas été ainsi ?

Quand le Murcien avait commencé à fréquenter la maison du Cardinal, Hortensia avait neuf ans. Il jouait avec elle dans le jardin, il l'emmenait promener au parc Güell et la laissait monter sur les bicyclettes en location. Cette occupation, à laquelle il s'était livré corps et âme – n'hésitant pas à se transformer en nounou, de même que plus tard il n'hésiterait pas à voler un tourne-disques et sa première moto afin de se gagner l'affection et la tendresse du Cardinal –, avait grandement plu à la petite fille, sauf dans les moments où, par excès de zèle dans son désir de séduire le vieil homme (dont la vulnérable pupille d'agnelle solitaire s'était souvent troublée en observant le pas élastique du jeune chiot), il l'utilisait pour jouer à des jeux étranges en présence de son oncle. Hortensia finissait en larmes. Devinait-elle déjà ses désirs d'envol, lisait-elle sur son visage ses futures trahisons ? Par exemple : l'été, ils se baignaient souvent dans le lavoir, aujourd'hui à sec et rempli de pierres et de chiffons calcinés, qui se trouvait au fond du jardin ; la fillette adorait que Manolo lui vidât des seaux d'eau sur la tête, ils barbotaient et s'amusaient à se battre, et son petit ami était très drôle quand il se laissait « noyer ». Mais son oncle avait très vite pris l'habitude d'assister à ces innocents jeux d'écume et de bronze : de la tonnelle délabrée, assis dans son fragile fauteuil d'osier orange, avec sa veste d'intérieur râpée et les deux mains sur la poignée d'ivoire de sa canne, le Cardinal les observait en silence de son regard nostalgique de danseur à la retraite, à travers une brume lumineuse, décent et correct, considérant d'ineffables signes – la grâce soudain féline d'un membre, un éclat élastique sous une aisselle, la vie éphémère d'un muscle du dos – avec la dignité grave d'un maître de ballet qui chercherait de futures gloires dans le juvénile bouquet de ses élèves. Et Manolo, tendre d'ordinaire avec la fillette, avait commencé à la traiter sans égards, comme elle traitait elle-même une vieille poupée devant son oncle quand elle voulait en avoir une neuve. Elle se voyait bousculée, acculée. « Regarde, Cardinal, regarde ! » l'entendait-elle crier, et elle le voyait se jeter à l'eau du haut du mur, par-dessus sa tête – son corps agile et bruni semblait s'immobiliser en l'air durant quelques secondes, luisant au soleil comme une silhouette de médaille –, puis il reparaissait impétueusement pour monter sur son dos et la serrer avec force dans ses bras, à lui faire mal, lui chatouillant les côtes, la troublant par ses morsures, et ils se contorsionnaient tous les deux, haletant du même souffle, composant mille figures et attitudes, de façon perverse mais bien entendu sans aucune lascivité. Au milieu de son enthousiasme d'improvisateur – en faisant boire la tasse à la gamine, sans le faire exprès, en la faisant pleurer –, il recréait innocemment, comme pourrait le faire une jeunette coquetant d'une manière un peu effrontée, tout un monde lointain et à jamais perdu en l'honneur de quelqu'un qui agonisait ici même, à quelques mètres, sous de longs cils qui faisaient semblant de dédaigner un rêve adolescent mais trop tardif (le cours haletant du rio de la Plata, les brillantes langues de soleil sur une peau jeune, les gris joyeux et lointains d'un autre été perdu dans le temps), et n'écoutait plus maintenant que les battements agonisants de son vieux cœur abandonné : le Cardinal, grand seigneur, qui devait donner au Murcien la clef de la ville et de l'avenir.

– Tends la main. Comme ça. Ça te fait mal ?

– Non, non…

Ce fut probablement à cette époque que commencèrent à lui venir ce givre de rancœur dans les yeux et cette tristesse dans les cheveux. Elle vivait avec son oncle depuis sa naissance, dans cette vieille villa un peu à l'écart du quartier, enfouie dans un creux de la colline, et personne ne semblait savoir grand-chose d'eux. Était-elle vraiment la fille d'une sœur du Cardinal morte en accouchant d'elle, au printemps 43, dans un hôpital ? Était-il vrai, comme d'autres le prétendaient, que sa mère était partie avec un jeune Galicien, ami intime du Cardinal, en laissant sa fille aux soins de celui-ci ? Dans le quartier, où l'humour flottait au-dessous de la ceinture, comme le gaz (« Quelle descente de pantalon ! », telle fut pendant longtemps l'expression favorite), on avait fait toutes sortes de conjectures, dont certaines étaient arrivées aux oreilles de Manolo après avoir considérablement évolué. « Imagine le pire et tu trouveras », lui avait-on dit au bar Delicias, qui par bien des aspects était un bar de rustauds. Manolo avait alors quinze ans, il aimait faire l'innocent devant le Cardinal. Une fois, il lui avait dit : « C'est vrai que tu as vécu à Buenos Aires ? – Oui, avait souri le vieil homme. – Et que tu as été le pianiste de Carlos Gardel ? » La digne tête du Cardinal avait légèrement oscillé, comme sous l'effet d'un tressaillement dorsal. « Peut-être, peut-être. » (Inutile de préciser que cette affaire de Gardel était un apport personnel du jeune garçon à la légende, qui prétendait que le Galicien avait été antiquaire et pianiste en Argentine.) « Et que tu as eu beaucoup d'argent et que tu as eu la belle vie, Cardinal, c'est vrai aussi ? – Ce n'est pas non plus un mensonge, mon garçon », avait répondu le vieux renard à la voix pourprée. Autrefois, Manolo aimait beaucoup l'entendre parler : la soie rouge et noire de certains liens amicaux brisés depuis longtemps, une tendresse indéfinissable pour les amis à demi perdus dans la mémoire du temps, à demi connus, à demi compris, une nostalgie, une peine vague non seulement pour tout ce que nous avons fait en ce monde, mais bien plutôt pour ce que nous n'avons pas fait et que nous ne parviendrons peut-être jamais à faire, voletait toujours dans ses paroles comme un petit oiseau en cage. Parfois c'était quelque chose de presque solennel dans le ton, comme dans le port, qui savait être altier et humble à la fois. C'était peut-être pour cela qu'on l'appelait le Cardinal.

Mais ça, c'était avant. Au Carmel, le vieil homme eut bien des soucis, ce fut une mauvaise période, qui la nuit était plus ou moins supportable, mais pas le jour : parfois à l'aube, on le voyait dans les rues du quartier, rentrant chez lui, presque méconnaissable tant il avait l'air vaincu, triste et terne, appuyé sur sa canne ; cela avait sans doute aussi contribué à ôter leur éclat et leur couleur aux cheveux d'Hortensia, éteints par l'étonnement que lui produisaient, au début, ces visages toujours différents, mais pourtant si semblables : ils arrivaient avec quelque chose à vendre, surexcités et riant, elle entendait le bruit des motos de son lit, c'étaient des visages juvéniles et anodins, des anges nocturnes et éphémères qui faisaient irruption dans sa chambre et lui souriaient et qui, le lendemain, tandis que son oncle dormait encore, s'en allaient avec un froid étrangement animal et soudain au corps, après avoir avalé en hâte dans la cuisine un café réchauffé. Est-ce à cette époque que ses yeux et ses cheveux avaient commencé à s'abîmer ? Avec ses pulls grossiers et ses bottes déchirées, quand elle eut douze ans son corps fit une poussée étrange et décisive. Elle fréquentait un collège de bonnes sœurs de la rue Escorial, qui la gardaient toute la journée et la nourrissaient pour une peseta. Le soir, quand elle rentrait à la maison, elle y trouvait de nouveaux objets volés et des conciliabules de plus en plus secrets. Son oncle l'envoyait dans le jardin. Là, elle rentrait la tête dans les épaules, se promenait le long des sentiers de brique rouge effacés, entre des parterres de petites fleurs sylvestres, qu'elle détestait et dont elle ignorait le nom, et elle souriait, elle bavardait (de quoi, avec qui ?) : toute la tristesse du jardin abandonné, du quartier tout entier, toute la tristesse de la colline inutilement ensoleillée, qui se découpait en vain sur un ciel bleu et joyeux, toute la peine suburbaine de tous les jours s'humidifiait alors dans la cendre éteinte de ses yeux. Un jour, elle avait vu Manolo s'approcher de la grille, un énorme tourne-disques dans les bras, et elle n'avait pas voulu le laisser entrer. « Nous ne sommes plus amis, Hortensia ? » avait-il demandé. Je n'ai pas d'amis. » Alors il avait rapidement inventé une histoire : il avait acheté ce tourne-disques pour elle, pour le lui offrir, pour qu'ils puissent danser et s'amuser tous les deux leur vie durant. C'était une autre de ses vilenies : il se servait d'elle pour ses propres fins, une fois de plus – et la lumière qu'il avait vue dans ses yeux était peut-être, maintenant qu'il y pensait, la dernière dont il se souvînt : la petite fille lui avait ouvert la grille, l'avait conduit à son oncle et l'avait entendu dire alors : « C'est pour toi, Cardinal. Il te plaît ? » Elle était restée un mois sans lui adresser la parole. Bien plus tard, en hiver, parfois, quand il passait des après-midi entiers au bar Delicias à jouer aux cartes avec les vieux près du poêle, il la voyait entrer et commander un café crème au comptoir ; elle le buvait très lentement, debout, ses yeux vides et mi-clos fixés sur la table de jeu, le regardant par-dessus le bord de sa tasse (il avait toujours peur qu'elle ne la laisse tomber par terre, cela lui arrivait souvent à la maison) et finalement elle allait jusqu'à lui pour lui dire : « Dépêche-toi, mon oncle veut te voir », et après qu'ils étaient sortis tous deux dans la rue elle ajoutait : « Ce n'est pas vrai », et partait en courant. D'autres fois, quand c'était bien vrai, elle se contentait de le suivre à un mètre de distance en répétant de temps à autre : « Manolo, quand est-ce que tu m'emmèneras faire un tour en moto ? » Foncer avec lui, entourer très fort sa taille de ses bras, coller sa joue contre son dos et voir flotter sa cravate devant ses yeux, cheveux au vents… « Demain », lui disait-il. Mais il n'avait pas non plus tenu cette promesse-là.

– Si la gaze te serre trop, dis-le.

– Non, non, c'est très bien.

Il n'avait jamais pensé qu'elle fût laide, mais il n'avait pas eu conscience non plus qu'elle aurait pu être jolie, ni de quelle façon. Maintenant qu'il connaissait Teresa, il le savait : Hortensia était quelque chose comme une ébauche, une esquisse inachevée et maladroite de Teresa. Il suffisait de la regarder en fermant à demi les paupières : ce qu'on voyait alors entre elles, baignant dans une lumière laiteuse, c'était comme une photographie sans mise au point de la belle blonde, un délicieux visage félin sans traits et avec une souple chevelure couleur blé mûr (oui, l'air de cette Teresa encadrée sur la table de nuit de Maruja, à côté de sa voiture), la silhouette floue, presque fantomatique, de cette autre personnalité lumineuse et heureuse qui fleurit spontanément dans les quartiers résidentiels et qui ici, au Carmel, n'avait pour une raison quelconque pas eu le temps ou les moyens de se développer. Version dégradée de la belle étudiante, imitation hybride, décolorée, frustrée ou peut-être avilie, être aujourd'hui près d'elle, c'était comme être à côté d'une plante aromatique et médicinale. Manolo n'aimait pas ses bonbons, mais certain vieux sentiment de culpabilité (enraciné dans les jeux d'écume et de bronze du lavoir), certain sens cordial de la compensation l'obligeait à en accepter chaque fois qu'elle lui bandait la main, penchée devant lui, très attentive à ce qu'elle faisait : son front était délicieusement bombé, et quelque chose, une qualité artificielle de poupée, l'étrange sécheresse de ses cheveux elle-même faisait qu'ils avaient l'air postiches, c'étaient des cheveux libres qui pouvaient avoir été dorés. Un duvet soyeux lui enserrait le front, et bien qu'à certains moments – selon la façon dont la lumière touchait ses pupilles – ses yeux pussent sembler bleus, c'était toujours d'un bleu impur, nacré, à la vie éphémère.

– Tu veux un bonbon ?

– Donne.

Elle avait presque terminé de lui bander la main. Ils étaient assis sur le divan de la salle à manger, près du cartable d'écolier qui lui servait de pharmacie portative. La jeune fille leva un instant les yeux et le regarda : les ailes de son nez, délicates, palpitaient comme celles de Teresa d'une étrange vie, et, comme chez elle, la solennité puérile de ses hautes pommettes attirait l'attention. Le soleil inondait la galerie qui donnait sur le jardin, dans leur dos. Dans ce jardin il y avait deux eucalyptus, un oranger qui donnait un fruit petit et âcre, et un cerisier qui fleurissait en février. Manolo avait toujours beaucoup aimé la villa du Cardinal, elle était grande, avec des plafonds hauts, et silencieuse ; quelques pièces sombres et peu aérées, rarement habitées, quelques tiroirs ouverts au hasard gardaient encore un vague parfum d'étui doublé de velours, cette mystérieuse odeur de gens riches qu'il se rappelait du palais des Salvatierra, à Ronda. À l'étage, il y avait une chambre tapissée de papier, la chambre d'Hortensia, et il y avait eu un temps où la maison était pleine de glaces, de vieilles glaces piquées et voilées d'un nuage aveugle, de lourds rideaux, de tapis sourds, de curieux objets de décoration et de meubles de toute sorte (qui disparaissaient l'un après l'autre), plutôt lourds et vieux, et le Cardinal avait la radio dans presque toutes les pièces, en plus d'un rasoir électrique, d'un réfrigérateur et d'un tourne-disques. Mais aujourd'hui, sans doute parce que beaucoup de choses avaient été vendues et que beaucoup étaient prêtes à prendre le même chemin (il y avait dans certains coins des objets empaquetés et des valises ouvertes), la maison produisait une froide impression de provisoire, elle avait cet aspect de déménagement qui précède le vide.

– Prends-le toi-même, entendit-il dire Hortensia, toujours sans le regarder. Dans la poche du haut.

Il semble que le Cardinal ait été expert en meubles. Manolo n'avait jamais su où il gardait ce qu'il n'arrivait pas à vendre, mais il soupçonnait que c'était dans une pièce de derrière, à l'étage, près de la chambre d'Hortensia, qui était toujours fermée. La poche du haut était sur le côté gauche de la poitrine d'Hortensia, et avec l'index et le majeur, en essayant d'attraper le bonbon (il ne voulait pas le faire, mais c'était impossible de l'éviter), il effleurait toujours la cerise petite et dure de son sein. « Diablesse de gamine ! » se disait-il, un peu inquiet. Le délicat et laborieux bandage et les bonbons devaient être sans doute l'expression timide et muette d'un sentiment secret : la sensation que la Seringue tramait quelque chose devenait particulièrement aiguë quand il sentait son regard de cendre cloué sur sa gorge.

Assis à la table, le Cardinal buvait du cognac dans un verre ventru et violet. Manolo observa que l'assiette qu'il avait devant lui (un énorme bifteck entouré de pommes chips) avait à peine été touchée. « Il ne fait plus que picoler », pensa-t-il. Le Cardinal portait une veste d'intérieur écarlate un peu usée, avec des revers lilas très ouverts, entre lesquels apparaissait une épaisse touffe grise et, tandis qu'il savourait son cognac, ses yeux mélancoliques ne quittaient pas les deux têtes juvéniles et inclinées qui se frôlaient et dans les cheveux desquelles le soleil de l'après-midi brillait comme un incendie.

– Hortensia, dit-il, tu n'as pas encore fini ? J'ai besoin de parler à Manolo. (Il vit ce dernier lever sa main bandée. Ses doigts, traversés par le soleil, étaient d'un rouge de feu.) Tu m'entends, petite ? Et en plus il n'a rien à la main, ce prétentieux. Je le connais. (Il rit doucement, comme pour lui-même.) Et toi tu es une sotte ; oui, une sotte, et tu sais pourquoi je te dis ça…

La jeune fille fit claquer sa langue, contrariée, mais ne quitta pas son travail des yeux. Manolo observa son visage : ses paupières de papier laissaient filtrer le mépris le plus absolu. Hortensia fit un nœud avec la gaze, coupa ce qui dépassait avec les ciseaux et souleva la main de Manolo à la hauteur de ses yeux.

– C'est bien comme ça, ça te plaît ?

– Oh, très bien, merci.

Il se leva paresseusement, en serrant son poignet comme s'il lui faisait mal. La Seringue rangea ses affaires et s'en alla à l'autre bout de la salle à manger. Il s'approcha du Cardinal, en ruminant ce qu'il allait dire pour le taper.

– Assieds-toi ici, Manolo, l'invita le vieil homme. Ici, devant moi, que je te voie. Parce que toi, tu as quelque chose. Tu as mangé chez toi aujourd'hui ? Ta belle-sœur me disait hier qu'il n'y a pas moyen de te voir, tout juste pour manger et dormir. Ce n'est pas bien.

– C'est qu'elle ne se rend pas compte. Je me couche très tard et je me lève tôt.

– Ah oui ? Je croyais que tu ne travaillais pas. Et que fais-tu, où passes-tu tes après-midi, avec qui sors-tu… ? Tu es bien maigre.

Sous le nez aquilin, sur les grosses et bonnes lèvres du Cardinal, flottait un sourire qui était encore cordial et réconfortant, à ce qu'observa Manolo, mais comme le reste de sa figure avait changé, et en peu de temps ! Comme elle était gonflée et lisse ! Ses joues délavées, giflées par la solitude, avaient un triste tremblement de viande crue.

– J'ai été à l'atelier, ajouta le vieil homme. Ton frère non plus ne te voit jamais, il se fait du souci… Mais assieds-toi. Tu veux manger quelque chose ?

Manolo s'assit à contrecœur et appuya les coudes sur la table.

– Non, merci, dit-il.

Au-dessus de la toile cirée, d'un jaune pâle, pendait une lampe à franges rouges. Le Cardinal, les yeux baissés, semblait réfléchir. Manolo vit la Seringue mettre un disque sur l'appareil, sur une petite table de coin, et aussitôt on entendit la musique.

– Arrête ça, ordonna son oncle. Tu as tout l'après-midi pour mettre de la musique.

La jeune fille obéit, en traînant la jambe, puis se dirigea vers la cuisine : immédiatement on entendit le bruit d'une assiette sur le carrelage. Le Cardinal ne broncha même pas.

– Tu vas prendre un café, décida-t-il soudain, et relevant la tête : Hortensia, un café pour Manolo !

– Voilààààààààà… ! entendit-on dans la cuisine.

Le Cardinal regarda Manolo :

– Nous sommes bien élégant, ces derniers temps.

Il utilisait beaucoup le pluriel quand il parlait avec lui, c'était l'une des rares frivolités qu'il s'accordait, et Manolo se regarda, étonné, ce qui fit que le vieil homme ajouta :

– Je dis ça à cause du costume que tu as étrenné il y a quelques jours. C'est ta pauvre belle-sœur qui me l'a dit.

– Ah. Eh bien il est chez le teinturier.

– Oui, oui, fit le Cardinal. Tout va bien pour nous, semble-t-il.

– Couci-couça. (Le Murcien rejeta de la main ses cheveux en arrière.) Couci-couça, Cardinal, pas mieux. Je voulais précisément t'en parler… J'ai besoin d'une avance.

– Quels sont nos plans ?

– Des plans ? Je n'ai aucun plan.

– Allons, allons, raconte à l'oncle Fidel. Qu'est-ce qui t'arrive, nous avons des frais supplémentaires, cet été ? Que tu es maigre… Pourquoi avons-nous cessé de travailler ? Les gens ne circulent plus en moto ? Tu n'as pas mauvaise mine, mais je jurerais que tu as maigri, que tu as grandi. Quoi, les touristes ont des voitures blindées, cette année ? Mais c'est sans doute beaucoup plus simple, sans doute sommes-nous amoureux.

– Arrête tes conneries, coupa Manolo.

Une tache blanche s'avançait doucement vers lui, dans son dos, en traînant une chaise. Le bras d'Hortensia, manche retroussée, passa par-dessus son épaule et posa une tasse de café devant lui. L'odeur d'amande amère l'enveloppa complètement. Il ajouta :

– Écoute, ça fait plusieurs jours que je voulais avoir une explication avec toi… J'ai réfléchi. Tout a changé, je t'en parlerai, mais avant j'ai un besoin urgent que tu me prêtes quelque chose, trois mille à peu près.

– Serait-ce que tu penses nous quitter ? demanda le Cardinal.

– Ce n'est pas ça, bon sang, je t'en parlerai plus tard.

– Ce n'est pas la peine, je vois que tu as un plan. Et pourquoi ne le disais-tu pas plus tôt, bonhomme ?

– Je n'ai encore rien décidé. Pour un petit moment, toi ça ne te dérange pas, je veux dire que tu n'as pas besoin de moi, tu as d'autres affaires (il savait que ce n'était plus vrai) et, en plus, tu as les autres, Paco, Fermín Pas, les sœurs Sisters (ce n'était pas vrai non plus : Paco ne voulait plus rien avoir à faire avec le vieil homme, et cela faisait beau temps qu'on ne voyait plus les autres, Bernardo compris). Ils travaillent toujours pour toi, non ?

– Ne fais pas l'innocent. Les affaires ne marchent pas bien, et en partie par ta faute. Tout a commencé avec le mauvais tour que tu as joué à Paco. On ne peut pas être aussi déloyal avec les amis, mon petit, je te l'ai dit mille fois. Mais laissons ça. Pourquoi ne veux-tu plus travailler ?

– Ça ne me convient pas. Je suis trop repéré, j'ai peur…

– Peur, toi ? Ne me fais pas rire. Ce qu'il y a, c'est que tu as une petite amie.

Il pensait à la fille timide qui, l'hiver précédent, montait le chercher au Carmel, le jeudi, avec un manteau à carreaux ridicule et un parapluie. Il pensait que les autres, oui, pouvaient avoir eu peur, ou qu'ils plaçaient la marchandise ailleurs, ou qu'ils s'étaient fait choper, ou qu'ils avaient décidé qu'il était trop vieux et qu'il radotait… En tout cas, Manolo gardait le silence : il avait l'air désorienté tout à coup ; peut-être parce qu'il avait souvent dû s'échapper en courant, avec des veilleurs de nuit à ses trousses, l'angoissante sensation de se fourrer sans s'en rendre compte dans une impasse était chez lui très fréquente et très aiguë. Et maintenant, en plus, il avait sursauté : la Seringue, qui s'était assise sans bruit à côté de lui, avec une tasse de café, l'enveloppait de ses regards de glace, en détaillant son profil. Le Cardinal versa du cognac dans son verre et ajouta :

– Dis donc, ce n'est pas toi qui te moquais de Bernardo ?

– Bernardo s'est marié.

– Il a au moins cette excuse. Mais toi, tu dois être devenu fou. De quoi tu vas vivre ? Ta belle-sœur arrive à peine à joindre les deux bouts. Et ton frère commence à en avoir plus qu'assez de toi, comme avant. Tu espères te faire entretenir gratuitement ? Ou peut-être que tu vas faire le voleur à la tire ?

– Ça, jamais, dis donc, fit le garçon d'un air digne.

– Alors, qu'est-ce que tu vas faire ? (Le Cardinal porta son verre à ses lèvres et le vida d'un trait. Il transpirait abondamment. Manolo fixa ses yeux larmoyants et somnolents.) Dis voir, qu'est-ce que tu vas faire ?

– Je ne sais pas encore. Peut-être que… (Était-ce vraiment le genou de la Seringue qui se frottait contre le sien sous la table ?) Peut-être que je vais chercher du travail. Oui, un bon travail. Je me suis fait des amis, j'ai des relations… Bon, il est encore trop tôt pour en parler, mais je veux être prêt.

– Allons donc, allons donc.

– Je te rembourserai jusqu'au dernier centime ou, mieux encore, dès que je peux, je t'apporte une moto et on n'en parle plus. Mais maintenant, j'ai besoin d'un peu de vacances, de tâter le terrain, et d'un petit quelque chose pour mes premiers frais. C'est de ça que je voulais te parler, Cardinal, qu'est-ce que tu en penses ?

– Je n'en pense rien, mon rat. (Les plus étranges qualificatifs sortaient de ses lèvres à mesure qu'il s'enivrait, mais sa nièce et le Murcien y étaient habitués.) Je ne te comprends pas, voilà ce qu'il y a. Parle-moi de ta môme.

– Il n'y a pas de môme ! coupa Bande-à-part. Moi, ce n'est pas une nana qui me fera changer (à partir de ce moment, et cela devait durer tout le temps qu'il resterait assis là, la cendre humide des yeux d'Hortensia se transforma en une espèce de succion d'insecte vorace. En même temps, l'idée qu'il était en train de se mettre dans une impasse grandissait obscurément en lui). Je t'assure que c'est sérieux, Cardinal. Je t'en prie, prête-moi ne serait-ce qu'un billet de mille… Et ne me fais pas perdre mon temps davantage.

– Je voudrais savoir, dit le vieil homme, comment tu te débrouilles pour vivre sans travailler. Tu t'en tires sûrement au plus juste avec un sac à main de temps en temps, pas grand-chose, disons pour les cigarettes et le cinéma et les glaces de ta damoiselle. La grande vie, mon kiki ! Et naturellement, pour les motos, zéro ; les motos, c'est simplement pour l'emmener à la plage…

– Elle a une voiture, si tu veux le savoir, laissa-t-il échapper (le regard d'Hortensia vacilla une seconde, près de lui, pour reprendre aussitôt son immobilité, si dense, et son étrange qualité grise). Mais bon, tout ça, qu'est-ce que ça fait ? Je suis raide, ne serait-ce que cinq cents… Je t'ai fait gagner beaucoup, tu ne peux pas me refuser ce service…

Découragé, il plongea les yeux au fond de sa tasse à café. Il s'aperçut alors que la Seringue essayait d'attirer son attention en lui donnant des coups de genou dans la jambe. Il la regarda : un léger sourire, une lente chute des paupières qui voulaient peut-être dire quelque chose. Mais il en avait assez. Il se leva. Le Cardinal murmurait comme pour lui-même : « C'est ça, un sac à main de temps en temps, vous avez toujours aimé ça. Sauvages. » Il savait que le vieil homme s'était toujours opposé à l'« arraché » (attraper le sac à main d'une femme sans descendre de moto et s'enfuir pleins gaz) parce que, d'après lui, c'était très dangereux. En fait, et Manolo le savait, c'était parce qu'il n'avait aucun contrôle sur le produit de ces vols et qu'il ne pouvait rien en tirer. De toute façon, il ne le faisait plus depuis qu'il avait rencontré Maruja.

Soudain, le Cardinal se leva et, d'un pas rapide, sortit de la salle à manger. Manolo le suivit. Enveloppé dans sa veste d'intérieur et traînant ses pantoufles, le vieil homme se mit à parcourir le rez-de-chaussée, puis gagna les pièces de l'étage. Le Murcien était habitué à ces parcours du Cardinal. Jadis, ils obéissaient généralement à de brusques et obscurs désirs de vérifier le bon ordre domestique, c'étaient comme des visites d'inspection (il en profitait pour remettre en place des objets qu'on avait bougés, pour ôter la poussière, constater une absence, etc.), mais maintenant ils étaient de plus en plus rapides et rituels, exécutés d'un pas frénétique, à enjambées impressionnantes et majestueuses, au point que le jeune garçon était obligé de courir après s'il voulait se faire entendre :

– Cardinal, tu m'écoutes ou non ?

– Non. Dis-moi avec qui tu sors et je te dirai qui tu es, récitait le Galicien, en avançant à toute allure le long des couloirs, et en laissant gracieusement voler derrière lui les pans de sa veste d'intérieur écarlate. Mais dans quel monde vis-tu donc, papillon ? Le mieux c'est de rester chez soi, Manolo, je sais très bien, moi, qu'on ne perd rien à rester chez soi.

– Je n'ai pas besoin qu'on s'occupe de moi. Écoute-moi…

– Dis-moi, dis-moi.

– Tu es fâché avec moi ? Si tu l'es, dis-le. Tu ne peux vraiment pas me prêter cet argent ? Ou est-ce que tu ne veux pas ?

Le Cardinal ne dit rien. Au bout d'un instant, il tint son inspection pour terminée, redescendit à la salle à manger, toujours suivi de Manolo, et remplit à nouveau son verre de cognac. Il planta son regard souriant sur le jeune homme, qui s'était assis lui aussi, puis sur sa nièce, et sa main, qui cherchait quelque chose en tâtonnant sur la nappe (le bouchon de la bouteille), heurta un verre rempli d'eau, qui se renversa. Manolo se leva en disant « Je m'en vais », alla jusqu'à la baie vitrée de la galerie et regarda le jardin. Décidément, ce n'est pas mon jour, se dit-il. À ce moment-là, Hortensia prit son mouchoir et se moucha bruyamment. Son oncle la regarda avec une certaine dignité offensée :

– Ne te mouche pas à table. C'est très mal élevé.

Son regard prétendait assurément inspirer le respect. Mais la jeune fille, le regardant à son tour par-dessus son mouchoir de ses petits yeux rancuniers, se moucha à nouveau, et plus fort encore que la première fois. Brusquement, le Cardinal lui tapa à plusieurs reprises sur la main du bout des doigts, sans aucune force, comme dans une colère d'enfant, en se mordant la langue, jusqu'à ce qu'elle lâchât son mouchoir. Elle souriait et continuait à le regarder de son air d'insecte craintif. « Effrontée », dit son oncle. Il était rouge de colère. Doué d'une lunatique urbanité de classe moyenne, le Cardinal révélait souvent ce penchant à table, surtout à table, et avec une vraie dignité de garçon de café (métier qu'il avait exercé dans sa jeunesse), il faisait fièrement preuve d'un amour exagéré pour les bonnes manières, qu'il n'avait jamais très bien connues, mais qu'il résumait succinctement en deux ou trois principes élémentaires (se laver les mains avant les repas, ne pas chanter ni lire en mangeant, se placer à la gauche des grandes personnes) et qu'il imposait sévèrement à sa nièce, mais sans succès. Son obsession était qu'il ne faut pas se moucher à table sans se tourner. La jeune fille ramassa tranquillement son mouchoir, le mit dans l'échancrure de sa blouse et, fredonnant entre ses dents, elle se leva pour débarrasser la table. À partir de ce moment, le Cardinal s'effondra rapidement. « Dire qu'elle était si distinguée étant petite », murmura-t-il.

– Alors, dit Manolo en passant près de lui. Tu me rends ce service, oui ou non ?

– Réfléchis d'abord, mon fils. Moi je peux rester un certain temps sans travailler, mais pas toi.

– Ne sois pas salaud, dit le jeune homme en lui tapotant le dos. Tu ne peux pas me faire ça.

– C'est pour ton bien, dit doucement le vieil homme. Quel gâchis…

– Tu sais ce que je te dis, Cardinal ? Tu es un foutu salaud de première.

La voix du vieil homme se fit d'abord plaintive, puis murmurante :

– Quel gâchis, tous les ans, quand l'été arrive, quel gâchis, oui, tu fais toujours pareil, tu t'embarques dans une histoire de jupons et tu traînes, tu fais le jobard avec tes costumes neufs, les autres années ça ne durait pas trop longtemps, mais cette fois je ne suis vraiment pas tranquille, sale ingrat, tu n'es plus un gamin, Manolo, je suis vieux et je connais la vie, tu vas te faire avoir, on se moquera de toi, tu n'as jamais été assez méchant pour te défendre…

Et soudain il s'éteignit, comme si on lui avait mis un bâillon. Manolo, en proie à une étrange inquiétude (plutôt à cause d'Hortensia, qui s'était immobilisée à la porte de la salle à manger et regardait son oncle comme si elle attendait quelque chose), décida de filer et de tenter sa chance un autre jour. Mais le Cardinal était parti dans un de ces dialogues de sourd que le garçon craignait tant :

– Vraiment, tu ne peux pas rester un peu plus ?

– Je reviendrai.

– Alors mange quelque chose, mon petit, un beau jour tu tomberas de faiblesse là.

– Ce n'est pas la question, Cardinal… écoute, je me débrouillerai avec cinq cents.

– Pourquoi ? Tu as quelque chose d'important à faire cet après-midi ?

– Je me débrouillerai avec, je te dis, bon sang !

– Que tu es maigre, que tu es maigre…

Les yeux fixés sur la nappe, tête baissée, vaincue par l'alcool, tout en parlant il écartait avec soin tout ce qui se trouvait devant lui, les verres à eau, son verre à cognac, son couvert et les bouteilles, et lissait la nappe de la main comme si, dans l'espace ainsi libéré, il se proposait de faire quelque chose d'extrêmement délicat. Hortensia et Manolo observaient ses mouvements avec attention, craignant qu'il ne cassât quelque chose. Mais il ne cassa rien. Quand tout le sang se fut retiré de son visage, quand celui-ci ne fut plus qu'un masque livide, il répéta faiblement : « Dans quel monde vis-tu, papillon », et il s'affaissa brusquement en avant sur la table. Ses cheveux blancs faisaient comme une flamme sur son front, et deux mèches raides et gominées, comme deux ailes d'oiseau à reflets verts, se soulevaient au-dessus de ses oreilles. Il resta le front appuyé sur son avant-bras. Manolo se précipita vers lui, suivi d'Hortensia. À eux deux, en le prenant sous les bras, ils le soulevèrent de sa chaise. Manolo observa que la jeune fille s'occupait de son oncle avec beaucoup d'aisance, comme si elle avait une grande habitude de ces urgences ; les crises du Cardinal s'étaient probablement multipliées ces derniers temps. Il voulait l'allonger sur son lit, mais Hortensia dit d'une voix dure :

– Dehors, dans le jardin, vite.

Ils l'assirent dans un fauteuil d'osier, sous la vieille tonnelle d'où le liseron avait disparu, et qui n'était plus qu'un squelette de croisillons vermoulus et lépreux par où filtrait le soleil. Sur le sol, il y avait des coussins pourris par la pluie et des bouteilles vides, et près du fauteuil une table de nuit boiteuse avec quantité de flacons de médicaments variés et de comprimés. Immobile, toujours correct, comme sculpté dans le marbre sur son propre mausolée, le Cardinal gisait, transpercé par les flèches obliques des rayons du soleil qui passaient par les croisillons vaguement bleus de la tonnelle. Debout près de lui, tout en faisant de ses mains un creux dans un coussin, Hortensia regardait fixement Manolo de la lumière glauque de ses pupilles. Elle semblait calme.

Passe-moi ce flacon, tu veux ? dit-elle en montrant la table de nuit. Je vais chercher un verre d'eau.

Elle disparut à l'intérieur de la maison. Manolo prit le flacon et essaya de dévisser le bouchon. Il était très dur. Le Cardinal soupira profondément, remua la tête et murmura quelque chose. Son coin favori sentait la poussière et l'humidité, le linge suri, et le jeune homme, tout en se battant avec le bouchon et en regardant le vieil homme, pensa obscurément à la rapidité avec laquelle, en un an à peine, le temps avait fait ses dégâts, ici comme dans toute la maison, dans ce qui restait du jardin, sur le mobilier, sur le noble visage du Cardinal et dans les yeux d'Hortensia. Saleté de misère !

En quête de quelque chose pour déboucher le flacon, Manolo ouvrit le tiroir de la table de nuit et vit, sous un vieux passeport et un paquet de lettres attachées avec un ruban rose, deux billets de mille pesetas.

– Pas celui-là, dit la voix d'Hortensia dans son dos (en même temps, la main de la jeune fille lui arracha le flacon et lui en donna un autre :) Celui-ci. Prends-en un. Un seul.

– Quoi ?

– Prends un billet, si tu veux. Il ne s'en apercevra pas.

Le Murcien n'y réfléchit pas à deux fois. Le billet passa dans sa poche et il repoussa brusquement le tiroir. Il ne savait que dire. Il était presque effrayé. Il ne remarqua rien de particulier dans les yeux de la jeune fille tandis qu'elle faisait sauter les comprimés dans la paume de sa main, mais il eut soudain l'impression d'être tombé dans un piège : quelque chose de semblable à ce qu'il avait parfois éprouvé dans les bras de Maruja. Le Cardinal ouvrit les yeux brusquement, avec une expression espiègle, et les referma aussitôt.

– On dirait qu'il va déjà mieux, dit Manolo.

– Oui, ce n'est rien.

– Bon, alors salut. (Il fit demi-tour.) On se reverra.

La jeune fille, qui était en train d'introduire les comprimés dans la bouche de son oncle en approchant le verre d'eau, se retourna un instant pour le regarder. Avant d'entrer dans la maison, Manolo dit :

– Donne-lui beaucoup de café quand il se réveillera.

Il traversa la salle à manger, enfila un long couloir sombre et, comme il atteignait le vestibule, Hortensia le dépassa pour lui ouvrir. C'était quelque chose à quoi il ne s'attendait pas. La jeune fille resta là sans bouger, plaquée contre le montant de la porte ouverte, qu'elle avait saisie des deux mains dans une attitude inconsciente de ferveur possessive. Le deuxième bouton était maintenant hors de sa boutonnière et, sous le poids des bonbons de sa poche supérieure gauche, le revers de sa blouse s'ouvrait en montrant la fugitive ombre bleutée, la petite queue de poisson entre ses seins. Manolo se pencha un peu vers elle pour lui dire gaiement à voix basse :

– Seringue, ma jolie, je ne crois pas que j'oublierai ce que tu viens de faire pour moi.

La jeune fille ne cilla même pas. Elle repoussa la porte sur lui, mais ne la ferma pas tout à fait : un œil glauque, inexpressif, le suivit tandis qu'il s'éloignait dans le soleil. Celle qui n'avait pas l'intention d'oublier, c'était elle.

C'est pour les dangers que j'ai courus qu'elle m'a aimé.

Othello

Au début, ce ne furent que des pas désaccordés et confus, un frôlement de hanches hésitant pendant de courtes promenades, le soir.

Tout commença lors d'un chaud après-midi de ce mois de juillet où ils décidèrent de partir de la clinique plus tôt que les autres fois. La chambre de Maruja était devenue pour eux une espèce de sanctuaire de l'amour en ruine (avec une indiscutable prêtresse : Dina, l'infirmière majorquine) qui imposait le silence, des souvenirs confus et un trop grand respect à cause de l'état, très grave, de la malade : aucune réaction, aucune amélioration, aucun signe de vie pour troubler le silence (qu'il est étrange, ce grand silence de Maruja, quelle suggestion du futur lorsqu'ils lui tenaient compagnie : que pourrait-on faire pour toi, pauvre et douce amie, que pourrions-nous faire d'autre pour toi ?) qui leur donnait un vague remords et les intimidait. Jusque-là, Teresa et Manolo avaient passé la majeure partie du temps assis dans les fauteuils du petit salon contigu, à parler de Maruja ou à feuilleter des journaux, avec de longs silences (déchirés de loin en loin par l'éclat d'un regard furtif), et ce n'est que lorsque le soir commençait à tomber qu'ils se sentaient libres de s'en aller. Manolo se montrait prudent et réservé, et la laissait décider en tout : le soleil incandescent de la décision et de l'audace ne brillait pas encore de toute sa splendeur dans le ciel bande-à-partesque. Parfois c'était Dina, l'infirmière, avec son mystérieux sourire derrière lequel pourrissaient de romantiques fleurs obscures qui submergeait leurs corps enchantés dans le bain tiède et vert d'un indicible Tropique : « Quelle jeunesse ! Si j'étais à votre place, en vacances, et si j'avais une voiture, au lieu de venir ici mourir de chaud à ne rien faire – car vous savez bien tous les deux que vous ne pouvez rien faire pour elle, ne faites pas semblant –, eh bien moi, au lieu de perdre mon temps, j'irais à Sitges. » À sa façon de prononcer Sitges (un claquement, une irisation de nacre, et le mot se défaisait dans sa bouche rouge comme un fruit de mer frais), on en déduisait forcément que la Majorquine avait raison. En effet, que faire de ces après-midi suffocants, dans une ville qui était comme viciée, endormie ?

Teresa le ramenait au Carmel dans sa voiture et ils s'arrêtaient dans un café pour prendre un verre. Plus tard, ils naviguèrent un peu à la dérive sur les Ramblas et dans le Barrio Chino ; l'étudiante tournait toujours vers la gauche, tendait naturellement vers la rue Escudillers et certains fonds populeux et hétérogènes. L'aventure n'avait pas encore eu lieu ; mais on pouvait déjà énumérer toute une série de sursauts amoureux de leur sang, de petites émotions unilatérales qui oscillaient d'un corps à l'autre avec des intermittences dictées par le hasard : parfois, debout devant le comptoir très fréquenté d'un bar – il se trouva que l'étudiante en connaissait de nombreux, tous bizarres, et qu'elle adorait y passer rapidement, comme pour vérifier simplement qu'ils étaient toujours là, qu'ils conservaient toujours le souvenir de son passage avec des camarades de faculté, et qu'on y trouvait toujours la même faune *flamenca*, déprimante, le même bon vin (infect, d'après Manolo, qui ne disait rien), les mêmes prostituées, les mêmes vendeuses de billets de loterie –, très près l'un de l'autre, enveloppés de l'impunité fictive du brouhaha populaire, leurs hanches se frôlaient involontairement : Manolo ne pouvait le savoir, mais l'émotion de Teresa qui, un soir d'hiver, devant la grille de sa maison de San Gervasio, était née de sa grossière écharpe de laine, naissait maintenant de ce frôlement de doigts et de hanches, ou de quelques mots adressés à un employé du tramway, à un vendeur ambulant, à un vieux républicain, pensait-elle, aujourd'hui guitariste. Pour elle, c'était quelque chose de plus que le simple trouble causé, par exemple, par sa main forte lui serrant le bras quand ils traversaient la rue en courant entre les voitures ; mais elle n'y attachait pas d'importance, évidemment : c'était une étudiante moderne, une étudiante de 1956, dialectique et objective, experte à capter la réalité.

Mais la réalité n'était encore qu'un fœtus qui dormait recroquevillé dans son ventre doux de jeune fille : des antécédents culturels d'une force idéologique reconnue et terrible l'avaient mystérieusement engendrée, et elle, généreuse, inconsciente, grosse de lumière et solidaire, cherchait maintenant chez son nouvel ami certaine satisfaction morale de couleur progressiste, qu'elle confondait, pour l'instant, avec le désir. Mais une simple musique tendre, un disque entendu au hasard dans un bar lui suffisait parfois pour entrevoir dans le regard de velours du Murcien (qui la regardait, dévoré par Dieu sait quel autre genre de solidarité), pour un bref instant, l'existence d'une réalité supérieure, plus immédiate et plus urgente, cet indicible Tropique vers lequel Dina la prêtresse les avait envoyés. Ce n'était rien sans doute que des suggestions fugaces, des mirages de petite bourgeoise refoulée et insatisfaite – se disait-elle à elle-même, très encline à l'autocritique –, des petits égoïsmes de la chair qui maintenant, face à un vrai militant, étaient indignes et ridicules. C'est pourquoi, à cause de l'ambiguïté de la séduction que le Murcien exerçait sur elle (une triple séduction : le complot, l'amour et la mort), persistait encore un certain déphasage émotif, très étrange, presque comique, qui teintait d'un rose bouffon ces premiers après-midi ; un jour, par exemple, dans la pénombre argentée d'un cinéma de quartier où, par caprice, elle avait absolument voulu entrer : Marlon Brando hochait la tête, d'un air malin et séducteur (prends-en de la graine, petit), avec le légendaire torse nu et les moustaches noires d'Emiliano Zapata, assis dans son lit près de sa jeune épouse pendant la nuit de noces, tandis que Teresa glissait au fond de son fauteuil, tête appuyée sur le dossier et découvrait, avec une radieuse velléité, une bonne partie de ses cuisses bronzées. Très enfantine, détendue et heureuse, tout en considérant la beauté hermétique de la mâchoire de la star, elle captait du coin de l'œil les turbulents regards que Manolo jetait sur son profil. La scène qui se déroulait sur l'écran (émouvante image du héros populaire : le révolutionnaire analphabète qui, conscient de sa responsabilité devant le peuple, demande à sa belle jeune femme, au cours de leur nuit de noces, non pas du plaisir mais des leçons de grammaire), avait tant de force que Teresa, pensant que son compagnon éprouvait la même satisfaction qu'elle, que ses regards exprimaient des émotions voisines, tournait à chaque instant la tête vers lui et lui souriait, se mordait la lèvre, prenait un air pensif, approuvait Dieu sait quoi des yeux, jusqu'au moment où, en se penchant vers le jeune homme pour faire un commentaire élogieux sur les paysans mexicains et leur conscience de classe, elle finit par percevoir soudain ce fluide torride qui émane de la peau gorgée de désir et quelque chose dans son regard qui l'adorait, qui adorait ouvertement ses jambes et son cou et ses cheveux, alors, elle ne dit rien, déconcertée, et elle fixa à nouveau son attention sur le film. En même temps, elle remarqua que quelque chose bougeait sous sa tête, ouvrant en elle un vide soudain : elle s'aperçut que ce n'était pas contre le dossier qu'elle s'était appuyée, mais sur le bras vigoureux, patient et discret de Manolo. Même devant un bon film, on perd le sens de la réalité.

À propos de ces premières petites aventures unilatérales, la plus terrible et la plus risible à la fois eut lieu à l'occasion d'une course en voiture endiablée, suicidaire, dans laquelle se lança Teresa au volant de sa Floride un soir qu'ils rentraient en ville par l'autoroute de Castelldefels. Ils étaient simplement allés faire une promenade, en fin d'après-midi, mais Teresa avait eu envie d'aller un peu loin et, quand ils étaient rentrés, il faisait tout à fait nuit. Teresa portait un chemisier rayé avec un petit col et un foulard de soie rouge qui flottait au vent dans ses cheveux. La radio était allumée et diffusait un cha-cha-cha. Le Murcien, qui n'avait jamais éprouvé l'émotion de la vitesse dans une voiture de sport, regardait tour à tour le faisceau lumineux des phares sur l'asphalte, le compteur de vitesse (l'aiguille dépassait le cent vingt) et le délicieux profil de Teresa, tout en se tenant fermement d'une main à la vitre avant, l'autre bras sur le dossier de la jeune fille. « Tu aimes la vitesse ? », lui cria Teresa. Il fit un vague signe affirmatif de la tête. Il sentait sur ses tempes le claquement de ses cheveux noirs et, sur son visage, la fureur du vent qui se collait à sa peau, y adhérait comme un masque chaud, tandis que, quelque part, un doux bourdonnement augmentait et finissait par tout remplir. La vitesse était de plus en plus grande, et le bourdonnement devenait de plus en plus aigu, de plus en plus fin, montait, montait, d'abord dans son ventre puis dans sa poitrine, pour inonder soudain tous ses sens et se diluer dans une plénitude silencieuse, sidérale, dans une puérile émotion de lune, d'apesanteur… Mais Manolo se méfiait des émotions mécaniques (il se souvint obscurément que le Cardinal lui avait parlé un jour de certaines machines à sous aux États-Unis qui, lorsqu'on mettait une pièce, vous masturbaient, ce devait être de la blague) et se dit que tout complotait pour l'étourdir : la lune et les étoiles et la nuit si bleue répandaient des promesses trompeuses. Son habituelle désinvolture au sujet des femmes n'avait pas prévu cette attaque en traître, cette ivresse des sens, et pour la première fois de sa vie il se sentit fragile, petit, vulnérable et obscurément sale, vaincu d'avance par cette belle force réunie (voiture, fille de riche et cha-cha-cha !) qui le propulsait dans la nuit à une vitesse vertigineuse. Il n'aurait su dire ce que c'était, l'adorable profil de Teresa avec ses lèvres entrouvertes et ses blonds cheveux dans le vent, tressés avec son foulard rouge (une flamme resplendissante dans la nuit) ou l'ardent frôlement de ses hanches, ou peut-être la vitesse elle-même, ce bourdonnement véhément qui était la plénitude de quelque chose, mais ce qui est sûr c'est qu'à un moment donné, subitement, une sourde jubilation, un vide très doux dans la moelle (arrête, folle, doucement !), une excitation comme il n'en avait jamais ressenti et une ardeur aiguë produisirent le deuxième changement, définitif celui-là, dans ses sens : quelque chose qui lui boucha brusquement les oreilles, tandis qu'il pénétrait dans une région éthérée et qu'il rejetait doucement la tête en arrière (arrête, petite, arrête !) et regardait le firmament, et la musique du cha-cha-cha lui enveloppa la tête et il flotta, il frissonna, il crut se dissoudre sur place… au moment précis où Teresa (oh, ingrate enfant) freina brusquement au bord de l'autoroute et, d'un geste défaillant, elle aussi, appuya sa tête toute décoiffée sur le volant en laissant échapper un profond soupir.

– Ouf… ! Ça va mieux ! dit-elle. Nous avons eu de la chance, ils ne nous suivent pas.

– Comment… ? Quoi… ? bredouilla le Murcien, qui n'était pas encore tout à fait redescendu des régions situées aux confins de la folie, au point qu'une main égarée, nocturne papillon ivre, s'échappa jusqu'aux genoux parfumés de la jeune fille, où elle se posa, épuisée.

– Que fais-tu ? (Teresa le regardait en souriant, mais inquiète.) Tu n'étais pas rassuré ? Quand j'ai vu les gendarmes, j'ai eu peur qu'ils ne m'arrêtent. Mieux vaut ne pas avoir affaire aux flics, c'est surtout à toi que je pensais… Tu comprends ?

Le papillon prit son vol : la fleur était fermée, et satisfaite, olympienne, inconsciente de son propre éclat plus encore que les étoiles, Teresa Serrat remit la Floride en marche et se dirigea tout droit vers la ville, sans soupçonner la double et douce charge qu'elle transportait maintenant.

Le cercle cordial s'était donc ouvert lentement, confusément, d'abord par de brèves promenades autour de la clinique (Paseo de la Bonanova, jardins plantés de palmiers et de pins, villas d'ardoise à poivrières, grilles et trottoirs interminables encombrés de bonnes faisant la causette et de curés pressés, à l'air résolu), pieux pèlerinage local qui peu à peu s'élargit autour du lit de Maruja comme des ondes concentriques dans l'eau. Puis, grâce à la Floride et à la torpeur de ces après-midi d'été, qui par ailleurs portaient en eux le germe d'une cendre que le vent emporte (le cercle s'effacerait avec les premières bourrasques nocturnes de septembre), ces promenades eurent pour cadre, jour après jour, la ville tout entière et sa banlieue, depuis les bars et les cafétérias à la mode du centre jusqu'aux tavernes, buvettes et humbles terrasses des faubourgs, avec la présence constante de la voiture (une promesse de retour tranquillisante) et de capricieuses images de glaces, de rafraîchissements et de tranches de pastèque consommées au hasard sous l'ombre d'un auvent au bord de la route (une promesse torride : les dents blanches de Teresa plantées dans le velours écarlate), parmi les mouches et les enfants au contact fugace et dangereux (Teresa glissant joyeusement sur un remblai de banlieue en compagnie de petits diables en haillons : un trou dans son blue-jean), pour atterrir finalement dans la pénombre rougeâtre de certains lieux favorables aux bécots, enfoncés dans des sièges tapissés de cuir et bercés par une musique choisie destinée aux amoureux riches et éclairés. Teresa lisait beaucoup, semblait-il, et au début, lors de toutes leurs sorties ensemble, et avec un entêtement rare (comme si elle se refusait à rompre les amarres culturelles qui l'ancraient encore dans sa paisible baie), elle emportait toujours un livre qui, s'il n'était pas victime de certaines négligences pré-amoureuses de la part de sa propriétaire (Teresa réclamant sa main pour sauter, nu-pieds, sur la jetée du port, sur les grands blocs de béton, un faux pas, et le livre était dans l'eau), finissait oublié et bâillant derrière les sièges de la Floride, et jaunissait au soleil. La jeune fille, tout heureuse, nageait dans ses eaux bleues tropicales, projetant des incursions qui ne se réaliseraient jamais (« Un de ces après-midi je veux aller au Somorrostro, mais toute seule ») et Bande-à-part exerçait la plus précieuse de ses facultés : celle de se mettre à la place des autres (« Je ne te laisserai pas y aller seule »). Et naturellement, une fois envisagé le risque que comportaient ces curieuses nostalgies de banlieue, ils n'allaient nulle part. Ils firent de savantes combinaisons : vin rouge et paysage banlieusard ou marin (Teresa Moreau grignotant des crevettes au milieu des chemises bleues et rayées de jeunes pêcheurs) et gin-tonic avec musique de Bach dans de moelleux fauteuils de cuir et de discrètes atmosphères (Teresa de Beauvoir feuilletant des livres au Cristal City Bar-Librairie), en passant par d'étouffants cinémas qui faisaient des reprises* (« Quand nous laissera-t-on voir *Le Cuirassé Potemkine* ? »), par des quartiers populaires en pleine fête patronale, par des rencontres fortuites avec des touristes perdus (Teresa parlant en français avec le jeune couple à demi nu et bronzé qui a arrêté sa voiture à côté de la Floride : « Regarde ce garçon-là, oh comme il est beau* ! »), et, dans la brise saline du port, l'animation estivale des Ramblas, bière et calmars, Plaza Real, lentes promenades dans le parc Güell, flamboyants crépuscules contemplés depuis le Mont Carmel, l'auto arrêtée sur la route, au moment de se quitter.

C'était là que le Murcien, tous les jours, sondait le transparent regard bleu de son amie, en quête d'un signe. En vain, encore. Parce que les choses, d'autre part, ne finissaient pas toujours bien. Ils eurent plusieurs disputes. Teresa était une infatigable et complexe causeuse. Elle aimait surtout parler de l'amour comme s'il s'agissait d'un défunt parent pour lequel elle n'aurait jamais trop éprouvé d'affection. Un soir, en laissant Manolo au Carmel, elle lui demanda tout à coup :

– Tu serais capable de mourir pour un grand amour, Manolo ?

– Oui.

Elle éclata de rire.

– J'en étais sûre ! Quelle bêtise !

– Je ne vois pas pourquoi, dit-il en l'enveloppant d'un regard chaud. Tu ne crois pas à l'amour, toi ?

– Il ne s'agit pas d'y croire ou non. Moi, le désir m'inspire davantage confiance, parce que c'est un sentiment plus digne et plus propre. À condition, bien sûr, qu'il soit partagé et qu'il ne comporte aucune sorte de responsabilité morale.

– Tu en demandes trop !

– Moi, non, c'est l'époque.

– Je ne te comprends pas.

– Mais mon vieux, c'est très clair, soupira Teresa, pensive ; nous sommes dans une époque de transition, tu ne crois pas ? Je veux parler des valeurs morales, qui sont en crise…

Bras croisés sur le volant, regard perdu dans la nuit du Mont Carmel, l'étudiante commença à développer sa théorie pour expliquer les raisons pour lesquelles l'amour était en crise. L'écoutant avec un léger sourire de tolérance, ou plutôt, en adoration devant sa voix, tout au plaisir de l'entendre, Manolo resta silencieux. Puis il essaya en vain de la faire revenir à la réalité en s'aidant d'un jeu puéril : il allumait et éteignait les lumières de la voiture ; il se rapprocha d'elle, qui continuait à divaguer, écarta du doigt une mèche blonde qui lui cachait l'œil, il finit par se pencher sur son visage et alors, incompréhensiblement pour elle (qui s'était tue, inquiète, devinant à la proximité du garçon quelle serait la réponse enflammée qui jetterait bas sa théorie), Manolo s'immobilisa, se rejeta en arrière, la laissant comme elle était, et descendit de la voiture.

– Tu joues les intellectuelles, les filles cultivées, hein ? dit-il en claquant la porte. Eh bien, à demain.

Et il s'éloigna le long de la route, en direction du bar Delicias, les mains dans les poches et en sifflant.

Ces réactions imprévues n'avaient pas pour unique finalité une élémentaire affirmation de puissance : elles pouvaient certainement fâcher sa belle compagne, et cela supposait un risque, mais c'est qu'il ne voyait pas d'autre moyen de se protéger, de surmonter l'abîme culturel qui les séparait. Le mieux était de trancher dans le vif. En s'affirmant et en se perfectionnant dans cette stratégie simple, le Murcien espérait rejeter peu à peu loin de lui l'étudiante compliquée et férue de discussions byzantines pour ne garder que la fille de dix-huit ans joyeuse, adorable qui aimait bien passer ses après-midi avec lui et qui s'amusait d'un rien. Cette tactique de rejet et de mise à distance se révéla également efficace devant certains signes d'exhibitionnisme et autres attitudes de riche que Teresa, malgré ses idées ardemment progressistes, ne pouvait éviter ; certaines scènes improvisées et extravagantes de fille moderne, libre et prétendument déflorée (comme elle aimait appuyer son bras sur l'épaule de Manolo et se serrer contre lui, en public, en laissant transpirer pour la « galerie » une intimité sexuelle résolue qu'elle était encore loin d'accorder !) provoquaient chez son ami de foudroyantes colères.

Cependant, aucune de ces fâcheries ne dura plus de vingt-quatre heures, et souvent c'était Manolo lui-même qui y mettait un point final en téléphonant à la jeune fille pour lui faire des excuses. L'étudiante s'obstinait alors à prendre toute la faute sur elle, et elle se traitait de snob. Donc, le Murcien se dit brusquement qu'il y mettait peut-être une prudence excessive. Un après-midi, alors qu'ils étaient assis dans le petit salon de la clinique, la porte s'ouvrit et M. Serrat entra. Une Teresa inconnue tant elle était troublée (elle était tout contre son ami quand la porte s'était ouverte, penchée sur un journal où ils étudiaient les programmes des cinémas) présenta Manolo. Celui-ci, soudain sérieux, se leva et tendit la main, en essayant vainement de lire quelque chose dans les yeux de l'industriel catalan. Soufflant par le nez, sans s'arrêter ou presque, M. Serrat émit quelques bruits gutturaux en guise de salut et serra la main du jeune homme, pour entrer aussitôt dans la chambre de Maruja. Il était très pressé : entre autres choses, il venait dire à Teresa qu'il allait passer le weed-end sur la côte et lui demander de s'occuper de donner certaines instructions au jardinier qui devait venir chez eux le lendemain, parce que « Vicente, tu sais bien, on ne peut pas avoir confiance en lui, il ne se souvient jamais de rien. » Teresa le suivit dans la chambre de Maruja. Manolo resta dans le petit salon, mais il put entendre M. Serrat, car la porte était restée entrouverte : « *¿ Nena, qui és asquest noi*[1] *?* » Et

1. En catalan dans le texte : « Un lait, mon petit ? Quel est l'animal qui boit du lait ? » (*N.d.T.*)

alors quelque chose dans la voix de Teresa, outre le ton faussement froid et indifférent qu'elle employa, quelque chose qui se trouvait déjà dans la pause qu'elle avait observée avant de répondre à la question de son père, révéla à Manolo les raisons cachées, du domaine de l'émotion, qui naissent d'une nostalgie déterminée et que l'étudiante s'entêtait à confondre avec une solennelle bêtise politique. « Je le connais à peine, papa, il se dit le fiancé de Maruja et il vient la voir tous les jours », telle fut sa réponse trouble et nonchalante, à laquelle elle ajouta : « Il me fait un peu pitié, pauvre garçon » (ici une espèce de grognement de M. Serrat) au moment où Manolo s'approchait sur la pointe des pieds de la porte, en réfléchissant : voilà donc quelle était leur relation, selon Teresa, vue de l'extérieur ; il n'était que le soi-disant fiancé de la petite bonne malade, qui lors de sa visite quotidienne à la clinique rencontrait la demoiselle, laquelle le raccompagnait très gentiment chez lui en voiture. Très bien. Rien de spécial, cela arrive au cours d'un été imprévu qui ne durera pas toujours ; ils sont tous les deux en vacances et pratiquement sans aucune surveillance de la famille, seuls, occasionnellement unis par le malheur de Maruja, mais leur origine est tellement différente qu'il ne se passera rien. Il me fait un peu pitié, pauvre garçon. Bien, c'est naturel, il n'y a pas de raison de parler de nos escapades en voiture. Cependant, grâce au mélange de vérité et de mensonge particulier que contenaient les paroles de Teresa (elle ne mentait pas, mais elle ne disait pas non plus toute la vérité), Manolo comprit soudain que sa prudence était excessive et qu'il pouvait, qu'il devait agir plus vite, avec davantage de décision.

Quand il entra dans la chambre de Maruja, voici quelle était la situation : légèrement penchée sur la table de nuit, Dina s'apprêtait à injecter du sérum à la malade ; ses préparatifs étaient observés par M. Serrat, debout près d'elle ; de l'autre côté du lit, Teresa, les mains croisées dans le dos, continuait à répondre d'un air innocent à quelques questions distraites de son père sur la façon dont elle employait son temps après sa visite à Maruja : en gros, Teresa semblait vouloir prouver à toute force qu'elle avait à peine remarqué le garçon. Celui-ci avançait maintenant vers le lit, lentement (personne ne le regarda, mais l'on se tut), il se plaça en silence près de Teresa et appuya distraitement la main sur le support du bocal à perfusion, qui était à la tête du lit, de sorte qu'il effleurait presque des doigts le dos de Teresa. Teresa portait cet après-midi-là une robe verte légère, sans manches ni ceinture, très simple et moulante, avec une fermeture Éclair dans le dos, qui partait de sa nuque et lui descendait jusqu'aux fesses. D'un air distrait, comme les autres, Manolo observait ce que faisait l'infirmière, et en même temps, pour s'occuper un peu, semblait-il, il faisait glisser sa main du haut en bas autour de la tige métallique, en frôlant le dos de la jeune fille, et soudain, dans un de ses mouvements descendants, sans lâcher la tige du support, il referma le pouce et l'index comme un bec d'oiseau de proie sur la fermeture Éclair de la robe de Teresa et, en un clin d'œil, la fit glisser jusqu'en bas. Le tissu s'ouvrit comme une peau, libérant une fulguration dorée : tout à coup s'offrit à ses yeux un dos lisse et doucement arrondi, svelte, cintré, enfantin presque, avec un bronzage que n'interrompait aucune bride (il savait déjà que l'intrépide étudiante était de ces filles qui ne portent presque jamais de soutien-gorge), follement arqué vers l'intérieur dans sa douce déclinaison, sur sa taille puérile, pour se redresser ensuite d'un élan renouvelé sous le faible éclat rose du tissu de nylon qui lui couvrait les fesses. Tout fut si rapide et si inattendu que Teresa en resta comme paralysée, bouche bée ; le devant de sa robe restait en place grâce aux agrafes sur les épaules, ce qui, comme de juste, réduisait à néant l'autre face du rêve fou du Murcien (à savoir : que cette petite capricieuse, que cette petite fourbe se retrouve pour un instant, sous les yeux de son père et de l'infirmière, les nichons à l'air). M. Serrat, qui à ce moment-là, disait quelque chose à propos d'amnésie locale et d'amnésie générale, leva les yeux vers sa fille, mais, n'observant en elle rien d'anormal (sauf qu'elle se tenait bras croisés devant la poitrine, comme si elle frissonnait), fixa à nouveau son attention sur ce que faisait Dina. Les joues de Teresa devinrent cramoisies et elle échangea un regard furieux avec Manolo en même temps qu'elle essayait, par une manœuvre dissimulée, de remonter sa fermeture Éclair. Très lentement, elle recula vers la porte et sortit.

Après, elle s'en prit vivement au garçon (stupéfaite, mais pas exactement contrariée) et voulut savoir pourquoi il avait fait une telle folie devant son père. « Si je n'avais pas fait ça, tu serais encore en train de lui raconter des mensonges sur toi et sur moi », et la prenant par le bras, comme s'il voulait tout lui expliquer, mais ailleurs, il la fit sortir de la clinique.

Ce soir-là, il l'invita à prendre un verre au Jamboree. Teresa fut ravie à l'idée de se montrer en compagnie du Murcien dans la cave de la Plaza Real (on y voyait toujours, glissant comme dans un aquarium, quelques prestigieux conjurés estudiantins, parmi lesquels Luis Trías, qui s'entraînaient à la semi-clandestinité dans une lumière verdâtre, exilée, parisienne). Dans cet endroit se produisait un curieux et primitif groupe de jazz espagnol qui jouait des instruments en os, le Maria's Julián Jazz (la mâchoire d'âne faite son et philosophie, disait le programme), farceur, rasoir et cynique, dont la musique, si personne ne la prenait au sérieux (excepté un petit couple à lunettes attentif, un garçon et une fille aussi myopes l'un que l'autre, étudiants en lettres, qui reconnurent Teresa et voulurent à tout prix que la jeune fille et son compagnon partagent leur table), avait au moins la vertu de permettre de danser sans crainte de profaner la véritable chaire du jazz. Et dans la pénombre rougeâtre du local, dansant étroitement enlacée à son nouvel ami sous les regards pensifs des étudiants (qu'elle méprisait parce qu'ils étaient des fachos et des réacs, d'après ce qu'elle avait glissé à l'oreille de Manolo), l'étudiante le laissa lui effleurer pour la première fois les tempes et le front de ses lèvres.

Le lendemain, en sortant de la clinique, Manolo proposa d'aller à la plage. On était à la première heure de l'après-midi et il faisait très chaud. Plus sûr de soi maintenant, le Murcien considérait certaines possibilités favorables, bien que, par ailleurs, l'épée fût à nouveau suspendue à quelques centimètres au-dessus de sa tête : il était sur le point de se retrouver sans un sou et ne savait comment faucher quelque chose sans trop prendre de risques. Cette histoire de plage était une décision soudaine, et ni l'un ni l'autre n'avait de maillot de bain, ce qui fit que Teresa voulut d'abord passer par chez elle.

– Nous trouverons un maillot de papa pour toi.

Elle ne voulut pas qu'il attendît dehors, dans la voiture, et l'invita à entrer.

– Il faut que je me change, dit-elle comme ils traversaient le jardin. J'en ai juste pour un moment. Ça t'ennuie ?

– Non, non.

Manolo la suivit le long du sentier de gravier, à l'ombre des arbres aux lourdes frondaisons (brusquement il fit nuit et ce fut l'hiver, il portait sa veste de cuir et son écharpe, mademoiselle Teresa courait vers l'explosion de lumière et de musique qui sortait par les fenêtres, courait dans ses chaussures légères à talons hauts et dans sa gabardine blanche comme la neige sur les épaules, dont la ceinture traînait par terre, avec son foulard de soie rouge qui dépassait de sa poche…). Teresa ouvrit la porte avec sa clef et le fit entrer dans un vaste salon rempli de lumière.

– Mets-toi à l'aise, dit-elle en se déchaussant. Et sers-toi un verre si tu veux, il y a de tout. J'en ai à peine pour une minute. Ne regarde pas les tableaux, ils sont horribles.

Elle disparut dans le vestibule, ses chaussures dans une main et déboutonnant sa robe de l'autre, sur le côté. Tandis qu'elle montait les escaliers, on entendit sa voix : « Vicenta, c'est moi. » Manolo fit quelques pas dans le salon. Sur les murs, il y avait des paysages suisses, qui ne lui semblaient pas si horribles que cela, et le portrait d'une dame qui le regardait d'un air satisfait depuis d'agréables régions bleues ; son cou fin, rose, surgissait des gazes couleur lilas qui enveloppaient ses fragiles épaules. Ce devait être maman. Qu'elle était belle, que son expression était douce. La maison était plongée dans le plus profond silence ; un silence qui cependant ne ressemblait à aucun autre : le silence des maisons de riches était pour lui comme une suggestive force endormie, quelque chose comme un silence de ventilateurs arrêtés ou une confuse rumeur souterraine de chaufferie. Un grand cadre au-dessus de la cheminée : des chiens de chasse ; il n'était pas mal non plus, il devait parfaitement tenir compagnie, l'hiver, quand on s'asseyait devant le feu de bois après une épuisante journée d'affaires… Il s'assit sur le divan, en face de la cheminée, et croisa les jambes avec une délectable lenteur. Soudain, sur sa gauche, il entendit s'approcher sur les dalles brillantes un joyeux trottinement : un petit fox-terrier à pelage sombre, la tête un peu penchée, contemplait le visiteur d'un air triste, le regardait fixement de ses petits yeux méfiants, à peine visibles derrière un rideau de poils. Manolo l'observa un instant avec sympathie puis tendit la main pour le caresser, mais l'animal, redressant la tête, recula et fit par deux fois le tour du divan. Son air de méfiance s'accentua curieusement lorsque, fuyant un deuxième geste amical, il s'assit sur son arrière-train et tourna la tête vers la porte du salon, espérant voir entrer quelqu'un de la maison, visiblement indifférent, ou plutôt dominé par de sérieux doutes sur la personnalité de l'intrus. Manolo put alors voir que c'était une chienne. Sa gracieuse tête, qui avait un air de petite fille un peu fofolle mais très intelligente, était toujours dédaigneusement tournée de côté, et de temps à autre seulement, et de façon soudaine – comme si elle voulait couper court à tout reproche, avant même qu'il fût formulé –, elle daignait regarder cet inconnu suspect. « Viens, mon chien, viens, tiens… », murmurait Manolo. La petite chienne s'approcha lentement, sans le regarder, flaira consciencieusement la jambe du blue-jean, les sandales de caoutchouc, la ténébreuse main qui prétendait la caresser, puis, tête basse – comme si cet examen n'avait fait qu'accroître ses doutes –, elle fit demi-tour et regagna sa place. Manolo appuya d'un air fatigué sa tête sur le dossier du divan et contempla à nouveau les lumineux tableaux des murs et l'intimité tranquille du foyer avec une curiosité vaguement insatisfaite et obsédante, mais très agréable. Il avait envie de fumer une cigarette.

L'impression de sécurité qu'il éprouvait dans ce lieu, au milieu de cet ordre et de ce silence confortable, était curieuse, comparée à la maladresse et à la difficulté de plus en plus grande qui, depuis quelque temps, se développait dans son environnement habituel, chez lui, au bar Delicias lui-même, ou avec le Cardinal et sa nièce (il pensa à la dernière visite qu'il leur avait faite et à la coupable façon dont il leur avait soutiré de l'argent), c'était comme s'il avait perdu une partie de son influence et de son pouvoir sur eux, par négligence, par inattention, comme une impression de rapidité excessive, le sentiment d'avoir oublié quelque chose pour avoir été trop pressé, d'avoir commis une erreur qu'au moment de son arrivée (arrivée où ?) on lui rappellerait pour lui demander des comptes. C'était peut-être pour cela, comme un avertissement, que les sœurs Sisters se présentaient maintenant de façon inattendue, dans les fonctions de leur charge. L'après-midi s'annonçait prodigue en surprises.

Il fallait l'accepter sereinement, comme un sarcasme du destin : après avoir définitivement obtenu la soumission de la petite chienne, il se trouvait le dos à la fenêtre ouverte sur le jardin, debout devant le piano (il ne se décidait pas à enfoncer les touches), ce qui fit qu'il ne put voir, entre les arbres, au-delà de la double rangée de géraniums, les deux personnages qui, sous le soleil de l'après-midi, franchissaient à ce moment-là la grille de la rue en direction de la maison. C'étaient deux filles en Technicolor (bras et jambes couleur chocolat, lèvres violettes, yeux surchargés de bleu jusqu'aux tempes, comme de petits masques), avec de hautes coiffures gonflées, raides, qui lançaient des étincelles, et des robes d'été légères et criardes, moulantes comme une deuxième peau. Leurs visages ronds avaient cette couleur brune trop intense et trop foncée qui révèle un excès de substances oléagineuses et d'heures de soleil sur la terrasse, et qui donne de l'acné. Dans leur façon de trotter rapide et nerveuse il y avait une certaine détermination urgente, mais factice, qui contrastait avec l'expression indifférente et même ennuyée de leurs faces de lune. L'une d'elles, la plus petite, portait un énorme cabas de paille tressée à dessins de couleur, et elle se tenait les hanches comme si elle avait peur de laisser tomber un de ses sous-vêtements à force de se hâter. Manolo entendit sonner. Personne n'allait ouvrir. Il n'avait pas vu arriver les deux filles. S'il les avait vues, il aurait immédiatement deviné ce qu'elles venaient faire et il aurait pu aller à leur rencontre dans le jardin. Par bonheur, cependant, la vieille servante prit son temps pour aller ouvrir : ce qui fit que le jeune homme s'était décidé à sortir dans le vestibule au moment où elle-même arrivait, en se dépêchant, et en remuant lourdement ses larges hanches dans son uniforme gris. Au passage elle adressa à Manolo un léger sourire conventionnel. Elle ouvrit. Ce fut d'abord un flot de lumière, qui durant un instant l'empêcha presque de voir quoi que ce fût : de la porte du salon, à moitié tourné vers l'intérieur (il se préparait à y rentrer, vaguement décidé maintenant à enfoncer quelques touches du piano), en reconnaissant les deux vauriennes, Manolo fut pétrifié : ce n'était pas possible, c'était sans doute une plaisanterie de mauvais goût, la malchance qui s'acharne sur les pauvres, non le simple hasard, mais peut-être un avertissement, un avis qui lui parvenait de son propre quartier.

En fait, il n'aurait pas dû être surpris, car il savait bien que les sœurs Sisters opéraient de préférence dans les quartiers résidentiels et pendant les vacances, de façon à trouver les domestiques seules. Manolo ne les avait pas vues depuis l'hiver précédent, il savait qu'elles n'étaient plus en affaires avec le Cardinal mais qu'elles continuaient à pratiquer leur spécialité, une opération connue sous le nom d'escroquerie « au sous-vêtement ».

Il savait aussi quel danger représentait cette visite inattendue autant qu'inopportune (une rencontre avec la véritable intrigue, celle que la jeune étudiante ne soupçonnait pas), quelque chose qui menaçait de tout flanquer par terre : « Si ces filles me reconnaissent devant Teresa, je suis bon. » Car Teresa, à cet instant précis, son sac de plage à l'épaule, en pantalon blanc et en sandales, fit son apparition dans le vestibule. « Qui est-ce, Vicenta ? » demanda-t-elle. La petite chienne courut vers elle en remuant la queue. « Du calme, Dixi. » Pendant ce temps, les deux sœurs, debout sous le porche d'entrée (ces robes, quelle indécence, comme elles sont transparentes, pensa-t-il, alarmé), composaient leur expression la plus innocente, évidemment déconcertées qu'elles étaient par la présence de Manolo. Durant quelques instants, la situation fut embarrassante : la bonne attendait que les visiteuses parlent, ces dernières échangeaient des regards inquiets avec Manolo, et celui-ci avec Teresa, laquelle, captant de subtiles vibrations, une certaine relation entre l'ouvrier et ces deux filles, se lança dans une rapide et généreuse déduction mentale dont le résultat, pour le moment, se limitait à ceci : « Ou bien ce sont des putes ou bien des filles d'usine, ou les deux à la fois. » Manolo, de son côté, pensait que les Sisters n'oseraient plus rien faire et qu'elles s'en iraient en donnant une quelconque excuse. Mais il vit avec horreur qu'elles n'étaient pas disposées à faire marche arrière car l'une d'elles (la spécialiste en conversations aimables) s'apprêtait à sortir son histoire d'élastique de la petite culotte de son amie, qui s'était cassé dans la rue, ce qui… Alors il se précipita vers la porte, sans leur laisser le temps de parler, tout en disant à Teresa :

– Laisse, c'est pour moi.

Les sœurs Sisters, juste comme elles allaient ouvrir la bouche, virent le garçon foncer vers elles. L'une d'elles balbutia :

– Toi…

– C'est pour moi, ne vous dérangez pas, répéta Manolo, à la bonne cette fois, qu'il manqua renverser au passage.

La brave femme s'écarta de la porte en regardant sa maîtresse avec une expression résignée. Manolo prit violemment les deux sœurs par le bras et sortit avec elles dans le jardin, en s'éloignant le plus possible de la maison. Tous trois parlèrent en même temps.

– Bon sang de bon sang, garces de filles… !

– Manolillo, ça alors, quelle surprise !

– Dehors, ouste !

– Eh là, doucement ! s'écria l'autre. Qu'est-ce que tu fous ici ? Ça alors, c'est la meilleure ! Lâche-moi, mon mignon ! Tu es chez toi, peut-être ?

– Ferme-la si tu ne veux pas que je te casse le bras, dit-il. Et avance sans te retourner. Va-t'en ailleurs avec tes salades, ma petite. Oui, vous pouvez rire, par-dessus le marché. Qu'est-ce qui vous a passé par la tête, hein ? Aujourd'hui, en plus ! Vous n'avez pas vu la voiture dans la rue, espèces de folles, ça veut dire qu'il y a quelqu'un…

– Et alors ? Quand la patronne est là, on s'en va à vide et point final. Mais est-ce qu'on pouvait se figurer…, commença celle qui avait un problème à sa culotte. Lâche-moi, mon chou, tu me fais mal. Qu'est-ce que tu fous là ? Tu crois que tu as le droit de faire le maître ?

– Je n'ai pas le temps de vous expliquer maintenant. Dehors.

– Sans bousculer, hein ? Et explique-toi…

– C'est vrai, dit l'autre. On peut savoir ce que tu fais là, si des fois on peut le savoir ? (Peut-être pour atténuer le mauvais effet de la répétition, elle ajouta, avec le même bonheur :) C'est marrant de te voir, dis donc, après si longtemps sans te voir…

Manolo les reconduisait jusqu'à la grille.

– Ouste, fichez le camp. Le Cardinal en entendra parler.

La plus grande se libéra et lui fit face :

– Dis donc, mon gars, pas de menaces, hein ? Pas de Cardinal ni rien de tout ça. On ne lui doit rien, à ce vieux rapiat…

– Je ne veux pas discuter. Allez-vous-en. Il y a du monde.

– Parce que comme ça tu continues toujours avec lui ? Je ne te croyais pas si naïf, mon petit. Tu parles d'un sujet, le Cardinal ! Celui-là, le jour où tu t'y attendras le moins, il t'embrouille, Manolo, c'est moi qui te le dis ! Mais lâche-moi, maintenant, ça suffit !

– Ne crie pas, idiote.

– Pas d'insultes, mon joli.

Ils étaient à la grille. Il comprit qu'il ne pouvait pas les renvoyer comme ça.

– Bon, je vous raconterai tout une autre fois… Alors, comment ça va ? Comment va Paco ? Vous vous réunissez toujours sur la terrasse ? Et Xoni… ?

– Il est correct, lui, c'est pas comme toi, mon cochon. Et Paco, tu vas voir ça s'il te met la main dessus : on attend toujours que tu nous paies ce que tu nous dois, mon salaud !

– Chut… ! Je ne vous dois rien du tout.

– Ah oui ! C'était toi, ou le Cardinal ?

– C'était lui, dit sa sœur. Tu ne vois pas sa figure ?

– Bon, maintenant allez-vous-en…

– Je disais, insista l'autre, que le Cardinal te suce le sang, tu ne t'en rends pas compte ?

– Ça va, ça va.

– Maintenant, intervint la petite en lui tapotant l'épaule, on a un autre fourgue. Il s'appelle Rafael. Tu le connais ? Sa femme vient d'avoir deux jumeaux, nés du même accouchement le même jour. Mais bon, ça t'ennuierait de nous dire une bonne fois ce que tu fais ici, si ça ne t'ennuie pas ? (La plus jeune des Sisters disait toujours des choses insolites, car sa langue était beaucoup plus rapide que son esprit, mais ce jour-là Manolo n'avait ni le temps ni l'envie d'y applaudir.) Ou est-ce que ça t'ennuie ?

– Oui, ça m'ennuie. Allez-vous-en, s'il vous plaît. Je vous raconterai tout un autre jour.

Teresa les observait de la fenêtre du salon, en attendant, son sac de plage à l'épaule, et elle se passait un peigne dans les cheveux. « Du calme, Dixi », ordonna-t-elle à la petite chienne, qui se frottait contre ses jambes. Elle ne pouvait pas les entendre, mais elle voyait Manolo devenir furieux, gesticuler et les pousser vers la rue. Elles, en riant d'un gros rire, le quittèrent en l'embrassant sur les deux joues (incroyable : la plus grande essaya soudain de l'embrasser sur la bouche, Teresa la vit la lui chercher avidement, effrontément, en jouant avec ses cheveux, en jetant autour de son cou ses deux bras robustes et négroïdes, tandis qu'il se défendait et la poussait vers la rue) et finalement elles s'en allèrent.

– Qu'est-ce qu'elles voulaient, ces deux-là ? demanda-t-elle quand il rentra. (Et sans cesser de se peigner, imitant gracieusement par son expression et le ton de sa voix certain genre d'interrogatoire qui devait lui être familier, elle plaisanta en tendant le doigt vers lui :) Voyons, jeune homme, dites-moi : connaissez-vous ces filles ?

Manolo lui tourna le dos, pensif, et se dirigea vers un fauteuil.

– C'est vous qu'elles cherchaient ? insista Teresa en riant. Comme c'est curieux… Vous êtes tous des subversifs, des rouges, nous sommes bien informés. Voyons, ne mentez pas : comment savaient-elles que vous étiez ici ?

Le Murcien tourna brusquement la tête. Il ne se permit pas la plus petite seconde d'hésitation :

– S'il te plaît, je te serais reconnaissant de ne rien me demander ! (Il adoucit le ton.) J'ai dit à la maison que s'il y avait quelque chose d'urgent, on me trouverait à la clinique ou ici… Une réunion, ce soir. Alors, pardonne la liberté que j'ai prise.

Elle le regardait, troublée, et elle baissa la tête.

– Ne t'en fais pas pour moi. Je comprends. Je voulais simplement plaisanter un peu.

– Eh bien, ne plaisante pas, dit-il sèchement, la mort dans l'âme : Teresa était une adorable petite fille, il fallait le reconnaître. Et excuse-moi, je n'ai aucun droit de te crier après, mais la chose est plus sérieuse que tu ne l'imagines. Je ne veux pas te mêler à tout ça, ce n'est absolument pas nécessaire.

Teresa mit son peigne dans son sac tout en se rapprochant de lui doucement. Elle le vit s'enfoncer dans son fauteuil et prendre sa tête dans ses mains, l'air fatigué, préoccupé, accablé par quelque chose. Comment s'échapper, en voyant ces mains sombres et fortes, ce visage aux traits pleins de douceur et pourtant durs, presque mongoloïdes, comment échapper à la suggestion d'un avenir plus digne ? L'idée que derrière toute chose il y avait une conspiration était si forte chez elle, à cette époque, qu'il lui suffit de supposer un léger frisson de peur sur ces mains et dans ces cheveux d'un noir intense pour pénétrer avec plaisir dans le prétendu cercle des dangers :

– Quelque chose qui cloche, Manolo ?

Elle était debout devant lui, immobile, jambes serrées et gainées dans son pantalon blanc élastique. La tête dans les mains, il leva les yeux à hauteur des hanches de la jeune fille (quelle agonie que cet adorable triangle, que cette douce tumeur du centre !), puis il les referma et dit :

– Ce n'est rien. Allons-nous-en. (Il se leva.) Allons à la plage, je t'en prie, j'ai besoin de me distraire un peu.

Dans la voiture, pendant le trajet (direction Castelldefels), Teresa éprouva le besoin impérieux de formuler un jugement sur ces deux filles, un seul, et pour la sécurité du groupe :

– L'un de vous devrait les convaincre de ne pas se maquiller autant. Elles ont l'air de petites putes. (Puis elle ajouta :) Je t'ai trouvé un maillot, j'espère qu'il t'ira bien.

– Sûr. Et maintenant, fonce, plus vite… ! Double-les tous… !

Ô que ma quille éclate ! Ô que j'aille à la mer !

RIMBAUD

Teresa Simmons en bikini courant sur les plages de ses rêves, allongée sur le sable, s'étirant sous un ciel d'un bleu profond, dans l'eau jusqu'à la taille et les bras levés (un éclair d'or abrité sous ses aisselles, oscillant comme les reflets de l'eau sous un pont), puis nageant dans un style formidable, son corps joyeux aux hanches fines et agiles surgissant de l'écume des vagues et finalement le rejoignant depuis le bord, comme un bronze vivant, sonore, son petit ventre palpitant, haletant, elle-même tout entière couverte de gouttelettes et de lumière. Jean Serrat lui souriant, à lui, le saluant de loin, bras levé, lui, le ténébreux Murcien, cet élastique, félin, arrogant paquet de prétentions et de désirs et d'ardeurs inavouables, et de dolentes craintes (je vais la perdre, ce n'est pas possible, elle n'est pas pour moi, je la perdrai avant que vous ne m'ayez donné le temps de devenir un Catalan comme vous, salopaaaaards !), qui maintenant était étendu au soleil sur une grande serviette de couleur qui ne lui appartenait pas, pas plus que le slip de bain qu'il portait, ni les lunettes de soleil, ni les cigarettes qu'il fumait, toujours comme s'il vivait provisoirement chez autrui : que fais-tu là, garçon, qu'attends-tu de cette amitié fugitive et capricieuse entre deux gares, fuyante comme un compartiment de train, sinon les caprices d'une gamine riche et gâtée et après, salut, on ne se connaît plus ? Rien que pour la voir ainsi, marcher lentement, à demi nue et confiante, se détachant sur un fond de palmiers et de forêt inexplorée – cet été n'était-il pas l'île perdue ? –, cela valait la peine, et elle était sienne, sienne pour le moment, elle lui appartenait plus qu'à ses parents ou qu'au mari qui l'attendait plus tard, davantage qu'à aucun des nombreux amants qui pourraient l'adorer et la posséder demain. Sa collection particulière de chromos satinés s'ouvrit dans ses mains comme un rutilant éventail : elle et lui, perdus dans une île dorée des Tropiques, seuls, bronzés, beaux, libres, heureux survivants d'une épouvantable guerre nucléaire (au cours de laquelle, bien évidemment, nous sommes tous morts, cher lecteur, cela ne pouvait pas durer), construisent une cabane comme un nid, courent sur la plage infinie, mangent des noix de coco, pèchent des perles et des coraux, contemplent des crépuscules de feu et d'émeraude, dorment ensemble sur des lits de fleurs et se caressent et apprennent à faire l'amour sans angoisses métaphysiques possessives tandis que cette saloperie de vie se poursuit ailleurs, loin, au-delà de l'aisance relâchée de ces membres bronzés (Teresa continuait à avancer paresseusement sur le sable, vers lui), qui maintenant se traîne avec un léger retard par rapport à la vision, avec une langueur abdominale qui reste en arrière : l'air de ne pas avancer dans cet air lourd, une douloureuse promesse qui part de ses épaules et se love autour de ses hanches et se prolonge avec souplesse tout au long de ses jambes pour couler, libérée, pour se répandre comme la lumière sur ses pieds, jusqu'au dernier battement de chaque pas. Elle arrivait avec son sourire lumineux et une noix de coco prisonnière entre sa taille et son bras, haletante et mouillée, rapportant avec elle un peu de ce vert froid des régions marines, elle se laissa tomber lentement à côté de lui, en pliant ses beaux genoux, et elle lâcha sa noix de coco. Son corps avait tellement l'air d'être habitué à courir et à s'allonger sur la plage, comme si c'était là qu'il avait poussé, singulièrement doté par la nature pour vivre là, toujours, sous le soleil…

– Tu ne te baignes plus ? dit-elle en arrivant.

Teresa avait lâché le ballon de caoutchouc. Assise sur ses pieds, tête penchée, elle cherchait dans son sac ses lunettes de soleil. Ses cheveux lui cachaient la moitié du visage et il y avait une grâce animale dans ses hanches mouillées, dans son dos dressé au-dessus de sa taille légère. Quelle agonie que la vision de ce ventre creux, puéril, petit et tendu, cible favorite des regards voyageurs du Murcien !

– Où diable ai-je mis mes lunettes ? demanda-t-elle. Tu les as vues ?

– Non, mentit-il, amusé (il les avait enterrées dans le sable). Viens, allonge-toi ici, et ne pense plus à tes lunettes. Il faut que je te parle de quelque chose, que je te demande un service.

– Un service ?

– Oui…

Allongé sur le ventre, le menton appuyé sur son avant-bras, il observait attentivement les mouvements de Teresa. Il réfléchissait. Ses cheveux noirs et plats lui tombaient sur le front, en diagonale. Peu de monde sur la plage (la partie la plus fréquentée était du côté de la pinède), des gens estompés au loin, dans la lumière brumeuse. Eux se trouvaient à une extrémité, isolés, près de la naissance d'une longue frange d'herbe marécageuse qui se perdait dans le lointain. Derrière eux, sur une étendue en friche, près de la route, la Floride blanche dormait au soleil comme un petit chien de luxe. Teresa avait apporté un livre et avait lu jusqu'à maintenant, entre son premier et son deuxième bain. C'était précisément alors, en la voyant lire avec cette tranquillité un peu familiale (la tête appuyée sur le ballon et les genoux croisés, se balançant doucement d'un côté et de l'autre), qu'il avait eu le sentiment de n'être qu'un misérable voleur à la tire et son esprit avait été traversé, comme dans un éclair, par une idée qui ne tarderait pas à devenir une obsession : essayons de tout effacer et de repartir de zéro, c'est l'occasion où jamais, Teresa (et avec Teresa, son père), de trouver un emploi, un bon emploi, peut-être un emploi à vie et avec possibilité de…

– Un service ? répéta Teresa. Quel genre de service ?

Manolo traça du doigt des cercles dans le sable, l'air pensif.

– Plus tard, dit-il. C'est encore trop tôt. Nous sommes en vacances. Je t'en parlerai d'ici quelque temps. Je veux simplement que tu saches que c'est très important pour moi. Tu t'entends bien avec ton père ?

– Oui, bien sûr. Bon, ça alors, c'est drôle. (Elle parlait de ses lunettes de soleil, qu'elle ne trouvait pas. Elle vidait maintenant le contenu de son sac sur la serviette.) N'était-ce pas vous qui les aviez, jeune homme ?

– Non, mademoiselle.

Teresa remua le sable autour d'elle. Au bout d'un moment, en observant l'air absorbé de Manolo :

– À quoi penses-tu, Manolo ?

– À quoi veux-tu que je pense ! À toi.

– Pas possible ! Tu es un garçon étrange, vraiment. Il y a quelque chose que j'aimerais savoir…

Elle souriait mystérieusement, d'un sourire à peine visible entre les cheveux qui lui cachaient le visage, car elle était à quatre pattes et continuait à remuer le sable. Elle avait déjà démontré, lors de conversations antérieures, une curiosité exacerbée et insatiable pour le passé de son ami, mais pas pour sa vie sentimentale (en laissant de côté son histoire avec Maruja), qui était encore un mystère.

– Je suppose qu'un garçon comme toi… Tu as eu une aventure avec ces amies ? Si tu ne veux pas, tu ne m'en parles pas, évidemment.

– Celles qui sont venues aujourd'hui… ? Si tu veux que je te dise la vérité, je les connais à peine. Pourquoi me demandes-tu ça ?

– Oh, pour rien. Pure curiosité de ma part.

– Et en plus, en dehors du travail, elles ne me plaisent pas.

– Eh bien, on aurait dit qu'elles… Regarde, un avion !

– Tu nous espionnais ? Je les vois très rarement, mais elles sont comme des sœurs pour moi. Tu sais, j'ai toujours voulu avoir une sœur, depuis tout gosse.

Teresa se mit à rire.

– C'est bien que tu sois comme ça, si candide, dit-elle, puis elle regarda un moment le petit avion qui glissait, très bas, au-dessus des rochers à fleur d'eau.

– Tu aimerais que je sois ta sœur ? ajouta-t-elle en riant. Hé, vous, aimeriez-vous que je sois votre sœur ? J'ai toujours été seule, moi aussi j'aurais aimé avoir un frère beau et drôle.

Qu'a-t-elle dit ? (Le petit avion argenté venait de repasser, dans un vrombissement rancunier, en lâchant une pluie de tracts publicitaires que la brise poussa vers eux.) Manolo se souleva, attrapa au vol un de ces papiers, et en retombant il saisit un pied de Teresa. Mais celle-ci avait toujours les yeux levés, la main en visière sur son front, et regardait l'appareil s'éloigner. Attention, idiot, se dit-il, tu es en train de faire des bêtises ; Teresa est une fille intelligente, qui n'a pas peur d'appeler un chat un chat.

– Non, dit-il en lui lâchant le pied. Je ne te voudrais pas pour sœur. Tu es trop bien faite.

Le sable, autour d'eux, était couvert de papiers. Teresa en prit un, qu'elle lut avant de le jeter. Elle dit :

– Trop quoi ?

– Tu es faite pour autre chose.

– Et pour quoi, si on peut le savoir ? (Et ensuite :) Mais où est-ce que j'ai fourré ces lunettes, bon sang ?

Elle continuait à se déplacer sur les genoux, elle se traînait, se vautrait dans le sable.

– Si tu pouvais les avoir perdues, ces lunettes. Pour aimer, tu es faite pour aimer, Teresa.

– Ne sois pas romantique, tu veux ?

– Je suis comme je veux, si Mademoiselle le permet.

– Bien dit. Tu les avais sur le nez tout à l'heure, je t'ai vu. Où les as-tu mises, hein ?

– Regarde, un hors-bord…

– Pour en revenir à ces filles…

– Qu'est-ce que tu veux savoir ? La plus vieille est mariée et… séparée, ç'a été très dur pour elle, elle a un gosse, une merveille, tu serais contente de le voir, blond comme le soleil, comme toi.

– Et l'autre ?

– Regarde le hors-bord. C'est un vieux type qui le mène, il faut voir ça. Il ne vient pas beaucoup de monde par ici, non ? Allez, allonge-toi, ne pense plus à tes lunettes.

– J'en ai besoin pour lire.

– C'est très mal élevé de lire quand on n'est pas toute seule. Ce qu'il y a, c'est que Mademoiselle est une enfant gâtée, gâtée pourrie, et qu'elle mérite une bonne fessée. Je te ferais marcher, moi, et même courir…

– À propos de courir, dit-elle, tu n'as jamais couru dans la foule, avec la matraque d'un agent à dix centimètres de ta tête ? Tu ne sais pas ce que tu as manqué…

Baignant encore avec bonheur dans ce cercle de dangers, dans le grand présupposé de relations et de contacts clandestins qui émanait de la peau sombre du Murcien (vraiment, qu'est-ce que le vieux slip grenat décoloré de papa va bien à cette peau soyeuse !), elle commença à lui raconter quelques-uns des risques inhérents à la lutte universitaire.

– … un autre étudiant courait devant moi, disait une étonnante Teresa Simmons, en se laissant retomber sur la moitié libre de la serviette de bain, et abandonnant enfin la recherche de ses lunettes, mais nous nous sommes séparés rue Pelayo. Ce qui est dangereux, dans ces manifestations, qui par ailleurs sont très amusantes, c'est de perdre le contact dans les moments où on est bloqué. C'est le contraire de ce qui se passe pour vous, où le mieux est de toujours rester isolés les uns des autres… Alors j'ai rejoint le gros de la manifestation, qui avait réussi à se regrouper, et à ce moment-là les agents ont recommencé à charger avec leurs chevaux et brusquement je me suis retrouvée par terre, j'ai encore la marque sur le genou, regarde. Quelqu'un m'a relevée, c'était un agent très jeune, je me souviens qu'il avait des yeux très clairs, verts, évidemment c'était un garçon de la campagne, il avait l'air plus effrayé que moi, mais il m'a poussée doucement vers le fourgon, je me suis retournée, je l'ai frappé, je lui donnais de coups de pied, je ne comprends toujours pas pourquoi il ne m'a pas tapé dessus avec sa matraque, et j'ai réussi à me débarrasser de lui, mais il n'y avait pas moyen de s'échapper de là parce que c'était la pagaille complète, nous étions au moins cent étudiants à ce coin de rue, entassés les uns sur les autres, c'était un méli-mélo de coudes et de jambes qui partaient dans toutes les directions, nous ne pensions qu'à nous sortir de là… Dis donc, tu as assez de place ? Tu veux… ? Attends, tire un peu la serviette vers toi, comme ça, c'est trop, approche-toi, voyons. Tu veux une cigarette ?

– Oui.

– Eh bien, comme je te le disais… Ça t'intéresse, c'est un aspect de la lutte que tu ne connais pas. Allume la tienne d'abord… Alors nous ne pensions plus qu'à…

Manolo lui tendit l'allumette.

– Tiens.

Le parfum de ses cheveux dorés, plaqués contre sa tête si douce, autre agonie : la flamme s'éteignit dans le creux de ses mains parce qu'il l'avait voulu, rien que pour respirer encore de près ces lointains, cet indicible arôme d'une adolescence perdue il ne savait où. À nouveau, il effleura des lèvres le front lisse qui se penchait sur la flamme rose de l'allumette, puis elle s'écarta et le regarda avec un étrange sérieux dans ses yeux d'azur, mais elle ne soutint qu'un court instant le regard du garçon.

– Bon, alors voilà où on en était quand je me suis mise à crier que le mieux était de se réfugier dans l'université, mais je suppose que personne ne m'entendait. C'était la seule issue possible, et d'une certaine façon nous avions atteint notre but. Mais les gens nous gênaient au lieu de nous aider, parce qu'il faut bien le dire, beaucoup nous regardaient sans bouger le petit doigt, comme ça, comme s'ils étaient au spectacle, il y en avait même qui souriaient, ces espèces de… Et à la fin, ils m'ont attrapée, ma robe était déchirée, je n'ai plus revu Luis ni les autres jusqu'à ce qu'on m'emmène au commissariat central. On nous a interrogés… Quelque chose de grotesque, à quoi bon te raconter ça, figure-toi que…

Elle avait les yeux écarquillés et elle fixait le ciel – des yeux pris dans une de ces crises d'idéalisme que des années plus tard, au milieu des monotones petites tempêtes conjugales, elle regretterait tant –, et dans ses blonds cheveux la lumière brandissait de minuscules et fulgurantes épées d'or. Manolo contemplait son profil sur un fond vaporeux de sable et de mer, et en l'écoutant, de temps à autre, il acquiesçait de la tête, en silence, recréant de fugaces mirages (Teresa tombée sous les pattes d'un cheval de la flicaille, sa robe en lambeaux, Teresa vociférant à la tête d'une manifestation d'étudiants, puis interrogée sous une lumière canaille, puis récupérée par son père au commissariat), et se rapprocha d'elle un peu plus, il ne savait plus très bien maintenant si c'était pour respirer de plus près l'odeur de ses cheveux ou pour pénétrer quelque intime et secret désir qu'elle cachait derrière son interminable récit (cela ne rappelait-il pas un peu, dans un autre ordre d'idées, la logorrhée de Lola ?). Mais il savait que ce désir, quel qu'il fût, pouvait grandir tranquillement, heureusement, dans ses entrailles de femme ou dans sa poitrine d'adolescente parce que, tôt ou tard, il se réaliserait. Sauf qu'il était bien possible que lui-même ne soit plus là pour le voir.

– Et tu n'as jamais eu peur ? lui demanda-t-il. Tu es courageuse.

– Manolo, ton passeport est en règle ?

– Pourquoi me demandes-tu ça ? Bien sûr que oui.

– Il faut être prêt. Tu sais bien : si tu devais partir brusquement, passer la frontière. Tu ne serais pas le premier.

– Ma petite, qu'est-ce que tu me racontes ? J'en mourrais.

– Que dis-tu ?

– Je mourrais si je devais partir.

– Je ne comprends pas…

Insistant sur ce départ hypothétique, Teresa, d'un brusque mouvement, se mit sur le côté et lui fit face. Elle joignit ses mains sous sa joue, dans un geste enfantin, comme une petite fille quand elle se couche, et regarda fixement son ami :

Que veux-tu dire ?

Ses yeux, qui scintillaient d'une lumière souriante, rencontrèrent un regard nostalgique auquel elle ne s'attendait pas. Le pâle soleil de cette fin d'après-midi jouait avec de petits grains de sable collés sur son épaule lisse, et en tirait des éclats irisés. En le voyant comme ça, de si près (ses yeux louchaient un peu), Teresa pensa au moment où ils avaient marché vers le rivage, après s'être déshabillés dans la voiture, elle à deux mètres derrière lui et regardant si le vieux slip de bain lui allait, en observant son dos svelte, la ligne ferme de ses épaules, et en pensant obscurément : « Cette chère petite sainte-nitouche a frémi entre ces bras, durant des nuits et des nuits, pendant que moi je lisais Simone de Beauvoir au-dessus d'eux, dans ma chambre, toute seule… » Sur le dos brun du garçon, dans sa façon de marcher, elle avait cru capter alors l'expression musculaire de certaines espérances folles. Maintenant il lui écartait les cheveux de la main et Teresa baissa les yeux. La main (c'était la main blessée, bien sûr) se posa ensuite sur le cou de la jeune fille, en serrant légèrement sa nuque. Le cou fin de Teresa battait entre ses doigts comme un oiseau effarouché.

– Tu es très jolie, et je regretterais de devoir partir brusquement, pour où que ce soit, de devoir te quitter. Aucune connerie politique ne pourrait m'obliger à t'oublier… (« Mauvais, tu es très mauvais, pauvre ignorant », se dit-il.)

Il se rapprocha d'elle encore et effleura ses lèvres chaudes, entrouvertes, qui laissaient voir des dents blanches.

– Je t'en prie, qu'est-ce que tu fais…, murmura Teresa les yeux baissés. (Elle semblait réfléchir intensément, en se concentrant très fort : sa dissolution était imminente.) Je savais que ça arriverait, ajouta-t-elle dans un murmure. Je le savais… La vie est dégoûtante.

– Ne dis pas de bêtises.

– Je ne dis pas de bêtises. Et même si tu m'embrasses, je te préviens, ôte-toi de la tête l'idée de coucher avec moi. Je suis très franche, Manolo, tu ne me connais pas encore. J'ai déjà eu une expérience et je n'ai pas l'intention de recommencer.

– Qui parle de ça ? Avec moi tu n'as rien à craindre, telle fut la réponse ambiguë du garçon.

– Jamais plus, tu comprends ? insista Teresa, les yeux toujours fermés.

– Dis, si je devais m'en aller brusquement, je te manquerais ?

– S'il t'arrivait quelque chose, tu veux dire ?
– Oui.
– Évidemment.
– Pourquoi ?
– Comme ça… Je ne sais pas, soupira-t-elle. Comme tout ça est bizarre, tu ne trouves pas ? Toi et moi ici, tranquilles, et il y a un mois nous ne nous connaissions même pas… Quel étrange été. Si mes parents, si mes amis savaient que je sors avec toi… (Elle eut un drôle de petit rire nerveux.) Mais bien sûr, mon vieux, pourquoi avoir si peur de dire les choses : je serais vraiment désolée qu'il t'arrive quelque chose.
– Tu m'oublierais vite.
– Moi, pourquoi ?
– Tu es très jeune, presque une gamine, tu m'oublierais ; tu te marieras avec un de ces crétins…
– Que je t'oublie, c'est possible ; la vie a bien des détours. Mais jamais je ne me marierai avec un crétin, même s'il est riche comme Crésus.
– Tu verras.
– Tu me connais mal !
– Ce serait normal. (Il caressait ses cheveux, la ligne douce de ses épaules, sa nuque.) C'est si facile de t'aimer, si facile. Il n'y a rien de plus facile. Tu es jolie, intelligente…
– Mais qu'est-ce que tu racontes ?
– Ça, justement, que tu es faite pour qu'on t'adore (« mauvais, très mauvais, malheureux, qu'est-ce qui t'arrive ? »). Tu es un ange.

Leurs corps se touchèrent. Teresa avait toujours les yeux baissés.
– S'il te plaît… N'oublions pas que Maruja…

L'air légèrement brumeux tremblait sur le sable, comme si une vapeur enveloppait leurs corps, tout près l'un de l'autre. Teresa le regardait, et il se regardait dans le cercle pâle des pupilles transparentes et candides de la jeune fille. Emportés par la brise, les tracts publicitaires (Entrez dans le cercle décisif avec les maillots de bain K !) voletèrent autour de la tête étourdie du Murcien. Teresa se redressa d'un bond, comme si elle se réveillait.

– Tu viens te baigner ?

– Pas tout de suite…

– Paresseux !

Et elle s'enfuit en courant vers le rivage. Ce fut au retour : il avait déjà considéré la cruauté presque inhumaine, par sa nature inaccessible, de certaine suggestion des formes : la dédaigneuse flexion de la taille, la fugitive et délirante vie des fesses, l'étrange variété de tendresses et d'abandons que promettaient ces chevilles un peu grosses, ce rythme nonchalant et mou des jarrets ; il savait également qu'il profitait très mal du temps qui lui était accordé ce jour-là et des avantages que lui offrait une telle proximité, et il pensait même que, peut-être, s'il lui arrivait quelque chose pendant qu'elle nageait, un évanouissement, il la tirerait de l'eau et retendrait, mouillée et vaincue, sur le sable… Mais naturellement les choses ne se passèrent pas ainsi : il était appuyé sur son coude et jouait avec les lunettes de soleil (à nouveau déterrées) tout en observant attentivement Teresa, qui sortait de l'eau ; il la vit s'arrêter un moment sur le bord, se pencher de côté et secouer ses cheveux blonds, en lissant ses mèches gracieuses avec ses doigts. Le soleil scintillait sur sa peau avec des éclats cuivrés. Manolo mit les lunettes noires et s'étendit à plat ventre sur la serviette. Il vit alors Teresa venir directement vers lui, lentement, en foulant doucement le sable, sans regarder ni à droite ni à gauche, dans une nuit bleue, et quelque chose se substitua à la vapeur exhalée par le sable surchauffé, quelque chose de semblable à des lambeaux de brume sur un bois ; et dans cette prodigieuse nuit bleue ou verte (les lunettes n'étaient-elles pas vertes, en effet ?) il la voyait avancer vers lui comme si la jeune fille poursuivait une marche commencée en un jour lointain encore présent dans sa mémoire : c'était le pas irréel, léger, commencé cette nuit-là par la petite fille qui avait traversé le bois clair baigné par la lune ; c'était comme si c'était de ce temps-là que venait vers lui cette amitié née au tréfonds nébuleux et palpitant d'un rêve, et qui se prolongeait maintenant dans les pas lents et mesurés de Teresa. Et cette fois elle ne passa pas à l'écart mais vint à lui, s'assit auprès de lui. « Tu ne m'embrasses pas ? » demanda-t-elle, d'une voix timide (en réalité, elle dit : « Tu ne te baignes pas ? » et ajouta : « Alors comme ça tu avais caché mes lunettes, hein ! »), et elle resta là, ses cheveux laissant tomber des gouttes de lumière sur les épaules du Murcien, à deux doigts de sa bouche et les cuisses très serrées sur la serviette de bain, comme si elle pressentait l'invisible menace, dans une consciente attitude d'autodéfense. Mais déjà, au-dessus d'elle, au-delà de sa tête virginale, tout en haut du ciel, le fulgurant soleil du désir et de la possession (confrérie qui anime le monde bande-à-partesque) brillait enfin de toute sa violence, et le garçon, soudain, la prit par les épaules et la coucha sur le dos, sans brusquerie mais avec autorité, et se regarda dans ses yeux profonds comme la mer, en même temps qu'il murmurait entre les dents quelque chose qu'elle ne comprit pas (il lui sembla cependant qu'il s'agissait d'une de ces obscures malédictions dictées par la virilité en pleine vigueur, la voix même du sexe s'ouvrant un passage entre afféteries et autres chichis de petite bourgeoise), préoccupée comme elle l'était par la rapide descente de sa tête à lui, qui cachait complètement maintenant le soleil. En vérité, elle pouvait tourner le visage à droite ou à gauche comme elle l'avait fait un jour avec ses idées (se serait-elle dit si elle avait eu le temps d'y réfléchir), mais elle ne le fit pas et le laissa embrasser longuement ses lèvres salées. Avec une surprise non moins délicieuse que celle que lui produisait cette bouche qui s'activait sur la sienne, et qu'elle ne pouvait s'empêcher de suivre dans ses audacieuses évolutions, elle sentit sur son sexe l'estomac d'ébène, et les joues cramoisies, sentant croître une vie soudaine dans ses bras, elle leva les mains et prit entre elles la tête de Manolo, elle lui frotta les cheveux avec une tendresse désespérée : ses premiers baisers, tout comme ses premiers pas dans la résistance étudiante, furent atrocement outrés, déboussolés, fondamentalement hystériques.

Puis, lui laissant toute l'initiative, sans prendre de précautions, sans qu'il lui importât qu'ils soient vus par les baigneurs allongés au loin, elle permit aux mains intrépides de se glisser sous le tissu numide qui couvrait ses seins et permit également à Manolo, d'un léger mouvement (en faisant obscurément semblant de vouloir quitter une position incommode dont elle était loin de souffrir), de mieux s'installer sur elle. Mais rien de plus ; elle lui offrirait durant un instant la brume blonde qui flottait autour de sa bouche, elle lui permettrait même quelques caresses égarées – toutes les filles le font – mais rien de plus : elle ne pouvait accepter qu'il la prît pour une petite bourgeoise étourdie, facilement corruptible et inconsciente des autres réalités (urgentes) qui se situent au-dessus des désirs juvéniles. Quelques minutes plus tard, cependant, alors qu'elle commençait à avoir du mal à établir la véritable urgence, elle ne put éviter d'ajouter furtivement quelques degrés à l'ouverture de ses jambes. Heureusement, à cet instant arrivèrent deux gros hommes revêtus d'horribles slips de bain noirs tombant sur des fesses blanchâtres et couvertes de boutons roses, qui s'assirent à quelques mètres d'eux, en les regardant d'un air sévère. Teresa repoussa doucement son ami, qui regarda autour de lui pour connaître la cause de cette interruption. Son regard devait posséder un pouvoir secret, car Teresa vit les deux messieurs pansus se coucher sur le dos, en se tenant les genoux, subitement intéressés par de petits nuages qui traversaient le ciel. Puis Teresa ferma les yeux. Le garçon revint à sa bouche encore chaude avec une impétuosité renouvelée, et elle ne lui opposa aucune résistance. La sécurité et la force de son obscur pouvoir, lui transmettant tout à coup une vague de chaleur qui lui proposait avec perversité de se détendre, l'étonnaient cependant moins que l'audace de ses mains, qui maintenant, après s'être emparées de sa taille en passant le bras sous elle, l'attirèrent à elle en la couchant doucement sur l'épaule et se mirent à explorer sous l'élastique du bikini comme dans un sac de pommes. L'autre partie du maillot de bain avait perdu son emplacement initial et les seins de Teresa, comme de graves petites frimousses d'enfants collées aux carreaux d'une fenêtre, aspiraient avidement le large thorax du Murcien, tandis qu'au milieu d'une explosion de lumière irisée elle continuait à se jurer qu'elle ne se livrerait pas, précisément au moment où, soudain, comme s'il avait deviné sa pensée, il la lâcha. « On nous regarde », dit Teresa, dans une tentative tardive et inutile pour prendre l'initiative. Mais c'était lui qui avait décidé de ne pas aller plus loin et elle en était bien sûr étonnée. Sans qu'intervienne la moindre explication, leurs mains se retrouvèrent sur le paquet de cigarettes et ils éclatèrent de rire. Puis, tranquillisée (et surtout heureuse, heureuse, heureuse), Teresa le laissa s'occuper gentiment d'elle, comme un amoureux tendre et attentionné : agenouillé devant elle, Manolo lui mit sa cigarette entre les lèvres et lui donna du feu, ôta le sable de son dos, rangea les choses autour d'eux, se leva, secoua la serviette et l'étendit à nouveau pour que la jeune fille pût s'y asseoir commodément.

Ils fumèrent en regardant la mer, très près l'un de l'autre, en silence, et il commençait à faire nuit quand ils décidèrent de s'en aller. Pour cette fois, les voyeurs adipeux et mélancoliques restèrent sur leur déception.

… le parfum du jardin cette nuit-là, les couples qui dansaient sur la piste, la musique et les pétards de la nuit de la Saint-Jean, j'avais très peur, c'était pendant une petite pause après avoir préparé et distribué un autre plateau de canapés (je savais qu'il n'y en aurait pas assez) et je me suis dit : tiens, allons nous asseoir un moment au bord de la piscine pour les regarder danser, nous resterons près de Mademoiselle qui est toute seule en ce moment, c'est toujours elle la plus jolie de la fête, la plus intéressante et la plus enviée mais aussi la plus critiquée, et soudain elle le vit avancer vers elle, son verre à la main, tranquille et décidé, pas une seule fois il ne dut s'arrêter ou dévier sa route, c'était comme si sur la piste, instinctivement, les couples ouvraient le passage à une présence qui était là depuis toujours et qui n'avait pas besoin de s'annoncer. Il semblait ne se rendre compte de rien, tant il était sûr de lui, quelle effronterie (qui pouvait imaginer qu'il serait assez audacieux ?) et son cœur bondit dans sa poitrine quand elle vit que c'était vers Teresa qu'il se dirigeait, mais en arrivant… – déjà à ce moment-là je pensais que ce n'était pas possible, danser avec les autres sur la piste ce n'était pas possible, mon amour, tu comprends ? notre place était dans le coin le plus sombre du jardin –… il appuie sa tête sur mon ventre et contemple la pinède et la plage baignées par la lune, de l'autre côté de la fenêtre ouverte, et il parle, il parle jusqu'à ce que le sommeil le prenne, il murmure de sa belle bouche de loup, avec une inflexion de voix très douce, un frémissement, un je ne sais quoi d'étonnement et d'abandon que sa nuque transmet à mes entrailles, il parle, il n'en finit pas de parler de cet autre rivage, de la raison pour laquelle il est un jour arrivé ici, dans cette ville, et pourquoi, il y a quelques années déjà, pour finir comme ça, si sottement, dans les bras d'une bonniche, dans une souricière, disait-il, je crois, je ne me souviens pas bien.

Je me rappelle mieux ses silences, les choses qu'il ne disait jamais, les mystérieux amis et les filles délurées de son quartier qui dorment dans ses yeux, le rapport violent et quotidien avec la rue, avec les malfaiteurs et avec sa propre famille. Car il faisait comme si rien de tout cela n'existait : jamais il ne parlait des siens, il refusait même de prononcer leurs noms, celui de son demi-frère, celui de sa belle-sœur, celui de ses neveux. Les siens ne sont que des ombres derrière lui, des êtres sans visage, les personnages flous d'une histoire qu'il s'est toujours obstiné à ignorer. Et pourtant, il doit bien avoir un foyer et il y a forcément quelque part des mains de femme qui se donnent du mal pour lui, qui lavent et qui repassent ses jolies chemises avec des poches et mettent chaque jour son assiette à table… Et cette petite maison du Carmel, comme elle est près et comme elle est loin : quand il pleut, il n'y a plus d'électricité, c'est tout ce qu'il acceptait d'expliquer, de mauvaise humeur, chaque fois que sa Maruja l'interrogeait, et elle pouvait seulement se faire l'idée d'une triste ampoule qui s'éteint soudain dans une petite salle à manger tandis qu'au-dehors il pleut, la pluie retentit sur le fibrociment et le fer-blanc des cahutes du bidonville, la misère doit être à ce point obscure et enveloppante, et insupportable la vie d'un jeune homme en famille. Parce que l'amour des pauvres est leur seul bien, il n'apprendra jamais à aimer ceux qui l'aiment. Je le sais ; on est comme on est, Mademoiselle, on est ignorante, on ne connaît pas grand-chose aux hommes, mais le peu qu'on sait d'eux, c'est au lit, et avec eux qu'on l'a appris, ses belles dents de requin sont à moi, et moi il ne pouvait pas me tromper, le soir de la fête : seul un crève-la-faim est capable de confondre la richesse avec une simple jolie petite figure et d'embrasser de cette façon si urgente, comme s'il voulait avaler le monde entier. Il n'était même pas possible de croire qu'il avait des parents, ou des frères et sœurs, une famille qu'il aimerait et qui l'attendrait quelque part, car au début il était également impossible d'imaginer sa maison, sa chambre, son lit, la glace dans laquelle il se regarde et se coiffe le matin ; à vrai dire, il ne semblait pas avoir besoin qu'on s'occupe de lui, personne, aucune femme, il avait l'air de se suffire à lui-même, et son vagabondage permanent par la ville produisait lui aussi une étrange impression d'absence de foyer, et plus encore de le voir foncer à motocyclette ou jouer aux cartes avec les vieux. Tout cela se voit à l'expression de son visage quand il dort, quand sa voix s'est éteinte contre mon épaule et que flotte encore dans l'air le mirage de ses premiers pas vers moi, venant de très loin : il est là, marchant dans les rues de Marbella, un sac de plage à l'épaule, tout juste échappé de Ronda. Il s'arrête, regarde les vitrines, écoute la musique aux terrasses des cafés, le langage des touristes. Il descend jusqu'à la plage et trempe ses pieds dans la mer, observe, les yeux mi-clos, le passage d'un hors-bord bondissant sur l'eau, puis son visage amaigri, noir, contracté par des vagues de surprises et de décisions successives émerge sur un fond d'immeubles en construction, un vacarme de ferraille et de briques s'abat sur lui, et au milieu d'un nuage de poussière il affronte deux yeux froids sous le rebord galeux d'un chapeau de contremaître. Nous voulons du travail, l'ami, nous avons besoin de travailler. Une année apprenti maçon : les mains brunes et calleuses qui m'étaient destinées, avec des articulations qui devaient être aussi belles que de l'acajou, transportent d'un côté à l'autre des seaux d'eau et des briques et du sable dans une brouette, obéissent aux ordres et aux cris qui tombent des échafaudages comme des oiseaux affolés par un soleil de plomb, et qui la nuit reposent comme des crochets oxydés sur le lit d'une chambre partagée avec un garçon de café, enfant de Mijas, qui garde ses économies de la saison dans la doublure de sa veste. Son corps s'allonge, forcit, et ces mains qui chaque jour l'habillent et le dévêtent, qui le samedi soir dépensent l'argent qu'elles ont gagné pendant la semaine en passant et repassant le long des terrasses de café pleines de touristes, sentant encore le ciment et le plâtre, ces mains sont les mêmes que celles qui, par un radieux dimanche de soleil, sur la plage, s'abattent désespérément dans l'eau sur une autre main, en faisant semblant de s'être trompées de personne. Car c'est ainsi que tout a commencé : rapidement, ses yeux s'excusent, sourient d'un air avantageux : ses quinze ans en paraissent dix-huit, et le travail de force et le soleil ont modelé ce torse sur lequel se promènent maintenant deux yeux verts, il peut la voir : c'est une femme petite et un peu ronde mais à la taille charmante, avec une belle peau bronzée. Elle n'est pas mal ; il y a de la curiosité, de la crainte et comme une infinie patience dans la courbe douce de sa bouche ; il y a une tendresse fatalement adaptée à l'été dans son ventre un peu mou, mûr, ensoleillé. Est-elle suédoise, allemande ? Depuis combien de jours se baigne-t-il sur cette plage et à la même heure, près d'elle, en l'épiant, allongé sur le sable comme un lézard ? Sûrement (oh, oui, sûrement) que le prétexte fut la chemise rose à poches qu'il portait ce jour-là : elle s'entícha de la chemise quand elle la vit sur lui, comme il s'en allait, et elle voulut la lui acheter parce que, décolorée par le soleil comme elle l'était, elle était belle et originale, un caprice comme les chemisettes rayées bleu et blanc que Mademoiselle avait découvertes un été dans une boutique de Blanes, si bon marché, et dont elle avait lancé la mode parmi ses amies… Celle qui vous parle ne sait pas s'il lui a raconté ce qui suit ou si elle l'a simplement rêvé (attends, mon amour, ne t'en va pas tout de suite, ne me quitte pas, il s'en faut encore de beaucoup qu'il ne fasse jour) mais celle qui vous parle ne dit rien de ce qu'elle voudrait oublier, les désirs fous du jour, les bouches rouges et avides de la nuit et les visages gonflés et enduits de crème qui à l'aube, somnolents et reconnaissants, reviennent à lui comme à travers un noir tunnel : car le jour nouveau, comme des années plus tard lorsqu'il se réveilla ici à côté de moi, lui disait une fois de plus que la vie est ailleurs. Et le bâtiment auquel il travaillait est achevé, et durant tout le mois de septembre il ne fait rien, rien d'autre que dépenser ses économies, accroché au comptoir de tous les cafés. L'Allemande mûre et triste retourne dans son pays, l'automne est là, et la perspective d'un autre hiver passé à charrier du sable et des briques se fait insupportable. En remontant lentement la côte (Torremolinos : garçon de cuisine dans un restaurant, puis serveur), il finit par arriver à Malaga (deux semaines dans une station-service) et sa tête se remplit de sifflements de train jusqu'au jour où il décide de partir pour Barcelone, chez son frère… Ici, elle perd le fil de l'histoire, elle se redresse un peu sur le lit, appuie son coude sur l'oreiller, penchée sur ton corps vigoureux qui transpire le sommeil. « Tu dors, Manolo ? » La lune s'est depuis longtemps cachée, et elle ne dort toujours pas, tournée vers toi, elle ne se lasse pas de te regarder. Un passé de silence et de ténèbres : parce que tu as honte de raconter cette histoire ou bien parce que le sommeil l'emporte, tu ne diras rien de celle qui t'a amené jusqu'ici ni comment tu l'as rencontrée – sûrement à la station-service où il travaillait. Il n'a jamais fait non plus le moindre commentaire sur son voyage ni sur les choses qu'il a vues – il a seulement dit qu'en faisant de l'auto-stop, on apprend à vivre, et avec trois cents pesetas en poche, son sac de plage à l'épaule et une jolie paire de sandales qui avaient appartenu à un Anglais (encore une histoire qu'il n'a pas voulu me raconter), vers la mi-octobre de cette année 1952, il descend place d'Espagne d'une voiture immatriculée à l'étranger. Barcelone grise sous la pluie, brouillard accumulé au fond des avenues, rumeur souterraine sous l'asphalte, on voudrait déjà avoir vingt ans, n'est-ce pas ? Elle seule connaît la fin de cette course, un baiser que le voyageur évoque avec nostalgie : une tête se penche par la fenêtre de la voiture étrangère qui l'a amené, c'est une belle tête fine aux cheveux roux très courts, et il reste là, debout, à agiter la main tandis que la voiture s'éloigne, continue sa route vers la France. Il se dirige vers un agent et lui demande où se trouve le Mont Carmel, puis, errant dans la ville, sans hâte, toujours avec son sac de plage à l'épaule, il finit par ne plus pouvoir résister à la tentation ingénue de monter dans un tramway ; sûr qu'il sourit derrière la vitre, pressé par les voyageurs, regardant tout avec des yeux émerveillés : il ne distingue rien encore à travers la foule, il s'en faut encore de beaucoup qu'il perde son innocence, qu'il apprenne à se faire un passage entre ces couples élégants et confiants, dans son chemin vers moi, le pauvre ne sait pas qui je suis, il ne sait pas que je viens juste de poser mon plateau, que je l'ai vu entrer, mais s'il m'invite à danser j'accepterai, même si on doit nous mettre dehors à coups de pied, même si tout le monde nous montre du doigt, mais bien sûr il vaut mieux qu'on ne nous voie pas, mon amour, allons dans l'ombre, là où il fait bien noir…

Un beau corps triomphera toujours des résolutions les plus martiales.

BALZAC

– Je prends.

Il avait toujours été particulièrement sensible au défi magique de la carte sèche. C'était peut-être pour cela, pour sa capacité de concentration imaginative devant les cartes, pour son sérieux, sa patience et son culte du silence, que les vieux amateurs de manille l'avaient accueilli avec plaisir à leur table du bar Delicias, depuis qu'il était tout jeune. Manolo avait joué avec eux pour le plaisir de jouer, non pour gagner de l'argent : il flattait les vieux en affirmant que la manille est le plus noble des jeux de cartes. Mais maintenant, depuis quelque temps, il préférait la table bruyante des célibataires qui avaient passé la trentaine et qui jouaient gros (parfois à une peseta le point) au rami, ou au pharaon, ou au trente-et-un. Jamais plus il ne revint s'asseoir à la table des vieux. Et brusquement, tout changea : il y avait toujours dans son dos un groupe de spectateurs qui scrutaient ses cartes, les commentaient, comme s'ils voyaient briller dans sa main de couleur une charge de possibilités très supérieure à celle des autres joueurs. Souvent, il quittait la table avec des gains. Il battait les cartes et les donnait avec précision et rapidité, mais à contrecœur, comme s'il voulait s'en défaire le plus vite possible et s'échapper. Ce sens si patient de la distribution, ce style tranquille et austère si surprenant chez un jeune garçon, ce lent cérémonial appris à la chaleur des vieux et du poêle, toute une science difficile et mystérieuse de l'attente dont transpiraient leurs doigts fripés et tachés de nicotine et de café lorsqu'ils battaient les cartes, lissaient une cigarette, secouaient la cendre des revers de leur veste ou ramassaient sur le tapis vert un atout gagné par un effort de volonté et non par un coup du hasard (les vieux dédaignaient les jeux de relance), tout cela avait complètement disparu de ses mains : maintenant il n'avait plus de temps à perdre. De leur calme et prudente table de manille, les vieux le regardaient avec une curiosité non exempte d'une certaine nostalgie : ils imaginaient vaguement que l'éloignement du jeune garçon était une preuve de plus du déphasage auquel les condamnait la vieillesse. Mais les choses étaient bien plus simples : il avait besoin d'argent pour sortir avec Teresa, et à la table des vieux il n'y en avait pas.

D'ailleurs, on ne le voyait plus que rarement dans le quartier et il marchait toujours très vite, comme s'il avait un problème urgent à résoudre. Une impression d'avoir oublié quelque chose dans sa hâte, de ne plus habiter là, et surtout le silence altéré d'autres ambiances – rumeur souterraine – qu'il avait commencé à percevoir quelques jours plus tôt dans le salon de la maison de Teresa, ne l'avait pas quitté ces derniers jours, et s'était manifesté d'une façon particulière un après-midi où il était arrivé à la clinique pour voir Teresa s'asseoir dans un fauteuil, une revue dans les mains. Ce fut comme une double révélation (pour une raison quelconque, il avait aussitôt pensé non seulement que Teresa était riche, mais qu'il était ce jour-là sans le sou), qui l'avait conduit à penser obscurément que les filles de bonne famille, quand elles s'asseyent devant vous en croisant les jambes, le font d'une manière très fine, mais bien entendu avec l'air de refuser quelque chose : il flottait autour du mouvement si puéril de ses genoux en train de se croiser l'ombre d'une décision non moins puérile, sans fondement, mais résolument négative.

– C'est fini, je vais à Blanes, dit Teresa sans le regarder, tout en ouvrant sa revue et en tirant sur les bords de sa jupe, chose qu'elle n'avait pas coutume de faire devant lui. Manolo ne fut pas trop surpris, ni par sa décision ni par son attitude. Depuis plusieurs heures, la terre avait commencé à bouger sous ses pieds : les problèmes que lui posait constamment le manque d'argent (il n'était pas disposé à continuer à voler : le premier faux pas signifierait tout perdre) le préoccupaient beaucoup. Un soir de chance au pharaon entraînait trois ou quatre jours d'aisance, mais ensuite le problème se posait à nouveau. Ce jour-là, par exemple, en voulant payer un café au comptoir du Delicias, il s'était aperçu qu'il ne lui restait que cinq pesetas. Juste à ce moment-là, il avait vu le jeune homme bien habillé, d'une trentaine d'années, aux sourcils noirs et épais et aux cheveux pleins de brillantine (il travaillait comme coursier dans une maison d'électroménager, un secteur d'avenir, assurait-il, et on l'appelait le Roi du Boogie), qui le regardait de l'autre extrémité du comptoir, devant un verre de cognac. Manolo lui avait souri : « Salut, Jésus. » Il y avait aussi deux employés du métro qui le regardaient attentivement, assis à une table de marbre près de la porte ; ils donnaient de grands coups du plat de la main pour écraser les mouches et s'éventaient d'un air ennuyé avec leurs casquettes. Il s'était approché du jeune homme : « Viens un moment, tu veux ? Il faut que je te parle… » Il l'avait fait sortir avec lui, au soleil, et l'autre s'était assis lentement sur une des chaises de la terrasse, en croisant prudemment les jambes, lui aussi, comme si d'emblée il ne voulait rien céder. « Qu'est-ce que tu veux ? Sacré Manolo, on ne te voit plus, avait-il dit.– La vie, mon vieux, avait répondu le Murcien. – Je vois, avait fait l'autre. – Écoute, Jesús, j'ai un problème. Tu peux me prêter trois cents pesetas ? » Il connaissait le Roi du Boogie depuis des années, et bien qu'ils n'aient jamais été très amis, il avait son estime. Il l'avait vu sourire ironiquement. « Tiens tiens », avait dit le Roi du Boogie, en croisant les bras. En dépit de son surnom, qui attestait une certaine splendeur juvénile acquise douze ou quinze ans plus tôt, au niveau dominical et rythmique (il avait gagné des concours de boogie au Piscine et Sports et dans d'autres salles de bal, concours qui étaient retransmis à la radio – il le jurait sur la tête de sa mère – par le fameux speaker Gerardo Esteban, qui lui avait serré un jour la main), la différence d'âge ne lui permettait plus de fréquenter Bande-à-part, qu'il considérait comme un possible mais étrange successeur. « Qu'est-ce que tu fabriques, Manolo, on peut savoir ? Où est-ce que tu vas danser le dimanche, avec quelles mômes tu fricotes, voyou ? » lui demandait-il parfois, et il ne pouvait jamais rien en tirer. De son temps, les filles portaient des jupes très courtes et des sacs de vinyle rouges, bleus, verts, très brillants. Il savait seulement que maintenant on dansait le rock. Les soirs d'été, assis avec les jeunes hommes mariés devant la porte du bar Delicias, le Roi du Boogie laissait errer ses regards dans le lointain, vers les Ramblas et le Barrio Chino, invisible sous la poussière lumineuse que la ville projetait dans la nuit. Et alors, souvent, il pensait à Manolo, mais jamais il ne pouvait l'imaginer en train de s'amuser comme il l'avait fait, lui, ni de fréquenter les mêmes endroits, ni en train de « faire la foire ». C'est pourquoi, bien que cela puisse paraître étonnant, le Roi du Boogie soupçonnait depuis longtemps Manolo d'êtrc un inverti. « Tiens tiens, disait-il maintenant, avec un sourire mystérieux. Sacré Manolito. – Rends-moi ce service, vieux, je suis sans un, avait insisté ce dernier. – Eh bien mon garçon, je regrette, mais moi aussi je suis à plat. Adresse-toi au Cardinal. – Écoute, je me débrouillerai avec deux cents. – Bizarre, ça, de te voir sans une…, disait Jésus. – Allez, cent pesetas », avait conclu Manolo. Le Roi du Boogie s'était mis à rire : « Va donc la sucer au vieux, c'est ton truc, non ? » Manolo l'avait regardé en fronçant les sourcils et les mâchoires serrées. Brusquement, le saisissant par les revers de sa veste, il l'avait soulevé de sa chaise : « Répète ça ! – Bas les pattes, pédé », avait ordonné l'autre. Manolo lui avait craché entre les yeux, sans le lâcher. Le Roi du Boogie n'avait rien fait, mais il avait dit : « Tu ne me fais pas peur, petit pédé, car c'est tout ce que tu es, tout le monde le sait dans le quartier. Personne ne peut t'encaisser ! » Manolo lui avait à nouveau craché au visage et l'avait lâché, soudain perplexe. Au fond, il se moquait complètement de l'opinion de Jésus, moralement parlant ; et si tout le quartier la partageait, c'était pareil. Ce qui était grave, c'est que cela confirmait cette impression de déphasage et de désintégration, la sensation que dans le quartier les événements avaient commencé à se déchaîner, depuis quelque temps, sans qu'il s'en aperçoive, et il fallait bien penser la même chose des sentiments des gens. Et en même temps que cette idée lui traversait l'esprit, sa main, comme si elle avait capté un obscur signal de danger, partit brusquement toute seule vers le visage du Roi détrôné du Boogie, qui reçut un revers aussi foudroyant qu'inattendu. Quelque chose était tombé de sa main, une enveloppe de chewing-gum. Manolo se rappela une étrange particularité du Roi du Boogie : c'était un de ces fumiers qui répugnent à embrasser les putes sur la bouche, et qui après avoir couché avec elles se mettent à mâcher des chewing-gums parfumés.

Sans lui laisser le temps de réagir, Manolo lui avait tourné le dos et s'était éloigné. Il essaierait ailleurs : d'abord auprès de sa belle-sœur (cinq douros, un billet infect qui sentait le poisson, mais dont il la remercia sincèrement), puis auprès de Sans, qu'il dut aller trouver à son travail (maintenant, il était au nettoyage des tramways au dépôt de la place de Lesseps, avec de hautes bottes de caoutchouc, une casquette crasseuse sur sa tête de singe et un tuyau d'arrosage), et finalement il alla chez le Cardinal, qui était précisément le seul auquel il ne voulait pas avoir recours. Comme il descendait en courant les marches qui relient la rue Gran Vista à la rue du Docteur-Bové, dans un tournant de l'escalier, Hortensia lui était inopinément rentrée dedans. La jeune fille avait l'air d'être aussi pressée que lui et la force du choc l'avait projetée contre le mur. Le soleil aveuglait ses yeux glauques. Il l'avait soutenue par le bras en balbutiant une excuse. Sur une terrasse au-dessous d'eux, sur les premiers raidillons de la colline, une femme aux grands yeux noirs, à l'aspect juvénile et d'une certaine façon offensé, les observait avec un sourire complaisant tout en baignant un enfant dans un récipient de plastique jaune qui brillait au soleil. La Seringue, décoiffée, avec à la main le cartable décoloré qui lui servait de pharmacie portative, s'était appuyée contre le mur et avait levé son regard vitreux vers Manolo.

– Où cours-tu si vite ?

– Chez toi, avait-il dit. Voir ton oncle.

– Je t'accompagne.

Elle avait des chaussures blanches à talons hauts que Manolo ne lui avait jamais vues. Le soleil tapait contre le mur de derrière du jardin, pendant qu'ils faisaient le tour de la villa, et elle marchait à côté de lui en silence, tête basse, pas très stable sur ses hauts talons. Elle tenait son cartable par la poignée, le bras très raide et collé au corps, comme au temps où elle allait au collège.

– J'ai été faire une piqûre au fils de Luisa, avait-elle dit.

– Ah oui ?

– Oui. c'est la deuxième. C'est très facile.

– C'est bien, ça, dis donc, avait dit Manolo, c'est bien, ce travail... Et ça te plaît, non ?

Il ne se sentait pas tranquille, mais ce n'est que lorsqu'elle l'avait fait entrer dans la salle à manger qu'il avait compris pourquoi : le Cardinal n'était pas chez lui.

– Il était là quand je suis partie..., avait commencé la jeune fille.

– Eh bien, il doit être sorti, l'avait-il aidé, mal à l'aise. Je reviendrai un autre jour.

– Attends, allons voir dans le jardin. Tu es pressé ?

Il l'avait suivie jusqu'à la tonnelle, mais avant même d'y arriver on voyait bien que le fauteuil d'osier était vide, la canne posée en travers des bras. Hortensia ne quittait pas le garçon des yeux. Elle avait ôté la canne et s'était assise en riant, puis avait croisé les mains derrière sa nuque, s'était étirée en agitant les jambes.

– Manolo, avait-elle dit, tu m'as promis qu'un jour tu m'emmènerais en moto.

Sous son corps, le fauteuil d'osier tout disloqué crissait avec un gémissement presque humain. Il s'était arrêté quinze mètres avant d'arriver à la tonnelle, car il n'avait pas eu besoin d'aller plus loin pour voir que le vieil homme n'était pas là.

– Oui, un de ces jours...

Il avait décidé d'attendre un peu et s'était assis par terre, en croisant les pieds, les yeux fixés sur la jeune fille à travers le soleil, l'observant avec curiosité. Elle n'arrêtait pas de bouger.

– Tu as déjà été amoureux, Manolo ?, avait-elle demandé en riant.

– Non..., avait-il dit.

Et c'est en remarquant la façon dont elle fixait soudain son attention vers un point du jardin (en inclinant la tête, un peu effrayée, comme si elle avait soudain découvert la présence d'une bestiole dans l'herbe qui poussait librement autour d'elle) qu'il avait constaté une fois de plus son extraordinaire ressemblance avec Teresa Serrat. Ces jambes qui s'agitaient en l'air, qui semblaient désespérément fustiger le soleil, n'avaient besoin que d'un léger bronzage de plage pour être celles de Teresa. Paupières mi-closes, Manolo observa attentivement la jeune fille : elle était vraiment jolie, et il éprouva le besoin obscur de se demander une nouvelle fois pourquoi, plutôt que de tomber amoureux de Teresa, il n'était pas tombé amoureux d'elle. L'amour est irrationnel et aveugle, dit-on, mais il soupçonnait que c'était là un autre de ces sales mensonges inventés pour tromper les âmes simples : parce que s'il avait connu Hortensia au volant d'une voiture de sport, par exemple, comme ç'avait été le cas pour Teresa, il serait très facilement tombé amoureux d'elle. Ça n'aurait pas été de l'amour ? De l'amour, oui, et du grand amour.

Hortensia, sans cesser de balancer les jambes, appuya la tête sur le dossier du fauteuil.

– Tu n'as plus ton pansement, dit-elle.

– Non.

– Et pourquoi ?

– Je suis guéri.

Soudain il tourna le visage, cessa de la regarder.

– Manolo, qu'est-ce que tu as ? Depuis quelque temps tu as l'air idiot. Tu n'es plus le même.

– Écoute, Seringue, j'ai beaucoup de problèmes… (Et s'allongeant sur l'herbe, il ajouta :) Je ne peux pas encore te rendre l'argent… Le vieux s'en est aperçu ?

– Évidemment.

– Et qu'est-ce qu'il a dit ?

– Oh, il m'a frappée. Oui, il m'a donné une gifle. Et il est très fâché contre toi.

– Je te rembourserai, dit-il. Je te rembourserai jusqu'au dernier centime… Je ne veux pas avoir de dettes envers toi.

– Tu as peur, dit-elle, et elle se mit à rire. Que c'est drôle, je ne l'aurais jamais cru ! Et en plus tu es devenu bête.

– Petite… !

– La petite travaille, tu sais ?

– Ça, c'est bien (Il se leva.) Oui, ça c'est drôlement bien. Enfin, je m'en vais. Je reviendrai un autre jour.

En passant devant elle (il préféra sortir par la porte de derrière, dans le jardin), il lui effleura des doigts le menton. Il crut qu'elle le raccompagnerait, mais non, Hortensia ne bougea pas, elle resta blottie dans son fauteuil. Manolo sentit dans son dos les yeux métalliques de la jeune fille, jusqu'à ce qu'il eût passé la porte. « C'est encore pire qu'avant », se dit-il en pensant à la colère du Cardinal. Tandis qu'il se dirigeait vers la clinique, il retrouva sa sérénité : en fin de compte, il n'y avait que dans le quartier qu'il ne se sentait pas à l'aise, et cela avait toujours été comme ça, il n'y avait pas à retourner la question.

Dina venait d'entrer dans la chambre de Maruja et Teresa était dans son fauteuil, comme Hortensia dans le sien, mais elle s'était composé une attitude d'autodéfense en croisant les jambes et ne le regardait pas. Elle avait l'air d'avoir mal dormi. « Je vais à Blanes. » Les luxueuses pages de la revue crissaient dans ses mains. Il comprit aussitôt que quelque chose de nouveau bouillait aussi dans cette petite tête blonde.

– Qu'est-ce qu'il y a, Teresa ?

– Rien. Sauf que la pauvre Maruja va de plus en plus mal et que moi… moi je suis épuisée, nerveuse. Je vais chercher maman.

– Mais elle est venue avant-hier.

– Eh bien, qu'elle revienne. Qu'elle revienne tout de suite.

Elle tournait les pages de sa revue à une vitesse étonnante. Indéniablement, elle ne pouvait rien voir ni rien lire, mais elle n'avait pas non plus l'air d'en avoir envie.

– Tu reviendras bientôt ? demanda-t-il.

– Je ne sais pas. (Et, après un court silence, comme si elle continuait une conversation commencée avec quelqu'un d'autre :) De plus, tu as dépensé tout ton argent à cause de moi.

– Qu'est-ce que tu dis ?

– Tu es sourd ?

« Tu aurais dû t'en douter : aucune fille n'aime sortir avec quelqu'un qui n'a pas d'argent », pensa-t-il. Il l'entendit murmurer :

– J'y pensais hier soir. Nous sommes fous…

– Arrête tes bêtises, coupa-t-il d'une voix étonnamment basse. Et dis-moi ce qui t'arrive, allez.

Teresa avait fini de tourner les pages, mais, reprenant brusquement sa revue par le début, elle recommença.

– À moi rien. Il ne m'arrive rien.

Manolo se mit à faire les cent pas devant elle, tête baissée et la main gauche enfoncée dans la poche revolver de son pantalon (exactement comme l'après-midi précédent, dans un bistrot de la Trinidad rempli de camionneurs bruyants, et où, voulant offrir à Teresa un bouquet de violettes que vendait une vieille femme, il avait senti au fond de sa poche un triste tas de petite monnaie. « Ne t'en fais pas, j'ai ce qu'il faut, avait-elle dit en comprenant. Comme ça j'ai l'occasion de payer de temps en temps »).

– Écoute, dit-il alors, je ne vois pas pourquoi tu devrais te mettre dans cet état pour ça. Ça n'a rien à voir… Je veux dire que j'attends justement une somme qu'on me doit…

– Bien sûr que ça a quelque chose à voir, Manolo. Qu'est-ce que tu crois que je suis ? Une idiote mal élevée qui ne connaît pas la valeur des choses ? Tu crois que je peux accepter ces dépenses ? Je connais les garçons comme toi, vous êtes trop gentils, trop bêtes. Vous ne comprenez pas bien ce que c'est que l'amitié. Ce qui me fait rager, c'est de ne pas m'en être aperçue avant hier… Je suis sûre que tu as dépensé tout l'argent de tes vacances.

– Eh bien, moi, je crois que ce n'est pas pour ça que tu pars. Tu pars parce que tu as peur.

– Peur de quoi ? Bon, Maruja est très mal, je me fais du souci… En plus, j'ai besoin de réfléchir.

Il croisa les bras, soupira.

– Tu réfléchis beaucoup, ma petite.

Teresa se mit à rire.

– Que tu es drôle, Manolo. Un amour. (Et maintenant, oui, elle semblait avoir trouvé un intérêt extrême à sa revue, car elle fixait son attention sur une de ses pages, tout en disant :) Mais soyons pratiques et parlons clairement, si on est amis c'est pour quelque chose. Voyons un peu, qu'y a-t-il entre nous ? De l'amitié et rien de plus, non ? Voyons, dis-moi.

Dina, qui les écoutait de la pièce à côté, comprit tout de suite ce qui se passait et sourit tout en prenant le pouls de sa malade : « Teresa commence à vouloir formuler les sentiments de son ami. Nous serons toujours idiotes, nous, les femmes », pensa-t-elle. Dina en savait long sur l'amour. Elle savait, par exemple, que l'affirmation amoureuse du type le plus dangereux, en tant qu'amant, consiste à nier à tout instant l'existence de l'amour, ou à ne pas se laisser aimer ; mais elle savait également que ce type, dans sa tranquille voix sans histoires, dans ses yeux perçants et sarcastiques et dans ses mains égoïstes et rapides, suggère en même temps qu'il n'est pas là pour autre chose que pour être aimé. Et le Murcien devait lui aussi savoir quelque chose de tout cela, car durant les derniers jours, tout en se montrant tendre et réfléchi avec Teresa (Dina les avait surpris plus d'une fois dans le petit salon, en train de roucouler ou presque), il avait su garder à tout instant cette tranquille indifférence si nécessaire pour que les pupilles bleues de son amie puissent se remplir de doute et d'intérêt.

Maintenant, pendant que le garçon se dirigeait vers la chambre de Maruja :

– Rien d'autre que de l'amitié, risqua-t-il. Et assez de bêtises, je t'en prie. Tu dis que Maruja est plus mal ?

Et, sans rien ajouter, étouffant les battements de son cœur sous une indifférence plus ou moins réussie (jamais il ne saurait à quel point ses yeux le trahissaient, à quel point ils démentaient la rudesse de ses paroles), il entra dans la pièce contiguë. Il laissa la porte ouverte. Dina était en train de faire une piqûre à Maruja. Il savait que le docteur avait coutume de passer à cette heure-là, mais il ne l'avait jamais vu parce que Teresa et lui s'en allaient avant. Maruja, en effet, semblait s'être consumée en vingt-quatre heures : ses joues pâles, transparentes, étaient enfoncées sous ses pommettes, son front était démesurément grand, de même que sa bouche. Son expression renfrognée s'était accentuée, comme si le mauvais sommeil qui la rongeait de l'intérieur était de plus en plus pénible.

– Elle est très mal ? demanda Manolo.

L'infirmière, sans le regarder, retira l'aiguille de son bras sur lequel elle appliqua un morceau de coton.

– Non. Sors, nous allons changer les draps.

– Mais comment va-t-elle ?

– Elle a des plaies dans le dos, c'est tout.

– Et c'est grave ?

– Je te prie de bien vouloir sortir. Le docteur va venir.

Quand il revint dans le petit salon, Teresa avait disparu. Il se tourna vers l'infirmière, perplexe.

– Elle est allée chercher sa mère, dit-il, et il resta immobile à la porte, comme s'il attendait que Dina confirme ce qu'il venait de dire.

Mais l'infirmière était attentive à son travail ; elle plia le bras de Maruja et l'introduisit avec soin sous le drap.

– Pas de chance, dit-elle. Va-t'en et reviens demain.

C'était vrai, la malchance lui faisait de l'œil : ce qui s'était passé, par exemple, avec la dernière moto qu'il s'était décidé à voler pour stabiliser un peu sa situation financière, en profitant du séjour de Teresa à Blanes. C'était le lendemain, après avoir convaincu sa belle-sœur d'aller prendre son costume à la teinturerie (au moins, si Teresa revenait avec sa mère, qu'elles ne le voient pas habillé comme un voyou). C'était le 18 juillet, précisément. À quatre heures de l'après-midi, il descendait la route du Carmel et, près du parc Güell, il dépassa deux couples de fiancés du quartier. Il les entendit murmurer dans son dos, ils le critiquaient, et lui, soudain, comme s'il avait oublié quelque chose, il s'arrêta et tâta ses poches. Il en tira tout l'argent qu'il possédait : de la ferraille. « Ce n'est pas possible, tu es un homme mort. » Il entra dans le parc. Il soupçonna alors que sa décision n'était pas soudaine, mais qu'elle sommeillait dans sa tête depuis plusieurs jours : s'il n'y avait pas d'autre solution, il le ferait, mais bien sûr ce serait la dernière fois. La moto pour le Cardinal, et avec ce que celui-ci lui donnerait, il liquiderait ses dettes et, avec un peu de prudence, il s'en tirerait jusqu'à la fin des vacances de Teresa. En même temps, il contenterait le vieux et le mettrait dans de bonnes dispositions pour de nouvelles avances. Et il ferait aussi un vol à l'arraché (le dernier, pour de bon cette fois) pour ses dépenses immédiates.

Un peu au-delà de l'entrée du parc, près des haies poussiéreuses, voitures et motos à side-car garées sans ordre. Entre les arbres, des cris d'enfants et d'oiseaux. Il voyait entrer des couples enlacés, d'un pas lent et religieux, qui le remplissaient d'impatience : il avait déjà repéré la moto. C'était une Montesa neuve, d'un rouge brillant, qui le regardait fixement depuis le fourré, de son œil de guêpe rancunière. Il dut attendre pendant plus de trois quarts d'heure et fuma la moitié d'un paquet de Chesterfield (inscrit sur son ardoise du bar Delicias) assis sur l'une des grosses boules de pierre qui bordaient la promenade de palmiers ; mais ensuite tout alla très vite : profitant d'un moment où personne ne passait, il monta sur la selle et mit le moteur en marche après avoir fait sauter le cadenas. Sous lui, la béquille se replia comme une trappe. Mettant les gaz, il sortit comme une flèche du parc et se lança à tombeau ouvert dans la rue Ramiro de Maeztu puis par l'avenue de la Vierge de Montserrat. Il roulait jambes très écartées pour ne pas salir son costume : c'était la seule chose qui le préoccupait.

Second objectif : un sac à main dans un endroit favorable (près d'Horta, c'était une rue déserte, non goudronnée, longée de chantiers), un grand sac qui battait contre la hanche d'une femme mince et d'âge mûr, vêtue de noir, avec des lunettes de soleil, qui venait de sortir d'un porche et qui s'éloignait le long du trottoir. Moteur au ralenti, il glissa derrière elle, contre le bord du trottoir. Dans la rue résonnaient les pioches et les voix des maçons. Il avait vu les jambes un peu musclées sur les grands souliers plats, et les hanches fuyantes, et le dos masculin très moulé par le corsage noir, et les cheveux noués en chignon sur la nuque, mais maintenant ses yeux étaient attentifs à autre chose : il n'y avait personne dans la rue. Il se rapprocha davantage de la femme, et quand il fut à sa hauteur (un profil sévère, des lèvres non peintes, avec un léger duvet sur celle du dessus), avançant au rythme de ses pas, elle tourna inopinément son visage vers lui. L'occasion n'était pas propice : le sac pendait maintenant sur le ventre dc la femme qui put savourer un peu de sympathie bande-à-partesque avant de mourir.

« Excusez-moi, dit le garçon avec son meilleur sourire, vous avez l'heure ? » Elle, tranquillement, l'air inexpressif, plia le coude (son sac se balança favorablement sur son bras, comme un pendule) sans s'arrêter, elle regarda sa montre, qui dépassait à peine sous la manche serrée de son corsage, et juste à ce moment la main de Bande-à-part jaillit comme un éclair et s'empara du sac : une forte traction, qu'elle devina et tenta de neutraliser en levant le bras (en même temps qu'elle émettait des cris gutturaux), si bien que la bride de cuir resta quelques secondes accrochée au bracelet de sa montre, mais une nouvelle traction fut décisive, et en un clin d'œil son sac se retrouva entre la veste et la chemise du garçon, qui mit pleins gaz (au voleur ! au voleur !) et se lança en direction de la place de la Fuente Castellana pour descendre ensuite par la rue de Cartagena. Formidable, le démarrage de la Montesa, instantané. Mais les cris de l'inconnue résonnèrent à ses oreilles durant un long moment. Cinq minutes plus tard, derrière l'hôpital San Pablo, moto arrêtée et pied à terre, Manolo faisait l'inventaire du sac : un crayon à sourcils, un mouchoir parfumé avec un M brodé en bleu (Margarita, Margarita), un porte-monnaie avec de la ferraille, un permis de conduire, une carte de sécurité sociale, un agenda, un stylobille, une vieille photo d'une équipe féminine de basket (lourdes jupes fouettées par le vent, genoux et sourires pâles sur un terrain désolé : une croix à l'encre au-dessus d'une fille à tête de chat), un peigne, un tube d'aspirine, un petit livre (*Âmes à la dérive*, ou quelque chose comme ça) et, en effet (les craintes étaient fondées), rien d'autre qu'un billet de cent et un de cinquante. Pas de chance. Le garçon remit tout dans le sac, sauf l'argent et le mouchoir parfumé. Il démarra, puis, sans s'arrêter, lança le sac par-dessus le mur d'un jardin. On le trouverait et il serait rendu à sa propriétaire. Il était cinq heures cinq. Il s'arrangerait, comme sans le faire exprès, pour que Teresa voie ce mouchoir : non, ce n'est rien, un souvenir de Margarita, la fille d'un exilé, un amour mort à cause de la guerre, une blessure pas encore cicatrisée… Non, quelle bêtise (il jeta aussi le mouchoir). Ne divaguons pas.

Il abandonna la moto, à moitié cachée entre deux voitures, en face de la clinique. Il y en avait d'autres, et un jeune garçon à chemise à carreaux qui allait et venait sur le trottoir (et dont il comprendrait trop tard les regards de biais ; voilà qu'apparaissaient les premières conséquences – et bien sûr au mauvais moment – d'un effort excessif polarisé dans une seule direction : il ne reconnaissait plus ses propres collègues). Ce qui avait détourné son attention, c'était surtout la Floride de Teresa stationnée non loin de là. « Elle est revenue », pensa-t-il avec joie. Une fois en haut, la première chose qu'il vit en entrant fut la tête grise d'un homme au milieu de la pénombre du petit salon, appuyée contre le dossier du fauteuil. Il semblait dormir. Les persiennes étaient baissées Manolo passa devant lui sans faire de bruit et entra dans la chambre de Maruja. Assise au chevet du lit, Dina lisait un roman.

– Comment va-t-elle aujourd'hui ? demanda Manolo à voix basse.

– Mieux, dit-elle sans quitter son livre des yeux. Son père est là, tu ne l'as pas vu ?

– Ah, son père. Et Teresa ?

Il n'obtint pas de réponse. Quelqu'un était derrière lui, les yeux fixés sur sa nuque. Il se retourna. C'était l'homme aux cheveux gris. Manolo le salua d'un signe de tête, tandis que l'autre le regardait avec des yeux fatigués, à peine visibles entre les plis infinis de ses paupières. Son visage sombre semblait esquiver quelque chose, une lumière gênante (il avait froncé ses épais sourcils, dans cette mimique paysanne pour atténuer les reflets du soleil) ct bien qu'il ne fût pas aussi grand que Manolo, son regard semblait descendre vers lui. Il y avait dans son aspect quelque chose qui ne plut pas au jeune homme. Lentement, l'homme détourna les yeux de Manolo et regarda sa fille. Près de la tête de celle-ci, sur l'oreiller, la sonde fermée par une pince reposait comme une petite et maligne couleuvre. Maruja gémit faiblement : sur le blanc de ses yeux voletèrent une seconde ses paupières minces et couvertes de croûtes, étonnamment décharnées, dépourvues de cils, et durant un bref instant apparut la noirceur brûlante de ses pupilles, ses grandes pupilles effrayées qui ne se fixèrent sur aucun des visages présents autour d'elle ; mais c'était certainement un regard (un regard qui n'était plus destiné à personne en particulier), et cela sembla lui coûter un effort surhumain. Puis elle ferma les yeux. On entendit l'homme qui toussait.

– Vous voyez ? dit l'infirmière, sur le ton dont elle se serait servie pour parler à un enfant. Elle va beaucoup mieux.

Manolo revint dans le petit salon et actionna la jalousie pour faire entrer un peu de lumière. Quelques minutes plus tard, le père de Maruja vint le rejoindre. Il portait un costume marron très usé.

– Vous êtes un ami de mademoiselle Teresa ?

Il observait attentivement Manolo. Celui-ci répondit :

– Oui… Et de Maruja. Elle a l'air d'aller mieux, non ? dit-il pour dire quelque chose.

– Dieu le veuille, parce que moi j'ai bien l'impression qu'on me dit n'importe quoi. Attendons le mois prochain, que le garçon soit libéré…

Il le regardait de ses yeux fatigués, et maintenant, en le voyant de plus près, Manolo comprit que tout ce que manifestait cet homme, c'était une envie de dormir et un absolu désintérêt pour tout. Il le vit introduire précipitamment sa main dans sa poche, probablement pour lui offrir une cigarette. Il se sentait si mal à l'aise qu'il lui tourna le dos. Heureusement, juste à ce moment-là parut

Teresa ; elle entra d'un pas décidé et son premier regard (un éclair de joie indicible, qui n'illuminerait plus ses yeux avant qu'elle ne se retrouve seule avec lui) fut pour le garçon.

– Ah, dit-elle, vous vous connaissez ? (Elle fit les présentations :) Monsieur Lucas est le père de Maruja… Manolo, un ami. Le garçon tendit la main et rencontra un morceau de bois sans vie (avec une cigarette qui devait lui être destinée, mais que l'homme ne retira pas à temps, et qui se coupa en deux).

– Ce jeune homme, dit le père de Maruja, en lui offrant une autre cigarette, la trouve lui aussi plus consciente. Et c'est ce que je dis : question de temps. Bon, ajouta-t-il en regardant la porte, et doña Marta ?

– Elle est avec le docteur, elle vient tout de suite, dit Teresa. Papa est en bas.

L'homme esquissa un mouvement vers la porte, mais il se retourna, entra dans la chambre de sa fille, dit quelque chose à l'infirmière, ressortit, prit congé et s'en alla en refermant la porte sans faire trop attention. Alors Teresa se planta devant Manolo, très près de lui, et leva son visage pour le regarder dans les yeux.

– Bonjour, dit-elle de sa voix câline, un peu nasale, toujours comme si elle était enrhumée ; il y avait dans cette voix une humide promesse de caresses furtives.

– Quand es-tu revenue ? demanda-t-il.

– Ce matin. Nous sommes ici depuis trois heures, toute la famille, ajouta-t-elle sans détourner les yeux de Manolo. Maman va venir. Maruja n'a rien de grave, je me suis effrayée sans raison…

– Et comment te sens-tu aujourd'hui ?

– Merveilleusement, comme neuve. (Elle remarqua son costume.) Dis donc, quelle élégance !

Ils entendirent des pas dans le couloir. Ils s'écartèrent un peu l'un de l'autre et Manolo, instinctivement, ajusta le nœud de sa cravate. Il put capter un regard amusé de

Teresa, et à ce moment-là la porte s'ouvrit, et Mme Serrat entra, suivie d'autres personnes ; elle parlait et sa voix se transforma en un soudain murmure quand elle franchit le seuil, comme si elle entrait dans une chapelle ardente : « … figurez-vous que Teresa est arrivée complètement retournée, en disant que Maruja allait très mal, qu'elle avait des plaies horribles dans le dos, qu'elle allait mourir, bref, elle a réussi à mettre tout le monde sur les nerfs ! Je voulais appeler avant de venir, tenez. Mais enfin, il vaut mieux que ce soit une fausse alerte… Et Lucas, il est parti ? », ajouta-t-elle en regardant Teresa.

– Il est avec papa.

Manolo s'était retiré près de la fenêtre et attendait. Mme Serrat était accompagnée du docteur Saladich (grand, bronzé, très séduisant, avec une espèce de réserve professionnelle dans ses beaux yeux gris) et d'une autre dame qui devait être la tante Isabel, et qui s'assit aussitôt, très rouge, l'air fatigué. Teresa s'approcha de Manolo :

– Viens, lui dit-elle, mais déjà sa mère se dirigeait vers eux.

– Ton père nous attend en bas, il a absolument voulu trouver le chauffeur de la compagnie pour qu'il ramène Lucas à Reus. Tes fichus nerfs, ma fille… (elle remarqua alors Manolo). Ah, vous êtes certainement ce jeune homme…

Teresa le lui présenta :

– Il vient voir Maruja tous les jours.

Elle ne parut pas lui accorder beaucoup d'attention (elle ne lui tendit pas la main, occupée à tenir le foulard vert qu'elle avait sur la tête), mais en revanche l'autre dame et le médecin l'observaient, et il leur fut également présenté par Teresa. Rien de particulier dans l'attitude de Mme Serrat (pendant que Teresa entreprenait d'expliquer au docteur Saladich ses craintes de la veille au sujet de Maruja), sauf un tiède regard en suspens, un regard dont le caractère inquisiteur ne le concernait pas exactement, ou du moins pas seulement, mais impliquait également sa fille : elle gardait son visage légèrement tourné vers Teresa, qui était en train de parler, mais en fait elle regardait le garçon qui écoutait.

– Des sottises, Teresa, dit soudain la dame. Maruja va beaucoup mieux.

Le docteur Saladich ne se montrait pas du tout optimiste mais assurait qu'en effet les craintes de Teresa étaient sans fondement. Comme ils se disposaient à partir, Mme Serrat se lança dans une conversation compliquée avec sa sœur et avec Teresa au sujet de ce qu'il fallait faire : elle rentrait immédiatement à la villa (elle avait des invités) dans la voiture de sa sœur, et son mari « qui bien sûr ne pourra pas trouver le chauffeur de la compagnie, parce que, aujourd'hui, c'est fête », dit-elle, serait obligé d'accompagner Lucas avec l'autre voiture. « De toute façon, ajouta-t-elle, Oriol pensait aller à la propriété un jour ou l'autre. » Tante Isabel suggéra que Teresa pouvait accompagner Lucas, et Oriol aller avec elles à Blanes (mais Oriol avait des choses à faire en ville) et Teresa protesta en disant qu'elle était morte de fatigue, et qu'en plus il fallait qu'elle amène la Floride au garage pour une réparation. Près de la fenêtre, Manolo attendait, immobile et correct, et la seule chose qui fut claire pour lui finalement (la seule qui l'intéressait, d'ailleurs) fut que Teresa était libre, et qu'elle restait à Barcelone.

– Mais ne fais pas de bêtises, ordonna sa mère, sans aucune autorité dans la voix. Tu es maigre comme un clou. Il ne manquerait plus qu'après Maruja ce soit ton tour… Je convaincrai ton père de te faire venir à Blanes pour te reposer au moins une semaine.

– Oh maman, non, Blanes est à mourir d'ennui. Et tu sais bien que je veux rester près de Maruja, quelqu'un doit le faire.

– C'est bon, c'est bon, conclut sa mère, qui n'avait assurément aucune envie d'aborder la question. Elle parla un instant avec sa fille, et Manolo put entendre Teresa : « Maman, il faut que tu me donnes un peu d'argent. »

Elles prirent congé et le docteur Saladich les raccompagna aimablement. Il était six heures, Teresa se laissa tomber dans un fauteuil en soupirant et fit sauter ses sandales de ses pieds.

– Ouf, pas trop tôt.

Elle portait un pantalon orange très tendu, avec un élastique sous la plante des pieds.) Qu'est-ce qu'on fait, dit-elle, d'un ton pas du tout interrogatif.

Ils se regardèrent.

– Ils rentrent tous à la villa ? demanda Manolo, et aussitôt, en riant : Tu as mis une drôle de pagaille ! (Il s'approcha d'elle, riant encore, lui prit une main par laquelle il la tira doucement pour la faire lever.) Allez, paresseuse.

Teresa résistait en riant, jambes écartées, les pieds fermement appuyés sur le sol : elle dissimulait difficilement son impatience.

– Manolo, tu étais fâché, hier, quand je suis partie sans rien te dire ?

– Non.

Il exerça une forte traction et Teresa se retrouva dans ses bras. Ils vacillèrent un moment comme des pantins, en riant sourdement, soudain pris de faiblesse, comme si leurs forces les avaient abandonnés, et prolongèrent les délices titubantes de cet instant jusqu'au moment où ils heurtèrent la porte de la chambre de Maruja. Leurs sourires s'estompèrent, laissant la place à une tension haletante. Ils s'embrassèrent sur la bouche, précipitamment, en tremblant.

– Dina est là, murmura Teresa. Quel soulagement que ce ne soit pas trop grave pour Maruja, n'est-ce pas ?

– Oui, dit-il. Allez, on s'en va.

– Attends… Je…

– Allons quelque part où nous serons seuls. Au Tibet.

– Oui. Mais… (Elle souriait, la tête sur sa poitrine, puis soupira.) Manolo, je veux que personne ne le sache. Personne ne doit savoir que nous sortons ensemble, ce sera comme un secret entre toi et moi, tu comprends ?

– Tu as beaucoup réfléchi, à la villa ? demanda-t-il.

Teresa hésita :

– S'il te plaît, ne tire pas de conclusions trop égoïstes (le garçon cligna des paupières, confus). Ne dis rien, je te le demande (elle lui mit un doigt sur les lèvres). Tu sais quoi ? J'ai retrouvé dans mes papiers la lettre qu'un ami m'a écrite de prison, un étudiant. Si tu voyais ce qu'il dit, comment c'est écrit, il m'a calmée… Nous sommes des lâches, Manolo, voilà ce que je pense, des lâches qui n'osent jamais faire les choses bien qui nous plaisent. Dans sa lettre il me parlait de Mauricio.

Ombre chérie, sans aucun doute. Il avait déjà remarqué que Teresa, chaque fois qu'elle faisait allusion à une quelconque ombre chérie et prestigieuse, baissait les yeux avec la ferveur réceptive d'une vraie petite collégienne appliquée. Le monde fantomatique de ses affections, de ses sympathies et de ses admirations était non seulement plus vaste et plus généreux que le sien, mais également capable d'une solidarité mythique, suspecte de conjuration, et il annonçait un danger. Ce ne fut que plus tard, dans la voiture, que Teresa n'arrivait réellement pas à mettre en marche – elle n'avait pas menti en parlant d'ennuis mécaniques –, qu'il perçut les nouveaux signes, le fruit de ses réflexions obstinées pendant les vingt-quatre heures qu'elle avait passées à la villa, les détails, banals en apparence, mais qui portaient maintenant l'étiquette de luxe, avec le prix et l'indication expresse (Murciens : ne pas toucher).

– C’est amusant de sortir incognito, non ? dit Teresa. Mais je te présenterai quand même à des amis qui veulent te connaître. Des étudiants.

– Ah.

Et il comprit alors que les choses allaient inexorablement se compliquer, et que c’était logique, car il ne pouvait prétendre vivre avec Teresa dans une sphère de cristal, ou comme si cet été-là était vraiment une bienheureuse île déserte. Il fallait donc affronter ce qui viendrait de ce côté-là et même essayer d’en tirer profit, d’autant plus que de l’autre, son terrain à lui, le quartier, la terrible vengeance du Carmel redoublait de dureté ; voici comment s’était terminée l’histoire de la dernière moto volée : comme il jetait un discret regard alentour - Teresa avait enfin réussi à mettre la Floride en marche – pour s’assurer que la moto était toujours là (« je viendrai la chercher cette nuit »), il lui sembla voir à sa place, assis sur le bord du trottoir, riant, se moquant de lui, le Cardinal en personne… Ce n’était que le père de Maruja (qui attendait probablement la voiture qui devait le ramener à Reus) mais il faillit pousser un cri et demander à Teresa de stopper. Quant à la Montesa, elle avait disparu en même temps que le gamin à la chemise à carreaux.

Décidément, aujourd’hui encore, il s’était levé du pied gauche. Une telle mouise était-elle possible ? D’autres contrariétés, des alertes, de petites alarmes arrivaient souvent, comme des panneaux de la circulation annonçant virages et carrefours : ce fut au cours d’un autre après-midi de plage improvisé (une petite crique à Garraf, avec buvette et parking, lui et elle allongés près du squelette d’une barque abandonnée dont les côtes vermoulues se dressaient vers le ciel) que se présenta inopinément le nouveau signal, en la personne d’une souriante jeune fille à tresses qui courait vers Teresa, en se brûlant la plante des pieds, pliée en deux, enveloppée dans une grande serviette rouge (un vrai S sur le fond jaune du sable :

virage dangereux) et qui rejoignit l'étudiante au moment où celle-ci se dirigeait vers la guinguette. Elle avait d'abord crié son nom à en perdre la voix ou presque. Elle était avec un garçon qui était resté en arrière. Manolo, allongé près de la barque, vit les deux amies tomber dans les bras l'une de l'autre et s'embrasser. À deux ou trois reprises elles tournèrent la tête pour le regarder, en souriant et en murmurant ; il se dit qu'il ne pourrait échapper aux présentations, mais à tort (elles ne considéraient que ce torse parfait, aux mouvements rythmés). L'amie de Teresa souriait sans cesse, avec sa petite face de lune bronzée, et elle ne restait pas une seconde en place, en se tortillant, enveloppée dans sa serviette. Il ne pouvait entendre ce qu'elles disaient, mais il savait qu'elles parlaient en catalan (il le déduisait des gracieuses petites moues que faisait Teresa, il avait appris à les lire) et cela, avec leurs rires, de moins en moins retenus, suffisait à l'inquiéter. Confirmant ses soupçons, le vent lui apporta le mot terrible *(charnego)* prononcé par l'amie de Teresa, puis son rire : ce terrible, ce sûr sarcasme catalan était là à nouveau, soupçonneux, incarné dans cette fille gaie (quel mystère que son sourire), comme une menace. De quoi peuvent-elles parler, pourquoi Teresa ne m'appelle-t-elle pas, ne me présente-t-elle pas ? D'autres mots isolés lui parvinrent, de troubles interrogations : « il travaille ? », « vacances ? », « fais attention, ma vieille ». Il vit entre elles et le paysage une harmonie familière, il devina un asservissement des éléments : le soleil, déjà déclinant, rouge, brillait juste entre les deux petites têtes un peu folles, sa lumière se décomposait dans les cheveux blonds de Teresa, et tirait de lui de doux rêves de dignité (quelque chose appelé éducation, ou progrès, ou vie pleine) et d'infinies tendresses qu'il faudrait mériter par l'effort de l'intelligence… Enfin, elles étaient catalanes toutes les deux, jolies et, qui plus est, riches. Elles se quittèrent avec un nouveau baiser.

– Qui est-ce ? demanda-t-il quand Teresa revint.

– Leonor Fontalba, une amie de la faculté. Elle est très sympathique.

– Qu'est-ce qui vous faisait rire ?

Teresa pirouetta sur ses jambes et s'allongea près de lui.

– Nous parlions de toi, dit-elle. Ça dérange Monsieur ? Leonor passe ses vacances à Sitges. Elle s'est échappée avec un ami. Au fait, elle m'a dit que ce soir ils seraient tous au Saint-Germain. Ça te plairait de les connaître ? On pourrait aller y prendre un verre. Je te présenterai.

– Qui ça ?

– Des amis.

– Mais quel genre d'amis ?

Sur le ton le plus naturel du monde, elle répondit :

– Des étudiants de gauche.

3

J'en suis ? Vraiment, j'en suis ? Et lui, il en est vraiment ? Et si quelqu'un me voit parler avec lui, pensera-t-il que j'en suis, ou que je n'en suis pas ?

TRILLING

La nature du pouvoir qu'ils exercent est ambiguë, comme la nature même de notre situation : on peut seulement dire d'eux qu'ils sont d'idées opposées. Leurs premières et juvéniles inquiétudes d'étudiants eurent quelque chose du vice solitaire. Malheureusement, dans notre université, où n'existait pas ce que Luis Trías de Giralt, avec une ostentation moins rhétorique qu'on pourrait le penser, trouva bon d'appeler la copulation démocratique, la conscience politique naquit d'une ardente et joyeuse érection et d'un tripotage idéologique solitaire. De là, le caractère lubrique, trouble, sibyllin et fondamentalement secret de cette génération de héros dans son premier contact avec la subversion. Au début, personne ne semblait avoir le commandement. Et brusquement, en 1956, on les voit se mettre en marche comme si on les avait remontés avec une clef plantée dans leur dos, comme de rigides pantins ayant prêté serment, un poignard caché dans leur manche et une irrévocable décision dans leur regard de plomb.

Impressionnants et impressionnés par eux-mêmes, mystérieux, prestigieux et s'accordant du prestige, ils avancent lentement, gravement, dans les couloirs de l'université, avec d'étranges livres sous le bras et qui sait quels ordres accablants sur la conscience, soulevant sur leur passage d'invisibles vagues de danger, de consignes, de messages chiffrés et d'entrevues secrètes, provoquant l'admiration, le doute et de féminins frissons dorsaux en même temps que de fulgurantes visions d'un avenir plus digne. Leurs nobles fronts écrasés par le poids de terribles responsabilités et de décisions extrêmes pénètrent dans les salles de cours comme des tanks enveloppés dans la fumée de leurs propres canons, réduisent des nœuds de résistance, foudroient rumeurs et jalousies, écrasent théories et critiques adverses et imposent le silence : c'est alors que, parfois, on entend, comme dans le brusque finale d'un concert, cette voix prise au dépourvu, attrapée en pleine confidence, cela ressemble à une seule, longue, bredouillante et obscène parole :

– … et lepécésituveuxlepécé…

On en a vu souvent deux ou trois à une table à l'écart du bar de la Faculté, parlant bas, lisant et se passant des brochures. Teresa Serrat est toujours avec eux, active, véhémente, sophistiquée, illuminée de l'intérieur par sa lumière rose comme un abat-jour. Certains éléments de droite s'obstinent à dire que la belle blonde politisée couche avec ses amis, avec Luis Trías de Giralt au moins. Mais tout le monde le sait : bien que les temps soient au tripotage en haut et en bas, le reste, il n'en est pas encore question.

Crucifiés entre un merveilleux avenir historique et l'abominable usine de papa, pleins d'abnégation, sans défense et résignés, ils portent leur mauvaise conscience de riches comme les cardinaux leur pourpre, paupière humblement baissée, ils irradient un héroïque esprit de résistance familiale, une amère aversion pour des parents fortunés, un mépris pour des beaux-frères et des cousins entreprenants et pour des tantes dévotes, en même temps qu'ils baignent, paradoxalement, dans un parfum salésien de câlineries de maman riche et de petits déjeuners de luxe : ils en souffrent beaucoup, surtout quand ils boivent du vin rouge en compagnie de certains boiteux et autres bossus du Barrio Chino. Entre deux feux, condamnés à être critiqués d'en haut et d'en bas, ils sont distants en cours, impénétrables, ils ne parlent qu'entre eux, et encore pas beaucoup, car ils ont des missions spéciales et urgentes à remplir, ils couvent douloureusement des regards expressifs, caressent d'interminables silences qu'ils laissent grandir entre eux comme des arbres, tels des chiens de chasse intelligents ils flairent des dangers qu'eux seuls perçoivent, préparent des réunions et des manifestations, se donnent rendez-vous par téléphone comme des amants maudits et échangent des livres interdits.

Le groupe des élus n'est pas très nombreux, leur assigner un rang n'est pas facile, Luis Trías semble être leur capitaine. Grand, silencieux, la tête un peu penchée – elle lui tourne un peu, à cause de son propre parfum à la rose –, quand on le voit dans les couloirs et les salles de cours, il ressemble aussi à un vivant feu de croisement réglant la circulation des idées et des projets subversifs. Mais les masses se demandent : est-il vraiment branché ? Le feu tricolore clignote, insondable, quand Teresa le regarde.

En réalité, tout a commencé comme la vie même : l'inquiétude et l'esprit de résistance estudiantins qui devaient descendre dans la rue en 1957 pour clamer leurs revendications culturelles et politiques (en laissant tomber la bonne graine qui germerait peut-être quelques années plus tard, soit dit pour tranquilliser la mémoire des martyrs encore vivants, dont certains occupent maintenant le fauteuil directorial du patrimoine familial) couvaient depuis longtemps déjà chez trois ravissantes jeunes étudiantes, de la faculté des lettres – l'une d'elles était Teresa – et une autre des Beaux-Arts, depuis le temps où, deux ans plus tôt, elles assistaient aux cours avec un pantalon plié sous le bras et à la sortie se rendaient à certain appartement de la rue Fontanella, dont la propriétaire était, semble-t-il, une ex-religieuse cordiale et cultivée, et là, elles passaient leur pantalon, allumaient une cigarette, s'allongeaient par terre sur des coussins et accéléraient le rythme de leurs palpitations intimes en parlant des idées nouvelles avec une véhémence semblable à celle de prostituées dans l'attente de l'arrivée prochaine de la VIe Flotte. Quelque temps après, ceux qui assistaient, de plus en plus nombreux et excités, au cours d'histoire de certain professeur adjoint fraîchement rentré de France eurent l'occasion de voir se produire quotidiennement un miracle sous leurs yeux étonnés : pendant la leçon, la parole magique du professeur, son exposé exhaustif et dialectique de certaines réalités de la vie tournait autour de lui (en fait, il ne parlait que de lui, devaient dire plus tard ses détracteurs), comme un oiseau merveilleux et exotique qui de son bec l'aurait peu à peu délivré de ses vêtements pour lui en mettre d'autres, ou comme la lente métamorphose effectuée par la baguette magique d'une fée, jusqu'à ce qu'il fût entièrement habillé en milicien, avec salopette, fusil, cartouchières et tout le reste, sous les yeux éblouis de ses élèves. (Bien entendu, ceux qui étaient familiarisés avec la véritable personnalité du milicien trouvaient la ressemblance lointaine et grotesque.) Un frisson visionnaire parcourait la classe de taille en taille, les filles écoutaient le professeur bouche bée et les yeux fermés, un peloteur connu, à la main longue et expéditive, alla jusqu'à dire qu'il percevait clairement certains soupirs, d'autres entendaient les cloches sonner, c'est l'heure, lâchez les pigeons, amis, je vais être père : voilà l'histoire d'un accouchement multiple et adolescent, il y a de la générosité et du sacrifice, mais aussi de la négligence et de la confusion, tous les enfants ne seraient pas reconnus ensuite par leur père, ainsi va la vie, nous avons tous été jeunes, il arrive tant de choses.

Les événements se précipitèrent : il suffit que Luis Trías de Giralt effectue un rapide voyage à Paris pour que, à son retour, le bruit commence à courir qu'il avait pris sa carte (la nouvelle, qui faisait soudain de Luis Trías l'élément le plus qualifié pour prendre le commandement de l'organisation secrète encore débutante, provenait en fait d'une des filles qui assistaient aux réunions de l'appartement de la rue Fontanella : ce fut après une nuit de gin et de débordements verbaux avec le leader lui-même au Saint-Germain, où ils avaient couvé ensemble de vagues connexions avec de mystérieux pouvoirs occultes). L'université de Barcelone devait se mettre à la hauteur de celle de Madrid, toujours plus sérieuse dans la lutte, plus conséquente et plus efficace. « *En février 1956, après l'interdiction d'un congrès étudiant, à Madrid, les esprits étaient excités, il y eut des heurts, un coup de feu claqua, et un jeune homme s'écroula, gravement blessé.* » Luis Trías, qui à cette époque se trouvait à Madrid (il commençait à devenir quelqu'un de convenablement doué d'ubiquité, apte à s'esquiver et surprenant) fut arrêté et passa six mois en prison.

Teresa recevait ses lettres, qu'elle lisait dans les couloirs de l'université, un peu à l'écart des autres mais pas suffisamment cependant pour ne pas se rendre compte qu'elle était observée et enviée. Puis l'intrépide blonde et ses amis collaborèrent à une tentative de grève ouvrière, qui malheureusement échoua. C'était la première fois que les étudiants adhéraient à un mouvement ouvrier et, dans les salles de cours, le prestige des quatre filles en pantalon grandissait avec tout le mérite, la dignité et le risque que cela comportait. Un numéro spécial des *Temps modernes* consacré à la gauche* passait de main en main. D'étonnantes nouvelles circulaient. En même temps, à la faculté des lettres, commença à se faire remarquer un étudiant égyptien à l'aspect prophétique, très beau, propriétaire d'une paire d'yeux noirs de légende et d'un langage apocalyptique (« Je viens vous annoncer quc cette merde s'achève ») qui mérita d'être versé dans la catégorie « très branchés » sans que personne sût jamais par la grâce de qui, bien qu'on soupçonnât l'existence d'une cinquième fille-couveuse qui avait rejoint tout dernièrement le petit comité central. Luis Trías de Giralt reparut (il ne revint pas seul, comme on le sait : il était accompagné du fantôme du supplice), indiscutable leader désormais (catégorie « super-branchés ») et on commença à le voir partout et à toute heure avec Teresa Serrat qui, pendant son absence, avait non seulement continué courageusement son œuvre, mais qui en plus lui avait été fidèle. C'est alors qu'ils organisèrent ensemble toutes les choses qui devaient les couvrir de gloire et de prestige – un jour qu'ils étaient cernés par la police armée, bloqués dans la salle de cours et empêchés de faire leurs besoins depuis des heures, ils réussirent, grâce à un vibrant discours en duo, à obtenir que tous les étudiants, filles et garçons, oublient leurs complexes petits-bourgeois et se décident à uriner sur place, sans honte : le spectacle revêtit un caractère de solidarité dont les détails et les charmes (certains franchement adorables, il faut le dire) sont encore dans la mémoire de beaucoup. Leur activité culmina avec la fameuse manifestation d'octobre, après quoi l'université fut fermée par les autorités pendant une semaine, plusieurs étudiants faisant l'objet d'une enquête – parmi eux Teresa et Luis – tandis que d'autres étaient renvoyés ou arrêtés. Il ne serait pas juste de passer sous silence certain noble et valeureux sens du don de soi, proche de la témérité, qui caractérisa l'action désintéressée de

Teresa Serrat et de ses amis. La nature de ce sens du don de soi fut, est toujours matière à discussion.

Aujourd'hui, alors que presque deux ans ont passé et que l'université semble revenue à son état normal, la généreuse ardeur démocratique est encore latente et peut-être même plus fébrile que jamais, bien que, pour être exact, il soit nécessaire de dénoncer un certain déplacement subi récemment par cette ardeur à l'intérieur de tous ces jeunes corps : disons simplement qu'elle est descendue un peu plus vers les zones obscures et humides de la passion. C'est pourquoi certains ont commencé à tomber de leur piédestal (il se révéla que l'Égyptien, précurseur en tout et qui, devançant tout le monde, avait emporté une bonne part de la ferveur féminine, non seulement n'était branché nulle part, mais n'était même pas égyptien), tandis que d'autres se tiennent un peu plus fermes sur le leur, pour le moment du moins, comme Teresa Serrat et Luis. Quant aux filles, une seule eut le bonheur de se brancher pleinement et jusqu'au bout sur le pouvoir occulte, même si ce fut pour le regretter et, qui sait, pour le reste de sa vie : c'était la cinquième fille couveuse de mythes, victime propitiatoire (de l'Égyptien, comme on l'apprit plus tard), qui fut entraînée par l'autre maelström, le mouvement souterrain qui agitait lui aussi la surface, et qui se retrouva à Paris après avoir quitté sa famille, études à moitié terminées, à moitié mère elle-même, à moitié désillusionnée et employée d'une pâtisserie*. Un étudiant-poète (qui, des années plus tard, deviendrait célèbre à l'étranger avec un livre de poèmes intitulé *Je mets le doigts dans la plaie*) dit alors que de chacune des gouttes de son sang virginal répandu naîtraient des fleurs de liberté et de culture.

Bien sûr, tous ne furent pas à la hauteur des circonstances. À cause de leur petit nombre initial et de leur propension invétérée au mythe et au folklore, leurs noms n'apparaîtront pas dans la chronique future et finiront par être oubliés (il sera cependant consigné, et avec nostalgie, qu'ils vécurent un printemps glorieux et fécond) ; ce ne sera pas le cas dans la présente histoire, laquelle, avec tout le respect qui leur est dû (il y a encore des blessures ouvertes), se voit dans le pénible devoir de les convoquer un moment autour de Teresa Serrat pour qu'ils aident à mieux expliquer la nature morale du conflit qui jeta la belle étudiante dans les bras d'un Murcien. Et aussi, au passage, pour leur rendre justice : car, dix ans après, ils en paieraient encore les conséquences, ils traîneraient péniblement, ennuyeusement certain prestige inutile conquis durant ces jours glorieux, une grande lucidité sans objet, un foyer de lumière égaré dans la nuit triste de l'abjuration et de l'indolence, qui se désintégrerait peu à peu dans les bars à la mode, avec l'autre intégration en vue (l'intégration européenne, des avantages de laquelle, s'ils apparaissaient un jour, eux-mêmes et leurs distinguées familles seraient les premiers à bénéficier), s'oxydant comme des fausses pièces de monnaie, bavant une inutile maturité politique, s'entêtant tant bien que mal à continuer à jouer leur ancien rôle de militants ou de conjurés plus ou moins distingués que des aberrations dogmatiques présumées ont injustement laissés aujourd'hui au bord du chemin. Cependant, loin de leur porter préjudice, cela les favorise : ce sont ainsi des doubles martyrs, vétérans de deux fronts également mythifiés et décevants. Mais la jeunesse meurt quand meurt sa volonté de séduire, et fatigué, las de lui-même, ce splendide fantôme du tourment se changerait, avec le temps, en fantôme du ridicule individuel, en un triste perroquet empaillé, bourré d'alcool et de rouge à lèvres de fille de bonne famille, ne serait plus que les restes de ce qui, un jour, avait été esprit immarcescible de l'histoire estudiantine contemporaine. Et l'inconstance et la variété des voix dans le chœur, le verdict orphéonique : quelqu'un a dit que tout cela n'avait été qu'un jeu d'enfants avec poursuites, espions et pistolets de bois, dont l'un avait soudain tiré une balle réelle ;

d'autres s'exprimeraient en termes plus retentissants et parleraient de tentative méritoire et digne de respect ; d'autres, enfin, diraient que les plus importants n'avaient pas été ceux qui avaient le plus brillé, mais ceux qui étaient dans l'ombre et bien au-dessus des premiers, et qu'il fallait les respecter. Quoi qu'il en soit, si on laisse de côté le noble élan qui engendra les faits, ce qui arriva, cette confusion entre apparence et réalité, n'a rien d'étrange. Que peut-on attendre d'autre des étudiants espagnols, si même les hommes qui disent servir la véritable cause culturelle et démocratique de ce pays sont des hommes qui traînent leur adolescence mythique jusqu'à quarante ans ?

Avec le temps, certains ne seraient plus que des clowns et d'autres des victimes, la majorité des imbéciles ou des enfants, un ou deux des gens sensés, aucun ne serait intelligent, et tous continueraient à être ce qu'ils étaient en fait : des fils à papa de merde.

Ils fréquentaient le Saint-Germain-des-Prés, dans le Barrio Chino. Ce soir-là, après dîner, les yeux encore attendris par les brusques déchirures du soleil dans les nuages et la peau incendiée par le voisinage et les effleurements bande-à-partesques, Teresa Serrat conduisait rapidement sa voiture en direction de la place Sanllehy, où elle devait prendre Manolo. Jusqu'à ce jour, elle s'était nourrie de l'envie de le présenter à ses amis et, tout à coup, cette idée l'inquiétait. Non qu'elle craignît les provocations de Leonor Fontalba, ou une impertinence de Luis Trías dictée par le ressentiment, mais le fait même d'introduire le jeune homme dans un climat intellectuel (dans ces centres nerveux et théorisants dont elle commençait à être franchement fatiguée, comme elle s'en rendait compte depuis qu'elle croyait bien connaître Manolo) qui, selon l'état de dépression ou d'exaltation du groupe, se traduirait en envie de le déconcerter ou de l'étonner. Devait-elle leur rappeler que le garçon était un ouvrier : c'est-à-dire une personne qui n'est pas faite pour les démonstrations dialectiques, un homme qui avait d'autres problèmes ? Précisément, quand elle y pensait, elle en était fière et tranquillisée : elle faisait pleinement confiance au garçon, à son pouvoir de séduction naturel, à son style, à son indifférence minérale, un peu cynique mais respectueuse, et surtout à certain côté moderne de ses attitudes, quelque chose que rien ne pouvait dévaloriser, pas même les réminiscences primitives de Gitan solennel qu'elle voyait souvent clignoter autour de son orgueilleuse tête, comme si la nuit de ses cheveux lui faisait de l'œil. Bien sûr, la nature esthétique de son modernisme était plutôt européenne, et non pas hispanique ; elle le dirait à Leo Fontalba, qui, sur la plage, l'avait traité de *charnego.* Elle n'avait bien entendu rien à voir avec celle de certaine jeunesse joyeuse (qui n'est ni jeune ni joyeuse : elle est simplement sévillane) que Luis Trías jugeait idéale pour les soirées dans le Barrio Chino car ces jeunes-là avaient une personnalité exclusivement verbale, c'étaient des êtres loquaces et drôles mais dépourvus de corps et par là même inoffensifs (c'était ce que disait Luis, avec une étrange excitation, en insistant pour dire à quel point l'Égyptien avait été néfaste pour tous, l'Égyptien, cet individu à peau sombre), mais son empire à lui était forcément différent, qu'est-ce que tu veux que je te dise, l'empire des Murciens est physique ou il n'existe pas, c'était ce qu'elle dirait également à Leo, parce que dans ce sens, le sens esthétique, le Murcien peut être plus européen que le Catalan, bref, en tout cas ses attitudes hiératiques n'étaient ibériques que dans la mesure où il était orgueilleux et sûr de lui, et ça, ce n'était pas un défaut, bien au contraire… Deux mains lui cachèrent les yeux par-derrière et elle trembla jusqu'à la racine de ses cheveux.

– Manolo… Aïe, qu'est-ce que tu fais ? Tu es à l'heure, dis donc.

Ce n'était pas vrai. Cela faisait plus d'une demi-heure qu'elle l'attendait, assise les bras sur le volant, à divaguer, sans voir le temps passer. Une nouvelle fois, il referma la portière avec sûreté, d'une main ferme.

– Naturellement, ils sont très intelligents, lui expliqua-t-elle plus tard, tandis qu'elle manœuvrait en tendant le cou et en tournant paresseusement les mains autour du volant, comme dans les rêves. (Ils descendaient les Ramblas et Manolo regardait, par pure déformation professionnelle, les motos garées sous les arbres.) Mais si tu as l'impression qu'ils ne sont pas sérieux, ou qu'ils deviennent pénibles en parlant de littérature ou de nos affaires d'université…

– Je ne parle jamais de politique, prévint-il.

– … tu n'as qu'à me faire signe et on s'en va. Je les aime beaucoup mais je les ai assez vus. Et ces séances au bar d'Encarna, je les connais par cœur.

Manolo, qui ne connaissait évidemment pas les amis de Teresa (mais le bar, si, car il l'avait fréquenté trois ans plus tôt, avec des intentions qui auraient beaucoup étonné Teresa, si elle les avait sues), pressentit qu'il pouvait arriver quelque chose de décisif ce soir-là, une chose qui lui permettrait, s'il arrivait à la prendre par les cornes, de marquer un gros point. Car s'il était bien vrai que Teresa semblait croire en lui, sa position n'était pas consolidée, loin de là. Jusqu'à maintenant, seul avec la jeune fille, il avait pu bluffer un peu avec tout ça, cette étrange personnalité qu'il avait si joliment dessinée pour elle (c'est un peu à la mode, pensait-il parfois, c'est dans l'air du temps) ; mais il comprenait que les choses devaient se compliquer, naturellement, et que le moment était venu d'affronter des risques dont la nature était encore obscure, mais pas tant qu'au début cependant. Au moment même où il entrait dans le bar, il sentit sur son visage le souffle glacé du danger, l'onde qui précède l'explosion (dans ses débuts de voleur dans les voitures, il avait déjà connu cela), et tout en avançant vers eux, il se promit de ne dire que le strict nécessaire : il devinait qu'il allait être l'objet d'une attaque, préméditée ou non, et il ignorait de quel côté elle viendrait.

Il y avait pas mal de monde au comptoir. Eux, ils occupaient deux tables sous le tableau de Dali qui représente une exubérante femme rose enveloppée de gaze. En plus de Luis Trías, qui en était à son quatrième gin, le groupe était composé de deux filles et trois garçons, dont l'un prenait congé en empochant ce qu'il venait de taper à Luis Trías : un billet de cinq cents pesetas. « Je te les rends demain », dit-il. Il s'appelait Guillermo Soto, il était grand et dégingandé, venait de rentrer de Heidelberg, où il avait étudié, et n'était pas au courant des inquiétudes estudiantines actuelles de ses amis – d'ailleurs, elles ne l'intéressaient pas (« j'ai déjà fait ma crise ») –, qui, de leur côté, le considéraient comme un décadent et un tapeur professionnel. Soto se lança pendant un moment dans une étrange et passionnante explication sur les funestes bains de soleil qui accéléraient les désirs matrimoniaux de María José Roviralta, sa fiancée, laquelle était sur la côte avec ses parents, en train de surveiller les travaux d'un hôtel, et pour la tirer de là, il lui fallait mettre de l'essence dans sa voiture. En partant, il serra au passage les mains de Teresa et de Manolo, le billet de cinq cents pesetas toujours dans la main gauche (il remarqua alors le regard rapide et impossible à confondre que le Murcien lança vers le billet, et à son tour il planta sur lui ses yeux torves et fatigués, toujours sans s'arrêter, et lâcha sa main en même temps qu'il esquissait un sourire sympathique, pas seulement d'amitié, mais aussi de complicité, comme s'il voulait lui dire : « Il y en a encore ») avant de franchir la porte d'entrée. « Tu es bête de lui prêter de l'argent, Luis », entendit-on dire une des filles.

María Eulalia Beltrán était grande et mince, l'air somnolent, en décolleté, très élégante, couverte de toutes sortes de parures, fétiches et objets étranges : plus que vêtue, elle était meublée. Elle écoutait avec une attention inqualifiable, comme un rapace hypnotisé par sa proie, ce qu'était en train de lui lire Ricardo Borell, assis près d'elle, un livre ouvert sur la table, Ricardo, un garçon fin et pâle, souple, plastique, avec une qualité malléable de poupée trop manipulée qui des années plus tard rajeunirait en écrivant des romans objectifs. L'autre fille était Leonor Fontalba, qu'il avait vue sur la plage ; petite et gracieuse, elle faisait des clins d'œil, parlait à une vitesse endiablée et souriait par les fossettes de ses joues de celluloïd d'une manière équivoque, en permanence. Le quatrième s'appelait Jaime Sangenís, il était ivre, étudiait l'architecture, portait une barbe noire de traître de cinéma et une chemise kaki genre militaire. Ils étaient tous très bronzés, ils passaient l'été en divers points névralgiques de la côte (eaux bleues limpides, conversations en français, mélodies épidermiques : leur conscience dort tranquille dans leur ventre comme un serpent lové au soleil) et, en un sens, ils n'étaient dangereux qu'en hiver, quand les rapports fréquents, les réunions, la loquacité féroce et leur état psychique normal en collectivité – un sourd mélange d'allégresse intellectuelle et de renoncement vital – les poussaient à émettre toutes sortes de jugements moraux sur leurs amis. À vrai dire, le Murcien fit sensation. Teresa présenta le garçon, qui donna à tout le monde de vigoureuses poignées de main, et se rendit compte que le salut de Luis, qui fut le dernier, était inutilement long, chaleureux et affectueux : c'était peut-être de là que viendrait l'attaque.

Ils s'assirent à côté de Leonor.

– Vous avez une mine magnifique, dit Luis Trías. Vous étiez à la plage ? (Il se tourna vers Manolo.) Alors comme ça, c'est toi, le fameux Manolo. Sais-tu que Teresa ne parle pas d'autre chose depuis des mois ? (Teresa le foudroya du regard.) Alors que tu ne la connaissais même pas. Des mois et des mois…

– Des aaannées, dit Jaime Sangenís.

– Des siècles, dirais-je, ajouta Leonor, et elle se pencha vers Teresa pour lui glisser quelque chose à l'oreille.

Manolo les enveloppa d'un regard de glace : et allez-y avec les petits secrets, comme s'il n'y en avait pas déjà assez !

– Teresa, raconte-nous, dans quelle folle aventure es-tu embarquée, on peut savoir ? demanda María Eulalia en souriant et en regardant Manolo du coin de l'œil.

– Teresa, dit celui-ci, qu'est-ce que tu bois ?

– Euh… je ne sais pas.

– Tout va bien, Manolo ? demanda Luis Trías.

– Comme ci, comme ça.

– Comment va Maruja ?

– Mal.

– Ça fait longtemps qu'elle est comme ça, non ?

– Presque un mois.

– Je voulais aller la voir, mais doña Marta m'a dit que les médecins interdisaient les visites. La malchance de cette fille, c'est quelque chose, une chute aussi absurde… Quelque chose d'absolument incroyable. Je l'aime beaucoup, Maruja. Bon, Teresa, qu'est-ce que tu bois ? (Et à Manolo, de nouveau :) Je suppose que tu bois du vin.

Manolo le regarda, soupçonnant quelque chose. Le Luisito en question luttait avec des armes qu'il ne connaissait pas, il faudrait y aller prudemment. Il sourit.

– Pour le moment, je voudrais un verre de lait.

Luis lui tapota le dos.

– Comme dans les films, hein ? Tu es un dur, mon gars.

María Eulalia attira l'attention de Teresa en aparté, en montrant Manolo : « Dis-donc, tu l'as trouvé où ? – Ah, mystère. »

– On ne s'est pas déjà vus quelque part, Manolo ? lui demanda Leonor.

– Si, cet après-midi.

– Non, avant, je veux dire.

– Putain ! s'écria María Eulalia, j'allais lui demander la même chose.

Brusquement, les questions se mirent à pleuvoir, toutes féminines (même une ou deux formulées par Luis Trías) et puériles, et il laissait tomber d'un côté et de l'autre la neige flegmatique de ses sourires. Son front brun fut effrontément évalué, mesuré, parcouru en quête de ce signe révélateur de talent ou d'intelligence que la beauté des traits, abusant de son pouvoir, tarde parfois à laisser paraître. Mais il répondait par des monosyllabes et récupéra ensuite et sans effort son cher silence, qui était la meilleure façon qu'il avait de s'exprimer. L'attention générale se fixa à nouveau sur ce que lisait Ricardo Borell, replié sur lui-même près de María Eulalia, qui gagnait peu à peu du terrain sur lui, de son bras orné de bracelets et de soie, qu'elle déployait comme une aile.

– Encarna ! appela Teresa, en se levant. Un gin Giró et un lait.

On entendit une voix caverneuse, intrépide et affectueuse : « *¿ Una llet, nena ? ¿ Qui és aquest animal que beu llet*[1]*... ?* » Teresa, en riant, s'approcha du bar. Leonor tourna vers Manolo son sourire accidentel de pleine lune.

– Tu as raison. Le gin, c'est mauvais pour la mémoire.

– C'est vrai ?

– Je pense bien. Tu ne le savais pas ?

On entendit à nouveau la voix caverneuse, cette fois au-dessus du rire frais de Teresa : « *... ben parit, aquest mano. ¿ D'ont l'est tret, lladragota ?*[2] »

1. En catalan dans le texte : « ... bien foutu, ce garçon. D'où le sors-tu, coquine ? » (*N.d.T.*)

2. En catalan dans le texte : « orphéon et charivari ». (*N.d.T.*)

– Tu bois toujours du lait, ou bien est-ce que tu veux faire ton petit numéro ? lui demanda Leonor.

Il regarda ses mains.

– Je n'aime pas les numéros, je ne vais plus à l'école.

La fille battit des paupières, confuse, puis ses joues rondes eurent l'air de vouloir éclater de rire. Manolo soupçonna que quelque chose ne tournait pas rond et il sourit :

– Le lait est un contrepoison.

– Quelque chose d'absolument fabuleux, fit à côté de lui la voix de Luis Trías, et Manolo surprit son regard inquisiteur, pénétrant.

« Il est sur ses gardes, le salaud », pensa-t-il. Il regarda à nouveau Leo Fontalba, qui lui souriait encore stupidement, comme si elle l'invitait à continuer à parler ou à l'embrasser. En fait, cela ne signifiait ni l'un ni l'autre, et quand la fille vit poindre dans les yeux de Manolo (durant une fraction de seconde, elle fut enveloppée d'une vague nocturne) l'équivoque provoquée par son sourire de celluloïd, elle tourna la tête de côté. Le Murcien changea d'attitude et battit en retraite ; il tarderait un peu, ce soir-là, à comprendre plusieurs choses : la première, que le sourire de la fille n'en était pas un, mais un simple accident, un effet souriant particulier de ses joues qui faisaient un pli sous ses pommettes. Déjà, dans une autre occasion, des années plus tôt, il avait fait la même erreur avec une étrangère triste et mûre qu'il avait connue sur la Costa del Sol, mais avec cette différence que l'erreur en question (qu'il découvrit brusquement un jour, à un moment où l'Allemande n'avait aucune raison de continuer à rire : quand elle lui avait reproché la disparition d'une certaine somme d'argent) n'avait jamais freiné son désir de plaire et n'avait pas ruiné ses plans, au contraire. Avec le temps, il devait connaître tant de sourires aussi inaltérables et permanents que celui-ci qu'il en viendrait même à penser que, comme l'argent, l'intelligence et la couleur saine de leur peau, les riches héritent aussi de ce sourire perpétuel, comme les pauvres héritent de dents rongées, de fronts aplatis et de jambes tordues. Il devait bien en être ainsi, car maintenant, en plus, il entendait des phrases isolées dont il ne comprenait absolument pas la signification.

– … c'était en juillet 53, un véritable assassinat, une saloperie de…

– … proconsuls du nouvel empire…

– … un fumier du nom de Greenglass, tu te souviens ?

– … et un sinistre salopard du nom de McCarthy…

– … et ces types affirment que tous les communistes vivent dans le péché, en concubinage…

– … comme dit ce prétentieux de Guillermo Soto, cet imbécile.

– Il n'est pas aussi imbécile que tu le crois, dit Jaime Sangenís. Il est de droite, mais modéré.

– Précisément, lui répondit Luis Trías. Quand on est de droite, mieux vaut l'être complètement et jusqu'au bout, de la façon la plus absolue.

– C'est une absurdité. C'est comme souhaiter voir la classe moyenne, qui supporte tout, se transformer en lumpen pour que la révolution éclate le plus tôt possible. Les choses ne s'obtiennent pas sans effort, mon ami. Qu'est-ce que tu en penses, Manolo ?

Manolo, en cette occasion, se consacrait à la contemplation du tableau de la femme enveloppée de gaze tout en ruminant sa réponse, où il se montrait très classique :

– Dans la vie, tout effort trouve sa récompense.

Il savait que c'était un sale mensonge inventé par quelqu'un, et il le disait en souriant (dans le fond de son cœur, il était sérieux), mais seulement pour être à l'abri du soupçon. Tout à coup, il se rendit compte que la femme du tableau était la patronne du bar, mais plus jeune.

– Sexy, laissa-t-il échapper.

– Tu aimes ? lui demanda Leonor.

– Pas mal…

– Horrible.

Le Murcien alluma une cigarette.

– La femme, je veux dire, précisa-t-il.

– Oh, Encarna est ravissante, même sur ce tableau.

– C'est ce que je disais.

Il ne comprenait pas comment, en admettant que la femme du tableau fût ravissante, le tableau pouvait être horrible. Teresa s'assit entre Luis et Jaime. Manolo était en face d'elle maintenant, et elle disait :

– Tu as les cigarettes, chéri ?

Luis tordit le cou. Manolo sortit son paquet de Chesterfield et le jeta sur la table ; il en tomba quelques grains de sable et Teresa, avec un sourire étrange, tout en regardant Manolo, les rassembla avec sa main et en fit un petit tas qu'elle laissa au centre : un monument public érigé à sa vie privée. Ricardo Borell et María Eulalia s'obstinaient à rester à l'écart. De temps à autre, on entendait la voix de Ricardo qui lisait certains passages du livre ou en faisait un commentaire élogieux. C'était un livre de critique littéraire, récemment paru, et les étudiants le dévoraient. Au cours d'un silence général, accordé à la demande de María Eulalia, la voix du lecteur transmit une idée insolite, une de ces manifestations qui pèseront sur un auteur sa vie durant, qui le poursuivront, le harcèleront la nuit comme un cauchemar : « En général, on peut dire que le romancier du XIXe siècle était peu intelligent. »

– Ça c'est bien, ajouta Ricardo pour son compte. Il était temps que quelqu'un démasque Balzac et compagnie.

– Quelle idiotie ! s'écria Teresa, qui observait Manolo et craignait la tournure que prenait la conversation.

– Putain, c'étaient tous des réactionnaires ! dit María Eulalia. Des génies, d'accord, mais enflés d'orgueil par leur pouvoir créateur, ajouta-t-elle en regardant Ricardo avec des yeux affolés, craignant peut-être d'avoir dit une bêtise (elle oubliait qu'elle l'avait lu dans le livre), car il lui était parfois difficile de communiquer avec lui : il était si pur, si objectif, il avait l'air si détaché* du monde intérieur des gens.

– Les deux vont ensemble, mon chou, dit Luis Trías, un peu perdu, et attaquant son sixième gin.

– J'avoue que Rastignac m'amuse plus que López Salinas, risqua Teresa, qui, ce soir-là, avait envie de les contredire, sans trop savoir pourquoi.

Malheureusement, son opinion fut considérée comme scandaleusement subjective et repoussée.

– Il t'amuse, et alors ? mon trésor – dit Ricardo, sans reculer devant la rime (c'était vraiment un objectif pur). Et puis, Rastignac n'est pas Balzac.

Teresa pensa qu'une telle affirmation était digne d'un attardé mental, mais elle n'en dit rien ; c'était encore une idée subjective et elle aurait été méprisée. Elle regarda Manolo et vit qu'il avait les yeux baissés, et qu'il regardait ses mains (toute la journée, elle l'avait vu préoccupé par ses mains d'ouvrier, comme s'il avait peur de montrer des mains sales ou laides), ces mains fortes qui lui avaient serré les flancs derrière une barque, sur le sable, pas plus tard que cet après-midi-là. Qu'il serait préférable d'y chercher refuge une fois de plus et de parler de choses simples dans l'espace réduit et si doux des haleines mêlées, au lieu de perdre son temps ici avec ces pédants ! Immobile, aussi déconcertant qu'une racine ou qu'une pierre soudain décorative, avec cette indifférence minérale qu'elle admirait tant, le Murcien lui rendait de temps à autre son regard à travers la fumée de la salle, les conversations et la musique, c'étaient des regards d'affection et de délivrance, des regards brefs, ils contenaient l'exacte dose de sécurité dont elle avait besoin pour se sentir à l'abri à son tour. Luis Trías, en frottant son verre de gin contre sa joue, se tourna vers elle et lui dit :

– J'ai cherché à te voir.

– Qu'est-ce que tu as ?

– Rien. J'ai cherché à te voir, c'est tout.

– Quelque chose pour la rentrée… ?

– Oui. Mais ce n'est pas pour ça que je te cherchais. On n'a pas besoin de toi pour le moment.

Teresa ne parut pas accuser le coup.

– Pourquoi, alors ?

– Pour rien, je te l'ai dit. Je voulais te voir. Je savais que tu n'étais pas repartie à Blanes, que tu étais restée ici…

– Il fallait bien que quelqu'un reste avec Maruja, non ?

– Tu n'as pas besoin de te justifier avec moi.

– Je ne me justifie pas, imbécile. Je te mens.

Et elle se leva pour aller aux toilettes. Personne ne pouvait soupçonner encore que les relations personnelles entre Teresa Serrat et le leader de la résistance estudiantine avaient subi un changement sensible depuis l'ignominieuse nuit de la villa : Teresa, qui avait élevé Luis au rang de leader étudiant, le faisait maintenant tomber de son piédestal et se montrait même disposée à mettre en doute son prétendu pouvoir politique. Le déclin du prestigieux étudiant avait commencé.

Quand Teresa revint, elle s'assit à côté de Manolo, qui tenait maintenant un briquet entre ses doigts et le faisait tourner, l'air distrait.

– Tu veux qu'on s'en aille ?, lui demanda-t-elle.

– Non, pas tout de suite, dit-il.

Teresa vit que María Eulalia lui faisait des signes en gesticulant de l'autre bout de la table, ses bras pleins de bracelets s'agitaient au-dessus de la tête de Ricardo Borell, comme si elle allait prendre son envol.

– Je ne comprends pas ! lui cria Teresa.

– Je dis : pourquoi ne te laisses-tu pas pousser la frange, comme moi ? Ça donne un regard plus profond !

C'est alors que Manolo passa son bras sur ses épaules (tout le monde le vit) et lui effleura la tempe de sa joue. Teresa trouva cela tout naturel, c'était comme s'il voulait la défendre, comme s'il voulait l'empêcher de répondre à la question de María Eulalia par quelque chose d'aussi stupide. Luis commanda un autre gin.

– Pourquoi est-ce qu'on ne va pas ailleurs ? disait Jaime.

– Tu ne voulais pas que Ricardo nous lise ça ? répondait María Eulalia chaque fois que quelqu'un parlait de s'en aller. Faites au moins un peu attention à ce qu'il dit, non ?

– À la Macarena, disait Luis Trías, qui ne pensait plus maintenant qu'à un torse juvénile et parfait, moulé dans un maillot rayé et appuyé contre le dossier de certain divan tapissé de rouge.

Puis il resta longtemps silencieux et, quand il brisa le silence, il semblait être quelqu'un d'autre.

– Vous savez qui est à Barcelone ? dit-il d'un ton très sérieux, et après une pause : Mauricio.

– Tu l'as vu ? demanda María Eulalia.

– Qui te l'a dit ? ajouta Leonor.

– Je suis sûr qu'il est là, je le sais de bonne source. (Il se tourna vers Manolo.) Tu connais Mauricio ?

Ça y est, enfin ! se dit Manolo. Ce n'était pas encore le coup bas qu'il attendait, mais s'il arrivait, c'était de là qu'il partirait. C'était la deuxième fois en moins de quinze heures qu'on lui posait la même question (Teresa la lui avait posée l'après-midi même, sur la plage). Heureux Mauricio, comme ils t'aiment ! Il posa le briquet sur la table, échangea un regard avec Teresa (un regard qui ne voulait rien dire, c'était simplement pour entrevoir, en passant, si les autres l'observaient), il pencha un peu la tête et dit d'une voix naturelle, plutôt triste :

– Il m'a parlé de toi.

Il se fit un silence.

– De moi ? dit Luis. Que veux-tu dire ?

– Rien, mon vieux. C'est tout.

Leonor se pencha pour dire quelque chose à l'oreille de Teresa. Tous virent celle-ci remuer affirmativement la tête, Jaime tapota Luis dans le dos d'un air résigné. Sous le regard tendre de María Eulalia, l'heureux binôme auteur-lecteur fit à nouveau entendre sa voix :

– Bon, écoutez ça : « L'auteur, que les nouvelles techniques… »

Manolo se leva. Tous le regardèrent. Apparemment indigné (en fait, il s'ennuyait), il s'était levé pour aller aux toilettes. Luis Trías, qui n'était pas encore remis, demanda en criant des cigarettes brunes à Encarna. Il frappa du poing sur la table.

– C'est emmerdant, Encarna, que tu n'aies jamais de tabac brun. C'est indigne, tiens.

– Tais-toi un peu, beau gosse ! dit la voix caverneuse.

À la table s'éleva une discussion au sujet de l'indignation de l'homme d'aujourd'hui. Luis était d'avis que l'Espagnol avait perdu sa fabuleuse capacité d'indignation, qu'il supportait tout, qu'il ne s'indignait plus de rien. Jaime Sangenís lui donna raison. Leonor leur fit observer que, d'après elle, il y avait encore dans le pays une certaine capacité d'indignation, mais qu'il fallait admettre qu'elle n'avait plus rien de viril, qu'elle n'était pas nationale. Comme toujours, elle parlait vite et sans beaucoup de cohérence :

– L'indignation de l'homme est naturellement politique. En d'autres mots, l'indignation naturelle, chez l'homme, fondamentalement, est ou devrait être politique. Cependant, quand les hommes appliquent leur indignation à des choses stupides, à des bêtises, comme ce fou de Pampelune, par exemple, qui a brisé une vitrine parce qu'il était indigné d'y voir un bikini, vous avez sans doute lu ça dans le journal d'hier, ou comme l'autre, qui a caché avec de la peinture le décolleté de Marilyn sur une affiche de cinéma, sur le Paseo de Gracia, vous avez vu ? ou comme ceux qui vont au foot pour brailler, ou comme toi, maintenant (elle regardait Luis qui crevait de jalousie et qui, ce soir-là, n'avait pas tort), avec ton fichu tabac brun…

– Vous voulez que je vous dise ? dit Teresa, qui s'était fait servir son troisième gin. Vous êtes sacrément ennuyeux et je trouve tout ça complètement ridicule…

Son opinion – qui ne mérite pas d'être transcrite ici car elle n'a aucun intérêt – fut cependant écoutée avec intérêt, non pas tant parce qu'elle venait d'elle, mais parce qu'elle sortait d'une bouche particulièrement amère ce soir-là : elle faisait penser au Murcien.

– Mais qu'est-ce que tu as, toi, aujourd'hui ? s'écria Jaime.

– Teresa a changé, émit Luis. Elle a acquis la très précieuse mauvaise humeur prolétarienne.

– Pourquoi n'arrêtes-tu pas de boire, si tu ne tiens pas l'alcool, Luis ?

– C'est précisément pour ça que j'adore ton Murcien, continua Leonor sans s'avouer vaincue, tandis que Bande-à-part urinait aux toilettes, exactement au moment où il s'envoyait à tous les diables pour avoir éclaboussé son pantalon, parce que chez lui l'indignation est virile, toujours politique.

Pendant ce temps, María Eulalia, dont les meubles se détérioraient dangereusement à mesure que la soirée avançait, avait presque réussi à abriter Ricardo sous son aile de mère poule.

– Il te plaît, ce livre ?

– Il faut lire ça avec attention, dit Ricardo. Tu me le prêtes pour quelques jours ?

– Mais c'est pour toi que je l'ai apporté, mon chou, c'est un cadeau, et en émettant un gloussement elle referma définitivement son aile.

Luis Trías était maintenant en train de parler d'un certain Araquistain et de son influence dans les milieux universitaires. Manolo ne lui prêtait pas la moindre attention (il voyait en raccourci la gorge nue de Teresa et l'ombre délicate qui oscillait, comme la queue d'un petit poisson bleu, entre ses deux seins), ni au leader étudiant ni à son Araquistain, dont le nom était pour lui une énigme. María Eulalia, qui, par hasard, écoutait Luis, laissa échapper un petit rire qui dérailla et qui, c'était évident, n'avait rien à voir avec la conversation, mais plutôt avec une avancée favorable et subreptice de son genou ou de son bras vers cette inexpugnable forteresse d'objectivité qu'était Ricardo.

Manolo était silencieux.

– Manolo, tu as l'air drôlement important, dit Luis d'un air sournois.

« Va te faire foutre », pensa Manolo. À une heure, à peu près, Luis Trías annonça, avec une certaine solennité, qu'il allait faire un tour. L'affaire d'une demi-heure. Il se fit accompagner par Jaime, en lui adressant un simple signe, un discret mouvement de tête. Quand ils revinrent, une demi-heure plus tard, Luis semblait plus serein et parlait avec l'autorité et la décision qu'il avait montrées lors des journées de l'université et qui lui avaient valu sa renommée. Il avait un papier jaune à la main, de la taille d'une enveloppe, où était imprimé quelque chose. Vu de loin, c'était un prospectus publicitaire, pensa Manolo. Jaime et Luis s'assirent à une extrémité du bar, désert maintenant (Encarna s'était approchée de la table et plaisantait avec le groupe : « Tu as tout ce qu'il faut », disait-elle en fixant ses yeux gais et clairs sur le pantalon serré de Manolo, tout en essayant de se rappeler où et quand elle avait vu ce garçon), et ils continuèrent à parler à voix basse jusqu'au moment où, l'air préoccupé, ils rejoignirent les autres. Encarna retourna à son comptoir avec Manolo, qui avait commandé un cuba libre. De là, tandis que résonnait dans sa tête la musique du juke-box et que cette immense femme, dont la voix affectueuse, utérine, l'attendrissait (« *fillet meu*, mon petit, je te connais et je ne sais pas d'où »), lui montrait les photos de sa resplendissante jeunesse fixées au mur, il tendit l'oreille à ce qui se disait à la table : Luis avait réclamé l'attention de tout le monde, on l'entendait mal, au début il crut qu'il voulait parler de tramways. Les autres intervinrent. Ce fut une avalanche de phrases inachevées, avec des interruptions dictées par la prudence ou la peur, et la question dont on débattait progressait avec difficulté. À plusieurs reprises Manolo entendit le mot tramway et quelque chose comme « lipothymie ». Une « lipothymie » qui avait été confisquée, des tracts dont l'impression et la distribution étaient urgentes, une erreur commise par quelqu'un (que Luis qualifia de « con irresponsable ») et une date fixe, impossible à reporter. Le Murcien se concentra (bien qu'il devinât que la biographie picturale de la patronne, avec sa splendide chevelure blonde à la Marlene Dietrich, renfermait des secrets et des triomphes personnels bien plus intéressants et utiles pour lui – qui, déjà, se sentait le fils spirituel de cette voix d'aventurière – que ceux dont on discutait à la table des conspirateurs ; mais il s'en occuperait une autre fois), il se concentra, il était sur le point d'obtenir la lumière. C'était peut-être bien ce qu'il avait attendu toute la soirée sans le savoir. Il eut une impulsion.

– Sers-moi dans ce verre, s'il te plaît, dit-il en en montrant un, violet, très haut et étroit.

Et alors Encarna le reconnut soudain :

– Presque trois ans sans venir ! Tu n'as pas honte, mon roi ? Où étais-tu passé ? Cela lui fendit le cœur, car il l'aimait bien, mais il lui dit qu'elle faisait erreur sur la personne (un miroir de stupeur et de fatigue lui rendit soudain l'image de lui-même accroché à ce comptoir, trois ans plus tôt : un petit jeune homme bien coiffé et triste qui répandait par ses yeux noirs une vieille indifférence – il avait cet air difficile de quelqu'un qui accepte de pardonner des péchés commis avant sa naissance – et sur la nuque duquel reposaient les doigts d'une prostituée mûre et attendrie, ou les regards d'un metteur en scène de théâtre qui disait être très ami avec un Américain du nom de Tennessee. Mais ce passé était mort et enterré). Il entendit dans son dos la voix aimée de Teresa qui parlait de la « lipothymie », sur un ton impatient :

– Ce n'est pas un problème, bon sang. Je suis sûre qu'il y en a plus d'une à Barcelone.

– Qui en a une ? demanda Luis.

Un silence.

– Écoutez, si ça se trouve Manolo connaît quelqu'un (c'était la voix souriante de Leonor). Teresa dit bien qu'il est… ? (Ici sa voix se dilua en un chuintement.) Il paraît qu'il connaît Mauricio.

– Humm ! fit quelqu'un, probablement Ricardo Borell.

– Bah, arrêtons de rêver, dit Luis. Ce type-là fait partie de la famille comme moi de la Curie romaine.

– Eh bien, tu te trompes, mon vieux, répondit Teresa.

– Bon, ça suffit. Au boulot. Toi, Teresa, tu es sûre qu'il doit y avoir quelqu'un qui peut s'occuper de ça. Voyons voir. Qui donc ?

– Je voulais dire…, commença-t-elle, que je suppose.

– Teresa, s'il te plaît, coupa Luis durement. Essaie d'être concrète ou alors tais-toi.

Il y avait probablement pensé auparavant, mais ce fut à ce moment qu'il décida de passer à l'attaque. Il allait avoir l'impression que tout se déroulait très lentement, mais en fait ce fut très rapide, peut-être trop : il se dirigea vers eux depuis le comptoir, son grand verre à la main (Teresa fut la première à le voir), il s'arrêta près de la table et se pencha pour ramasser un paquet de cigarettes tombé par terre, sous la chaise de Luis :

– Vous ne faites attention à rien, murmura-t-il en se penchant (il put voir, durant une seconde, les délicieuses jambes bronzées de Teresa – elles en valaient vraiment la peine) et, après avoir jeté le paquet sur la table, il resta là, immobile, tenant dans sa main le long, l'étonnant verre violet rempli de Coca-Cola, se frotta le cou en penchant la tête d'un air pensif (Teresa adorait ce geste) et dit d'une voix naturelle, plutôt fatiguée : Donne-moi ça. Je m'en charge.

En même temps, le tract disparut des mains de Luis (les doigts sombres et rapides du Murcien, dans leur trajectoire descendante, s'arrêtèrent un instant sous le nez du leader) et se retrouva dans les siennes.

– Ce n'est pas un jeu, ce n'est pas un jeu, dit Luis en secouant la tête, et il leva la main, ouverte, comme s'il attendait que le papier lui revînt par magie.

Mais Manolo ne le regardait pas ; il était toujours à la même place, debout, maniait le verre délicat et fin avec la dignité d'un célébrant et lisait le tract (en réalité il ne s'intéressa qu'aux grosses lettres qui surmontaient le texte : « Barcelonais ! »). Il but une gorgée, plia le papier et le mit dans sa poche.

– Pour quand est-ce que tu as dit ? demanda-t-il.

– Le plus tôt possible, bredouilla Luis. Mais c'est sûr que tu…

– N'en parlons plus, coupa Manolo. (Il regarda Teresa.) Tu viens ? Je me lève tôt demain.

– Une seconde, demanda Luis. Je voudrais savoir où ce papier va atterrir.

Le Murcien n'hésita pas :

– Tu connais Bernardo ?

– Non…

– Eh bien, alors ! Teresa, on s'en va.

Teresa se leva. « On s'en va tous », dit quelqu'un. Convaincus de leur propre importance (et par conséquent dépourvus d'humour, incapables d'ironie), ils étaient comme étouffés par la possible importance des autres. Cependant, Luis Trías se sentait obligé d'insister un peu plus et il s'approcha de Manolo :

– Tu ne veux pas savoir (et il le regarda à hauteur des lèvres) combien il en faut ?

– Laissons les détails pour ce soir. Teresa m'expliquera tout demain. Elle viendra avec moi. Le plus important est résolu, ne t'en fais pas.

C'est en sortant du bar que se produisit ce qu'il avait redouté au début, bien que maintenant cela n'eût plus d'importance. Les causes qui allaient provoquer ce lamentable incident ne seraient jamais connues avec exactitude, mais celles que Ricardo Borell déduirait plus tard allaient obtenir l'approbation générale : d'après lui, en sortant du bar, Luis Trías avait demandé au Murcien s'il couchait avec Teresa, et le pauvre garçon (pauvre garçon : observez le soudain manque d'objectivité de Borell), interprétant cela comme une offense à Teresa (« n'oublions pas que les ouvriers sont très sains en ce sens, je veux dire qu'ils ont encore ce ridicule sens de l'honneur, ils font une question personnelle de tout », expliqua Borell), se sentit obligé de flanquer une gifle à Luis Trías. « Ce type est un subjectif enragé », conclut Ricardo.

Mais revenons aux faits. À la sortie du bar, rien ne laissait supposer ce qui allait arriver.

– Vraiment, tu pourras te débrouiller tout seul, tu connais quelqu'un… ? avait encore demandé Luis tandis qu'ils disaient au revoir à Encarna.

Tout le monde trouva que la question était vraiment superflue. Luis et Manolo étaient restés un peu en arrière, car ils insistaient tous les deux pour payer (sur ce plan, Bande-à-part fut largement vaincu), mais tout le monde eut le temps d'entendre les derniers mots de Luis, chargés pour une fois d'une ironie que personne (sauf le Murcien) ne sut capter :

– Excuse-moi, dit-il en souriant (et à nouveau il regarda ses lèvres), mais pour moi tu n'es pas encore très bien défini… Qui est Bernardo ?

Ils ne surent pas si Manolo lui avait répondu, ils n'entendaient plus car ils étaient dans la rue. Puis, en arrivant au deuxième croisement, celui de la rue

Escudillers, Ricardo resta lui aussi en arrière, abandonnant un instant la chaleur de l'aile de María Eulalia pour uriner sous un porche obscur. Devant marchaient Teresa, Jaime, Leonor et María Eulalia. Le cher Ricardo tardait à les rejoindre, et María Eulalia dit soudain, sur un ton d'intime désolation :

– « Qu'est-ce qu'il est long, ce pipi.

Mais il revenait enfin, et elle respira, soulagée ; elle allait se suspendre à son bras quand tout à coup Ricardo fit un brusque demi-tour et se mit à courir en direction du bar. Il n'arriva pas à temps : Luis et Manolo étaient au coin de la rue, debout, les yeux dans les yeux.

– Tu n'es pas bien défini, disait Luis à Manolo.

Ce qui lui valut de devoir encaisser la terrible perplexité bande-à-partesque : il fut regardé comme un hiéroglyphe chinois.

– Qu'est-ce que tu veux dire par là, vieux ?

Ricardo allait tourner au coin de la rue, les autres derrière lui, ils entendirent un inquiétant frottement de semelles sur le pavé, Ricardo disait : « Allez, ne soyez pas idiots, arrêtez », mais avant d'arriver ils virent un ballot brusquement catapulté en arrière et tomber à leurs pieds. C'était Luis Trías et on aurait simplement dit, à le voir, qu'il avait trébuché en marchant.

– Qu'est-ce qui se passe ? dèmanda Jaime Sangenís.

Luis se frottait le menton et ne voulut pas qu'on l'aidât à se relever. Sa tête était définitivement penchée de côté. Manolo sortit de l'ombre sans regarder personne.

– Tu viens, oui ou non ? demanda-t-il sans s'arrêter.

Indubitablement, c'était à Teresa qu'il s'adressait, et tout le monde la regarda. Le Murcien continua son chemin vers la rue Escudillers. Les autres restèrent un moment sans savoir quoi faire. Quand on boit plus qu'il ne faut (ils ne se souvenaient pas que Manolo avait à peine bu), voilà ce qui arrive, on le sait. Ce que bien sûr ils ne savaient pas, c'était que cette gifle du Murcien signifiait le début de toute une série d'impressionnantes gifles en chaîne que le prestigieux leader, comme s'il était soudain tombé en disgrâce, allait recevoir à partir de ce jour-là sans raison apparente et presque sans savoir d'où elles venaient. La disgrâce fond parfois sur vous sans qu'il existe pour cela de raison précise et manifeste.

Manolo s'éloignait le long de la rue, les mains dans les poches, tête basse. Les pas qu'il espérait entendre résonnèrent enfin derrière lui. Il ralentit sa marche. En le rejoignant, elle s'accrocha à son bras.

– Avec moi aussi tu es fâché ? demanda-t-elle.

– Je ne suis fâché avec personne. Mais allons-nous-en d'ici. Ces foires finissent toujours mal.

– Mais que s'est-il passé ? Luis t'a raconté quelque chose sur moi ?

Pour la première fois, il fut tenté de lui dire la vérité. Mais il dit simplement :

– Des choses entre lui et moi.

Teresa vacilla un peu.

– Moi aussi je suis pas mal saoule, tu sais ? dit-elle en fermant les yeux. Mais je te ramène chez toi, à ton cher, ton merveilleux Mont-Carmel. Dis-moi, qui est Bernardo ?

Il garda le silence. Mais il dut s'arrêter, car soudain Teresa s'immobilisa à son bras, comme si elle dormait contre lui. La tête blonde, toute décoiffée, s'appuya sur sa poitrine. Ils étaient sous la lumière d'un réverbère. Manolo écarta de la main les cheveux soyeux et caressa le visage de Teresa, qui émit un roucoulement de pigeon. En regardant ce visage maintenant évanoui, épuisé, ce visage de petite fille vaincue par le sommeil et par qui sait quelles émotions, le Murcien sourit dans la lumière jaune du réverbère, il sourit tristement, avec un brusque goût de cendre dans la bouche.

Il effleura doucement ses lèvres entrouvertes, tandis qu'ils marchaient lentement le long d'une ruelle latérale en direction des quais (il voulait que la jeune fille émergeât un peu avant de prendre le volant), mais elle, se frottant à lui comme un jeune chat, se suspendit à son cou et l'obligea à s'arrêter à nouveau. Elle l'embrassa et dit : « Je suis heureuse. » Ils étaient maintenant au plus sombre du quartier. On entendait quelque part des battements de main et le son d'une guitare. Manolo pensait que ce ne seraient que des petits baisers rapides, car elle tenait à peine debout, mais la brume rose et blanche (fraise et crème fraîche) de sa bouche ouverte était incroyablement chaude, une éponge humide et douce qui se collait et cédait, et alors, attirant la jeune fille contre lui, il lui rendit avidement ses baisers. Teresa, un éclat bleuté et lucide dans les yeux, recula lentement jusqu'à ce que son dos pût s'appuyer contre le mur, où les mains de Manolo restèrent un moment coincées, à vérifier un délire avec ses doigts : il suffisait de les faire glisser de haut en bas et de constater l'absence de toute bride pour imaginer une fois de plus la vibrante nudité, la tremblante nudité des petits seins sous le chemisier. Maintenant c'était elle qui l'attirait, en avançant ses puériles hanches de collégienne dans un geste allègre et délicieusement obscène. Elle laissa les mains de Manolo lui caresser les cuisses, vers le haut, et soudain ses sens se remplirent à déborder d'un miel éblouissant. « Non, pas ici… », murmura-t-elle en sentant la bouche brûlante sur son épaule, dans son cou. Et elle renversait la tête en arrière, par saccades nerveuses, et revenait à lui du fond de l'obscurité, pour lui offrir ses lèvres tremblantes dans une respiration qui sifflait, tandis qu'elle paraissait le supplier des yeux (elle venait de le décider) de l'emmener quelque part, elle voulait être aimée, elle voulait être sienne jusqu'à la mort…

Descends, *charnego*, c'est là qu'il faut s'arrêter, se dit-il. Son doux regard de soumission et de désillusion lui fit mal, mais il la prit fortement par les épaules et l'emmena à la voiture. Là, blottie contre sa poitrine, elle suffoquait de toutes ses ardeurs et souriait, heureuse, un peu malade encore. La brise était trop froide. Il caressa les mèches blondes de ses cheveux, retarda cette constante et flambante préfiguration du lendemain – et soudain il fut triste à nouveau, sans savoir exactement pourquoi.

L'éclair d'une réalité atroce qui jaillit, comme il le fait d'ordinaire, du cœur même du printemps. Car la jeunesse...

VIRGINIA WOOLF

Bien des années plus tard, en évoquant cet été fugace, ils penseraient l'un et l'autre non seulement à la suggestion générale de la lumière sur chaque événement (avec sa variété dorée de reflets et de fausses promesses, avec ses nombreux mirages d'un avenir rédimé), mais aussi au fait qu'au centre de l'attraction qu'ils ressentaient l'un pour l'autre, au cœur même de leurs baisers en plein soleil, il y avait des clairs-obscurs où déjà nichaient le froid de l'hiver, la mort d'un symbole.

– Tu es sincère avec moi, Manolo ? Parfois j'ai peur...

– De quoi as-tu peur ?

– Je ne sais pas...

La détérioration intime du mythe s'effectua, néanmoins, sans que son amour croissant pour le jeune homme en fût affecté. Teresa eut la révélation de la véritable personnalité du garçon du Sud, précisément (et il suffit de trois après-midi pour cela) lorsqu'elle prit pleine conscience qu'elle avait été séduite non par une idée, mais par un homme. Ce fut d'abord une sensation d'égarement mental, la nécessité de réviser certains concepts sur le monde stupéfiant dans lequel nous vivons lorsque nous découvrons des unions insoupçonnées, de scandaleuses étreintes de la réalité et de l'illusion : un dimanche après-midi, ensoleillé mais avec de soudaines ondées (c'était vers la fin du mois d'août), Teresa s'était mis en tête d'entrer dans un dancing populaire du quartier du Guinardó. Surpris par une averse, ils s'étaient réfugiés par hasard dans un bar d'où l'on voyait, de l'autre côté de la rue, le « Salon du Rythme », à la porte duquel se pressaient des garçons et des filles qui arrivaient en courant sous la pluie. Manolo avait dit en passant que des années plus tôt, il avait fréquenté ce dancing. « Et si on y allait ? » proposa alors Teresa, un éclair de gaieté dans les yeux. « Ça ne te plaira pas, c'est plein de voyous », la prévint Manolo, mais elle insista tant (« avec cette pluie et sans voiture, que peut-on faire d'autre ? ») qu'il fallut bien satisfaire son caprice. À ce moment-là, un véritable déluge tombait du ciel. Manolo ôta sa veste et en protégea la jeune fille pour traverser la rue. Teresa se serrait contre lui en riant. Au guichet, il y avait un gros homme rose qui fumait des Ideales et Teresa lui en demanda une. « Tu as un sacré culot », l'admonesta affectueusement Manolo. – Tais-toi donc, on va drôlement bien s'amuser, tu verras. » Garçons 25 pesetas. Filles 15. « Discrimination », déclara la joyeuse étudiante. Consommation incluse dans le prix d'entrée. Au programme : les Satellites Verts et leur chanteur Cabot Kim (Joaquín Cabot), Maymó Brothers (rythmes afro-cubains), Lucieta Kañá (jeune interprète de la chanson catalane) et autres vedettes du moment. « Ça promet », dit Teresa. Dès le début, elle montra une excitation étrange. Passage unique et spécial du Trio Moreneta Boys (les jolies notes de la sardane et le rock moderne fondus en une même composition). « Merveilleux ! s'exclama Teresa en entrant. Je ne veux pas manquer ça. » C'était une salle dense et bondée, et on ne pouvait faire un pas sur la piste. Des garçons endimanchés, aux yeux sardoniques et à l'air impertinent, allaient d'un côté à l'autre en groupes compacts, importunant les filles, se penchant sur elles, scrutant leurs décolletés et murmurant des compliments. Ils étaient presque tous andalous. Les regards ardents que captait Teresa étaient très expressifs, et la constante présence à ses côtés de Manolo la défendit d'un siège qui, si elle avait été seule, n'en serait pas resté au stade de l'admiration. Le hasard avait voulu ce jour-là la parer d'une simplicité quasi endimanchée (jupe blanche plissée, chemisier bleu à ample col et large ceinture noire) qui aurait été en accord avec le cadre, n'eussent été sa chevelure alanguie de fille de bonne famille et sa peau bronzée par le soleil de l'oisiveté, deux charmes qui la trahissaient, car elle aurait voulu passer inaperçue. Dans les loges et sur les chaises alignées autour de la piste il y avait des groupes statuaires de filles qui parfois chuchotaient, et au fond, sur la petite scène, les Satellites Verts avec leurs tuniques rutilantes et leur chanteur (trop mélodique, d'après l'avis général) qui avait une fine moustache noire et une voix nasale grégorienne. L'endroit avait appartenu à une vieille société culturelle et récréative ouvrière (Foyer de la corporation des tisserands) qui, avec sa Chorale populaire, sa Bibliothèque et son Théâtre, aujourd'hui transformé en Salon du Rythme, avait disparu avec la république. Décoration solennelle et vieillotte : quatre murs splendidement ornés, dans leur partie supérieure, d'une moulure représentant une guirlande de fleurs, de grappes de raisin et de blasons en plâtre en relief, avec, au centre de chacun, une tête d'homme surmontant un nom illustre (Prat de la Riba, Pompeu Fabra, Clavé), Catalans glorieux, sages figures de cet ouvriérisme de orfeó i caramelles[1] tant regretté, et dont les sévères profils semblaient mépriser l'invasion

1. En catalan dans le texte : « On a prévenu son père ? – Oui docteur. – Et M. Serrat ? – Sa fille l'a fait. Il a dit qu'il arrivait. » (*N.d.T.*)

dominicale de tous ces analphabètes andalous. Au balcon, parmi l'odeur ancienne des loges de bois, errait encore le fantôme mélancolique d'un esprit familier et artisan qui y avait régné jadis et qui, aujourd'hui, n'avait plus qu'un seul refuge : l'entrepôt des boissons et des objets de rebut, jadis bibliothèque et salle de billard, riche encore de restes mutilés et toujours frémissants de Dostoïevski et de Proust traduits en catalan, auprès de Salgari, Dickens, le *Patufet* et Maragall, de trophées oxydés et de vieilles bannières du Foyer du tisserand qui dorment tous ensemble du sommeil de l'oubli.

Il faisait une chaleur infernale dans la salle de bal, où régnait une glorieuse odeur de transpiration. Teresa refrénait de généreux élans communicatifs. Oh ! bals du dimanche, le monde est à vous ! Îles incultes et surpeuplées, ciels violents, tendresse asservie, jardins sans parfum où cependant fleurit l'amour, demain vous appartient ! Donnant le bras à Manolo dans un style nuptial ou assise avec lui au fond d'une loge, le corps détendu mais la tête dans la même attitude vigilante et éveillée que si elle s'était trouvée dans un fauteuil de cinéma (respirant un air peuplé de fantômes) et arborant sa belle gorge nue, elle ne perdait pas le moindre détail du spectacle et faisait des commentaires élogieux sur les couples serrés qui tournaient sur la piste, infatigablement, comme dans une fourmilière. Manolo reconnut quelques figures célèbres du quartier, il les avait souvent vues : c'étaient les mêmes qui, le jeudi, allaient au Salon Price danser avec les bonnes d'enfants, et aussi aux Cañas, au Metro, à l'Apolo, et fréquentaient les cinémas Iberia, Máximo, Rovira, Texas et Selecto, petits Murciens baignés de sueur, à chemises rayées à col dur et costumes croisés étouffants, tendres danseurs qui ne trouvaient jamais de partenaire, qui tournaient et tournaient sans cesse autour de la piste, le visage levé vers les loges et dévorant des yeux les filles assises comme des sphinx sur les chaises, et dont le silence méprisant ou les refus catégoriques qu'elles opposaient à leurs requêtes (« Tu danses, mignonne ? – Non. – Pourquoi non ? – Parce que. – Eh bien, va te faire foutre, tuberculeuse. – Nabot, voyou ») étaient, bien entendu, d'après ce que déclara Teresa à Manolo, injustes et infiniment plus cruels que les insultes qu'elles recevaient. Ce fut peut-être la raison pour laquelle, et en tenant compte du fait que Manolo ce jour-là ne semblait guère partager son envie de s'amuser (ce qui la surprit : elle n'avait réussi que par deux fois à obtenir qu'il l'emmène danser sur la piste, et encore à contrecœur), Teresa ne voulut pas refuser une danse au jeune garçon qui s'était inopinément collé à eux et s'entêtait à rappeler à Manolo une nuit de foire qu'ils avaient passée ensemble bien des années plus tôt. Teresa demanda à Manolo de le lui présenter et elle l'interrogea sur son quartier et son travail. Le garçon était de Torre Baró, une lointaine banlieue, et expliqua qu'il était spécialiste en électronique. « Voulez-vous danser ? » demanda-t-il très courtoisement. Teresa ne s'était pas encore décidée (elle avait vu Manolo sourire ironiquement, l'air de se désintéresser de la chose), mais il allait se passer quelque chose qui devait la pousser à accepter gaiement : ils étaient tous les trois debout dans un angle de la salle, tout le monde attendait que l'orchestre attaque le morceau suivant (c'était Domin Marc qui venait de chanter et on annonçait le passage en scène du Trio Moreneta Boys) quand, soudain, il se produisit un petit remous qui serpenta au milieu de la piste ; on entendit quelques cris féminins, les couples s'agitèrent et de nombreuses têtes se tournèrent vers eux. Apparemment, il y avait dans le coin un farceur qui pinçait les filles. Teresa rit, comme si c'était la chose la plus naturelle du monde. « Que c'est drôle, je trouve ça très bien ! » dit-elle. Elle faisait face à l'ami de Manolo, dont la tête parfumée lui arrivait au menton ; c'était cependant un garçon qui donnait une étrange impression de sveltesse, cambré, fin de corps et enveloppé d'une furieuse odeur d'eau de Cologne, avec une veste à carreaux étroite, des yeux désolés de Japonais et un toupet enduit de brillantine. Teresa le regardait avec sympathie mais restait indécise, et c'est alors qu'elle sentit sur ses fesses un pincement de maître, très lent, délicat et appliqué. Elle ne dit rien, mais elle se retourna en faisant semblant de rien, rouge comme une tomate, et elle eut le temps de voir une silhouette courbée, les épaules sceptiques et rentrées d'un type assez petit qui se glissait en riant entre les couples. En même temps, elle entendit près d'elle la voix d'une fille qui disait à son amie : « Je le connais, il s'appelle Marsé, c'est un petit brun, bouclé, et il a toujours les mains qui traînent. Dimanche dernier, il m'a pincée et après il m'a donné son numéro de téléphone pour le cas où j'aurais besoin de lui, il n'a peur de rien, ce type. – Et tu l'as appelé… ? » demanda l'autre. Teresa n'entendit pas la réponse parce que le galant pygmée qu'elle avait en face d'elle et qui continuait à la regarder, l'air ravi, insista : « On danse, Teresina ? » (délicieux, adorable, l'électronicien). L'orchestre avait commencé à jouer, et Teresa, qui ressentait encore la tiède brûlure sur ses fesses, décidée peut-être en partie par l'obscur et méritant labeur de ce genre de peloteurs (héros anonymes), ou peut-être par la simple fascination de l'endroit, qui sait, s'abandonna en riant aux bras du petit Murcien de Torre Baró et se lança avec témérité avec lui dans la mer agitée des bousculades, des coups de coude et de la transpiration. Se surpassant lui-même, le Trio Moreneta Boys interprétait son grand succès du moment, un boléro idéal pour danser sous une lumière tamisée. Dans cette confuse mer de têtes qui tournaient lentement dans la pénombre, il n'y avait pas, contrairement à ce que Teresa avait pensé, de joie particulièrement saine ni libérée des complexes bourgeois : on dansait corps contre corps et en silence et les visages étaient étonnamment sérieux, il flottait un air de respectabilité indicible, grotesquement romantique et circonspect, plus encore que celui qu'il pouvait y avoir dans un bal de société organisé pour de riches jeunes filles à marier. Teresa suivit longtemps Manolo des yeux, elle voyait son dos qui s'éloignait avec ennui, elle le voyait de loin et par-dessus les vagues, jusqu'au moment où elle comprit qu'elle se noyait sans rémission. Ce fut atroce, même si, au début, elle trouva cela assez drôle : elle n'avait pas conscience de sa légère jupe élégante, de ne pas porter de soutien-gorge sous son chemisier, du flot de rêves dorés que cette insolite découverte allait provoquer chez son partenaire. Résultat : le spécialiste en électronique se transforma subitement en colleur effréné, en poulpe désespéré doté de cinquante mains et dont la bouche haletait dans l'obscurité sur son sein gauche, qui avait perdu la parole et qui la poussait du ventre, suant et faisant de pénibles efforts, et auquel elle essaya de résister par pure courtoisie jusqu'au moment où, serrés par les autres couples et ne pouvant faire un pas de plus, ils s'immobilisèrent, bloqués, lui basculant (Teresa sentait sa main petite et rude qui courait sur son dos comme une araignée), renversé en arrière comme un fin et vigoureux danseur de tango. Où donc était la joie directe et saine des bals populaires ? Une odeur d'aisselles, et rien d'autre. Autour d'eux, les couples avaient cessé de danser et étaient immobiles, le visage tourné vers la scène, écoutant la chanson du Trio Moreneta Boys. Les mains avaient des rapports désespérés avec les tailles, d'étranges et pénibles galanteries avec les ombres. Teresa essaya à nouveau de rire, mais ce fut la dernière fois de la journée. Soudain elle se raidit : le petit bonhomme électrique la serrait tant qu'il la soulevait pratiquement, sans lui laisser toucher le sol des pieds. Il y avait longtemps qu'elle avait perdu Manolo de vue (est-il possible qu'il soit parti, en me laissant aux mains de ces sauvages ?) et brusquement effrayée, croyant qu'elle était toute seule et qu'elle ne pourrait plus s'échapper, elle lança un regard furieux à son partenaire, lequel se trouvait maintenant dans un état de dissolution lamentable. Ce que Teresa devina en voyant ses petits yeux (longtemps après, elle se souviendrait encore de ces petits yeux congestionnés et tristes, qui la regardaient d'en bas comme ceux d'un petit chien battu : ce fut réellement son premier contact avec la réalité) faillit lui provoquer une telle crise de nerfs qu'elle se libéra brusquement et commença à se frayer un passage à coups de coude, sentant qu'elle manquait d'air. Tout était mensonge : le mélodique Trio, les ouvriers amis de Manolo, les bals populaires… Les couples la regardaient et souriaient, mais personne ne semblait disposé à la laisser sortir de la piste. « La mijaurée, elle l'a planté », disait une fille. « Pauvre gars, ça ne se fait pas. » Finalement elle parvint à rejoindre l'endroit où elle avait laissé Manolo. Aucune trace de ce dernier. Elle en fut toute déconcertée, au milieu de l'obscurité. « Manolo », murmura-t-elle faiblement. Ce pouvait être n'importe laquelle des ombres qu'elle voyait. Des visages inconnus, étrangement éclairés et couverts de sueur, comme un cauchemar, se penchaient sur le sien et oscillaient au rythme d'une horrible musique de bastringue. « Manolo… » Une main audacieuse tira ses délicats cheveux d'or, et des lèvres grossièrement collées à sa tendre oreille bavaient des paroles obscènes. « C'est moi que tu cherches, ma blonde ? » « Qu'est-ce que t'es bien roulée, nana. » « Ne cours pas comme ça, princesse, tu vas perdre ta culotte. » Une robuste fille à lèvres rouges la défendit, insulta les voyous. Les jambes tremblantes, honteuse et furieuse à la fois, elle chercha Manolo avec des yeux désespérés dans toute la salle, y compris au balcon, où quelques couples dansaient étroitement enlacés dans l'ombre. Là, dans un couloir, elle crut voir Manolo entrer dans une pièce et elle se précipita derrière lui. À l'intérieur, une ampoule jaunâtre, grillagée, vieille amie des mouches, déposait doucement une lumière sale sur des caisses de bière empilées près de rayonnages vermoulus, aux vitres cassées et pleins de toiles d'araignée ; par terre, au milieu de la pièce, des livres couverts de poussière et des vieilles revues entassées, comme si on devait les brûler. « Manolo, c'est toi ? » murmura-t-elle. La pièce sentait l'humidité. Une toux étouffée derrière les caisses de bière. Les pieds de Teresa butèrent contre le tas de livres (il lui semblait entendre un joyeux rire féminin) ou, plutôt, contre un volume qui était à l'écart de la pile ; c'était un volume à couverture rouge, posé sur une photo que le temps avait jaunie et où se détachait une barbe blanche et vénérable : Madame Bovary et Karl Marx roulaient par terre, étroitement enlacés, tout enflammés, fuyant le tas de science et de savoir promis au feu ou au chiffonnier. Dans un coin, des soupirs, et de plus elle entendit parfaitement le petit rire licencieux qui se moquait d'elle, de sa stupéfaction, de la peur qu'elle éprouvait face à la réalité. Soudain quelque chose bougea derrière les caisses : une fille brune, aux grands yeux noirs et rêveurs, avec des tresses, reculait vers le coin tout en arrangeant sa jupe. Elle regardait Teresa en souriant, un peu troublée, mais sans sourciller, sans faire de façons, se réfugiant par inertie derrière la pile de caisses. Près d'elle se dressa un grand gaillard rouquin à veste de garçon de café, une bouteille de cognac dans chaque main. « Vous cherchez quelque chose ? » La fille aux tresses fit à nouveau entendre son rire plein et rêveur, les yeux fixés maintenant sur son ami. Teresa baissa les siens (elle regarda pour la dernière fois le couple qui se vautrait à ses pieds, au milieu d'une puissante odeur de velours rongé par l'humidité), balbutia une excuse puis fit demi-tour et sortit en courant. Elle retourna au balcon qui donnait sur la piste. On avait allumé les lumières. De là-haut, penchée sur la balustrade, elle voyait la piste entière et les loges. Manolo s'était volatilisé. « Peut-être qu'il est fâché. Je suis bête. Je suis bête… » En se retournant elle sursauta à nouveau : le petit Murcien était derrière elle et la regardait, les mains enfoncées dans les poches de son pantalon et souriant avec une moue indéfinissable. Il attendait, respectueusement, humblement, décidément touché par l'amour. Teresa s'enfuit à nouveau en courant et descendit les marches quatre à quatre. Elle se retrouva finalement dans le hall, où étaient le vestiaire et le bar.

Manolo était au bar, debout, en train de boire une bière. La première impulsion de Teresa fut de courir vers lui et de se jeter dans ses bras. Mais elle fit un effort pour se calmer et s'approcha par-derrière sans faire de bruit, les yeux baissés. En arrivant près de lui, elle se dressa sur la pointe des pieds et lui donna un baiser sur la joue. Manolo se retourna, la regarda avec un affectueux sourire : « Ça y est, tu es fatiguée de danser ? » Teresa fit un signe de tête affirmatif, en le regardant avec une certaine humilité apprise, récupérée, et brusquement ses forces l'abandonnèrent et elle appuya la tête sur l'épaule de son ami. « Ne recommence pas, s'il te plaît, ne me laisse plus jamais seule… ! » Elle lui demanda de la faire sortir de là sur-le-champ.

« Dans quel monde vis-tu, petite fille ? plaisanta-t-il tendrement, quand Teresa lui eut tout expliqué. Je te l'avais dit, cet endroit n'est pas fait pour toi. » Et la prenant dans ses bras, il lui caressa amoureusement la tête jusqu'à ce qu'elle se fût calmée.

Ils terminèrent la fête au Cristal City Bar, parmi de respectables et discrets couples de fiancés, de ceux qui doivent rentrer à la maison à neuf heures ; ils finirent en s'embrassant en paix dans une mezzanine inaccessible aux Murciens déchaînés et aux peloteurs furtifs, devant deux gin-tonic avec leur rondelle de citron aseptisée et obligatoire.

Ainsi, au cours d'après-midi successifs, la tension émotionnelle de Teresa fut lentement et délicatement altérée. Autres fissures : des soirées joyeuses et chaudes au Mont Carmel, des disputes entre voisins, de jolis garçons en chemisette, de romantiques promenades au clair de lune, des consignes sur les revendications des travailleurs dans le fameux bar Delicias… depuis longtemps, la jeune étudiante brûlait du désir de connaître cette bouillante vitalité. Mais il était trop tard quand elle découvrit le Mont Carmel et en prit possession, le Mont Carmel, terre mythique comme le fut en son temps la Floride pour les conquistadors. Jusque-là, le quartier n'avait été pour elle qu'un vague cercle d'ombres admirées de loin, car Manolo avait toujours refusé de l'y emmener et de la présenter à ses amis. Mais un nom était très familier à l'étudiante : Bernardo. Manolo, pour ne pas avoir à raconter certaines aventures (il préférait les appeler comme ça, bien que Teresa employât une expression pointilleuse et biologique : réunions de cellule) qu'elle lui supposait drôlement mais qu'il n'avait jamais vécues, avait décidé longtemps auparavant qu'en parlant de Bernardo il imiterait toujours le style mystérieux qu'il avait appris des étudiants en les entendant parler de Mauricio. Le résultat fut que Bernardo était devenu un autre prestigieux dirigeant, dépositaire, inaccessible et impénétrable, des plus grands secrets. « Tu connais Bernardo ? Tu as entendu parler de lui ? Bernardo pourrait t'expliquer mieux que moi comment fonctionne ce truc-là, moi je n'en sais rien », disait-il souvent à Teresa, quand la curiosité de la jeune fille le mettait dans l'embarras. « Tu me le présenteras un jour, Manolo ? – Ce n'est pas prudent », argumentait-il. Si bien que Teresa admirait Bernardo sans même le connaître, un peu par reflet de son attirance pour Manolo et un peu à cause de sa propre perception morale, très audacieuse. Mais sa perception morale était aussi généreuse qu'elle était téméraire (le réalisme moral de Teresa ne venait pas d'un effort d'analyse, comme elle le croyait, mais de l'amour) et par conséquent elle lui réservait d'autres désillusions.

Un soir qu'elle avait raccompagné Manolo jusqu'en haut du Carmel, elle lui proposa en lui disant au revoir de faire un tour dans le quartier. Il avait commencé par refuser, mais le désir d'embrasser la jeune fille derrière un buisson, de l'autre côté de la colline, et de lui parler sérieusement de quelque chose qui lui trottait dans la tête depuis un certain temps (la possibilité d'obtenir un bon emploi par l'intermédiaire de M. Serrat) le perdit. « C'est bon, on va faire un tour de l'autre côté, je vais te montrer le Val d'Hébron. » Ils laissèrent la voiture sur la route. Le bras autour du cou de Teresa, la dérobant aux regards des quelques habitants qui prenaient le frais devant leur porte, Manolo l'emmena vers la rue Gran Vista. Passé le bar Delicias, des enfants jouaient au milieu du ruisseau, et, à la lumière qui sortait d'un porche, deux petites filles chantaient en se tenant les mains :

La cour de ma maison
est particulière
quand il pleut elle se mouille,
comme toutes les autres cours…

Teresa s'approcha des petites filles et chanta un instant avec elles, en s'accroupissant. Sa tension émotionnelle remonta dangereusement. La nuit était étoilée et tiède, la lune roulait paresseusement sur les terrasses, dans un voile de gaze verte, et le ciel était bordé de rouge. Il ne manquait qu'une radio, une radio marchant très fort sur une terrasse et diffusant dans la nuit une mélodie vulgaire et sucrée. Sur les terrains vagues, au bout de la rue Gran Vista, commençait le chemin de terre qui menait au parc du Guinardó. Ils s'assirent un instant sur un banc de pierre semi-circulaire et délabré, puis descendirent la côte main dans la main, entre les petits sapins du parc.

On entendait la stridulation métallique des grillons. Teresa s'allongea sur l'herbe. Ses lèvres étaient explicites ce soir-là, ses yeux, vaincus, pleins de générosité et de tendresse : c'est peut-être le moment, pensa-t-il, de s'ouvrir à elle, le moment de lui dire que je n'ai plus de travail, que mon avenir est très sombre et que son père pourrait peut-être me donner, si elle le lui demandait, un poste de responsabilité, un emploi d'avenir…

– Dis, ma chérie, ton papa…, ton papa, est-ce que ton papa pourrait ?

La cause de son bégaiement n'était en aucun cas l'indécision, mais la bouche ardente de Teresa, ces seins de fraise petits et pointus ; c'était cet univers double qu'il abritait dans ses mains, qui le brûlait, qui lui faisait goûter d'avance les spasmes de dignité et de prospérité futurs, pleins de douceur et de cordialité… Il se redressa pour mettre un peu d'ordre dans ses idées. Teresa le regardait d'en bas, les yeux ensommeillés. Et une fois de plus il revint à elle, ne sachant que faire : il pouvait la faire sienne et être son amant pendant un certain temps, c'était sûr ; peut-être même des mois et des mois ; mais qu'y gagnerait-il ? Que signifiait ce mot immense : amant ? Quelle fille moderne, étudiante ou non, mais riche et acquise aux idées nouvelles, n'a pas aujourd'hui un amant sans que cela prête à conséquence ? Et après, bonsoir la compagnie, c'était merveilleux mais adieu, passion fugitive et éphémère que celle des sexes, on le sait, c'est la vie qui décide. Non, mon garçon, l'idée que tu te faisais de Teresa au lit n'était pas entièrement exacte : car on peut à coup sûr posséder une créature aussi adorable que celle-ci, aussi instruite et respectable (certes, ses défenses morales ne sont pas aussi solides que le proclame la respectabilité de sa classe), mais il n'est pas toujours possible de posséder le monde qui va avec. Sache-le, il suffit de caresser une seule fois cette belle chevelure d'or, ces genoux de soie pleins de soleil, il suffit d'abriter dans la paume de sa main ce double univers de fraise et de nacre pour comprendre qu'il est le luxueux enfant d'un effort social et qu'il faut le mériter par un effort semblable, qu'il ne suffit pas de tendre tes serres tremblantes et de t'en saisir…

Teresa se leva, se dirigea vers son ami et l'enlaça parderrière.

– Quelle belle vue on a d'ici, n'est-ce pas ? dit-elle.

Autour d'eux, les sapins et les pins embaumaient. Au loin brillaient les lumières de Montbau et du Val d'Hébron, sur la route duquel glissaient les voitures, phares allumés, rentrant en ville en procession. Teresa le lâcha, se mit à rire et tourna plusieurs fois autour de lui.

– J'aime ton quartier, dit-elle. Je te paie un café arrosé au Delicias.

– On dit un café parfumé, corrigea-t-il en souriant.

– Eh bien d'accord, un café parfumé, dit-elle. Je veux un café parfumé du bar Delicias.

Manolo s'approchait d'elle doucement, en ruminant ses mots, souriant, flottant comme dans un rêve, et il l'embrassait, l'embrassait encore, il lui mordait le cou, il baignait son visage dans ses blonds cheveux (ton papa, ton pa-pa-pa-pa-pourrait…) jusqu'à ce qu'elle se libérât en riant et courût devant lui. Manolo la suivait, trébuchait, la rattrapait, la perdait. Petite, tu me rends fou.

– Je veux un café arrosé, je veux un parfumé ! – répétait-elle d'un ton têtu. Emmène-moi au Delicias et après on revient passer un moment ici, hein ? proposa-t-elle avec un irrésistible sourire.

Et soudain elle se mit à courir vers le sommet, vers le chemin, où elle s'arrêta un instant et se retourna pour le regarder, avant de prendre la direction de la rue Gran

Vista. Manolo la suivit lentement, tête basse et mains dans les poches. Le chant des grillons l'exaspérait. En arrivant aux premières maisons de la rue, il pressa le pas. Il ne voyait pas Teresa. Et c'est alors que cela arriva : il l'entendit pousser un cri alors que la jeune fille devait se trouver à cinquante mètres de lui ; l'obscurité de la rue l'empêchait de voir quoi que ce fût, mais il devina tout au moment même où il se mettait à courir vers Teresa. Il la trouva plaquée contre le mur, se cachant le visage des mains et tournant le dos aux ombres de l'autre côté de la rue. Ses épaules étaient agitées.

– Qu'est-ce qui t'arrive ? demanda-t-il.

Teresa fit un effort pour se remettre, soupira, les mains sur les hanches. Plus qu'effrayée, elle avait l'air indignée.

– Là, murmura-t-elle, sous ce porche… il y a un homme…

Elle montrait un coin plongé dans l'ombre, un des arcs du mur de soutènement de Casa Bech collé à la colline, et dont l'intérieur était habité. La lumière anguleuse de l'unique réverbère qui éclairait ce secteur de la rue ne parvenait pas à pénétrer sous l'arc, mais révélait quelque chose de l'inconnu : de vieilles chaussures sur lesquelles retombaient les revers boueux d'un pantalon trop long.

– Il m'a fait une peur terrible, ce fou, murmura Teresa. Parce qu'il doit être fou, il est sorti du noir et il s'est planté devant moi les bras écartés et… tout déboutonné, il riait, il me regardait, je n'arrive pas à le croire !

On entendit un halètement dans l'ombre et les pieds de l'inconnu remuèrent. Manolo se précipita vers lui comme une flèche et plongea ses mains dans le noir, rencontra le col crasseux d'une chemise (ses doigts effleurèrent une barbe de trois ou quatre jours et un grand nez dont le contact lui fut familier) qui dégageait une insupportable odeur de vin.

– Allez, sors de là, grand dégueulasse ! Viens là que je te voie ! s'écria-t-il, et il tira fortement vers lui : ce qui sortit de l'ombre, titubant comme un pantin à la faible lueur du réverbère, n'était rien de moins que Sans, ou plutôt, ce qu'il restait de lui après qu'il eut servi pendant presque deux ans d'objectif à la mortelle machine conjugale de Rosa. Tu n'as pas honte, malheureux, toi, un père de famille ! dit Manolo en le secouant et, dominé par une rage soudaine, il se mit à le bourrer de coups de poing.

La canaillerie de Sans n'était pas chose nouvelle dans un quartier éloigné et mal éclairé comme celui-ci, cela se produisait assez fréquemment et Manolo le savait. Pourtant, il flanqua une telle correction à Sans (en fait, il était mû par un sentiment de vengeance qui allait plus loin que celui que pouvait lui inspirer l'offense faite à Teresa) que la jeune fille elle-même en fut étonnée.

– Ça suffit, ne le bats plus.

Mais Manolo continuait.

– Ce type-là n'a pas le droit de vivre ! criait-il. Je le lui ai déjà dit il y a longtemps, je l'ai averti ! Pauvre type, regarde ce que tu es devenu !

Sans, complètement saoul, et riant tristement, se couvrait le visage des bras, coincé, acculé contre le mur.

– Je ne savais pas ! gémit-il, et il bégayait, se trompait de voyelle. Je ne t'avais pas vi, je te jure que je ne t'avais pas vi… !

Finalement, en trébuchant, presque en se traînant, il parvint à s'échapper et partit en courant. Manolo cria encore :

– Voyou, animal ! C'est comme ça que tu devais finir, pauvre type, en faisant peur aux femmes sans défense ! Disparais, crève un bon coup, tu n'as pas le droit de vivre !

Il revint près de Teresa, qui le regardait avec des yeux étonnés, il l'entoura du bras et lui expliqua :

– Ces quartiers… Je te l'ai déjà dit. Les rues sont obscures, les filles honnêtes ne peuvent pas sortir seules le soir. Parfois, même les femmes mariées ; c'est arrivé aussi à ma belle-sœur, un soir elle est rentrée à la maison en pleurant… Il t'a fait quelque chose ?

– Non, non… C'est un garçon du quartier ? On dirait que tu le connais.

– Je l'aurai tué, tiens. Il n'était pas méchant…, murmura-t-il, pensif. Il n'était pas méchant, tu sais. Il s'est compliqué la vie, les choses ont très mal tourné pour lui, mais c'est entièrement de sa faute. Je le lui ai toujours dit, je l'ai prévenu. Maintenant il est fini, il s'est mis à boire et il ne fait que des bêtises. Un jour on le retrouvera quelque part, le crâne fendu.

– Mais, dit Teresa, si c'est un de tes amis, pourquoi l'as-tu frappé comme ça ? En réalité il ne m'a pas touché.

– Je te l'ai dit. Parce qu'il le méritait… Il l'a cherché, conclut Manolo, de mauvaise humeur.

Évidemment, il se garda bien de lui dire que ce loqueteux échauffé était le fameux Bernardo, l'autre héros anonyme du Carmel. Mais cela ne devait lui servir à rien, car lorsqu'ils revinrent à la voiture, la jeune fille voulut prendre un verre au bar Delicias (sans le même enthousiasme, cependant, en alléguant qu'elle en avait besoin pour faire passer sa frayeur). Quand Manolo s'en aperçut et voulut l'éviter, elle était déjà à l'intérieur. Et Bernardo était là, seul, à une table du coin, haletant encore, saignant du nez et aussi immobile qu'un rat terrorisé. Teresa n'aurait peut-être jamais soupçonné la vérité si le frère de Manolo ne s'était trouvé là. Quand elle entra, tout le monde se retourna : deux receveurs d'autobus qui parlaient avec le frère de Bande-à-part, accoudés au bar, quatre garçons qui jouaient aux dominos et un vieux assis près de l'entrée. Le frère de Manolo vint les rejoindre. Il souriait d'un air méfiant et secouait fortement la tête. C'était un homme d'une trentaine d'années, de haute taille, voûté, un air sérieux sur son visage brun et lourd, avec de grandes dents jaunes ; flegmatique, lent, rural, très enclin aux salutations effusives ; il portait pour tout vêtement une salopette graisseuse. Dans le quartier, on le tenait pour à moitié timbré et personne ne faisait attention à lui. Il était très amateur de blagues courtes (la sécheresse était si grande, si grande, que les arbres couraient derrière les chiens, hé, hé, hé), mais, paradoxalement, il était très prolixe et scrupuleux dans le détail quand il racontait autre chose, avec de nombreuses digressions sentencieuses injustement ignorées, et dans le bar on le fuyait. Précisément pour cette raison, parce qu'on le laissait souvent avec les mots sur les lèvres, il avait une curieuse façon fractionnée de raconter les choses : il avait toujours l'air d'avoir commencé à le faire ailleurs, à quelqu'un d'autre (qui lui avait tourné le dos sans attendre la fin), et il était là à nouveau, cherchant une compagnie des yeux, disposé à continuer son histoire. Comme le fait se répétait très fréquemment, le résultat était une espèce de feuilleton qui n'en finissait jamais, et dont les chapitres étaient équitablement répartis entre diverses connaissances, aucune, semblait-il, ne s'intéressant ni au début ni à la fin. Teresa, pourtant, allait être intéressée, elle, par la fin de l'histoire de ce soir-là, car elle avait précisément trait à Bernardo. Manolo ne put faire autrement que de présenter Teresa (« Une amie, dit-il, nous partons tout de suite ») et son frère s'entêta à faire boire un petit verre de Calisay à la jeune fille (« c'est très bon pour les femmes », expliqua-t-il, sans qu'on puisse savoir exactement en quoi c'était bon) et Teresa remercia courtoisement. Elle trouva le frère de Manolo sympathique, avec cette douceur faciale qui rappelle un peu les chevaux, mais elle n'avait d'yeux que pour Bernardo Sans, qui était blotti dans son coin, tout honteux. Le frère de Manolo avait regagné sa place près des contrôleurs, qui buvaient une bière au comptoir ; il commença à leur raconter quelque chose, mais comme ils s'entêtaient à lui tourner le dos, il fit un demi-tour parfait sur ses talons et, à nouveau face à Teresa, il continua :

– … on voit qu'on l'a bien arrangé cette fois, regardez-le, il a eu son compte, mais ne croyez pas qu'il soit dangereux, c'est que sa femme est terrible, ce bon à rien (il montra Manolo) peut vous le dire, avant, lui et Bernardo (il montra Bernardo, et Teresa resta en suspens en entendant son nom) étaient toujours ensemble, quand les affaires marchaient bien pour tout le monde, quand on s'intéressait au travail et qu'on avait un soupçon de dignité, ce qu'il y a c'est que Bernardo n'a pas eu de chance avec Rosa, qui est un vrai adjudant. Rosa, c'est sa femme, conclut-il dans un désir de précision.

Ce fut la fin du feuilleton de ce soir-là. Teresa pensa que le début contenait sans doute d'autres révélations non moins surprenantes, mais il était impossible de le récupérer, il devait être en train de s'effilocher dans la mémoire des contrôleurs d'autobus. Quoi qu'il en soit, le terrible soupçon était là à nouveau : ce Bernardo dont Manolo lui avait tant parlé, et qu'elle avait comparé à Mauricio (errant fantôme parisien et géniteur), pouvait-il être cette loque humaine qui saignait dans son coin ? Ses soupçons augmentèrent quand elle capta près d'elle un regard furtif de Manolo, un regard qui épiait ses pensées, et soudain elle ressentit à nouveau cette nausée, elle éprouva ce sentiment de désillusion qui s'était emparé d'elle lors du bal du dimanche. À ce moment, elle vit Bernardo se lever pour sortir : ce pauvre type qui marchait en titubant, tout voûté, sortant la tête de ses épaules, la sortant obstinément comme un aveugle ou un fou dangereux, cette ruine morale et physique pouvait-elle être Bernardo, le grand, le dur, l'invulnérable cerveau qui travaillait dans l'ombre ?… Si ce dos, si cette façon de traîner les pieds, si ce spectre accablé du Carmel n'avaient pas été aussi lugubres, elle aurait éclaté de rire. Et un tel irresponsable, un futur délinquant sexuel comme celui-là devait s'occuper de l'impression des tracts pour les étudiants ? Elle le savait, elle l'avait toujours soupçonné : le Mont Carmel n'était pas le Mont Carmel, le frère de Manolo ne vendait pas de voitures, il était mécano, il n'y avait ici aucune conscience ouvrière, Bernardo était un produit de sa propre imagination révolutionnaire, et Manolo lui-même…

Sans trop savoir pourquoi elle faisait cela, elle commanda un « parfumé » (ce qui provoqua un copieux éclat de rire du frère de Manolo) en même temps qu'elle interrogeait le jeune homme des yeux, étourdie, déprimée par ce qui venait de lui arriver. Mais dans les yeux noirs de son ami elle ne vit plus rien que de l'adoration, aucun secret pouvoir, aucun héroïque arrière-plan de dangers, aucun autre sentiment que cette adoration pour elle. Elle sortit précipitamment du café Delicias et se dirigea vers sa voiture. La radio d'un voisin marchait très fort : délicieuse mais inopportune mélodie, tu n'es plus nécessaire, les beaux garçons du faubourg ne se promènent plus en maillot de corps au clair de lune. Manolo marchait à côté d'elle en l'observant, en veillant sur ses mouvements avec une certaine sollicitude paternelle, comme si elle était vraiment une petite fille qui faisait ses premiers pas toute seule et qui pouvait tomber (tout bien considéré, je me suis conduite comme une gamine mal assurée). Il craignait la réaction de Teresa, l'avalanche de questions qui allait fondre sur lui d'un instant à l'autre. Mais Teresa s'était enfermée dans son mutisme. Marchant d'un pas pressé, avec un air de dignité offensée, elle se contenta de se laisser accompagner sur la route en pleine nuit. Arrivée à sa voiture, elle s'assit au volant et resta immobile, pensive, les yeux fixés devant elle. Manolo se glissa dans la voiture avec une douceur féline, comme s'il ne voulait pas troubler ses pensées, il contempla son profil durant un moment, sans rien dire, puis il lui effleura la tempe de ses lèvres.

– Arrête, Manolo, s'il te plaît, dit Teresa. Tu m'as prise pour une idiote ?

– J'ai essayé plusieurs fois de te dire comment est le quartier, de ne pas te faire trop d'illusions…

– Tais-toi. Tu es un pitre.

Teresa se retourna et le regarda droit dans les yeux, durement. On entendait la stridulation des grillons, des deux côtés de la route. Manolo soutint le regard bleu de la jeune fille. À ce moment, il l'adorait plus que jamais : il eut l'impression qu'en quelques minutes Teresa était devenue une femme, une femme adulte qui pouvait tout aussi bien lui enfoncer un poignard dans la poitrine que lui faire à tout jamais une place dans son lit et dans sa vie. Il réfléchit : et si je lui parlais franchement une bonne fois pour toutes, maintenant, ici même, et si je lui avouais que je ne suis rien ni personne, rien qu'un fauché sans emploi, un foutu voleur de banlieue, un voyou amoureux ?… Attends, reste calme.

– Je voudrais simplement savoir, dit-elle la voix brisée, ce qui se passe avec la machine à polycopier et les imprimés que tu t'es engagé à nous remettre.

Manolo se passa la main dans les cheveux : il avait complètement oublié cet étrange engagement, pris de manière un peu irréfléchie, et, tout de suite, il ne trouvait rien à dire pour se justifier.

– Descends, ordonna Teresa.

– Comment ?

– Descends de la voiture… (Soudain sa voix se brisa tout à fait.) Pourquoi n'es-tu pas sincère avec moi ? Je crois… je crois que je mérite au moins ça.

Il allait dire quelque chose, mais Teresa avait ouvert la portière et descendait précipitamment. Elle la claqua, en le laissant à l'intérieur, et resta plantée là, sur la route, les bras croisés. Derrière elle chantaient les grillons, les lumières de la ville clignotaient.

– Que c'est ridicule ! s'écria-t-elle… Je voudrais que Maruja guérisse tout de suite et en finir une bonne fois avec tout ça, m'en aller, en finir avec l'été, les vacances, ces promenades, avec tout. J'en ai marre, marre !

– Pardonne-moi, Teresa, dit-il. Je vais t'expliquer. Allez, monte.

Elle ne bougea pas. Manolo ouvrit la porte :

– Allez, monte, voyons.

– Quand tu descendras toi, si tu veux bien.

Elle regardait dans le vague, le menton sur la poitrine et un air de tristesse cafardeuse qu'accusait encore plus la gracieuse moue de dédain de sa lèvre supérieure. Il la contempla un instant : cette nouvelle Teresa qui brandissait son poignard l'excitait terriblement, il la trouvait délicieuse avec son air fâché. Il le lui dit.

– Va-t'en au diable, murmura-t-elle.

Elle avait les yeux embués. S'en rendant compte, Manolo sauta de la voiture et alla vers elle. Mais la jeune fille l'évita en faisant demi-tour et s'assit au volant.

– Teresa, écoute-moi…, la pria-t-il.

Elle mit le moteur en marche, mais ne démarra pas tout de suite, elle semblait avoir des difficultés avec le changement de vitesses (la première ne passait pas) ou faire semblant, peut-être attendait-elle quelque chose de lui. Manolo comprit qu'il ne devait pas la laisser partir sans lui donner une explication, n'importe laquelle. Sûr, pensa-t-il obscurément, que pour cette gamine l'amour et le complot sont encore une seule et même chose. Et alors il eut une révélation.

– C'est bon, comme tu voudras, dit-il, en aventurant une main vers ses cheveux (elle fit un vague geste d'esquive). Demain je dois aller chercher les sacrés tracts de tes amis. Tu viendras avec moi, d'accord ? Je t'attends à la clinique à dix heures.

Teresa fixa sur lui un dernier et triste regard et la voiture démarra brusquement, avec ce vrombissement juvénile et affolé qui faisait toujours frissonner le Murcien. Le garçon s'éloigna lentement sur la route. Quand il arriva chez lui, il sortit de l'armoire une paire de pantalons blancs et demanda à sa belle-sœur de bien vouloir les lui repasser pour le lendemain matin. Puis il s'allongea sur son grabat (son frère l'appelait et l'insultait depuis la salle à manger, mais il n'y fit pas attention) et étudia un plan dans tous ses détails.

De son côté, sitôt qu'elle fut rentrée, Teresa appela la clinique : Maruja allait bien, c'est-à-dire que son état était stationnaire. Puis elle se doucha et, pieds nus, en veste de pyjama, tête basse, elle s'assit à la table de la salle à manger, seule (son père était parti pour Blanes en fin d'après-midi). Vicenta lui servit son dîner, auquel elle toucha à peine. Elle mit des disques d'Atahualpa Yupanqui, but deux gins avec beaucoup de glace et alla se coucher avec un troisième, la tête brisée par le doute et les divagations. Elle formula cent questions sérieuses sur son jeune ami, jusqu'à ce qu'elle découvrît, stupéfaite, qu'elle ne s'interrogeait pas honnêtement. Elle était cernée par l'ombre délicieuse de l'autocritique : le changement qui commençait à s'opérer dans ses idées lui faisait peur. Elle était fâchée contre elle-même, sa conduite avec Manolo lui semblait ridicule, bêtement sublimée – admets que la personnalité politique de ce garçon a cessé depuis longtemps de t'importer, reconnais-le, pensait-elle maintenant, étendue sur le lit de sa chambre aux murs peints en bleu, sans pouvoir dormir (son ventre palpitait sur un rythme de guitare), transpirant un gin musical parmi des poupées, des disques et des livres, frottant tendrement sa joue contre son épaule nue. La liberté, l'opposition, la patrie… Qu'est-ce que l'opposition, en fin de compte ? Que signifie militer pour une cause ? Un communiste lui-même, qu'est-ce que c'est ? (Silence : les cuisses de Teresa transpirent du miel, une moto traverse rapidement la nuit tranquille de San Gervasio.) Au fond, pensait-elle, je suis seule ; jusqu'à hier, j'ai vécu entourée de fantômes. Solitude, générosité, sentimentalisme, curiosité, intérêt, confusion, diversion ; elle pouvait énumérer toutes ces émotions car elle croyait avoir la clef qui expliquait la conduite du jeune homme et la sienne : tous les deux, chacun à sa manière, ils étaient en guerre contre le destin. Mais il lui restait la curiosité. À quoi peut ressembler l'idée de liberté chez un jeune homme pauvre comme Manolo ? Rouler en Floride à côté de moi, lancés à plus de cent cinquante à l'heure, ou faire un baisemain correct à maman, ou faire l'amour sur la Costa del Sol avec une touriste argentée, ou peut-être n'est-ce qu'un moyen de gagner du temps, de voler du temps à la pauvreté, au malheur et à l'oubli. Oui : un homme qui essaie de gagner du temps, qui est en guerre contre le destin, voilà ce qu'est Manolo, voilà ce que nous sommes tous. Mais, et son idée de la liberté ? Une voiture de sport. Une rapide et fulgurante décapotable. Une Floride blanche pour tout le monde (ne sors pas du rang, sauf avec le rang) au lieu d'un monde où ne soit possible qu'une seule Floride pour tous. Erreur de perspective – ce n'est pas sa faute –, et d'une certaine façon c'est la même chose, je veux dire que c'est normal. Il est intelligent, séduisant, généreux, mais un peu vaurien, cynique et probablement menteur : il se défend comme il peut. Car enfin, qu'est-ce que je sais, moi, des effets bizarres que la pauvreté produit sur les esprits ? Qu'est-ce que je sais du froid, de la faim, des vraies horreurs de l'oppression que doit subir un garçon comme lui si je ne lui ai même pas demandé combien il gagne, si nous nous entêtons toujours à ne pas vouloir parler du salaire d'un homme, mais seulement de sa conduite (eh bien, moi, camarades, j'affirme que la conduite d'un homme dépend de son salaire), si pas plus tard qu'aujourd'hui, en me conduisant comme une stupide petite marquise qui pique une crise de nerfs devant son chauffeur, je l'ai obligé à descendre de la voiture, si j'ai voulu lui poser des questions au lieu de l'aider, alors qu'il est si adorable, si beau, si gentil et patient avec moi !

… Est-ce qu'il m'a jamais demandé ma carte ? Non. Et malgré tout, il promet les tracts pour demain ; il est bien possible que tout ça ne soit qu'un fatras d'absurdités. Je m'en soucie comme d'une guigne. Cent questions inutiles et cent réponses inutiles au sujet de mon Manolo : dans la vérité ou le mensonge, quelle que soit sa conscience de classe, sa vision du futur, la vraie question c'est… (aïe maman, je n'arrive pas à dormir !).

La grande question était maintenant celle-ci : jusqu'où est-il capable d'aller pour moi ?

... armé
de plus de courage que d'acier.

GÓNGORA

La rue avait l'air du lit d'une rivière : boue, herbes et cailloux. En moins d'un an, elle avait été éventrée, comme si les eaux impétueuses d'une crue étaient passées sur elle, et Teresa se demanda ce qu'il pouvait être advenu de certain jeune ouvrier au sourire innocent qui n'avait jamais entendu parler de Bertolt Brecht. Les hautes cheminées se dressaient à l'assaut du ciel, le barbouillant de fumée. Au bout de la rue, on apercevait les premières pentes de Montjuich. Ils avançaient en silence sur le trottoir défoncé, près d'un long mur d'usine derrière lequel battait comme un pouls la sourde rumeur des machines. Personne en vue, cette rue n'avait jamais conduit nulle part. C'était le matin, vers onze heures, et le soleil tapait fort. Le bruit de l'usine rendait à Manolo la nostalgie hivernale de certaine flânerie dans les rues et l'image troublante des genoux de Teresa emprisonnant les jambes d'un inconnu ; il évoqua le rire de Maruja, son bras accroché au sien, la lourde valise pleine de couverts... Des enfants sortirent en courant d'un porche et les poursuivirent avec leurs pistolets à amorces. Au bout de la rue, Manolo s'arrêta.

– C'est ici, dit-il en montrant une petite porte. Je les trouverai sans doute sur la terrasse. Il vaut mieux que tu m'attendes ici, ou dans la voiture, comme tu voudras. Ils n'aiment pas que j'amène des étrangers… Mais si tu vois que je tarde trop, tu montes. D'accord ?

Teresa ne répondit pas, elle observait les enfants qui jouaient sur l'autre trottoir ; mais elle avait entendu. Du coin de l'œil, elle vit Manolo entrer par la porte. Quand elle fut seule, son cœur se mit à battre très fort. Depuis qu'ils s'étaient retrouvés à la clinique, une demi-heure plus tôt, elle n'avait daigné parler qu'une seule fois avec son ami. Plutôt que fâchée, elle était déconcertée : elle le voyait si décidé sur cette affaire de tracts, si pleinement, si candidement occupé à récupérer son affection et sa confiance. Par ailleurs, il était arrivé ce matin-là quelque chose à la clinique qui la maintenait encore dans un état d'étonnement : alors qu'ils se trouvaient près du lit de la malade, au moment où Manolo tendait la main pour écarter une de ses belles boucles décapitées (on lui avait coupé les cheveux très court), Maruja avait brusquement ouvert des yeux alarmés et suppliants, enfiévrés, et les avait fixés sur Teresa, l'espace de quelques secondes. Dina était là elle aussi, mais ni elle ni Manolo n'avaient semblé s'apercevoir de rien, ou du moins ne s'en étaient-ils pas préoccupés. Cependant, cela avait été davantage qu'une simple réaction nerveuse des paupières, quelque chose de plus que l'égarement fortuit et aveugle de deux pupilles de poupée cassée, de deux cristaux voilés : elle aurait juré (à ce moment du moins) que Maruja voulait lui parler, qu'elle avait même remué les lèvres, que c'était là un appel direct et personnel à sa compréhension et à sa condition de jeune maîtresse, un signe de lucidité soudaine qui d'une certaine façon lui demandait d'avoir confiance dans le garçon et de ne plus le laisser faire de folies… Ou bien s'était-elle fait des idées ? Une fois sortis de la clinique, quand ils étaient montés dans la voiture, elle avait voulu en parler à Manolo, mais celui-ci, laconiquement, lui avait demandé de le conduire au Pueblo Seco. Durant le trajet, il avait été le seul à parler : quelle chose formidable que l'été, les rues arrosées, on dirait que l'air est parfumé, les quartiers élégants paraissent endormis, vides, oh Teresa, la ville est à nous… « Qu'est-ce que tu as ? avait-il ajouté. Tu es toujours fâchée ? » Elle conduisait vite, l'air absorbé, très belle, avec ce style rebelle qui n'était qu'à elle (très joli, en vérité : très en arrière sur son siège, bras tendus, complètement étirés et raides vers le volant, le menton sur la poitrine, le regard plein de défi : c'est ainsi qu'avait dû mourir James Dean) et attentive à la circulation, tout en la méprisant. Elle cachait sa grande curiosité et la vibration musicale de son ventre, qui durait depuis la veille, sous un masque indifférent. De son côté, le Murcien s'était présenté en tenue de campagne : chemise rose à poches et manches longues, chaussures de basket et pantalon blanc serré, d'une propreté éblouissante, qui lui allaient très bien. Que cherchait-il ? Lorsqu'ils eurent rejoint le Paralelo, il ordonna à Teresa de prendre une rue sur la gauche et de s'arrêter à l'entrée. En reconnaissant cette rue, elle avait eu une nouvelle surprise.

– Ici ? avait-elle demandé, l'air étonné.

– Oui. On laisse la voiture ici.

Ce fut la seule fois où elle parla. « Pourquoi est-ce que je résiste tant à la désillusion, si la désillusion me réserve peut-être ce que ce garçon a de meilleur ? » se demandait-elle maintenant. Elle s'occupa à examiner l'entrée de la maison avec curiosité. Il y avait un escalier étroit et sombre, avec une rampe de fer et une seule porte sur chaque palier. Teresa ne tint que cinq minutes toute seule (il en avait calculé quinze) : sans faire de bruit, en tâtant les murs et la rampe, elle monta jusqu'au dernier étage, qui était le troisième. De là, une douzaine de marches conduisaient à une explosion de lumière dorée : une petite porte de bois vermoulu, traversée par les rayons du soleil comme un vieux sac de jute à contre-jour et avec deux trous gros comme des pièces par lesquels filtraient deux épées incandescentes. Teresa monta lentement, en tremblant un peu, elle s'approcha de cet incendie et regarda par l'un des trous. Sur le moment, elle fut aveuglée par le soleil. Puis elle vit le sol d'une terrasse couvert de sable fin, du linge étendu sur des fils et un joli petit garçon à boucles blondes qui courait tout nu. Au fond, assis par terre, le dos appuyé au rebord, cinq garçons en chemisette lisaient des illustrés. Teresa distingua celui qui était au milieu, et qui caressait un petit chat noir couché contre son ventre ; il prenait le soleil torse nu et portait des lunettes noires. À ses pieds, il y avait deux filles en maillot de bain, allongées sur une serviette et le visage enduit de crème (menton levé, suspendu dans une attitude de ferveur, comme si elles cherchaient leur équilibre ou s'apprêtaient à donner un baiser), que Teresa reconnut aussitôt : c'étaient celles qui s'étaient présentées un jour chez elle et avaient demandé Manolo. Autour d'elles, par terre, il y avait des romans à quatre sous et des revues illustrées, des bouteilles de bière, un seau d'eau et une petite radio portative qui braillait une musique de danse. Le champ visuel de Teresa était souvent entièrement envahi par la blonde tête de l'enfant, qui allait et venait du seau d'eau à la porte en agitant ses mains mouillées. Le jeune garçon aux lunettes noires semblait regarder fixement quelqu'un que Teresa ne pouvait pas voir (ce devait être Manolo) et à qui il adressait de temps en temps la parole, et sans la moindre sympathie, à en juger par son expression. Il fit des signes de la main, de façon vulgaire, pour que l'autre se rapproche, mais Teresa ne put entendre ce qu'il disait à cause de la musique. Soudain elle reconnut la voix de Manolo, tout près d'elle, et elle le vit entrer dans son champ de vision, lentement, de dos. Le soleil resplendissait sur son pantalon blanc. Elle se colla contre la porte pour mieux le voir, excitée par sa propre situation d'impunité, par cette occasion qui lui permettait de voir sans être vue (obscurément attirée, il ne faut rien cacher, par une douce main de lumière qui lui fouillait les entrailles : le rayon de soleil) et il y eut alors une petite pause à la radio qui lui permit d'entendre les mots que cracha Manolo : « … je suis simplement venu chercher ce qui m'appartient, et rien d'autre, et s'il y a quelque chose que je ne supporte pas, Paco, ce sont les mensonges de tes sœurs. – Non mais tu parles d'un type gonflé ! entendit-elle dire. Est-ce qu'il ne vient pas avec des exigences, au lieu de payer ce qu'il doit, lui et cette grande folle de Cardinal… ? » Les sœurs Sisters relevèrent lourdement leur visage graisseux pour regarder Manolo. « Il est venu nous insulter, nous provoquer, vous ne le voyez pas ? » cria l'une d'elle. La musique éclata à nouveau, métallique, griffant les tympans : c'était une marche militaire. Au milieu du zim-boum, Teresa les entendit parler d'une relation entre l'accusé et une certaine Seringue : la plus jeune des Sisters disait, à propos d'une fête de famille chez le Cardinal : « Que je meure sur place si ce n'est pas vrai : la gamine était complètement à poil sous sa combinaison (Teresa trouva cela un peu bizarre) et ce dévergondé la tenait sur ses genoux ; je m'en souviens bien, c'est à ce moment-là qu'il a eu le culot de nier avoir touché à un seul des couverts de la valise… » Le jeune aux lunettes noires se leva lentement, le petit chat sauta de sur ses genoux et resta planté dans le sable, en soufflant, dos arqué et l'air farouche, dans une parfaite attitude de chat empaillé. « Je t'avais dit que je te casserais la gueule si je te revoyais ici, Manolo », dit-il. Un coup de vent fit bouger le linge étendu, tout près de la nuque de Manolo, tandis que cet amour de petit enfant, avec son petit derrière tout rose à l'air, se serrait contre ses jambes et tirait sur son pantalon de sa petite main. La scène fit sourire Teresa. En se retournant pour écarter l'enfant, Manolo fixa brusquement les yeux sur la porte, sur le trou (sur son œil bleu en train d'espionner, aurait-elle juré). Mais cela ne dura qu'un instant. Puis il y eut la gracieuse chute de l'enfant entre les jambes de Manolo, l'admirable flexion de la taille de ce dernier quand il se pencha pour le remettre debout, son sourire éblouissant et tendre, et tout cela produisit un changement de position subit qu'elle ne vit pas : elle avait retiré l'œil du trou car la lumière la faisait presque pleurer. Quand elle regarda à nouveau, un autre jeune garçon, l'air menaçant, jetait l'illustré qu'il était en train de lire. Par-dessus la musique, la voix de Manolo lui apporta à deux ou trois reprises les mots « imprimés » et « lipothymie » (était-ce une plaisanterie ou bien ne savait-il même pas prononcer ce mot ?) et aussi son nom à elle : Teresa. Mais eux ne prêtaient aucune attention à ce qu'il disait ; ils avaient l'air non pas indifférents ou étonnés, mais irrités, et de plus en plus. « Il est cinglé », dit l'un des garçons. Ils échangeaient des regards d'impatience, et le jeune aux lunettes noires remuait la main pour obtenir le calme. Teresa était fascinée. Elle entendit un bruit d'ailes, tout près d'elle : un pigeonnier, peut-être. Elle vit Manolo avancer un peu plus vers le groupe, sans cesser de gesticuler ; il avait retiré les mains de ses poches mais gardait la même attitude indolente qu'auparavant, sereinement provocante. Qu'est-ce qu'il cherche, maintenant ? pensa-t-elle. Évidemment, il exigeait quelque chose qui, à en juger par les visages de son auditoire, était insultant. L'œil fixé sur la nuque du jeune homme, elle se colla davantage encore contre la porte, contre le doigt de lumière, et en même temps elle observa qu'une des filles se levait (quelle horreur, quel derrière en forme de poire !) pour ôter l'enfant du milieu. « Il va se passer quelque chose. Je pousse la porte et je fais mon entrée maintenant ? Il a dit que s'il tardait… Mais cela ne fait même pas dix minutes », se dit-elle en consultant sa montre. Elle ne voulait tirer aucune conclusion de ce qu'elle voyait sur ce vulgaire solarium familial (non, évidemment, ça n'était pas une réunion de cellule clandestine, quelle idée ! Ils avaient plutôt l'air d'une bande de voyous ou d'ouvriers au chômage), sur cette lointaine terrasse du Pueblo Seco suspendue face à un inquiétant panorama de cheminées d'usine, de linge étendu sur des toits plats, avec un ciel sale de fumée : elle avait décidé de s'en tenir aux faits. En conséquence, elle observait ce spectacle insolite sans prendre parti pour personne (excepté, peut-être, pour cette superbe image en blanc et rose qui défiait le soleil) et elle faisait attention, avec une objectivité scrupuleuse, à certains détails et à leurs conséquences immédiates, comme, par exemple, la lumière qui lui blessait les yeux, un peu moins intensément que tout à l'heure peut-être, car à cet instant un nuage effiloché couvrait le soleil. Mais il se passait quelque chose d'étrange : le profil de l'enfant boucha soudain sa vision avec ses boucles d'or et sa joue tachée de rouge, et elle comprit que les grimaces de l'enfant étaient le reflet horrifié de ce qu'il voyait. Quand il s'écarta (la main de sa mère le tira violemment), elle vit Manolo acculé contre le rebord et elle comprit que la bagarre était imminente. Elle entendit parfaitement sa voix qui répétait : « Je ne te permets pas de parler comme ça de Teresa, je t'interdis de la nommer, même ! », mêlée à la musique et aux insultes posées, rageuses, prononcées entre ses dents par le type aux lunettes noires, puis le coup sec du poing de Manolo, un gémissement, « il est fou », dit quelqu'un. Obéissant sûrement à un geste menaçant qu'elle ne put capter, les autres firent un pas en arrière et se consultèrent du regard. Le dénommé Paco s'était jeté sur Manolo, elle vit alors de très près un morceau d'épaule nue, un ravissement de bras et d'épaules, et alors elle poussa un cri, donna des coups de pied dans la porte, la poussa, mais elle ne s'ouvrait pas. Derrière le trou, Manolo se débattait, sa chemise déchirée, son ventre bronzé et musclé se pliait sous les coups (alors elle se colla contre la porte, les bras en croix, appuyant de toute la force de ses mains et de son ventre brûlant de soleil, mais elle ne parvenait pas à ouvrir, elle n'y parvenait pas) et elle le vit reculer et buter contre les jambes d'une des filles, puis tomber en arrière. Tous se jetèrent sur lui, tandis que, au prix d'un suprême effort, en tordant violemment son cou couvert de sueur et vigoureux, il tournait la tête vers elle et criait : « Teresaaaaaa !... », d'une voix à vous déchirer l'âme. Elle crut mourir. En sanglotant, elle continuait vainement à pousser la porte (il lui sembla que des années et des années se passaient), et quand enfin elle réussit à sortir sur la terrasse pour courir à lui, les autres l'avaient laissé et il était étendu sur le ventre, près du transistor, qui diffusait des mélodies à la demande. Son apparition soudaine surprit tous les autres, qui s'écartèrent en se dépêchant de rassembler leurs affaires. Teresa ne les avait même pas regardés, elle avait simplement crié : « Laissez-le, mais enfin laissez-le ! », en se jetant sur lui. Manolo respirait avec difficulté, il put se retourner, avec l'aide de Teresa, et ouvrant un œil enflé il la regarda avec un sourire forcé. Il avait une arcade sourcilière ouverte, tout un côté du visage couvert de sable et de sang, les cheveux en bataille, son pantalon blanc complètement taché et sa chemise déchirée, sans un bouton, ouverte de haut en bas. En tremblant, Teresa l'aida à se traîner un peu (bizarrement, car il ne semblait plus avoir de forces pour rien, il tendit vers le transistor une main furtive et emporta la musique avec lui) et l'appuya contre le parapet. Quand elle leva les yeux pour regarder autour d'elle, les autres avaient disparu.

– Ils sont partis ! Qu'est-ce qu'ils t'ont fait, Manolo ! Pourquoi t'ont-ils battu comme ça ? murmurait-elle, sans oser lui toucher la figure. Que signifie cette folie ?

– Ils ont voulu s'en prendre à toi et à ta mère...

– Mais pourquoi ? Qui sont ces gens ?… Pourquoi sommes-nous venus ici ? (Elle avait pris un mouchoir et elle lui essuyait le visage, elle le caressait, elle écartait ses mèches noires tombées sur son front. Le transistor, qu'il avait laissé perversement tout près de Teresa, remplissait à la perfection sa mission et émettait une musique douce.) Oh, regarde comment ils t'ont arrangé !… Je t'en prie, parle, dis-moi quelque chose !…

– Ces… ils avaient promis de m'avoir. Mais c'étaient les seuls qui pouvaient t'aider, tu comprends ? (Il leva la tête et cligna des yeux dans le soleil, dissimulant sous son effort physique son intense réflexion : il lui restait maintenant la partie, sinon la plus dangereuse – la dégelée avait été de première, plus forte qu'il ne s'y attendait, salaud de Paco –, du moins la plus délicate et la plus compromettante.) Je voulais… je voulais tâcher de trouver cette lipothymie pour tes étudiants.

L'étonnement de Teresa redoubla, puis elle passa aussitôt à la jubilation.

– Ah, mon Dieu, Manolo ! Mais que dis-tu ? Tu es fou ?

– Non…, tu vois, j'ai essayé, ça valait la peine… Mais personne ne peut faire de miracle. Je me suis engagé à vous aider… simplement parce que je t'aime, rien que pour toi…, pour ta cause.

– Je le savais, je le savais, mais ne parle plus, mon amour, ne pense plus aux étudiants, ni aux tracts, oublie tout… Lipothymie, il dit lipothymie, mon pauvre amour !

Elle l'enlaça, toute défaillante, entoura son torse nu de ses bras, frotta ses cheveux sur sa gorge. « Qu'avons-nous à faire des autres ? disait-elle. Lipothymie, lipothymie », répétait-elle entre ses rires et ses larmes de femme-enfant (près d'eux, la radio portative avait commencé de retransmettre une chanson – de souvenir heureux – dédiée par un soldat à sa fiancée) tandis que Manolo, en se laissant glisser tout doucement sur le sol, disait :

– Viens, viens ici, allonge-toi près de moi, comme ça, serre-moi fort… Et maintenant écoute, Teresa.

– Ne dis rien, tu n'as rien besoin de me dire, murmura-t-elle en attirant sa tête à elle. Tu as mal, mon amour ? (De ses doigts qui tremblaient elle tâtait sa bouche, l'enflure de son arcade.) Tu dois avoir mal, allons chez moi, je vais te soigner…

Elle voulut le redresser.

– Attends, dit-il. On est bien au soleil. Et en plus il faut que je t'explique tout, je dois le faire. (En se dissimulant, il augmenta du doigt le volume du transistor : *Hier soir j'ai parlé à la lune et je lui ai dit mes peines / et je lui ai dit le désir / que j'ai de t'aimer.* » Je dois t'avouer que…

– Ce n'est plus la peine, le coupa-t-elle. Rien n'a plus d'importance, rien, tu comprends ? Je t'aime, je t'aime, oh oui, je t'aime !

Elle lui couvrit le visage de baisers, en l'effleurant à peine, pour ne pas lui faire de mal, ce qui fut délicieusement excitant.

– J'ai un gros problème, Teresa, dit-il tout à coup.

– Que t'arrive-t-il ? (Elle le regarda avec inquiétude.) Tu as fait quelque chose de mal ?

– Non, non… Je n'ai plus de travail.

– Pas de travail ?

– Oui, pas de travail. Je veux dire : j'ai aussi perdu l'emploi que j'avais…

– Ah, soupira-t-elle. J'ai cru qu'il s'agissait de quelque chose de grave.

Elle se serra contre lui, soulagée. Ils étaient pratiquement tous les deux allongés sur le sol, maintenant, contre le parapet ; elle avait la tête sur la poitrine de Manolo, l'air vaincu, les paupières anesthésiées.

– Pour moi, ça l'est. Comment pourrais-je te regarder en face, sans travail ? eut la bonté de déclarer le Murcien. Tu es mon ange, ma petite Teresa, ma petite fille, mais que diraient tes parents, et tes amis ? ajouta-t-il en glissant une main entre les genoux de la jeune fille.

– Ça m'est égal, gémit Teresa, rien de tout ça ne compte. Regarde ce qu'ils t'ont fait (elle pencha son visage sur lui, laissa ses cheveux effleurer la lèvre fendue de Manolo), et tout ça est de notre faute, à moi et mes amis. Non, mon trésor, ce jeu-là, c'est terminé. Tu pourrais être arrêté pour association illicite et propagande illégale, tu comprends ? Tu en as fait assez, plus que tu ne pouvais en faire, plus que l'université ne le mérite.

– Tout ça, ce n'est rien, telle fut l'aimable réponse du garçon que ses mains inquiètes, à vrai dire, soulignaient de façon tout à fait convaincante. Avec le temps, nous ferons de grandes choses, tu verras. Je serai pour toi ce que tu voudras, je deviendrai tel que tu le désires, parce que je t'aime.

– Tu m'aimes, Manolo ? Jure-le.

– Je t'aime plus que tout au monde, je t'adore, j'ai besoin de toi.

Les lèvres de Teresa descendirent sur sa bouche comme un insecte de lumière. Puis elle dit :

– Écoute ce qu'on va faire, ma vie : nous allons nous occuper de toi, ne t'inquiète pas, je t'aiderai à trouver cet emploi dont tu as besoin. Je n'ai qu'à en parler à papa, il connaît beaucoup de monde. Ce sera très facile, tu verras, laisse-moi faire.

– Dis-lui que j'ai une grande expérience commerciale et que…

Teresa s'était penchée et l'embrassait à nouveau. L'air tout entier était imprégné de : *hier soir j'ai parlé avec la lune / elle m'a dit tant de choses / que ce soir peut-être / je te parlerai à nouveau…* Ivres de soleil et de musique, affaiblis par l'émotion, ils se laissèrent glisser complètement par terre et restèrent longtemps enlacés, comme s'ils dormaient. Aveuglée, éblouie par une réalité supérieure, la dernière ombre chérie, le dernier fantôme fuyait enfin de cette petite tête blonde qui se frottait amoureusement contre la poitrine du Murcien : son tendre et audacieux ami était aussi seul et perdu qu'elle-même, voilà la vérité. « Que je me sens faible maintenant, se dit-elle, mais que je suis heureuse. » C'en était même curieux : elle n'aurait jamais pensé que ce fût comme ça, jamais elle n'avait connu quelqu'un comme lui, qui vivait seul, toujours en train de lutter, elle n'aurait jamais imaginé que son indigence serait sa force, l'expression la plus solide de la vérité. Elle pensa précipitamment : moi non plus, jusqu'à ces derniers temps, je ne croyais pas être si seule et si désorientée ; parce que les choses n'ont pas été telles que je le pensais, telles que tout le monde le disait, telles qu'on me l'a appris à la maison et à l'université. Mais il vient de me convaincre que c'est comme ça que nous sommes, et que c'est comme ça que sont les choses, comme ça qu'elles arrivent.

Ils entendirent un petit trot sur la terrasse : l'enfant courait vers eux, tout nu, il arriva, prit le transistor, les regarda un instant de ses immenses yeux liquides, et s'en alla.

... tout en se laissant tomber tout doucement aux pieds de l'élégant inconnu, pliant peu à peu les genoux, sans forces, le menton sur la poitrine et les mains cherchant un appui dans le vide, tandis qu'il tombe silencieusement dans la chaleur suffocante de l'atelier, vaincu par le sommeil et la fatigue et par le « je n'entretiens pas les fainéants » chaque jour plus menaçant de son frère, que la ville était alors étrange et étrangère, mon amour, comme les gens avaient l'air méfiants, quelle fourberie dans leur voix, dans l'accent catalan, dans les rues illuminées, chez les deux amies qui, le jeudi, l'emmènent place de Catalogne (toutes les trois bras dessus, bras dessous, mangeant des glaces en riant), dans le sourire timide du soldat et même sur sa tête tondue à ras (après, quand ses cheveux eurent repoussé, je pus voir qu'il était blond comme un soleil), elle se rappelle les premiers baisers dans l'obscurité du jardin, l'odeur de poudre brûlée des pétards, du désinfectant dans l'eau de la piscine : c'était la même lune romantique de fête de quartier mais sur d'autres arbres, sur d'autres baisers, elle était plus jeune alors et plus sotte et tout le temps elle n'avait pensé qu'à l'odeur de caserne que dégageait sa vareuse et aussi à sa façon douce de parler et à ses jolis yeux bleus de Canarien qui ont beaucoup vu la mer, et comme elle avait peur de le perdre, comme elle s'était donnée, comme elle s'était trompée et avait été trompée, comme nous avons tort de nous agripper au premier venu pour ne pas rester seules toute la vie ; que pouvais-je faire d'autre, dis, tiens compte du fait que souvent, sur la plage, avec les enfants de doña Isabel, elle n'avait même pas le courage de les faire jouer et encore moins de se baigner, pense qu'elle restait immobile avec son uniforme noir et sa coiffe, maladroitement assise sur le sable en essayant de ne pas montrer ses jambes : durant des mois et des mois, après qu'il fut parti pour toujours, elle croyait voir sur ses genoux comme une marque, un signe, l'ombre des mains du soldat qui jamais plus ne la prendrait dans ses bras dans le parc de la Citadelle, à quelques pas de la caserne, et elle était dominée par l'obscure crainte que Madame ne voie, écrit sur sa peau, ce qu'il lui avait fait. De temps en temps, elle appelait les enfants pour les moucher, ou pour leur dire de ne pas s'approcher trop de l'eau, surtout pour qu'ils ne dérangent pas les messieurs qui prenaient le soleil dans leurs chaises longues, tandis qu'au Mont Carmel toi tu continues à tomber par terre dans l'atelier, en te pliant lentement en avant, baignant dans une sueur froide, tu vas t'évanouir et jamais nous ne saurons si c'était vrai ou si ce n'était qu'un de tes stratagèmes pour toucher le cœur de l'inconnu. Ici, en revanche, tout a toujours été très clair, ici le haut midi, le lumineux midi a toujours été plein de rires francs et de remarques choquantes sur le mariage, la famille, les affaires et certaines dames absentes. Profitant de ce qu'elle est distraite, assoupie par le soleil, ou rumine les conséquences de tant de nuits de folie, les enfants s'approchent dangereusement du bord – Maruja. Madame… Les enfants… Si c'était dimanche, elle avait été à Blanes avec Madame très tôt le dimanche matin, dans sa voiture, pour entendre la messe toutes les deux, et alors c'était pire, parce que t'avoir dans mon lit, te sentir près de moi quand tu dors encore est la seule chose vraie et belle qu'il y ait dans ma vie. Mais ce sont là des choses qui ne se voient pas, des choses qu'on ne saurait expliquer à Madame, le cas échéant, parce que Madame a été comme une mère pour elle. Les autres membres de la famille et les éventuels invités sont descendus eux aussi se baigner à la plage et elle regarde, par habitude, les grands corps lents et bronzés des hommes, elle regarde Mademoiselle et ses amies allongées sur leurs serviettes ; parfois, tout à coup, une cordialité soudaine les regroupe et les pousse à s'intéresser sincèrement à la jeune fille, elle est si active et si mignonne, sa coiffure est de meilleur goût que celle de Néné Villalba, oh oui, elle est de bien meilleur goût que celle de Néné Villalba, qu'est-ce que tu veux (mademoiselle Néné n'était pas venue ce jour-là, bien sûr), et elles lui demandent si elle a un petit ami. Non ? Comment est-ce possible ? Les garçons d'aujourd'hui sont une vraie calamité. Elles parlent et la regardent, mais elles ne la voient pas, on dirait ces femmes qui, plantées devant une devanture de magasin, ne voient pas plus loin que la vitrine – elles ont leur propre image imprimée entre les yeux, elles se possèdent elles-mêmes, elles écoutent constamment leur propre histoire d'amour, qui semble n'avoir ni commencement ni fin –, c'est pour parler, parce que, après tout, ça m'est bien égal : elle t'a, toi, et elle appuie un moment la joue sur le sable, elle tourne le dos aux autres, et elle murmure : « Peut-être viendra-t-il cette nuit », car elle ne sait jamais quand il viendra, quand il entrera par la fenêtre, quand il la prendra violemment dans ses bras… Parfois il a l'air très fatigué, ses yeux sont cernés ; il vient simplement dormir. Le soleil, la mer, ses genoux qui la trahissent : sa jeune patronne la regarde avec une réelle affection, mais elle non plus ne sait rien. Tout a mal commencé, et tout devait mal finir : car avant cet été, bien longtemps avant de le voir pour la première fois à la fête de la Saint-Jean (dans la rue, si beau, appuyé contre ta voiture, fumant et ruminant la question de savoir comment il ferait pour arriver jusqu'à nous), bien avant de se plier sur lui-même et de s'affaisser sur le sol maculé de l'atelier, quand j'en étais encore à apprendre à mettre la table et que j'avais encore peur de parler au téléphone, lui déployait toute son astuce, se démenait pour qu'on ne le renvoie pas chez lui. Le voilà, qui monte la côte du Mont Carmel, son sac de plage à l'épaule. Le soir tombait tandis que, du sommet, tout à fait calme, il contemplait la ville étendue à ses pieds. Assurément, quand son frère, le voyant arriver de façon si inattendue, lui avait dit : « Pourquoi as-tu laissé la mère toute seule ? », et que Manolo lui avait répondu : « Je ne l'ai pas laissée tout seule, elle s'est remariée », il n'avait pu se rendre compte encore s'il mentait, mais quand le jeune homme eut ajouté qu'il n'était venu que pour lui rendre visite et faire la connaissance de sa belle-sœur et de ses neveux, et qu'il s'en irait très vite, ce premier bobard ne lui avait pas échappé – car Manolo se serait fait tuer sur place plutôt que de rentrer à Ronda. Au bout de quelques jours, son frère lui avait dit qu'il ne pouvait pas l'entretenir gratis, et qu'il n'y avait pas de place pour lui dans la maison. « Je travaillerai, je t'aiderai à l'atelier » disait-il. – Il n'y a pas de travail pour deux, les affaires marchent très mal… » Ce fut sa belle-sœur qui avait eu pitié et, grâce à elle, il avait eu un matelas près des enfants et une assiette à table pendant le premier hiver. Pendant les nuits qu'il passait dehors – les Ramblas, imagine-toi –, il restait des heures accroché au comptoir d'un bar du Barrio Chino, à se faire des relations, d'après lui, il n'a jamais été très causant sur ce sujet, ce devait être quelque chose de pas honnête, tu ne le connais pas encore, Teresa. Il s'était acheté son premier costume. Inutile de lui demander d'où il tirait l'argent : je sais gagner ma croûte n'importe où, et de n'importe quelle façon, dit-il toujours. À l'atelier, il ne se montrait qu'un moment l'après-midi, et à la maison, aux heures des repas, jusqu'au jour où son frère en avait eu assez et lui avait dit qu'il ne le supportait plus ; maintenant tu vas le voir tituber et tomber : il est midi et il est en train de gonfler une roue de vélo, torse nu, transpirant dans la chaleur épouvantable de l'atelier. Son frère est en train de lui passer son savon habituel – je n'entretiens pas les fainéants –, mais il ne l'écoute pas. Il pense aux choses étranges qui se produisent à l'atelier depuis quelque temps (il y a une moto à réparer, mais sur cette moto rien n'est à réparer) et c'est à cet instant précis que la solution tant attendue à tous ses problèmes franchit le seuil de l'atelier : un homme bien habillé, aimable, poli, qui arbore une canne d'ivoire, une belle chevelure blanche et distinguée et qui tient par la main sa nièce, une petite fille blonde. À peine entré, l'inconnu se met à discuter avec son frère (tranquillement, sans élever la voix, mais avec une fermeté et une autorité qui attirent l'attention, il te le dira si tu le lui demandes) au sujet d'une moto vendue sans sa permission. Le mécano, effrayé, ne sait que répondre, et l'inconnu le menace d'exiger l'argent qu'il lui doit depuis longtemps. Son mécontentement ne l'empêche pas de fixer son attention sur le dos d'un garçon qui travaille au fond de l'atelier, et il demande qui c'est. « Mon frère » –, dit le mécano, et il profite de l'occasion pour changer de sujet : « il s'est enfui de notre bled et maintenant il n'y a pas moyen de l'y faire revenir.

Il est d'un pénible ! » Pendant ce temps, lui, il regarde le monsieur par-dessus son épaule, du coin de l'œil – ce fut comme une révélation, dit-il : ce noble et distingué client ne pouvait être que le riche destinataire de la moto volée que son frère cachait à l'atelier –, mais si tu lui demandes des détails il te dira qu'il n'avait vu que de l'amitié dans ses yeux, de la compréhension et de la douceur, même, rien de plus, car tout à coup la roue lui avait échappé des mains, il avait senti qu'il manquait d'air et qu'il allait tomber comme une masse, il te dira qu'il se trouvait mal à cause de la chaleur et de la fatigue, que ses jambes avaient refusé de le soutenir, qu'il n'avait rien pu y faire… Il avait entendu le choc de son propre corps qui tombait en avant sur le sol alors qu'il croyait précisément pouvoir atteindre le monsieur de la main et s'appuyer sur lui, il dit qu'il avait eu le temps, avant de perdre connaissance, de sentir dans son dos la première main affectueuse qu'il ait connue dans cette ville – la petite fille, dis-je, comme une sotte, mais non, c'était celle de son oncle, qui s'était agenouillé près de lui pour le secourir. « C'est de la faiblesse, pauvre garçon », avait dit le monsieur, en le prenant dans ses bras. Et le mécano, le montrant du doigt : « C'est de la comédie, je le connais » (et maintenant dites-moi un peu, mademoiselle, comment a-t-il pu les entendre s'il avait perdu connaissance ?). Une main blanche et parfumée, qui sentait l'eau de Cologne, lui tapotait les joues pour le faire revenir à lui. Le mécano avait expliqué que le garçon n'était même pas son frère, son demi-frère seulement, et qu'il ne se sentait pas d'obligations envers lui ; mais le monsieur l'avait réprimandé d'avoir été si cruel et si peu attentionné, et de plus il l'avait envoyé chercher un verre de cognac au bar ; quant à la gamine, il lui avait dit d'aller jouer dans la rue. Il dit que, lorsqu'il avait repris connaissance, le monsieur aimable l'avait invité à manger chez lui, et le lendemain aussi, et qu'il l'obligeait à se doucher et à se laver avec un très bon savon Palmolive, et que depuis cette époque il était très ami avec la petite fille ; il passait des jours entiers dans ce pavillon, et bien évidemment il avait commencé à connaître tous ceux qui formaient l'équipe de coquins qui apparaissait de temps en temps avec des valises pleines de linge, de transistors, d'appareils photo ou de rasoirs électriques et je ne sais quoi encore, sans compter les motos qui atterrissaient à l'atelier et que lui-même et son frère démontaient entièrement pendant la nuit ; au début, c'était la seule activité à laquelle on lui permettait de participer, car il était trop jeune. Mais il n'avait eu de cesse qu'il ne fût le maître : après avoir obtenu, grâce au monsieur, que son frère renonçât à le menacer de le mettre dehors, il avait commencé à accompagner les jeunes gens dans leurs courses nocturnes, pour faire le guet pendant qu'eux-mêmes faisaient le travail – ils étaient trois : l'un de Pueblo Seco, un autre du Guinardó, et un certain Luis Polo, qui a fini en prison ; c'était l'été et ils dévalisaient des dizaines de voitures étrangères. Il dit que grâce au grand intérêt que le monsieur lui avait manifesté dès le début (et il le dit en riant), il avait fini par obtenir que son frère le laissât en paix et même qu'il fût content de lui : il gagnait magnifiquement sa vie, il s'était fait faire un deuxième costume – un costume d'été crème, et croisé. Quel évanouissement opportun, il le reconnaît lui-même et souvent, la nuit, il se rengorge en me le disant, il rit de ce rire gourmand qu'ont les hommes quand ils se targuent d'une conquête facile, quand ils trompent quelqu'un dans les bras de quelqu'un d'autre : certains aspects de son histoire avec les gens du Carmel étaient si insolents et cyniques, si effrontément dévergondés que souvent, la nuit, quand elle l'entendait les lui raconter, tandis qu'elle caressait sa tête, posée sur son ventre, dans ce lit baigné par la lune, elle éprouvait une sorte de jalousie et surtout de la peur, cette peur qu'elle a toujours éprouvée pour lui, depuis le premier jour, et pas exactement à cause de ses délits, car ses vols et la peur de le voir en prison sont ce qui l'angoisse le plus, bien sûr, mais ce n'est pas cela : il y a autre chose en lui, je pressens un autre délit dont l'expiation pourrait être le malheur de sa vie tout entière… Dieu béni, quel nuage noir, quelle longue nuit, prends-moi dans tes bras et ne me lâche pas, mon amour, c'est toujours toi qui t'endors le premier mais je pressens que cette nuit…

Par un concubinage ardent, on peut deviner les jouissances d'un jeune ménage.

BAUDELAIRE

La longue détérioration du mythe apporta ses délices, malgré tout : Teresa voyait, touchait, et donc croyait.

En ce qui le concernait, lui, une semaine plus tard, le seul signe visible de la bagarre était une cicatrice sur son arcade sourcilière, petite, rose et démoniaque. Errant dans le quartier, épiant ses amis pour mendier misérablement dix ou quinze douros, de quoi parer au plus pressé, prenant son mal en patience, toujours avec ce sentiment de laisser une part de lui-même dans certains coins du Carmel (soupçonnant maintenant, du moins, le trouble pouvoir de rachat que prétendait exercer le regard bleuté de la Seringue), il réussit encore, dans le dos du Cardinal, à se faire prêter cent pesetas par la jeune fille, un soir qu'il était allé chez elle pour se faire soigner l'arcade sourcilière. Cette fois, cela lui coûta un baiser (qu'on peut supposer fraternel) et la promesse formelle de l'emmener faire un tour en moto le lendemain. En sortant, billet en poche, il alla au bar Delicias et organisa une partie de trente et quarante à vingt pesetas la mise. Il joua jusqu'à deux heures et demie du matin, à huis clos, et la chance lui sourit : les cent pesetas devinrent quatre cents. Le lendemain matin, il en donna cent à sa belle-sœur– il prit bien soin de le faire en présence de son frère –, avec le reste il s'acheta un flacon d'eau de Cologne, puis il alla se doucher aux Bains-douches de la Travesera. L'après-midi, en entrant dans le petit bar désert de la Vía Augusta où l'attendait l'étudiante (depuis le début de septembre ils ne se donnaient plus rendez-vous à la clinique, et cela faisait trois jours qu'il n'avait pas vu Maruja), Teresa se jeta à son cou en disant :

– Ce soir, fais-toi élégant. Nous sommes invités à dîner chez des amis.

– Tous les deux ?

– Évidemment. Il s'agit de ton travail. Tu n'es pas content ? Après, tu diras que je ne m'occupe pas de toi !

– Je n'ai jamais dit ça, Teresa, protesta-t-il. Tu as parlé à ton père ?

– Pas encore, il est à la villa. Mais j'ai commencé à tâter le terrain : ce matin j'ai parlé avec Alberto Bori, un garçon qui était avec moi à l'université. Maintenant, il travaille dans des affaires de publicité et de distribution de livres, je ne sais pas exactement, mais ça a quelque chose à voir avec la Bibliothèque de la direction et administration d'entreprise, un de ces machins de papa…

– Un machin ?

– Oui, un de ses trucs, tu sais, papa s'occupe d'éditions commerciales et autres… Je ne suis pas très au courant, ça ne m'intéresse pas.

– Eh bien, tu as tort. Ça devrait t'intéresser, c'est ton père.

– En fait, Alberto sait mieux que moi ce que fabrique papa, il nous renseignera. Et puis, les Bori sont de grands amis à moi. Écoute, tu vas voir ce qu'on va faire… À neuf heures, je te prends au bar du cinéma Roxy, ne sois pas en retard. Mets une cravate, pour le cas où on sortirait prendre un verre ensuite… Côté argent, qu'est-ce que ça dit ?

– J'en ai juste assez pour un ou deux verres, dit-il d'un air pensif.

– Je t'en donnerai un peu… Écoute, ne fais pas cette tête indignée, sinon je me fâche. C'est un prêt. (Elle se réfugia dans ses bras, en souriant, elle passa ses doigts dans ses cheveux, observa ensuite son visage crispé par la réflexion et elle lui donna un baiser, rapide, impulsif : elle avait réussi à rétablir l'intime circuit de l'idéal et du désir.) Dis voir, et si tu venais comme ça, avec ton jean et tes… ?

– Pas question. Je peux encore me présenter devant tes amis sans leur faire honte.

Teresa eut un rire heureux.

– Tu es en train de devenir un vrai petit bourgeois, dis donc. (Et sur un autre ton elle ajouta :) Promets-moi que tu seras très sympathique avec Mari Carmen, c'est important.

– Qui est Mari Carmen ?

– La femme d'Alberto.

– Et si je lui apportais des fleurs ?

Elle étouffa un nouveau rire cordial. Elle effleura du doigt la cicatrice de son arcade sourcilière, et ramena en arrière une de ses mèches noires.

– Tu es merveilleux, dit-elle. Que je t'aime. Non, mon trésor, tu n'as rien à faire. Simplement à te montrer tel que tu es. Ils sont très désireux de te connaître, et ça se passera bien, tu verras. Il fallait que nous sortions un peu avec les amis, j'ai l'impression que ça fait des siècles et des siècles que je ne vois personne. Ça ne te fait pas la même chose ? Parfois, j'ai l'impression de… je ne sais pas, de vivre dans une autre ville, une ville inconnue, tout seuls toi et moi.

– Et quand l'été sera fini… ? murmura-t-il, en la regardant dans les yeux.

– Eh bien, rien, moi je retournerai à l'université, et toi tu iras à ton travail ; j'irai te prendre à la sortie, nous nous promènerons sous la pluie…

Les Bori les attendaient à neuf heures et demie. Ils furent accueillis chaleureusement et fêtés, admirés, comme s'ils revenaient réellement d'une longue croisière de plaisir : des éclats de curiosité nuptiale, de complicité, même (il s'établit rapidement entre Teresa et Mari Carmen, d'abord avec des baisers puis avec des chuchotements, cette rumeur chantante d'eau fraîche et de moulin des jeunes mariées), mais aucune question directe sur l'état de leurs relations : ils voulurent simplement savoir comment ils s'étaient connus (Manolo avait déjà observé, et non sans éprouver un certain sentiment d'exclusion, que ce qui piquait le plus la curiosité des amis de Teresa, c'était cela : comment ils s'étaient connus, où, par quel hasard). Tandis qu'il parlait avec Alberto Bori, quelques mots adressés par Mari Carmen à Teresa à voix basse (« Tu as le bonheur inscrit sur ton visage, Teresa. Est-ce qu'on sait chez toi que tu sors avec lui ? », sans réponse) lui firent penser que la soirée pouvait ressembler à certain curieux chromo de sa vieille collection particulière. Mais il n'en fut rien. Ce qu'il y avait de curieux, c'était le rythme implacable de mise à distance que son imagination donnait à cette soirée, le fait qu'un dîner froid, frugal mais cérémonieux (salade, jambon, fromages français et de bon vin rouge servi dans des petits pots de terre, très originaux, sur une table basse avec des appliques d'émail) perdît pour la première fois cette notion anticipée du luxe et du respect qui, pour lui, était toujours liée à Teresa et à son monde. Une photo récente des jeunes Bori, tous deux accoudés au bastingage d'un navire (vus de trois quarts, visages levés vers le ciel, regardant un impossible petit oiseau avec des yeux dévorés par quelque émotion, remplis d'un ouragan d'intimes vanités et de vagues aspirations artistiques), lui suggéra quelque chose de la négligence touristique des Moreau et de cette autre négligence qui, d'une mystérieuse façon, avait foudroyé Maruja ; c'était un halo d'irréalité monstrueuse qui les enveloppait ou une miraculeuse vitrine sourde à tous les sons, à tout appel au secours, qui les protégeait et même les embellissait. Et après un moment, il pensa obscurément : « Mon vieux, ces gens-là ne lèveront pas le petit doigt pour toi. »

Les Bori habitaient le Barrio Gótico, tout près de la cathédrale (dans l'encadrement de la fenêtre, émergeant au milieu de la nuit, les flèches illuminées avaient l'air d'un décor fantastique), un appartement en terrasse confortable et luxueux, mais d'une certaine façon chaotique : d'un côté, des céramiques et de la peinture « informelle », de la littérature engagée*, des reproductions de Picasso (un grand *Guernica* présidait le repas) et des gravures de la jeune école réaliste espagnole ; de l'autre, une surprenante profusion de brochures et de catalogues de vente et de gestion administrative, des livres de consultation sur les fauteuils (un volume emprisonnant des lunettes de myope : *Marketing : 40 cas pratiques* ; un autre près des genoux bronzés, des genoux tropicaux de Teresa, sur le divan : *Les Jeunes Cadres*). « Ne faites pas attention à l'ordre, disait Mari Carmen. Alberto est impossible, nous sommes rentrés de Cadaquès il y a trois jours, et une demi-heure après notre arrivée il m'avait transformé la pièce en bureau. »

Les Bori n'avaient pas d'enfants, et ils étaient tous deux issus de familles distinguées mais se considéraient indépendants et heureux dans leur appartement en terrasse. Ils avaient vécu un certain temps à Paris et travaillaient l'un et l'autre. Alberto était un jeune homme mince, très grand, séduisant, volubile, très sympathique, qui portait des lunettes. Intellectuel de gauche, fou de littérature, il avait dérivé sans grande envie vers la publicité. Mari Carmen avait vingt-cinq ans, elle s'était mariée, très amoureuse, avant de finir ses études de lettres, et quand elle les eut terminées, à l'âge où toutes les filles de sa classe se marient, elle s'aperçut qu'elle ne pouvait pas se marier, parce qu'elle l'était déjà (raisonnement banal, mais pas entièrement : pour celles qui ont peu de choses importantes à faire dans la vie, comme Mari Carmen, les intervertir ou les faire à contretemps peut être fatal : elle fut non seulement un peu perdue et déprimée pendant un an, mais elle mit son ménage en péril). Ne sachant que faire, elle avait fini par se décider à chercher du travail dans l'environnement de son mari, et en avait trouvé un au département traduction d'une maison d'édition. C'était une jolie petite femme pâle, au regard enveloppant, avec des cheveux coupés à la garçonne, sans maquillage, et un petit air parisien. Elle portait un pull noir léger, ras du cou, et sa poitrine plate, creuse, avec des épaules rentrées, suggérait un ennui élégant. Cette duplicité de mondes, la double tendance décorative qui régnait dans l'appartement (*Guernica* et le marketing) ne tarda pas à se manifester en paroles : « Quel dommage que Manolo ne parle pas de langue étrangère, dit Mari Carmen à Teresa. J'aurais pu lui trouver des traductions. » « Oui, représentant, ce n'est pas une mauvaise idée, affirma Alberto, en écrasant avec son couteau un morceau de camembert sur son pain. Ce serait très bien pour commencer. – Il vaudrait mieux quelque chose dans les bureaux, non ? murmura Teresa. Je suis sûre qu'il pourrait débuter sur une base de sept ou huit mille pesetas par mois. Je sonderai papa… – Ça dépend de ce que Manolo peut faire, dit Alberto en regardant le jeune homme. Pour l'instant, un poste de courtier me semble le plus réaliste. – Tu as peut-être raison », répondit Teresa. Mari Carmen se mit à rire. « Tu crois ? lui murmura-t-elle en aparté. Tu ne le verras pas souvent. On dirait que ça t'est égal. – Non, mais il a besoin de trouver du travail, et pour l'instant n'importe quel genre, tu vois ? Il ne parle pas d'autre chose. Si tu savais ! Il est d'une humeur ! » Son amie la regarda avec un sourire mystérieux, en mâchant lentement, les oreilles pleines de notes d'orgue solennelles (musique d'Albinoni sur le tourne-disques pendant tout le dîner). Manolo parlait peu et observait Alberto Bori. « Évidemment, disait ce dernier, une bonne présentation, c'est important pour vendre des livres, pour vendre n'importe quoi, d'ailleurs, mais ce n'est pas l'essentiel… Tu as peut-être les cheveux un peu longs. Tu ne crois pas, Mari ? – Il est très bien comme ça. Ne fais pas attention à ce qu'il dit, mon vieux, Alberto est jaloux, dit-elle en regardant Manolo. « Mais je parle sérieusement, Mari. – Tiens, moi aussi ! Tu ne connais rien aux hommes. » Elle échangea un regard rapide et malicieux avec Teresa, et elles se mirent à rire toutes les deux. « C'est bien possible, dit Alberto, mais en revanche je connais la mentalité des libraires. Je n'ai rien contre cette longueur de cheveux, mais ça ne l'aidera pas dans son travail. – Toi qui es la première intéressée, Teresa, qu'est-ce que tu en penses ? » demanda Mari Carmen. Teresa rit à nouveau : « Si vous touchez à un seul de ses cheveux, je vous tue tous les deux », et elle but le vin qui restait au fond de son petit pot. Toi aussi, ma jolie, toi aussi tu es tout excitée ? pensa Manolo, qui, pour obtenir cet emploi, était disposé à se laisser tondre à ras.

On parla des amis qui étaient en vacances et de ceux qui commençaient à rentrer. On parla de Paris. On parla de la publicité et de ses rites étranges. Alberto Bori : « Au train où vont les choses dans ce pays, dit-il en regardant Manolo, l'avenir, c'est la publicité. C'est une monumentale foutaise, un des trucs les plus immoraux de notre époque, je passe mes journées à traiter avec des imbéciles. Mais tu vois, c'est bien payé, Manolo. Et ne crois pas qu'il faille quoi que ce soit de particulier, c'est un travail que n'importe qui peut faire, toi-même, tu peux. Figure-toi que… » Il commença à exposer une de ses idées publicitaires, mais plutôt sur le ton de la plaisanterie (Manolo ne parvenait pas à comprendre son sens de l'humour) : un système spécial d'affiches nocturnes sur les routes, qui devaient se dresser au passage des véhicules grâce à un contact automatique, quelque chose d'impressionnant (comme des châteaux ou des ballons qui surgiraient brusquement en pleine campagne, dit-il) et des annonces sur les assiettes des restaurants, sur les plafonds des maisons de rendez-vous, dans les urinoirs publics, sur les fesses des prostituées, etc. « Ce sont des idées qui viennent quand on se triture un peu le cerveau, finit-il par dire. Le malheur, c'est que nous ne sommes pas prêts pour des entreprises de cette envergure, tellement européennes. » Les filles riaient. Bande-à-part s'efforça en vain de trouver ça drôle : ces idées lui semblaient très bonnes. De plus, il désirait revenir à la question de son travail.

Mais Une mystérieuse palpitation autour des Bori, un va-et-vient continu de fugues contaminées par l'ennui s'obstinait à rendre cette soirée absurde. Mari Carmen décida qu'il fallait faire quelque chose. On but beaucoup de vin, et après dîner, dans deux voitures (les Bori avaient une Seat), ils allèrent boire quelques verres au Bagatela, sur la Diagonal. Là, tout en l'embrassant, Teresa glissa trois billets de cent pesetas dans la poche de Manolo, puis elle proposa d'aller au Tibet, un bar « découvert par Manolo », précisa-t-elle. En traversant les quartiers hauts, ils virent des rues décorées et illuminées, pleines de gens qui se promenaient ou qui dansaient aux accords d'orchestres braillards. « C'est la fête patronale », expliqua Manolo. Teresa, qui précédait les Bori, freina et proposa de faire un tour à pied dans les rues animées. Sur la place Sanllehy, il y avait un grand chapiteau qui abritait un bal et des attractions. Ils achetèrent des glaces et des chapeaux en papier, dansèrent et parcoururent plusieurs rues. Finalement, ils s'assirent à la terrasse d'un petit café et commandèrent des cuba libre. Ils se trouvaient rue du Laurel, une toute petite rue, avec des arbres et un toit de petits drapeaux de papier et de lampes de couleur ; au centre, appuyé contre le mur d'un couvent de religieuses, l'estrade de l'orchestre, et à la porte de leurs maisons les habitants du quartier, assis sur leurs chaises et regardant danser les couples, le va-et-vient permanent des gens. Manolo attendit en vain que la question de son travail revînt sur le tapis. Teresa s'amusa beaucoup, mais à mesure que la soirée avançait, Mari Carmen (qui au début était elle aussi très excitée, et était même allée jusqu'à danser avec un petit jeune homme inconnu qui l'avait invitée timidement) tombait dans une dépression inexplicable. À un certain moment, comme Manolo s'approchait d'eux par-derrière (il revenait d'indiquer à Teresa les toilettes du café), il capta un regard furieux de Mari Carmen à son mari, et il l'entendit lui dire : « Je t'en prie, hein ! On te connaît, Alberto. Tu vivras toujours hors de la réalité, tu n'es qu'un cynique, tu n'as pas l'intention de lever le petit doigt pour ce garçon… » Plus tard, alors que, assis près de Teresa à la table, celle-ci appuyait la tête sur son épaule, il observa le couple qui dansait ; Mari Carmen lui tournait le dos, son mari dansait les yeux fermés, ils remuaient à peine tous les deux, étroitement enlacés, ils avaient même l'air de se désirer, mais ensuite, très lentement, ils tournèrent, et ce fut Alberto qui fut de dos : un regard inexpressif, d'une absolue vacuité, le regard glacé d'une femme qui ne s'intéresse ni à l'homme qui la tient dans ses bras, ni à la danse, ni à rien, le regard d'un oiseau empaillé ou d'une statue apparut par-dessus l'épaule d'Alberto Bori.

– Dis-moi, demanda Manolo à Teresa. Ils s'aiment vraiment ?

Teresa haussa les épaules.

– Lui, oui. Il serait perdu sans Mari Carmen. Mais elle… Comment dire, Mari Carmen est un peu déçue, tu comprends ?

– Non.

– Alberto est un garçon qui promettait beaucoup quand il était à l'université, il avait du talent.

– Mais il gagne très bien sa vie, non ?

– Ce n'est pas ça, mon chéri. (Teresa, les yeux fermés, somnolait la tête sur son épaule.) Il ne s'agit pas de gagner ou non sa vie comme il faut. Alberto est un intellectuel…

– Elle le fait cocu ?

– Aïe, mon amour, je n'en sais rien, ne me fais pas parler. (Elle rit.) Je préfère t'embrasser.

Quand l'orchestre se tut, les Bori rentrèrent dans le bar et ne réapparurent plus pendant un moment. Il dut se passer quelque chose, car lorsqu'ils en sortirent, de la façon la plus inattendue, ils prirent congé. « On s'en va, il est très tard », dit Alberto. Près de lui, de dos, bras croisés comme si elle avait froid, Mari Carmen regardait l'orchestre et les couples qui dansaient, très peu nombreux maintenant, presque immobiles, comme endormis. Ses épaules frissonnantes et fragiles laissaient entendre à quel point elle devait trouver ridicule, vain et ennuyeux tout ce qu'elle voyait autour d'elle – cet entêtement à rester enlacés, cette musique qui était réduite au rythme asthmatique de la batterie –, et sa dépression devait lui être insupportable car ce fut à peine si elle dit au revoir : un vague geste de la main et un « *ciao* » sans entrain tandis qu'elle se dirigeait vers leur voiture, sans regarder personne, sans décroiser les bras, élégamment repliée sur elle-même et évitant les couples, comme si elle préservait sa poitrine d'une menace ou d'une contagion. Teresa se leva et la suivit. Alberto Bori tendait la main à Manolo, qui le regarda dans les yeux en essayant de montrer une impression de franche assurance :

– Bon, tu me diras ce qu'il en est… J'ai besoin de ce travail, sérieusement, n'oublie pas. Jc suis dans une mauvaise passe.

– Bien sûr, mon vieux. Je t'appelle – ou plutôt j'appelle Teresa. (Pour une raison indéterminée, Alberto Bori ne put soutenir le regard franc du Murcien.) À bientôt. (En s'en allant il croisa Teresa.) *Ciao*, Teresa. Amusez-vous bien.

Teresa s'assit à côté de Manolo et l'embrassa sur la joue.

– De la part de Mari Carmen, et elle s'excuse de filer comme ça à l'anglaise… Tu as décidé quelque chose avec Alberto ?

– Il doit m'appeler. Mais je n'ai pas très confiance. Tu veux que je te dise quelque chose ? Je ne fais confiance qu'aux gens sérieux… À ton père, par exemple.

– Ne juge pas mal Mari Carmen, elle est dépressive, chaque fois que nous sortons ça finit comme ça. Mais c'est une fille très bien. Et Alberto aussi, tu verras que…

– Lui, c'est un minable. Je l'ai vu à sa figure.

– Ne dis pas ça, chéri. (Teresa appuya sa joue sur la poitrine de son ami.) Moi qui croyais que ta mauvaise humeur était passée !

– Qui est-ce qui est de mauvaise humeur ici ? dit-il en souriant. (Il lui donna un baiser dans l'oreille.) Allez, ramène-moi à la maison, tu veux bien ? Je suis mort.

– Oh non, s'écria-t-elle, nous sommes trop bien… ! Et en plus, aujourd'hui, j'ai toute ma nuit à moi, j'ai dit à Vicenta que je resterais peut-être dormir chez les Bori…

Elle le regarda de ses yeux bleus limpides, pleins de confiance, et se blottit dans ses bras. La nuit commençait à fraîchir, une brise soudaine fit bouger les feuilles des arbres et la toiture de drapeaux de papier.

– J'ai froid, mon amour, murmura-t-elle comme en rêve. Ne t'en va pas…

Manolo enfouit son visage dans le cou de la jeune fille, et brusquement quelque chose dans l'atmosphère lui dit qu'il allait pleuvoir, et il pressentit obscurément que l'été (cette île dorée qui les accueillait) ne tarderait pas à toucher à sa fin et avec lui, peut-être, Teresa. Autour d'eux, la fête populaire continuait.

Une demi-heure plus tard, Teresa le raccompagnait au Carmel. Elle arrêta la voiture en haut de la route. Manolo prit congé avec un baiser.

– Je t'en prie, dit-elle, ne t'en va pas tout de suite…

Mais lui, tout en le regrettant beaucoup, avait quelque chose à faire. Il n'attendit même pas qu'elle mît la Floride en marche. Au coin de la rue, tout près de chez lui, il rencontra quelqu'un qu'il connaissait : « Ramón, appela-t-il, tu vas au Delicias ? – Oui. – Il y a une partie, cette nuit ? – Je ne sais pas… J'y vais, là tout de suite. – Je vous rejoins, le temps de me changer. » Son frère n'était pas là. Sa belle-sœur et ses neveux dormaient ensemble à poings fermés. Il se changea dans le noir, sans faire de bruit, et sortit en jean, tout en passant un maillot. Il marchait vite, tête baissée, et en arrivant à la route il faillit se jeter contre la voiture arrêtée.

– Mais qu'est-ce que tu fais encore là ?

Teresa, les bras sur le volant, le regardait fixement.

– Je t'attendais. Tu croyais me tromper, non ?

– Idiote…

– Où vas-tu ?

– Faire un tour. Je ne peux pas dormir… Et toi, écoute ce que je te dis, va-t'en, il est très tard. Si tes parents l'apprennent…

Elle sourit tristement. Ses yeux brillaient dans l'obscurité.

– Tu as peur, dit-elle. Jamais je n'aurais cru ça de toi, et en penchant la tête elle gémit : Comment veux-tu que je te croie ?

Manolo monta dans la voiture et la serra tendrement dans ses bras. « Teresa… » En écrasant son visage dans les cheveux parfumés de la jeune fille, il pressentit son éloignement.

– C'est bon, c'est bon, je reste avec toi. Je suis là, ne pleure pas… J'allais simplement au bar, tu sais ? Et tu veux savoir pour quoi faire ? Eh bien, pour jouer un moment, j'ai de la chance aux cartes et j'ai besoin d'argent… Maintenant, tu le sais.

– C'est bien vrai ? Tu ne me trompes pas ?

Teresa lui entoura le cou de ses bras. Il écrasa sa bouche sur son épaule nue. Il se sentit faible et fatigué.

– C'est exactement ce que j'allais faire, je t'assure. Qu'est-ce que je pourrais faire d'autre en t'attendant ? Tu ne peux savoir tous les problèmes que j'ai…

– Tout s'arrangera, Manolo, cette nuit n'y pense plus. Reste avec moi, je t'en prie. Oh reste, je t'en prie… !

Elle se laissa glisser sur son siège. L'odeur de sa peau et l'éclat fébrile de ses yeux embués de larmes enflammèrent Manolo. Il l'embrassa longuement. Le goût salé des larmes se mêlait à la douceur de ses lèvres.

– Il fait froid ici, murmura-t-elle.

Il était plus de deux heures du matin.

– Oui, allons-nous-en.

Déterminés désormais à s'abandonner à ce que la nuit leur réserverait, ils prolongèrent leur désir aussi longtemps qu'ils le purent, dans la rue en fête où ils étaient précédemment ; ils occupèrent la même table de marbre sous les arbres touffus ; ils dansèrent lentement, en se regardant dans les yeux, étrangers à tout – et même aux accents de plus en plus las et désaccordés de l'orchestre. Puis, soudain, il tomba quatre gouttes, une légère averse qui dura quelques minutes, les gens se réfugièrent en riant sous les porches, l'averse cessa et tout redevint comme avant. Comme les autres couples, ils participèrent à la fin de la fête, se lancèrent à la tête des poignées de confettis et des serpentins, ils s'enlacèrent, dansèrent la danse des lampions et les vieilles valses d'adieu et furent les derniers à s'en aller. Les gens avaient commencé à défiler et les habitants du quartier rentraient chez eux, les musiciens rengainaient leurs instruments ; les jeunes du comité des fêtes de la rue, après avoir porté leur président en triomphe, selon la tradition, entassèrent les chaises pliantes près de l'estrade, mirent le piano sous sa housse et éteignirent les lumières.

On ferma le petit bar derrière eux et, se tenant par la taille, ils s'éloignèrent lentement en descendant la rue, au milieu d'une forêt multicolore de serpentins qui pendaient du toit, de petits drapeaux et de guirlandes que la brise faisait frémir, tandis qu'ils foulaient aux pieds un doux tapis de confettis. La rue avait retrouvé sa triste lumière habituelle, la lumière jaunâtre et sale des réverbères à gaz, mais elle offrait encore un éblouissant rêve de jeunesse, quelque chose de la matière tendre et véhémente qui, cette nuit, l'avait habitée quelques heures, une suggestion qu'elle ne se résignait pas à voir effacée et anéantie par l'automne. Et maintenant ils l'emportent avec eux : les derniers noctambules les regardent avec curiosité (le couple d'amoureux est étranger à ce paysage, comme sont étrangères l'une à l'autre leurs façons de s'habiller) s'éloigner lentement, en foulant avec indolence la blanche écume, vers la voiture arrêtée au coin de la rue. Mais avant d'arriver à la Floride, la première gifle du vent d'automne les oblige à fermer les yeux et les blanches ailes des confettis surgissent sous leurs pas et se déploient autour d'eux, les enveloppent complètement, les égarent.

C'était l'aube du 12 septembre, il se souviendrait de cette date à cause du désordre de fleurs et de baisers qu'ils laissèrent derrière eux, et du triste abandon où tout se retrouva. Ils avaient encore des confettis dans les cheveux et de brillantes spirales de serpentins gravées sur la rétine quand ils arrivèrent à la grille du jardin de Teresa. Les étoiles s'éteignaient et une clarté rougeâtre s'étendait au bout de la Vía Augusta. Des nuages gris qui s'entassaient, menaçants, couvraient le ciel du Tibidabo.

« Demain il va pleuvoir », dit Manolo. Ils se regardèrent dans les yeux. Le garçon eut l'impression que les doigts du destin étaient sur le point d'effleurer son front. Ils franchirent la grille et pénétrèrent dans le jardin. Teresa ouvrit avec sa clef. « Vicenta dort », dit-elle à voix basse. Ils avancèrent dans le noir, en se tenant par la main, jusqu'au salon. Teresa alluma les lumières. C'est alors que le téléphone sonna dans l'entrée. Teresa se précipita pour décrocher, de peur que Vicenta ne se réveillât. Le téléphone était sur une petite table, entre une grande plante aux feuilles diaprées et la rampe de l'escalier. « Oui... ? – C'est toi, Teresa ? dit une voix féminine, endormie, murmurante. Je t'ai réveillée ? Excuse-moi... – Non, non, dit Teresa, qui avait reconnu la voix de Mari Carmen. Je lisais... » Un silence. « Oui, je t'ai réveillée, je suis désolée » – il n'y avait aucun ton d'excuse dans sa voix, au contraire, c'était comme un rou-rou de colombe satisfaite. « Ce ne sont pas des heures pour appeler, mais tu sais bien que j'ai la spécialité d'embêter mes amies la nuit. » Un nouveau silence, des murmures, des rires lointains, des halètements. Puis Teresa entendit durant un instant la respiration oppressée de Mari Carmen. « Où es-tu, Mari ? – Où veux-tu que je sois ? À la maison dans mon lit. – C'est vrai, nous ne t'avons pas réveillée ? – Non, voyons, tranquillise-toi... – C'est qu'Alberto ne voulait pas que je t'appelle... » Brusquement, elle eut un rire nerveux, comme si on la chatouillait, sa voix se fit lointaine, et Teresa capta une sourde rumeur de draps en désordre, de corps se retournant dans le lit. Elle se tourna vers Manolo, qui l'attendait à la porte du salon, et lui fit signe d'approcher. « Quelle paire de fous ! » dit-elle quand il l'eut rejointe, en couvrant l'appareil de la main. Retenant son rire, elle invita le garçon à écouter avec elle et leurs visages se rapprochèrent. Le vestibule était dans l'obscurité totale ou presque. À nouveau ce fut la voix de Mari Carmen Bori, qui leur parvenait du fond d'un puits : « Tu es là... ? Excuse-moi, ma vieille. D'abord une chose : as-tu pensé à demander à Manolo de m'excuser pour la façon dont je l'ai quitté ? – Mais oui, voyons, mais oui... – Bon. Autre chose : il a le téléphone, ton Manolo ? Non. – Ça ne fait rien... Tu veux rester tranquille ? Que tu es pénible ! » ajouta-t-elle en riant, puis à Teresa : « C'est Alberto qui n'arrête pas de faire l'andouille. On s'est dit quelques petites choses drôles, tu vois ? Écoute, j'ai de bonnes nouvelles, et je suis si contente que je n'ai pas résisté à la tentation de t'appeler : ton Manolo a son emploi, tiens-le pour certain. Qu'il m'appelle après-demain sans faute. Je viens de réveiller plusieurs personnes et je suppose qu'elles doivent être encore en train de me maudire, mais ton chéri pourra commencer à travailler le mois prochain. C'est sûr, tu sais que je fais bien les choses. – Tu es un amour, Mari ! s'écria Teresa en regardant Manolo. – Ce que je voulais : au département des ventes. Magnifique, non ? Mais qu'il se remue un peu dès maintenant, qu'il prenne quelques cours par correspondance, n'importe quoi s'il le faut, car il devra très vite se mettre au courant de tout. – Oui, bien sûr, nous l'aiderons, nous nous y mettrons tous... – Alberto croit qu'il pourra débuter sur une base de cinq ou six mille pesetas... » Teresa sentit le souffle de Manolo dans son cou. Un nouveau silence à l'autre bout du fil, puis des murmures, des rires et des chutes amorties, tandis que la main du garçon glissait sur son estomac et lui pressait les côtes, l'obligeait à se retourner lentement. Teresa éprouva une indicible sensation de bien-être, en partie provoquée par la tendresse conjugale qui lui parvenait de l'autre bout du fil, mais aussi une vague inquiétude : l'enthousiasme de Mari pour le jeune homme était bien soudain. Et sa voix qui roulait comme sur un lit de feuilles mortes : « Tu es là, ma chérie ? Excuse-moi, c'est ce monstre qui ne me laisse pas parler… » En riant elle aussi, Teresa leva le coude au-dessus de la tête de Manolo, sans ôter l'écouteur de son oreille et de la sienne, elle écarta le fil qui les gênait, se retourna, obéissant aux mains qui la caressaient, et s'appuya contre le mur. Les grandes feuilles vertes de la plante sentaient intensément dans l'obscurité. Elle ne pouvait pas bouger, et laissa la bouche du garçon lui effleurer les lèvres, elle entendit crisser le bas de sa robe tandis que Manolo bougeait furtivement, pour ajuster son corps au sien – pour pouvoir mieux entendre Mari Carmen, apparemment : « Bref, Teresa », l'entendirent-ils dire maintenant d'une voix qui se débattait avec quelque chose (on entendait aussi la voix d'Alberto, qui ronronnait). « N'oublie pas de le lui dire, et qu'il appelle après-demain ici au bureau d'Alberto. *Ciao*, ma chérie, sois heureuse. Et attention à ne pas faire de folies, hein ? Alberto me dit de te dire que l'amour te va divinement bien… Un de ces jours je t'appelle pour parler un peu toutes seules, toi et moi. Salut. – Vous êtes une paire d'adorables fous, vraiment, dit Teresa sans un murmure. Merci. À bientôt. – Bonne nuit, ma chérie. »

Sans bouger de place, Teresa changea l'écouteur de main, par-dessus sa tête parce que le fil avait glissé entre son dos et le mur, et elle tâtonna sur la petite table. Ce faisant, elle détendit son corps et se colla davantage contre Manolo. Elle raccrocha le combiné, mais le fil s'enroula autour du bras du garçon et ils se débattirent un instant en riant. « Tu as entendu ce qu'elle a dit ? murmura Teresa, qui avait du mal à contenir sa joie. Tu as bien entendu ? Nous l'avons, cet emploi… ! » Ils ne se rendirent même pas compte qu'ils haletaient depuis un bon moment. Manolo lui effleurait les cheveux des lèvres. Il ne voulut pas parler. Indubitablement, les doigts du destin venaient de lui toucher le front : ce qu'il voyait au-delà de ces cheveux soyeux, au-delà des épaules nues et parfumées de la jeune fille, parmi les ombres du fond du vestibule, ce n'était plus un chromo satiné et jalousement gardé depuis l'enfance, mais un homme jeune et capable qui entrait dans un bureau moderne avec une serviette et cette confiance que donne une serviette qu'on a à la main (il se rappelait une annonce lue dans le journal : jeune homme dynamique et élégant, salaire à l'échelle européenne, promotion immédiate à des responsabilités supérieures) tandis que quelque part sonnait un téléphone, mais ce n'était pas à lui d'aller répondre, qu'un planton y aille... Les bras de Teresa se lovaient autour de son cou, et son attitude d'abandon dans l'ombre, ses yeux vaincus étaient un autre narcotique. Avec décision, il sonda son regard. Sa main, se libérant enfin du fil du téléphone, se posa sur l'épaule de la jeune fille et baissa une des bretelles de sa robe, puis l'autre. Elle lui tendit sa bouche ouverte et s'abandonna complètement dans ses bras, prête à se laisser glisser sur le plancher. Manolo la soutint, légèrement penché, acceptant avec une tendresse réfléchie le don que Teresa lui faisait d'elle-même : de quelque étrange façon, la virginité de la jeune fille avait été, jusqu'à maintenant, sa meilleure garantie pour pouvoir réaliser son insertion tant désirée dans les castes dorées et dans les catégories de la dignité et du travail les plus élevées : et maintenant qu'il venait de mériter sa confiance et celle de ses amis, maintenant qu'ils s'aimaient tous les deux de tout leur cœur, plus rien ne l'empêchait de faire sienne Teresa. Mais le téléphone de ce futur bureau, comme c'était curieux, ne sonnait pas seulement depuis un moment dans son imagination, mais ici même, à côté d'eux. Et ce fut Teresa, tendant le bras dans la pénombre comme en rêve, qui finit par décrocher en murmurant : « Qui cela peut-il bien être cette fois ? » et « Allô » presque en même temps, tandis que lui, déjà obscurément touché par l'atroce réalité, lâchait la jeune fille juste au moment où la lumière du vestibule s'allumait et (vision déprimante pour eux, anticipation de l'hiver) apparaissait Vicenta, la vieille servante, dans sa robe de chambre violette, ses cheveux gris pendant en une tresse défaite, et les regardant d'un air surpris et plein de reproche.

Ses petits yeux lourds de sommeil l'annonçaient eux aussi ; l'appel venait de la clinique : Maruja était morte.

... mais les soucis du siècle et la séduction des richesses étouffent cette parole, et la rendent infructueuse.

MATTHIEU, XIII, XXII

À la clarté livide de cinq heures du matin, les fenêtres éclairées de la clinique suggéraient un silence stupéfait. Les tons gris, mauves et ocre étaient visiblement résignés maintenant à mûrir sur le Paseo de la Bonanova, comme chaque année, et il était presque certain que ce jour-là le soleil ne parviendrait pas à s'ouvrir un passage à travers les nuages. Deux visages juvéniles au front doré et vulnérable, beaux et perplexes, oscillaient, collés à la vitre d'une fenêtre du troisième étage. Quelque part, un malade, fiévreux et insomniaque, gémissait faiblement. Eux, ils regardaient le jardin, où les hauts palmiers faisaient comme des crochets de leurs franges sous un ciel de plomb, puis ils regardèrent les réverbères encore allumés du Paseo, les bancs de bois, les arbres, un tramway qui se traînait sur ses rails comme un ver luisant. En même temps, ils devinaient derrière eux les allées et venues des uniformes blancs, dans la chambre de Maruja surtout, par la porte entrouverte de laquelle s'échappait une confuse rumeur de voix, de formules de viatique hâtives (le curé semblait lui aussi être arrivé trop tard) et ils remarquaient en particulier l'absence de la constante vibration de fond qui avait accompagné leurs paroles dans le petit salon, dès les premiers après-midi passés à feuilleter des revues, quelque chose d'éthéré semblable au bourdonnement des lignes téléphoniques, qui évoque des lointains confusément devinés, dès l'enfance, et qui aujourd'hui s'était brisé soudain pour faire place à un silence létal et plus tard à la dangereuse concentration de doctes voix catalanes qui leur parvenaient de la chambre mortuaire :

– *¿ Han avisat a son pare ?*

– *Sí, doctor.*

– *¿ I al senyor Serrat ?*

– *Sa filla ho a fet. Diu que ja vénen*[1].

D'après ce que leur avait expliqué l'infirmière de garde, dont les termes avaient été ensuite confirmés par une Dina consternée qui était arrivée dans un imperméable de plastique transparent tacheté de gouttes de pluie (ils surent ainsi qu'il avait commencé à pleuvoir, et ils éprouvèrent devant ce fait le même vague malaise que celui qu'ils éprouvaient à voir pour la première fois la Majorquine sans uniforme et en tenue de ville, vaguement dégradée et dangereuse), la pauvre Maruja n'avait pas souffert, elle ne s'était rendu compte de rien. À quatre heures et demie du matin, elle était entrée dans un coma profond et à cinq heures moins dix elle s'éteignait doucement, dans son sommeil. Bien que son état eût toujours inspiré de l'inquiétude, rien, ces derniers temps, n'avait laissé supposer un dénouement si rapide. L'après-midi même, quand Mme Serrat avait appelé de Blanes pour demander des nouvelles de la malade, comme elle avait coutume de le faire, elle, Dina, lui avait dit que la jeune fille semblait manifester un léger mieux et que les escarres

1. Membre de la police armée, dont l'uniforme était gris. (*N.d.T.*).

de son dos étaient presque guéries... À l'aube, elle était brusquement tombée dans une léthargie alarmante, très grave, alors on avait appelé le docteur Saladich et, sur ordre de ce dernier, au domicile barcelonais de M. Serrat. Malheureusement, il semble que la ligne de M. Serrat ait été occupée durant très longtemps (ici, la main de Teresa chercha instinctivement celle du jeune homme, debout à côté d'elle) puis, quand elle avait été libre à nouveau, on avait beaucoup tardé à répondre. Maruja était morte en présence d'un jeune médecin, assistant de Saladich, et de deux infirmières, conclut Dina, tout en appuyant son petit parapluie bleu contre le mur.

Pendant un long moment, ils ne s'écartèrent pas de la fenêtre, leurs mains ne se quittèrent pas. Autour d'eux, et resserrant de plus en plus le cercle (menaçant leur île estivale au temps impalpable), s'avançaient de cauteleuses brumes : M. Serrat et sa femme arrivèrent un peu avant dix heures du matin, et plus tard, dans une voiture louée à Reus, le père de Maruja accompagné de deux ouvriers de la ferme, deux ombres accablées de la campagne dans leurs tragiques habits du dimanche. Le frère de Maruja (un soldat noiraud aux grosses lèvres et au nez camus, avec une petite tête triste et rasée et un uniforme kaki mouillé de bruine d'où émanait une pénétrante odeur de basse-cour) arriva de Berga l'après-midi, un peu avant l'enterrement.

Celui-ci fut intime et rapide, peut-être à cause de la bruine qui avait commencé à tomber le matin et qui accompagna le noir cortège composé de trois voitures jusqu'au cimetière du Sud-Ouest. Les nuages, l'asphalte mouillé, les rues et les visages se confondaient sous la cendre grise qui tombait mollement du ciel. Mme Serrat était doublement consternée. Elle avait pleuré quand on avait emporté le cercueil, puis elle avait discuté à voix basse avec sa fille qui s'entêtait à vouloir aller au cimetière dans la voiture occupée par Manolo (à vrai dire, personne ne l'avait vu y monter, il était déjà dedans quand M. Serrat avait réparti les gens) et les deux agriculteurs de Reus. Dans la première voiture allaient M. Serrat, le père et le frère de Maruja. Bien que Teresa fût arrivée à ses fins et fût allée au cimetière, la profonde préoccupation et même l'inquiétude qu'elle avait vue se refléter sur le visage de sa mère quand elle l'avait quittée lui fit soupçonner qu'elle savait quelque chose, qu'elle avait peut-être parlé avec Vicenta et qu'elle était au courant de certains détails de son amitié pour le Murcien. Déjà, au début de l'après-midi, pendant le déjeuner surtout, Mme Serrat s'était beaucoup intéressée à ce que Teresa avait fait ses derniers jours, à l'heure à laquelle Manolo était arrivé à la clinique ce matin-là, à la façon dont ils avaient appris la nouvelle, etc. Si elle n'avait pas poussé plus loin son interrogatoire, ce n'était pas par manque d'envie, mais à cause de la présence de Lucas : il ne fallait pas oublier que le Manolo en question était le petit ami de Maruja. Par la suite, Teresa ne lui donna pas l'occasion de parler en tête-à-tête avec elle. Quant à son père, il s'était montré très actif, froid et distant depuis son arrivée (on ne pouvait savoir exactement où finissait sa peine et où commençait sa mauvaise humeur), mais il se réservait probablement la possibilité de poser quelques questions quand tout serait terminé ; c'est du moins ce que semblaient indiquer certains regards qu'il adressait de temps à autre au jeune couple.

Teresa portait sa gabardine blanche, pourvue d'une capuche. Immobiles sur la terre noirâtre et inondée de Montjuich, impraticable (on avait posé des planches dans la boue pour porter le cercueil jusqu'à sa niche), le jeune homme et elle observaient le travail des employés. Quelques mètres devant eux, M. Serrat, avec ses hautes épaules dédaigneuses et ses mains croisées dans le dos, parlait avec Lucas et son fils sous un parapluie que tenait l'un des paysans. S'en rendant compte, M. Serrat le lui prit des mains pour que l'autre ne fût pas obligé de le tenir, mais ensuite, après y avoir réfléchi davantage, il le lui rendit et s'écarta un peu (il portait un pardessus gris) pour que Lucas pût profiter de cet abri. La situation devint embarrassante, personne ne semblant vouloir se mettre sous le parapluie du paysan (il est vrai que ce qui tombait du ciel n'était guère important) jusqu'au moment où Lucas et son fils, finalement, d'un air résigné, s'abritèrent sous la soie noire. Quelqu'un avait sorti un paquet de cigarettes et tout le monde fumait, la fumée flottait, dense et très bleue dans la bruine. Teresa ne pouvait détourner les yeux de l'ouvrier qui bouchait la niche. Manolo était près d'elle, silencieux, ses cheveux mouillés sur le front ; il avait remonté les revers de son blouson marron. M. Serrat tourna la tête et les regarda un instant. Elle sentit la main du jeune homme tâter la sienne, à la hauteur de la hanche, et elle la sortit de sa poche pour la lui donner, sans le regarder, sans presque briser la douloureuse rigidité du cou et des épaules qui la faisait souffrir depuis des heures. Et alors elle se mit à pleurer.

Elle ne l'avait pas fait jusque-là, elle n'avait pas pu le faire devant le cadavre gisant sur le lit, en regardant ce visage qui reflétait encore un cauchemar, quelque vague vision intérieure, qui avait fini par le dévorer, horriblement amaigri (nez et dents inconnus, une physionomie nouvelle), livide comme de la cire et encadré par des cheveux noirs et courts qu'on lui avait peignés en arrière. Là aussi ses mains et celles de Manolo s'étaient cherchées secrètement, et pourtant elle n'avait pas pu pleurer (il lui avait semblé, en revanche, qu'il pleurait, lui, et elle lui avait serré les doigts avec tendresse) et pas davantage lorsqu'elle avait vu le père de Maruja s'approcher, à plusieurs reprises, de son pas insupportablement timide, et les regarder tous les deux, en suspens, comme s'il voulait leur demander quelque chose ; ni en sentant sur ses genoux les yeux rougis, craintifs (les mêmes yeux que ceux de Maruja) du soldat, qui ne lâchait pas sa casquette kaki toute graisseuse et n'osait pas bouger parce que ses grosses chaussures cloutées faisaient du bruit. Mais maintenant, oui, elle pleurait, elle versait des larmes chaudes et abondantes, tristement, elle pleurait sur son amie et aussi sur elle-même et sur Manolo, sur certain brusque retour à la boue, au temps gris et à la pluie.

Quand tout fut terminé, comme ils regagnaient les voitures, ils virent M. Serrat se détacher du groupe et se diriger vers eux. Ils s'arrêtèrent pour l'attendre, mais M. Serrat, avant d'arriver (hésitant devant une large bande de boue remuée) s'immobilisa et fit signe à sa fille d'approcher. Teresa obéit, fit un petit détour pour ne pas marcher dans la boue, rejoignit son père, écouta ce qu'il lui dit et resta près de lui, sa blonde tête penchée et cachée sous sa capuche. Alors, voyant que la jeune fille ne revenait pas (ils avaient décidé de s'en aller tous les deux à pied et de faire une promenade), Manolo alla droit vers le père et la fille, mains enfoncées dans les poches de son blouson, en pataugeant dans la boue (il pressentait que cela n'avait plus la moindre importance). M. Serrat avait tiré son mouchoir et se mouchait, il regarda les hommes qui l'attendaient près des voitures, puis sa fille et finalement Manolo, qui venait de s'arrêter devant lui.

– Eh bien, mon garçon, dit M. Serrat, c'est terminé, dirait-on. Notre pauvre Maruja a fini de souffrir, notre tour viendra un jour ou l'autre. (Soigneusement, comme s'il s'agissait de quelque chose de très délicat, il pliait et repliait son mouchoir, doucement, les yeux baissés.) Je sais que tu l'aimais beaucoup, mais ne te laisse pas abattre par le chagrin, tu es très jeune, tu finiras parte résigner et tu l'oublieras. (Alors, brusquement, il lui tendit la main avec un sourire triste et affectueux.) Au revoir. Si je peux t'être utile à quelque chose… Nous n'aurons certainement pas l'occasion de nous revoir.

Manolo ne l'entendait plus : ses yeux mi-clos luttaient pour retenir une lumière lointaine. Les autres l'observèrent aussi, debout près des voitures, visages longs et sévères, silhouettes estompées d'un tribunal sous la bruine : des adieux en règle. Ce fut très rapide : détournant son regard de M. Serrat, Manolo tendit la main à Teresa par-dessus la flaque, non pas en guise d'au revoir, mais pour réclamer la sienne, pour qu'elle le suivît (à ce moment, son geste s'immobilisa au-dessus de la boue qui s'ouvrait devant lui, suspendu une fraction de seconde au tendre regard bleu de la jeune fille) et en même temps il dit : « Teresa », d'une voix tranquille et douce, « viens, il faut que je te parle. »

Lentement, mais sans hésiter une seconde, tête baissée, le visage caché sous sa capuche, elle tendit la main au garçon et sauta par-dessus la flaque boueuse. Ils firent un bref salut et s'éloignèrent le long du chemin en pente qui menait à la sortie. Le Murcien savait que le père de Teresa les regardait et il ne put résister à la tentation de tourner la tête. C'était à en geler sur place : sur les fines lèvres d'amande de M. Serrat, derrière les gouttes de pluie grise, flottait un vague sourire plein d'indulgence et de considération (il leur adressa même un léger salut de la main avant de monter en voiture), un sourire bienveillant, désinvolte, terriblement obséquieux.

Résultat : le lendemain après-midi, Teresa ne se montra pas. Ils avaient décidé qu'elle le prendrait en voiture à quatre heures et demie, place de Lesseps. Quand cinq heures eurent sonné, Manolo appela Teresa chez elle, mais personne ne répondit. Le soir, il appela à nouveau plusieurs fois depuis le bar Delicias, toujours avec le même résultat. Alors il pensa aux Bori. Ils n'étaient pas non plus chez eux. Il se dit qu'ils dînaient probablement dehors. Le lendemain matin, il appela une nouvelle fois chez Teresa. Personne. Chez les Bori. Au bout du fil, Mari Carmen : non, elle ne savait rien de Teresa Serrat, elle devait être à la villa, oui, c'était très bizarre qu'elle soit partie sans rien dire… Bien sûr, et elle le regrettait infiniment, elle ne pouvait lui donner encore aucun renseignement à propos de son travail, le mieux était d'attendre le retour de Teresa…

L'après-midi, il alla faire un tour du côté de la villa des Serrat, Vía Augusta. Toutes les fenêtres étaient fermées. Dans le jardin, courbé sur un râteau, un vieil homme au crâne entièrement dégarni, rose et luisant, le regardait en tordant le cou. Manolo le salua de la grille et lui demanda s'il y avait quelqu'un dans la maison. Le vieil homme répondit que non puis lui demanda ce qu'il voulait. Le garçon dit qu'il avait un message pour Mademoiselle Teresa. L'autre lui annonça que les Serrat et leur fille étaient partis pour Blanes la veille au matin, et qu'ils ne rentreraient pas avant la fin du mois.

Le soir, ne sachant que faire, il appela à nouveau Mari Carmen Bori et lui dit qu'il avait besoin de lui parler de toute urgence. Elle s'excusa, ils dînaient dehors, elle avait fini par convaincre Alberto qu'il leur revenait moins cher de manger quelque chose en ville et… Manolo, l'interrompant, suggéra qu'ils pourraient peut-être se voir après dîner, dans un bar. « Attends un moment », dit Mari Carmen sans le moindre entrain, et on l'entendit parler à Alberto. Il y eut un silence. Finalement elle dit que c'était d'accord et elle proposa l'endroit et l'heure : onze heures dans une cafétéria devant la cathédrale. Comme il descendait à l'heure venue la Vía Layetana, en se demandant quel genre d'aide pourraient lui offrir les Bori (il n'obtiendrait sans doute rien d'autre que le numéro de téléphone de la villa, et ce n'était même sûr), son regard fut soudain capté par une flamme jaune et rouge (les pointes du foulard et les cheveux de Teresa) et par la voiture qui tournait à vive allure au coin de la rue suivante, une rapide vision blanche de l'arrière de la Floride, plein de reflets. La jeune fille avait peut-être obtenu la permission de rentrer à Barcelone, et peut-être le cherchait-elle. Il se mit à courir, mais quand il parvint au coin de la rue en question, la voiture avait disparu. Il oublia aussitôt les Bori et se lança dans une recherche frénétique dans tous les bars des quartiers de la ville basse où ils étaient allés ensemble. Il chercha pendant plus d'une heure et demie, demanda au Saint-Germain (la voix caverneuse et tendre voulut le retenir en lui présentant une nouvelle serveuse, une fille au visage anguleux et ardent qui affirmait le connaître depuis des années), au Pastis, au Cadix, au Jamboree. Il la chercha dans les brasseries de la Plaza Real et des Ramblas, sans espoir désormais de la trouver. Brusquement il pensa au Tibet et prit un taxi. Bien sûr : si elle était à Barcelone, où pouvait-elle l'attendre sinon au Tibet, près du Carmel ? Le chauffeur de taxi, un nain roux à l'accent de Valence qui étirait le cou par-dessus son volant et lui faisait remarquer à quelle vitesse l'hiver était arrivé, il fallait voir ça, encore un peu et ça fera un an de plus, un an qui ne reviendra jamais, conduisait avec une lenteur exaspérante, probablement en pensant à sa progéniture (deux lunes à tresses, deux frimousses souriantes, deux petites filles joue contre joue qui l'observaient depuis une horrible photo de studio fixée au tableau de bord avec un message filial inscrit au-dessous : VA DOUCEMENT PAPA), mais Manolo, s'en apercevant, s'écria : « Oublie tes mômes, papa, et dépêche un peu, il se fait tard. » Le chauffeur grogna d'une voix de fausset : « Quelque chose ne va pas, jeune homme ? Je ne suis pas pressé d'aller au cimetière. » Manolo se précipita sur lui et lui brailla dans l'oreille : « Et moi je n'ai pas de petites mignonnes qui m'attendent à la maison, alors remue un peu ta foutue charrette et ferme-là ! » Le chauffeur le regarda dans le rétroviseur, constata que son passager ne plaisantait pas et accéléra.

Teresa n'était pas au Tibet non plus. Il était maintenant plus d'une heure. Fatigué et maudissant son sort, il appela les Bori. Quelqu'un décrocha après l'avoir fait attendre un bon moment, c'était Alberto, ils étaient couchés. Il s'excusa de ne pas être allé à leur rendez-vous, il lui avait semblé voir Teresa près de… Alberto Bori l'interrompit pour lui demander, assez sèchement, de bien vouloir rappeler le lendemain. Non, merde, ils n'avaient pas vu Teresa et ne savaient rien d'elle.

Dernier essai : le petit bar de la Vía Augusta qu'ils avaient fréquenté la semaine précédente. Il était désert, mais rien qu'en entrant et en voyant la façon dont le garçon le regardait (un type d'Almería, avec lequel Teresa avait beaucoup sympathisé), une vague bleue familière lui baigna la tête : elle avait laissé un mot pour lui la veille au matin, avant de partir en voyage : « Elle avait l'air d'être très pressée », ajouta le jeune homme. C'était une carte dans une enveloppe non close qui disait : « Je pars pour la villa avec maman dans quelques minutes. Aussitôt que je le pourrai, je t'écrirai pour t'expliquer ce qui se passe. Ne fais rien avant d'avoir reçu de mes nouvelles. Je t'aime. Teresa. »

Le lendemain (soleil et vent, grands nuages en migration vers le sud), il décida de voler une moto pour aller à la villa et, une fois là-bas, de trouver, avec un peu de chance, le moyen de voir Teresa. Bien entendu, il ne voulait pas se résigner à attendre de ses nouvelles, il ne le devait pas, il ne le pouvait pas. Il fallait qu'il la voie. Et les horloges, quelle folie, comme les heures passaient, les jours, quelle menaçante solitude dans cette ville qui se repeuplait rapidement de Catalans actifs et bronzés et aussi dangereux que des automobiles, tandis qu'elle se vidait jour après jour de ses beaux touristes, de ses souriants et florissants touristes. Non, impossible d'attendre, et écoute ce que te dit l'agent (« Et alors, vous, vous ne regardez pas où vous marchez ? ») ou tu finiras sous les roues d'une voiture, secoue-toi, Manolo, secoue-toi… À six heures du soir, après avoir beaucoup cherché, il dut se contenter d'une Vespa qu'il trouva en face d'une villa à l'aspect seigneurial, sur le Paseo Margall, et s'il ne finit pas directement au commissariat d'Horta, c'est que l'engin n'avait pas d'antivol et qu'il avait pu le mettre en marche au premier coup de pédale (ou peut-être parce que l'autre portait une robe ; il le vit courir vers lui sur le trottoir, sa soutane au-dessus des genoux et agitant les bras, fané et maigre comme un squelette, avec des lunettes à monture dorée et criant : « Hé, toi, c'est ma Vespa, c'est ma Vespa ! », et il courait bien, mais sa soutane le perdit). Naturellement, Manolo l'ignorait ; il aurait attendu une autre occasion. De toute façon, dix minutes plus tard, il dut abandonner la Vespa, le câble de l'accélérateur s'étant cassé. Il était à Badalona. Sa nervosité, son impatience et la malchance l'empêchèrent de trouver une autre moto disponible avant onze heures du soir (cette fois près d'une usine de produits chimiques, dans une misérable ruelle, impossible qu'un autre curé sorte de cet endroit). C'était une vieille Rieju en piètre état, un chameau asthmatique à bout de souffle, et qui avait les entrailles pleines de rouille et de graisses malignes. Avec cette calamité entre les jambes (c'était probablement une des dernières à circuler encore) il se lança à toute allure sur la route de la côte. À cette heure-là, la circulation était faible, mais en dépit de son désir, il mit plus d'une heure à faire le trajet ; l'ancestrale Rieju n'en pouvait plus. Après Blanes, comme il se glissait sur le chemin de la villa, au ralenti, en entendant la rumeur de la mer, il comprit qu'il était arrivé trop tard.

La villa était silencieuse, aucune lumière aux fenêtres ni sur la terrasse. La nuit était plus sombre que bien d'autres qu'il conservait amoureusement dans sa mémoire et la grande demeure avait un aspect plus imposant, une structure plus confuse et plus austère que dans son souvenir, à la fois proche et distante dans l'obscurité. Il cacha la vieille Rieju sous les pins. Tout dormait dans les environs, bercés par la stridulation des grillons et le va-et-vient des vagues, enveloppés dans la beauté irréelle qui emprisonnait la profondeur du bois, sur lequel flottait une blanche brume provenant de la mer. Manolo passa derrière la villa, en marchant sous les grands eucalyptus du jardin, et s'arrêta devant le mur où le lierre grimpait jusqu'à la terrasse. À peine visible sous les feuilles brillantes, une gouttière de fibrociment montait elle aussi jusqu'en haut. D'après ce qu'il croyait se souvenir d'une conversation avec Maruja, la chambre de Teresa donnait sur cette terrasse et elle était contiguë à celle des enfants, cette dernière se trouvant justement au-dessus de celle de Maruja. Mais il n'y avait qu'une seule fenêtre sur ce mur, celle qu'il avait si souvent enjambée. Manolo la regarda : son aspect avait changé, elle était à demi cachée par le lierre, les battants fermés, et elle avait un air de défense hermétique. Il en détourna les yeux avec une certaine précipitation, ramassa un caillou et le lança sur la terrasse. Il répéta cette opération plusieurs fois, sans résultat. Et si la chambre de Teresa ne donnait pas sur cette terrasse ? Quel dommage d'être arrivé si tard, il avait eu l'espoir de trouver Teresa encore debout, dans le jardin par exemple… Il recula de quelques pas, pensif, et s'assit par terre, le dos contre le tronc d'un pin. Il enfonça les doigts dans la terre humide, sans savoir quoi faire, vaguement ému par une bouche haletante qui l'attirait à elle depuis les ombres trempées du lierre : la fenêtre de Maruja, et à cette fenêtre deux bras nus qui s'ouvraient, des pupilles fébriles qui nourrissaient son effort, son rythme…

De Maruja, on ne se rappelle pas qu'elle avait une belle poitrine : on se rappelle un mouvement de sa poitrine, le dessin légèrement amer et dur de sa bouche, son dos brun qui regagnait timidement les zones de pénombre ; on peut parfois évoquer le goût d'eucalyptus ou de menthe qui dormait dans sa salive, et le ronronnement de sa gorge quand elle embrassait, mais aussi un froid ancien en la voyant rentrer ses épaules étroites devant sa glace, ou son pas alangui quand elle traversait sa chambre, nue et pudique. On pouvait la revoir monter au Carmel par un venteux après-midi d'hiver, avec son manteau à carreaux serré et passé de mode, un ruban de velours rouge dans les cheveux, mais surtout, ce qui persistait parmi ces images, c'était le battement craintif de ses paupières au milieu d'un tourbillon de poussière, rue Gran Vista, alors qu'elle était entourée d'enfants armés de pierres, le visage couvert d'un large foulard qui ne laissait voir que leurs petits yeux curieux, c'était aussi la frissonnante douceur de sa main sur sa poitrine, tenant bien serrés les revers de son manteau, la soumission de ses jambes jointes avec ardeur et sa façon compréhensive et même souriante d'incliner la tête quand elle l'attendait au bar Delicias, debout, immobile, sans avoir honte de sa condition de bonniche presque prostituée…

Soudain, Manolo se redressa d'un bond (« voilà ce que c'est que de rester devant cette fenêtre, comme si la pauvre m'attendait encore dans sa chambre ») car il pressentait obscurément que, sans qu'il s'en rendît compte, se nourrissaient en lui, de même que les vers maudits qui déjà devaient nicher dans le corps de la jeune fille (il ne voulait pas y penser), bien des particules de l'inquiétante féminité de Maruja, et que ce souvenir se nourrirait peut-être aussi de lui, le dévorerait en silence… Il commençait à se dire qu'il avait fait une bêtise en venant, que le mieux aurait été d'attendre des nouvelles de Teresa. Découragé, triste, il dirigea ses pas vers la plage immense et déserte, qu'éclairait à peine l'agonie bleue des étoiles. Il faisait froid, les vagues se brisaient le long du rivage avec de sourds impacts, déversaient leur écume blanche et puis glissaient plus loin, s'éloignant dans un écho de plus en plus faible. Cette brise, cette plage étaient familières à sa peau ; cependant, il était étonné de se dire qu'il n'y avait que deux mois qu'il avait commencé à sortir avec Teresa, car il aurait juré que cela faisait des années, comme si l'étudiante lui avait réellement consacré un temps infiniment plus long que celui qu'il avait consacré, par exemple, à Maruja. Le temps consacré à Teresa, dans sa brièveté, avait une épaisseur sentimentale que n'avait pas celui qu'il avait passé avec Maruja, et il voulut penser aux moments où la possession de ce temps sans rivage avait été la plus complète, la plus réelle. Et il découvrit soudain à quel point il était naïf et crédule, à quel point il avait été poire, lui qui se croyait si malin. Penser que Teresa aurait pu être à lui depuis longtemps ! Ah, quel aveugle, quel imbécile j'ai fait ! se dit-il en revoyant l'étudiante dans ses bras, sur la plage, dans les rues sombres (mon Dieu, son doux regard implorant ce fameux soir, en sortant du bar d'Encarna, tandis qu'ils s'embrassaient contre le mur !), ou sur les pentes du parc du Guinardó (sa voix de petite fille enrhumée qui l'appelait, alors qu'elle était allongée sur l'herbe), ou cette matinée inoubliable sur la terrasse des sœurs Sisters, où ils roucoulaient et se caressaient sous un soleil magique… Mais il s'était chaque fois retenu, et, à y bien réfléchir, cette retenue (qui obéissait, précisément, à un désir plus puissant que celui de la simple possession physique) n'avait peut-être pas été totalement inefficace : à en juger par les élans de Teresa durant les jours qui avaient précédé l'enterrement de la malheureuse Maruja, l'étudiante était désormais plus que jamais à lui. Mais à quoi tout cela avait-il servi si on ne lui laissait pas le temps de consolider leurs relations ? C'était alors un sacrifice inutile et stupide, de quoi s'arracher les cheveux le reste de sa vie, sans l'héroïsme bête et bigot de la plupart des fiancés, bien sûr, mais digne de la même pitié. Sous le poids de la solitude qu'il éprouvait maintenant, le Murcien se sentait trompé, floué, et surtout déconcerté par certain changement qui avait commencé à s'opérer en lui, et qu'il découvrait maintenant, à sa grande stupéfaction : ce n'était pas pour en tirer un bénéfice qu'il avait systématiquement respecté Teresa chaque fois que l'occasion s'était présentée, il y avait eu autre chose, une volonté étrangère qui s'était introduite en lui, un sentiment trouble fait de dignité et de crédulité qu'on lui avait communiqué, qu'il avait peu à peu attrapé, comme une maladie. Il n'avait jamais été ce qu'on appelle un garçon bien (et il n'aurait probablement jamais non plus l'occasion d'en être un, se disait-il, sauf s'il se mariait avec Teresa) ; alors, pourquoi diable s'était-il comporté comme tel, et à plusieurs reprises, au nom de quoi et pourquoi, voyons un peu, s'était-il laissé entraîner à une situation de respectabilité, de dignité, qui était sans issue ? Pourquoi avait-il souscrit si rapidement, si naïvement aux lois sacrées de la bonne conduite, en vertu de quels principes moraux, de quel accord, de quel traité, de quelles règles de prudence ou de décence, en vertu de quelles normes sociales s'était-il converti, en moins de trois mois, en un hypocrite face à Teresa ? En raison de quels intérêts avait-il pu être à ce point inconsidéré avec une jeune fille amoureuse, généreuse, qui avait besoin de tendresse, de caresses… ? En revivant maintenant les baisers de Teresa, en même temps qu'il se maudissait et se méprisait, il sentit grandir en lui un grand, un immense amour pour la jeune fille et sa vocation fornicatrice maltraitée. Il se souvint avec une véritable tendresse de veuf la nuit où Maruja était morte, quand Teresa et lui étaient collés au téléphone, enveloppés dans ce nuage ardent : là oui, transformé enfin en flamme vive, il avait décidé de faire sienne Teresa. Mais hélas ! cette nuit était venue trop tard : trop d'heures perdues à poursuivre la blanche gazelle de la dignité… Malgré tout, il était encore temps de rectifier le tir, d'être à nouveau le fils de pute résolu qu'il avait toujours été et qu'il n'aurait jamais dû cesser d'être, quelle imprudence, tu ramollis et on te bouffe tout cru, alors mon vieux, patience, ne perdons pas courage, décida-t-il brusquement, en piétinant furieusement un paquet d'algues pourries sur le sable.

Depuis quatre jours, en ville, il avait perdu la notion des heures, du jour et de la nuit, mais il put ici calculer (l'errance et l'attente semblaient sur cette plage si anciennes, si familières) qu'il devait être plus de trois heures. Puisqu'il était là et qu'il n'avait rien de mieux à faire, il attendrait que le jour se lève. S'il faisait beau, Teresa viendrait probablement se baigner. Il entra dans le bois, sauta la barrière (qui n'était toujours pas réparée) et essaya de dormir dans un creux plein de sable fin et d'aiguilles de pin. Le froid et le fracas de la mer l'en empêchèrent et il retourna au jardin de la villa, à l'abri de la brise, et se pelotonna sur une balancelle surmontée d'un dais bordé de franges.

Un soleil radieux se leva. La brume se retira rapidement vers l'intérieur du bois, comme si un vent l'aspirait avidement. Il était tout engourdi et croyait être encore en train de rêver, mais comme il écartait son bras de sa figure, la vision, entre les brillantes aiguilles du soleil (un jeune homme grand et brun qui avançait vers lui une raquette de tennis sous le bras et une serviette de bain à l'épaule), acquit une réalité insoupçonnée et joyeuse. Dans le silence du matin, le gravier du jardin des Serrat crissait sous les blanches espadrilles de l'inconnu. Il était svelte, souple, large d'épaules, portait un maillot bleu dont le col mou était relevé et son short éclatant de blancheur laissait voir des jambes bronzées et musclées. Il venait tout droit vers lui, mais la tête levée vers le soleil, yeux mi-clos, la main en visière sur son front. Le Murcien comprit que l'inconnu ne l'avait pas encore vu, et d'un rapide mouvement il se laissa tomber de la balancelle en arrière et roula sur lui-même jusqu'à un épais massif de géraniums derrière lequel il se cacha. Avant d'arriver à l'endroit où il se trouvait, et en présentant à Manolo une soudaine image de lui-même (les mêmes cheveux noirs et plats, le même profil énergique et altier), le jeune homme tourna dans un sentier qui conduisait au court de tennis. Un peu après, vêtu de la même façon et lui aussi avec une raquette, parut M. Serrat, qui suivit le chemin que venait d'emprunter le jeune homme. Manolo recula, chercha une cachette plus sûre dans les pins et continua à surveiller le jardin. Teresa ne donnait pas signe de vie. Il attendit. Il écouta le bruit de la balle sur les raquettes, les cris d'admiration ou de déception, simulant souvent un délicieux désespoir (c'était M. Serrat, dont le jeu lent et haletant ne pouvait sans doute rivaliser avec celui de son jeune rival) qui s'achevait par un déferlement d'éloges réciproques. Vers dix heures parut Mme Serrat escortée d'une nouvelle domestique, jeune et grassouillette, qui déposa un plateau avec du café et des rôties sur une petite table surmontée d'un parasol. La voix de la dame résonnait, joyeuse et cristalline, dans le matin, et établissait durant un instant une heureuse relation, une sereine plénitude de délassement et d'accords harmonieux avec les joyeuses voix qui provenaient du court de tennis. Puis apparut un homme à l'air paysan, avec un tuyau d'arrosage ; la maîtresse de maison parla un instant avec lui, et entra dans la villa par la porte vitrée du fond, en ressortit, rentra à nouveau, tout ça c'est de la merde, une souveraine connerie estivale que l'absence de Teresa rend encore plus insupportable. Vers midi, comme il se passait la main sur la figure, il sentit sa barbe qui avait poussé et soupçonna que son aspect devait être lamentable. Tu n'iras pas loin comme ça, se dit-il. Assoiffé et fatigué, les os moulus, il décida que le mieux était de rentrer à Barcelone et d'y attendre des nouvelles. Il ne se soucia pas de faire du bruit avec la moto en la mettant en marche (que Teresa sache au moins qu'il avait été tout près d'elle) et un instant après il était sur la route. Les petites 600 peureuses circulaient en tenant strictement leur droite. Il ne put atteindre le cent. Agonisante, phtisique, crissant de tous ses os, la Rieju le déposa à Barcelone presque deux heures plus tard, et il l'abandonna, à l'état de cadavre désormais, derrière l'hôpital Saint-Paul, pour continuer à pied en remontant la rue de Cartagena.

Cet après-midi-là, arriva au bar Delicias une lettre pour Manolo. Un gamin la lui apporta chez lui. Elle était de Teresa. Sur l'enveloppe était simplement écrit : *Manolo Reyes, Bar Delicias, Route du Mont Carmel.* Elle renfermait trois feuillets remplis d'un bord à l'autre d'une écriture minuscule et serrée, très jolie et très harmonieuse (c'était évidemment la copie d'un brouillon très dense), avec une seule rature.

Le M de « mon amour », au début de la lettre, avait été tracé d'une main ferme et décidée, furieuse, aurait-on dit, mais il avait sur un côté un souriant appendice qui ressemblait à un escargot. Venait ensuite : « Pardon pour ce retard, je n'ai pas ton adresse et d'autre part je pensais pouvoir rentrer tout de suite à Barcelone. On s'obstine à la maison à me faire rester à la villa jusqu'à la fin du mois, c'est-à-dire jusqu'à la rentrée. Tu parles d'un sale coup !... » Suivaient des expressions du même genre. Alors que tout laissait espérer l'exposé indigné des raisons qui avaient déterminé cette ennuyeuse décision familiale, ce « sale coup », la jeune étudiante se lançait audacieusement, d'une plume fiévreuse, brûlante, dans une délicieuse analyse de l'« état présent » de son esprit (« exalté ») et de certaines nuits blanches : elle parlait d'« attente passionnée » et de l'« incroyable froideur des draps », avant de conclure par la révélation de la cause (douteuse, à vrai dire) de ces ardeurs et autres rêveries, prétendument grippales : « je suis au lit depuis deux jours, fiévreuse, délirant » (ce participe présent agité dansa durant quelques secondes, enveloppé dans une chemise de nuit rose de style Empire, devant les yeux du Murcien) « et je ne me suis pas senti jusqu'à aujourd'hui assez de force pour t'écrire, car j'ai chopé un gros rhume avec cette pluie, et la mort soudaine de Maruja, plus l'impossibilité de te voir m'ont tellement déprimée que j'ai dû me mettre au lit sitôt arrivée. Au début j'étais si désorientée, si démoralisée… ». Elle poursuivait en disant que, par ailleurs, il n'y avait pas de raison de désespérer car il n'y avait rien d'autre que l'ennui d'une séparation momentanée. Le plus gênant était peut-être ce que l'attitude de ses parents (« qui ne devrait pas nous étonner ») représentait pour elle sur le plan familial : la confirmation d'un mal qui, d'une certaine façon, avait conditionné sa personnalité depuis son enfance, et qui après sa rencontre avec Manolo lui était apparu plus clairement que jamais : « de la stupide éducation familiale que j'ai reçue, voilà bien un nouvel exemple, voilà comment ils réagissent, comment ils conçoivent la défense de leur petite fille égarée et effrontée, sans voir qu'il est trop tard. Je voudrais mourir, de rage et de honte. Qu'as-tu pensé de moi, de nous tous ? Si tu savais comme je m'ennuie, comme tu me manques ! ». Elle ajoutait que de ce point de vue, il lui semblait que la villa était déserte, et que, bien qu'il y eût du monde, des parents éloignés et importuns (« un cousin de Madrid vaniteux et prétentieux, qui attend que je sois en forme pour me battre au tennis »), c'était comme si un naufrage l'avait rejetée parmi des personnes et des mœurs étranges. Elle recommençait à parler de solitude, et soudain, une brise marine et ensoleillée, la vague bleue térésienne, le retour tant désiré à leurs îles : « Mais ce n'est pas ça qui me désespère, Manolo, ce n'est pas l'ambiance hostile qui m'entoure. C'est ton absence. Quelle solitude, si épouvantable fût-elle, ne serait pas un paradis, quelle horrible malheur ne serait pas une bénédiction, quelle maladie ne serait pas une couche nuptiale, quelle misère ou quelle douleur ne serait pas une caresse, comparée à la peine de ne pas te voir, mon amour, mon amour, mon amour, à cette insupportable privation de tes lèvres et de tes mains durant des jours et des jours qui sont pour moi comme une éternité de siècles… » Manolo, pourtant ému et impressionné (ce que c'est que d'avoir fait des études, comme ma petite Teresa sait bien exprimer ce que je ressens moi-même !) se laissa emporter par l'impatience et sauta quelques lignes, en quête de nouvelles plus concrètes. Après ce fragment passionné – dans lequel un esprit plus cultivé que celui du jeune homme du Sud aurait sur-le-champ reconnu l'origine littéraire de certaines images –, le ton redescendait à un niveau pratique d'information : Teresa parlait d'une fastidieuse conversation avec ses parents (« menée avec d'infinies réserves de part et d'autre ») durant laquelle la véritable question, le vrai problème n'avait pas été abordé. Cette conversation avait eu lieu le soir même de l'enterrement de la pauvre Maruja, et « bien que personne n'y ait fait directement allusion, j'en ai déduit que cette cancanière de Dina, cette petite pute de salle d'opération, avait parlé de nous, de même que Vicenta. Naturellement, maman s'est chargée du reste. Je ne crois pas exagérer en te disant que maman, avant même de te connaître, craignait que tu n'attentes à la vertu de sa fille. Quelle bêtise ! Si je te rappelle, en plus, qu'à la maison on me prend pour à moitié marxiste, inutile de te dire les folies et les concubinages dont on me croit capable ». Mais elle insista pour dire que la question de ses sentiments ne s'était pas posée : « simplement, ils ont décidé que la mort de Maruja m'avait à ce point affectée que le moment était venu de s'occuper sérieusement de moi ; papa est d'avis que je suis trop impressionnable, que je suis encore une enfant, que j'ai eu beaucoup d'émotions cet été, que je suis à bout, les nerfs à fleur de peau, bref, que j'ai besoin de repos et que bien entendu nulle part je ne serai mieux qu'à la villa ; un changement d'air ; ou plutôt d'idées. En fait, il n'a pas été question de toi ». Parvenu à ce point, Manolo se dit que l'attitude de papa Serrat était symptomatique : car Teresa assurait que jamais elle n'avait vu son père s'intéresser autant à elle, « à ma façon de penser », même pas quand elle avait été arrêtée après les manifestations estudiantines. Apparemment, ils avaient discuté de l'université et des vents politiques que les étudiants y respiraient à ce moment-là. « Très drôle. Je ne sais pas si tu peux t'en rendre compte, mais chez papa c'est quelque chose d'insolite », et elle ajoutait qu'avant qu'elle ne connaisse Manolo, son père n'avait jamais manifesté d'intérêt réel pour ces choses, précisément, ce qu'il aimait c'était s'en moquer (« de mes amis surtout, et en particulier de Luis Trías de Giralt ») et de façon assez drôle, soit dit en passant (« papa est un terrible blagueur, même s'il n'en a pas l'air »). « Quant à nous deux », continuait-elle ensuite, il fallait reconnaître que personne ne lui avait crié après, personne ne lui avait fait de scène. « Mais ne nous y trompons pas, il faut s'en tenir aux faits : dans l'esprit de mes parents, la vraie question est posée, la peur non pas de ce que cette petite folle de Teresa pouvait avoir fait jusqu'ici, avec ses idées, extrémistes, mais de ce qu'elle pouvait faire demain. Ce n'est pas une question de moralité ; il y aurait beaucoup à dire sur ce point, mais je t'assure que, dans le monde dans lequel je vis, personne, pas même les gens les plus vertueux et les plus respectables, ne croit que perdre volontairement sa virginité avant l'heure soit aussi grave que de faire un mauvais mariage. » Suivaient quelques considérations osées mais inutiles (de l'avis du Murcien) au sujet de cette « bonne conscience inouïe, stupéfiante, que la bourgeoisie de notre pays a d'elle-même », puis une curieuse définition de la nature du conflit où se débattait sa famille à son sujet (« ils confondent mon amour pour toi avec mes idées progressistes, car ils ont pondu un canard »), consciente, cette fois, sûrement, que cette confusion était la même que celle qu'elle avait éprouvée dans les bras du jeune homme au début, quand elle l'avait connu. Et elle concluait sur cela par une arrogante déclaration de principe : « Aujourd'hui, en ce qui me concerne, Manolo, l'amour a remplacé la solidarité (c'était là qu'apparaissait la seule rature de la lettre : le mot *solidarité*, une fois écrit, n'avait pas dû la convaincre, et elle l'avait rayé, mais, sans doute parce qu'elle n'avait pas trouvé l'équivalent souhaité, elle l'avait écrit à nouveau) ou, plutôt, l'a rangée dans le coin de mon cœur qui lui revient – un endroit de choix aussi, parce que j'aime mon pays –, mais débarrassée désormais de conjurations, de romantisme idéologique et de bêtise… Et pardonne ce galimatias, mon chéri, mais c'est que ça me fait beaucoup de bien de mettre un peu d'ordre dans mes idées. » Elle ajoutait que par ailleurs elle passait des heures dans sa chambre, à s'ennuyer, à lire ou à regarder la mer de la terrasse. « Que tout me semble fastidieux et absurde sans ta présence ! Si tu savais comme j'ai besoin de toi, si je pouvais te voir, te parler de ce que je ressens en ces moments, t'avoir près de moi ne serait-ce qu'un instant. » Elle lui répétait que la rentrée n'aurait lieu qu'en octobre, et qu'alors tout s'arrangerait (« nous ne laisserons jamais plus rien nous séparer ») mais qu'en attendant… que faire ? N'y avait-il pas moyen de se voir avant cette date ? Et là, en des lignes d'encre bleue compactes, denses, elle assurait qu'elle avait essayé de ne plus penser à lui, mais que cela avait été inutile. Quelques points de suspension (en ligne légèrement descendante) étouffaient des ardeurs renouvelées : « Tu es le seul homme vrai que j'aie connu, c'est près de toi que j'ai appris à vivre, que j'ai commencé à me sentir femme… »

Suivait une formule finale, avec plus bas un post-scriptum confus et précipité, d'une écriture tremblante et décolorée à certains endroits, comme si une larme avait fait pâlir l'encre (ou peut-être n'étaient-ce que des éclaboussures d'eau de mer, car des petits grains de sable dans l'enveloppe révélaient que la lettre, ou du moins cette dernière phrase, avait été écrite à la plage). La signification de ce texte ne fut pas tout de suite claire pour le garçon : « Sois rebelle, orgueilleux et audacieux jusqu'à la mort. Une nuit, j'ai rêvé que je te voyais sous les pins, en train de regarder ma terrasse, une nuit où tu étais venu voir Maruja. N'as-tu jamais remarqué comme le lierre est beau et épais ? Je passe des nuits blanches, avec mes pensées et ma fièvre de toi, mon amour, pendant que cette famille bourgeoise et snob à laquelle j'ai honte d'appartenir dort à poings fermés. À toi pour toujours. Je t'embrasse. Teresa. »

Fou de joie, Manolo plia soigneusement la lettre, la mit dans la poche de sa chemise et sortit. On était samedi, trois heures et demie, la journée était claire et il faisait chaud. Obéissant à l'appel timide et confus qui ressortait du post-scriptum, il décida de voir Teresa le soir même. Il était certain que lorsqu'il l'aurait vue, tout redeviendrait comme avant. La lettre lui confirmait, entre autres choses, que sa respectueuse tactique sexuelle n'avait pas été si catastrophique : Teresa était sienne encore et l'attendait, elle l'attendait ! Il passa les heures suivantes dans un état d'excitation qui, par ailleurs, lui donna l'astuce d'un fou : avant tout, pas question de prendre des risques idiots en faisant le trajet sur des motos volées, trop de choses étaient en jeu. Sa première idée fut d'y aller en train, mais il n'avait même pas assez d'argent pour ça ; de plus, le train le laissait à Blanes, et de la gare à la villa il y avait environ quatre kilomètres à faire. Il se souvint que le Cardinal avait une vieille Derbi, en toute propriété. Il était un peu plus de six heures quand il sonna chez lui.

– Mon oncle n'est pas là, dit Hortensia.

Manolo entra et passa au jardin, suivi de la jeune fille. Puis il alla d'un pas rapide au petit abri du fond, où se trouvait la moto. Tout en marchant, il renseigna la Seringue : il devait faire un déplacement urgent et il avait besoin de la Derbi du vieux.

– Tu vas loin ? Pourquoi ne m'emmènes-tu pas ? demanda-t-elle. Tu m'as promis…

– Ce n'est pas possible, coupa-t-il. Une autre fois. Aujourd'hui, je suis très pressé.

Il fallait baisser la tête sous l'abri, dont le toit était bas. Des pots de peinture et des outils de jardin rongés par l'humidité. La moto, dressée sur sa béquille, sur des journaux étendus par terre et couverts de graisse, avait l'air en bon état. Manolo commença à dévisser le bouchon du réservoir.

– Il est plein, dit la voix de l'adolescente dans son dos. C'est moi qui l'ai rempli.

Son ton sec et contrarié ne passa pas inaperçu à Manolo. Il se retourna lentement, avec une ombre vague écrasée sur ses épaules. La Seringue, qui avait dans les mains un pantalon rouge plié – elle devait le tenir prêt quelque part dans la maison et l'avait sans doute pris au passage –, le regardait avec dans les yeux une lueur implorante.

– Je me change ? J'en ai pour une minute…, demanda-t-elle.

– Il réfléchit un instant avant de lui répondre :

– Demain. Je te le promets. Aujourd'hui je suis pressé, je te l'ai dit.

Hortensia laissa tomber son pantalon par terre, lui tourna le dos et prit le chemin de la sortie en disant :

– Eh bien, si tu veux la moto, il faudra que tu attendes que mon oncle revienne et que tu la lui demandes. Tu comprendras !

Manolo la retint par le bras.

– Attends, dit-il en riant. Attends un instant, petite tigresse.

L'idée que Teresa l'attendait le remplissait de joie. Il fit un rapide calcul mental : il ne fallait pas qu'il se présente à la villa avant la nuit, si bien qu'il avait le temps de faire un tour de moto avec la gamine et de liquider ainsi une bonne fois cette petite dette sans importance, et tout bien réfléchi, il se réjouissait même de la liquider précisément ce jour-là : à la veille d'événements importants et heureux, au seuil du rendez-vous qui promettait de l'intégrer, définitivement peut-être, au monde des adultes, satisfaire un caprice aussi enfantin et innocent que celui de la Seringue ne manquait pas de sel :

– C'est bon, madame la comtesse, dit-il en souriant. Je t'emmène. Mais prépare-toi, tu vas voir ce que c'est que la vitesse.

La jeune fille, étouffant une exclamation de joie, voulut mettre son pantalon rouge, mais il lui dit qu'il ne pouvait pas attendre et qu'avec sa blouse blanche elle était plus femme, plus belle.

Tout arriva très simplement : c'était sans doute pour essayer la moto qu'il avait invité Hortensia à faire une promenade, et aussi à cause du besoin qu'il ressentait ce jour-là de lui faire plaisir ou peut-être de se faire obscurément plaisir à lui-même, il le comprenait maintenant, car brusquement il ne put éviter l'agréable sensation qu'il allait se passer quelque chose. Tandis qu'il fonçait à toute allure en remontant et descendant le Paseo du Val d'Hébron, les bras de la jeune fille lui entouraient fortement la poitrine et il sentait sa joue collée contre son dos, ses petits seins durs, son cœur palpitant et délaissé qui lui transmettait, à travers le tissu léger de sa chemise, une tendresse de petit animal effrayé. « Tiens-toi bien, petite, tiens-toi bien ! » lui criait-il. La gamine ne dit pas un mot de tout le trajet : elle le serrait dans ses bras. Finalement, transie, les yeux remplis de larmes à cause du vent, elle lui demanda de mettre un terme à la promenade car elle ne se sentait pas bien. Manolo ne voulut pas laisser la moto dehors et la rentra dans le jardin par la porte de derrière. Quant à elle, toute pâle, titubant un peu, elle se dirigea vers le petit abri pour récupérer son pantalon rouge, qu'elle n'avait toujours pas étrenné. Elle trébucha et Manolo la retint doucement par le coude ; la solitaire et tremblante jeunesse de la Seringue se frotta contre lui par vagues, au rythme indécis et maladroit de ses pas. Elle gardait un silence inquiétant. Le triste abandon où se trouvait le jardin à cette heure-là, en proie déjà au coup de griffe de la nuit, tendit soudain un noir lien familial, c'est fini, c'est un bien triste au revoir mais je me tire... Il aurait voulu rompre le silence d'Hortensia, et il chercha désespérément dans sa tête des paroles banales, mais sa tête était vide : la gentille banalité du langage semblait avoir brusquement perdu son sens, la souriante faculté de nivellement dont il avait toujours fait preuve avec l'enfant : ce soir-là, s'il ne voyait pas dans les choses un signe, une marque du destin, quelque chose qui pût enflammer l'infini et tremblant lendemain, son esprit n'était pas disposé à fonctionner, ni ses lèvres à articuler le moindre mot. Cependant, il revint à la réalité en se rappelant la lettre de Teresa qui se trouvait dans la poche de sa chemise, sur son cœur, et que l'épaule frissonnante d'Hortensia froissait et faisait crisser contre son paquet de cigarettes, en lui restituant un sens de la responsabilité joyeux, urgent, car la nuit tombait et, sous l'abri, après s'être penché pour ramasser le pantalon de la jeune fille, en se retournant pour le lui donner il vit ses yeux éteints qui le scrutaient dans la pénombre. Sa silhouette, immobile contre la clarté grise du dehors, était vraiment celle de Teresa, mais (pourquoi n'y a-t-il pas de lumière dans tes cheveux, petite, pourquoi tes yeux sont-ils froids ?) mais ce n'était que sa silhouette. Cela suffit cependant : il essaya de rattraper la situation en prenant un regard sérieux, mi-préoccupé mi-affectueux ; il tapota la joue brûlante de la gamine, avec cette sorte de misérable expérience qui grandit avec la jeunesse et finit par la tuer, mais brusquement il se trouva enveloppé dans le frais parfum d'amande amère, il se pencha vers elle, l'attira à lui et commença à l'embrasser.

Comme s'il s'agissait d'une scène grandiose, les lumières de la galerie s'allumèrent au fond du jardin. Ils entendirent dans la maison la voix mielleuse du vieil homme qui appelait Hortensia, mais ils décidèrent d'attendre un instant. L'obscurité était de plus en plus épaisse. Puis ils sortirent.

– Viens, on va lui demander de nous prêter la moto, murmura-t-elle en le tirant par la main.

Manolo se laissa conduire, tout étourdi. La brise nocturne le rendit à nouveau à la réalité, et quand ils entrèrent dans la galerie, il lâcha la main de la jeune fille. Ils trouvèrent le Cardinal dans la salle à manger.

– Non, je crois que non, réfléchit le Cardinal. Ça, c'est le bouquet.

– J'ai un ami qui est très malade, mentit le Murcien, à Moncada…

– Non et non.

– Il faut que je le voie de toute urgence, bon sang, ne sois pas salaud !

– Pas question.

Non seulement il refusa de lui prêter la moto, mais il exigea qu'il lui rende l'argent qu'il lui devait, l'argent qu'il avait récemment soutiré à Hortensia avec « des caresses et de fausses promesses de fiançailles ».

– Ce n'est pas vrai, protesta-t-il.

Le vieux lisait un journal, assis sur le canapé ; Hortensia, les joues encore enflammées, allait et venait dans le couloir avec des paquets de linge propre (sa planche à repasser était déjà installée sur le dossier de deux chaises, dans un coin de la salle à manger, près du lampadaire), puis, après un certain temps, elle laissa tout pour s'asseoir à la table et les écouter. Ses cheveux étaient rassemblés dans un chignon à moitié défait. Son oncle se leva, jeta son journal par terre et brusquement il commença un de ses pèlerinages rituels, dévots et solennels à travers tout le pavillon (Manolo le suivait de près, effleurant les pans aériens et pourpres de sa veste d'intérieur comme un acolyte qui solliciterait une audience privée), au rez-de-chaussée et au premier étage, descendant et montant les escaliers, redressant ici un tableau, là un chandelier, soufflant la poussière d'une statuette, rectifiant les plis d'un rideau, la position d'une chaise, d'une cruche, de quelques coussins. Avec des gestes de maniaque et débitant son interminable monologue de cocu sentimental, le vieux refusait toute discussion avec le garçon et ne semblait qu'écouter une voix intérieure. « Un ami intime, malade, dis-tu à Moncada… ? Menteur », répétait-il comme pour lui-même. L'urgence qu'il voyait déborder des yeux du jeune Murcien avait indiscutablement le nom d'une jeune fille (même pas d'une femme). Mais ce n'était pas là le pire ; pour un homme comme lui, avec des idées générales sur la vie et qui était déjà arrivé à la difficile reconnaissance de ses propres erreurs cosmiques (il s'était trompé d'époque, de pays, de religion et de sexe) en même temps qu'à certaines conclusions qui, pour être amères, n'en étaient pas moins sûres, la véritable raison des maux qui depuis quelque temps affligeaient un garçon aussi intelligent que Manolo se réduisait à cette double maxime qu'il répétait très souvent : « Comme nous aimons mal ceux que nous aimons, et comme nous aimons dépasser les bornes. » Par ailleurs, il n'avait rien contre « cette fille » qui l'avait emberlificoté mais : « Il est bon de vivre un certain temps avec une personne, je le sais, ne serait-ce que pour se donner le plaisir de revenir à elle ; mais pour se donner le plaisir de revenir à elle, il est nécessaire de commencer par la quitter, et c'est là qu'est le problème. Mon fils, les femmes ne peuvent pas comprendre ces mouvements, ces allées et venues, si importants dans la vie de l'homme. – Épargne-moi tes conneries, Cardinal, et prête-moi ta moto. Qu'est-ce que tu peux être rasoir ! – Non, non et non », et il continuait à lui expliquer la vie et ses dangers. Cela faisait des années qu'il le faisait, et c'était comme s'il avait craché en l'air. « Tu vas te planter quelque part, il faudra qu'on te ramasse à la petite cuillère, prophétisait-il. Mais bien entendu, nul ne veut guérir de la jeunesse, qui est une maladie. » À sa voix, il n'avait pas l'air d'avoir beaucoup bu, mais il faisait étalage d'un mimétisme inutile et frénétique et de toute cette émouvante activité ambulatoire et manuelle des ivrognes habitués à se protéger de la solitude.

Peut-être parce que le spectacle n'était pas nouveau pour elle, la Seringue ne les suivit pas dans leur inspection de la maison. Mais ensuite, lorsque son oncle, en proie à une fatigue soudaine, se laissa tomber dans le fauteuil d'osier et appuya sa tête sur un coussin (dans sa besogne domestique compliquée et absurde, il avait quitté un lit sans oreiller pour atterrir aussitôt sous la tonnelle du jardin, sous le squelette de bois éclairé qui semblait avoir recueilli toute la lumière du ciel à son déclin), Manolo surprit la jeune fille derrière lui, debout, en train de regarder fixement quelque chose par terre ; elle avait les mains enfoncées dans les poches de sa blouse blanche de pharmacienne, en tirant sur la toile autant que celle-ci le permettait, et elle avait à nouveau défait ses cheveux et mis ses chaussures à talons hauts. Il ne devait se rappeler ces détails que plus tard : comme il tirait son paquet de cigarettes de la poche de sa chemise pour en offrir une au Cardinal, il vit que la Seringue esquissait encore ce sourire sans lumière ; mais ensuite il ne la vit pas, il remarqua simplement qu'elle s'approchait de lui par-derrière et qu'elle se penchait sur le sol pour s'éloigner à nouveau rapidement. Pendant ce temps, le Cardinal continuait à refuser obstinément de lui prêter la moto, et lui il le menaçait distraitement de ne plus remettre les pieds chez lui. Mais il essaya à nouveau de lui présenter son paquet, et n'obtint qu'un autre refus (« Une cigarette ? Non ! À genoux, à genoux, mauvais fils ! »), puis il prit son oreiller, y fit aimablement un creux en le tapotant de la main et le lui retourna. « Pas touche, hypocrite ! » dit le vieux en donnant une tape dans l'air (par un sarcasme du destin, le Cardinal devait acquérir cette habitude qu'avait le garçon de faire un creux à ses oreillers, des années plus tard, lorsqu'il serait devenu un vieillard solitaire, pour le bien-être des malades de la Prison modèle, quand il ferait quotidiennement le tour des lits de l'infirmerie : hommage ultime et ému aux corps non plus angéliques, mais fatigués et fanés). Le Murcien entonna encore une dernière et mélodieuse petite chanson suppliante ; mais le Cardinal ne voulait rien entendre, excepté sa musique intérieure (comme un Beethoven galicien, sourd et solitaire, parvenu au sommet), aucune des aimables ruses du Murcien n'eut de résultat, et celui-ci décida de s'en aller. Il supposait qu'Hortensia était en train de repasser, mais en traversant la salle à manger il la vit près de la table, de dos, tête baissée. La jeune fille se tourna brusquement, surprise, et tint ses mains dans son dos (comme si elle cachait quelque chose, mais il ne le remarqua pas) et suivit Manolo, les yeux humides, tandis qu'il traversait la pièce, jusqu'à ce qu'elle les baissât sur ses propres pommettes, qui avaient l'air d'avoir enflé. Avant d'atteindre le couloir, il se retourna : « Qu'est-ce que tu as, Hortensia ? » Dehors, de l'autre côté des vitres de la galerie, une rafale de vent nocturne fit bouger les cheveux argentés du Cardinal, prostré dans son fauteuil d'osier : « Ne t'en va pas, mon cabri », l'entendirent-ils dire. Décidément, le Cardinal était un citron complètement pressé. Sans bien comprendre, mais pressentant la bourrasque, Manolo se précipita vers le couloir. Il sentait sur la nuque les yeux pers de la Seringue, mais il avança sans se retourner jusqu'à la porte de la rue. Quand il l'ouvrit, il entendit les appels du vieux dans le jardin : « Manooooolo... ! », comme s'ils venaient du fond d'un puits ou d'un ravin ; c'était un écho risible, coquet, agonisant et très lointain, qui devait cependant s'entendre parfaitement de toutes parts sur ce versant du Carmel, et même en haut dans le quartier : « Manooooolo… ! » Adieu, maître, misérable vieux, très cher vieux. Tout avait été inutile, et de plus il perdait un temps précieux. Mais il irait à la villa, fût-ce à dos d'âne, il ne permettrait à rien ni à personne de le retenir ici. Il verrait Teresa, il renouerait avec leurs fiançailles interrompues, il obtiendrait un emploi et, plus tard, ayant fait amende honorable, les bons offices de son beau-père Serrat (le moyen de faire autrement : un petit Bande-à-part blond sautant sur ses genoux, des folies de jeunesse, Murcia est belle, malgré tout) lui donneraient le coup de pouce définitif…

L'audacieuse perception de ces vastes horizons l'empêcha sans doute d'observer le crépuscule quotidien, ponctuel et inévitable. Et quand il devina la précoce combustion interne d'Hortensia, il était déjà trop tard : pour commencer, elle était sortie derrière lui, elle s'était glissée le long de la rue comme une ombre, elle l'avait suivi à distance jusqu'à la place Sanllehy, et bien sûr elle l'avait vu surveiller cette moto, sur la selle de laquelle il venait de sauter : elle le regardait fixement depuis un porche, à une vingtaine de mètres, accroupie et se mordant les ongles, et Manolo comprit aussitôt (sa main partit comme l'éclair vers la poche de sa chemise) qu'il avait perdu sa lettre : elle était certainement tombée sous la tonnelle quand il avait sorti son paquet de cigarettes, et bien entendu cette petite morveuse l'avait lue… Il n'avait pas le temps, il devait ficher le camp au plus vite s'il ne voulait pas être découvert par le propriétaire de la moto, quel qu'il fût, et cependant il resta à regarder la jeune fille avec des yeux hypnotisés, un genou plié en l'air, le pied paralysé à quelques centimètres de la pédale du démarreur. À quoi pouvait bien penser la Seringue ? Le sursaut provoqué par la réponse qu'il se donna lui-même débloqua ses nerfs et ces derniers sa jambe ; il mit inconsciemment les gaz et la machine vrombit sous lui. Il regarda la Seringue une dernière fois. Plus tard il pensa qu'il aurait dû lui dire quelque chose, de l'attendre à la maison, qu'il reviendrait vite et que le lendemain il l'emmènerait encore faire un tour à moto, ou plutôt au cinéma, où elle voudrait, il aurait peut-être suffi d'un geste de la main, d'un sourire, qui sait (il se dirait tout cela plus tard), mais il ne fit ni ne dit rien, il mit simplement les gaz et partit à toute allure en direction de la côte, laissant la gamine tapie sous son porche, avec ce flux terriblement félin sur ses pommettes larges et humides, dans ses mauvais yeux de cendre.

Si je mourais là-bas sur le front de l'armée

Apollinaire

Sous le soleil de minuit, à la surface des calmes eaux privées, flotte un cygne de caoutchouc oublié. Avec son ventre plein d'air il glisse lentement sur le sillage d'argent de la lune, tourne sur lui-même, désorienté mais gracieux et indifférent, mû par de contradictoires courants marins et d'épidermiques frissons, obéissant à des ordres lointains et étranges venant de la haute mer. Puis la brise le pousse et l'emmène directement picorer les hanches saumâtres du hors-bord amarré à l'embarcadère. Seul un réverbérant esprit de glacier, inhospitalier, curieusement arctique, se répand maintenant sur la villa et ses environs, et blanchit le vert profond des pins et le sable de la plage. Quelques heures plus tôt le couchant s'était échappé avec sa cape rouge, derrière une brèche des monts avoisinants, après que son dernier éclat se fut abattu un instant, de biais, rasant et étalé comme un éventail sur la villa, comme une lumière qui serait sortie de l'entrebâillement d'une porte. La nuit tomba tout à fait avec l'arrivée de la brise. Si bien que maintenant, comme d'élégants invités sur le point de se lancer dans l'aventure des salons, les jeunes sapins du jardin s'inclinent dans un léger frisson, impatients et excités, attirés par la peau scintillante de la mer.

Bande-à-part tendit le dos et serra entre ses cuisses ardentes les hanches du réservoir à essence. Il fonçait avec une tremblante bosse de vent sous sa chemise, avalant la distance et la nuit en même temps que des poteaux indicateurs qu'il ne lisait plus (sauf un : Costa Brava, avec en dessous une flèche). Cette fois il chevauchait une resplendissante et fougueuse Ducati. Il savait que c'était une machine de luxe, une merveille chromée et violette, une flamme incendiaire et mythique, caprice de champions et de fils de bonne famille (lui-même, en ses années de débutant, avait rêvé de posséder une Ducati comme celle-là), mais il savait aussi qu'elle était, comme les jeunes pouliches, fantasque et versatile. Dents serrées contre la fureur du vent, il mit pleins gaz en se collant comme une bardane à sa nerveuse amie, et régla les battements de son cœur sur son rythme trépidant et généreux à elle. Il fonçait le long de l'avenue Virgen de Montserrat. Il dépassa un groupe de cyclistes qui rentraient du travail, une Dauphine grise et une Seat qu'un homme à cheveux blancs, à côté d'un énorme chien-loup et d'une jeune fille qui riait, tête renversée, conduisait d'un doigt au milieu de la chaussée (il remarqua ces détails car il resta un bon moment bord à bord avec lui) et sans désir apparent de se laisser doubler. Non seulement Manolo le dépassa, mais il se rabattit dangereusement, l'obligeant à freiner. Il traversa le Paseo Maragall sans prendre de précautions et prit par la rue Garcilaso jusqu'à la rue Concepción Arenal, en réduisant les gaz, pour tourner à gauche et embrayer en direction de San Andrés. Durant un moment il roula le long de terrains vagues, où les enfants allumaient des feux, et traversa la Rambla de San Andrés lentement, sous le regard soupçonneux de l'agent. Aussitôt, il remonta à quatre-vingts, mais en arrivant à la caserne il ralentit et se prépara à tourner à droite, en laissant sur sa gauche la route de Vic ; là, de manière incompréhensible (il croyait l'avoir pour toujours reléguée dans l'oubli), il fut rattrapé par la Seat noire, qui allait sans doute aussi vers la côte et à aussi vive allure que lui ; elle le serra brutalement dans le virage ; le chien aboyait et le type devait toujours avoir la main sur le genou de sa nièce, car Manolo dut se jeter brusquement contre le mur de la caserne, en sautant sur le trottoir. Cependant, il le doublerait à nouveau un peu avant le pont sur le Besós. Déjà, il voyait les lumières de Santa Coloma. Il avait devant lui environ trois kilomètres d'une route large et droite, avec une circulation assez dense, et d'une légère torsion du corps il se plaça sur la gauche, zigzagua entre le museau porcin d'un autobus et la lunette arrière (pourvue de rideaux à fleurs, un vrai foyer) d'une roulotte*, puis dépassa une charrette bourrée d'épis de maïs. Il y avait peu de monde dans l'autre sens et il s'installa à nouveau à gauche pour laisser derrière lui deux voitures séparées par moins de deux mètres, et sans reprendre sa droite, profita de sa vitesse pour passer au large d'un énorme camion au souffle bruyant, plein de feux de gabarit, qui semblait flotter au milieu de tourbillons bleus et qui abritait des cyclistes comme une poule ses poussins. Il se lança alors à tombeau ouvert en direction du pont, défiant sans cesse les voitures qui arrivaient en sens inverse. Le museau renfrogné d'une Seat 600 lui fonça dessus en ligne droite, mais il était sûr qu'il se rabattrait, ce qu'il fit en effet. La Ducati marchait formidablement à cent quinze, vibrant tout entière comme une fille impatiente, mais sans spasmes inutiles ni joie prématurée. Un nid-de-poule et adieu, Manolo, pensa-t-il. Les poteaux électriques et les lumières surgissaient du fond de son rétroviseur et s'éloignaient vertigineusement, engloutis par un tourbillon noir et concave qui les renvoyait au néant. Sa course fut si endiablée et si téméraire que les automobilistes de ce week-end ne pouvaient en croire leurs yeux. Hortensia Polo Freire s'éloignait, estompée, elle se décomposait elle aussi dans la froide mémoire du rétroviseur avec le vieillard inconsolable, l'atelier, la famille, sa maison, le quartier tout entier. L'extraordinaire vitesse à laquelle tout s'était déroulé ces derniers jours, depuis la brusque disparition de Teresa et la folie des horloges qui s'était ensuivie, le labyrinthe urbain, la fatigue de la quête, la surprise de la lettre et de son invitation au délire, les baisers d'Hortensia, la faim (l'horaire des repas altéré et pulvérisé depuis des semaines, des mois peut-être) et jusqu'à l'odeur de caoutchouc brûlé, résultat d'un coup de frein devant le derrière ridicule d'une 600, tout cela serait matière à réflexion durant des années. Mais le traditionnel vertige de la vitesse ne pouvait tout expliquer, il ne contenait pas toute la réalité de l'élan initial (trop noctambule, estival et amateur de fêtes à l'excès) : certains détails soyeux, certains souvenirs de cuisses chaudes, bref, le puissant circuit de forces occultes qui s'activait autour de l'orgueilleuse tête du Murcien.

De légères chemises de lumière de lune pâlissant sur les tours de la villa, rumeur des vagues, solitude et impunité complète au bout de soixante-cinq kilomètres. Le reste était incertain. Elle : ne dormant probablement pas, mais ne l'attendant pas pour autant. Lieu (prétendument choisi par Mme Moreau) : « une chambre royale pour le p'tit Bande-à-part sur la Méditerranée* ». Heure : minuit, ou à peu près.

Tout serait toujours pareil sauf la rumeur de la mer (croissante, menaçante). Il avancerait sans faire de bruit sous les grands eucalyptus du jardin, il foulerait le tapis de feuilles près du grillage du court de tennis, il s'approcherait du mur couvert de lierre, sous la terrasse. Premier tremblement de plaisir sur les mains (du calme, mon gars) en tâtant la cataracte verte baignée par la lune, touffue et émaillée, les feuilles froides et humides du lierre, tandis qu'il cherche, dans l'épaisseur, la gouttière cachée et une branche assez grosse pour s'aider à grimper. Il s'immobilisa, hésita, fit un écart rapide pour éviter un papillon aux ailes funèbres, un papillon de cimetière et, par un de ces mauvais tours que joue la mémoire, il vit le visage de Maruja en suspens sur son oreiller, annonçant à son tour la chute imminente (il distingua dans le rétroviseur la religieuse stupéfaite qui marchait à reculons, les bras levés et poussant certainement des cris, qui s'enfonçait curieusement dans l'asphalte comme dans des sables mouvants) mais il finirait par toucher le nerf rugueux du lierre et commencerait à grimper. Sur chaque feuille lisse il y avait un éclat de lune. Il sauta sur la terrasse. Un parasol, une petite table et deux chaises longues (l'une rouge, l'autre jaune) bâillant face aux moutonnements de la mer. La lune se glissa en même temps que lui, à ses côtés, et l'aida à se frayer un passage à travers une insolite constellation de menaces et d'insultes (des visages indignés et abasourdis qui se penchaient encore en vociférant à la fenêtre des voitures) tandis qu'il avançait vers la porte vitrée, à jalousies blanches, de la chambre de Teresa. Un grand pot avec une plante qui répandait des petites fleurs blanches semblables à des flocons de neige, montait la garde dans l'entrée. À l'intérieur, un paysage lunaire bleuté où se détachait, au fond, contre le mur, la douce cordillère d'un drap recouvrant un corps féminin. Il poussa la vitre, qui en cédant emporta une partie de la terrasse avec les deux chaises longues (pourquoi reflétait-elle aussi un très lointain phare de motocyclette ?). Baoum ! fit une vague en éclatant contre l'embarcadère, et un souffle de brise écarta ses cheveux tombés sur son front, et la vitre crissa. Mais il était à l'intérieur. Une vague de somnolence comme bienvenue. Il se sentait léger et sinistre comme une chauve-souris. Quatre pas sur le parquet, deux sur le tapis, encore deux sur le parquet, et alunissage sur la blanche cordillère du lit. Fin du trajet.

Elle aurait : une chemise de nuit Empire mauve (s'il vous plaît) et un ruban de velours noir dans ses cheveux blonds. Elle était décidément, franchement endormie dans un petit lit-cosy, sur le côté, lui tournant le dos, presque sur le ventre. Son drap la couvrait jusqu'au-dessus de la taille et sa position dans le lit rappelait vaguement sa façon de nager, cette brasse heureuse et confiante dans des eaux peu profondes et chaudes, un bras plié autour de la tête et l'autre lui effleurant la hanche, le profil légèrement dressé, buvant un soleil imaginaire. Les ailes humblement repliées, émerveillé et respectueux, la sombre chauve-souris s'inclina sur elle, attirée par l'éclat de bronze de ses épaules, observa la précieuse, l'intrépide vie qui battait dans son cou de chevrette, même lorsqu'elle dormait, et soudain le flux rose du rêve l'enveloppa : un odorant midi de cerisier en fleur. Et comme elle avait l'air faible, désarmée, enfantine ! En voyant son profil virginal, nettement découpé sur la blancheur de l'oreiller, il était facile d'imaginer la sévère surveillance maternelle à laquelle elle était soumise durant la journée (et même maintenant, la délicate présence de Mme Serrat semblait flotter quelque part dans la chambre) le cercle familial des soupçons et des craintes que devait inspirer l'audace de ces lèvres rouges et brumeuses, boudeuses, impudiques presque par leur puérile fâcherie et par le langage antibourgeois qui en était sorti. Et conneries à part : dans quelle aile de la villa dormaient ses parents et les invités ? Près ou loin de cette fille qui était pour eux comme le vilain petit canard ? se dit-il en pensant à sa lettre. Ce grand ensemble d'attentions supposées qui entourait le sommeil de la jeune fille, cette possible proximité physique de la parentèle catalane avait son importance (outre que le brun et beau joueur de tennis qu'il avait vu le matin même dans le jardin, le cousin de Madrid, pouvait être réveillé, et en train de fignoler Dieu sait quels détails au sujet du nouveau service qu'il voulait apprendre à sa cousine), pas précisément parce qu'il avait peur qu'ils puissent les entendre (les vierges politisées gémissent-elles de plaisir ? À la fin, sûr, comme les autres) mais en raison d'un enveloppement ou d'une tendresse familiale frustrée dans sa jeunesse et qui, d'une certaine façon, devait, chez Bande-à-part, favoriser l'éjaculation. Car il était agréable d'imaginer ses parents en train de dormir dans leur grand lit (si possible avec des moustiquaires jaunes) pendant que lui-même s'occupait délicatement, avec un grand sens de sa responsabilité, comme s'il en avait été chargé par la famille, de convertir la petite fille en femme, pour le plus grand bien de tout le monde. À ce moment-là, Teresa remua un genou. Maintenant (il avait laissé la porte de la terrasse entrouverte), la jalousie projetait des bandes de lune sur sa hanche. Sa respiration s'altéra et agita, pleine d'inquiétude, la blonde tête décoiffée sollicita de son rêve une plage moins solitaire et moins ennuyeuse, plus populaire, et à en juger par son sourire cela lui fut accordé. Ah, petite Teresa, que tu es heureuse, car si ton rêve est doux, plus doux encore sera ton réveil ! pensa la chauve-souris orpheline et experte en cauchemars, en la contemplant avec une affectueuse tendresse. Teresa émit un gémissement. Effleurant sa hanche, sa main de nageuse aux doigts alanguis continuait à quémander l'amitié et la protection de son ami au milieu de ce monde de fous, et alors Manolo prit doucement cette main dans les siennes en même temps qu'il fléchissait le genou près du lit et qu'une lumière l'aveuglait (comme devant le deuxième coup de frein de la maudite Seat, avant d'arriver au pont, lui sur le bas-côté de la route et le passage fermé, la Ducati intacte – Dieu soit loué – et à la fenêtre les visages décomposés du chien-loup, de l'oncle et de la nièce, sur les beaux genoux de laquelle reposait encore la main assassine). Cela lui fit penser qu'il ne devait pas perdre de temps à des broutilles, mais se déshabiller et se mettre au lit et prendre Teresa dans ses bras… Le réveil de la jeune étudiante serait sans doute un délicieux réveil, sans sursaut, prolongé tout au long d'un voyage de noces vers le sud. Mais, et si elle me repousse ? pensa-t-il. Manolo, comme tu as changé. Nouveau crissement de pneus, de très loin cette fois, et une obscure prière (Teresa, ma chérie, rose d'avril, princesse des Murciens, conduis-moi vers la parentèle catalane !), tandis qu'il embrassait doucement ses cheveux. Sa main brûlait. Avant de la réveiller, il convenait peut-être d'assujettir un peu les démons verts, de s'assurer de ne pas la toucher avant le bon moment (comme tu as changé) pour ne pas la faire sursauter. Teresa était seule dans cette pièce et la villa tout entière dormait, retranchée, confiante et très haut sur son haut nuage : par conséquent il n'avait rien à craindre… excepté lui-même. Autour de lui, un désordre agréablement puéril : des vêtements, des revues et des disques par terre, un petit ours en peluche dont les yeux de verre brillaient dans la pénombre, une poupée, une paire de chaussures de tennis. Il posa l'autre genou sur la bouche démoniaquement rouge de Marilyn Monroe (un tout récent et fulgurant exemplaire de *Elle*, dont Teresa avait certainement consulté l'horoscope avant de se coucher), mais il préféra fixer son regard sur la fine potiche aux cinq roses qui était sur la table de nuit. Détail charmant, ces roses, charmant. Conditionnaient-elles le sommeil, le plaçaient-elles dans quelque printemps déterminé ? Il ne résista pas au plaisir de les sentir avant de faire sienne Teresa, et comme il aspirait leur parfum ses sens s'emplirent à déborder d'une solennité de cathédrale, d'une consécration prénuptiale (Teresa Reyes vêtue de blanc, et joyeusement, effrontément enceinte au pied de l'autel) et alors un des démons verts se libéra et voulut enlacer la mariée (Manolo ou la proclamation érotico-sociale du printemps). Mais il n'était ni une canaille ni un vulgaire profiteur, et tout ce qu'il fit, ce fut de serrer un peu plus fort la main de la jeune fille pour qu'elle se réveillât. Solution effroyablement timide, venant de lui, et tardive, de plus, car Teresa allait une fois de plus faciliter les choses : elle libéra sa main, sans le faire exprès, sans soupçonner encore – semblait-il – la présence sensible, prudente, et incompréhensiblement respectueuse (comme tu as changé…) de l'intrus, et elle laissa échapper un somnolent murmure ; elle se retourna, en se plaignant, et se retrouva face à lui : un soupir, un battement de paupières, et soudain, la vague bleue de ses yeux ouverts, qui le regardaient l'air surpris.

Teresa s'assit brusquement dans son lit, sans se préoccuper le moins du monde – semblait-il – de l'accablante transparence de sa chemise de nuit. Que tout serait simple à l'abri de ce double regard amoureux (lacs bleus de ses pupilles, violettes précoces de ses mamelons). Durant un bref instant, les deux amants donneraient vie à une joyeuse et innocente scène d'anges sur une carte de Noël, avec leurs fronts inclinés et très près l'un de l'autre, adorant, pâmés, une même splendeur messianique qui provenait du sein de la jeune vierge. « Chut ! » fit Teresa, un doigt sur ses lèvres, et elle souriait, elle gémissait, elle balbutiait une espèce de télégramme plein de peur et d'allégresse : « Fou… tu es venu… surprise… si on nous découvre. » Blague à part : il caresserait ses cheveux, ses épaules ardentes, il la serrerait contre sa poitrine. « J'ai reçu ta lettre. Tu es contente de me voir ? » put-il simplement dire. Il y avait une certaine crainte (parfaitement contrôlée, d'ailleurs) dans les yeux de la jeune fille, causée non pas tant par le désir brûlant que lui transmettaient les mains et la bouche du garçon (un feu sur lequel le vent n'avait pas encore soufflé, mais dans lequel elle était disposée, et bien disposée à se consumer) que par l'étrange silence dans lequel était plongée la villa. Et il se produirait alors quelque chose de très normal, mais qu'il ne comprendrait pas immédiatement, tant était grande à ce moment-là la bonne foi de Bande-à-part : se délivrant brusquement de son étreinte, Teresa sauta de son lit et durant un moment se déplaça en tous sens dans la pièce, désorientée, et finalement courut vers la porte comme si elle voulait se mettre en sûreté, se lançant dans ce qui semblait pouvoir dégénérer en une fuite désespérée, désarmée, à demi nue et terrifiée, échappant d'un cheveu à plusieurs reprises, aux griffes d'un faune (ce fut ce qu'il pensa), et, pieds nus, cheveux flottant, avec sa chemise de nuit légère qu'elle essayait de tenir écartée de ses jambes en courant (bien qu'en fait ce fût impossible) en la pinçant délicatement entre ses doigts à la hauteur de ses cuisses, elle offrirait une rapide et nerveuse succession d'images qui, convenablement ordonnées dans l'esprit du Murcien, un an plus tôt seulement l'aurait encore délecté et aurait provoqué son rire sarcastique de faune de faubourg qui a toujours bien aimé fouler et piétiner les jardins fleuris des quartiers résidentiels en courant après les fesses tremblantes des demoiselles, rare aptitude dont on aurait pu logiquement espérer, ici, dans la villa, ce soir, devant ce qui ressemblait à la fuite de la nymphe, une continuité ou mieux une culmination. (Pas exactement une représentation de *Poursuivie jusqu'au pieu*, par exemple, mais en vérité si le cours du temps n'avait pas déposé Manolo dans cette chambre, dans un tel état d'effervescence pleine d'espoir, converti en un crédule, peureux et respectueux prétendant – passons sur cette trouble expression –, en un jeune cadre courtois, en l'ombre triste et frissonnante de ce qu'il avait jadis été, si d'autre part l'expérience amoureuse de cet été n'avait pas transformé Teresa en étudiante réaliste, consciente de leur situation sociale et sexuelle à tous les deux, quelque chose de semblable à tout ce que peut évoquer ce titre vandale aurait sans doute eu lieu dans cette chambre, et assurément au grand contentement et à la grande joie des démons verts.) Mais il ne remuerait pas le petit doigt pour la retenir, il resterait planté au pied du lit ; il ne pourrait alléguer à sa décharge la connaissance, pas même le soupçon de la véritable intention de Teresa, qui n'était évidemment pas de s'échapper de ses bras, mais simplement de s'assurer que tout le monde dormait dans la villa et qu'il n'y avait aucun danger ; c'est pourquoi elle ouvrirait précautionneusement la porte de sa chambre et s'avancerait pour scruter les ombres de l'escalier et du vestibule, un pied nu levé, en relevant les bords de sa chemise de nuit, et elle la refermerait consciencieusement, doucement (certainement à clef, oh oui, à clef) pour se retourner ensuite et lui sourire, le dos contre la porte. Brusquement elle courrait à nouveau, cette fois en direction de la salle de bains, où elle disparaîtrait après en avoir allumé la lumière (par la porte entrouverte, il verrait le mouvement furieux et heureux de ses bras devant la glace, une rapide retouche à ses cheveux, à ses joues en feu, à sa chemise de nuit) pour reparaître presque aussitôt, debout sur le seuil, aussi triomphante et glorieuse que lui au bout d'une de ses courses à motocyclette. Immobile, souriant timidement dans le contre-jour, elle le regarda un instant fixement puis courut vers lui et se jeta dans ses bras.

Elle ne portait plus son bandeau de velours noir dans les cheveux.

– Teresa, es-tu sincère avec moi ? Quelquefois…

– Quoi ?

– Je ne sais pas… Je pensais que tu allais me quitter. Tu as peur ?

– Non.

– Tu as été vraiment malade ?

– C'est fini.

Tout est fini. Pour le moment, rien d'autre que de petites brides, des liens soyeux et tendres qui fondaient sous la flamme de ses doigts, et la trace si légère et si douce que l'élastique de sa petite culotte de nylon avait gravée sur sa peau. L'odorante brume lilas qui enveloppait son corps, qui rehaussait ses hanches étourdiment avancées et ses petits seins d'ivoire glissa sur le sol et flotta autour de ses pieds nus, dressés sur la pointe au-dessus de l'éternelle frontière personnelle du caché et du visible : car elle serait peut-être plus petite, et plus fragile, elle adhérerait plus résolument à son obscur commandement qu'il ne l'avait pensé (le geste si naturel et si spontané, par exemple, qu'elle faisait pour écarter ses blonds cheveux de sa figure pour chaque fois revenir à lui avec ses lèvres humides, de la même façon tranquille que si elle buvait à une fontaine publique), mais aussi plus distante et d'une certaine façon inébranlable, inviolable, comme si le visage aimé, reculant sous des vagues crépusculaires de soleil et de nuages, plongeait de plus en plus profondément dans un autre rêve, dans d'autres lieux plus éloignés et plus interdits de la villa, dans des pièces impénétrables et patrimoniales de sa caste dont les défenses, demain (si toutefois il se réveillait ici, près d'elle) seraient plus difficiles encore à abattre que celles de cette chambre à coucher. Il y aurait aussi un vide, un temps sans mémoire et pour l'instant impossible à remplir avec quoi que ce fût, quelques minutes décisives qui les emporteraient à toute allure du haut de cette cime mauve et automnale où ils résistaient encore ensemble, debout, enlacés, à l'assaut définitif et combiné de l'hiver et de la raison, jusqu'à l'oreiller où elle poserait sa tête et où ses lèvres sèches à lui, après avoir absorbé la blonde bouche déflorée et fermé les yeux vaincus de la jeune fille, navigueraient un peu à la dérive sur son cou et ses épaules pour ensuite descendre, pour fuir, pour voyager interminablement entre de douces collines d'or, vers le sud.

Et s'allonger sur un lit de sable doré, sur un littoral transpercé par des gémissements fluviaux, et des loisirs faisant fondre, liquéfiant des ardeurs mal étouffées tout au long de l'été : le cygne lui-même, maintenant, entraîné par un régime de brises plus rapide que les autres, dépasse de petites crêtes d'écume oisives et de petites ondes paresseuses (soumises à un courant plus lent) et il dit mon amour, j'apprendrai à connaître comme la paume de ma main l'itinéraire culturel de ta peau splendide pour nager avec toi un autre été, je pénétrerai le secret mouvement libéral de tes douces hanches ensoleillées et je te serai fidèle jusqu'à la mort. Pour le reste, adieu, filles sans arôme de mon quartier, seins ensevelis sous des draps de peur et de sotte espérance, je m'en vais ! Déjà, les cheveux au vent sur la proue du bateau, sur la passerelle de l'avion, sur la terrasse face à l'océan et à la lune, déjà les fronts dorés et les yeux bleus de nos enfants engendrés sur des yachts et des transatlantiques et dans de véloces express nocturnes, ou sur des pianos à queue entre des candélabres ou au bord de piscines privées, ou encore après le petit déjeuner servi au lit sur des peaux de tigre, non plus désormais dans la nuit confuse qui salit les yeux et déforme les hanches lasses de leur poids, non, oui, entre de longues lentes belles solennelles cuisses parées de broches de soleil qui mûrissent en hiver comme des lézards dorés, comme les étiquettes de lointains hôtels collées sur nos valises, comme des cicatrices chéries de vieilles aventures dans les îles, et cette musique, tu l'entends ? nous savons d'où vient cette musique et le soir si doux qui nous attend dans le jardin familial, en agitant des raquettes de tennis et des mouchoirs et des cadeaux enveloppés dans du papier de soie fermé par des rubans rouges que jamais, jamais jusqu'à ce jour nous n'avons défaits, mais maintenant, oui, ce cristal des verres est à toi et à moi, ce vol rythmé et égal de désirs et de colombes et de baisers sur de fins draps de fil sur la pelouse du jardin et la dignité et le respect et plus encore, bien plus, ma fille, je suis absolument fou de toi, Teresa, notre Teresa à nous deux maintenant, mon amour, maintenant…

– Vos papiers.

Avant la voix sèche et coupante, ce qui s'était abattu sur lui, l'obligeant à quitter la route, à freiner à mort et à tomber, ce n'était pas cette fois les phares d'une voiture, mais deux motos (deux rageuses et sombres Sanglas avec leurs cavaliers de plomb : bottes, casque, harnachement et plaque à la main) qui le poursuivaient certainement depuis qu'il était entré dans la ligne droite en direction du pont sur le Besós. Ils l'avaient rattrapé, escorté, puis lui avaient brusquement coupé la route, au moment où un camion et une auto qui roulaient lentement devant lui rendaient toute fuite impossible. Il avança un instant sur le bord d'un terre-plein couvert d'herbe, jusqu'au moment où il perdit l'équilibre et tomba sur le côté droit. Il avait compris trop tard, parce que là-bas, dans la villa, tout marchait comme prévu sauf la rumeur de la mer (croissant, menaçant, le rugissement des Sanglas) et il avait d'ailleurs découvert que c'était à peine s'ils lui avaient laissé le temps de sortir de Barcelone : il était sur le Paseo de Santa Coloma, devant lui, le pont, et sur un côté, à quelques mètres en dessous du niveau de la route, les rives d'une rivière bordée de roseaux, les voies du chemin de fer et un groupe nébuleux de maisons bon marché. Il se releva, la machine encore entre les jambes, vibrant tout entière, moteur gémissant, et secoua de la main la jambe de son pantalon sale de boue et d'herbe, laissant la lumière immaculée de la Ducati se perdre dans les misérables décombres des terrains vagues. D'une main exsangue, vaincue, il calma les derniers battements de sa fidèle compagne, qui agonisa sous son corps dans une sorte d'éternuement. Quant à lui, il ne prit même pas la peine de répondre aux questions de l'agent, qui exigeait les papiers de la moto et se préparait à en noter le numéro d'immatriculation Sur sa gauche, les voitures passaient, rapides, mélodieuses, presque, avec des lumières et des sons qui s'harmonisaient encore avec le dernier spasme du sommeil. L'agent s'escrimait contre un stylobille, dont il poussait la tête du pouce, sans résultat. Comme s'il lisait sur ce visage la décevante explication d'une énigme, le garçon observait ses joues proprement rasées, sa moustache noire bien taillée et ses paupières chargées d'ennui. L'autre agent, après avoir dressé la moto sur sa béquille, s'installait au bord de la route en faisant des signes furieux aux automobilistes, pour les inciter à rouler plus vite, comme si en donnant de grands coups de main dans l'air il voulait récupérer une autorité momentanément entamée par le jeune voyou motocycliste. Ce dernier, sachant que tout était perdu, demeurait muet. Il eut simplement la bonté de déclarer où il allait si vite : « Voir ma fiancée », ce qui provoqua le rire moqueur de l'agent. Et en attendant qu'ils en aient fini avec leurs formalités stupides et qu'ils l'emmènent, il caressa de la main le beau phare chromé de la Ducati (adieu, camarade) et revécut une nuit entière avec Teresa, une nuit chaude et sereine, pleine de promesses, et dans laquelle cependant le rire incrédule se fit aussi entendre, devançant ce paysage de stupeur et de désarroi : bien avant la mort de Maruja, un jour que la Floride était en réparation, la fin d'une longue promenade amoureuse les avait surpris à minuit sur un banc de la Gran Vía, attendant qu'un taxi passât pour rentrer. Il entourait du bras les épaules de Teresa et de temps en temps il faisait glisser ses lèvres sur le visage de la jeune fille, en descendant, se nourrissant de cette brume rose. Au-dessus de leurs têtes, dans un ciel d'ardoise, les étoiles dansaient paisiblement. La rue était déserte et silencieuse, on n'entendait rien d'autre qu'une rumeur de soie déchirée sous les roues des voitures qui passaient, mais entre deux baisers, il était conscient de la présence d'un témoin obscur et incrédule, ce grand sourire du Carmel, ce sourire qui n'avait jamais cru en ses chances de succès, une vaporeuse présence composée de personne et de tout le monde, des habitants qui dormaient derrière les fenêtres et des curieux qui se penchaient par la fenêtre des voitures en passant, de ceux qui étaient près et loin, des amis d'aujourd'hui et de demain, des arbres, des réverbères et des bancs mêmes de l'avenue. Et brusquement l'incarnation de cette insultante méfiance et de ce sentiment de discrédit général s'était présentée en la personne d'un *gris*[1] fusil à l'épaule : « Vos papiers », avait-il demandé en regardant Manolo. Il avait l'air d'un insolite jeune Suisse, aimable avec ses taches de rousseur et ses yeux clairs. Papiers, allons. À ce qu'il semblait (c'est ce qu'il expliqua ensuite à Teresa dans le taxi, avec un accent intrigant dans la voix), la nuit précédente quelqu'un avait lancé un pétard dans la rédaction d'un journal, près de là, et le secteur était très surveillé. Teresa avait présenté sa carte d'identité (lui s'était excusé de l'avoir oubliée à la maison) et l'agent l'examinait avec difficulté, à cause de la faible lumière, quand, tout à coup, était apparu un collègue, fusil à l'épaule lui aussi, et s'arrêtant devant eux il les avait regardés fixement durant un moment, tête penchée de côté, en proie à une intense activité mentale (comme s'il voulait établir leur identité, celle de Manolo surtout, sans avoir besoin de consulter leurs papiers) jusqu'à ce que ses belles lèvres brunes lâchent quelque chose comme : « *Arang'té !* » Son regard scrutateur et méfiant allait du maillot et du jean du jeune vaurien au pantalon blanc de neige, aux sandales et au chemisier de soie de la demoiselle – fulguration pacifique et au-dessus de tout soupçon. Manolo ne comprenait pas la signification de ce mot, qui avait plutôt l'air d'un sortilège. Alors le

1. Les mots suivis d'un astérisque sont en français dans le texte.

gendarme avait fait un pas en avant, eut un sourire ironique et avait braillé : « Parenté avec la demoiselle, bordel ! » Astucieux Sherlock Holmes (dirait plus tard Teresa en riant) à l'accent andalou et à la perspicacité remarquable. Manolo avait baissé les yeux un instant, touché ; et cette nuit-là comme maintenant, il avait répondu avec ferveur : « C'est ma fiancée », devant quelqu'un qui avait souri d'un air incrédule, avec un regard moqueur, peiné, presque ; et de même que maintenant, il avait soupçonné que le plus humiliant, le plus affligeant et le plus douloureux ne serait pas de se retrouver un jour en prison ou de devoir renoncer à Teresa, mais la brutale conviction que personne, pas même ceux qui l'avaient vu embrasser Teresa avec la plus grande tendresse, ne le prendrait jamais au sérieux, ne le croirait capable d'avoir pu être aimé d'elle.

C'était peut-être pour cela qu'il se livrait maintenant sans résistance, en joignant instinctivement les poignets, comme un aveugle. Il ne fut même pas étonné d'apprendre, une heure plus tard au commissariat d'Horta, qu'il y avait un mandat d'arrêt contre lui.

Hortensia, fleur sans parfum, l'avait dénoncé.

Un cœur tendre, qui hait le néant vaste et noir,
Du passé lumineux recueille tout vestige !

BAUDELAIRE

La matinée vibre au passage d'un tramway qui transporte des grappes humaines sur ses marchepieds, vers la plage. Dimanche. Des flancs de la ville s'écoulent lentement d'interminables files d'automobiles en direction du littoral. Les quais des gares et les arrêts d'autobus sont bourrés de gens qui se bousculent, s'agglutinent, vocifèrent. Hommes et femmes forment des queues longues et agitées dans la rue de Trafalgar. De joyeux groupes de garçons et de filles entrent en se poussant dans les wagons du métro, s'entassant, se pressant, tandis qu'au-dessus d'eux le soleil châtie un asphalte insolite, abandonné, éventré : dans l'Ensanche, il y a des rues désertes, plongées dans la torpeur estivale d'une lente combustion qui aveugle le passant solitaire et l'enveloppe dans l'écho de ses propres pas. De loin, à travers avenues et ruelles, le paresseux gémissement d'une sirène de bateau monte jusqu'à lui comme une brise fraîche en s'ouvrant un passage au milieu du soleil corrosif. Avec les yeux de son âme il voit des drapeaux flottant au vent, se tordant comme des langues assoiffées en haut des mâts, léchant la peau brunie et splendide d'un autre ciel bleu, les flancs juvéniles et voyageurs d'autres nuages, tandis qu'ici on entend gémir les radios sur les balcons ouverts, grincer les tramways qui montent du vide et vagabonder des taxis libres, sans but.

Soudain, en tournant au coin d'une rue, il se retrouva sur les Ramblas. La première chose qui attira son attention fut le grand nombre de touristes étrangers. Il chercha l'ombre des arbres, en descendant, et la proximité tant regrettée des terrasses des cafés. Une pause dans le trafic, comme lorsque les oreilles se débouchent brusquement, lui permit de capter le tintement des petites cuillères et des verres, les roulades des oiseaux dans les arbres et la brise qui faisait bouger les feuilles, et en s'enfonçant dans les rues latérales, il essaya pour la première fois une enjambée longue et pressée, comme si on l'attendait quelque part, comme si le dimanche lui réservait encore quelque chose…

Voici ce que Luis Trías de Giralt réussit à garder en mémoire de ce jour-là, alors qu'il vivait pratiquement en exil au comptoir du Saint-Germain, sans envie désormais de conspirer, alors que le luxueux bagage mental qui avait fait son prestige était réduit à une triste mallette pleine d'oracles amers et d'idées fixes : il devait toujours affirmer que ç'avait été le jour le plus déprimant et le plus chaud de l'été, à cette heure de la matinée où il sentait encore tourner autour de sa tête le spectre névrotique et abattu de la soirée du samedi. Il avait l'impression de flotter au milieu de l'infamante lumière crue qu'allumait le tee-shirt rouge de son ami Filipo, quand, brusquement, il perçut derrière lui le pas félin impossible à confondre, la rumeur amortie des semelles de caoutchouc, et il sentit un regard cloué sur sa nuque. Il ne l'avait pas vu entrer, mais comme ses gueules de bois lui laissaient toujours une sensibilité dorsale aiguë, dont la cause ne pouvait s'expliquer que par sa tendance naturelle à capter le langage muet des regards, il devina sur-le-champ que c'était lui. En se retournant, cependant, il ne vit qu'un profil orageux, tout près de son visage, et sur le moment il ne le reconnut pas : apparemment absorbé dans la contemplation du tableau qui représentait Encarna enveloppée dans des gazes mouillées, le Murcien restait debout, une vieille veste de velours côtelé sur l'épaule et les mains dans les poches. Filipo le regardait lui aussi. Ils entendirent la serveuse lui demander ce qu'il voulait boire : « Une bière », dit-il. Ils étaient seuls dans le bar, cette fille et eux trois. Luis Trías l'observa attentivement en fixant les détails avec une intensité presque douloureuse : qu'avait-on fait à ses cheveux ? Le reflet composé de particules de lumière qui entrait par la porte de la rue se mêlait à une étrange matière nocturne qui ne venait que de lui, qu'il portait sur lui et qu'il avait remuée et arrachée de quelque part, des quais, peut-être, d'une pension sordide ou d'un quelconque endroit où il vivait maintenant. Il portait une chemise blanche sans col et trop étroite, dont les manches étaient tristement boutonnées trop haut sur ses poignets ; ses chaussures de basket n'avaient pas de lacets et sur son jean, à hauteur des cuisses, les lavages infinis et les frottements avaient formé deux belles taches blanchâtres qui lui donnaient maintenant, quand il marchait (il s'approchait lentement du comptoir pour prendre sa bière), un air agile et inquiétant. Mais ce qui attirait le plus l'attention était la coupe de cheveux brutale et ignominieuse qu'exhibait son crâne : sa nuque et ses pattes déplorablement tondues évoquaient certain régiment disciplinaire obscur. L'expression de son visage, tandis qu'il contemplait à nouveau le tableau d'Encarna, montrait un calme dédaigneux et lointain : quelque chose d'une impatience consumée, anéantie, flottait autour de sa tête et de ses épaules légèrement incurvées.

Luis l'appela. « Tu as oublié les amis ? » dit-il en tendant la main, et en écartant de son esprit le souvenir de certain coup de poing. Manolo alla vers lui avec un léger sourire. L'étudiant ne le vit manifester aucune surprise : de toute évidence, le garçon l'avait reconnu en entrant dans le bar ; mais il n'avait pas voulu être le premier à saluer, peut-être parce que sa visite, après tant de temps, ne pouvait obéir qu'à une seule raison, ingénue bien sûr : avoir des nouvelles de Teresa.

– Sacré Manolo, disait Luis. Combien de temps cela fait-il ? Deux ans bientôt, non ?

– Deux ans, oui.

– Et alors, mon vieux, qu'est-ce que tu racontes ? Comment ça s'est passé pour toi... (Il sourit, changea le ton de sa voix.) Bon, façon de parler, je suppose que ça n'a pas été bien.

– Non. J'étais en voyage.

Du haut de son tabouret, vacillant un peu, Luis Trías se mit à rire. Discrètement, il donna un coup de coude à son ami Filipo, et pour une raison quelconque, il décida que ce nouveau et candide mensonge du Murcien valait bien le premier gin de la journée. Il en commanda donc un pour lui, avec beaucoup de glace, et un autre pour son ami Filipo.

– Tu en veux un, Manolo ?

– Non merci.

Luis lui tapota alors l'épaule, rit à nouveau et dit :

– Avec moi tu n'as pas besoin de faire semblant. Je sais que tu as été en prison.

Il fit une nouvelle pause pour voir l'effet produit par ses paroles, mais Manolo ne parut pas se troubler : il le regardait dans les yeux, fixement, et c'était tout. Il ajouta :

– Quand es-tu sorti ?

– Il y a quelques jours, répondit-il à contrecœur, et il pencha un peu la tête pour remettre en place la veste qui pendait à son épaule et qui avait glissé.

– Il n'y a pas de honte à ça, voyons, affirma Luis et, tandis que dans son regard et sa voix pointait quelque chose de son ancienne supériorité, il ajouta sur un ton moqueur : Quelqu'un a dit que, moralement, attaquer une banque et en fonder une c'est la même chose…

– Je n'ai pas attaqué de banque, arrête tes conneries.

– … et si ça peut te consoler, je te dirai que moi aussi j'ai passé une saison à l'ombre, il y a quatre ans, même si ce n'était pas pour les mêmes raisons que toi. Mais à bien y regarder, si tu veux que je te dise la vérité, je ne vois plus la différence. Au fond, nous voulions tous les deux la même chose : coucher avec Teresa Serrat. Pas vrai ?

Il rit avec un mélange de toux et d'étranglement, en hochant péniblement la tête. C'était la première fois qu'il prononçait le nom de Teresa devant le garçon. Mais, cette fois encore, ce fut en vain qu'il attendit qu'il lui posât des questions, qu'il lui avouât la raison de sa présence en ce lieu : Manolo garda le silence, seuls ses yeux semblaient être vivants, d'une étrange vie intelligente, mais en fonction d'une seule stimulation, comme celle d'un animal aux aguets. Luis voulut savoir ce qu'il faisait maintenant, à quoi il passait son temps, où il habitait.

– Je t'ai dit que je viens juste de sortir, grommela-t-il sans cesser de le regarder, et bien que l'étudiant insistât, il n'obtint que de vagues réponses et une référence distraite au caractère provisoire d'un emploi obscur qu'il avait en perspective.

Et brusquement, le Murcien lui demanda :

– Comment es-tu au courant de ce qui m'est arrivé ?

– Par Teresa, répondit Luis rapidement, et avec une imperceptible jubilation dans la voix il ajouta : Tu veux savoir ce qu'a fait Teresa quand elle l'a su ?

– Vas-y.

Luis lui mit la main sur l'épaule.

– Elle a ri, Manolo. Comme tu l'entends. Je crois bien qu'elle rit encore.

Il se tut, attendit que l'autre se décidât à lui poser d'autres questions. Manolo n'ouvrit pas la bouche, mais sa façon de regarder et son attitude indiquaient qu'il était disposé à entendre n'importe quoi.

Et c'est ainsi qu'il apprit ce qu'il voulait savoir, ce qu'il n'osait plus demander : que Teresa, au début de ce fameux mois d'octobre, étonnée par son silence, avait été en personne au Mont Carmel et avait appris sa détention ; qu'elle était restée un temps sans vouloir voir personne, excepté un cousin à elle, de Madrid, avec lequel elle sortait souvent à l'époque ; que des mois plus tard elle avait tout raconté à Luis, au bar de la Faculté, en riant et sans trouver ses mots, comme s'il s'agissait d'une blague ancienne et presque oubliée, mais très drôle ; que l'hiver qui avait suivi, on avait su, dans certains milieux étudiants, qu'elle s'était enfin débarrassée de sa virginité, et que l'année suivante elle avait brillamment terminé ses études et s'était liée d'une grande amitié avec Mari Carmen Bori, en compagnie de laquelle elle fréquentait maintenant certains intellectuels que lui, Luis Trías, ne pouvait plus supporter ; qu'au fait, si Manolo avait connu les Bori, il serait peut-être intéressé d'apprendre qu'ils avaient fini par se séparer et que Mari Carmen vivait maintenant avec un peintre ; et, pour terminer, que lui-même, Luis, après avoir abandonné ses études et s'être mis à travailler avec son père, vivait enfin en harmonie, sinon avec le pays, du moins avec lui-même, avec sa petite ration d'alcool et ses amitiés choisies, sans rien regretter et sans ressentiment contre quiconque, dépolitisé et oublié, mais qu'il souhaitait sincèrement plus de perspicacité et plus de chance aux nouvelles promotions étudiantes…

– De toute façon, je me suis bien amusé, fit-il pour terminer.

Fugacement d'accord avec l'esprit d'un certain été, lié un très bref instant au vertige de la soie et de la lune, le sombre visage du Murcien n'accusa le coup à aucune de ces nouvelles, pas même à celles qui faisaient référence à Teresa : on aurait dit, pensa Luis Trías, qu'il était simplement venu chercher la confirmation de ce qu'il savait déjà, et que celle-ci ne pouvait en rien l'affecter, parce que toujours, depuis le premier instant, depuis le premier soir où il avait été ici avec Teresa, en se défendant contre tout le monde à force de mensonges et de fanfaronnades, elle était inscrite dans ses yeux sardoniques d'une manière cruelle et irrévocable.

Manolo se disposait à payer sa bière.

– Laisse, c'est pour moi, dit Luis Trías. Tu t'en vas ? Prends un verre, on continuera à bavarder…

– Merci, je suis pressé.

Luis lui mit à nouveau la main sur l'épaule.

– Qu'est-ce que tu vas faire maintenant ?

– Je verrai. Salut.

Et faisant demi-tour, les mains dans les poches, Bande-à-part sortit du Saint-Germain.

DU MÊME AUTEUR

Enfermés avec un seul jouet
Gallimard, 1967
et « L'Étrangère », 1992

La Fille à la culotte d'or
Denoël, 1981

Le Fantôme du cinéma Roxy
Gallimard, 1990
et « L'Imaginaire », nº 560

L'Obscure Histoire de la cousine Montsé
Christian Bourgois, 1989

Boulevard du Guinardo
Christian Bourgois, 1990
« 10/18 », nº 2591
et « Points », nº P1013

Adieu la vie, Adieu l'amour
Christian Bourgois, 1992
« 10/18 », nº 2749
et « Points », nº P1279

Les Nuits de Shanghai
Christian Bourgois, 1995
et « 10/18 », nº 2963

L'Étrange Disparition de R. L. Stevenson
Climats, 1996

L'Amant bilingue
Christian Bourgois, 1996
et « 10/18 », nº 3085

Des lézards dans le ravin
Christian Bourgois, 2001
et « Points », nº P1014

Lieutenant Bravo
Christian Bourgois, 2004
et Langue pour tous, 2007

Chansons d'amour au Lolita's club
Christian Bourgois, 2006

Teniente Bravo
(langue originale)
Version originale, 2007

RÉALISATION : I.G.S.-C.P. À L'ISLE-D'ESPAGNAC
IMPRESSION : NORMANDIE ROTO IMPRESSION S.A.S., À LONRAI
DÉPÔT LÉGAL : JUIN 2009. N° 99884 (091523)
Imprimé en France

Collection Points Signatures

P1856. Le Jardin de ciment, *Ian McEwan*
P1857. L'Obsédé (L'Amateur), *John Fowles*
P1858. Moustiques, *William Faulkner*
P1859. Givre et sang, *John Cowper Powys*
P1860. Le Bon Vieux et la Belle Enfant, *Italo Svevo*
P1924. Bright Lights, Big City, *Jay McInerney*
P1925. À la merci d'un courant violent, *Henry Roth*
P1926. Un rocher sur l'Hudson, *Henry Roth*
P1927. L'amour fait mal, *William Boyd*
P2081. G., *John Berger*
P2082. Sombre comme la tombe où repose mon ami *Malcolm Lowry*
P2083. Le Pressentiment, *Emmanuel Bove*
P2084. L'Art du roman, *Virginia Woolf*
P2133. Le Saule, *Hubert Selby Jr*
P2134. Les Européens, *Henry James*
P2182. Héros et tombes, *Ernesto Sabato*
P2183. Teresa l'après-midi, *Juan Marsé*

Collection Points

DERNIERS TITRES PARUS

P1869. 1 000 mots d'esprit, *Claude Gagnière*
P1870. Le Petit Grozda. Les merveilles oubliées du Littré *Denis Grozdanovitch*
P1871. Romancero gitan, *Federico García Lorca*
P1872. La Vitesse foudroyante du passé, *Raymond Carver*
P1873. Ferrements et autres poèmes, *Aimé Césaire*
P1874. La Force qui nous manque, *Eva Joly*
P1875. Enfants des morts, *Elfriede Jelinek*
P1876. À poèmes ouverts, *Anthologie Printemps des poètes*
P1877. Le Peintre de batailles, *Arturo Pérez-Reverte*
P1878. La Fille du Cannibale, *Rosa Montero*
P1879. Blue Angel, *Francine Prose*
P1880. L'Armée du salut, *Abdellah Taïa*
P1881. Grille de parole, *Paul Celan*
P1882. Nouveaux poèmes *suivi de* Requiem, *Rainer Maria Rilke*
P1883. Dissimulation de preuves, *Donna Leon*
P1884. Une erreur judiciaire, *Anne Holt*
P1885. Honteuse, *Karin Alvtegen*
P1886. La Mort du privé, *Michael Koryta*
P1887. Tea-Bag, *Henning Mankell*
P1888. Le Royaume des ombres, *Alan Furst*
P1889. Fenêtres de Manhattan, *Antonio Muñoz Molina*
P1890. Tu chercheras mon visage, *John Updike*
P1891. Fonds de tiroir, *Pierre Desproges*
P1892. Desproges est vivant, *Pierre Desproges*
P1893. Les Vaisseaux de l'ouest. Les Monarchies divines V *Paul Kearney*
P1894. Le Quadrille des assassins. La Trilogie Morgenstern I *Hervé Jubert*
P1895. Un tango du diable. La Trilogie Morgenstern II *Hervé Jubert*
P1896. La Ligue des héros. Le Cycle de Kraven I *Xavier Mauméjean*
P1897. Train perdu, wagon mort, *Jean-Bernard Pouy*
P1898. Cantique des gisants, *Laurent Martin*
P1899. La Nuit de l'abîme, *Juris Jurjevics*
P1900. Tango, *Elsa Osorio*
P1901. Julien, *Gore Vidal*
P1902. La Belle Vie, *Jay McInerney*
P1903. La Baïne, *Eric Holder*
P1904. Livre des chroniques III, *António Lobo Antunes*

P1905. Ce que je sais (Mémoires 1), *Charles Pasqua*
P1906. La Moitié de l'âme, *Carme Riera*
P1907. Drama city, *George P. Pelecanos*
P1908. Le Marin de Dublin, *Hugo Hamilton*
P1909. La Mère des chagrins, *Richard McCann*
P1910. Des louves, *Fabienne Jacob*
P1911. La Maîtresse en maillot de bain. Quatre récits d'enfance
Yasmina Khadra, Paul Fournel,
Dominique Sylvain et Marc Villard
P1912. Un si gentil petit garçon, *Jean-Loup Chiflet*
P1913. Saveurs assassines. Les Enquêtes de Miss Lalli
Kalpana Swaminathan
P1914. La Quatrième Plaie, *Patrick Bard*
P1915. Mon sang retombera sur vous, *Aldo Moro*
P1916. On ne naît pas Noir, on le devient
Jean-Louis Sagot-Duvauroux
P1917. La Religieuse de Madrigal, *Michel del Castillo*
P1918. Les Princes de Francalanza, *Federico de Roberto*
P1919. Le Conte du ventriloque, *Pauline Melville*
P1920. Nouvelles chroniques au fil de l'actualité.
Encore des mots à découvrir, *Alain Rey*
P1921. Le mot qui fait mouche. Dictionnaire amusant
et instructif des phrases les plus célèbres de l'histoire
Gilles Henry
P1922. Les Pierres sauvages, *Fernand Pouillon*
P1923. Ce monde est mon partage et celui du démon
Dylan Thomas
P1924. Bright Lights, Big City, *Jay McInerney*
P1925. À la merci d'un courant violent, *Henry Roth*
P1926. Un rocher sur l'Hudson, *Henry Roth*
P1927. L'amour fait mal, *William Boyd*
P1928. Anthologie de poésie érotique, *Jean-Paul Goujon (dir.)*
P1929. Hommes entre eux, *Jean-Paul Dubois*
P1930. Ouest, *François Vallejo*
P1931. La Vie secrète de E. Robert Pendleton, *Michael Collins*
P1932. Dara, *Patrick Besson*
P1933. Le Livre pour enfants, *Christophe Honoré*
P1934. La Méthode Schopenhauer, *Irvin D. Yalom*
P1935. Echo Park, *Michael Connelly*
P1936. Les Rescapés du Styx, *Jane Urquhart*
P1937. L'Immense Obscurité de la mort, *Massimo Carlotto*
P1938. Hackman blues, *Ken Bruen*
P1939. De soie et de sang, *Qiu Xiaolong*
P1940. Les Thermes, *Manuel Vázquez Montalbán*
P1941. Femme qui tombe du ciel, *Kirk Mitchell*
P1942. Passé parfait, *Leonardo Padura*

P1943. Contes barbares, *Craig Russell*
P1944. La Mort à nu, *Simon Beckett*
P1945. La Nuit de l'infamie, *Michael Cox*
P1946. Les Dames de nage, *Bernard Giraudeau*
P1947. Les Aventures de Minette Accentiévitch, *Vladan Matijeviç*
P1948. Jours de juin, *Julia Glass*
P1949. Les Petits Hommes verts, *Christopher Buckley*
P1950. Dictionnaire des destins brisés du rock
Bruno de Stabenrath
P1951. L'Ère des dragons. Le Cycle de Kraven II
Xavier Mauméjean
P1952. Sabbat Samba. La Trilogie Morgenstern III
Hervé Jubert
P1953. Pour le meilleur et pour l'empire, *James Hawes*
P1954. Doctor Mukti, *Will Self*
P1955. Comme un père, *Laurence Tardieu*
P1956. Sa petite chérie, *Colombe Schneck*
P1957. Tigres et tigresses. Histoire intime des couples présidentiels sous la Ve République, *Christine Clerc*
P1958. Le Nouvel Hollywood, *Peter Biskind*
P1959. Le Tueur en pantoufles, *Frédéric Dard*
P1960. On demande un cadavre, *Frédéric Dard*
P1961. La Grande Friture, *Frédéric Dard*
P1962. Carnets de naufrage, *Guillaume Vigneault*
P1963. Jack l'éventreur démasqué, *Sophie Herfort*
P1964. Chicago banlieue sud, *Sara Paretsky*
P1965. L'Illusion du péché, *Alexandra Marinina*
P1966. Viscéral, *Rachid Djaïdani*
P1967. La Petite Arabe, *Alicia Erian*
P1968. Pampa, *Pierre Kalfon*
P1969. Les Cathares. Brève histoire d'un mythe vivant
Henri Gougaud
P1970. Le Garçon et la Mer, *Kirsty Gunn*
P1971. L'Heure verte, *Frederic Tuten*
P1972. Le Chant des sables, *Brigitte Aubert*
P1973. La Statue du commandeur, *Patrick Besson*
P1974. Mais qui est cette personne allongée dans le lit à côté de moi ?, *Alec Steiner*
P1975. À l'abri de rien, *Olivier Adam*
P1976. Le Cimetière des poupées, *Mazarine Pingeot*
P1977. Le Dernier Frère, *Nathacha Appanah*
P1978. La Robe, *Robert Alexis*
P1979. Le Goût de la mère, *Edward St Aubyn*
P1980. Arlington Park, *Rachel Cusk*
P1981. Un acte d'amour, *James Meek*
P1982. Karoo boy, *Troy Blacklaws*

P1983. Toutes ces vies qu'on abandonne, *Virginie Ollagnier*
P1984. Un peu d'espoir. La trilogie Patrick Melrose
Edward St Aubyn
P1985. Ces femmes qui nous gouvernent, *Christine Ockrent*
P1986. Shakespeare, la biographie, *Peter Ackroyd*
P1987. La Double Vie de Virginia Woolf
Geneviève Brisac, Agnès Desarthe
P1988. Double homicide, *Faye et Jonathan Kellerman*
P1989. La Couleur du deuil, *Ravi Shankar Etteth*
P1990. Le Mur du silence, *Hakan Nesser*
P1991. Mason & Dixon, *Thomas Pynchon*
P1992. Allumer le chat, *Barbara Constantine*
P1993. La Stratégie des antilopes, *Jean Hatzfeld*
P1994. Mauricio ou les Élections sentimentales
Eduardo Mendoza
P1995. La Zone d'inconfort. Une histoire personnelle
Jonathan Franzen
P1996. Un goût de rouille et d'os, *Craig Davidson*
P1997. La Porte des larmes. Retour vers l'Abyssinie
Jean-Claude Guillebaud, Raymond Depardon
P1998. Le Baiser d'Isabelle.
L'aventure de la première greffe du visage
Noëlle Châtelet
P1999. Poésies libres, *Guillaume Apollinaire*
P2000. Ma grand-mère avait les mêmes.
Les dessous affriolants des petites phrases
Philippe Delerm
P2001. Le Français dans tous les sens, *Henriette Walter*
P2002. Bonobo, gazelle & Cie, *Henriette Walter, Pierre Avenas*
P2003. Noir corbeau, *Joel Rose*
P2004. Coupable, *Davis Hosp*
P2005. Une canne à pêche pour mon grand-père, *Gao Xingjian*
P2006. Le Clocher de Kaliazine, Études et miniatures
Alexandre Soljenitsyne
P2007. Rêveurs, *Knut Hamsun*
P2008. Pelures d'oignon, *Günter Grass*
P2009. De l'aube au crépuscule, *Rabindranath Tagore*
P2010. Les Sept Solitudes de Lorsa Lopez, *Sony Labou Tansi*
P2011. La Première Femme, *Nedim Gürsel*
P2012. Le Tour du monde en 14 jours, 7 escales, 1 visa
Raymond Depardon
P2013. L'Aïeul, *Aris Fakinos*
P2014. Les Exagérés, *Jean-François Vilar*
P2015. Le Pic du Diable, *Deon Meyer*
P2016. Le Temps de la sorcière, *Arni Thorarinsson*
P2017. Écrivain en 10 leçons, *Philippe Ségur*

P2018. L'Assassinat de Jesse James par le lâche Robert Ford
Ron Hansen
P2019. Tu crois que c'est à moi de rappeler ?
Transports parisiens 2, *Alec Steiner*
P2020. À la recherche de Klingsor, *Jorge Volpi*
P2021. Une saison ardente, *Richard Ford*
P2022. Un sport et un passe-temps, *James Salter*
P2023. Eux, *Joyce Carol Oates*
P2024. Mère disparue, *Joyce Carol Oates*
P2025. La Mélopée de l'ail paradisiaque, *Mo Yan*
P2026. Un bonheur parfait, *James Salter*
P2027. Le Blues du tueur à gages, *Lawrence Block*
P2028. Le Chant de la mission, *John le Carré*
P2029. L'Ombre de l'oiseau-lyre, *Andres Ibañez*
P2030. Les Arnaqueurs aussi, *Laurent Chalumeau*
P2031. Hello Goodbye, *Moshé Gaash*
P2032. Le Sable et l'Écume et autres poèmes, *Khalil Gibran*
P2033. La Rose et autres poèmes, *William Butler Yeats*
P2034. La Méridienne, *Denis Guedj*
P2035. Une vie avec Karol, *Stanislao Dziwisz*
P2036. Les Expressions de nos grands-mères, *Marianne Tillier*
P2037. *Sky my husband!* The integrale / Ciel mon mari !
L'intégrale, *Dictionary of running english /*
Dictionnaire de l'anglais courant, *Jean-Loup Chiflet*
P2038. Dynamite road, *Andrew Klavan*
P2039. Classe à part, *Joanne Harris*
P2040. La Dame de cœur, *Carmen Posadas*
P2041. En retard pour la guerre, *Valérie Zenatti*
P2042. 5 octobre, 23 h 33, *Donald Harstad*
P2043. La Griffe du chien, *Don Wislow*
P2044. Les Nouvelles Enquêtes du juge Ti, vol. 6
Mort d'un cuisinier chinois, *Frédéric Lenormand*
P2045. Divisadero, *Michael Ondaatje*
P2046. L'Arbre du dieu pendu, *Alejandro Jodorowsky*
P2047. Découpé en tranches, *Zep*
P2048. La Pension Eva, *Andrea Camilleri*
P2049. Le Cousin de Fragonard, *Patrick Roegiers*
P2050. Pimp, *Iceberg Slim*
P2051. Graine de violence, *Evan Hunter (alias Ed McBain)*
P2052. Les Rêves de mon père. Un héritage en noir et blanc
Barack Obama
P2053. Le Centaure, *John Updike*
P2054. Jusque-là tout allait bien en Amérique.
Chroniques de la vie américaine 2, *Jean-Paul Dubois*
P2055. Les juins ont tous la même peau. Rapport sur Boris Vian
Chloé Delaume

P2056. De sang et d'ébène, *Donna Leon*
P2057. Passage du désir, *Dominique Sylvain*
P2058. L'Absence de l'ogre, *Dominique Sylvain*
P2059. Le Labyrinthe grec, *Manuel Vázquez Montalbán*
P2060. Vents de carême, *Leonardo Padura*
P2061. Cela n'arrive jamais, *Anne Holt*
P2062. Un sur deux, *Steve Mosby*
P2063. Monstrueux, *Natsuo Kirino*
P2064. Reflets de sang, *Brigitte Aubert*
P2065. Commis d'office, *Hannelore Cayre*
P2066. American Gangster, *Max Allan Collins*
P2067. Le Cadavre dans la voiture rouge
Ólafur Haukur Símonarson
P2068. Profondeurs, *Henning Mankell*
P2069. Néfertiti dans un champ de canne à sucre
Philippe Jaenada
P2070. Les Brutes, *Philippe Jaenada*
P2071. Milagrosa, *Mercedes Deambrosis*
P2072. Lettre à Jimmy, *Alain Mabanckou*
P2073. Volupté singulière, *A.L. Kennedy*
P2074. Poèmes d'amour de l'Andalousie à la mer Rouge.
Poésie amoureuse hébraïque, *Anthologie*
P2075. Quand j'écris je t'aime
suivi de Le Prolifique et Le Dévoreur
W.H. Auden
P2076. Comment éviter l'amour et le mariage
Dan Greenburg, Suzanne O'Malley
P2077. Le Fouet, *Martine Rofinella*
P2078. Cons, *Juan Manuel Prada*
P2079. Légendes de Catherine M., *Jacques Henric*
P2080. Le Beau Sexe des hommes, *Florence Ehnuel*
P2081. G., *John Berger*
P2082. Sombre comme la tombe où repose mon ami
Malcolm Lowry
P2083. Le Pressentiment, *Emmanuel Bove*
P2084. L'Art du roman, *Virginia Woolf*
P2085. Le Clos Lothar, *Stéphane Héaume*
P2086. Mémoires de nègre, *Abdelkader Djemaï*
P2087. Le Passé, *Alan Pauls*
P2088. Bonsoir les choses d'ici-bas, *António Lobo Antunes*
P2089. Les Intermittences de la mort, *José Saramago*
P2090. Même le mal se fait bien, *Michel Folco*
P2091. Samba Triste, *Jean-Paul Delfino*
P2092. La Baie d'Alger, *Louis Gardel*
P2093. Retour au noir, *Patrick Raynal*
P2094. L'Escadron guillotine, *Guillermo Arriaga*

P2095. Le Temps des cendres, *Jorge Volpi*
P2096. Frida Khalo par Frida Khalo. Lettres 1922-1954
Frida Khalo
P2097. Anthologie de la poésie mexicaine, *Claude Beausoleil*
P2098. Les Yeux du dragon, petits poèmes chinois, *Anthologie*
P2099. Seul dans la splendeur, *John Keats*
P2100. Beaux Présents, Belles Absentes, *Georges Perec*
P2101. Les Plus Belles Lettres du professeur Rollin.
Ou comment écrire au roi d'Espagne
pour lui demander la recette du Gaspacho
François Rollin
P2102. Répertoire des délicatesses du français contemporain
Renaud Camus
P2103. Un lien étroit, *Christine Jordis*
P2104. Les Pays lointains, *Julien Green*
P2105. L'Amérique m'inquiète.
Chroniques de la vie américaine 1
Jean-Paul Dubois
P2106. Moi je viens d'où ? *suivi de* C'est quoi l'intelligence ?
et de E = CM2, *Albert Jacquard, Marie-José Auderset*
P2107. Moi et les autres, initiation à la génétique
Albert Jacquard
P2108. Quand est-ce qu'on arrive ?, *Howard Buten*
P2109. Tendre est la mer, *Philip Plisson, Yann Queffélec*
P2110. Tabarly, *Yann Queffélec*
P2111. Les Hommes à terre, *Bernard Giraudeau*
P2112. Le Phare appelle à lui la tempête et autres poèmes
Malcolm Lowry
P2113. L'Invention des Désirades et autres poèmes
Daniel Maximin
P2114. Antartida, *Francisco Coloane*
P2115. Brefs aperçus sur l'éternel féminin, *Denis Grozdanovitch*
P2116. Le Vol de la mésange, *François Maspero*
P2117. Tordu, *Jonathan Kellerman*
P2118. Flic à Hollywood, *Joseph Wambaugh*
P2119. Ténébreuses, *Karin Alvtegen*
P2120. La Chanson du jardinier. Les Enquêtes de Miss Lalli
Kalpana Swaminathan
P2121. Portrait de l'écrivain en animal domestique, *Lydie Salvayre*
P2122. In memoriam, *Linda Lê*
P2123. Les Rois écarlates, *Tim Willocks*
P2124. Arrivederci amore, *Massimo Carlotto*
P2125. Les Carnets de monsieur Manatane
Benoît Poelvoorde, Pascal Lebrun
P2126. Guillon aggrave son cas, *Stéphane Guillon*
P2130. Porno, *Irvine Welsh*

P2131. Jubilee, *Margaret Walker*
P2041. Ultimatum (En retard pour la guerre), *Valérie Zénatti*
P2153. Belle-sœur, *Patrick Besson*
P2127. Le Manuel du parfait petit masochiste
Dan Greenburg, Marcia Jacobs
P2128. Shakespeare et moi, *Woody Allen*
P2129. Pour en finir une bonne fois pour toutes avec la culture
Woody Allen
P2130. Porno, *Irvine Welsh*
P2131. Jubilee, *Margaret Walker*
P2132. Michael Tolliver est vivant, *Armistead Maupin*
P2133. Le Saule, *Hubert Selby Jr*
P2134. Les Européens, *Henry James*
P2135. Comédie new-yorkaise, *David Schickler*
P2136. Professeur d'abstinence, *Tom Perrotta*
P2137. Haut vol : histoire d'amour, *Peter Carey*
P2138. Le Siffleur, *Laurent Chalumeau*
P2139. La Danseuse de Mao, *Qiu Xiaolong*
P2140. L'Homme délaissé, *C. J. Box*
P2141. Les Jardins de la mort, *George P. Pelecanos*
P2142. Avril rouge, *Santiago Roncagliolo*
P2143. Ma Mère, *Richard Ford*
P2144. Comme une mère, *Karine Reysset*
P2145. Titus d'Enfer. La Trilogie de Gormenghast, 1
Mervyn Peake
P2146. Gormenghast. La Trilogie de Gormenghast, 2
Mervyn Peake
P2147. Au monde.
Ce qu'accoucher veut dire : une sage-femme raconte…
Chantal Birman
P2148. Du plaisir à la dépendance.
Nouvelles thérapies, nouvelles addictions
Michel Lejoyeux
P2149. Carnets d'une longue marche.
Nouvelle marche d'Istanbul à Xi'an
Bernard Ollivier, François Dermaut
P2150. Treize Lunes, *Charles Frazier*
P2151. L'Amour du français.
Contre les puristes et autres censeurs de la langue
Alain Rey
P2152. Le Bout du rouleau, *Richard Ford*
P2153. Belle-sœur, *Patrick Besson*
P2154. Après, Fred Chichin est mort, *Pascale Clark*
P2155. La Leçon du maître et autres nouvelles, *Henry James*
P2156. La Route, *Cormac McCarthy*
P2157. À genoux, *Michael Connelly*

P2158. Baka !, *Dominique Sylvain*
P2159. Toujours L.A., *Bruce Wagner*
P2160. C'est la vie, *Ron Hansen*
P2161. Groom, *François Vallejo*
P2162. Les Démons de Dexter, *Jeff Lindsay*
P2163. Journal 1942-1944, *Hélène Berr*
P2164. Journal 1942-1944 (édition scolaire), *Hélène Berr*
P2165. Pura vida. Vie et Mort de William Walker, *Patrick Deville*
P2166. Terroriste, *John Updike*
P2167. Le Chien de Dieu, *Patrick Bard*
P2168. La Trace, *Richard Collasse*
P2169. L'Homme du lac, *Arnaldur Indridason*
P2170. Et que justice soit faite, *Michael Koryta*
P2171. Le Dernier des Weynfeldt, *Martin Suter*
P2172. Le Noir qui marche à pied, *Louis-Ferdinand Despreez*
P2173. Abysses, *Frank Schätzing*
P2174. L'Audace d'espérer. Un nouveau rêve américain *Barack Obama*
P2175. Une Mercedes blanche avec des ailerons, *James Hawes*
P2176. La Fin des mystères, *Scarlett Thomas*
P2177. La Mémoire neuve, *Jérôme Lambert*
P2178. Méli-vélo. Abécédaire amoureux du vélo, *Paul Fournel*
P2179. Le Prince des braqueurs, *Chuck Hogan*
P2180. Corsaires du levant, *Arturo Pérez-Reverte*
P2181. Mort sur liste d'attente, *Veit Heinichen*
P2182. Héros et tombes, *Ernesto Sabato*
P2183. Teresa l'après-midi, *Juan Marsé*
P2184. Titus errant. La Trilogie de Gormenghast, 3 *Mervyn Peake*
P2185. Julie et Julia. Sexe, blog et bœuf bourguignon *Julie Powell*
P2186. Le Violon d'Hitler, *Igal Shamir*
P2187. La Mère qui voulait être femme, *Maryse Wolinski*
P2188. Le Maître d'amour, *Maryse Wolinski*
P2189. Les Oiseaux de Bangkok, *Manuel Vázquez Montalbán*
P2190. Intérieur Sud, *Bertrand Visage*
P2191. L'Homme qui voulait voir Mahona, *Henri Gougaud*
P2192. Écorces de sang, *Tana French*
P2193. Café Lovely, *Rattawut Lapacharoensap*
P2194. Vous ne me connaissez pas, *Joyce Carol Oates*
P2195. La Fortune de l'homme et autres nouvelles, *Anne Brochet*
P2196. L'Été le plus chaud, *Zsuzsa Bánk*
P2197. Ce que je sais… Un magnifique désastre 1988-1995. Mémoires 2, *Charles Pasqua*
P2198. Ambre, vol. 1, *Kathleen Winsor*
P2199. Ambre, vol. 2, *Kathleen Winsor*